何建明国家报告精选集

我的天堂

何建明——著

漓江出版社

图书在版编目（CIP）数据

我的天堂 / 何建明著 . -- 桂林：漓江出版社，2020.5
（何建明国家报告精选集）
ISBN 978-7-5407-8781-3

Ⅰ . ①我… Ⅱ . ①何… Ⅲ . ①报告文学 - 中国 - 当代
Ⅳ . ① I25

中国版本图书馆 CIP 数据核字 (2019) 第 249065 号

WO DE TIANTANG
我的天堂
何建明　著

出版人：刘迪才
丛书策划：张谦
责任编辑：谢青芸
书籍设计：石绍康
责任监印：张璐

漓江出版社有限公司出版发行
广西桂林市南环路 22 号　邮政编码：541002
发行电话：010-85893190　0773-2583322
传真：010-85890870-814　0773-2582200
邮购热线：0773-2583322
电子信箱：ljcbs@163.com
微信公众号：lijiangpress
北京中科印刷有限公司印刷
[北京市通州区工业区 1 号楼 101 号　邮政编码：101118]
开本：690 mm × 960 mm　1/16
印张：38.25　字数：460 千字
2020 年 5 月第 1 版　2020 年 5 月第 1 次印刷
书号：ISBN 978-7-5407-8781-3
定价：68.00 元

作者近影

国家和人民永驻我心

（总序）

或许有的人写作是为了自我，但对我而言，如果纯粹是为了宣泄一点个人的情绪甚至是怨恨的话，这种写作本身就没有多少意义。然而我知道，相当一部分同行并不赞同我的观点，那是他们的事。

作为一名生活在伟大国家和伟大民族中的作家，我的笔力主要用于记述所在时代国家的发展与变化，以及发展与变化过程中的人与事，当然包括他们的决策与实施、成功或失败及其中无限的情感激荡。其实这是一件非常难的事，我们既要面临作品内容真实性的考验，又要抵抗那么多日新月异的新技术、新媒介的挤压，还要去研究和迎合广大读者每天都在变化着的趣味，自然还要抗击来自不同文体的朋友的冷嘲热讽……不是纪实体作家，是不可能经历这么多痛苦和折磨的，因为就像这个世界上的人一直在追求自由那样，真正的自由是其乐无穷的，不能自由者才是最痛苦的。纪实体写作（或说报告文学，或说非虚构写作）除了必须具备其他文体写作共有的功夫，还必须承受采访调查的劳作之苦以及作品出版过程中烦琐、烦人的审查，这些至少让一半以上的小说家、诗人等崩溃，以我 40 余年的经历，可以断定我的同行们的这种命运。设想一下，为了一次采访，一天中要换乘五六种交通工具，行程 20 多个小时，早上还在繁花似锦的京城，深夜竟然到了狗吠狼嚎的深山，你行吗？为了弄清一个事件，被矿主用土枪顶着腰眼以命换素材，你不害怕？为了调查贫困生现象，一年走几十所大学，采访当事人 400 余位，不烦死你才怪！“非典”袭来，整个北京城都在哭泣时，得天天到病区实地考察疫情，探望患者，体重一下降了 30 多斤，你敢同行吗？一场灭绝人性的异国大屠杀、一次震惊世界的大爆炸、一地死去十万人的大地震，不仅要去现场，还要去感受血淋淋的死亡，去倾听一个个幸存者的诉说，你受得了吗？然而这些都是我经历过的，都是我创作作品的基本需要，都是我生活和职业的一部分。当然还有许多你想象不到的，比如上午在中南海与国家领导人高谈阔论，下午可能就要在街头与一个流浪汉交朋友；比如今天你兴高采烈地为获得一个有价值的素材而欣喜，明天兴许就收到传票要去应对一场旷日持久的官司……你还会遇到无数件这样的事：当你加班加点、呕心沥血赶出一部得意之作时，无知者和横蛮者的一句“不行”就将你辛辛苦苦搞出来的作品打入十八层地狱……你欲哭无泪，天地不助。这可能还是好的。你还会因为你的激情歌颂而被人误解为是在献媚；而你一次正义的批判，却又会使得一向信任的“上级”从此不再信任，你最终落个“什么都不是”，这就是我所经历的部分酸甜苦辣。

然而，我从来没有后悔过，因为我爱自己的祖国，爱自己的人民，他们就是我的家，就是我的亲人。任何委屈和辛酸，都无法消磨我的热情与意志，消磨我对文学的执着与热爱。虽然有时深感痛苦，但很快就重新振奋精神，投入新的战斗。我常说自己是一名“冲锋的战士”，为了胜利，为了目标，为了任务，为了使命，也为了责任，痛苦和挫伤，甚至是牺牲，都属正常。只要我认为我做的事、写的人、记述的历史是真实的、生动的、精彩的和有用的，那么所有的一切苦累与付出，又何足挂齿？如果读者从我的作品中获得了感动与教化、振奋与激荡，我也就十分欣慰和知足了！

一个有良心的作家，一个有正义感的书写者，一个愿意通过自己的文字影响和改变某些社会现象，助力所在时代与民族进步的思想者，不经历超乎寻常的炼狱般的考验几乎是不可能的。我时常想，如果有一天知道自己的生命行将结束，我要大声地告诉所有活着的人：一个人没有权利不爱自己的国家和人民，既然爱，你就需要努力去奋斗，去为他们呐喊，去为他们讴歌，去为他们倾情——以你特有的方式。

我便是这样一路走来的，还将继续走下去，因为祖国和人民永驻于心，直到天荒地老，这份情常青永鲜。

何建明

2019 年新中国七十年国庆日

目 录／Contents

序篇　“苏”字里的学问

“人间天堂”史　第一部

异军突起

“人间天堂”史　第二部

园区革命

“人间天堂”史　第三部

“五虎争雄”

“人间天堂”史　第四部

苏州人的哲学……

她是一座东方水城

让世界阅读了一个古老民族坚守家园与渴望通达的岁月痕迹

她是一座人间天堂

让人类懂得了向往与追求的遐想之美和智慧创造辉煌的现实之美

她是一种哲学

古典园林的精巧与小桥流水的仙境映射出历史和现代的深刻与朴素

她像一部神话

艳丽的双面绣和舞动的檀香扇伴着悠扬娇柔的评弹，歌唱着融合与致远

她——是我的故乡，我的亲人，我的生命，我的诗赋……

——何建明

序篇　　“苏”字里的学问

第1章 “苏”是涂金的中国

这个地方最先只有水，古称泽国。后来大海往后退了，长江的入海口往东推进，于是泽国变成了沼泽与江湖相嵌的网状式冲积平原，故此地亦称“水乡泽国”。当这片水潦之地尘埃落定之后，整个环太湖地区，遍布着湿润地区特有的灌木丛林，郁郁葱葱的栎木、杉木、樟木及茂密的竹子与芦草，那树木草丛中出没着各种动物……

原始部落的先民，开始在这片土地上以渔猎为主要手段繁衍生息着，与此同时他们开始了我国最早的蚕桑生产，并且创造了著名的良渚文化，为这片古老的土地留下了最宝贵的人类遗产和文明印迹。

公元前11世纪，商末周兴之际，中原周太王的公子泰伯和二弟仲雍，为了给小弟季历让位，兄弟二人千里迢迢避居于江南，此举在历史上被称作“奔吴”。当时的环太湖地区，乃是蛮夷之地，泰伯与仲雍带来了中原先进的农耕与建筑技术以及相对优秀的政治文化和新视野。他们很快成了当地的首领，并建立起了一个部落小国，史上记载曰“勾吴”，从此开始了吴国的辉煌历史。

悠悠岁月，到了泰伯、仲雍的十九世孙寿梦时代，“勾吴”开始渐渐强大起来，其子即位后正式将自己的国家从太湖边的一个小镇搬到了现今的苏州城址。那时的苏州城其实只有十几个篮球场那么大的地盘，而且全是用土垒的，史上记载它为吴国的“子城”，这也是苏州城的第一个名字。

子城虽小，却上演了一场宫廷政变史剧，即著名的“专诸刺王僚”。当时吴国公子光（阖闾），因不满叔伯兄弟的领导，一心想自己出来驾驭这个江南小国的航船，故而招募了一名叫专诸的侠客，令其在给喜欢吃鱼的吴王僚献大鱼时，用事先藏于鱼肚里的利剑刺杀了僚，从而夺得王位。阖闾是开创吴国、使之成为强国的首位国王，他的主要功绩是将中原的先进农业生产技术和先进的农具制造工艺推广到了吴国，使这片东南水乡泽国迅速崛起，成为春秋时代的五霸之一。

在阖闾与其子夫差当政的几十年里，吴国的实力主要显示在两个方面。一是冶金铸造业，炼出了著名的“干将剑”，此剑最突出的特点在于一等的矿石原料和精良的铸造工艺技术的高度融合。吴剑成就了吴国霸业。而吴国在这个时代的崛起的另一个原因是丝织产业的迅速大发展，吴绫、齐纨、鲁缟、楚绢和蜀锦，成为古代丝织品的五朵奇葩。而吴绫据说后来在东汉年间被两个兄弟偷运到了日本，成了“和服”最早的样本；“和服”即“吴服”的谐音，其实也就是吴服。

铸剑与丝织，这一硬一软，成就了吴国霸业，也孕育了这个地区的文化与民风的精髓。今天的苏州人不也是靠这干事的硬气和成事的和气开创了新的历史辉煌和伟大纪元吗？

钢的坚硬与水的柔性，是苏州人的性格，是苏州昨天和今天的全部内涵所外溢的最简单而形象的表达形态。这二者写就了苏州的历史。

我们还是来说一说姑苏吧。

那是公元前522年的某一日，一位楚国汉子翻越千山万水，来到这片已比较昌盛的吴国之地。他不是来做生意和谋生的，他是来复仇的。此人叫伍子胥，东周列国时的一位忠臣之后，父亲伍奢在朝仗义进谏，被楚王砍头丧命。一夜急白了头发的伍子胥仓皇出逃。可何处是归身之地？伍子胥最后决定：到吴国去，好日后借兵回来复仇。

命运凄楚的楚国好汉来到吴国都城苏州时，已是人不人、鬼不鬼之状，看上去与路边的疯子乞丐无异。伍子胥身上一无所有，只有手上的一支竹箫。他披头散发，如此唱道——

伍子胥，伍子胥！

芦花渡口溧阳溪，

千生万死及吴陲，

吹箫乞食凄复悲！

身仇不报，何以生为？

楚国汉子的凄切之声，令过路人无不驻足。这时人群中走出一位相面先生，他细细端详了一下伍子胥，不由大惊失色："吾相人多矣，却从未见如斯貌者！此人必是翻天覆地之人也！"于是这位相面先生拉起伍子胥，说："走，你跟我去见一个人。"

相面先生带伍子胥去见的是吴王阖闾。吴王对伍子胥大为赏识，日后又因伍子胥屡立战功，便封他为吴国宰相。伍子胥也不含糊，他助吴王大破楚国，同时也报了自己埋在心头十九年的大仇——将早已死去的楚平王从坟墓中挖出来，鞭尸三百下，还把楚国王室宗庙烧了个精光。

伍子胥后来又扶助阖闾之子、吴国新君主夫差数十年，使得吴国成为东周列国中的强雄。后来夫差在与越王勾践之间的那场“卧薪尝胆”的恩怨中没有听取伍子胥的良言苦劝，导致越国灭吴。伍子胥在这过程中含愤自尽，在历史上留下了一幕痛苦的忠臣悲剧。

沧海茫茫，岁月如流。几千年来，富国之地的苏州人从来没有忘记伍子胥这个名字，这是因为苏州这座世界上独一无二且至今保存得如此完整的水城就是当年伍子胥所建。公元前 514 年，就是在伍子胥奔吴的第八年，他“相土尝水，象天法地”，为效忠吴王和为苏州人民造福而修建了当时叫“阖闾城”的姑苏城池。这一大手笔使伍子胥在苏州的几千年历史上成为最受后代尊敬的人，他对苏州的贡献也是空前的。

> 阖闾城碧铺秋草，乌鹊桥红带夕阳。
> 处处楼前飘管吹，家家门外泊舟航……
> （唐代白居易《登阊门闲望》）

2500 多年过去了，苏州经历了无数沧桑岁月和战事的磨砺，可她从未在整体上改变过自己河街相邻、水陆并行的独特格局，此格局亦称“双棋盘”的三纵三横的水城格局。“水城苏州”是伍子胥留给苏州、留给中国和留给世界的杰作。

苏州因水而活，因水而昌，因水而繁荣延绵至今。

越国灭吴 100 多年后，苏州落到了伍子胥的仇敌楚国之手，这时又有一名贤相申君，他继伍子胥伟业，号召市民和驻兵再度挖河修桥，并将原来的三纵三横完善成四纵五横，造东西二仓，用来发展苏州城市商业，使繁荣的城市更加昌盛。

秦汉三国时代，水城姑苏未经战乱，而远在千里之外的中原地区却战事频仍。苏州人从那个时候就明白了一件事：闷声发大财。

闷声发大财，是苏州得以繁荣昌盛数千年的一个经久不变的定律，也给周边庶民和政府留下了又一笔精神财富及宝贵经验；并将这一强地富民的经验流传至今，一直传播到后来的上海等整个苏南大地。

苏州人的“闷声发大财”留给我们的其实远非是自身的强地富民的传统美德，而且也给苏州吸引和接纳外埠人才提供了旁人所不及的大好机会。比如当年的三国时期，中原战火纷飞，大批贤俊和富商逃至吴国，他们带着成群的童仆、满箱金玉以及先进的农业技术来到苏州落户，使得本已富足的姑苏平添了几个台阶的昌盛和繁荣，使得姑苏从根本上改变了司马迁笔下的那种“地广人稀，饭稻羹鱼”的原始泽国的面貌。苏州的富足与繁荣在三国孙权当皇帝时就显现，那时的苏州水上商业已非常了得，商人们“浮船长江，贾作上下”，且在苏州的下辖之地太仓设仓，水路可走昆山下海，其船运商贸可抵辽东、台湾等地乃至柬埔寨等东南亚诸国，而那时的上海连滩头都没有，仅有几艘渔船而已。

隋唐京杭大运河的开通，为苏州经济与商业的腾飞插上了翅膀。此时的苏州城已是“千斛为货”“万斛为市”，堪称华夏长江之东的第一大都会。

唐宋几百年间，中国的经济中心由中原转移至江南，苏州因而也自然地成为江南最繁荣的经济与商业中心和大都市，所谓“吴人老死不见兵革”，被人描绘成“人稠过扬府，坊闹半长安”。当时的苏州有十万户商家向皇帝纳税，城内的各种市场更是星罗棋布，热闹非凡。

那时民间就流传“苏湖熟，天下足”，这句话乃苏州真实写照。这一写照像金子烙在城郭之上，从此一直使苏州的脸面闪闪发光……

民间之言，通俗直白。而到了诗人与文客笔下，苏州则是另一番描述。“苏杭自昔称名郡”，这是唐代诗人白居易在《咏怀》中的一句诗。宋代诗人范成大在《吴郡志》中记下了富有浪漫色彩的“天上天堂，地下苏杭”的谚语，后来在长期流传的过程中，成了“上有天堂，下有苏杭”朗朗上口的千古名句。

意大利著名探险旅游家马可·波罗是元代时到苏州一游的，他见苏州“漂亮得惊人，商业和工艺十分繁荣兴盛”和美轮美奂的“水域城郭”，不由发出此乃“东方威尼斯”的感叹。其实，苏州之美，远比欧洲的威尼斯更加精彩和绚丽，因为它有几千年的悠久文化与传奇的历史，又有一代代相传的生机勃发强国富民之经济内发力，而且苏州给予人类的不仅是美景，更多的是这里的优美文化与温雅民俗，当然还有这块独特土地上勃发的对未来的信心与永远的希望气息。

“上有天堂，下有苏杭”，这八个字现在被大家所熟知，似乎已成了一句口头禅，但在杭州，可能有人却不太愿意说这样的话，原因是杭州人认为自己是省府城市，苏州是个地级小市，将“苏”字放在前面，杭州人有些不情愿。但“上有天堂，下有苏杭”这话是老祖宗传下的，想改变真不容易。

苏州在杭州之前、之上，并非仅仅是古人图个念起来朗朗上口，在新中国成立之前，苏州客观上也一直是江南屈指可数的大都市和区域重镇，这一事实无可争议。

越过元代，明清时代的苏州跨入了最为灿烂的一个大发展时期，其商业的繁荣程度和全地区的经济总量在全国是数一数二的。明万历到清乾隆年间，苏州城区人口超过 50 万。到鸦片战争前夕，苏州的城市人口达百万，是当时当之无愧的世界最大的城市之一。再一个例证：明洪武二年（1369），苏州向政府交粮达 274 万石，占全国总额的 11%，超过当时四川、广东、广西、云南四个省的总和！你说苏州比哪个省市差了？

明清时代的姑苏，她的光芒照亮了中国。这个时代，苏州又遇上了一个大发展期，可谓“万商云集”。据说当时的苏州城里光会馆就有50多所，公所有150多处！

康熙时，苏州已是江苏巡抚的驻地，江苏下辖苏州、江宁（今南京）、常州、松江（今上海）、镇江、扬州、淮安和徐州等府，江苏上缴国库的粮食更是占了全国的60%以上。看苏州、江南富得流油，康熙皇帝有些担心它们会与朝廷分庭抗礼，于是心生一计：强化官员的“回避”制——本地官和汉官不能在本省任主官。康熙此计虽然打着自己的算盘，但官员“回避”制不失为一剂治政良策，因而仍被沿用。

苏州人并不恨康熙老滑头的这一招，官员“回避”制不仅没有妨碍苏州的经济大发展，反而使苏州获得了又一个难得的大发展时机：那些到苏州当官的外乡人多与朝廷关系不错，更有那些为官的皇亲国戚带着家属随从和细软钱财纷纷拥入苏州城。当官几年后，这些人发现苏州既是升官发迹之地，又是安居乐业之所，于是干脆留在苏州，这下又有一批批亲朋好友跟着落户到阖闾城。嘿嘿，苏州又一次冲向更加繁荣与富庶的高峰……

但漫漫历史长河，不会留给一个城市与港湾永远的平和与富足，苏州也不例外。

英国人用鸦片打进了中国，损伤和摧残了这个东方大国的强大躯体，作为当时最繁华和最富强的商都，苏州更是饱受了鸦片之苦。据说，当时苏州城吸鸦片者将近十万人，一座美丽而富饶的城郭，从此变成了烟鬼伴歌的衰落之城，城内的烟鬼与城外患血吸虫病的瘦鬼，加速了苏州发展的历史车轮直往后退。这是1860年左右的事。更为可怕的是几年后的又一场浩劫，使得这座千年名城和华夏富都从此沦落为二流、三流的小城——太平天国的农民革命军为报富商与官吏们的一仇，将苏州城足足烧了三天三夜……

苏州从此没落。不过百里之外的上海此时开始崛起，于是大量苏州的精英纷纷迁至黄浦江畔，连同商铺、家产与钱庄的存款，还有几千年来祖先留传下来的经商之道和“闷声发大财”的理念。他们擦干痛苦的泪水，拍掉毁城离家时身上留下的灰尘，加入了创建又一座东方大港新城的行列。这是许多苏州人的命运，更是多数“苏商”的命运。

说“苏商”，现在的定义可能称江苏的商人；其实历史上的江苏省原隶属江南省，康熙时江南省一分为二，成为安徽和江苏两省，江苏省的称谓来自江宁府和苏州府的合称，因而“苏商”更多的是指苏州的商人。

枫桥铁铃关有好事者将“江苏”二字分拆研究，认为“江”即为三点水加一个“工”字，繁体“蘇”字则由“草”“鱼”和“禾”字组成，于是“江苏”二字从字面上便可作如下理解：水边的手工业劳动者，将粮食、水产和丝绸等产品运往全国各地，使得这块热土成为闻名于世的富庶之地。有人考证：中国历史上号称十大商帮之一的苏州洞庭商人，便出没在苏州西南的太湖边上，就是他们将江南的货物源源不断地运送到各地，并在上海创造了一个巨大的金融滩头和日后的东方第一大城。

今天的人们只知道苏州人留给我们的仅是一座无数园林与小桥流水的“东方威尼斯”城郭，却并不知道苏州人还有比这些更为可贵的重大历史性贡献。从二十一世纪开始以来的几年里，苏州市的工业总产值一直紧随大上海之后，成为中国第二大工业基地！这个数字令苏州人自己都有些不敢相信：这是咋回事？

这种格局是从2004年开始的，这一年的苏州全市工业总产值为9560亿元，除上海之外，中国的其他城市全都在苏州之后。

到了2008年，这种排列和局面仍然没有多大改变，苏州仍然如一头奔腾长啸的骏马，远远地走在了中国诸多城市甚至是诸多省份的前面。在“发展”二字成为当代社会的主旋律时，一个发展着的城市和发展着的地域从来都受到旁人的尊敬，并被树立为榜样和旗帜。

在已经有这么多年不可更改的发展事实面前，苏州人自己仍然不敢相信：自古以来，苏州似乎一直是个区区小域，怎么可能成为全国的重镇黄金地呢？

而且苏州人又在近年发现了一个更加令他们激动不已的事实：苏州全市的农民收入又是全国第一，人均达 11680 元（2008），而全国的平均水平是 4761 元。2008 年，苏州市区居民人均可支配收入 23867 元，全市财政总收入 1500 多亿元。

按照科学发展观的理念，许多地方已经不把 GDP 作为衡量一个地方经济实力的标准了，地方财政收入似乎成为一种真正的实力标准。

在苏州采访时，前市长阎立告诉我：在 2008 年苏州全市财政总收入的 1500 多亿元中，地方财政一般性预算收入为 668 亿。“我们向国家和省上缴了约 800 亿元……”

市长说这话时，脸上泛溢着骄傲的表情。

市长继而娓娓道来：“自宋朝以来，中国的经济中心一直在南方，而南方又主要为苏南，因此苏州一直是国家的纳税大户。有道是：苏湖熟，天下足。地处太湖流域的苏州从南宋开始，世代成为中国的米粮仓。苏州人民辛勤劳作，遂使这片水乡有‘衣食半天下’之称。历朝历代，我们苏州向朝廷进贡的是衣粮和手工业品。改革开放 30 年来，苏州成为国家工业经济和外贸经济的重要基地。这是我们苏州今天最大的亮色了。”

“东南财赋，姑苏最重；东南水利，姑苏最要；东南人士，姑苏最盛。”这是乾隆年间在中国社会流行的一句话。在数千年的农耕文明社会里，苏州人民以自己的勤劳、智慧，创造了中国农业文明的辉煌。历史上传统的农业文明的辉煌照耀在这块土地上，它把它的所有精华投放到了无比柔媚的水乡泽国，它所呈现的繁华风韵，体现了中国江南社会经济的特色，因而苏州人的历史性贡献可以用一个美丽风韵的母亲向瘦弱而成长着的子女们源源不断送去乳汁来形容。

千百年以来的中国，假如没有这样一位美丽而风韵、慷慨而无私的母亲与她甜润而丰足的乳汁，是不可想象的。

现代化工业文明的今天，这种态势并没有多少改变。苏州在国家经济与发展的地区大家庭里，仍然扮演着这样一位美丽而风韵、慷慨而无私的母亲角色。

这种精神在有些人看来是不可思议的。但看一看吴人的祖先，你就不再感到奇怪了。为国负重，从吴人祖先就已经牢牢地植根在心中——公元前11世纪，泰伯与仲雍真诚无二地为国让贤与奉献精神，数千年以来一直埋藏在吴人的血脉里，直到今天依然如此。

梅里的泰伯墓与虞山脚下的仲雍墓，千百年来香火不断，寄托了吴地后人对祖先那种不可抗拒的敬意。读史人皆知道，由于泰伯、仲雍二兄弟的让位，中国古代社会才有了一位圣贤君主和一个伟大的周王朝。

又过了几百年，中国出了一位开创中华民族伟大文化的圣人孔子。这位孔圣人是个非常浪漫的理想主义者，他一生追求“礼”“仁”，并对未来的世界怀有强烈的憧憬，热切期望有个政教清明、人民安居乐业的小康社会。

圣人设下的理想主义目标，从公元前6世纪开始，经历几十代王朝，一直到了共产主义者治理中国的20世纪后期，这个“小康”之梦，被另一位伟大的圣者推向了现实——

第 2 章 “苏”是邓小平梦中的“小康”

“翻两番，在中国建立一个小康社会。这个小康社会叫作中国式的现代化。”这就是 20 世纪后期的一位中国圣者说的话。这位圣者叫邓小平。

邓小平的“小康”之梦是在改革开放初期，当他走出国门，在美国、日本等西方国家看到飞速发展着的世界文明后所萌生的。那时他强烈地感受到了自己国家的落后，人民生活的贫苦……后来的新加坡之行使他有了一个东方式的“小康”概念。然而中国式的小康是什么样呢？他在梦中寻觅着……

1978 年 12 月，北京人民大会堂。中国共产党在这里召开了一次具有划时代意义的全会，即党的十一届三中全会。党在会上再次向全世界明确地宣告：中国要在 20 世纪末初步实现现代化。

西方人开始警惕这头东方睡狮的“觉醒”，他们显得有些紧张。

“小平先生，你能说说你们中国所说的要在 20 世纪末建设成四个现代化，到底是个什么样子吗？”次年，日本首相大平正芳目不转睛地盯着中国现代化建设的总设计师，这样问道。

邓小平看了一眼日本客人，没有立即回答，只见他缓缓地点上一支熊猫牌香烟，又想了想，说：“我跟你说这么一个事，你们现在有一亿人口，国民生产总值是一万亿美金，所以你们人均国民生产总值就是一万美元。那我们现在，我们的人均国民生产总值是250美元。我想，比如说，我们用20年的时间翻两番，那个时候我们就是人均1000美元，是你们的十分之一，但我们的人口是你们的十倍，这样我们的总量就跟你们现在一样了。”

“是这样。”日本首相轻轻地点点头，又似乎并不太明白。

邓小平似乎看出了对方微妙的表情，道：“到那时尽管中国还很穷，人均国民生产总值还很低，但是有了这样的总量，我们就可以做点事儿了，也可以在世界上做点儿贡献了。”

大平正芳的两只耳朵竖得直直的，眼睛更是盯着中国的这位小个子巨人不放。

“那么，到那时我们的国民生活水平会达到什么样的程度呢？”小平像在自言自语道，“就是可以吃饱穿暖，我把这个叫小康。”说完，小平重重地抽了一口烟，然后朝日本客人笑笑。

小康？什么叫小康？首相不明白小康是个什么概念，他将目光投向身边的翻译——时任中国外交部亚洲司日本处副处长王效贤女士。

王翻译紧张得差点出汗，是啊，小康是什么？她怎敢问邓小平？于是急中生智：“就是……就是一个人身体恢复的时候。”王翻译心头暗暗寻思：日本人平时也讲小康，这样翻译首相应该明白一点吧。

“噢——”首相似懂非懂地张了张嘴，似乎再也找不到合适的问题，然后起身笑眯眯地握住邓小平的手，说：“祝您和中国人民早日小康。”

邓小平同时站起身，一脸笑容，并连声应和道：“好好，小康，我们大家都小康。”

这次与日本人会见后的相当一段时间里，邓小平开始多次在不同场合念叨着“小康”。邓小平的家人告诉我，平时邓小平在家里不怎么说话，可有几回嘴里突然冒出“小康”两个字来，让家人有时感到不知何意。

“小康”从那个时候起，就成为中国现代化建设总设计师梦中的一幅中国特色的现代化蓝图。一个最实事求是和办实事的大国领导者，为这蓝图与梦境寻找可能实现的途径，他也会辗转难眠……

时间过去两年多，这个蓝图与梦境成了总设计师心中时刻挂念的治国大纲。

“同志们，这次代表大会将是党的第七次全国代表大会以来的一次最重要的会议。”这次代表大会要审议和确定党为全面开创社会主义现代化建设新局面而奋斗的纲领……在这年 9 月初召开的中国共产党第十二次全国代表大会上，邓小平一再这样强调。为了他心中久酿的宏伟蓝图，他向全党同志指出：把马列主义的普遍真理同我国的具体实际结合起来，走自己的道路，建设有中国特色的社会主义，这就是我们总结长期历史经验得出的基本结论。

“建设有中国特色的社会主义”的理论光辉，从此开始普照中华大地。

新一年的春天来了。春风首先吹绿了江南大地。

“我想到江南走一走。”邓小平向身边的工作人员提出。

“太好了，‘老爷子’（家人和身边的工作人员都这样尊称邓小平——笔者注）想到哪儿去？去苏州怎么样？”

“去江南不去苏州去哪儿？”“老爷子”话不多，但一旦说出来，就是掷地有声。

苏州美，最美在太湖。20 世纪 80 年代初的太湖像一位刚出阁的少女，妩媚又恬静。八百里浩渺碧波，没有丝毫的人为的污染。

那天，邓小平在江苏省委书记韩培信和女省长顾秀莲等省领导的陪同下，乘坐一条游船，缓缓地驶向太阳初升的太湖……

“那一天的太阳，格外艳丽明亮，光彩耀人，把天空装点得晶莹剔透，一片灿烂。那天的湖色也特别的美。远处，群山巍巍，山峦起伏，浑厚凝重；近处的湖面波光粼粼，白帆点点，鸟儿飞得也特别的欢快。小平同志特别喜欢看水面的鸟儿飞翔，喜欢称道岸边的白墙黑瓦，袅袅炊烟，他说那是真正的中国山水画卷，比西方的油画要美。”一名当时服务过邓小平的“老苏州”人如此回忆道。

戴心思，原苏州地委书记，1940 年参加革命工作的南下老同志。戴老在医院接受我的采访，在谈起 1983 年春天邓小平来到苏州的情形时，依然带着几分压抑不住的激动。他说，小平同志一生到苏州有据可查的有两次，一次是 20 世纪 60 年代，另一次就是改革开放进入特殊阶段的 1983 年春天。那次小平在苏州共 3 天时间，住在南园宾馆，这个宾馆在市区闹中取静的地方，现今普通百姓只要付钱都能住得进去。

“小平来之前，省委书记就打电话给我，让我准备苏州地区的情况汇报。当时我们苏州有八个县，除了现在所管辖的几个县市外，还有江阴、无锡两县。小平同志来了以后，就对省委书记说，他要了解苏州地区的农村情况，他的工作人员告诉省委书记说要听 20 分钟的汇报。于是省委书记就将我准备的农村情况材料向小平汇报。后来汇报时间过了 20 分钟，小平说，你还有什么还可以说嘛！这样省委书记又汇报了我们苏州地区学习落实党的十二大提出的翻两番的事。对这件事，小平同志似乎一直很关心，在吃饭或其他场合，时不时地问我们对翻两番怎么看。我们告诉他，在苏州翻两番绝对没问题。小平问，为什么？我们回答，苏州地区从 1976 年到 1982 年就实现了全地区工农业生产总值翻一番了。小平对这个格外关注，听得特别认真。‘五六年时间就翻了一番，你们把这个情况跟我好好说说。’看得出，小平对我们苏州在那么短的时间里能够实现翻一番，非常在意，或者说感到有些意外惊喜。”

“我们说没问题是有根据的，因为当时苏州的社队企业发展非常迅速，心里有底，”戴老说，“在十二大提出‘翻两番’的目标后，当时社会上也有不同看法。有的认为经济底子薄的地方再用近20年的时间，在20世纪末实现翻两番是可能的，因为那些地方基数低，而像我们苏州地区这样经济总值相对较高的地区有难度。可我们经过讨论和研究的结果是，经济基础较好、基数大的地方反而可能会更好地实现翻两番，理由是：块头大，翻起来更有劲，所以可能好翻番。后来的事实也证明了这一点。”

那次邓小平同志听了苏州人对“翻两番”表示没问题后，似乎兴致分外浓，便不时地问苏州人：“你们靠什么呢？”

苏州人：“我们靠一些小企业。”

“我们当时都不敢说社办企业，因为遗毒还在，社会上对我们苏州地区搞乡镇企业有不同看法，有人认为是资本主义的尾巴。”戴老书记回忆说。

邓小平好像也是第一次听说。“小企业？”

苏州人：“就是公社和生产队办的一些小企业。”

邓小平：“噢，这就是社队企业。”

苏州人：“我们苏州靠近上海、无锡，好发展。”

“我们告诉小平同志：在20世纪五六十年代，城市有一批下放人员，光苏州地区就接受了十万人左右。这些人员与上海、无锡、常州等城市的各个单位都有千丝万缕的关系，靠这些人打通与上海等城市的关系，办些加工企业就比较容易。”戴老说。

邓小平：“那这样做你们花钱多不多？”

苏州人："不多。社队企业就是利用这些人的关系，到上海请师傅来当指导，他们也是利用星期天，我们只要给他们一点小钱，有的就干脆不给钱，师傅们临走时给一点农副产品带回去就算回报了，而且上海人还挺高兴。"

邓小平笑了，说："我在上海住过，上海人喜欢要你们'乡下人'的农副产品。"

"你们的社队企业现在有多大规模？"邓小平问。

苏州人："已经占全地区工业产值 50%以上了。"

邓小平用炯炯有神的目光看着苏州人，说："半壁江山了嘛！"

苏州人开心地说："对对，半壁江山了！"

邓小平转而问："你们发展社队企业对农业有影响吗？"

苏州人："发展这些企业不但没有影响农业生产，相反有很大的支持和促进。"

邓小平："为什么？"

苏州人："因为一是我们这里农村剩余劳力较多，办社队企业可以分解一部分剩余劳力。二是办小企业后有了一些资金积累，可以搞水利工程和对社队的一些仓库、道路等进行改造。而且我们还提出了进社队企业的每个职工每月拿出 10 元钱来支援农业。"

"办社队企业积累起来的钱，能够办化肥厂、农具厂。那个时候我们全苏州办了不少这样的厂子，非常有力地支援了农业生产。"戴说。

邓小平的脸上露出了笑容。"好事嘛！"

"我们那时有个口号，叫作'为了农业办工业，办好工业为农业'。办社队企业后，不仅农民获得了多一层的收入，而且农业产粮不减反增。平常一般年份，我们全苏州上缴粮食量在 18 亿斤—20 亿斤，那些年我们最高时达到了24亿斤。当时的四川省委书记（后来成了中央领导）来我们苏州参观，我陪他参观我们的一个农具厂，他看后很震惊，说，这就是社队办的农具厂？我说是。这个省委书记回去后，包了一架飞机，将全省的县委书记都拉到我们苏州来参观社队企业。”戴老对那段辉煌历史记忆犹新。

这一天，邓小平兴致特别高，先是游览了苏州的园林，对苏州的同志说：“都说现在苏州不怎么样了，我看很好嘛！你们一定要把这些园林保护好。”之后又到虎丘参观，那时不搞“静园”一类的事，游客照常很多，邓小平与夫人卓琳等在江苏省和苏州市的领导的陪同下，很开心地参观了虎丘。走到有400年历史的虎丘“雀梅王”前，许多人都在那儿照相，一向不爱照相的邓小平突然提出“给我也来一张”，于是工作人员赶忙“咔嚓”起来……

“来来。”一脸堆笑的邓小平照过相后，见戴心思站在一边，便向他招招手。等戴走到他身边后，两人就悄悄说起了一段话——

邓小平：“你说人均800美元是不是小康了？”

戴脸红了，因为当时身为苏州地委书记的他还根本不知道800美元到底是多少，更不知道小康是个什么概念：“这个……”

邓小平：“就是你们这儿农村的中等水平。”

戴顿时如释重负：“噢，那应该没问题。”

邓小平满意地朝苏州地委书记点点头。

次日，苏州人安排邓小平一行游太湖。春天的太湖说多美就有多美，常有人喜欢用“烟波太湖”来形容她，是因为春雾下的湖面仿佛被淡淡的烟覆盖着，姑娘们形容这样的烟波如“婚纱”一样美，弄文舞墨的小伙子们说这样的烟波是流动的诗章。在邓小平的眼里，太湖的烟波又会是什么呢？

“小康。你们苏州的农民已经住上楼房了，这算是接近小康水平了……”邓小平望着岸头一幢幢白墙青瓦的农民小楼房，目不转睛，嘴里不停地喃喃着。

坐在他身边的是江苏省的年轻女省长顾秀莲。许多年后，我在庄严的人民大会堂采访已任全国人大常委会副委员长的她。关于邓小平在 1983 年春到苏州的那次经历，当年的女省长这样回忆——

“在太湖游船上，小平说，这次到你们江苏以后，我看到老百姓喜气洋洋，你们这儿还盖了那么多新房子。我跟他说，农民一富起来就是盖房子，开始盖平房，再后来就盖楼房了，因为我们江南一带地少人多。小平同志说这非常好，农民有房子住、有楼房住了，非常好。你们苏州地区的农业是不错的，要进一步搞好。农业是国家的重点。他说，要搞好农业，怎么搞呢?一靠政策，二靠科技。你们江苏就要靠科技，土地少，就要走良种的路子，这样就可以提高生产力。他说老百姓有饭吃了，以后干活劲就足了。小平还说，你们江苏靠近上海，如何利用这个条件促进生产力的发展是很重要的。生产力发展了，人民生活就好了。平时说话不多的小平同志，那天说得特别多，也特别兴奋。苏州的同志用太湖的鱼、虾，为他搞了个鱼宴。吃饭的时候，小平说，今天你们汇报得比较好，我呢也非常高兴，我从北京钓鱼台带来了陈年茅台酒，我给你们每人奖赏一杯。这一顿中午饭大家吃得都非常高兴……”

苏州之行，给中国改革开放总设计师留下了深刻的激情和美好的印象。党的十二大，他代表第二代中国共产党领导人提出的要在 20 世纪末把中国建设成“翻两番”的中国式现代化社会理念——后来的小康社会的理想，可以说是在苏州找到了印证。

“喂喂，你是苏州戴书记吗？”在邓小平离开苏州没几日，有一天戴心思书记在办公室突然接到一个从北京打来的“保密电话”。那边说：“我是小平同志办公室的，首长要我核实一个数字，你们苏州的农民住房是人均超40平方米了吗？”

“对的，我们的农民确实多数实现了人均40平方米了。”戴肯定地回答道。

“好的，谢谢戴书记。”电话挂掉不几日，邓小平在北京找来中央分管经济工作的几位领导谈话。

邓小平说：“这次，我经江苏到浙江，再从浙江到上海，一路上看到的情况都很好，人们喜气洋洋，新房子盖得很多，市场物资丰富，干部信心很足。看来，四个现代化希望很大。到20世纪末实现翻两番，要有全盘的更具体的规划，各个省、自治区、直辖市也都要有自己的具体规划，做到心中有数。落后的地区，如宁夏、青海、甘肃，如何搞法，也要做到心中有数。我们要帮助各省、自治区、直辖市解决各自突出的问题，帮他们创造条件，使他们的具体规划能够落到实处。

“现在，苏州市工农业总产值人均接近800美元。我问江苏的同志，达到这样的水平，社会是一个什么面貌？发展前景是什么样子？他们说，在这样的水平上，下面这些问题都解决了：第一，人民的吃穿用问题解决了，基本生活有了保障；第二，住房问题解决了，人均达到20平方米，因为土地不足，向空中发展，小城镇和农村盖二三层楼房的已经不少；第三，就业问题解决了，城镇基本上没有待业者了；第四，人不再外流了，农村的人总想往大城市跑的情况已经改变；第五，中小学教育普及了，教育、文化、体育和其他公共福利事业有能力自己安排了；第六，人们的精神面貌变化了，犯罪行为大大减少。

“江苏从1976年到1982年期间，工农业总产值翻了一番。照这样下去，再过 6 年，到 1988 年可以再翻一番……”邓小平的南方之行，特别是苏州给他留的印象极其深刻。

党的十二大确定中国要在 20 世纪末实现翻两番，有不少人对此摇头，认为不大可能，理由是十年浩劫后的中国经济处在全面崩溃状态，要用 20 来年时间实现总量翻两番，几乎是不可能的事。“太悲观了！”邓小平、陈云、李先念、薄一波等经济老将认为持这种观念的人太悲观了，可当时确实谁也没有把握用 20 来年时间实现翻两番的目标。对此，作为最实事求是的、四个现代化的掌舵人邓小平内心不能不泛起几分暗暗的担忧：是啊，20 来年时间，实现翻两番，目标是不是高了些？是不是根本就不太可能？正是怀着这样的探求心理，1983 年春天，邓小平再也待不住了，他要到中国经济一直最活跃的江浙大地看一看，尤其是要看看苏南的同志怎么看待“翻两番”。

第一站苏州之行，邓小平从苏州人肯定而有力的回答中找到了“翻两番”的自信：经济条件好、基数比一般地方要高出许多的苏州能够实现“翻两番”，那么那些基数比较低的地方“翻两番”应该更不成问题！

邓小平为此非常高兴，不仅在苏州用钓鱼台的茅台酒款待陪同他的苏州和江苏领导同志，而且回到北京后几次在有关中央领导同志面前讲：“我对‘翻两番’已经有充分信心了。”这年 6 月 18 日，邓小平在出席北京科技政策讨论会回答几位外籍专家关于“翻两番”的提问时，笑眯眯地说：“我们搞的现代化，是中国式的现代化。我们建设的社会主义，是有中国特色的社会主义。我们主要是根据自己的实际情况和自己的条件，以自力更生为主。我们现在的路子走对了，人民高兴，我们也有信心。我们的政策是不会变的。要变的话，只会变得更好。”

邓小平当年到苏州论说“翻两番”和他心目中谋划的中国式小康社会

蓝图一事，一直让苏州人记忆犹新，并且成为一种巨大的精神动力和工作激励。在我采访的几任苏州市领导中，他们几乎无一例外地用这样的口吻告诉我：苏州能在今天远远地走在全国经济和社会发展的前列，应当感谢当年邓小平在苏州留下的殷切期望。苏州人欣慰地告诉我：到 2000 年时，全苏州的工农业总产值其实至少翻了四五番。进入 21 世纪的头八年，他们又再次实现了“翻两番”，2008 年的工农业总产值高达 22303.02 亿元。

亲爱的小平同志，您听到了吗？这是苏州人向您报告的最近的一份“成绩单”。呵——我看到了：远在天堂的您，正在点头微笑……

第3章 “苏”是一对父子之间的生命传承

在为撰写本书而采访的时候，我的妹妹突然给我来电话，说她又要买房子了。

“你不是已经在城里有房子了吗？再说你厂区的小洋楼住宅已经够宽敞、够气派的了，还添房子干吗？”我不解妹妹的动机。

“是给你这个哥哥买的！”妹妹说。

“给我买什么房子？我在北京有住的，还到家乡买房子干什么用？”我不解。

“你不是说以后退休要回家乡来嘛？”

“我——哎，那是何年何月的事！再说，我告老还乡也用不着你当妹妹的操心呀！”

“那不行！你那点工资和稿费添不上一处好房子，我给你买……”妹妹一腔豪气。

我一阵激动。本人有一姐一妹，由于历史的原因，她们没有读多少书，但她们现在都有自己的企业，生意做得不错。尤其是我妹妹，一人支撑着一个效益很不错的企业，虽有过几段不平凡的经历，但终究现在比我强许多。姐姐也是这样。我们姐妹兄弟三人，过去我以挣稿费居经济条件第一位，可没过多长时间，我就远远地被她们甩在后面。相比之下，我现在是“困难户”了。我们姐妹兄弟三人感情很深，姐姐与妹妹，她们对我格外的好。只要我开口，她们都可以为在京城当作家的我慷慨解囊。相比之下，我显得很小气——城里人通常有的那种小气。

“我要给你买一套旁边是小桥流水、前后都是花园绿地、左邻右舍还应该是园林湖泊的别墅……”妹妹在电话里这样向我描绘她要送给我的“养老斋”，又言是“江南才子别墅”。

“为什么要这么好啊？”我问。

“因为你是我们苏州人啊！你是我们何家的骄傲，苏州的文人怎么能没有这样的居住条件呀？”妹妹说完，在电话的另一头“咯咯咯”直笑。

那得多少钱呀？我心里在盘算……

“放心，阿哥。一切都由我来操办。我只要你一句话：过几年你是不是要告老还乡回苏州住？”妹妹的这句话显得有些认真。

“嗯，那应当不是问题。”

“好，其他的你就不用管了。”妹妹把电话搁下。之后的日子里，不时有她从老家传给我的各种房子的信息，有时让我出面与苏州当地的朋友打个电话，说是他们掌握着更好的房产信息。

我不用去管这类事，我知道妹妹的豪气是最愿意在我这个哥哥身上无私地奉献和体现的。但她的话时常勾起我对另一个人的怀念，那就是我的父亲。

父亲在三年前患病去世了，72 岁的他终究没能越过人生的一道坎。这三年里，我想念最多的一个人也是他。这让我特别吃惊和意外，因为父亲在世时，几乎是一个与我赌了30多年气的人——我们父子之间的问题跟许多家庭的父子之间的问题一样，谁都不让谁。这种结果通常是在其中的一位离开人世后，另一位才猛然发觉以往发生在父子之间的一切争执都变得毫无意义。

与父亲的分歧，是我这位生长在“天堂苏州”的儿子该不该离开这块美丽的土地和我是否应该最终回归老家的问题。

父亲只有我一个儿子，虽然年轻时一直当干部、在我出生时就是一位共产党员，但他骨子里却非常传统，连我不识几个字的祖父的思想都比他开通。

“应该让他出去闯闯！总在小河塘里游不长路。”1975年底，围绕我该不该出去当兵的争论就开始了。祖孙三代人出现两种截然不同的意见，与我站在同一战线的竟然不是父亲，而是我的阿公（苏州人习惯称祖父叫阿公）。父亲为此与我展开了长达数年的较劲，并且利用那么一点儿小权力对身为儿子的我进行“残酷打击”——那时作为小“走资派”的他被贬为农村的生产队长，他竟然采用原始的甚至有些残暴的手段来惩罚我这个不听话的儿子。他让十六七岁的我，跟着成人去当“纤夫”——划船到上海运输下脚氨水之类的繁重劳动。从我老家那个何市小镇到上海也就一百公里，但靠人工摇橹得花两天时间，尤其是装满货物后，碰上逆流潮水，得三天时间才能完成艰难的旅程。当“纤夫”的日子现在想起来不可思议，但当时只有十六七岁的我就是这样走过来的……

当生产队长的父亲，为了让我打消“离家远行”的念头，他采用了种种惩罚我的手段：罚我去参加挑河——冬天在刺骨的河底冰水里挑泥垒江坝。我至今记得1975年的那个冬天，我有三个月是在长江边的堤坝上度过的。白天与壮劳力们一起挑泥筑坝，在那风雨交加的天气里必须干完分配的任务。民兵队员们一个比一个拼命，零下几度的冰冷刺骨的江水和呼啸的寒风挡不住他们的“哎哟”声……我只能跟着大伙儿前进，即使根根肋骨在发出痛苦的响声，也必须坚持到收工的最后时刻。唯有可能属于自由的是晚上独自伏在稻草堆里偷偷哭泣——至今想起少年时代年复一年参加的那些“学大寨”的农田水利工程建设时，我都会浑身筋骨发痛……我们属于那个年代的青春殉葬者。

也是在这年年底，我逃脱了父亲的权力控制，争取到了一个当兵的机会，结果我赢了，成了一名当时青年人都羡慕的人民解放军战士。父亲无法阻止我离家的理想，但我知道他在等待继续惩罚儿子的机会——他从骨子里认为我不应该离开苏州老家。“出去有啥好的？”他时常瓮声瓮气地冲我说这样的话。他认为他是世界上最聪明的人。

我一直公开嘲讽他那是落后的“农民意识”。

“你懂个屁！”对这，父亲特别愤怒。

1976 年年初，我离开家乡，也离开了父亲，开始了属于我自己的人生旅程。而这一走，就是 30 多年。在这 30 多年里，父亲和老家苏州成了我生命中时近时远的另一种关系。过去我一直以为在与父亲的争执中我是胜利者，他是失败者；而对故乡苏州，我以为自己也不再因离别它而感到有什么失落与牵挂——我觉得我的事业和人生在走向另一个美丽的天堂……

但现在我发现，我错了。

结论是：与父亲的争执，他是最后的胜利者，我则是甘心俯首称臣的失败者。与老家苏州的关系，更不用说，一句话：我永远是她的儿子，我的生命离不开她的怀抱。

这种质的变化，缘于父亲的离去和我对故乡的重新认识。

作为父亲的儿子，我应该算得上是一个有点出息的人。1980 年我就因在军队从事新闻报道“成绩突出”而从湘西山区的一个驻军工程兵团，直接调到北京某兵种总部，从此成了北京市民。后来我也多次动员过父母搬到北京居住，可是父亲一直不答应，也不说原因，甚至有些顽固。北京多好，挨着天安门！老家的亲戚朋友都这么对我父亲说，可他“顽固不化”。“死，也要死在苏州这块地上。”他总这么说。

父亲是 2004 年年底被发现患了绝症的。这也是我离开他 30 多年后第一次也是唯一一次有十天时间天天跟他在一起的一段难忘的日子。父亲在上海某医院做化疗，我作为陪护伴着他，天天与他朝夕相处。那些天里，我们父子俩形影不离，除了不提“死亡”二字，其他什么都说——看得出，父亲极不愿离开这个美好的世界。身为儿子的我总是有意找些开心的话题来逗开他的愁眉。

有一天夜晚，我躺在陪护床上，把父子之间的“积怨”给揭开了——

“爸，其实我长这么大，你对我一直够狠的。”我说。

父亲瞪大眼，瞅着我：“是吗？”

“可不是。你为了不让我离开家，不让我离开苏州，你一直用手中的小权惩罚我，让我小时候吃了不少苦……”

对我的数落，父亲的脸上渐渐露出了笑意，说：“你还挺记仇。”

“当然，我身上的伤痛，现在还时常犯……”

这话让父亲皱起眉来，脸上写满歉意。“是吗？现在还疼？”

我一看他的样子，便笑起来。“早已是过去的事了。我现在还算结实。”

父亲的脸上顿时轻松了，甚至露出了笑意，显得很惬意地说：“你就没有记得我对你好过？”

“当然，小时候我觉得你的身子特别温暖……”

“真的？”

“是。我记得印象最深的是那年你当‘走资派’后，我正好放寒假，我俩分在一个班次里摇船到上海运下脚氨水。半途上，跟上海人打架，我们的船被人家撞破后漏水，结果舱里全湿了，晚上没地方睡，最后是你上岸到地头抱了一捆稻草，让我光着身子贴着你睡的……”

“噢——那个时候也难为你了，才十五六岁，要干一个壮劳动力的活。”我见父亲扭过头，闭上双目，似乎在责备自己。

“爸，我能不能跟你睡在一起？”不知为什么，当时我突然向病入膏肓的他提出了一个特别的要求。

躺在病榻上的父亲缓缓地转过头，有些吃惊地看了看我，然后用手揭开被子的一角，说：“过来吧。”

这是我离家远行后几十年里第一次与父亲同床——老实说有些激动，这激动里有对童年的回忆，更有一种痛苦——医生已经说过，父亲最多还有半年时间的生命。

那一夜我睡得特别香，因为父亲的身体真暖和……这温暖的身体让少年时代的那一幕幕难忘的岁月涌上心头。

突然，黑暗里，父亲吃力而痛苦地说：“为啥现在我的身子一点也不热乎了呢？”

是吗？我跃身而起，并认真地用手摸摸他的身体：“挺热的，而且发烫呢！”

“不，我冷……”父亲突然像失足掉入深渊似的一把抓住我的胳膊，于是我只好紧张地顺势身贴身挨着他……我马上意识到，父亲的内心在恐惧死亡。

“没事没事，治两个疗程就大体好了。”我找不到更合适的话来安慰父亲，只好说着这样的假话。之后的几个月里，无论在父亲身边还是在远方的电话里，我都对他说这样的假话。

我注意到，父亲的身体始终是发烫的，烫得厉害——那是可恶的病魔在无情而放肆地袭击和摧残着他日益干枯的躯体。

之后的几个月里，我多次从京城返回老家看望被死神一步步拉走的父亲。我依然注意到父亲的体温一直在往上升腾，有时我甚至感觉他的肌体是一个燃烧的火球——烧得父亲不能着床，如今每每想起他生前那钻心刺骨的疼痛情景，我依旧胆战……

2005 年国庆前夕，父亲的病情急剧恶化，开始是每小时输一次氧，后来就根本离不开输氧了。最后，我和母亲不得不决定再次将他送进医院。这个国庆长假，是我与父亲诀别的最后日子，也是他生命的最后几天。以前听人说那些肺癌患者最后都是痛死的，我有些不信，但见证了父亲的病情后，我才真正感受到那可恶的肺癌，真的太恐怖了——它能把世界上所有的疼痛聚焦到一起并最终摧毁一个人的生命和意志。

患病的父亲太可怜。他一边艰难地大口大口地吸着氧气，一边则要忍受着全身如蛇咬噬的疼痛。我和家人守在他的病榻头，无可奈何。我想帮助他翻身，可刚手触其肤，父亲便会大声叫疼……想躺着又不能着床，着床后又不得翻身，不能动弹，一翻身筋骨皮肉更疼。我想用手轻轻地扶起他靠在软垫上躺一会儿，可父亲说那软垫太硬——他的骨架已经被病魔噬空和噬酥了。

“来，靠在我背上吧！”看着父亲这也不是那也不行的痛苦，我拭着泪水，突然想出了一招——与父亲背对背地蜷曲在床头，让他靠在我的背上歇一会儿……

“怎么样？这样行吗？”我低着头，将身子蜷曲成 45 度左右，轻轻地问父亲，父亲没有回话，一旁的妈轻轻告诉我：他睡着了。

真是奇迹！多少天又叫又喊的父亲，竟然会靠在儿子的背上酣睡了！我的泪水又一次淌湿了胸襟。

十分钟、二十分钟……一小时、两小时……先是我的双脚麻了，再是我的腰麻了，后来是全身都麻了。但我感到无比幸福，因为这是我唯一能给父亲做的一点点事了。那段时间里，我感觉到了父亲那么熟悉和温暖的体温，同时我又深感神圣——我意识到在我们爷儿俩背对背贴着的时候，是我们何氏家族两代人的生命在进行最后的传承……

那是热血在从一个人的身上流传到另一个人身上，从上一代人传承到后一代人的血脉里……那是一种精气的传承，一种性格的传承，一种文化的传承，一种魂魄的传承，一种世界上无法比拟和割舍的父子之情的传承！

作为儿子，我觉得即使永远地以这种姿势陪伴父亲，也还是一种必需的责任，一种必需的义务，一种必需的良心，一种必需的品质，一种必需的人性，一种父与子之间才能够有的情！

与父亲背贴背的感觉真好！它使我真切地感到了什么叫儿子，感到了为什么父母都希望有个儿子，同样也感到了父子之间的骨肉之情。

啊，父亲，儿子真幸福，能如此长久地感受父亲的体温，尽管它那么微弱，但那是自己父亲的生命体温！因为这熟悉的体温曾经让我摆脱过恐惧，曾经让我摆脱过尴尬，曾经让我在屈辱和徘徊中增加勇气，迅速成长，直至也可以撑起一片天！

“你累了，下来歇一会儿。”父亲重新躺下时脸上竟然露出一丝极其满足的笑意。

我伸伸胳膊，伸伸腿，浑身有些酸疼，但嘴里说着：“没事。”

这天中午，许多年没有见面的几位战友邀我去吃饭。我本不想离开父亲，但他劝我去，说，你们一起当兵多年，分别后又难得一聚，应该去。

约两个小时后我重新回到医院时，推开病房的那一瞬，我一下惊呆了：父亲的病榻头，瘦小干枯的母亲竟然学着我的样子，也蜷曲在床头，与父亲背靠着背……看着两位相依为命的老人，尤其是七十有三的老母亲那蜷曲的身影，作为唯一的儿子的我当时不知有多么心疼……我一边擦着泪，一边赶紧上床替下母亲。

当我与父亲重新背靠背的时候，只听身后的父亲舒坦地叹了一声：还是你的背宽……

泪水再一次模糊了我的双眼。父亲啊，除此之外，儿还能为你做什么呢？

“我想趁你在家时，带我到苏州工业园区看看，听说那里现在很好看……”知道我还有一两天时间就要回京了，父亲突然提出。

“行，明天就去吧。”可是我说完这话后又有些后悔，姐姐告诉我，父亲已经连翻个身都很痛苦了，再到外面走一趟能受得了吗？但我与妹妹商量后，决定还是带父亲上苏州城里走一走。我内心知道：这可能是父亲最后一次看苏州这块他不舍的故乡土地了。

第二天，我们父子俩乘坐妹妹的奔驰车，到了苏州老城，到了苏州新区。父亲一路上像个初出家门的孩童般欢呼起来，并且不时给我讲“过去”这里是什么什么样。每当看到那些古色古香的新的小桥流水景色时，他就会手舞足蹈起来，简直不像一个重病之人。

日落之前，我们到了工业园区的金鸡湖畔。我看到残阳下的父亲两眼放光：这里太美了，什么时候建得这么好啊？他不时地问我。原本无心观赏的我，竟然也被父亲的情绪所感染，忍不住跟着他的目光一起观赏起周围的一切来——可不是，金鸡湖畔的新苏州，如同一个绝美的天堂。那水，是蔚蓝蔚蓝的，成群结队的水鸟嬉戏着掠过我们的头顶，仿佛想跟我们逗趣；湖岸边有现代化摩天大楼，但你不觉得那是嘈杂的城市，因为在摩天大楼的四周，是宽阔无边的绿地和花园，还有众多叫不出名的树木。平坦的道路，找不到一片纸屑与废弃之物。湖边，有如梦如幻的几条长堤，从那里传出悠扬的歌声，令人心醉……

“你知道为什么自古以来人们都说苏州是天堂？”父亲突然考我。

“因为她太美，比人们想象中的天堂还要美呗！”

“那你现在知道我为什么一直不愿意听你话搬到北京住的原因了吧？”父亲继续追问儿子。

我笑了，说：“主要是你不习惯北京的天气和生活习惯吧？”

“不是的。”父亲摇摇头。

“那是为什么？”我有些迷惑起来。

“是因为你也早晚要回来的……”父亲说完，深深地盯了我一眼。

父亲的这一眼，强烈地震撼了我的心：是这样吗？

“是的，因为你是我的儿子。”那一天，父亲不重不轻地扔给我这样一句话。而这句话，也是他对我说的最后一句话。

几天后的一个早晨，我在北京刚刚上班，接到妹妹和姐姐的电话，得知了父亲离开人世的噩耗。

父亲的忌日在国庆后的第 11 天。现在已经三年多了，然而父亲的话一直在我内心震荡着、翻滚着……就因为我是父亲的儿子，我就必须回到故乡苏州？三年多来，这个问题一直在叩问我，我找不到答案，甚至不断地与此较劲，想方设法寻出与之相反的理由。但越是这样较劲，“因为你是我的儿子，你必然要回到苏州”这样一个定论，越如一个巨大的无法抗拒的磁场，将我的灵魂与肉体吸引过去——我无法挣脱，越挣脱越被吸引过去，一直到我彻底地投降与折服……

这三年里，受苏州市委的委托，我在对改革开放中发生了巨大变化的苏州进行采访，而这期间，我越来越意识到这个说来奇怪却又是真实的奇妙现象——好像我对故乡的巨变与情感，完全在受另一个世界的父亲的诱导，一直到我无悔无怨地接受转变和重新做出选择——这选择，便是我最终决定将自己生命的后一半回归给生我养我的故乡苏州……

每次深入采访，每次重新踏上这片充满活力、生机和无与伦比的土地时，我感到生活在这里，做她的儿子、为她服务、为她添彩，是一件多么幸运而幸福的事。

在父亲去世三周年的忌日，当我又一次来到金鸡湖畔，仰面躺在湖边的绿地向蓝天看去时，我的耳畔突然传来一个熟悉的声音：你是我的儿子，回来吧——

是天堂里的父亲在呼唤？我猛地跃身而起，四处寻觅，却没有发现父亲的影子。但这是真切的声音。当我怀着疑惑重新躺在绿地上时，“你是我的儿子，回来吧——”的声音又清晰地响起、响起……

我终于明白了——那是生我养我的苏州大地在呼唤着她的儿子。

那一刻，我突然明白了什么叫叶落归根，什么叫父亲与儿子之间的生命传承。

我知道了我既是父亲的儿子，也是苏州这块美丽娇艳的大地的儿子。

因而我的生命里离不开“苏”字。

我的儿女及后辈们也将离不开这个字，因为在他们的血脉里同样流淌着“苏”的基因……

苏州的父老乡亲们告诉我：他们和他们的亲人与子女同我一样，“苏”既是他们生命的伊始，又是生命的归宿，同时又是新生命的起点。无论离家多远，无论漂泊在外多久，最终的灵魂都将回到“苏”的土地上。这是苏州人难以更改的一条生命定律和祖训。

第4章 “苏”是地球人的向往

到过苏州的人，都知道城西有一个叫枫桥的地方。枫桥出名是因为那里有一座千年古刹——寒山寺。它始建于梁天监年间（502—519），旧名妙利普明塔院。相传唐代诗僧寒山子曾经在此居留很长时间，故后人将此寺院改称为“寒山寺”。

很小的时候，我们苏州人都会背诵唐代诗人张继的这首《枫桥夜泊》——

月落乌啼霜满天，江枫渔火对愁眠。
姑苏城外寒山寺，夜半钟声到客船。

千百年来，有关苏州枫桥和寒山寺的诗篇千千万，却没有一首超过张继的《枫桥夜泊》。寒山寺的美妙之处在于它的“夜半钟声”……不知从什么时候开始，我们的邻邦日本朋友每逢农历新年之际，都会远涉重洋，成群结队地从千里之外的岛国来到寒山寺，静静地苦守半夜，聆听那古刹迎接新年的108响钟声。

寒山寺的方丈告诉我，他的先师寒山法僧和拾得大师通过弟子在日本传道，播下了这个国家的佛道，影响巨大，日本人因此视苏州寒山寺的钟声为他们新一年精神家园的吉祥如意之声。

“当！当！当——”寒山寺的108响新年钟声，如今已被列入市级大典。每年政府要员和各界人士都会在同一时刻聚集于古刹之内，亲手敲响那数人方能合抱的古钟……

“月落乌啼霜满天，江枫渔火对愁眠……”这是2004年岁末中央电视台举办的“CCTV中国十大最具经济活力城市”评选现场。当主持人宣布苏州市代表开始展示自己城市活力形象之后，只见一位近60岁的芬兰籍“老外”手持伊朗鼓，用标准的苏州话唱起了这首我们熟悉而动听的评弹版《枫桥夜泊》……现场的气氛被推向了高潮。芬兰籍老人以其委婉悠扬的声调，伴着浓郁异国风情的伊朗鼓，深情而到位的歌唱，一下子征服了所有评委和现场观众。

“苏州获得CCTV 2004年中国十大最具经济活力城市第一名！”当主持人宣布这一结果时，那位唱评弹的芬兰籍“老外”激动地用中文高呼：“我的家乡赢了！我们苏州成功啦！”

关于央视此次“十大最具经济活力城市”的评比结果，有人说苏州当之无愧，也有人说是苏州人选用一位“老外”来唱评弹征服了评委。我想这两种议论都有道理吧。后来我知道，这位芬兰老人叫艾哲罗，是一个至今已在苏州待了十余年的、自称是“老苏州人”的芬兰籍伊朗人。今年64岁的艾哲罗原是苏州诺基亚公司的高级工程师，11年前被总部派到苏州工作时还十分不情愿，他问上司能不能把2年时间缩短为1年，谁知一到苏州他就爱上了这里，反而请求“长驻”。几年前已从诺基亚退休的艾哲罗，索性把家安在了苏州，在苏州大学当兼职英语教授的同时，还成立了一个由多半为外籍专家组成的“快乐之家”俱乐部。在央视表演的苏州评弹便是他现学来的。

“苏州太美了，她不仅是苏州人的，她也属于全世界。”艾哲罗常对人这么说。

艾哲罗也许并不知道，早在数百年前就有一位“老外”来到这个“东方威尼斯”古城后，发出过同样的感叹。此人便是意大利著名旅游探险家马可·波罗。据说，当年这位意大利旅游探险家如果不是因为自己国王的催令和家人出了点意外的话，苏州很有可能让他停止环球旅行。“苏州有与威尼斯一样美的水和水上的城郭，但威尼斯没有苏州那么多有趣的石桥，它让我仿佛像个醉汉似的踩在云路之上去享受天国的美妙。”马可·波罗如此形容说。

“杨柳岸，晓风残月”“子在川上曰，逝者如斯夫……”马可·波罗踩着云梯一样的石板，一步一步走过弯月般的石桥，听牧童在桥上哼着古诗与《论语》，如痴如醉。

水像一把银刀，将苏州城裁成一条条锦绣；桥则像个裁缝，将整个苏州制成一件飘逸美丽的衣衫。凡试着穿它一次的人都不想再脱下，连同身体和生命一起留在这个地方。

乌鹊南飞月自明，恨通银汉水盈盈。
夜来桥上吴娃过，只道天连织女行。
（明代高启《乌鹊桥》）

千百年来，苏州以其独特的锦绣容貌和精致文化留住了多少游子以及吸引了多少外籍富贵，我们无法做一统计，然而我的父老乡亲骨子里的那种

“海纳百川”“兼收并蓄”“吐故纳新”的品质早已被世人所公认与赞美过。

清朝雍正皇帝刚坐上龙椅那年，苏州织造胡凤翚的奏折里，就曾记有这样的景象：“阊门南濠一带，客商辐辏，大半福建人民，几及万有余人。”其实，在此前的100多年，旅苏的福州商人们便已在明万历四十一年（1613）建起了三山会馆。明清时期，福建商人共在苏州建有8所会馆。商人移民至苏州是从元末明初开始的，那时苏州已成为中国经济的中心和世界重要的大城市之一，所以想发财赚钱的商人蜂拥而至，形成了苏州历史上外埠人移民到此的第一个高潮。与闽商一样，粤商也是各地商帮中来苏州较早的一批人。明清时期，广东各地商人在苏州就建了7所会馆，其中建于清康熙和康熙之前的就有5所。而这5所会馆，又全都位于当时苏州最繁华的山塘街。在有据可查的59所明清时期苏州会馆中，山塘街上有13所，阊门及山塘周边还有17所，超过了全城的半数。而后来兴盛起来的近200处公所，则逐步向这座古城的各处散布蔓延开来。继闽商和粤商来到苏州之后，晋商、徽商、浙商和鲁商们也都纷至沓来，并且形成更大的势头。这些来自南北各地的商人，他们不仅自己在此做生意，发财后又成群结队地将家眷和帮工一一搬到苏州来，成为这里的新移民，并与当地百姓融为一体。正是这种经济和文化上的自由和开放、吸纳与兼收，苏州由此形成了历史上前所未有的繁盛局面。当年的繁荣盛况被清乾隆年间徐扬的一幅历史长卷《姑苏繁华图》所记载下来，那时的姑苏城内，从虎丘至阊门，七里长街，商铺林立，万商云集，百货充溢，舟船辐辏，帆樯鳞集……

也正是在这段时期，苏州城市有了显著扩大。城市地域范围扩展了，人口也迅速增长。这一阶段苏州城市变化的主要趋势，是城市从府城内扩大到城厢附郭和郊区市镇，从而形成一个以府城为中心、以郊区市镇为“卫星城市”的特大城市。

这是明清时期的苏州，她光彩夺目。

然而苏州人并没有满足和停止过他们对美好家园的再建设、再追求。他们在不断地寻找自己的不足……

如此美丽富饶还有不足？外人总把苏州比作是中国最美的山水画，他们羡慕都羡慕不过来，苏州人自己竟然会不满足？

我的苏州父老乡亲们真的没有满足，他们在寻找、检视自己的缺失：山水画美吗？美，它平远、深远和高远。可苏州人回头看看自己一览无余的平原景象时有了愧意，因为人们总把苏州的“小桥流水人家”视为最美，但苏州人认为，“小桥流水人家”仅有一种平远之美，还应有深远之美和高远之美，于是他们开始整治出一条条巷子和一条条通江达湖的城河。

“小巷使双脚越走越深，城河让橹桨越划越远……”苏州人从此有了从容、内敛的天人合一的意境——心灵的和自然的。

但他们又马上发现，从容太多了就会散乱，内敛过甚便是闭塞，于是苏州人立即给自己提了个醒——我的祖先们开始在小桥流水人家旁和巷子的端头与城河的岸边修起一座座高高的寺塔，好让自己随时随地抬头知道天外的更大世界。于是，苏州人在有了小桥流水人家和巷子与城河之后，又添了一座座高耸的寺塔，便实现了平远、深远和高远的全部……于是，他们的自然家园和心灵家园都成了“现实之最美”。

现在我有了一个重要发现——对故乡苏州的本质认识：你看，苏州人为什么把城市的商标注册为那座雄伟的虎丘了！那是他们在暗示一种登高远望、永不止步的追求和心境以及一览世界的胸怀。

“先见虎丘塔，再到苏州城。”这句旧时俗语，我听后，觉得似乎还应有一句：欲知苏州城，先登虎丘塔?!

是的，你想真正了解苏州和苏州人，就必须站在一个高度。

那一天，我来到繁华热闹的观前街，在街道中央被一个新景观所吸引：一面印有 2006 年十佳“新苏州人”手印的纪念墙，巍然屹立在那里。它用坚硬的青灰色金砖做底，墙端十双烫金的手印散发着灼热的光彩，令游人无不驻足仰望。古时有帝王名人碑刻匾额，有捐建寺庙者的铭记；今时有星光大道明星足迹，有官员题字墨宝。但为外来的打工者群体“树碑立传”，苏州是首创。一如媒体所评论的那样，外来创业者用自己的双手，为苏州这座城市烙下了深深的印记。这是一种见证，也是一道独特的风景。

站在“新苏州人”手印纪念墙面前，我感慨良多：这墙不仅仅体现了苏州市政府和人民对“外来工”这一群体的尊重和感激，也折射了我的父老乡亲们的一种胸怀和境界，同时也反映了他们对未来的一种最明智的选择。

因为这座手印墙，我随即获得了一个数据：至 2008 年，苏州本地户籍人口与外来务工和外来创业者的总人数之比正好是 1∶1。也就是说苏州现在有两个 600 万，一个是本地户籍人口 600 多万，一个是在此工作和生活的“新苏州人”约 600 万。

啊，我一下感觉对自己的故乡、对现在的父老乡亲们不再是那么的熟悉了！但让我感到欣慰的是他们都是“苏州人”。

“新苏州人”，这是多么亲切而新鲜的名称。

“我愿意带着家属、孩子和亲戚迁移到这里，就是因为这里的政府和乡亲不把我们当外人。”一位在我故乡小镇上安家落户十余年的河南籍人这样对我说。他就住在我妹妹家的对面，他说他现在已经把 20 多位亲戚从河南老家带到苏州工作。“有四家户口也迁来了。”

这就是我的新老乡。望着他坚实而宽阔的背影，我想到了另一个原籍河南的新苏州人，他叫罗延银，是 2007 年“五一”期间我参加全国总工会召开的“劳模表彰”大会认识的“苏州老乡”。现年刚 40 岁的罗延银老家在河南商城县，1992 年他来到苏州务工，1997 年被聘为苏州城市排水服务公司疏通班的管道养护工。2006 年，他以最高票当选为苏州市首届“十佳新苏州人”之一，并成为苏州有史以来首位荣获全国“五一劳动奖章”的农民工。

“罗延银是我们苏州人的光荣和骄傲。”这话是曾任江苏省委常委、苏州市委书记的王荣同志对我说的，从他的表情和语气中我感到了一位领导者的真情与胸怀。

“不管是产业工人、管理层，还是技术人才，我们都吸引了很多国内、国外的优秀人才。一直以来，我们都把人才引进，尤其是领军科技创业人才的引进，作为苏州对外开放一个很重要的方针。”王荣在参加全国“两会”期间接受记者采访时这样说。

据我所知，苏州从改革开放初期就十分重视人才和劳力的引进。早期的“星期天工程师”，到现在的“星期天科学家”都是他们引进人才的特色经验。劳务输入更是苏州在近 30 年中能够实现高速发展的关键措施之一。据公安部门统计，1985—1989 年、1990—1999 年和 2000—2008 年三个阶段，是苏州“新苏州人”增长最快的时期，而这三个阶段正好也是苏州跨上三个重要台阶的大发展时期。

20 世纪 80 年代初，苏州乡镇企业蓄势崛起。到 20 世纪 80 年代末 90 年代初，已是三分天下有其二。这期间，大批乡镇企业的技术工人是来自上海国有企业的技术人员和退休工程师。他们星期六赶到苏州乡镇，指导这些“摸着石头过河”的乡企上项目、建流水线、出产品，甚至帮助推销产品。后来苏州乡镇企业红红火火了，这些人有的就留了下来，成为第一批“新苏州人”。苏州发展的第二个关键性转折时期，是从 20 世纪 90 年代初开始的以大规模引进外资为手段的城市工业化时期，此时各类生产要素以及海外的新技术、新产品向中心城市聚集，外向型经济和民营企业的崛起，使得这期间的大量大中专毕业生和外地劳务人员以及到此经营办厂的企业家涌入苏州城乡各个角落，形成了第二波“新苏州人”高潮。苏州高速发展的第三个时期是进入21世纪后的近10年，它体现了以IT产业的集聚和发展为目标指向的新型工业化进程。在这一阶段，苏州承接了国际IT产业的梯度转移，同时，国有企事业单位全面推进改革。现代国际经济社会发展的新技术、新理念、新模式纷纷进入苏州的各行各业，新型工业化进程明显加快，经济国际化的特征也更明显。此间，大批高层次的国内外人才和有技术的产业工人聚集到苏州，形成了最大的一轮“新苏州人”潮。现今，光是从零成长起来的苏州外资企业就聚集了200多万“新苏州人”……

一个600万人口的城市，接纳和吸收了同样数字的新人，于是有人这样称道“白发苏州青春相”。

苏州是古老的，苏州又是青春的。一个以年轻人为主体的另一半融入原有的那一半群体时，这个群体肯定变得青春了！

在今天的苏州，无论城市或乡村，你很难分得清谁是真正的“老苏州人”，谁是新来安家落户的“新苏州人”，他们已经完全和这块土地的每一个角落都融为了一体。

这就是我父老乡亲和政府官员们的高明之处：十余年前他们就改口将“外来工”称为“新苏州人”。

一个“新”字，包含了亲切和温馨，包含了尊重和体贴，也包含了期待和希望。

苏州对外来务工者和外来创业者的关心，并非一个简单的“改口”，而是实实在在的行之有效的做法和一项项措施，更是如同一家人的那种细致入微的体贴关怀。

看一看2006年苏州市开始实施的“新苏州人计划”的具体内容，你就会明了苏州对外来务工者和外来创业者的那份体贴关怀不仅是一种简单的政策上的关照，而且是真真切切“一家人”的平等相待。这一计划中包括：老有所养——只要符合条件，外来人口在苏州参加社保，与本地职工一视同仁，平等参保，平等享受。从养老、医疗、工伤到生育、失业，五险合一。病有所医——在企业就业的外来工，被纳入城镇职工保障网。在苏州农村种田的5万外来农民，同样也被纳入当地农村合作医疗，他们的子女也享受大病医疗等保险，并享有各种免疫接种。学有所教——据不完全统计，目前已有近30万的外来人员子女在苏州中小学就读，占全市义务教育学生数的四分之一。苏州设立面向“新苏州人”子女的定点中小学，仅古城区就有15所。居有其屋——通过政府投资、单位出资、吸纳民资、农民入股等集资方式，在全市建成了4000余处质量高、环境美、租金低的外来人员规模型集宿区（点），共吸引了170多万外来人员入住。尊重城市里每个公民的权利，包括匆匆过客，这是这个古老而新兴的现代化移民城市健康发展的基础。

夕阳西下时的苏州高新区内，一幢刚刚建设完工的13万平方米的民工公寓——景山公寓，此时华灯齐放，轻曼的歌声悠扬地飘荡在绿草如茵的小区内。下班归来的青年女工董金娜，迈着欢快的步子，走进干净整洁的小区，暖暖的春风吹着姑娘桃花般的脸庞，伴着银铃般的笑声，小董进了自己的宿舍——5幢C4205室。这是一间35平方米的宿舍，里面住着10名员工，卫生间、电扇、书桌一应俱全，房间里收拾得十分整洁。“这里租金每月只有六七十元钱，设施齐全，舒适安全，生活很方便。”虽然到苏州只有两个来月，但董金娜已经适应了这里的生活。

“我已经想好了，再过两三年，我把父母也接过来。苏州太美了，这里的人好，城市也好，工作和生活更好，所以我要动员全家人搬过来，都当苏州人。”其实有董金娜这样想法的人不在少数。苏州有一份调研报告说，在600多万“新苏州人”中，有十分之一的年轻人已经或正在准备落户此地，成为永久性的苏州人。而这中间，海外归来的学子以及外企中的外籍人士就占了相当多的数量。

唐杰才，一个有着中国式名字的新加坡人，在美国读完大学到硅谷创业，12年之后他单枪匹马从美国来到苏州，起初公司连他只有3个人，做外包服务。经过几年拼搏，他一手创办的新宇软件公司进入了“全球IT服务100强”，并在100强的单项排行榜上名列“专业应用程序开发供应商”第三位。现在，唐杰才的公司在上海、大连、广州、香港和美国都有了分部，仅在苏州的员工就有1000多人，波音、微软、IBM、宝洁等众多知名公司都是他的长期客户。作为外籍出身的“新苏州人”代表，唐杰才的手印也被高高地烙在观前街上的那面光芒四射的手印墙上……

唐杰才不是唯一拥有如此荣耀的外籍“新苏州人”。

2009年1月19日，苏州市2008年度“十佳魅力科技人物”揭晓，用德国智慧制造中国著名“刹车”的托马斯·林童格外引人注目，因为他是获得这个奖项的首位外籍专家。托马斯从苏州市有关领导手中接过荣誉证书时，向参加颁奖典礼的全场群众连声高喊道：“我是托马斯，我是苏州人！”

托马斯在德国从事了12年公共交通系统领域的研发工作，因为表现突出而被公司派到市场更为广阔、挑战也更为艰巨的中国。而他所以最终决定来到中国，他坦言不仅是因为中国地铁市场占世界的50%，有着更大的发展空间，还因为他有一个会说中文、热爱中国文化的妻子。对于他们来说，中国古老的文明神秘而令人向往。2005年，托马斯携妻子来到苏州，开始了全新的工作和生活。初来乍到的他，就要承担公司项目系统技术的开发和实施工作。他不光要面对工作上的新挑战，同时还要处理与中国同事之间因为不同的文化背景而带来的工作状态和工作方式上的差异，很多困难都难以想象。但欧洲人特有的乐观开朗的性格让他觉得这些差异很新鲜，所有问题也在他逐渐“入乡随俗”的过程中迎刃而解，并很快就成为地道的“新苏州人”。

“在中国的三年，我学会了如何用中国的方式来解决中国的问题。这与德国不同，但很有趣。”托马斯如此说。

三年中，托马斯带领的团队已负责参与了世界各地近30个地铁、轻轨、大型铁路的技术设计与调试工作。这些项目分布在不同的国家、不同的城市，其中包括正在建设的苏州轻轨项目。他负责参与设计调试的上海地铁9号线使用的原型车，是中国地铁国产化的里程碑标志之一。兼容并蓄的现代化苏州给了托马斯施展才华的舞台，他带来的先进技术也让中国在这方面与德国同步。吴侬软语的传统苏州把托马斯和他的妻子变成了地道的“新苏州人”，还多了一个在苏州出生的女儿。现在，托马斯逢人便说：“神秘的中国吸引我来这里，天堂的苏州说服我留在这里，我感到很幸运、很幸福。”

二胡、太极、吟诗、演小品……又一场“情系苏州”外国友人才艺大赛开始了，来自美国、日本、加拿大、瑞士等20多个国家的数百名异国友人竞相登台表演。

你看，那从美国西雅图来苏州求学的欧可欣，操着一口不太熟练的普通话，神情专注地演讲着她眼中的苏州。在她的眼中，这座有着2500年悠久历史的古城，比西雅图大，四季分明气候温和，热情好客的苏州人善解人意，会让人忘却孤独。

再听听作为“老苏州人”的周文艺是如何描述自己在苏州的生活的：“我从马来西亚来苏州工作后，就牢牢把握一切机会，从一开始便像苏州人那样自信、认真地工作，空闲时我游泳、打壁球，感到无限惬意。我之所以安居乐业在这个天堂里，是因为这里可以常常吃到我最爱吃的大闸蟹和青梅……”哈哈哈……笑声歌声一起在这群“新老苏州人”中波涌涛起。

大赛现场高潮迭起，来自美国的约瑟夫妇演出小品《中国罗曼史》，那幽默、那夸张，令台下观众捧腹大笑，而约瑟夫妇依然沉浸在陶醉之中，小品“求婚记”表达了他们对姑苏小桥流水、粉墙黛瓦、石板小巷的迷恋之情。当19岁的韩国姑娘郑秀娥穿着一袭蓝旗袍走上台时，全场欢声雷动。“苏州的美是最为独特的美，美就美在她的园林，美就美在她的小桥流水，美就美在她那又糯又甜又嗲的苏州话。我爱你，苏州，我的异国故乡！”韩国姑娘用甜甜的、清脆的嗓门高喊，一遍又一遍。

“我爱你，苏州——我的异国故乡！”于是，全场所有人呼应着站起来，这样齐声高喊着，一直将炽热而深情的声音传遍整个苏州城……

“是的，苏州近几年的发展和变化已经超出了我们的传统视野，出现了诸多新变化，比如经济，它已经从‘苏州制造’全面向‘苏州创造’转变，同时又朝新的方向发展，即从‘苏州创造’到‘苏州投资’——依靠苏州雄厚的经济实力、技术实力和人才实力，到苏州之外的地方去实现苏州经济的另一种形态。而无论‘苏州制造’，还是‘苏州创造’或‘苏州投资’，都离不开新苏州人的力量。根据预测，到2010年，‘新苏州人’将超过800万人，多于本地户籍人口。也就是说，传统意义上的‘苏州人’概念将从此改变，苏州将成为真正意义上的中国的苏州、世界的苏州。苏州是我们共同的美丽、和谐、富裕的家园。”一位苏州干部告诉我。

说得多好！苏州是我们共同的家园——中国的、人类的。

然而我知道，苏州，这个我的、中国的、人类的家园能有今天这般美丽和如此活力，其实才经历了弹指一挥的时间，也正是这个原因，故而有了我的这部作品。

“人间天堂”史　第一部

异军突起

1983年春，邓小平到苏州视察回京后，迅速找来中央负责经济的领导同志，告诉他们：国家要实现翻两番的目标，农村必须走发展社队企业之路。

“江苏从1977年到1983年六年时间，工农业总产值翻了一番……我问江苏的同志，你们的路子是怎么走的？他们说，主要是两条。一条是依靠了上海的技术力量，还有一条是发展了集体所有制，也就是发展了中小企业。江苏吸收了不少上海的退休老工人。这些老工人有本事，请来工作所费不多，只是给点工资、解决点房子，就很乐意干，在生产上发挥了很好的作用……”邓小平说到这里，点上一支烟，继而又对负责经济工作的中央负责人说，他看到苏州的乡镇企业发展好，给农民带来了好处，“人们喜气洋洋，新房子盖得很多。”然后脸上露出笑容，像是自言自语道：照苏州这个样发展下去，希望蛮大了。

这一年，中央发了一号文件，其中有一段话这样写道：“社队企业也是合作经济，必须努力办好，促进完美发展。”两年后，中央专门下发文件，不仅肯定了苏州社办企业的经验，而且将社办企业的名称也正式改为“乡镇企业”。从此“苏南模式”在中国大地上名声大振。

在写此书时，我曾采访一位苏州市的老领导，他住在市区的一片前小溪后宅院的苏式小庭院内。他就是先后两次担任苏州地区和苏州市委主要领导的高德正同志。

高德正原籍江阴，江阴在1983年前也是苏州地区下属的一个县，后来划归了无锡市。高德正在江阴当过县团委干部，后在供销合作社工作，24岁当县委宣传部副部长,28岁当公社书记。后来调到沙洲县(现为张家港市)当县委副书记。1964年“四清”和“文革”初期，被派到社教工作队，并在中央组织部任过职。1968年因本人要求又调回沙洲。1977年起任沙洲县委书记，1981年被破格提拔为苏州地区专员。

“从地下搞社队企业，到公开发展集体小工业，一直把乡镇企业搞得轰轰烈烈，使其成为支柱产业的半壁江山，这是苏州人民创造的历史。这一历史可以追溯到改革开放前后那些不平凡的岁月……”高德正说。

我非常赞同老书记高德正的话，苏州自古就是一个重商、重经济的地方。无论在1949年前还是在1949年后，手工业和小农经济一直非常发达，堪称全国之先。特别是在苏州广大农村，即便在“农业学大寨”的运动中，连棵草都可能被视为“资本主义”产物的年代，苏州老百姓也没有彻底放弃搞“副业”的念头。我父亲就是一个例子。“四清”前，他就是农村生产大队的大队长，因为倡导种植一个桃树园，结果“四清”社教队来了，有人揭发他“常带几个桃子回家”而被削职。接下来是“文革”，他也因此被列为小“走资派”。后来觉得他没有什么“反党反社会主义”言行，就恢复了他的职务。那时“文革”还没有结束，苏州各地农村却有人在地下搞“副业”，偷偷办些小加工厂、小农机车间，父亲在这个时候对办厂异常热衷。“办一个厂，能抵一千亩地的收入。”这是他心目中的一本账。

“我办得好的时候，吴仁宝还来我们厂取过经呢！”2005年“五一”期间，我奉命去采访社会主义新农村建设的带头人、华西村老书记吴仁宝时，身患绝症的父亲在病榻前还曾得意地朝我笑着说。几个月后，父亲死了，而全国性学习吴仁宝的热潮又再次掀起……

我知道父亲和吴仁宝他们那一代人都是苏州走向改革开放经济大发展的拓荒者和先驱者，或者说，多年后被认可的“社办企业”，正是在我父亲和吴仁宝他们这些敢于第一个吃螃蟹的广大农村干部带领下所创造出来的。

第 5 章　田埂上点燃的熊熊烽火

用苏州高德正老书记的话讲，苏州的乡镇企业应该最早要算江阴和原来的沙洲县等几个地方的人搞起来的。另一些老同志向我补充道：原属苏州地区的无锡县是更早的乡镇企业发源地。我调查和考证的结果是：他们的话都有一定依据，但不十分完全。苏州的乡镇企业如果包含了乡和镇上的那种企业的话，就很难从时间上断开来了。因为苏南地区的乡镇从立镇建乡起，一般是将集镇作为乡镇的所在地，这些乡镇集市，除了作为商品交换地和当地政治与文化中心，从明清开始就已经有一些工业在此聚集了。比如我的出生地常熟一带，在 19 世纪末，不少镇上就有了一定规模的工业。像常熟的支塘镇，早在光绪三十年（1904）时，就有一位江西籍的盐商独资 27 万银圆，在这里建了一家裕泰纱厂，占地 200 亩，所引进的设备都是 1888 年英国道勃生和汉斯顿制造的纺织机，其生产规模在当时的中国也算一流水平。从 20 世纪 20 年代起，又有一批上海商人到苏州乡下的小镇上开厂。抗战开始后，这样的厂子从上海等城市迁到苏州乡下的就更多了。

因此苏州人在 20 世纪 80 年代前并没有把农村社队办的小企业叫成乡

镇企业，而是叫社队企业，其道理也就在此。社队企业是特指由公社和生产队创办的小工业，它们最初通常是一些小加工厂和小修理厂，主要是为从事农业生产或农田基本建设和水利工程上用的相关农具等服务的。然而正是这些不起眼的小工业，后来成了大器，帮助苏州从一个纯粹农业的鱼米之乡，推进到今天全世界所瞩目的现代化城市。

30 余年历史，弹指一挥间。我无法想象当时父辈们搞的那些在田埂边、仓库内的“小打小闹”竟然为日后的苏州经济和社会全面发展铺设了快速轨道，并成就了一种具有中国特色社会主义的经济形态——“苏南模式”。

老同志所介绍的苏南乡镇企业先行者之一、原属苏州地区的江阴县华西村老支书吴仁宝当年是怎么搞社办小企业的呢？又专门搞些什么东西呢？2005 年，我采访吴仁宝，他站在如今一年已经可以为他的华西村创造几百个亿产值的“华钢”基地上，笑呵呵地对我说：“那时我们华西村有一个‘小五金’厂，说厂其实也就是用大队仓库的几间空房子，那么十几人在里面敲敲打打。白天要关着门干，晚上要点着煤油灯干，因为那时不能让人看到，看到了就得被当作‘资本主义尾巴’给割了，所以我们经常只能停停关关、关关停停地干。上面来检查我们就把门一关，让工人们回到自己的生产队干农活去了；等检查的人走了，再回到厂里敲敲打打起来。所谓‘小五金’，就是给农民们做些生产用具和生活日用品，可就是这个‘小五金’厂，它成就了我们华西村的发展。当时‘小五金’厂一年能有几十万元的利润，我们靠它慢慢地壮大了集体经济，一直到后来办大厂，办钢厂，办外贸公司，现在我们华西村一年可实现四五百亿工业经济产值和近三十亿的财政收入，起家靠的就是当年的那个‘小五金’厂。”

1983 年邓小平同志到苏州时，江苏省负责人向他介绍苏州在 1976 年至 1982 年间实现了经济水平翻一番，这主要靠的就是社队企业经济。

有个事实须说明：苏州社队企业（或者后来叫作乡镇企业）经济的发展，早于改革开放的1978年，是因为苏州人民在计划经济时代早已对封闭式的统得过死的经济形式厌倦了，他们一直在寻求新的生活和发展模式。这个时候，他们通过创办社队企业（乡镇企业）获得了出路，也获得了希望，得到了真正的实惠。于是一传十、十传百，社办企业之风仿佛在一夜之间席卷苏南大地……

在这阶段的苏州，有一个人格外引人注目，他是一个县的领导干部，他的嗓门和他那为了办企业而发出的咄咄逼人的口号让人激动、让人敬畏！

他就是高德正，时任沙洲县委书记。

“我记得那是1979年，在县里召开的学‘两桥’（指欧桥村和塘桥镇）争富裕的‘三干会’上，高书记高着嗓门，他从头到尾讲的是解放思想、大胆冒尖的话题，直把与会干部鼓动得个个心花怒放。而原先好多干部思想僵化，不敢越雷池半步。有一回，港口乡里开大会，我请人在主席台两旁写了两条大红竖联：‘聚精会神想富，理直气壮抓钱’。那些村干部一踏进会场，就蒙了，有人惊叫起来：‘哎哟，谁写错了！’高书记做报告，时常挥动手臂，气势磅礴，震撼人心。尤其是他那富有思辨性、形象性和强有力的鼓动性语言，诸如‘政策一落实，小布衫全出湿’‘穷不会生根，富不是天生’‘小鸡吃米，粒粒下肚’‘社队工业不姓资，治穷致富才姓社’‘时候已到，只欠东风’，等等，至今仍萦绕在我们耳际，激励我们去开拓新业。可以毫不夸张地说，沙洲人的思想开化，就是从这个时候开始的，其后沙洲出落得如此秀美，思想解放是第一篇。”

“解放思想，使人们在贫乏的心田上播下了希望的种子，在荒芜的沙滩上看到了绿意。在实行家庭联产承包制后，调整农村产业结构，请进姓‘工’的财神爷，大批青壮劳力走出田埂，登上了发展乡镇企业的历史舞台，主演了一幕幕既悲壮又激昂的活剧。乡镇企业异军突起，使沙洲农村经济发生了深刻而伟大的历史性巨变，沙洲农民的生活开始富裕、美满、幸福起来。沙洲人有点神气活现了。”

一位“老沙洲人”用笔这样记录了当年高德正书记在沙洲轰轰烈烈搞乡镇企业的情形。据我所知，在其后的几年里，昔日被人瞧不起的沙洲全县就有 20 个乡镇工业产值实现翻番，并冒出了塘桥、乐余、南沙、妙桥等多个“亿元乡”，还有欧桥、闸上、包基、巨桥、花园等“千万元村”，一颗颗新星冉冉升起。沙洲因此一时威震四海，成为苏州地区的富足县。

30 年过后，当我见到高德正老书记，向他询问这段激情燃烧的岁月时，老人笑了，深情地说：“我难忘那几年的乡镇企业发展历史。所谓的‘苏南模式’和‘半壁江山’就是这么出来的……”

这段历史，我这个苏州人也清晰地记得，那时正值我在故乡读书的中学时代。我的姐姐和那些没有上高中的同学们，多数进了社队企业，成为第一代拿工分的工人。

对于那一段历史，我记忆很深的另一个原因是我父亲带头办了两个社队办企业，一是绣花厂，二是眼镜厂。与沙洲相比，我的出生地常熟在办社队企业方面更有优势。常熟的花边在过去就有名，即使在“文革”时，农村的妇女也没有停止过这种赚钱的手工工艺。据说我们那儿在“文革”时还能够留那么一个“资本主义尾巴”，是周恩来总理确定的“外交需要”——出口所用。但绣花边不是社队企业行为，它是由供销部门代国家的外贸部门分包给广大农村妇女的。

我父亲办的绣花厂其性质则是真正的社队小企业，它是承接苏州某绣花品厂的业务，直接由生产大队办的小厂。我知道的这个厂当时大约有三四十个年轻绣娘，她们大多数是各生产小队按名额分配选进去的，基本上属于本生产大队的那些手巧貌美的女子。那些能进绣花厂的青年妇女当时特别荣耀，因为她们可以不用整天背对太阳面朝黄土了，令没能进厂的青年妇女对她们极其羡慕。另一个重要原因是她们的收入比种田的要多，而且可以拿到部分现金，这在当时的农村算得上是一群脚不离土地但却不用晒太阳的“白领阶层”了。

我父亲还是另一个眼镜厂的厂长，工人以男性青年为主，因为办厂，我父亲成了当时的“红人”，十里八乡的人都知道他的大名。最主要的是，这两个厂子的收入很丰厚，父亲所在的“先锋大队”真正成了常熟乃至苏州一带的经济发展比较好的先锋大队。父亲说的“吴仁宝都来取过经”讲的就是这个时候。

苏州乡镇企业蓬勃发展的时候，我已经离开老家，踏上了从军的征途。四五年后当我第一次探亲回到故乡时，中国已经进入了全面改革开放的年代。20 世纪 80 年代之后，我虽在异乡，却常常能听说关于故乡的一件件令人激动的事：比如第一支农民乐队（后来有人将其搬上了电影银幕），比如第一个“亿元村”，比如第一所农民幼儿园，等等，这在当时都是能上《人民日报》的大新闻哩！而这样的新闻在我们苏州地区，几乎年年可以涌现出一大箩筐……

苏州乡镇企业的发展，走的是集体经济的富裕之路；集体富裕了，各种有利于农村、农业、农民的“三农”新鲜事便层出不穷。

那时，苏州的广大农村，可以说“无村不厂，无村不工”。三五个人也可以成一厂，几十人、几百人的厂子同样随处可见。

听苏州老乡讲，乡镇企业搞得最早最好的要算江阴和无锡人，“他们那里起步最早，而且会用人——用那些过去下放到农村的城里人，用这些亲戚和朋友在城里厂子里工作的关系来武装自己。”

这是什么意思?

有人向我解释:在新中国成立初的城市工商业改造和20世纪60年代国家困难时期，曾经有二三十万上海、无锡、苏州的城市居民下放到了苏州地区的广大农村。这些人虽然户口在农村，但他们与城市始终连在一起。当苏州的“乡下人”开始想办些小厂而缺少技术和物资时，这些人派上了大用场。他们出面回城向自己在国营企业的亲戚朋友张一下口，问题就基本能解决。苏州地区的社队企业起初的业务，都是为本地农民的日常生活和农业生产的“小五金”和农具加工等服务，后来开始做赚钱生意，帮助城里的一些企业加工辅助配件，赚些薄利。没有技术，他们就请城里的工程师利用星期天和节假日到乡下来帮助指导，这一来一回，就把城乡连在了一起。

老乡热情好客，每当城里老师傅过来，总要备好一些农副产品，比如上海人爱吃的鸡毛菜、家养鸡，还有河里的螺蛳、活鲜鱼、螃蟹等，待师傅回城的时候，就让其带回去。师傅们很乐于接受这种“等价交换”，他们一方面利用星期天和节假日到稻谷飘香、空气清新的乡下换换环境，一方面又能为家人带回一些新鲜的食品，很是高兴。有的干脆连工钱都不拿，一来一回，就像走亲戚似的，跟苏州农民关系处得特别好。农民也高兴，一是在师傅们的帮助下办起了厂，二是学会了技术，并且没花多少成本，生产出来的产品又可以直接交给城里的大厂子，赚的是实实在在、没啥风险的现钱。

“星期天工程师”就是苏州老乡叫出来的，曾经在改革开放初期风靡一时，促使苏州乡镇企业快速提升和空前发展。

这种“星期天工程师”从另一个方面又大大促进了城乡关系和商品

交易。

吴江的一位如今已是“亿万富翁”的老板告诉我，他的电缆厂开始就是靠上海“星期天师傅”帮忙搞起来的村办企业，后来越搞越大，技术要求和人才要求也高了，以前上海那几个帮助他创业的“星期天师傅”干脆辞掉了上海的铁饭碗，跑到乡下当了他的工程师。“二十多年过去了，有的上海师傅还在我厂子里办了退休手续，有的今天还在我厂里，他们中间还有第二代人在我这里工作，甚至连家都安在吴江……”

苏州乡镇企业的发展，也使当地的那些能工巧匠跟着纷纷办厂开店。童年和少年时我所认识的不少乡友在这个时候抓住机遇，发了大财。现在的苏通大桥旁边过去是东张乡，那里有不少我中学时的同学，不知什么时候起，他们纷纷办起了红木家具厂，如今上海市场上的红木家具就是他们这些人折腾出来的。

我的一个同学告诉我，他初中毕业后没有再读书，进了大队的木器加工厂，因为他父亲是当地有些名气的木匠，所以这个小厂由他父亲挑头当厂长，儿子算是“走后门”进去的。“大约是1974年办的厂子，起初只有六七个人，名为木器加工厂，也就是因为公社建了一个新礼堂，我们厂子把这批活接了下来，之后就开始接周边几个大队的社员们的一些零星活。有一年一家有钱的人说他的儿子在上海城里工作，要结婚了，问我们能不能做一对红木椅子。我父亲以前做过，就答应了。红木材料是那个人从上海外贸公司下面的单位搞到的，于是我父亲带着我们几个人用了一些时间把这对结婚用的红木椅子做成了。那个时候结婚一般讲究‘三大件’——自行车、收音机、缝纫机，这户人家结婚比别人多了一对红木椅子，一下子在同事中引起反响。于是这个上海人就不断来找我们，说是他的朋友们都要做红木椅子。就这样，我们越做越多。开始是偷偷地做，因为‘文革’时红木家具曾经被当作‘四旧’，是造反派见了要砸烂的古董。后来改革开放了，也没人管这些，所以我们就公开专做红木家具了。时间一长名气也有了，上海市场最初出现的红木家具，基本上都是我们东张人做的。我们最红火的时候，连美国前总统卡特都请我们去为他家定做红木家具……”

老同学是不是在吹牛？

“绝对是真的！”他拿出一组卡特坐在亚特兰大家中的红木沙发上的照片向我证实。“卡特的这套红木家具就是我们厂为他专做的。他对中国红木家具的钟爱可谓到了如痴如醉的地步。有一次他的一把红木沙发椅不小心碰掉了一只角，他十分惋惜，有美国名匠知道此事后上门想讨好卡特，但他执意要请中国的红木匠师去帮他修复。后来我们的东张师傅陈运来真的不远万里专程去了美国，帮助卡特把那把沙发椅修复好了。美国后来的几任总统，如老布什、克林顿，都挑选过我们做的红木家具。”

东张离我老家不远，上海人买红木家具的车辆至今仍常从我家的老宅房前经过。

二十多年前我回老家时，这个镇的江镇长曾如数家珍地向我讲述了他的镇由当年社办企业的“一根木”（红木），发展成了“一件衣”，再由“一件衣”发展到“一根针”，后来又由“一根针”发展到“一棵菜”，使得长江边这个东张镇集体经济越来越红火，全镇人民在 20 世纪 90 年代初就实现了“小康”。

“所谓的一根木，就是靠办红木厂，引发了全镇多达几十家小厂汇成红木产业群；由于红木生意，使得东张与大上海有了千丝万缕的联系，于是买红木家具的上海人到东张一看，这里的条件好，农村里手巧能干的姑娘们多，于是就来办服装厂。上海人对市场的感觉好，做什么一般很少失败，所以没几年我们全镇的服装业又起来了。服装业一多，就得有纺织业跟上，于是‘一件衣’又带动了‘一根针’……社队副业上去了，乡亲们的日子好过了，农业生产上的机械化、科技改进和农田水利基本建设等也有钱上规模项目了。这样通过办乡镇企业所获得的集体利益又反过来有力地支持了农业生产。我们还瞄准上海这个大市场，在农村普及了特色蔬菜的种植，这就是‘一棵菜’。这样一来，每家每户基本上既有人在厂子里工作，又有人在家种特色蔬菜，农工两方面都有丰厚的收入，使得全镇人民的日子节节高。”江镇长现在已在常熟市开发区工作，回忆起那段乡镇企业创业史，他依然心潮澎湃。

“现在你看到的我们东张镇一些公共设施和通向各村的水泥马路及农民们的两层小楼，多数是在乡镇企业大发展时建造的。”江镇长这话也许是对曾经辉煌的苏州乡镇企业所带给苏州社会和农民们最直接和最实惠的种种变化的形象概括。著名社会学家费孝通曾在20世纪八九十年代多次亲赴苏州对乡镇企业进行调研，“半壁江山”的概念也是从他嘴里传播出去的。费老这样评价过苏州的乡镇企业：“这里的社社队队，因地制宜办起的小厂，使一些能工巧匠有了用武之地，并且通过集体的力量，使散落在民间的智慧和经济活动形成了强大的集体经济活动，从而对促进当地经济建设，加快农民发家致富起到了强有力的推动作用。”

写到这里，我不能不想到一个人——这人与我年龄差不多，但他却远比我出名早，且影响力在中国和世界上都很巨大。他就是中国人非常熟悉的羽绒服品牌“波司登”的老板高德康。

高德康与苏州的老书记高德正毫无血缘关系，也不沾亲带故，他们完全是两个不同年龄段出生在不同地方的人。但高德正对高德康的影响很大，因为高德正在沙洲当县委书记及后来到苏州地区当专员时，曾扯着大嗓门到处喊“政策一落实，小布衫全出湿”“穷不会生根，富不是天生”“社队工业不姓资，治穷致富才姓社”一类的口号，对高德康影响极深。

高德康的家，在原来的白茆乡山泾村。白茆乡是苏州腹地常熟的一个真正意义上的鱼米之乡。闻名遐迩的“白茆山歌”，不仅是我国吴文化的代表，还是日本民歌的鼻祖。高德康家门前的那条白茆塘，是太湖至长江的重要泄洪道和苏南水乡交通要道。“小裁缝”高德康在我当兵那年，也出师自立门户了。但那个时候走家串户的单干并不是他所追求的，所以当听说邻乡邻村的人办社队企业也能在“广阔天地大有作为”时，高德康心动了。凭借自己过硬的缝纫技术和很好的人缘，他把11位师兄弟拉到一起，组成了山泾村缝纫组，成为本村的第一个村办企业。当时企业里除了11个人外，有的就是他们从自己家里抬到一起的8台缝纫机了。起初干的活不是来料加工，就是代别人做活，但后来情况发生了质的变化。白茆处在上海通往常熟和无锡的国道旁，交通方便。而上海过去的许多服装生意就是通过这条国道往来于上海和常熟、无锡之间。上海设计—苏锡常一带加工—返销上海市场，过去几十年上海服装市场走的就是这样一条跨区域“流水线”。这一过程，使苏州、无锡地区的民间小裁缝获得了手艺和技术上的极大提高，因为上海服装不少是要出口的，质量讲求精益求精。高德康自从带着11个师兄弟独立成厂之后，起初干的就是这样的活儿。时间一长，他有些不满足。“给人家干，还不如自己做，自己卖！”都说苏州人头脑灵光，这话一点不假。高德康是属于苏州农民中比较聪明的那一部分，尤其是他的经商意识和生意技艺更是出众。他不愿给别人做嫁衣，所以就自己闯天下，而且非常有品牌意识。在别的乡镇厂已经成了“亿万企业”，他还在给别人干来料加工时，高德康就有了自己的“波司登”品牌，并上工商部门明明白白地注了册。

小裁缝很有头脑，山泾村缝纫组此时也被他改名为“白茆服装厂”。当上海人再来叫他加工服装时，高德康说，再要干，就得算我们两个厂共同的产品。上海人瞪圆了眼珠问，什么意思？高德康回答说，很简单，以后我们做的衣服，必须算我们共同的产品。如果你们还信得过我们，那么我们的厂从此以后就是你们上海的联营厂。怎么样？我们发挥两方面的积极性，厂子发了，我们有好处，你们也有大赚！上海人看了这位农民出身的小裁缝半天，突然张开双臂搂住高德康，好，我们办联营服装厂！

联营后的白茆服装厂像村姑坐进了轿子——完全换了个样儿，“波司登”品牌经上海人之手，就变成了“洋气”十足的引领新潮的中国名牌，先是在上海滩发威，后来在北京市场上发威，到登陆东北三省的市场时，“波司登”简直成为消费者的必抢之物。这时，小裁缝高德康又来了个大手笔——筹3000万元引进一批世界最先进的数控设备代替了双脚踩踏的那8台台式缝纫机。一个好品牌，加上最先进的数控设备，再加上一批会市场运作的营销人员，高德康的“波司登”在短短几年里，名扬大江南北，尤其是在北方市场，连年荣登同类产品的销售榜首。

许多年里，许多国人以为“波司登”如同“皮尔卡丹”一样，是国外的著名服装品牌。可我这个苏州人知道它“波司登”是一个农民创建的村办企业的服装品牌！商标上那“波司登”三个字并非“洋味”十足，而是土得不能再土！我的老乡高德康没念过几年书，他连握笔的姿势还没有学会，就被父母赶到农田里去干活了。后来他赶上了大办乡镇企业的浪潮，于是放下锄头，扛起缝纫机，竟然也当起了厂长。产品有了大市场，品牌也被消费者认可了，于是他的那双握剪刀的大手，也潇洒地抓起狼毫，挥舞着给他的产品商标题字……

多少次我回苏州路过白茆和“波司登”厂区时，想去探望儿时认识的“小裁缝”，但终未跨进那扇庄严而豪华的“波司登”大门。毫不夸张地说，这么多年里我虽身在外地，却由于“波司登”在北京和北方的市场影响力，高德康这人从来就没有在我的视野里消失过。每每看到他在中央电视台节目和各种新闻里出现时，我总是默默地为这位同乡高兴。以前坐在飞机上，总能看到座椅靠背上的“波司登”广告饰品，如果有同行者，我一定会告诉他：“波司登”就挨着我老家……

社队企业像“波司登”一样走出来，是20世纪七八十年代苏州地区的一大特色，几乎每个乡村都能寻到这样的典型。假如你有机会到今天的苏州走一走，当你看到一些规模颇大，仍在乡镇那块土地上扎根的企业，感兴趣地去问一问该企业的历史，你会发现它们几乎都是当年的社队企业演变过来的，而且走的路，跟高德康的“波司登”十分相近。

万里长江进入吴淞口的入海口前，在一个地方开始出现分叉，一望无际。除了最大的崇明岛外，还有数个珍珠般的堆沙沉积岛屿，其中紧靠大江南岸有个双山岛，现属苏州地盘。站在小岛上往前看，可见十分壮观的苏通长江公路大桥；往后看，便是江阴长江大桥。两桥之间隔着一块帽子形的土地，那便是张家港市。历史上有关长江下游的故事在这块帽子形土地上发生得比较多。

我在这个地方发现了一个叫“长江村”的江边小村，这里的故事正好与我所要写的苏州当年的乡镇企业之路十分吻合——

“长江村是过去的长江大队改名过来的，长江大队始于1959年。现在全村共有7200人，2004年前是3500人，因为前些年合并了周边一个村，所以村上的人口总量增加了一倍多。”老村长郁全和告诉我，“长江村过去很穷，20世纪50年代土改时只有一家评上地主成分，这个地主其实家里也只有几十亩江边薄地。但我们村上却有80个海盗，富人是不会当海盗的，吃不上饭，又没地种的人才去江上干土匪的活，可见长江村的过去是什么样……”

“但我知道现在你们长江村了不起啊！总资产超过 20 亿元了！”从苏州市政府那里我早听说了长江村现在是苏州“社会主义新农村”的几大典型之一。

老郁笑了，说：“这得从我们发展乡镇企业那会儿说起。”说完，他朝身边的一个漂亮姑娘说：“你给何作家当翻译吧！”

其实长江村与我出生地也就二三十里的距离，但他的话确实有近一半我都听不懂。这是我所遇到的身边要带“翻译”的三个苏南农民干部之一，其余两人分别是吴仁宝和秦振华，但我和吴仁宝、秦振华对话时用不着“翻译”，他们的话我基本能懂，然而郁全和老村长的话实在让我难辨——这也证明了郁的老家其实也是一个“移民地”，尤其是靠近长江边的村子，许多人的祖先也非吴王后裔，他们有的是直接从海上或长江北岸闯荡到江南的。老郁说他的祖辈就属这一类移民。这也让我明白了一件事：在吴地苏州，像张家港人那种敢作敢为的性格，其实可能更多地沿袭了他们祖先的非吴文化传统。只是岁月漫长，使这些外域的流浪之人渐渐被平和温柔的吴地文化所熏陶，才使得他们的后代彻底与吴文化融合，成了地道的吴人，然而一旦有机会自我发展，他们血脉里的那种豪放和敢为的性格便会自然而然地迸发出来。长江村的变化可谓是这种典型中的典型。

这一切都是从老村长郁全和身上开始的。

“我是 1975 年开始正式当大队长的。当时有 15 个生产队，1147 亩地，平均每人只有四分地。四分地上闹革命，这是长江村在没有乡镇企业之前所走过的路。那时我们也提出过建设新农村的口号和目标，叫作：‘房子两边站，面貌彻底改。腾出土地来，增产再增产。’农业学大寨呗，可学来学去，全村的人连饭都吃不饱。所以有人说张家港是苏州的苏北，我们长江村则是‘苏州苏北的西伯利亚’。老百姓穷到什么程度一般人想象不出来，特别是那些连四分地都没有的渔民，大冬天孩子不敢上岸，因为他们连一条像样的裤子都没有，只有待在船上钻进芦苇叶编成的草被子里……1976 年 7 月 15 日至 8 月 13 日，时任我们沙洲县委书记的高德正带领我们到邻居华西村吴仁宝那里学习，那个时候江阴县也是我们苏州地区的，华西村和吴仁宝就是我们苏州树起的农业先进典型。到华西村学两件事：一是吴仁宝带领群众改天换地的精神，二是通过办乡镇企业改变农村落后面貌的经验。这一个月对我教育很大，我想：我们长江村如果学吴仁宝的第一条经验，我们没法干成事，因为我们只有人均四分地，四分地上再‘革命’，也恐怕只能革出个半饱的命来，所以我想学他的第二条经验——办乡镇企业。”

郁全和就是从办乡镇企业这条路将长江村带到了光明大道上。

1978 年到 1980 年那会儿，就在安徽凤阳小岗村的农民忙着按手印分田到户，广东东莞一带农民冒死私渡到香港，深圳还有人在议论圈块地搞“特区”是不是资本主义时，郁全和及他的长江村已经轰轰烈烈地学着周边的兄弟生产大队，开始了创造“半壁江山”的伟业——大办乡镇企业。

长江村与苏州其他的乡村还有些不同，最初苏州搞的乡镇企业叫“多种经营”，长江村的“多种经营”算是从实际出发，俗话说“靠山吃山，靠水吃水”，长江边的长江村自然是靠长江吃长江。成立人民公社后，长江村一直没有撤销的是一个渔业队。郁全和当生产大队长后，特别是看了吴仁宝办的作坊式小五金厂后，觉得自己生产大队搞“多种经营”的潜力比华西村大，于是他一方面加强渔业队，另一方面借渔业队积累的资本搞起胶木五金厂及造船厂，而且由于搞的是“特色”生意，有独家经营的优势。1980 年，他已经把长江村的队办经济搞得有声有色，他本人也被评为“江苏省劳动模范”。

有一天苏州地委组织部的一位副部长找到郁全和，告知他上级准备提拔他当副县长，并问他什么文化程度。郁全和说，小学。组织部副部长笑笑，你的实际水平已经到初中文化了，再锻炼锻炼就是高中了，这样吧老郁，你到学校开个证明，弄个高中毕业证书，其他的事你就不用管了。郁全和一听，脸就红了，憨笑道，这哪行！最后这位组织部副部长只好对沙洲县领导说，老郁不愿开学历证明，所以他的副县长就不好办了。

“我一个农民，哪想过当啥县太爷！”郁全和向我回忆这事时，丝毫没有悔意地说，“我的本领和兴趣倒是在办乡镇企业上。”

这年郁全和积聚了35万集体资金，创办了长江村第一个比较像样的有一定规模的企业，而且提出了“借梯上楼，借资生财，借船出海，借腹生子”的“四借”战略。这与坐镇在苏州城里的高德正书记提出的“横向型经济”不谋而合。

老郁是个“活络人”，很会做生意，又加上有个省劳模的身份，与外单位联合办企业很见效。“那两年我一下办了6个厂子，采取的土政策是：用地不要钱，把村上原来的老厂、旧厂改头换面都变成了苏州、无锡等市的大企业的分厂，这样一下便成了气候。”这是长江村办乡镇企业跨上的第一个台阶。

“借壳办分厂之后，又通过几年的发展，集体资金积累到了一定程度，我就开始把目光放出去。”郁全和这时想做的事是：争取有一个哪怕是半个属于长江村的“拳头产品”。后来他打听到了上海三菱电梯厂正在进行一项电梯导轨国产化工程。于是郁全和便找到上海人，提出要揽这活。上海人问，你凭啥本领要搞这么个项目？郁全和说，这电梯导轨不就跟我们造船厂最后验收船只差不多的道理嘛！我们有造船验船的经验，所以来接你们的活。上海人笑出了声，你……你这个乡下人胆子倒是蛮大啊！又说，人家上海冶金研究所是这方面的权威专家，我们还给了他们90万元试制费，结果啥也没成功，你乡下人能行？郁全和不服了，把胸脯拍得“咚咚”响：我一分也不要你们的试制费，但产品要是合格，你就得收下！上海人面面相觑，负责该项技术工程的总工程师是个开明人士，说：“你要敢说这样的话，阿拉就跟你签协议。”“签吧！”郁全和卷起袖子，像上船去打鱼。

不知道世界工业史和世界科学技术史到底怎么发展起来的！许多权威和专家没有干成的事，竟然让一些完全不懂行的人搞成功了。

郁全和清楚：长江村百姓和他郁全和搞出这个“电梯导轨”玩意可能会发大财，当然搞不出来也没关系，反正农民嘛，没啥丢脸的。但他想的还是假如搞成功后的“发大财”景象。郁全和与上海人签完这份协议，心里喜滋滋的。

电梯导轨？那是什么玩意呀？郁全和在这之前甚至连电梯都没有乘过，现在却要来完成一项关于测验电梯的技术工程设备的研制，听起来有些像天方夜谭。

开始几天郁全和拿着那份协议书一直发呆，后来想到了找建筑公司，因为建筑公司给人家盖楼时就会接触电梯的安装。

行啊，你郁老板付钱我们就试试。建筑公司的朋友说。后来公司请了一位上海专业工程师，那个时候苏州很多乡镇开始请“星期天工程师”，这位电梯专家也是属于这个类型的聘用者，每月2000元酬金，但最后没能搞成，便悄悄溜走了。

这前后花去长江村8万元费用，郁全和感到很心疼。他到现场问情况，有人告诉他，公司的院子风水不好，里面有个坟地……“扯淡嘛！”郁全和一甩衣袖，说，“我自己来弄弄看。”

这是一个月亮高挂天际的夜晚，郁全和让几个参与研制的工人不停操作着那台失败了的导轨，左右前后、上下来回地一次次试验，又来回上下、前后左右地再一次次试验……

“问题出在这儿！”突然，俯身钻在试验机下端的郁全和大叫一声，“停！停停！”只见他拍了拍头上的屑尘，吃力地直起身，然后对身边的一名师傅说，“我们一起去做个小附件再试。”

花200元弄来的一个小附件安装上后，电梯导轨一举试验成功！喜讯报到建设部，领导和专家喜出望外：苏州的乡镇企业还真了不得啊！

上海人不能不服，有协议在先。于是郁全和一举在上海滩出了名，当然得到最多实惠的还是长江村的百姓。

进入20世纪90年代后，长江村的乡镇企业已有相当规模。郁全和从市场经济的实际出发，成立了长江润发集团公司，由于“润发”顺顺当当地发了大财，因此多次被农业部和江苏省评为“明星企业”。之后的十几年里，乡镇企业几经风浪，可长江村的“长江润发”始终激流勇进，一路高歌，企业发展蒸蒸日上。一个重要原因是上海人相信长江村，相信郁全和。宝钢下属的几个子公司搬到了这里，这样的“大块头”来到小村子，你说长江村能不发大财吗？

“长江润发”后来成为“长江润发集团”，还是上市公司。关键是郁全和这位被秦振华誉为“张家港精神的典范，江苏省农村工业的典范，全面协调发展的典范”的长江村领头人思想与作风时时处处显示了共产党员的风范，因而长江村不仅发展快速、健康，而且百姓实惠富足。我今日去采访所看到的长江村，实在令人羡慕。这里家家户户有别墅，村子里有四星级豪华宾馆，昔日水盗出没的小渔村早已变成了热闹繁华的江边城市……

滔滔长江水，堂堂长江人

荒滩创大业，新村四季春

丰产万里，五谷丰登

林荫道上车轮滚滚

……

长江儿女有长江的气魄

长江儿女有长江的风韵

我们心灵手巧壮志凌云

要把家乡打扮成人间的仙境

……

这首名为《我们是堂堂长江人》的歌曲，是长江村的村歌，它可能是全国唯一的一首村歌。郁全和告诉我，村里的乡亲们和这些年成为长江村新村民的几百名外地籍大学生都会唱这首歌，并且以此为骄傲。

我还知道一件事：在长江村的乡镇企业发展非常好的时候，他们以“长江人的胸怀”，伸出双手热情帮助过许多贫困地区的农民兄弟，其中有为“18 个农民按手印分田到户”的安徽凤阳小岗村修建了 1000 米长的村庄大道，并给每家每户送了一台电视机。至于长江村在江苏自己的省里帮助穷兄弟的事就更不知其数。郁全和对我说，长江村能做这些事，都是在当年创办乡镇企业时确立的“立村宗旨”——“艰苦创业，八方相助，效益为上，永不自满”指引下取得的。

长江村是 20 世纪 80 年代苏州乡镇企业潮中涌现出的一朵绚丽之花。这朵绚丽之花一直没有凋零过，越开越艳丽，成为万里长江流域的万个村寨中最著名的“长江名花”之一。

再说常熟的城东，这里也有一片气魄非凡的工业开发区，前些年它的名字叫“李桥村工业城”。有一次我路过那儿发现改叫“申大工业开发区”了，现在还真不知道它是不是又有了新名字。但我知道这块地还是叫李桥村，常熟市郊的一个农民开发的工业园区。

这片开发区创业者的名字叫杜根根，很土的一个农民的名字，可这个人很了不得。1980年时，这位庄稼汉站在村头的那片低洼地上，面对远处隐约可见的常熟县城，对村民们说：“我们要修一条通往县城的康庄大道，否则就永远富不起来。”

“杜书记啊，你看看天，还亮着呢！你是不是在白日做梦？哈哈……”当时有村民这样嘲讽杜根根。村民们这样嘲讽自己的村支书不是没有道理。常熟城已经有几千年的历史了，处在县城十几里外的李桥村也有几千年的历史了，这一城一乡就差那么十几里路，可在农民看来就是两重天——城里是天堂，我们农民只能过“面冲黄土背朝天”的苦日子。

李桥村处在一个十年九涝的低洼地，除了种水稻，别无选择。虽然这里与县城近在咫尺，但就是这隔田隔村的十几里路，将李桥村人与常熟县城分成两重天。农民们不是没有想过要改变面貌，可就是想了也没有办法呀！

杜根根说：“你们嘲笑我也罢，讽刺我也罢，路我是修定了。只要我这个村支书不下台，你们就看着我修这路有没有道理！”

杜根根毕竟是村支书，群众中的威信摆在那儿。后来村民们听他细细一说，也就都过来支持他的修路计划。不过通往县城的路真的不那么容易修，除了李桥村穷得叮当响，这条路还必须经过邻村的地盘，这可是一件比没钱更难的事。

“行啊杜根根，你要修路，拿钱来吧！”杜根根刚刚做完本村的思想工作，踏进邻村还没怎么开口，人家就把手伸得老长老长的——他们也是在讥笑杜根根“白日做梦”。

“这路修好了，你们上县城比我们李桥村还近，最得利的是你们。噢，你们不仅不谢我，反来敲我的竹杠，岂有此理！”

“嘘——你老杜要这么说，那你就别修这路！你既然要修路，你就是占我们的地，你不赔行吗？”人家回敬他。

“好！路我肯定是修定了！不过我们李桥村是穷得出名的，大队上就那么一点家当：一张办公桌，一间旧房子，你们随便搬。如果你们要，可以马上去搬！”杜根根说。

“那值几个钱？不行，你修路占地，不补偿十万八万的，我们怎么向村民交代？”

“你话说到这儿，我也只能如实告诉你：我李桥村确实拿不出其他值钱的东西，可有低洼水稻田里打出的大米！”

“这不就得了，大米也是钱嘛！”

李桥村跟邻村的条件就这么谈定了。于是杜根根便率领全村所有壮劳力包括妇女在内，开始了一场前所未有的修路大战。那情景对农民来说十分熟悉——“大跃进”“人民公社”时的学大寨都是这么干的，但这回李桥村百姓干的劲头比过去大不一样，他们心里清楚：这回杜书记是诚心诚意让咱乡下人往城里奔——虽然他们并不全然明白杜根根修这路的根本意义，可有一点实实在在的眼前利益农民们是清楚的，至少路修好了，不用再像从前骑自行车总往稻田里倒而沾一身泥水！

路修到一半，杜根根说：“我们李桥村穷，但这路是为我们李桥村子子孙孙修的，所以大伙儿干活的工分就不记了。”

村民们说：“不记就不记，只要你杜书记领我们走的路对头就行。”

杜根根听到这话，泪水直在眼眶里转，于是这位铁塔似的庄稼汉弯下腰，朝众乡亲深深地鞠了个躬……

不计报酬——但李桥村人照旧你追我赶，比学赶帮。

不给饭吃——他们自带饭盒，另加一壶凉开水。

路终于修好了，从年初一开工一直修到大年三十。来年新春，村民们穿着崭新的衣服，骑上崭新的自行车，喜气洋洋地进了城。大伙儿见面的第一句话都说："这哪里像是进城！倒像是在自家屋里跨门槛——抬下腿就得了！"

哈哈哈，这路修得值！

值——这时的杜根根也在说值，但他的心里却并没有如村民们般轻松。为这路，他跟交通部门不知磕了多少头才办好了那些报批手续；为这路，他还得带领村民连续三年给人家邻村送去8000斤大米——赔人家的！还有许多许多冤屈的事杜根根就不想提了。总之你们看着我杜根根以后的日子怎么过——

路修好了，杜根根马上将村上那个又破又烂的布厂改成了可以与县城内大纺织厂抗衡的新厂。后来又与县城内大名鼎鼎的色织四厂联营办"四联染纱厂"。与此同时，又在村上集资24000元办了一个汽修厂——别看这个小汽修厂，后来它利用城郊优势，像滚雪球似的发展，没几年就成了江苏省挂牌的"一类企业"，年修客车量达7000余辆次，成为李桥村的一棵"摇钱树"……李桥村的村办企业就是这样发展起来的。后来苏州地面上把李桥村的"想致富，就修路"的经验当作一条法宝，迅速形成了环市区、县城的"城镇郊区经济带"——农民们拉近了与城镇之间的距离的结果是，很快获得了经济新生命。

杜根根带领村民修的那条路后来成了常熟城郊的"黄金之路"，尤其是他通过多方引资后办起的"李桥村工业城"，吸引了众多有钱没地的国营、合资和私营企业到那里投资落户，没用几年就初具规模，成为我国最早的一批农村经济开发区。后来他又将自己的村办企业扩大成一个集纺织、机械、化工、房地产、商业和贸易等十几个产业于一体的申大工贸集团。

申大工贸集团公司今天已经是全国著名的企业了，“李桥村工业城”现在已经属于常熟市区的“城中城”了，当年的那条“李闸路”上今天来来去去的人也已经都是穿着时尚的市民了……

杜根根和李桥村所走过的路，是苏州千千万万乡镇企业和农民们所走过的路。这路从梦想到修建完成时间并不长，但之后的二三十年里所发生的变化则是惊人的。它改变了农民们几千年来的命运，同时也影响和改变了传统形态下姑苏的命运。

2007 年的金秋时节，我应邀到苏州各地采访。一日我被宣传部的同志带到长江边的一块广阔的金色田野上。这里离长江很近，可以看到一望无际的江面，坐在车上都能听到东去的大江之水的奔腾声响……

“你看，前面就是永联村了！”同行的苏州老乡拍拍我的肩膀，指着一片望不到边的“钢城”这样对我说。

“这……这是永联村？这不是一个大型钢铁厂吗？”在我眼前，明明是一片足有几十平方公里的钢铁之城嘛！

“对，是钢铁厂，可也是永联村呀！”主人解释说，“这钢厂就是永联村的。”

“一个村子办这么大的一个钢铁厂啊！”我无法相信，但这是明明白白摆在我面前的事实。今天的永联村就是这个样，它是由十里钢城和十里绿原组成的一个现代化的社会主义新农村。

为了让我目睹村办钢城的完整雄姿，苏州老乡驾车足足用了半小时在钢城里转了一圈。老实说，我还是第一次感受如此雄伟的钢铁企业，而一路走的时候，内心一直在想着一个问题：为什么一个村子能办起这么大的钢铁企业？一年能赚多少钱呀？

“永联钢厂 2007 年的年销售收入是 160 亿元，上缴税收为 13 亿元。”

“永联村村民有多少？”

“本籍村民有 5330 人，这也是新永联村的编制。”

“怎么理解？”

“过去老永联村只有 2000 来人，现在的永联村是兼并了永新、永南等邻村后新组建成的。”

“原来如此。”我又问，“那这钢厂职工有多少？”

“比村民总数要多。大约有上万人吧！”

“那么这里到底是钢城还是农村呢？”

“我们这是田野里的钢城，钢城里的花园。你看看，我们的农村像不像一个绿色花园？”

我笑了，可不是：近处，是连绵十里的钢城；举目远眺，我看到的是金色田野里花红草绿，树木葱葱……好一个田野里的钢城，钢城里的花园。

“永联村现在还有一半农田和一半从事农业的村民，这里是个农工结合非常和谐的地方。钢厂的厂长还是村党委书记，村干部有相当一部分还是钢厂的董事，永联村现在是苏州市社会主义新农村的典型之一。”苏州老乡很自豪地告诉我。

我们随后走进永钢集团的办公大楼。钢厂里的永联村村民、钢厂副董事长带我登上大楼顶部的“望江阁”——在这里，几里外的滔滔长江尽收眼底……“十里钢城”和绿色田野更是气势磅礴地呈现在眼前。

关于永联村的故事也是从这一刻我才渐渐知晓。原来永联村的历史很短，是我 1975 年底离开苏州的前 5 年才诞生的一个江边小村子。最初它的名字叫“七〇圩”，其意是 1970 年才在长江沙滩地上围垦成陆的一块沙地。永联村先天不足，它的地势非常低，平均海拔只比长江入海口的吴淞水平面高出 0.9 米。1970 年成为围垦地后，它是苏州地区沙洲县的一块新添陆地，当时政府动员了附近几个村，搬来的 200 多户农民成为第一批永联村“土著”居民，由此开始了永联村的历史。

永联村初创时的几年，水灾不断，唯一能种植的水稻，产量十分低下，农民们的日子很难过。到 1978 年时，全村的人均分配收入才只有 68 元，是全苏州收入最低的村子之一。由于收入低，新村民人心不稳，许多人不愿再留在这块低洼地上。上级党委每年要派一个工作组到村里，而且连换了四任党支部书记，情况依旧没有改变。1978 年 8 月，当过学校老师和生产队副业队长的吴栋材被派进永联村，担任第七个工作组组长和第五任党支部书记。

面对一片沙滩地，吴栋材这位曾经在朝鲜战场上受过伤的老战士，心潮起伏。他将班子成员叫到长江边，迎着炽烈的太阳，掷地有声地立下三条规矩：一、要深入了解群众思想脉络，群众想什么，急什么，我们必须心中有数；二、要做好长期扎根打算，不当“飞鸽”牌，以免让群众一次又一次失望；三、要当好一个农村干部，干点实实在在的事业，不改变永联面貌，谁也别想走。

吴栋材就这样开始了他的永联村履新。经过调查了解，他和新的党支部感到，永联村千差万差，最差的还是人的精神面貌。走马灯似的更换领导班子，领导干部一无干劲，二无信心，三无凝聚力，群众人心不涣散才怪呢！另一个主要原因是地薄利少，百姓看不到过上好日子的希望也是根本。针对这些情况，吴栋材提出：当务之急是必须找出永联村的致富门道来。

是啊，永联村的致富门道在哪里呢？走高德康那样的“波司登”之路？可永联村既不靠国道，又连个“小裁缝”都找不出来！走杜根根的路？可永联村通往县城最近的路至少也有三四十公里，再者，永联村不足千个劳力，能把自家的地种好已经够全村人一年从头忙到尾的了！如此偏远，如此贫困之地，那些聪明的上海人和城里人别说让他们把钱投到这里，就是诚心诚意拉他们来永联看一眼也不会有人心甘情愿。

“我们自己干！干好了是我们自己的！”吴栋材在全村干部会议上这样说。

“俗话说：靠山吃山，靠水吃水。我们永联村不是离水最近、地势低洼吗？那我们就挖塘养鱼！”于是在吴栋材的带领下，村里将150多亩“锅底田”，开挖成120亩精养鱼池。第七个工作组进村的第一年，全村就实现了“水中生效益，岸上增产量”的初步目标。第二年吴栋材趁热打铁，着手建起几个作坊式的小工业项目，虽说小打小闹，但也有几万元的收益。如此三年下来，全村积累了近20万元的集体经济收入。

“20万元？你那村子，连狗都不愿拉屎的地方，我们没啥想法！”当吴栋材带着这么一点实力走出村子去跟人家谈合作时，人家这样笑话他。

“我不信发财就是你们的事！”他重新寻找出路，分析了当时的市场，认为：国家各行各业都在大建设，肯定缺钢材。钢材生意一定好。于是他回来将自己想办轧钢厂的想法跟支部一班人说了。“那得多少钱呀？我们这么个穷村能干得了吗？”有人听了直发蒙。

“我请人估计了一下，办一个小型轧钢厂大约30万元。我们自己筹点，再通过政府贷点。永联村要想翻身，就得有自己的工业！”吴栋材心中早已有数。

“同意！”

“我也同意！只要吴书记你的心留在永联，我们就支持你！”

干部们纷纷举手。

说干就干！永联村办轧钢厂的消息让百里长江沙滩奔腾起好一阵热浪。十里八乡的老百姓和干部们都在关注这个过去穷得连年底分红都要靠借钱来“意思意思”的江边小村。那个时候他们多数是持怀疑态度，因为他们认为吴栋材和永联村民有点不知天高地厚，但是谁也没有想到，永联村下的这一招棋竟然是迈向幸福天堂的高招。办厂的第一年，永联村就收回了投资成本。第二、第三年……产值连年翻番，到 1985 年，全村工农业总产值达到 1024 万元，跨入全苏州百个“千万元村”的行列。

“这么一个穷地方，也能蹦出个‘千万元’的富裕村，我们苏州就没有一个村子再可以说没有条件上了！”一位苏州市领导听说永联村的事后，在全市三级干部大会上挥动着右臂，冲台下的干部说，“我要的就是永联这样的精神！既然永联村在芦苇滩上都把村办企业办到这个水平，那么我们全苏州就没有一个地方不能了！向永联学习！”

“向永联学习！”全苏州上下一片呼应。永联村靠办轧钢厂，比滚雪球还见效地壮大了集体经济。有了钱，百姓的生活就像芝麻开花节节高。村里很快有了自来水，昔日靠点煤油灯过日子的村民家家户户也有了电灯，什么“电视村”“电话村”……永联样样走在别人的前头。常熟的杜根根不是修了一条通向县城的黄金致富路吗？我们也修！于是村里出资 90 万元，修通了永联村到张家港市区的一条 30 公里长的公交汽车线路。城里人能上电影院看戏，我们为什么不能？修个更高级的电影院！孩子读书不要钱了！老人退休也拿退休金！沙滩地上为什么不能建个大花园？建！

哈哈，有钱的永联村，想干啥事就干成啥事！不几年，永联村完全变成了一个田野上的花园式新农村。而钢厂也几年换一个样，一直发展成气魄雄伟的“十里钢城”……钢城的大发展，又使永联村的集体经济如造山运动一样不断攀高、壮大。

这是20世纪80年代的永联村。这也是20世纪80年代苏州大地向全国人民展示的乡镇企业所带给中国改革开放的全新的领跑式的万千景象片段……

1984年早春，中央的一次重要会议——全国农村工作会议刚刚结束，2月25日《人民日报》在第一版显要位置发表了一篇题为《碧溪乡发展农副工建成新型集镇》的报道，并且加了一段“编者按”：

随着农村商品生产的蓬勃发展，将有越来越多的人脱离土地，经营、从事林牧渔等生产，并将有一部分人转入小集镇从事小工业和服务业。这是一个必然的历史性进步，可为农业生产向深度广度进军，为改变人口和工业布局创造有利条件，并使集镇逐渐建设成为农村区域性的经济和文化中心，建设成为农副产品进城、工业品下乡的集散地。常熟市碧溪镇从事社队工业生产的农民做到了离土不离乡，进厂不进城，生动反映了新兴集镇的特点。碧溪镇已成为经济繁荣、人民生活富裕文明的集镇。

次日，新华社又播发了同样加了“编者按”的长篇通讯《碧溪之路》。在那篇文章的开头，记者对当时的碧溪镇进行了一段现场描述，至今读来仍让人激动不已——

新年伊始，正是农家闭门欢聚、休闲生息的时光。然而，在江苏常熟市碧溪乡，却是另一番景象。清晨，通往碧溪镇的几条宽阔的马路上，自行车的铃声响成一片；数以千计的人高高低低，熙熙攘攘，犹如起伏的波涛，从四面八方，向碧溪镇滚滚而来。人们浩浩荡荡地涌进镇上的布厂、羊毛衫厂、塑料厂、针织服装厂。路上的积雪和薄冰转眼间被潮水般的人流冲刷了，消融了。然而，不到半个钟头，喧闹的马路上重归于宁静，各工厂门口的车棚里黑压压地挤满了自行车……

记者笔下的这幅画面，在今天看来已经没有什么新鲜动人之处了。但在20世纪80年代初的那个时代，这种情景除了像深圳那样少数的开放城市可以看到外，在内地的城乡是罕见的。尤其是一个乡间小镇，能有如此繁荣壮观的“农民工大军”，这不能不视为一种奇迹！

这就是我的老家——苏州的乡间情形。

在那个时代，我有几次从部队探亲回家，站在自家故宅后的那条田埂上，傍晚快收工的时候，会看到从生产大队的厂子里突然飞扬出一群延绵近一里路长的、骑着自行车的年轻绣娘们下班回家的情景。那景象很好看。姑娘们个个穿得漂亮，而且肩上似乎还无一例外地披着那种用来遮挡阳光的纱绸，随着自行车的飞动，那五颜六色的纱绸会随风而飘，特别好看。姑娘们一边骑车，一边发出阵阵银铃般的笑声，笑声又伴车铃声和风儿走，飘动的纱绸又伴笑声和车铃声跃动……那情景，我至今一想，仍会感到它是最美的乡间欢乐图。那是个集体经济刚刚走向开放，农民们第一次在自己的田野上感受到当工人和拿工资的那种喜悦与快乐的年代。那些下班的姑娘和小伙子们，开心欢乐地在工厂劳动了一天后，如果是农忙，就会马上换掉干净、漂亮的衣裳，重新卷起裤腿，挑起担子，回到农田；如果是农闲，他们会成群结队地赶到附近的集镇去看电影、唱卡拉OK，甚至还有的去水泥溜冰场练滑冰什么的。那个时代的农民们真的非常幸福和开心。他们挣的钱有时还会被生产队拿去换成工分，到年底再作分红给他们。但我看到农民工人们仍然特别地高兴，似乎认为这是天经地义的事。

乡镇企业大发展时期，对我的苏州老乡们来说，那确实是一段改革开放后最难忘的“激情燃烧的岁月”。它让人既怀念集体经济时仍然保留下的大家庭式的欢快与激情，同时它又让人第一次体会到大工业生产和商品经济条件下那令人着迷的金钱诱惑力……

碧溪镇，就在距我出生的老宅地十几里的地方。我从小就知道那是个棉产区，而发明和总结出“离土不离乡，进厂不进城”的苏南乡镇企业典型经验的碧溪镇原党委几任书记后来都成了我熟识的亲密乡友，所以对碧溪走过的那段历史，我比较熟悉，并且不用专程采访就能道出一二。

碧溪从公社改为乡——碧溪乡的时候，正值苏州乡镇企业大发展时期。党的十一届三中全会后，农村开始土地承包了。苏南地区由于人多田少和社队企业搞得早，因此土地承包的方式与其他地方也就不一样。不少乡村采取了把地承包给种田好手，让他们集中精力种好田，多数农民还是留在社办企业里当工人的方式。1983 年的碧溪乡，19000 多个劳力中有 11000 多人已经是脱离土地的农民工人了。农民进厂的越多，这个地方的乡镇企业肯定越兴旺；乡镇企业兴旺了，农民的生活就好。农民手里有了钱，就想往城里跑。可是县城、市区一般离乡间集镇比较远，再说县城和市区的生活农民能不能习惯和适应还是个问题，于是，发展集镇建设成了当时碧溪乡党委的一件不得不认真考虑的大事。这事如果处理不好，农民工人就可能会离土离乡，而大批农民工人一旦离土离乡，乡镇企业哪有优势可言呢？农村建设和农忙时的农耕农作谁来承担？凡此种种问题，摆在了碧溪乡党委一班人面前。左思右想，他们想出了一条路：把集镇建设好，让有钱的农民们不进城也能享受到城里人的文化、娱乐生活和城市生活的种种优势，特别是孩子的读书和老人的业余生活，还有时尚年轻人所喜爱的种种文化与物质生活。

“用丰富、多样的文化生活和与城里人一样的生活条件，就能把大伙留在这块土地上。这样，我们的农民工人即使工作离了土，但人没离乡；即使人进了厂，可所有的生活方式还在农村。这叫‘离土不离乡，进厂不进城’！”乡党委一班人这么一总结，村干部们听后拍手称好。于是乡镇企业发展后，农民工人们仍能“离土不离乡，进厂不进城”的经验，从碧溪开始传遍苏州大地，并传进了中南海。

“很好，这有利于发展农村现代化，同时也减少城市的压力。‘离土不离乡，进厂不进城’。好，苏州的这个经验应当好好总结，推广到全国！”中南海，中央政治局会议上党的几位最高领导听了“碧溪之路”的汇报，齐声赞扬。

1985年的金秋时节，常熟南郊的元和村。

这一天，村民唐桂芬正与本村的几位种田“女老板”驾着收割机在田野里收割，突然来了一批警察，后来又来了很多小轿车，再后来便是大大小小的干部出现了……

“几位女场长快过来，你们看看谁来看你们了！”第一个跟唐桂芬她们打招呼的也是位女干部，不过唐桂芬在报纸上见过她，便惊诧地说：“你是顾省长啊！”

“是是，我是顾秀莲。”顾省长一边说，一边笑呵呵地把唐桂芬等三姐妹拉到一位被人围在中央的干部面前。

哎，这位领导怎么这么面熟呀？对，像是电视里经常看到的那个……哎哟，这不是胡耀邦总书记吗！天哪，是胡总书记呀！这下几位种田女老板的手脚都不知如何放了。

“好嘛，听说你们是庄稼地里的女老板！不简单，不简单哟！”胡耀邦伸出手一边跟唐桂芬她们握手，一边嘴里直夸，“做得好，你们办农场的方法好。几个人种几百亩地，养活几百口人，搞机械化农业，扩大集体经济，让参加乡镇企业工作的同志安心做工。这是走中国特色的社会主义道路，符合小平思想，坚持实事求是嘛！好。我支持你们！”

胡耀邦到元和村视察前后虽然只有几小时，但这对当时轰轰烈烈的苏州乡镇企业发展模式和农村工作给予了巨大鼓励。可以说，20 世纪 80 年代初的“元和模式”和“碧溪之路”是后来形成的“苏南模式”的代表。

这里有必要交代一下“元和模式”。

元和村位于常熟市区的南门边上，是个依山傍水的小村庄。这个村的村支书叫姚得平。20 世纪 80 年代初，全国农村响应中央号召，全面推广了土地承包制。苏州地区也不例外，农业联产承包和农田包产到户工作如火如荼地在广泛推进。但过去样样走在前头的元和村，这回有些落后了——他们村的土地迟迟没分下去。上面已经有人指着姚得平的鼻子责问道：“中央政策，你想违抗？”

那些日子里，姚得平很痛苦：分田到户，肯定没错。但咱们这里人多地少，而且在社队企业工作的人又多，田一旦分下去，没进企业的嫌活少，进了企业的家庭忙不开，这可怎么办？

村民会上，大伙眼盯着姚得平，看他拿啥主意。这是决定元和村未来命运的时刻，姚得平不抬头，也知道村民们一双双眼睛都在盯着自己。几天来，他姚得平的心情就没有平静过，也一直在琢磨：一旦按人头分了地，那刚刚办起来的企业肯定垮台；如果不分地，上面追查下来又怎么办？

怎么办？大伙等的就是答案。

“分肯定是要分的，”姚得平说话了，第一句说得非常沉重，令所有村民忐忑不安，“但都是分田也要看怎么个分法……”

怎么分？一双双眼睛向姚得平聚焦而来。

“我们还是按照毛主席说的，实事求是，”姚得平说得不紧不慢，“我们元和村的情况与国家的一些贫困地区不一样。一是我们的村办企业经济已经有了一定实力，工业产值已占全村总产值的80%，农业发展有了坚实基础。二是村里的农田水利、种收管都基本实现了机械化。三是大部分劳力已转向工副业生产。面对这样的实际，我的意见是：建议实行‘专业承包、分组联产’。啥意思呢？具体说，就是把全村的粮田给4个工区下辖的11个小组承包。组与组之间打破大锅饭，实行定产量、定收入、定奖惩制度管理。你们看这样好不好？”

“好！这样一方面顾及我们元和村的实际，一方面也跟中央的号召一致。”

“我看行。咱们搞企业就是讲的效益，种田也得讲效益。姚书记，我看就这么定了！”

“对，就这么定了！有人帮我们种地，我们也就安心在厂里为集体做贡献了！”

“好，既然大家赞同，那我们也得来一次表决。赞成的举手——”姚得平站起身来，第一个把手举过头顶。

“同意——”村民们齐刷刷跟着举手，有人还高高地将双手举起。

“全体通过！好，我们元和村搞专业联产承包！”姚得平最后大声宣布。

在全国性的学习安徽小岗村分田到户的高潮中，在苏州乡镇企业面临一次严重考验的时候，元和村走出了一条与众不同又符合乡镇企业大发展时期的“联产承包制”之路，引起各方关注。

这路能走得通吗?

元和村不仅走通了，而且越走越光明：第一年，他们全村工农业总产值达到了 386 万元，比没有实行联产承包前增长了 46%，村民收入比上一年增长了 40%，务农劳力人均产粮 9266 斤，也比以前增长了 23%。

尝到联产承包、规模经营农业甜头的姚得平想把步子迈得更大一点儿。1984 年，他在全村联产承包制基础上，进行了一次更大胆的尝试：以村委会名义，同本村四名手脚勤快的女共产党员、种田能手签订了“合作农场”协议。协议包括了以下四项主要内容：

一、按照历年生产水平，核定全年向村上缴平价粮油的数量，超出部分实行村场五五分成。

二、按照每年劳力负担 25 亩地的标准，平时由农场自我调节，大忙时由村办企业负责提供劳力，随叫随到。

三、为稳定职工种粮积极性，村农场职工实行“工资保底”办法，保证农场职工每月工资不低于村办企业职工同等水平(当时为 75 元——笔者注)。

四、强化农机服务工作，村农场农机服务队专门为农场提供从耕种、管理到收获的一条龙有偿服务。

别小看了这几条并不复杂的协议内容，它可是中国这个农业大国几千年来第一次出现集体经济条件下个人承包性质的“农民农场制度”，也就是农民工人种田制度，它是苏州人的发明，是苏州农民在改革开放、乡镇企业大发展后土地实行联产承包时期的一个伟大发明。这种“农民农场制度”，使得农民与土地的生产关系发生了质的变化，也有效地解决了乡镇企业发展与家庭土地联产承包之间的矛盾关系。正是因为这一发明了不起，元和村的做法被中央命名为“元和模式”，并且介绍到全国广大农村。

实践证明，这一“农民农场制度”对元和村实用而有效。四名妇女与村上签订协议后，她们便以“女老板”的身份，又聘了18名志同道合的本村妇女，共承包了全村550亩地，人均负担25亩。第一年她们每个劳力平均生产粮食和油料达14300公斤，平均产值4681元，分别比1978年增长7.5倍和10.6倍，等于每个妇女劳力养活50个人。如此惊人的奇迹，不仅让中国的老百姓和官员们感到骄傲，就连联合国粮食署的专家们都感到中国农民做出了一件不可思议的事。

一时间，关于苏州有个元和村办起农民农场、一个妇女能养活50张嘴、一年之内实现全村小康生活等听起来似乎是天方夜谭的新闻，从苏州传遍大江南北……

“元和模式”和“碧溪之路”是20世纪80年代曾经被中央认定的中国农村发展的方向和必由之路，它使苏州乡镇企业在农民与土地之间发生变化的历史时期寻找到了一条可以共生共荣、不断前进的发展道路，因此它对苏州经济和社会全面发展起过历史性的作用。在改革开放30年的今天，我们理当记住当年创造“元和模式”和“碧溪之路”的时代英雄，并向他们表示敬意。

2007年和2008年，我专程重访过元和村的老书记姚得平和原碧溪乡党委书记之一的闻永昌。闻永昌后来当了常熟市政府领导，他说当年的“碧溪之路”对后来发展社会主义现代化小城镇起到了先导作用，就今天而言，仍然具有重要意义。他希望我再到碧溪看一看。“那里的农民都是民营企业的工人了，他们仍然坚持着‘离土不离乡，进厂不进城’的基本工作与生活状态，这是当年抓碧溪镇建设所起的作用。农民们不用出小镇，同样可以享受城里人的精神文化和物质生活方面的种种条件，再者，小镇挨着大伙的家乡，什么事都方便。就是像我这样早在城市工作的人，也愿意经常回到小镇上住几天，因为那里有我的亲朋好友，有我生命的根……”闻永昌说。

当我再访元和村的时候，已经找不到唐桂芬她们当年的农场了。

“我们全村都划归为常熟市区了，当年的农田，现在都变成街道和商场，村也不叫村了，叫社区。”老书记姚得平有些失落地对我说，“比起当年，我们元和村现在冷清多了，但你看看，这条路，这些设施，还都是当年建设的，要是没有当年的努力，元和村今天的城市化进程也不会来得那么快，那么和谐。所以我对昨天的‘元和模式’怀有深厚感情。”

姚得平和元和村人民绝对有理由为昨天的辉煌感到自豪，因为正是他们的不懈探索与大胆实践，苏州农村和全社会的改革开放浪潮才一浪高过一浪地向前推进着……

第 6 章　八仙过海

乡镇企业的“异军突起”，不仅使这个“小桥流水”的人间天堂——苏州的经济告别了几千年来以农业和手工业为主体的小农经济时代，让百分之八十以上的农民在 20 世纪七八十年代就有了楼房住，第一次尝到了“楼上楼下，电灯电话”的小康生活，也造就了一批后来成为支撑富裕苏州的诸多集团的老板和老总们。千万别以为这些人就是些“只认钱，不认字”的老土。他们中有不少人像王金华、秦振华一样当上了苏州市、县级领导，更有一批能人甚至走进了大学校门，成了向“六〇后”“七〇后”的大学生传授经济学的教授先生。你不信？那我给你举一个例子——

这人叫袁勤生。我认识他的时候，已经是 20 世纪 90 年代中期了。那时的袁勤生已是有七八年教龄的大学教授了，而且不只是一个大学的教授。他的派头十分大，比真正的大学教授的派头要大得多。20 世纪 90 年代的大学教授仍属于一个没有富起来的阶层。但袁教授不一样，他不仅有几个大学教授的头衔，而且有自己的几千万资产，出门是林肯车，身边还有一两个秘书——他的讲演和课程被排得满满的，如果没有秘书帮忙，他是绝对忙不过来的。这种状况在当时也只有大学校长和著名教授才可能有。有一天到他办公室，袁教授从抽屉里拿出五个大学的教授聘书给我看。真的，一点不假，而且都是名牌大学。这引起了我的极大好奇。

上海人把种田的农民叫“乡下人”或“阿乡”。“阿拉”和“阿乡”只差一个字，但在改革开放之前则是一个在天上、一个在地下，根本不可能成为平起平坐的同等人。这乡镇企业发展了，“阿乡”不仅受到了“阿拉”们的另眼看待，而且还居然被邀请到大上海来为他们在大学里念书的儿女们上课……没听说过吧？然而在20世纪八九十年代，这种情况还真不少。袁勤生是其中的一个。他这个教授做得有滋有味，甚至暗暗有些得意——这是看得出来的。“我觉得脸上蛮有光彩的。农民能把腿上的泥巴洗掉，穿上皮鞋，坐着‘大林肯’到大学去教课，这事孔子如果知道了也会惊呆的。”袁勤生这样得意地说。关键的问题是，袁勤生不仅当上了几所大学的“客座教授”，且他的课程广受欢迎。我见他的时候，他说一个月里最多有近20天被请去讲课。

“你的企业咋办？”我有些担心。

“我的企业有一定规模，一年有近千万元的利润就行了。没有刻意要做到全国第一、世界前茅。但我有经验，特别是有管理方面的可以形成课堂教案的案例。这是其他乡镇企业家少有的，所以我用一半时间去当教授，一半时间用在管理企业上……”袁勤生说他没有因为当教授而影响了企业发展。

这是一个有自己追求的乡镇企业家。他说能把自己“农民办工业”的经验和学问搬到大学讲堂，比办企业本身更有意义。

20世纪八九十年代，苏州乡镇企业的异军突起，对城市的传统国有企业的影响力和冲击力是前所未有的。那种灵活的机制，灵活的管理，灵活的分配形式，对长期吃大锅饭的城市国有企业是个巨大的冲击，尤其是乡镇企业职工的待遇和企业所形成的高速的经济效益增速，在当时的国有企业员工看来简直有些不可思议。

“阿乡”比“阿拉”吃香是从那个时候开始的。苏州农民们的聪明和闯劲，改变了几个时代的城乡观念的差异。这在袁勤生身上更是表现得淋漓尽致。城市人听了他的课和赚钱经验，时常目瞪口呆，羡慕得直流口水。那个时候城市的职工和市民过的日子并不怎么宽余，也就刚刚家家户户有了电视、冰箱、抽水马桶这等水平。能像袁勤生开着“大林肯”招摇过市的绝对想都不敢想。当时我就听说，有上海剧团某女名角欲“下嫁”苏州的乡镇企业家，条件是：一幢别墅，一辆“皇冠”。“不就是三五百万嘛！”苏州乡镇企业家中有一些家伙对此皆想入非非。袁勤生属于“档次高一点的人”，他不换老婆，但他要换自己的身份——在家当农民、当乡镇企业家，而到了城里他是教授，开林肯车，身边带秘书，这在当时是最阔的那一族。我的这位老乡牛就牛在他当教授可不是摆花架子，而是实实在在的广受大学生欢迎的真教授。

他头上冠有几个全国第一：第一个被大学聘为客座教授的乡镇企业家；第一个出书的乡镇企业家。够牛！

我叫袁勤生，是一个地道的农民。我现在的这个厂过去是个小水泥制品厂，就是做些水泥楼板一类的东西，最好的一年也有过 30 多万元的利润。但后来大家觉得有钱了，就开始了“吃光用光分光”的“三光”政策。今天来一个客人十个人陪吃，你吃我拿，我吃你拿，最后负债 15 万元，可固定资产只有 13 万元。后来我接手该厂，觉得不能这么干。乡镇企业也得有个发展不是？有人说农民办厂多半是扶不起的刘阿斗。我不服，于是就试着上任了。企业好坏，人是关键。于是我慢慢摸索并形成了一套以人为中心的一体化激励工作方法。概括起来两句话：提高人的素质，调动人的积极性。我不准干部向下面的人说“调动”积极性，而是要求他创造有积极性的环境和气氛。我们这里的干部权力是很大的，不像国有企业，开除一个人要报好几级组织批准，我们可以一句话就开了他。但我从不用这样的权力，我靠宽容来软化和教育那些有问题的积极性不高的人。我聘用人从不看档案，我只看他的表现。他表现好，我就重用他……所以我现在出去讲课，十天半月不回厂，也不会有问题，企业生产照样好好的。你不信可以去问我厂里的任何一个人……

这是我第一次见袁勤生时，他在现场给一个大学的几十名教授和讲师授课时所说的一段话。

当时我特意观察了一下听课的那些大学教授和讲师们，他们个个神情兴奋，满脸不可思议——

“对人讲宽容”“用人不看档案”，在那个时候，这些话就像今天我们听“神舟七号”飞天那么新鲜。

袁勤生在苏州乡镇企业家中算非常另类的一个，而且至今人们对他仍有争议。多数乡镇企业家是纯粹的农民出身，或者说是农民中稍稍有些文化和头脑“灵光”（聪明）一点的人，但他们都带着泥土的土味和庄稼人的憨厚与狡黠，干出名堂和多赚钱是他们奋斗的基本目标，于是他们更多关注的是效益，即账面上的钱数，而这种思维导致的直接管理行为是抓工人们“手头的活”、抓工厂“供销账本上的数字”。这都没有错，乡镇企业毕竟是企业嘛，市场经济离不开数量、质量和效益这类基本要素。但马克思撰写的《资本论》告诉我们，企业的剩余价值和利润的实现还有其他一些要素必须注意，这就是人的要素。人是创造所有效益和数量、质量的直接和决定性的要素。在毛泽东时代，人们通常把实现这种要素的根本管理行为叫作“思想政治工作”。其实在苏州乡镇企业发展史上，有人就开始十分注意人的素质的培养并注重发挥它的特殊作用，其中最典型的要算袁勤生了。

1990年那会儿，就在苏州的乡镇企业如火如荼，“半壁江山”呈现除深圳特区经济模式之外的另一种更能体现中国特色的社会主义经济形态的当口，《人民日报》曾在重要位置刊发了题为“袁勤生的开明管理”的长篇通讯，专门对这位具有独创管理理念的乡镇企业家进行了介绍。那个时候人们对“理念”一词还不熟悉，其实袁勤生的开明管理，体现的就是一种“以人为本”的管理理念。

苏州的乡镇企业后来发展成一种经济模式，除了地域优势和苏州人经商的传统之外，非常重要的一点是他们中间有相当一部分精英都能像袁勤生一样，以“开明管理”的理念贯穿着办企业、搞经济的全过程。

当年像袁勤生这样有头脑的乡镇企业家在苏州为数不少，也正是这些人的异常活跃及他们的榜样力量，使得苏州乡镇企业蓬勃发展并后浪推前浪，一浪更比一浪高，最终形成排山倒海之势而成为中国改革开放前十几年内最闪耀光芒的经济现象之一。

我不得不继续提到高德正这个人物。在苏州市发展的近30年里，每一届领导都有传奇的经历和让历史铭记的业绩，正是许多像高德正这样从小生长在这块热土上，又异常熟悉这里农村和农民的实际情况的干部能够身先士卒，带着对家乡和广大人民群众的满腔热情投入工作，才使苏州经济与社会得以持续稳定发展。

在我所涉及的有关苏州近30年间的发展史文字资料及采访对象的口中，高德正在大办乡镇企业的那段辉煌历史时期里，提出和力主做的两件事，让我印象特别深刻。一件是他提出的“牛鼻子经济”，另一件是当时的苏州地委及后来的苏州市委十分重视抓典型。关于“牛鼻子经济”将在下一章里阐述。现在说说高德正那一届苏州市领导重视抓先进典型的事儿——

上一点年岁的苏州干部都曾对我说过，当年苏州乡镇企业发展中有过“八仙过海”的一段佳话。所谓“八仙”说的是当时在苏州影响非常大的在创办乡镇企业中业绩突出的八个乡党委书记，或者说“能人”吧。这八个人是时任张家港杨舍镇党委书记的秦振华、昆山城北镇党委书记的王金华、常熟大义镇党委书记陶祖荣、吴县木渎镇党委书记陈忠南、苏州郊区娄葑镇党委书记顾仙根、太仓沙溪镇党委书记陆春林、吴江盛泽镇党委书记吴海标和张家港西张镇党委书记吉瑞庆。

那天在苏州相城区采访，中午在饭桌上遇见时任区委书记的顾仙根。他无意间冒了一句：当年他也是名噪一时的“八仙”之一。这不免让我抓住时机请顾书记好好回忆了一下当年他当娄葑镇党委书记时的乡镇企业发展情况和苏州市委抓“八仙过海”的一段佳话。

顾仙根说，他当年所在的娄葑镇也是乡镇企业发展比较快的一个地方。关键是当时的苏州市领导非常会利用典型来鼓励其他乡镇迎头赶上，形成全地区乡镇企业“你追我赶、奋勇争先”的局面。“我记得当年的苏州市领导在干部会议上说得最多的一句是毛主席的话：正确的政治路线确定之后，干部就是决定的因素。他们很会抓典型，擅长以点带面的工作方法。苏州地盘上能人很多，把能人的经验传播、释放出来教给大家去做，使得一般的乡镇都能学有方向、干有目标，或者直接地传帮带，这样乡镇企业就如星星之火，迅速成熊熊燃烧的燎原大火。”

顾仙根说，他所在的娄葑镇，在20世纪70年代初苏州地委提出的“围绕农业办工业，办好工业促农业”要求下，初步形成乡镇企业发展的第一个高潮。之后在1976年至1978年间，在过去的“就地取材、就地加工、就地销售”的基础上，向城市工业协作配套加工方向拓展。这个阶段，像常熟、张家港、吴县的社队企业总产值均超过了1亿元，而且还出现了几个超1000万元的乡镇。当然，后来发展的速度就更不用说了，“亿元乡”“亿元村”在苏州大地上到处都是，也就不稀奇了。

“1979年至1983年，苏州地区的乡镇企业又出现了一个发展高潮。这是在党的十一届三中、四中全会‘社队企业要有一个大发展’的精神鼓舞下，苏州地区领导带领我们冷静思考、科学分析，探索发展新理念、新思路、新方法后，一方面充分利用有利的区位优势，积极发展同城市大工业的横向联合；另一方面积极主动地进行自我调整整顿，在改革分配制度和提高管理水平上下功夫，使得下面越干越起劲。当时的娄葑镇就是利用与苏州市区近的有利条件，采取与一些大企业联合加工和生产产品的方式，获得了社队企业的高速发展。‘块头’越来越大了，百姓得到了实惠，干部出去的面子也大了，加上苏州市的领导以各种方式不停地宣传我们几个典型，把我们放在一个竞赛的平台上，每年进行一次评比，这种方法很管用。我们苏州人讲究面子，大伙儿放在一起，谁发展快，谁达到了什么指标，到头来一公布：干在前面的，又光荣又自豪；落在后面的，摩拳擦掌，暗下决心，来年一定要赶上去。我们当时就是这个情况。我当镇党委书记，被评上了苏州市里的先进。全市三级干部大会上领导一表扬，上台领了奖状，挂了红花，心里热乎乎的。可回头一看，身边还有那么多先进比自己干得好，会议没散就赶紧向家里布置新的战斗任务和发展思路。那真叫热火朝天，你追我赶！”

很显然，在蓬勃发展、异军突起的乡镇企业中，苏州市的干部们有着诸多超人的领导艺术才能，其中之一就是他们不轻易否定任何一种有益于发展的特色探索，并在“百花齐放”“万马奔腾”中善于寻找、捕捉和总结那些对特殊与个别、全局与局部经济发展有指导意义的典型经验。秦振华、顾仙根等“八仙过海，各显神通”的示范作用和表率作用，使得那些跟在他们后面的乡镇社队学有方向、干有目标、你追我赶、争先为荣。

在这一时期，苏州市委、市政府还做了一件对促进乡镇企业异常重要的工作，拿学者们的话说，就是“政府推动力”。乡镇企业是一种什么样的经济形态，在马克思主义政治经济学中找不到现成的答案，在其他世界经济史和经济学中同样找不到。西方经济崇尚的是自由市场经济，这种经济学的创始人亚当·斯密在200多年前就创立了一种观点，即市场经济机制是一只“看不见”而无法抗拒的“手”，这只“看不见的手”主导着市场经济，并认为这是推动经济的全部动力和内因。西方世界对这一经济形态特别迷信并常常以此攻击20世纪崛起的另一种经济形态——社会主义国家的计划经济。与纯粹的自由市场经济相比，社会主义的计划经济可以说是纯粹的政府主导下的一种经济形态。它在斯大林时期获得了空前的超越于任何一种资本主义经济的发展速度和发展水平。中国同样走过了一段漫长的计划经济岁月，只是我们的党和政府在历史性的关键时刻，纠正和调整了这种单一性的经济体制，从而避免了像苏联一样的噩运。以苏州为中心的苏南乡镇企业发展形成的一种新型经济形态则在很大程度上为我国纠正和调整计划经济的那种僵化、单一和命令式的经济形态起到了特别重要的作用。从苏州最初的乡镇企业的诞生方式可以看出，华西式的“关起门来办厂”，其实最早的动力不是为了完成一种什么样的经济方式，而是农民们想改变自己的贫苦面貌而不得不想出的土办法。那时他们办乡镇企业或社队企业完全是一种无意识下的生存需要，也可以理解为“工业自由革命主义”，生产什么，卖什么，卖给谁，既无政府导向，企业本身又并不清楚，而是纯粹看需求来决定生产什么，办什么厂子而已。这个阶段同自由市场主义差不多，这个阶段的乡镇企业或社队企业的发展靠的基本上是那只“看不见的手”在起作用。如果市场上有人要我生产的东西，要的人多，我的企业就可能成功了，反之就死掉。这一阶段的苏州乡镇企业有相当一部分获得了迅速发展，原因是“文革”时期和“文革”之后的中国市场特别是百姓的日用品太稀缺了，几乎到了要什么没什么的地步，因而苏州社队企业生产的东西大多数是从小五金到家具农具和油盐酱醋及衣着帽鞋等生活日用品。“聪明”和“细工”是这一时期苏州乡镇企业得以迅速发展并获得广阔市场的秘诀。

然而，我的父老乡亲知道一个朴素的道理：放栏的猪崽养不大。乡镇企业作为中国特有的一种经济企业形态，它的根是植在自由市场沃土中，可它的所有制则是“国有”或集体的。老百姓清楚，一头猪在它小的时候你放栏让它自由生长是可以的，可长到一定阶段再不让它归圈栏里饲养，一般情况下它不会长得很好，甚至根本就长不大。乡镇企业有点像这个“猪长”理论。

20世纪80年代前中期，我国的农村改革风起云涌。中央的几个“一号文件”极大地鼓励和推动了农业生产力的发展，尤其是家庭联产承包制的推行，使广大农民从“以粮为纲”的框框中解放了出来，有可能腾出时间和精力去办厂子、做买卖，于是原本就有大批能工巧匠活跃的苏州乡镇企业便更是一马当先，大踏步地走在其他地区之前，并且形成了自己的模式。这一“模式”在著名经济学家、我的苏州老乡费孝通先生的笔下就成了这样的理论：“我们说的这一‘模式’，是指在一定地区一定历史条件下具有特色的经济发展过程。”

苏州乡镇企业所形成的经济形式就是这样被叫作“苏南模式”的。后来理论家们将这一“模式”归纳为以下著名的“四为主一共同”学说，即：

在所有制结构上，以集体经济为主，依靠村、乡自身的积累投入发展；

在产业结构上，以乡镇工业为主，带动农村多层次、多行业、多经济形式（农林牧副渔全面发展，工商运建服综合经营）的全面综合发展；

在经济运行机制上，以市场取向为主，率先进行依靠市场指导发展经济的探索和实践；

在利益分配上，坚持按劳取酬、多劳多得的分配方式，以及兼顾国家、集体、个人三者利益，走共同富裕道路。

从20世纪90年代开始到21世纪初，随着我国市场经济越来越成熟，商品经济得到空前繁荣与发展，商品市场开始完全由卖方转向买方，竞争日趋激烈。这时，苏州市委、市政府出面进行了一场更大规模的“大推力”——指挥乡镇企业实行全面转制，引导其发展外向型经济、民营经济和向现代企业制度转变。这次“大推力”的结果，使乡镇企业原来的“四为主一共同”特征发生了一些质的变化。像第一句中“以集体经济为主”，转变成了“集体经济、民资经济和股份制经济等多元化经济并存的格局”，由“依靠村、乡自身的积累投入发展”，转变为“多元化资金投入”；在产业结构上，也转向“内向型和外向型并举，一、二、三产业协调发展的格局”；在经济运行机制上，也从“以市场取向为主”，转变为“遵照不断完善的社会主义市场经济体系理论和国内、国际市场经济规律运行”；在利益分配上，也突出了建立农民增收的长效机制、增加政府转移支付等多项并举措施，确保农民共同致富。同时在政府管理层面上，由原来全面的推动型为主转变为退出对企业的直接掌控和管理，积极引导企业遵照市场经济规律运行，政府致力于为发展经济、统筹城乡发展和增加农民收入等方面提供服务。这种按照乡镇企业发展的自身规律来调整政府的管理职能的做法极大地激发了乡镇企业朝着健康的方向发展，使得苏州乡镇企业不仅没有在民营经济蓬勃崛起和全球经济冲击中国市场时遭淘汰或崩溃，反而迅速转舵，再度乘风破浪，显示了苏州人民驾驭经济大船的英雄本色。

这是后话了。

但无论哪种形式，苏州市委、市政府在促进发展乡镇企业过程中所坚持的一个大方向始终没有改变，即想尽办法，帮助发展，让集体经济不断壮大，让社会事业迅速强盛，让百姓共同享受经济发展而带来的社会主义财富，这是苏州历届领导班子的一个共同特点，这一传统至今仍然保持着，并且与其他地区作比较的话，明显感觉苏州当年留下的“走共同富裕道路”理念对后人的影响是多么深刻。

有人常把江浙两省做比较，前者是靠乡镇企业发展起来的，后者是靠民营经济发展成长的，两者各有所长。20 世纪 90 年代以前的一二十年里，苏州的优势毫无疑问，但到了 20 世纪 90 年代至 21 世纪初的十来年间，浙江民营经济的迅速崛起，使得以集体经济为主导的苏州经济曾经一度出现困惑与徘徊。经过前二十年博弈及近十年来的转制和调整，补充民营经济及大力发展外向型经济，苏州与浙江重新拉开了距离。许多到浙江参观的人再到苏州走一走就会有明显的感触：苏州地区的公共事业比如道路、交通、城镇建设、农村设施包括基层文化设施等方面，要比浙江的多数地区好得多。这所谓的好，我知道是苏州在 20 世纪八九十年代通过乡镇企业积累的财富用在了社会事业建设上，比如修桥铺路、建馆筑街以及社会主义新农村建设，苏州一直走在全国各地区的前列，这是因为他们在发展乡镇企业时落脚点非常清晰，即要“走共同富裕道路”。

苏州市委、市政府的执政理念和全市人民的实际利益紧密结合，才创造了美丽而强大的苏州。这美丽而强大的苏州，就是富有历史底蕴与地域特性的文化姑苏和充满现代化风情的新苏州的和谐统一。

从积极鼓励各出奇招，小打小闹到“放水养鱼”“全面开花”；从大力宣传“八仙过海”经验，到鼓励“做强做大”，苏州乡镇企业在进入20世纪80年代中后期时，已经呈现第二次“异军突起”之势。至1987年，全苏州乡镇企业的就业人数已达124万，他们的劳动生产率也达到了人均3400元的水平。这个时候的农民纯收入也从1978年的年人均102元提高到年395元。开始富裕起来的农民，除了添置自行车、缝纫机、手表和电视、收音机、电扇等，各村各户比着造房盖楼，那正是“白天厂里忙，回家盖楼房”。

然而，这一阶段苏州乡镇企业发展的一个最耀眼之处，就是以“八仙”为表率的一大批拥有管理经验和经商经验的乡镇企业家得到了迅速成长。他们跟在“八仙”后面，鼓足干劲，瞅准机会，一跃而上，或后来居上，或紧追不舍，如万马奔腾，形成滚滚洪流，推动着全苏州的经济大发展。像张家港的梁丰食品集团、澳洋集团，常熟的波司登、秋艳集团，吴江的鹰翔华纤、永鼎集团、亨通集团等企业的领头人，都是在那个时候先后成长起来的优秀乡镇企业家。他们中绝大多数是当地的回乡知识青年、复员军人和优秀基层干部、共产党员，事业心和责任心强，有宝贵的奉献精神，又善于刻苦学习，同时又懂市场，且没有不良习性，故而能够带领农民兄弟们在“离土不离乡”的广阔田野上开创一种中国特色的全新经济形式，并为富饶美丽的苏州增添了丰厚的物质财富及向更高更快的发展目标提供了宝贵经验。

若干年后的2008年初，我到昆山采访，主人一定要我参观一下他们的“好孩子”。这是我早就听说过的一家著名企业，到那里才知道他们的老板原来也是一位从乡镇企业家成长起来的“大亨”。“好孩子”在1972年前是昆山陆家中学的校办五金厂，宋郑还接手之前连年亏损。老宋把它接过来后，发挥了当时乡镇企业善于与上海“攀亲”的优势，联手上海某企业做童车生意，结果一做就是 20 多年，一直做到成为全世界最大的童车“巨无霸”厂家，现在的年销售金额已接近百亿元，国内外员工 20000 多人，为国家上缴的税收共达数十亿元……

永鼎集团的老板顾云奎是个农民出身的企业家，当年他以 2 万元起家，带领他的一帮农民兄弟将一家普通得不能再普通的注塑件乡镇小厂，发展成拥有 55 亿元资产的集团公司，他的“永鼎”是江苏省第一家在上海证券所上市的乡镇企业。

原苏州相城区渭塘镇渭塘村党支部书记邹宝如是位复员军人，回乡后他接办了村里的一家小五金厂，不到 20 年，他就把这家小五金厂发展成拥有 170 家各类企业的村办集团。现在全村的村民都成为集团企业的股东，全村三分之二的人当了老板，村里有私人轿车近 600 辆，农民年人均收入近 20000 元，所有的设施都基本是现代化的，但身为集团董事长的邹宝如自己却一直不在集团里拿工资。

在苏州，像“好孩子”这样的企业，像顾云奎、邹宝如这样的企业家比比皆是，苏州的乡镇企业不成为“半壁江山”才怪！苏州不大发展才怪！苏州百姓不富裕才怪！

第 7 章　牵“牛鼻子”让姑苏光芒四射

时值 1985 年。

这一年，苏州发生了一件大事——中央批准苏州纳入沿海经济开放地区。

1987 年，苏州人经过努力，获得了外贸进出口经营权。

不要小看这两件事。从某种意义上讲，苏州今天能够成为面向全球的国际化现代新兴工业经济城市和拥有强大的全面发展的社会实力，与当年的这两件事密不可分。

苏州作为外向型城市是从什么时候开始的，这真难说，因为在某种意义上讲，苏州从泰伯、仲雍的后代在垒起那篮球场大的“子城”开始便有了“外商”。另一个时间可以从元朝时意大利旅行家马可 · 波罗看到“漂亮得惊人，商业和工艺十分繁荣兴盛”的苏州那一天算起。其实苏州的“外向型”路子一直没有间断过，据清朝户部统计，1849 年全国 24 个“海关”全年共上缴 440 万两银子，苏州的浒墅关就占了 8%之多！新中国成立前，苏州的丝绸、花边和特色美食，其实已经源源不断地作为“中国牌”出口海外。1949 年之后，中国受西方世界的封锁，对外贸易极少，即使在这少量的外贸货物中，苏州产品仍然占有相当比例。

但这一切始终没有改变苏州经济中农业经济的主体地位，工业经济与手工艺经济则十分有限。进入20世纪80年代，乡镇企业的“异军突起”，改变了这种格局，农业经济为主导的苏州经济开始被工业经济所替代，别小看了这种经济比例倒过来的现象，它其实是苏州有史以来经历的一场最为波澜壮阔的伟大革命，它使苏州从一个延续了几千年的农耕型城市开始转型为工业城市。

异军突起的乡镇企业在成为“半壁江山”之后，这个历史性的转型便有了清晰而永固的分水岭。

在这个分水岭的一侧，历史的年轮非常悠远，而到了临近分水岭的时候，其历史的发展轨迹是高速的，这首先归功于邓小平，其次应当归功于勤劳而智慧的苏州人民，还应当归功于苏州市历届的领导班子，没有后者清醒而明晰的正确决策引领，苏州经济尤其是让全国人民刮目相看的苏州乡镇企业经济是不可能发展得那么“莺歌燕舞”，那么“喜气洋洋”，那么“桃花盛开”……

笔落此处，我耳边突然传来一曲悠扬的民歌：

好一朵茉莉花

好一朵茉莉花，

满园花草，香也香不过它

我有心采一朵戴

又怕看花的人儿要将我骂

……

这是我们苏州老家人人爱唱的一首歌，它很柔、很美，就像西施式的江南美女，其音色则像苏绣的质地那样滑润艳美。但我知道茉莉花香是因为茉莉花树经历了秋冬的霜露，假如没有这漫长的秋冬的霜露，茉莉花不可能那么香。

苏州乡镇企业的发展有些像茉莉花香那样，也有些像“好一朵茉莉花”歌那么动听。可我知道，苏州的乡镇企业发展史并非像我上面叙述的那么平缓、那么一往前行和阳光灿烂。它的发展与壮大过程充满了复杂的斗争与风雨……

这一幕有必要记录下来。因为这是历史的本来面目，因为它是留在我父亲身上的一道深痛的伤痕。

在父亲生命垂危的时候，我给他擦过一次身子，发现在他背上烙下一道很深的伤痕。我开始以为是他年轻时带领民兵先锋队在望虞河水利工地上留下的光荣印记，不料父亲说那是他在 20 世纪 80 年代干乡镇企业最得意时被人暗算的一次事故中留下的。

“为什么那个时候还有这样的事？”

我那时已在部队工作，离开家乡十多年了，父亲那时创办的一个眼镜厂和一个绣花厂在当地也算有些名气。

父亲说，那是一次在干部会上有人“揭发”他到苏州给人“行贿”了 3 只甲鱼和 60 斤鲢鱼。“我一气之下提出要辞掉厂长职务，回家的路上一生气，不小心摔倒在水渠里，是一块水泥板挫伤了我的后背……”父亲接着又说，一段时间内，有人把社队企业在做生意中给客户和合作单位送些东西看作是“行贿受贿”。“批得很厉害，甚至判刑的有好几个，从此我再没有干了。”父亲说。

我知道父亲后来再没有干眼镜厂厂长和绣花厂厂长了。

当时到底发生了什么，我并不清楚。在写这部书的时候，我翻阅了当时的一些中央文件和政府出台的有关规定，不由得吓了一跳，原来那些文件上赫然写着“整顿”“治理”和“严打经济犯罪活动”，并且条文非常明确地规定对那些“请客送礼”现象要严厉打击，“严重的要以罪论处”。乡镇企业在进行合作和经营活动中的“请客送礼”，在当时被认为是“罪恶的源头”，因为有人认为乡镇企业的发展就是凭着“请客送礼”的“不正之风”发展起来的。这必然成为了整顿的重点。

父亲的第二次下台是因为有这样一个“整顿”“打击”的背景。

“我算啥？我几个好朋友还被关了好多年呢！他们才更冤枉。”父亲说。

前年在张家港采访几位从乡镇企业家成长起来的典型人物时，我突然想起父亲身上的那条伤痕，便问起他们是否经历过这样的事。现今名声显赫的长江集团董事长、时任长江村党支部书记的郁全和直喘粗气地对我说：“你父亲受的罪可能还是轻的。我当年天天被‘治理整顿工作组’叫去‘交代问题’，不仅弄得我精神失常，连家属跟着一起活受罪。”

“朱永生最惨。”郁全和说的朱永生是当时沙洲县另一个把乡镇企业搞得特别好的大队支部书记。朱永生搞社队企业有一套，他自己也成为全省模范书记，还当上了第五届省人大常委会委员——这在当时是独一无二的。但“打击经济领域犯罪活动”开始后，有人七拼八凑，硬说朱永生在办厂时有贪污行为。起初说他贪污了10000元，后来又觉得离谱，说是7800元。朱永生因为这所谓的7800元“贪污”，被判七年徒刑。

七年啊！一个曾经带领百姓创造辉煌业绩的乡镇企业领头人，落得如此下场，引来多少人的同情和不平。出狱后的朱永生立即投入了申诉，是后来的张家港好领导秦振华书记几经苦心努力，才给朱永生申冤了。后来查实，朱永生的所谓贪污7800元，纯属强加的不实之词。因为这些钱都是企业在与合作单位往来和经营过程中必须开支的正常经济活动。只有最后的200元不明来龙去脉。“就是两块钱你们也要还老朱清白！”秦振华指示说。冤情终于查清，这200元是朱永生交给一个部队的汽油费，因为当时没有开发票，结果成了朱永生的“贪污”罪行之一。

“在发展乡镇企业经济中，我们的干部绝大多数是好的。他们除了辛苦，就是奉献。不能让他们白白含冤受屈！”在严峻时刻，苏州市委、市政府的领导公开站出来这样高声说道，并且坚决采取实事求是的态度，给广大社队领导和在乡镇企业工作的干部们撑腰，这才使一场“山雨欲来风满楼”的风波得以平息。

水转沙涂又一湾，
迎船孤塔出烟岚。
长江一道横风起，
两岸争飞上下帆。
（元代惟则《晓行吴淞江》）

至此，美丽如画的江南大地春光重现，全地区的乡镇企业经济再度出现飞速发展、万马奔腾的景象。

然而，人类历史自有经济活动那天起，谁也无法保证哪一种经济形式永远是生机勃勃的，乡镇企业和乡镇企业经济的发展同样不例外。自从20世纪70年代中后期开始成长和成熟起来的苏州乡镇企业及其乡镇企业经济经过十余年的飞速发展之后，至20世纪80年代中后期，在外部环境和内部问题的多重挤压下开始暴露出一些问题。比如规模已比较大，但企业的产品和档次则比较低，没有多少先进的技术设备，产品的销路除了与国有大企业争市场外，市场空间越来越小，企业的产销率较低。尤其是想获得更大发展和更高层次的技术改造时资金筹集基本无门……苏州乡镇企业和乡镇企业经济出现了第一个困难期。

与此同时，苏州本市的那些国有企业仍然缺乏生机，亏损面仍在不断扩大。

苏州经济面临一个重大的考验期。这个时间一直持续到 1992 年左右。

类似这种情况，大概每一个地区的经济发展都可能遇到。但苏州人的本事就是凭他们的聪明与智慧能迅速摆脱这样的困境并走出一条新的发展路子来，这也可能是苏州发展永远走在别人前面的“区域因子”所决定的。

苏州人真的非常或者说是极度的聪明。当然，这样的聪明与决策者审时度势的能力有着直接关系。

苏州的经济不仅仅是苏州的事。苏州的发展一直在中央和江苏省领导的视野之中，而且是在特别的视野之中。

1987 年春节刚过的一天，江苏省委办公大楼里，省委书记韩培信对风尘仆仆从镇江赶来的镇江市市长高德正说：“省委常委会经过反复研究，决定调你回苏州任市委书记。你看怎么样？”

“让我回苏州？”高德正感到十分意外，因为从 5 年前的 1983 年调离苏州后，他已经被省里先后调到苏北的淮安和省城边的镇江干了两任市长，从他内心估计再回苏州的可能性非常之小，可偏偏这个时候省委做出了调他回苏州工作的决定，并且这次是当苏州市委书记。

“省委对你很信任啊！”韩培信寄予无限希望地说，“苏州在全省的位置举足轻重。考虑到你在沙洲工作过很长时间，有改变沙洲一穷二白面貌、治穷致富的经验，又有在苏北工作过的经验，你回苏州工作是很合适的。苏州需要你……”

苏州确实需要一位能够开创更新局面的新领导和新领导班子。高德正上任后，以他特有的工作作风，做的第一件重要工作就是下去搞调研。他在调研过程中发现，在他离开苏州的几年中，苏州经济面貌发生了很大变化，尤其是乡镇企业这一块。一是企业规模更加扩大，水平有所提高，正从船小好调头向联合兼并、船大好抗风浪的方向发展；二是更多的农村劳动力向乡镇企业转移；三是较好地实现了农民收入的不断增加，人民生活水平进一步改善；四是企业正在形成大工业配套和服务当地、内地市场的格局。苏州当时的经济状况的最大亮点是县级经济发展很好。然而当时苏州经济尤其是乡镇企业经济面临的困难同样相当突出。

突出到什么程度？写到这里我突然想到一件事：前几年每次回老家，我一直有些不明白为什么苏州的汽车牌子是“苏 E”而不是“苏 B”。苏州在江苏省内，除省城南京外，现今它的城市实力毫无疑问应当排在其他所有地区的最前面，按规矩省城的汽车牌子一般都是“A”字，而第二大城市则是“B”字，并以此类推。如此说来，苏州的汽车牌子应该是“苏 B”而不应是“苏 E”，“苏 E”则意味着是“老五”。其实，我的这种臆想式的推测并非有确切的根据。然而，一位苏州干部却告诉我一个事实：20 世纪 80 年代中期，苏州全市的经济总量确实有过一段不如周边几个兄弟强市的历史。

“这是苏州的一个耻辱时期。”这位苏州干部如此对我说。

但也有苏州人对我说：“E”字很好，它只是将“王”字的一竖挪动了一下位置，而当下苏州的实力在江苏诸市中就是王者，给苏州“E”很适合。哈哈，两种解释皆显王者风范。前者有一种不甘落于他人之后的王者之气，后者乃是永远居于他人之上的真正王者。

但我想，当时新出任市委书记的高德正心头可能丝毫没有这种王者之气，因为他回苏州后，有关部门给他的一个统计资料显示：1986 年苏州工农业总产值市区一块总量不及无锡、常州；加之地市合并后，无锡县、江阴县划给无锡市，苏州的经济规模也相应下降。这对曾经在省内一直领先的苏州人来说，有些难以适应，更多的还是不服气、不甘心。

苏州经济往何处发展，突破口又在哪里？高德正和市委一班人在思考……

“走外向型经济的发展道路！这是‘牛鼻子’。抓住了这个‘牛鼻子’，整个苏州经济就可以重新快马加鞭，迎头赶上兄弟地区甚至超过他们！”市委常委会议上，高德正将调研的结果和一段时间的思考向一班人做了陈述。他说，任何一种地区经济的发展都讲求“天时”“人和”“地利”，我们苏州也不例外。中央要求我们进一步解放思想搞改革就是“天时”，苏州干部们团结一致搞经济建设是“人和”，现在苏州被列入沿海开放地区是“地利”，有了这天时、人和、地利三大优势，再加上我们各级干部带头解放思想，敢于领导，善于领导，苏州经济一定能更上一层楼。

对此，常委们十分赞同，并认为把抓外向型经济、调整发展乡镇企业作为发展苏州经济的“牛鼻子”，紧紧抓住这个“牛鼻子”、带动全市经济发展的战略思路，完全正确，非常及时。

如何衡量外向型经济？外贸收购无疑是一个风向性的标志。1986 年，苏州全市的外贸收购额为 12.86 亿元。有关部门在确定 1987 年全市外贸收购计划时定的是 16 亿元。

“16 亿元是苏州的实际水平吗？”高德正到各县（市）、区调查时提出这样的问题让干部们讨论。

“16 亿有点低了，20 亿完全有可能。”大家反映说。

“那为什么就定了 16 亿？”高德正问。

“多保留点余地稳当些嘛！”回答道。

高德正笑了，说，保留些余地是对的，但过分的“保留”，反而可能会影响应有的工作成果和发展速度。在市委、市政府班子商量此事时，大家的意见一致：当年度全市的外贸收购计划确定为19亿元，给可能实现的20亿元留一定的余地。

“结果这一年我们实现了19.97亿元的外贸收购额！老实说，如果不是市委及时调整计划和鼓劲，也许我们只能完成16亿元的水平。”一位外贸部门的老同志告诉我当年的这件事。

1987年底，党的十三大胜利召开，中央更加明确地提出了实施沿海经济发展战略，要求沿海地区积极发挥优势，充分利用国内外两种资源、两个市场，促进发展外向型经济，以先富之地带动西部地区发展。中央精神如一场及时雨，苏州干部好比喝了一瓶清凉剂。尤其是这一年尝到了解放思想鼓干劲外贸收购额从16亿元一跃上升到近20亿元的甜头，大家感到苏州发展外向型经济的潜力巨大，必须牢牢抓住这个“牛鼻子”！

“我看现在的主要问题是我们缺乏进出口权，这个制约因素如果克服掉了，苏州外向型经济发展定能实现跳跃性前进。”苏州市外贸公司的同志提出一个重要的问题摆在了市委领导面前，并进而解释道：当下我们的苏州市外贸公司实际上只是省外贸公司的一个“收购站”，既没有直接的客户，更没有进出口经营权，一年12个月辛辛苦苦为省公司“打工”，没有主动权，因此也就没有太多的主观能动性与更大的积极性。

“如果把这个问题解决了，你们认为我们苏州外向型经济还能有更大的发展？”高德正书记和俞兴德市长问。

“这是板上钉钉子的事！”外贸部门的人回答得很肯定。

“那我们到省里去争取到这个‘外贸进出口权’。”高德正和俞兴德说。

到了省里一谈，书记韩培信和省长顾秀莲听后感觉苏州提出的建议有道理，便立即召开了全省几大市的书记、市长会议，并郑重其事地同各路“诸侯”商量此事，指出省外贸公司将向无锡、常州、南通和苏州四个基础比较好的市下放进出口权，条件是相应承担省外贸公司的债权。没想到这四个“兄弟”除苏州外没有一家愿意接受省里的这个方案，并形成四种结果：常州坚持原来的体制，无锡认为外贸不如内贸，实际上也维持了原来的做法，南通说：“你们三市的做法我们一家也不学，南通从自己的实际出发，有多少就做多少。”

江苏省领导开明，说省里尊重大家的意见。这给苏州带来巨大压力，因为他们一方面得到了进出口的自营权，同时也必须承担省外贸公司的债权——那债权老实说很沉重。但两年以后的结果是：拿到进出口自营权的苏州虽然花了高价“买”得政策，外贸却如虎添翼，迅猛发展，并且一跃成为全省外贸第一名且将这种优势一直延续到了今天……这是后话。

这个时候的苏州还遇到了一个很鼓劲的“机遇”——党的十三大后，中央领导来到苏州视察，并在调研苏州的乡镇企业和外向型经济后，亲自主持了在苏州南园宾馆召开的华东片外向型经济、有相关省市领导参加的座谈会。高德正代表苏州在会上做了发言，他在汇报中提出了一个沿海经济发展的战略问题，即着力解放思想，实施外贸体制改革的意见。中央领导对苏州的经验和思考给予了充分肯定，称苏州的外贸工作搞得有声有色，包括乡镇企业在内的外向型经济正“悄悄拉开序幕，好戏即将连台”。

苏州的干部们精神大振，尤其是处在徘徊之中的众多乡镇企业家如被打了一针强心剂，纷纷开始将目光转向国外市场……这其中，素有“老外贸”之称的张家港西张镇更是一马当先，他们在20世纪70年代时就开始做外贸出口产品，先是出口工艺鞋，后来是乳胶手套，年创外汇四五十万美金。西张镇有个“贝贝”公司做得最出色。开始的时候有人讽刺说“老农”

搞外贸是“癞蛤蟆想吃天鹅肉”。“贝贝”的总经理奚也频不服气，盯住国际市场不松眼，结果生意越做越好，尤其是在苏州市委提出要把外向型经济当作“牛鼻子”抓住不放的精神鼓励下，企业产品和海外销路不断更新、扩大，一直做到胶鞋销售额达 4 亿多元。西张镇的双龙村专为外国市场做乳胶手套，年销售量也一直做到了 5.5 亿美元！

在 20 世纪 50 年代就以民间工艺品“花边”作为我国出口产品著称的常熟更是在“牛鼻子”精神的鼓舞下，发挥“老外贸”的优势，上下齐动员，许多乡镇企业家开始“脱掉布鞋着皮鞋”，“从跑田岸到跑口岸”，“中山装换西装”，积极参与和投身到外向型经济的大潮之中，尤其抓住“切块承包”的政策利好，大举开展“借梯上楼”“借船出海”的经济活动，以外贸、外资、外向型经济为代表的“三外”风起云涌，频频出击，而且积极向海外进发，并在泰国创办了全苏州也是全中国第一家县级海外企业。

值得一提的是，常熟在这期间有一家外贸做得特别好的企业，这就是后来大名鼎鼎的通润集团。

最早的“通润”只是一家做些家具和竹器的小作坊式的小厂，因为后来一个偶然的机会而改做汽车的千斤顶，而且专做千斤顶出口产品。

1984 年顾雄斌当了厂长，他率先实行了“厂长负责制”，将权责结合在一起，提出了“少增人、多功能、满负荷、高效益”的口号，使得企业蒸蒸日上。

到了 20 世纪 80 年代中后期，在苏州市大力倡导的“三外”政策的影响下，顾雄斌又一次率先将企业转为中外合资企业。这一来，“通润”的海外市场更通畅了，企业一方面利用赢得国际市场后所创造的效益，大力引进先进技术和先进设备，另一方面在内部又通过“一主多副、以副养主、以内养外、发展外贸”的调整策略，不断扩大出口权。之后又将企业生产调整到

“内外并重、主副并举、工贸结合、发展贸易”的方向，使得企业如虎添翼，一直到后来在国外办自己的跨国公司。

“通润”千斤顶后来在国际市场上不仅占有重要份额，而且也成为世界“驰名产品”，深得欧美汽车厂商的欢迎。“通润”每年的外贸出口额一直保持在 5000 万美元左右，成为苏州市乃至全国机械行业的出口大户。“通润”现有的企业资产已达 15 亿元，是常熟和苏州工业战线的“常青树”。

用老百姓的话说，当年苏州市委、市政府号召全市上下抓“牛鼻子”的方式，不仅使已处“半壁江山”的苏州乡镇企业有了重新大发展的突破口，而且也给整个苏州经济开辟了一个新天地。

历史正是如此。

常言道，开拓创新的第一步最珍贵也最难。苏州市在全国地级市中，进出口总额一直是第一名，而且这个第一名的水平是许多省市都远远不及的。2008 年，苏州外贸进出口达到 2285.26 亿美元，约占全国的 10%，占江苏省的 60%。苏州海关 2008 年上缴国家的关税是 360.80 亿元。然而当年的苏州却为参加一个“广交会”竟然被人骂得狗血喷头……

那一年苏州市外经贸委根据高德正书记的指示组团到广州，准备参加广交会（广州交易会简称）。这是苏州第一次组团参加广交会，团里有不少乡镇企业代表。本来大家怀着一片热情想到广交会上露一下苏州乡镇企业的身手，并欲与“老外”们较量较量。哪知一到广州，交易会的负责人很生气地责问苏州人：“你们来这么多人干吗？”

领头的苏州外经贸委负责人徐进回答说：“我们苏州是外贸货源地，想多派些人来参加广交会，与‘老外’们有更多的交易机会。”

广州人说：“这事我们不管。总之你们不该来这么多人。你们只能在馆外活动。至于吃住也由你们自己负责。”

苏州人并没有因此气馁。他们自己找宾馆住下，然后通过各种可能的途径在宾馆与“老外”交换名片、洽谈商务，最后还通过变通的办法“混”进了展馆。

“干得好！”高德正书记在苏州听说这事后，对徐进大加赞赏和鼓励。

苏州第一次参加广交会，便成交了6000万美元，这让国家对外经贸部和广交会主办方大为震惊。于是苏州一下成了中国外贸的“新星”而被各方重视起来，苏州也从此成为中国内地在外向型经济发展方面做得最为突出、成果最为辉煌的一个城市。

1983年以前，苏州还没有一家外资企业，而到了1988年，外资企业已达202家。1989年则在这个数字上又翻了一倍。到1991年，全苏州的外资企业超过600家。这些外向型企业的崛起，使得苏州的乡镇企业获得了新一轮的发展。至1991年，苏州全市的乡镇企业完成产值441亿元，其中销售收入实现309亿元，占全市外贸出口总额的55.55%。而仅隔一年的1992年，苏州乡镇企业在“南方谈话”精神的鼓舞和影响下，再次发力，这一年全苏州乡镇企业总产值比1991年翻了一番，达887亿元。这种罕见的超常增速，一方面体现了苏州人思想大解放后获得生产力的大发展，另一方面也再次证明乡镇企业有着巨大的生命活力。这一年，全市乡镇企业的人数达123万，也就是说，有近五分之二的农民从事非农业的经济活动，而他们创造的工业经济价值又支撑着苏州经济的大半个天下。

1992年之后的苏州乡镇企业仍在飞速发展，特别是到了1997、1998年，苏州的乡镇企业进入了全面的转制阶段。这一过程中的苏州乡镇企业是痛苦的，他们必须面对民营经济蓬勃发展带来的严峻挑战，必须面对全球化经济的融合与冲击，必须做出生与死的重新选择……这是一次质的蜕变，这也是苏州从“乡镇经济”形式，走向“县、区经济”形式、“市级经济”形式的重大历史性转变。这一重大的历史性转变相继持续了十余年，而这十余年，苏州的发展更是在中国改革开放史中演绎了一场气壮山河、震惊世界的时代史诗。

历史学家在考察苏州乡镇企业的发展史时这样指出：从 20 世纪七八十年代发展起来的苏州乡镇企业所积累的财富和人力资源，为 20 世纪末苏州的飞速发展及新世纪之后的富裕强大，奠定了不可撼动的基石。

苏州之后的辉煌因此也是必然的了。

“人间天堂”史　第二部

园区革命

2004 年 6 月的一天，古城苏州的居民打开塘泾和观前街上的早市店面时，突然发现大街上来了许多各种肤色的外国人……联合国教科文组织第 28 届世界文化遗产大会在这里举行。

已有 2500 多年历史的姑苏城内城外，到处张灯结彩，一派节日盛装，以特有的风情和热忱迎接来自世界各地的宾朋。

世界文化遗产大会期间，苏州市政府安排了多场活动，其中最让宾客欣喜若狂的是游览小桥流水的古城风貌和园林胜景，而另一个让外宾惊叹不已的活动是参观苏州工业园区和苏州高新技术开发区。

“太美丽了！”

“即使在欧洲，它也是第一流的！”

“苏州人好幸福——既能享受古苏州的东方情调，又能享受西方式‘洋苏州’的浪漫！”

面对来自世界各地宾朋的盛赞，苏州人的脸上洋溢着自豪感和幸福感——那是这个城市的创造者和这个城市的主人翁的自豪感与幸福感。其实，如果时间往前推移 30 年，连苏州人自己都不敢想象今天的苏州会有如此美丽，而且竟然出现了风格迥异却又融为一体的大苏州城，这真是一个奇迹！这个奇迹的创造对苏州来说是一场并不亚于当年伍子胥创建“阖闾城”那样的伟大壮举——

第 8 章　浦东开发冲击波

1990 年 4 月，父亲打电话告诉我：浦东要大开发了，我们苏州会更了不得的。

浦东？浦东开发跟我家乡苏州有什么关系？

我们离上海那么近，浦东要变成“深圳”，我们不是跟着一起发财了！我当时感觉远离政治中心的父亲，其意识里就是离不开“乡下人”的本质。但这回我小看了父亲，更小看了苏州老乡们对浦东的认识。

在少年时代，我就认识了浦东。但它对我而言，是个恐怖的地方。我曾在它的怀抱里丧胆失志过……

那是 20 世纪 70 年代初的一个冬日，上中学的我，在寒假里为挣生产队的工分，跟成人们再次划船到上海运输下脚氨水。三吨小木船要过黄浦江，那是我第一次见到如此水宽流急的黄浦江面，出了外白渡桥后，我在后船板上双脚就是站不稳，更不可能去帮大人们摇橹——其实在黄浦江里行船，只能随流而进。我们的小船在江里像一叶飘荡的竹片，后来一艘汽轮经过时，我们的小船整个儿失去控制，顺其颠簸坠落。“进水了！进水了，快逃命——”突然，当船老大的民兵连长一声尖叫，揪着我的后衣领，一起跳进江里……魂散胆裂之际，我下意识地张开双手在刺骨的江面上划动，后来隐约看到有一条救生汽艇朝我开来……等我醒来时，发现自己被扔在一片泥滩上。我不知那是什么地方，只见江的对面是那座我见过的哥特式的海关钟楼。大人们后来告诉我：我活命的那片泥滩就是浦东的陆家嘴。现在那个地方是国际会议中心，离它不远的地方是今天的“东方明珠”和高入云霄、晶莹剔透的金茂大厦。

几年之后，我第一次从部队回家探亲，路过上海时，特意到外滩，隔着黄浦江，看到江对面的陆家嘴还是一片农田和一些零星破落的房子。

然而再过若干年后，当我再次站在外滩遥望对岸的陆家嘴时，我惊骇了：那个曾经令我魂飞胆丧的地方竟然成为又一个中国的“曼哈顿”！

浦东的开发史是随着两位当代巨人在上海的“一来一去”而迅速推进和掀起的——来的是邓小平，去的是江泽民。

江泽民最先也是从北京来到上海的。他任上海市市长时，就接过老市长汪道涵的重托，开始谋划起“浦东开发”的大略来。1987 年北京又来了大员，他就是后任上海市市长的朱镕基。江泽民、朱镕基搭档的上海市委、市政府对浦东开发的推进是历史性的。

1989 年，江泽民“北上”赴任中国最高领导，浦东开发更有了巨大的推动力。然而，推进浦东开发的最重要人物还是中国现代化的总设计师邓小平。

1990 年 4 月 18 日，大上海的一则新闻对近在咫尺的苏州人震动很大：中国的又一个特区——浦东开发区正式宣告成立。

那时，全国都在羡慕南边的深圳特区，谁也无法与之相比——那里的发展日新月异。那会儿去一次深圳还必须到公安部门办“特区通行证”，跟出国一样令人兴奋。

“要是我们也能像深圳一样开放就真的是天堂啦！”凡去过深圳的苏州人，不知暗暗感叹过多少次。

现在浦东也要变成第二个“深圳”了！我们不等于真的快进天堂了啊？

苏州人羡慕深圳，但有些遥不可及。现在上海的浦东要变“特区”，那是天时地利啊！苏州人跟上海人一样激动地听着浦东开发的隆隆推土机声，胸口的心尖儿跳得像飞跑的小鹿一样快。

他们激动着：天赐的福运终于到来了。

他们盘算着，盘算着浦东开发给自己带来的“磁场”影响力……

总之苏州人在一旁既激动兴奋，又悄然窥测着上海浦东的每一个细微的行动，并瞅准机会，为自己所用……

上海开发晚了！要努力跟上去啊！1991年的春节，邓小平在上海过春节，他当天在新锦江大酒店的41层旋转餐厅上跟朱镕基说的话，很快就传到了苏州人的耳里。不几日，邓小平的另一段更重要的话也迅速传到了苏州人那里——

“那一年确定四个经济特区，主要是从地理条件考虑的。深圳毗邻香港，珠海靠近澳门，汕头是因为东南亚国家潮州人多，厦门是因为闽南人在外国经商的很多，但是没有考虑到上海在人才方面的优势。上海人聪明、素质好，如果当时就确定在上海也设经济特区，现在就不是这个样子。14个沿海开放城市有上海，但那是一般化的，浦东如果像深圳经济特区那样，早几年开发就好了。开发浦东，这个影响就大了，不只是浦东的问题，是关系上海发展的问题，是利用上海这个基地发展长江三角洲和长江流域的问题。抓紧浦东开发，不要动摇，一直到建成……”

听听，小平都着急了！浦东也要成为第二个深圳了！

我们离上海最近，浦东开发对我们苏州是个天大的机会。这回一定要抓住！

在古城苏州，干部们热烈地议论着，心潮激荡，仿佛话是对他们讲似的：不要动摇，抓紧发展！

浦东要成第二个深圳，我们苏州就要当江苏的第一个深圳。那时深圳在大家的心目中就是改革开放的榜样，现代化社会的样板，人民走向富裕的目标。在苏州这样的经济发达区域，寻求新的发展点时，深圳无疑是最好的学习榜样。在当时传统的社会主义思维下，深圳是带着大半的“资本主义”色彩的。现在有邓小平的话，上海浦东也能搞深圳一样的特区了，这不等于彻底地搞“中国特色”的社会主义了？！

自1978年十一届三中全会后，中国改革开放的浪潮一浪高过一浪。浦东开发应当又算是风起云涌的大浪潮。不用说，浦东开发，对苏州的影响和契机都是最大的。

有必要交代一句：在浦东开发之前，苏州市委、市政府在20世纪80年代中后期就已经十分注重外向型经济的发展了，并且卓有成效。昆山和张家港的崛起便是最好的证明。只是这一阶段的外向型经济处在引资和合资的初级阶段，而深圳特区的外向型经济的明显特征是将某一成规模的点，建成一个整体的全面区域，也就是所谓的“特区”。

国家对“特区”建设是有严格规定的，它实际上是一个行政区域的新划分。这得经过国务院批准。浦东那片尚未开发的“处女地”，与大上海仅一江之隔，东边又邻近通往五洲四海的大东海，开发空间广阔而代价低。

“吾俚苏州”咋弄法？其实在2500多年前所建的古城苏州，只是一个“周围四十里二百一十步，外廓六十八里六十步”的城市，虽然在伍子胥的春秋时代，她是名副其实的“阖闾大城”，但相对于现代化的大都市而言，苏州古城只能算个小城。进入 20 世纪 80 年代之后，在中国改革浪潮涌动下的苏州人，眼看着南边的荒滩上建起的深圳，眼看着旁边的大上海一座座横空出世的楼宇和过江的桥梁，更不用说像北京那样四通八达的地铁与如蛛网般的城市高速环路，就是她的“子民”——常熟、昆山、张家港等自家的“五虎崽”的蓬勃发展，也使得苏州人越来越感到了压力。观前街的弄堂叫卖声和虎丘的旅游门票收入固然很值得骄傲，可小桥流水毕竟没有大江大海那种汹涌澎湃的激情与气势。尤其是全球经济的浪潮，让无数过去不起眼的地区与城市，仅仅几年时间就可以超越像苏州这样的古城的整个发展历史。这种瞬息万变的历史潮流，让一向性格温和的苏州人感到了前所未有的冲击——苏州出路何在？

苏州是永远保住原有的古城文化与古城经济——那种小桥流水般的自安自得，还是跟上世界的发展潮流，再造苏州新城？

这是摆在苏州人民和苏州领导面前的一个大课题。谁敢破解这个题目，谁或许就是历史的功臣，同样也有可能是历史的罪人。因为，早在 20 世纪 80 年代国务院就保护苏州古城历史风貌有过专门的文件。在古城里做文章，不是不可以做，而是你能否做到既保护了古城风貌，又可以让人放开手脚来干现代化经济？这样的文章也许非超凡的天才是无论如何也做不出的。

苏州人曾经苦恼了好久。浦东大开发之前，不是没有人想过在苏州大做文章，至少也不应该让自己的那些常熟、张家港、吴江等“子民”们瞧不起嘛！而且自伍子胥建姑苏城起的 2500 多年以来，苏州人一直有一种天然的优越感，认为只有自己才算得上真正的“天堂里的人”，他们原本也确实吸收了太多的天堂养分——文化的、历史的、风物的种种养分。但这种天然的优越感从 20 世纪 80 年代开始，随着古城之外的天地间一浪高过一浪的改革开放的潮流涌动与巨变，苏州城里的人感到了压力，感到了一种实实在在的落后，感到将要失去天堂优势之后的那种恐慌……

因为——古城空间有限，再做道场，即使请得天下所有的高僧来，也只能念些旧经，无大雅之堂可供世人瞩目。深圳可以在荒地上建起世界级新都市，大上海有浦东无边广阔的空间，就是常熟、吴江、张家港、昆山这些“子民”也有比你苏州古城大几倍、几十倍的空间发展和开发呀！

苏州人的压力和恐慌源于古城的束缚与限制。

必须寻找出路！必须重建一个新苏州！

这个时候，高德正调到省里任职，苏州来了一位风度儒雅的新任的市委书记，他就是王敏生同志。

王敏生在任苏州市委书记之前是镇江地区专员，其实他是一位老资格的“苏州老乡”。1975 年之前，无锡县还归苏州地区管辖，他是无锡县委书记。乡镇企业大发展时期，无锡县曾经被誉为“华夏第一县”，其经济总量和综合实力在全国县级单位中名列第一。1989 年王敏生任苏州市委书记。那时的苏州和全国一样，正处在一个特殊时期，干部人心惶惶，不敢干事。在服从“稳定压倒一切”的政治需要的同时，王敏生提出了苏州发展的“稳中求进”思路，后来证明是非常英明和重要的。

2008 年 8 月的一天，我在苏州古城的一个古色古香的小院里采访了王敏生老书记。一口吴语的他回忆当时的社会情景时说:“我到招待所，却看不见人。大家很紧张，不敢接待外国人，也不敢接待来谈生意的自己人。干部们都有一个‘怕’字。怕谈生意。搞发展被认为是搞腐败，走歪道和不正之风。我要求市委号召干部们正确认识‘两高’（高院、高检）文件。又让纪委和检察院的同志出面讲话，让干部们正确认识和区分改革开放中的正常交往与走歪门邪道、搞腐败及不正之风之间的本质区别，尤其讲明什么是违法乱纪，什么是腐败之风，使广大干部重新树立起了对党和改革开放的信心。

同时我们又树立了几个典型，如吴江的盛泽镇和张家港的杨舍镇等，坚持了发展乡镇企业的十大好处……这些都对当时巩固和推动苏州经济起了关键性作用。

“1991 年，特大洪水袭击了我们苏州，总书记也亲临苏州抗洪救灾现场，但就是在这样发生严重自然灾害的年份，苏州的经济仍然很好。1992 年，南方谈话的正式文件还没下来时，我就让人到南京去省委拿复印件回来，及时向干部们传达。大家越学小平的讲话，心里越亮堂，干劲也来了，纷纷表示苏州不能落后于这一波大发展浪潮。于是我们就寻找发展的载体。这个载体就是现在我们苏州人常说的一个‘新苏州’、一个‘洋苏州’，即古城西侧的高新园区和古城东边的工业园区。苏州这十几年的腾飞，从某种意义上讲，就是充满历史文化魅力的风景如画的古城老苏州加两侧的‘新苏州’和‘洋苏州’比翼齐飞……”在苏州这块热土上工作了 34 年的王敏生，回忆当年的激情岁月，最后这样说：“我那一届市委，完成了经济模式从内转外的历史转变过程。现在看来，当时我们是做对了。”

一生平和谦逊的王敏生同志没有说错。他那一届苏州市委不仅是做对了，而且用现在的事实来看，可以说是做得非常出色！因为今天的苏州，如果没有东西两个园区的支撑和烘托，在全球经济突飞猛进的今天，狭小而沉静的姑苏城的发展将是无法想象的。

要认识苏州城区经济的全貌，必须先认识那个被苏州人引以为骄傲的“新苏州”。

第9章 “新苏州”的诱惑

“新苏州”位于现今的苏州古城西翼，正式官方名字叫“苏州国家高新技术产业开发区”。

去过苏州的人很多，相信除了古城的小巷小弄和小桥流水的诗意江南外，肯定也会对“寒山钟声”“江枫古韵”“枫桥评弹”等苏州名片式的古代名胜风物存有特殊记忆。除此之外，你对苏州还应该有个全面的了解：古城西翼基本上都是些真山真水，或者说是苏州的名山名水，名山可以把虎丘、狮山列为首位，名水自然非千里烟波浩渺的太湖莫属了！苏州的许多名胜其实都是在古城西翼的近郊，或者紧挨太湖的那些地方，有“黄金水道”之称的京杭大运河也在这一带流经千年。

“苏州国家高新技术产业开发区”简称“高新区”，就在这个地方。

1271年11月，年仅17岁的意大利旅行家马可·波罗，展开寻访东方世界的神秘之旅，他从地中海的阿迦城登陆以后，沿着公元前1世纪初兴起的“丝绸之路”东行。当这位巨商的独生子，驾着旅行之舟，驶进了东方世界的“人间天堂”苏州时，从小在威尼斯水城长大的小伙子吃惊地写下这样一句话："苏州城漂亮得惊人。"

他还写下了这样的话——

"这里人口众多，稠密得惊人。"

"民性善良怯懦，他们只从事工商业。在这方面，的确显得相当能干……这里的商业和工艺十分繁荣兴盛。"

"如果他们的勇敢和他们的机智一样优越，那么……"

那么什么？马可·波罗没有说出来。即使说了，也缺乏想象力，因为他对"东方威尼斯"的认识是肤浅的。其实这位意大利旅行家还是点出了苏州的巨大潜力，而这个潜力一旦被释放，将令全世界震惊。

苏州在之后的漫长岁月里似乎一直在寻找这样震惊世界的机会。七个世纪过后，苏州终于有了这样的机遇！这个机遇自然是中国的改革开放，具体地说，是上海浦东开发所带来的机遇。

在一些老苏州人的记忆里，这似乎还是昨天的事——

1990 年苏州市委一次常委会议上，书记王敏生和副书记、市长章新胜等不约而同地说出了自己的想法：所属苏州的几个县市已"飞"起来了，老城苏州的经济怎么办？

"我们这些坐在苏州城里的人，如果不能把苏州市区经济搞上去，往后再发号施令，恐怕会越来越没人听你的！说得再严重一点，人家完全可以不听你发号施令嘛！"王敏生说。

"凭什么？他们还想不想让共产党领导了？"

"话虽不能这么说，但你自己身边的事都做不好，人家诸兄弟做得强大了，你当老子的说话不硬气！这是绝对的。"

常委会上，几位同志争执起来。这争执看起来常有，但一旦放到常委会上，一旦被当作一个严肃的问题摆出来时，它真的让市委一班人感到一种巨大压力——你苏州市委只要求下面如何如何地发展，你眼皮底下的那块地方还是一潭死水；你只让下面掀浪汹涌，大干快上，其结果必然是淹死自己。

中国是个讲政治的国度，有些事私下里谈得很多，而有些明摆着的客观事实又不便在桌面上讲。然而任何一个国家和一个政权，都无法回避这样的事实：无论是集权式领导，还是松散式组织，只有领导者的强大和具备实力，你的政权才能巩固和牢固。一个国家或者一个地区的政府处理与下面的关系，有属于上下级权力之间的固有属性的牵制力，但更多的还是要靠实力的影响力。权力和威信是建立在实力之上的。政党内部和政权内部同样存在这样的问题，回避这样的客观存在并不符合唯物主义。只是在通常的政治氛围下，我们不便这样表达。然而苏州人是务实的，领导层的这种作风和意识同样超前，他们不回避这样的客观事实：那些发展起来并且在国内已经非常有名气和声望的县（市），个个生龙活虎般地向前腾跃奋进，他们当然希望自己的领导和上级，尤其是苏州这样的品牌城市与他们同步前进，不然苏州将失去对他们的影响力。

“大家的担忧是有道理的。我们一直在要求下面如何如何地干，可是在我们眼皮底下的古城区建设不起来，我看不用别人说，就是我们自己都有一种危机感。”王敏生一针见血地指出。

“明摆着的事：现在各县市都如火如荼地在大发展，思想比我们市委还要解放，那么我们对城区的发展是不是也该到了思想大解放的时候了？我想结论是明摆着的。”章新胜市长的态度同样十分明确而坚定。

于是苏州城区经济发展成了苏州市委、市政府在20世纪90年代迈开的第一个战略步伐。

然而，苏州城区如何发展经济，如何像张家港、昆山那样大刀阔斧地大发展？这个题目实在难为了王敏生、章新胜他们——

姑苏千年风韵，人见人爱，谁动一块砖墙一片草皮，都可能有人写信到中央、上国务院会议——此话事出有因：改革开放初期，上海同济大学园林古建专家陈从周等几位知名人士，曾发出了“救救苏州”的呼吁。1981年，南京大学名誉校长匡亚明等来到苏州，进行了实地调查与考察，他们深为苏州古城遭破坏的现象而忧虑，后与苏州本地的几位专家、学者一起写了一份《关于苏州园林名胜遭受严重破坏情况和建议采取的若干紧急措施的报告》，向中央做了报告。当时的中央领导极为重视，批示要求“江苏省研究，采取有效措施，予以保护”。总书记批示道：“不论是近期的建设方针，还是远期的建设方针，都要实事求是，讲究实效，都要靠苏州市的各级党组织和全市人民以奋发图强、自力更生的革命精神加以实现。”随后，中央有关部门和江苏省及苏州市做了大量调研。1982 年 5 月 12 日，国务院批复了江苏省委《关于保护苏州古城风貌和今后建设方针的报告》，这份文件上明确规定苏州古城是国家的历史文化遗产，在那些具有保护性的局部和任何上规模的城市建设都必须上报中央及省以上的相关部门批准。此后不久，邓小平到苏州调研，其间他对苏州市领导说：“苏州园林是老祖宗留给我们的宝贵财富，一定要好好加以保护；要保护好这座古城，不要破坏古城风貌，否则，它的优势也就消失了；要处理好保护和改造的关系，做到既保护古城，又搞好市政建设。”这就意味着：苏州不再是苏州人自己的苏州，而是中国的苏州、全体 13 亿中国人的苏州，你苏州人想怎么动就怎么动的历史已宣告结束。这一方面是好事，它可以让苏州的古城保护纳入“国家任务”，同时它对需要大动筋骨的苏州城市经济发展下了一道“止步令”。

因为不能动古城，所以苏州人被迫考虑“城外战略”——

划一块地出来，重建一个苏州新城！这事发生在 20 世纪 90 年代初，一群吴地精英在谋划解脱具有 2500 多年历史的旧苏州“胥城”的束缚，争取新苏州天地。现在听起来似乎并不是什么惊天动地的事，可在那个时候，在素有小桥流水之称的苏州，不能不说是如同一声春雷般的巨响。

市委、市政府的意见传出后，姑苏城内一片哗然。赞成的和反对的人一样多。赞成者的理由自不用说：苏州要发展，旧城里无法做出像深圳、浦东这样的大文章。反对的人理由更充足：建新城，就意味着抛弃历史名城和著名的“东方威尼斯”的古苏州风貌。在后者眼里：苏州是不能变的，这是古人留下的宝贵的遗产，谁变动谁就是历史和子孙的“罪人”。

在这个世界著名的历史名城，谁想动其分寸之土，确实极有可能成为“千秋罪臣”。

“苏州古城风貌自然不能动，但这并不意味着苏州的城区经济不能发展。我们对老城的保护，负有历史的责任。可是在全球化经济形势下，我们应当让古苏州照样腾飞起来。我们应当给古城装上翅膀，有了这个翅膀，苏州腾飞了，古城风貌的保护才能真正成为可能。这个道理要让市民们都知道。”市委书记王敏生在常委会上这样说。

苏州人聪明，同时又不保守。市委、市政府的决策很快得到市民的响应，于是给古城装“翅膀”的宏伟蓝图便开始谋划起来……

“翅膀”插在何处？这是难题。相传姑苏旧城蓝图是当年伍子胥请了堪舆家做参谋绘制而成，经过“相土尝水，象天法地”的勘查与布局，风水是不能改变的，一旦风水破坏，全城皆溃。姑苏城过去陆上有八个门，象征可纳天空中八个方向的来风，那样会风调雨顺；水路上的城门也有八个，是阻挡来犯者的入侵所用，同时又能使城内的人民安乐幸福。事实上，古苏州城建成之后的2500余年里，虽经无数战事纷扰，也数历时代变迁，但初始的城郭风貌从未改变过。这在世界城市史上也是罕有的，足见姑苏旧城确有“仙气”。

"翅膀"必定安在两侧，纵观古城南北：一面是傲视天下的常熟，一面是风云正急的吴江。苏州想发展，欲断两县的凤头虎尾，必影响大局。南北方向添翼被否定后，决策者的目光便自然落到了古城的东西两翼。

这个地方好处理些，皆是吴县之地。再说吴县本来一直与苏州城相拥相依在一起的，将吴县纳入苏州城区，融为一体，适宜苏州城区更大发展，吴县百姓也不会吃亏。当政者的这一思路从苏州城区地理考虑，应当说是最佳方案，后来也证明了将古城边的吴县纳入苏州城区是明智之举。

然而吴县毕竟也曾有几千年的行政历史，再加上过去一直与常熟、吴江并称"苏州三杰"。失去行政区划名称，意味着吴县从此在版图上消失，这种痛苦对一个享有很高名声的地区官员和百姓来说，也是非常彻骨的。好在吴县人与苏州城区有着不可分割的天然血缘关系，2001 年吴县撤市成了苏州的相城和吴中两个区，分附于古城的东西两翼。新的吴中区，姑苏的一半历史遗迹在这块土地上，因此称其为"吴中"名副其实。吴中之地，自然包纳吴地遗宝。加上这里又怀抱烟波荡漾的太湖，这是块绝妙的风水宝地。相比之下，东边的相城，自然条件就差多了。不说这里少了诸多历史遗迹，就是这儿的湖塘水域，也都是些零乱的瘦池薄地，不耐细看。

"新苏州"就建在太湖之滨的吴县地域吧！决策者虽不是什么风水先生，但见了好水好山，谁都心旷神怡。

这一历史性的选择使姑苏城貌第一次有了重大突破，它可以归结为苏州人自身求变的结果，也可以理解为上海浦东大开发带给苏州人的一个"世纪觉醒"。

这片苏州人心目中的理想"新苏州"的建设与开发，始于 1990 年，正式获得国家批准是 1992 年，基本上是跟着上海浦东的脚步走的。"新苏州"最初叫"河西新区"，有点儿效仿上海的"浦东新区"叫法的意思。所谓河西，指的是地理位置，即运河的西边。“河西新区”后来改名为“苏州国家高新技术产业开发区”。这个名字来之不易，因为当时国家对开发区的政策处在紧缩整顿阶段，并明确表示不再批准新的开发区了。

国家不批准，等于孩子没出生证，后患无穷。市委书记王敏生急了，说：“发展是硬道理，拿到批文是更硬的道理！”在他的努力下，苏州干部们迅速利用一切可能的关系，到京城进行活动，总算说服了各方“首长”。“苏州国家高新技术产业开发区”的正式批准，使得苏州从此进入一个崭新的“园区革命”时代。这其中，王敏生同志带领的市委班子的正确决策，起着至关重要的作用。

“当时我们把河西新区建设看作是‘苏州小特区’来搞的，而且是准备大干一番的，所以调来了昆山搞自费经济开发区的王金华……”王敏生回忆说。

苏州市委调王金华到城区来搞“小特区”建设，可以说是一着高棋。他从 2001 年起又受命搞工业园区，搞得苏州地动天摇、日新月异，使得曾经令新加坡李光耀一度很不满意的工业园区建设得蒸蒸日上，举世瞩目。但许多人并不了解王金华真正发威和显示在建设园区上的卓越才能，是在昆山“自费开发区”和苏州高新区建设中淋漓尽致地发挥出来的。王金华在当苏州市政协主席之前，他的人生轨迹上有三大亮点：一是 20 世纪 80 年代中后期，在昆山与老书记吴克铨并肩搞昆山开发区的那段轰轰烈烈的“激情燃烧”的岁月；二是 20 世纪 90 年代，在建设“新苏州”中的那段“激情澎湃”的十年奋斗史；三就是 21 世纪后在苏州工业园区的“激情闪耀”的辉煌年代。

现在我们回顾他和他的战友在建设“新苏州”时期的那段“激情澎湃”的十年奋斗史——

1991年春夏之交。

一艘小船平静地驶进古运河西侧的小内河，船太平常，所以没有引起任何人注意。几个男人随船在狭小的河道上穿行，水路所至，农田、土丘、山岭、零星村落，一律沉寂着。

因为谁也没有注意这几个人是干什么的，所以也就没有人在看他们想干什么。农田里没有蛙鸣，土丘上的小树孑然立着，山岭有风悄悄穿过，村子上空升腾着几缕炊烟……这是20世纪90年代初的苏州古城西郊的景象，一幅2500多年来几乎静止不变的风景图画。

几个男人一路漂去，谁也不说话。及至漂完小河，到一个土丘旁，有人建议道：停下船，上岸看看。

说话的这个人声音很宽厚，话虽不严厉，但很有磁性，带着某种不可违拗的力量。他就是王金华，一米七五左右的个头，这位身材壮实的汉子，使人感到其内力很强。此刻他的身份是苏州市城建开发总公司总经理、苏州新区开发指挥部常务副总指挥，实际上的“新苏州”负责人。

“总指挥，这里被当地人叫苏州的北大荒，你看像不像？”同行的战友问王金华。

王金华没有答话，他眺望着眼前的山与水、田野和丘陵以及缕缕炊烟——这是他非常熟悉的，他昆山老家的那个地方前几年也是这个样，但这几年搞了“自费开发区”后全变样了。王金华缓缓地转过头，那一刻他凝目了，他看到了并不遥远的苏州古城的轮廓，那真是美啊——斜斜的虎丘塔，汽笛长鸣的古运河，以及若隐若现的苏州古城墙……那古城墙和月牙形的小桥，把姑苏的城市与乡村分隔成两个不同的世界。

他们现在要把这两个不同的世界连接在一起，并且要看不出任何嵌缝。“我相信我们能够完成这个使命。古城内的苏州，小桥流水，园林古巷，总被外地人说成假山假水真苏州。现在我们这里都好：山是真的，水是真的，新苏州一定是真山真水，诗意万千！”军人出身的王金华不是诗人，但这当口他像一个诗人一样对自己的战友们如此说……

王金华在接受我采访时说，当年他回首眺望古城苏州的那一瞬，内心异常激动，因为他一下想起了2500年前的那个吴国大将伍子胥……

阊门四望郁苍苍，始觉州雄土俗强。
十万夫家供课税，五千子弟守封疆。
（唐代白居易《登阊门闲望》）

2500年弹指一挥间，苏州城历经风雨，然而它仍然屹立于世，成为世界上保存最完整的一座古城，名扬天下。现在这座城市将要建起一座新城，与古城和谐完美地共存一地。这将意味着，谁来建设这样的伟大工程，谁就将是苏州建城历史上的又一位伍子胥式的伟人。

当然，今天的新苏州城建设不再是一个人的功劳了，它是集体智慧的结晶，因为这个决策来自中央。国务院批准的苏州城市建设总体规划便是苏州新城的基石，“古城新区，东城西市”从此扎根在苏州人的心目中。

现在到了实施的年代。古城苏州早已承受不了历史之重负了，它已经在不停地呐喊着要解脱身上的重负——老城无法伸展，14平方公里的古巷河岸头，无法接受每年约300万的旅游者，以及生活在这里的本城居民——每平方公里住2.4万人本来就已经让小巷木桥累喘了气……

“你的任务是：用10年时间，再造一个新苏州。”市委书记王敏生说话从来不带狠劲，他的吴语声调总带着苏州人特有的那种柔软，但这回向王金华交代任务时，口气却十分强硬。

王金华对此没动声色。

“具体一点说，市区的工业产值去年是146个亿，你新区10年就要达到这个水平：150亿元。”王敏生说完，眼睛盯着王金华，看看自己的爱将、这位昆山人有什么反应。

通常情况下，苏州人会向领导表示一番惊诧，以便给自己留一些余地。但这个王金华没有，他缓缓地抬起眼睛，看了一眼市委书记和站在一旁的市长章新胜，几秒钟后蹦出一句话：“150亿不稀奇。关键在政策，启动这关要打好……”

章新胜笑了，他朝书记王敏生看了一眼，意思是说：怎么样，我说他王金华行吧！

当然行嘛！王敏生心想：提拔王金华到市里来，他跟“老伙计”、昆山的吴克铨是有“私下交易”的：你把小昆山搞大搞强了，我苏州城区怎么办？苏州总不能让昆山压在底下吧！苏州搞不好，我连你吴克铨一起弄来！

王敏生听王金华这么说，心里笑开了花。

“我什么都不担心，担心的就是看你给不给金华他们开发新区的独立操作权和指挥权。”吴克铨对王敏生说过。

后来王敏生和章新胜记住了吴克铨的话，并且在市委常委会上履行了承诺：决定给新区工委和管委会“特权”——县级职权，下设土地、财税、公安、劳动人事、工程管理5个局级编制单位。“可以了，我们先干起来再说。”副县级干部出身的王金华觉得市委、市政府给自己的权力够大了，虽然他当时手下只有“七八个人，十来条枪”，但毕竟现在是“县处级”的司令了！

王金华站在荒丘上，顺着吹动自己头发的和风，目光转回到眼前的这片运河边的山与水、田野与村庄之上……他的胸脯在起伏、激荡。他感到了那种儿子站在母亲面前的责任和义务，非常强烈的责任和义务。

当时的新区指挥部设在苏州三元一村的一间20世纪50年代造的老房子里，好在指挥部只有4个男人，不然会有点麻烦，因为老房子里没有女厕所，只有一个坑道式的男厕。

没有女人在场，苏州的男人说话也放粗：“别看这里不像啥样，但我们要干的是创全国第一，世界一流。”王金华对自己也对手下的三个拓荒者这么说。

2000万启动资金能创世界一流的大业？有人心里冒虚汗。王金华则泰然置之，他提出新区四大发展战略：开放战略、科技战略、人才战略、繁荣战略。

前面三个战略好理解，可繁荣战略算啥？

苏州新区建设较深圳、浦东等地是晚了，是改革的后来者，更何况，苏州处在中国社会经济文化繁荣区内，硬拼硬杀有害而无益。一步到位，走繁荣之路，更有利于与世界文明接轨，所以苏州新区要走“繁荣战略”。

这是王金华的思路，也是苏州改革走向世界的战略思路。

参与新区筹建的各路人马陆续报到后，王金华做了一次新区开发的动员，他一口气将四大战略的具体内容阐述了个明白：开放战略就是以引进外资为突破口，进而实施全方位的对外开放；产业进步与世界同步，具有国际运作能力才是真正的现代化开放型的经济发展；科技战略的重点是瞄准高新产业，使新区真正成为高新技术成果产业化、商品化、国际化的基地；人才战略，简单一句话就是“能翻多少跟斗，就铺多长的地毯”。目标是造就3支队伍：现代化管理人才队伍、国际化运作人才队伍和科技专业人才队伍。繁荣战略是通过“三产”和社会事业，促进新区的快速繁荣，将新区建设成一个现代化的新苏州城区。

丹桂飘香，迎来了苏州丝绸旅游节。王金华在旅游节上亮相，并四面出击，亮出的牌子是“苏州新区”。那些金发碧眼的客人大为惊讶：苏州还有一个新区？是什么样的新？

可以去看看嘛！

王金华叫人开车过来，将老外们拉到狮子山大桥上转了一圈。老外们看着苏州城外那处山和水，连连摇头。“王，你的新区很……嘿嘿，很不怎么样啊，比你的昆山差很多。”

王金华不急不躁，礼貌地朝老外们一笑，说：“明年你们再来实地考察，一定会有不同的感受。那时你们会喜欢我们这个新区的。”

老外们很兴奋。“好，明年我们再来！”

“一言为定。明年！”王金华与老外们一一握手，老外们发现他的手格外有力量。

明年，是一个约定，是苏州人向世界友人和全中国发出的一个约定。

为这，沉睡千年的姑苏西郊的那片曾经战马踏蹄的土地开始了沸腾——征地动迁的动员，掀开了太湖之滨的惊天巨浪……

从祖先随伍子胥入城至今几千年后代未移一寸故土的当地百姓，第一次被现代文明的触角所撼动，他们有些不适应，所以也不想听王金华他们讲的那童话般的明天的故事。他们拿起种地的锄头和挑水的扁担，要与那些想让他们搬家的城里人拼死活——宁静的秩序被打乱了，告别的仪式是悲壮的，农民们有权利与他们不了解的真相做最直接的斗争。

王金华派出一位有经验的老同志去做农民们的工作。老任不愧是“老动迁”专家，对动迁户的心理可谓一清二楚，他的嘴皮子能一溜烟念出几十条动迁政策。但农民们不买他的账，几十个庄稼汉与动迁人员扭打在一起，年轻的小张不知被哪里飞来的棍子打昏在地，“冲啊——”一声疯狂的叫嚷，刚刚搬进来的新区指挥部被占领了。这时，一个粗大的嗓门在9楼指挥部的窗口边响起：“谁敢动我们的房子，就把谁从这里扔下去！”

新区管委会干部们目瞪口呆。

这时王金华来了。

所有目光凝聚到他的身上。

他说话了：“搬迁，肯定是没有商量余地的，这是市委的决策，也是全苏州人民未来幸福的需要，没有商量余地。但你们为啥不愿意搬呢？是政策有问题，还是我们工作态度不好？”

闹事的农民说：“我们不是有意反对作梗，是你们说话不算数。”

“咋说？”

“你们让我们搬家，可我们搬了之后住哪儿？”

“怪了，不是已经给你们安排房子住了吗？”王金华把目光移到老任的脸上。

“安置房子青黄不接，还有几套没落实。”老任说。

“扯淡！”从部队退伍回乡多年的王金华已经好久没这样骂了。但骂归骂，问题还是要解决的。于是他说：“第一，尚缺的安置房，在年内全部解决，保证家家户户能搬进新房子过年；第二，现在无法安身的几户，全部搬进我们指挥部最好的这个老四合院；第三，因为水灾，老四合院周边还是一片汪洋，抽水、排水的工作全部由管委会来负责。上面哪项工作没到位，你们拿扁担打我耳光！”

“好，有你王主任这话，我们就搬了！”通情达理的农民们爽快地答应了，他们说相信党和政府。

党和政府没有让这些农民们失望，搬迁工作做得精心细致。

“未来的新区建设得再好，如果不把动迁户的安置做好，那等于零。”王金华把市委、市政府的要求一直挂在嘴边，每一个新区干部心里挂着这样一杆秤：新区要建在人民满意之上。

有多少委屈，有多少难题，他们从来没有计算过，因为他们所想的是：假如我的家被动迁了，我该怎么想？于是所有的困难、所有的愿望从自身的角度去为那些动迁户着想，问题就会解决好，解决得让人感动和满意。新区建设十几年来，动迁的有几万户，不能说没有一点矛盾和难题，但整体而言，是平静的，平静得像苏州人的性格一样，十分的温和。这要归结到苏州人办事的细腻，更要归结到他们能从动迁户的实际利益出发思考问题。为了考证王金华他们干的实效，我特意到了几个安置小区，同当年的动迁户聊了很长时间。他们告诉我：开始不理解，后来看到政府给他们盖的房子、安置的工作和社区环境，以及现在生活在“天堂一样的新苏州”里，他们感到了满意。“是九分的满意。还有一分的不满意，是希望新区有更好的大发展。”一位70岁高龄的老伯风趣地对我这样说。

把镜头重新拉回新区开发初期的那个年份吧。

“明年”到了。老外们又一次来到苏州，再次见到王金华。

“王，我们可又来了啊！”老外笑眯眯地看着王金华，希望他不会食言。

“欢迎！走，我们去新区看看。”王金华走在最前头。

“走——”

浩浩荡荡的队伍，有说有笑。

说是“明年”，其实只有三个月时间，因为上次老外们在去年的金秋时节与王金华相约的，现在虽跨了一个年份，但实际距离去年秋天也就是3个多月的时间！老外心想：你王再有本事还能把通天的路修好？

“哇，王，这15公里长的中环通、大环通是这3个月里建好的吗？”老外从面包车里下来，脚踩平坦宽阔的水泥大马路的那一瞬间，竟大呼小叫起来。

王金华平静地笑笑：“当然。难道还是上帝给修的？哈哈……我们是不相信有上帝的。”

“厉害！王，你把昆山经验再次运用到了这里！了不得！有你这个速度，我们愿意投资！”老外们知道，在这样讲效益的地方，投资的结果就是成倍的美元和黄金。

“苏州速度”一时在外商中传开。于是，新区的招商开始渐成一股势不可挡的旋风……

狮子山无愧苏州人气度。那座25层高的金狮大厦象征着新区“激情澎湃岁月”的全面开始。

“金狮”——不知是谁起的名字？但它让我产生联想：金是王金华的金，狮是狮子山的狮，这傲视在狮子山头的王金华及他的战友们在想什么呢？他们在那片曾经是荒地的乱石岗上耸立起来的一座可回望古城、可远眺太湖烟波的高楼里，想着荡气回肠的事业——打桩的夯声震天，溅起万顷波涛，飞卷惊天扬尘，搅得老城里的人纷纷赶来仰望新区“金狮”雄姿：10个月盖这么高的大楼啊！再过10年，这里还不变成大上海了？

嘿嘿，我们要建的是一个新苏州城。全新的，争取比深圳还漂亮！

王金华心目中的上海是他永远的追求目标。在昆山时他这样想，到了苏州他还是这样想：苏州要赶上海，但苏州不是上海，苏州是文化之城、历史古城、美丽之城。尤其是虎丘之邻、狮山脚下、太湖之滨的新苏州，它该是包孕吴越的文化和太湖的水韵，该是体现横塘的文脉和枫桥的辞章，在保持姑苏的那份永恒的清新优雅与小桥流水之间，寻找出东方威尼斯的古典风情和雕琢出具有太湖之美的现代化文明新城。总之一句话：新苏州，必须是与古城和谐共处又另显风情的新都市；必须是接连世界最前沿信息，又能体现东方江南文化元素的国际化都市；还必须是让土著百姓时刻感受到温馨与安全、朝气与生机、新奇而异彩的家园气息，同时又让所有异乡新居民落脚生根在这里有一种忘却一切的归属感。

“城市要有体温。新苏州体现的是我们对这片土地的热忱、情感和创造。”王金华平时话不多，但他的目光和思维却复杂而细腻，并且充满追求精致的智慧。这也是市委、市政府对新区的要求，更是苏州人民对新区的期待，自然也是那些最后选择苏州作为发展自己事业的“巢穴”的外商和国内厂商的兴奋点。

创业是艰苦的，即使在“天堂”苏州，该吃的苦照样一样也不少。初到新区工作的人至今印象仍极其深刻。“王金华对我们说：你们来新区的第一个任务是要准备吃苦，吃尽所有的苦。然后他让有关人员发给我们每人一双雨鞋，因为当时我们的办公区四周都是一片汪洋。”新区赶上了改革开放的第三波浪潮——这就是以南方谈话为契机的 1992 年中国再次思想大解放的年份。于是当时一批批雄心勃勃的外商和一家家世界 500 强企业纷纷选择了在苏州新区这块充满希望的热土进行投资。

1992 年对新区创业者来说是个难忘的年份。这年 11 月，王金华从北京拿回了“国家高新技术产业开发区”这块国字头的金牌，小小四合院一片欢腾。当时的条件还很差，员工们连鞭炮都没买，他们是敲着饭碗庆贺的。“但气氛仍然令我们永生难忘。”王金华回忆说。

什么叫抓住机遇？众多外资企业纷纷在此筑巢就是最好的解释：从“国家高新技术产业开发区”的金牌挂起来那天开始，美国的普强、杜邦、高达，日本的松下、索尼、三菱、富士通、住友、沙克迪，德国的西门子、百林，英国的迈大、考陶尔兹，瑞士的罗技、迅达，台湾的宏碁、声宝等各国及地区的著名企业纷纷进驻，项目达 190 个……这仅仅是三四年时间的成效。1996 年 8 月，联合国开发计划署高级顾问拉卡卡访问新区，这样盛赞道：“高楼林立的苏州新区有着强大的吸引力，近 300 个外资企业项目和企业落户，总投资达 30 多亿美元，这在世界上也是极少有的奇迹。你们这里就像一个‘小联合国’。”

苏州新区的“小联合国”别称就这样叫开了。

这一年，苏州新区宾客盈门，而且都是些国际大师级的人物——人类进步基金出版与交流负责人、美国著名小说家苏盖，法国和美国科学院院士沙士雄，哈佛大学的林赛……他们漫步在古老的京杭大运河旁，感受着东方新世界的万千种经济与文化与自然交融的那种奇妙、新鲜和兴奋。因为他们所处的摩天大厦，与粉墙黛瓦的老苏州近在咫尺，那些通天大道又与旁边的小桥流水交错相通……他们认为这是世界上“绝无仅有的”美景。

那年春，不大出门的苏州籍作家陆文夫听说苏州狮子山旁搞了个“新苏州”，起初他不大相信，后来他去了。去之后文夫先生大加赞叹，姑苏建城至今 2500 余年，新苏州建设用了 2500 天。于是他脱口而出了一句经典之语：2500 年风风雨雨造就了一个老苏州，2500 个日日夜夜创造了一个新苏州。

“新苏州”之称一直沿用至今。《文汇报》记者到新区采访，看着太湖之滨这片耸于山水之间的现代化新城，感慨万千地写下了这样一个标题：“真山真水园中城”。

无论是作家的惊叹，还是记者的描述，它们都给新区的崛起注释了一个共同的元素：速度与精美。

据环保部门 1997 年的统计，新区的绿化率达 35%，远超国家标准。许多外国投资者第一次到新区，不是奔王金华的“总裁”办公室，而是急着登狮子山，急着一览天平、花山、何山、横山等群峰秀岭，要不就是驱车到开放式的绿地游有索山、玉山、天狮等名山的湖景山水公园……

这里是公园还是厂区？是广场还是小区呢？他们被新颖、美妙的“苏式”开发区深深吸引，甚至时常怀疑自己的视觉。“在这样的地方办企业，获得的将是生命质量与经济效益的双重丰收。”外国企业家们如此评说。

“以绿意造园，是我们新区的一大理念。这既借鉴了欧美风格，又传承了水乡苏州的特质。绿树、绿色多，又充分引入开放式大公园的格局，保证新区每年有 300 天的绿期。古苏州是以园林‘雨打芭蕉’‘梧桐知秋’‘岁寒三友’的千古绝唱达到一种文化和古典的结合，新区以绿意加园林，从而创造一种‘锦绣大地’的气氛和自然特色。你看我们这里的植物造型吸收的是大色块的绿地风格，如海之墨色的雪松林，晚霞一般的红枫林，一片片桂花黄，一片片橘子红，中间镶嵌着来自美洲的美女樱，红、黄、蓝、紫组合成一体，五彩缤纷，远观如万紫千红的花地毯铺就，近看恰似置身于花木丛中，美不胜收。”新区人一谈起他们令人陶醉的美景，总滔滔不绝。

仅仅几年时间，沉默了数千年的狮子山，从冬眠似的冥寂中睁开睡眼，蓦然回首，转瞬间这里已是天翻地覆……

今天苏州新区的建设者和创业者，他们最愿意向外人夸耀的是这里的科技含量。“要说我们苏州高新区能使狮子山这片曾经是苏州北大荒的地方呈现出今天这个样子，关键还是我们这儿的高新技术发挥了催化作用。”

“此话怎讲？”

“高新高新，自然文章在‘高’与‘新’上。‘高’，意味着我们的开发区从一开始就瞄准国际先进水平，这是指的是引进企业的高端水准；‘新’，是指产业的建立与趋向必须是当今世界最前沿的最先进的技术。”现任苏州高新区工委书记王竹鸣向我介绍：从1992年建立新区的那天起，王金华等老一辈创业者就按照市委、市政府确定的“科技优先”战略，紧紧围绕“发展高科技，实现产业化”的目标，在实际工作中坚定不移地推进科技自主创新，加快聚集新产业、建立新体制、建设新城区，构筑国际平台的思路与实践，因而使得高新区真正在“高”与“新”上呈现五彩缤纷的璀璨光芒。

在采访高新区时，我看了一部长期在新区工作的苏州作家徐卓人写的《归国留学生部落》的书。它记述的是一批具有国际领先水平的归国留学生在苏州高新区创业和成就大业的事迹。它显示在苏州高新区内形成了一个“归国留学生部落”。这个群体现在已达数百人之多，他们几乎都是清一色的在国外卓有科研成果的归国留学博士、专家。“由这些留学博士带出来的专家与科研人员，今天已经达到近万人。这些具有世界级水平的研发人员和科技队伍，是我们高新区最大的资本。”王竹鸣一谈起这个话题，就两眼放光。

“我们现在一年有近2000亿的工业产值，100多亿的财政收入，靠的主力产业就是高新科技。我们有六大创新载体：苏州科技城，苏南工业技术研究院，苏州国家环保产业园，苏州创业园，留学生创业园，苏州高新区创意园。它们涵盖了电子信息、精密机械、生物医药、新材料、汽车研发与关键零部件、废弃物循环再利用等八大世界级先进科技专业产业工程，其中最令人骄傲的是已经体现市场能力的十大自主产品群体：高功率动力锂离子电池、新一代网络安全技术开发、碳硅铝纤维与碳纤维、光刻胶、第三代移动通信、CPU核心应用技术、生物医药产品、动漫产品、振动及环境实验设备、新一代高分辨数码有机光导鼓……”新区主人对这些技术与产业的专业术语如数家珍，我们有的很难听懂，但一旦换成具体的和实用的例子来说明时，所有的外行人都会为他们感到骄傲——

比如中国的“神舟”飞船在飞向太空前需要进行振动试验，这振动试验台就产自苏州高新区的苏州东菱振动公司。这振动试验台达16吨重，过去一直被欧美国家所垄断。我们的归国留学生在苏州高新区内把它搞出来、搞成功了。“神舟”飞船能够一次次飞向太空，这振动试验台功不可没。

比如现在我们使用电子复印机、电子照相机等电子设备每天都会用到的成像有机光导鼓，过去一直是外国企业的专利。苏州恒久光电科技有限公司的小伙子们搞成了中国自己的顶级水平的OPC生产线——国内第一条拥有自主知识产权的、年产100支鼓的高度自动化生产线。

比如一个名为“中国芯”的32位嵌入式CPU电子核心技术，也是由苏州国芯电子有限公司用几年时间在苏州高新区搞成的。它的技术含量与世界先进芯片不分上下，其功耗全球最低，从而打破了“中国有亿万台机而没有一个芯”的尴尬局面。

比如被称为“通讯喉咙”的语音网络、数字网络、图像网络“三网合一”技术的“DSL 4000/4010综合复用设备”，也是由苏州科达通信技术发展有限公司成功开发的，它已经成为中国国家电子政务IT100强——视讯类第一名。

比如博瑞生物医药技术有限公司生产的“恩屈西他宾”药物，成为中国抗艾滋病和乙肝病毒新药，同样打破了国外公司垄断，其成本和药效都优于世界同类药物。这“恩屈西他宾”听起来名字有些奇怪，但它对于艾滋病患者和肝病患者来说，就是“上帝”送来的福音……

所有这些，都出自苏州新区，出自我们的那些归国留学生之手，出自他们带领的团队。这里有一串非常闪光的名字，他们是：袁建栋、顾东民、丁屹、陈卫东、张光学、黄劲、谢卫国、王崎、朴成元、王拉才、张思福、郑茳，还有让世界同行震惊的《系列世界地图》发明者郝晓光，等等。他们都是清一色的“海归派”留学博士，他们已经在苏州新区落户多年，并且成为这里的永久居民和“部落”主人。

有一次我正在高新区采访，市委宣传部的同志说晚上一定让我见见一个人。他便是我在当晚饭桌上认识的王振明。这位王振明文质彬彬。他说他第二天要回美国——老婆、孩子都在大洋彼岸等着他过一个什么节。宣传部的同志向我介绍：王振明酒量一般，但他干的事业却了不得，而且是苏州高新区的留学归国专家的“博士王”。

王振明听人如此夸自己，脸顿时红了起来，连忙说：“我在苏州高新区算个啥？人家资产比我高出好几倍的有的是，我只能算小拇指……”

“他是怕露富。你只要打听一下，生物、医学领域里没有不知道‘捷美’的。”同桌上的博士们抢着要灌王振明，说如果他不向何作家说实话，就保证当晚让他出不了门。为了不影响第二天飞回美国与妻子、孩子的团聚，王振明只好“投降”，于是我趁着众博士开心喝酒时，进行了“酒场采访”——

“六〇后”的王振明在16岁时，正逢“文革”后的首次高考，因为是农民苦孩子出身，又遇众多“老三届”在考场作竞争对手，所以少年王振明只敢报了江苏师范学院（今苏州大学）物理系。尽管如此，在拿到录取通知书时，他还是欣喜若狂地在老家的田埂上蹦了起来。1985年研究生毕业后，他在苏州大学留校当了两年教师。这时正逢“留洋”大潮，王振明的心也跟着浮了起来。公派没他的份，他只好靠自己拼搏。考托福时，26美元也是向老师借的。“我到现在还没有向老师还这26美元呢！老师不要我还，弄得我不知如何是好！”已是亿万富翁的王振明心头至今藏着这桩事。

“你给苏州和苏州大学创造的财富已经远远超过无数个‘26美元’了！”酒桌上，苏州大学的朋友们凑过来说道。

王振明依然满脸不好意思地喃喃道：“这是两码事，两码事。”

我开始对眼前这位“海归”博士刮目相看了，而当他向我叙述自己的留学过程和抱着对苏州高新区的“好感”在狮子山脚下仅用短短几年创出的一番伟业时，我的内心刻下了深深的印象。

1987的春天，对王振明来说格外温暖，他单身宿舍窗口的紫藤叶婆娑地向他招手，一阵喜鹊叫，邮差举着一个英文写的大信封对他说：“国外有人给你寄信来了。”

王振明的心跳得怦怦的，他知道自己的命运将要发生“历史性的巨变”了——因为他没有外国亲戚朋友，只有一种可能：他被国外的大学录取了。果然如此，美国爱德华州立大学通知他去入学。

一个身上只揣着274美元的中国青年怀着强烈的求知欲望，冒险飞到了大洋彼岸，开始了他人生中的又一次求学的长途跋涉……

1993年，王振明已经是个学了15年物理学的“洋博士”。

“我相信，如果我找不到工作，那么全世界就没有人再能找到工作了。”毕业初，王振明曾这样狂言。果真，他同时被加州的一家实力雄厚的公司和美国西南医学研究中心休氏医学研究院录用。

王振明最后选择了比前者薪水少一半的后者。然而“清贫”的休氏医学研究院在王振明看来是个取之不尽的“富矿”——因为这里有“用钱买不到的世界上最好的研究员”，10 年中这里出了 4 位诺贝尔奖得主，并且拥有 30 余位国家院士。王振明被聘为该生物医学研究院的工作人员，他在这里获得了学术上的质的飞跃，并在这里发现了一个极不起眼、日后却成为他全球系列产品中独家经营的小产品——花 300 美元成本便研制成功的一种专门收集、储藏蛋白晶体的器皿，而这靠的也是王振明扎实的物理学功底及对生物医学潜心钻研的真功夫。

“王，你要发大财了！”研究院的同事祝贺王振明。

正当王振明有些发愁如何寻找美国“发财”温床时，他从乡友那里得知苏州高新区有个专门为留学生创业搭建平台的“创业中心”，已被国家科委确定为“国际企业孵化器”试点单位，有很多创业优惠条件。“爱屋及乌”的王振明想到了家乡，想到了母校，于是他毅然决定回到祖国、回到苏州创业。

“因为我爱苏州，苏州是我人生的出发地，也是我生命的归宿地。”王振明离开美国时，对那些不理解他的研究院同事这样说。而且为了痛别“诺贝尔奖摇篮”的休氏医学研究院，他竟然学会了喝白酒——告别美利坚的那天晚上，他喝了不少高度白酒，以致酩酊大醉。“我骨子里不是喝酒的人。”王振明说。

不久，他的“苏州捷美电子有限公司”正式在苏州高新区挂牌，这也是“归国留学生部落”的第一个留洋博士在高新区办的第一个企业。

王振明在苏州这块风水宝地获得的收成就像他的企业名字“捷美”一样，又快又好。短短几年，“捷美”名扬海内外同行业界，于是学着王振明回国到苏州、到苏州高新区“发财”和干事业的洋博士们一结十、十联百地涌向狮子山脚的那块热土。

太湖水涌动着欢笑，虎丘古塔在摇晃着身子舞动。

一颗优质种子，长出的是一片金色的丰收果实。苏州高新区就这样如此不停地“孵化”，最终将世界各地最优秀的那些海外中华学子一个个吸引到了自己的凤凰树上……

“我们也不含糊，50亿的创新投入，200亿的基础设施，100多个有利于科技与人才引进的地方性法规，六大服务保障体系和30多个知名院校及50多个世界级尖端研发机构：这是能够吸引高级人才到苏州新区来的内核力量。有了这内核力量，我们才能造就‘真山真水的新苏州，每天向世界和国人展送丰硕成果和灿烂光芒。”苏州高新区党工委王竹鸣书记这样说。

是的，这就是太湖之滨、苏州古城旁的新苏州，一个不足230平方千米面积的地方，创造了全苏州市出口总量的20%、全省的10%、全国的1%以上的份额，成为名副其实的国家级重要出口基地和创业者的乐土。

一个创造了8项“世界第一”、11项“全国第一”的新苏州，就这样在弹指一挥间中崛起在太湖之滨、狮子山下……不说这里的人均创造2万美元的年产值，不说这里的农民人均年收入超过15000元，单说这里聚集的2000多名留学人员、1000多名博士和10000多名硕士及50多家落户此地的世界500强企业，还有谁不羡慕苏州人？

其实苏州人自己对创建“新苏州”获得的巨大成就，也是难掩心头之激动和狂喜的。

第10章　1992年，太湖边那个难忘的激情燃烧岁月

1992年的中国，风起云涌。邓小平的南方谈话精神正式向全党传达，苏州人受到的鼓舞格外强烈。

当时有个特殊的社会背景："六四"政治风波后，国内引发了对社会主义的大争论，尤其是中央提出搞特区和开发区后，一些持不同政见的人借东欧剧变和苏联解体所出现的社会主义阵营的世界性衰退，在思想界和理论界掀起了中国特色的社会主义到底是社会主义还是资本主义的大争论，造成了下面的干部和群众思想上的混乱。邓小平针对这些问题，明确而又肯定地说："对办特区，从一开始就有不同意见，担心是不是搞资本主义。深圳的建设成就，明确回答了那些有这样那样担心的人。特区姓'社'不姓'资'……"

"有的人认为，多一分外资，就多一分资本主义，'三资'企业多了，就是资本主义的东西多了，就是发展了资本主义。这些人连基本常识都没有！"邓小平严厉地说。

"改革开放胆子要大一些，敢于试验，不能像小脚女人一样。看准了

的，就大胆地试，大胆地闯。深圳的重要经验就是敢闯。”苏州市委常委会上，平时儒雅谦和的王敏生书记手上拿着邓小平的“南方谈话”，格外激动地挥动着右臂说：“这几年我们苏州搞开发区，引进了不少外资，也有人对我们说三道四，但实践证明我们的方向没有错。邓小平的南方谈话对这些事都肯定了，所以下一步，我们苏州的对外开放和经济工作，不是要收，而是要胆子更大一点，步子要迈得更快一点。”

“王书记的话我完全赞同。我们苏州的发展要上个台阶，必须与浦东开发接轨，与世界经济发展的大潮流接轨！”当时的副书记、市长章新胜在常委会十分激动地说。

“吴县的太湖旅游度假村建设得怎么样了？”王敏生问。

“报告刚刚打上去。不过听说国家旅游局正在全国选择八个国家级旅游度假区，三亚的亚龙湾就是其中之一。我们能不能争取把太湖旅游度假区也列入国家级旅游度假区？”有人提出。

“这恐怕不成吧？听说人家专门挑沿海的风景区，我们太湖是内湖……”会上有人议论道。

“事在人为。我们一定要争取！再说，我们苏州的太湖水面那么大，风景也不比别处差什么。争取一下，把眼光放远、放长一点。章市长你看有希望吗？”王敏生书记将目光投向章新胜。

“常委们有这份决心，我就更有这个信心了。这事交给我吧！”章新胜一脸兴奋。

“太湖旅游度假区能不能建成国家级旅游度假区，这也是我们苏州落实小平同志南方谈话精神，能不能在这一波改革开放的浪潮中胆子更大一点的问题，所以我们市委要像支持昆山、张家港办开发区一样给予全力支持。”王敏生书记最后特别强调说。

“现在回想起来，那段时期，我们苏州真的是处处显现春潮涌动之势……让人难忘。”2008年的一个夕阳西斜的傍晚，我和苏州太湖国家旅游度假区常务副主任许兴林坐在西山岛的一个临湖别墅前交谈，这位太湖旅游度假区的创业者万分感慨地对我这样说。

许兴林记得非常清楚，他到太湖旅游度假区的日子是1992年的8月26日。他原来在阳澄湖镇当党委书记。阳澄湖镇本来叫田泾镇。

“应该说阳澄湖镇的诞生与改革开放有关，或者说是改革开放的产物。我们田泾镇紧挨阳澄湖，照理应该是名副其实的沙家浜。但常熟人聪明，他们把‘沙家浜’的名字先拿走了并且取得了巨大效应。我在田泾当书记时就着急得很，后来通过反复考虑，决定用‘阳澄湖’这个名字。1992年5月2号，我们就向省里打报告，申请用‘阳澄湖镇’的名字，三个月后，8月2日省里的批文下来了。我正准备组织镇上大张旗鼓宣传时，上面一纸命令，把我调到太湖旅游度假区来，一干就是十几年……”许兴林望着烟波荡漾的太湖美丽风景，眼里闪着创业艰辛的滴滴晶莹。

他深情地说：“当我来时，这里除了一个太湖，什么都没有。上面领导告诉我，说要把这里建成国家级的旅游度假区。我有些怀疑，但后来我们全都办成了，这中间也蛮复杂。我来后第一个任务就是争取国家旅游局认可我们这个地方。听章市长当时说，国家旅游局官员正在全国各地看点。我们听说后，就做准备。国家旅游局的领导来苏州后，觉得太湖不错，加上我们苏州人做工作，就初步同意把苏州太湖入选为国家级旅游度假区。但后来无锡出来插了一杠子，无锡人说，既然苏州能搞太湖旅游度假区，我们无锡为什么不能搞？当时省里的旅游局局长是无锡人，难保他不会偏向无锡。我们就感到很紧张，虽说太湖面积百分之七八十在我们苏州，可无锡也有优势争取这个项目。怎么办？我们想法子呀！我们就到北京去跑，找到了刚从建设部部长位子上退下来的老部长林汉雄。林老是老资格的部长，关系多，他跟当时的国家旅游局局长是老战友。林部长很热情，对我们苏州也有感情。饭桌上豪爽的林老半真半假地举着茅台酒瓶，对我们说：“你们要是把这一瓶喝下去了，你的忙我就帮定了！”这个时候，我们4个人已经喝了两瓶，再要喝肯定非倒下不可。但为了能够拿到‘国’字头，我和另外两位同志就拼出去了，喝！哈哈，有意思，后来我们的一个同志真的喝醉了，但林部长很讲信用，真的帮我们把批文办下来了。无锡后来也跟着我们占了便宜，最后批文来了个同时批准：我们苏州这边叫太湖国家旅游度假区苏州胥口旅游度假中心，无锡那边叫无锡马山旅游度假中心。从此我们两地都有了一个国家级的太湖旅游度假区……

“创业是艰辛的。但我们苏州人的干劲也是空前的。我记得第二年为了让国家旅游局领导来看看我们的太湖旅游度假区够不够资格，我们用了不到半年时间，在一片荒滩上建起了当时全苏州，也可以说在全国内陆水域的一个最漂亮的‘水上乐园’。短短的半年时间啊，在缺资金、缺人手的情况下干起来的，太不容易了！7月1日全国的旅游局长要来苏州看我们的‘水上乐园’，而6月30日晚上我们的工程现场还有许多事没干完，那一夜，市领导亲临现场指挥督战，我和同事们忙碌了整整一夜……第二天，雨过天晴，我们的‘水上乐园’正式剪彩开放，当时全国还没有类似的水上主题公园，苏州市里更没有。全国各地来的旅游局长对我们的太湖‘水上乐园’极其满意，说苏州这地方够国家级旅游度假区！我们听了甭说有多高兴！

“再说我们的‘水上乐园’，别看它仅仅是太湖旅游度假区的一个主题项目，生意当时火得不得了！一天最多能收停车费32000多元。当时每辆车才收2元钱！你想想火不火？”许兴林沉醉在那段令我们同样受到感染的激情岁月中。

“苏州市委、市政府改革的力度确实非常大。比如说你现在看到的这座飘在太湖上的把西山三岛串在一起的太湖大桥的建设过程，就是一个证明。你看太湖大桥美吧——”主人忍不住站起身，让我搭坐他的车，“走，我们边走边聊。”

于是，我们上了全长4308米的大桥。夕阳下，与湖水紧贴着的太湖大桥如一条彩带，飘在西山三岛之间，美不胜收。望着太湖如此之美的景象，我这个苏州人感到有些惭愧，因为过去我只知道苏州太湖边有东山、西山两岛，却从未见识过。东山岛是中央领导和国宾经常光顾的地方。西山其实比东山大得多，由长沙岛、叶山岛和西山岛三个岛屿组成，仅西山岛的面积就与香港岛本岛一样大，达82平方千米。太湖大桥动工于1992年10月24日，投资1.2亿元，于1994年10月25日正式通车，两年时间建成。

“非常不容易。它应当算是我们苏州人在南方谈话精神鼓舞下、‘胆子大一点’干现代化的一个历史性见证物，”老许俯在桥栏上，娓娓道来，“我们当时没什么资金，一部分靠集资，一部分由上级拨款，再就是靠全市人民的无私支持——许多机关干部和群众当志愿者、做义务工来帮我们建这座大桥。你想象不到，那天剪彩通车时，西山岛上的一万多老百姓涌到桥上。他们中间有六七十岁的老人，从来没有出过岛，一生在太湖里生活。想想看，如果没有改革开放，如果不是胆子大一点搞建设，说不准有些人一辈子生活在封闭的孤岛内。”

是啊，这就是改革开放带给我故乡人民跨越几千年历史的进步与幸福现实！在我上岛的那天，北京传来奥运会的喜讯——西山岛上的苏州姑娘陈艳青获得举重世界冠军！我看到岛上的百姓张灯结彩，陈艳青村上的老乡们更是活泛，他们立即打出了“世界冠军之乡”的招牌来招徕远方的游人……

从许兴林的介绍中，我知道苏州的太湖国家旅游度假区现今已经成为新苏州的一个特别的经济增长点和新苏州的著名风景区，这里的生态建设和自然环境给新苏州带来的经济效益和名城优势与日俱增。

它让我对故乡的人间天堂有了更多的了解和热爱。站在如画如诗的太湖边上，我不由吟诵起白居易在游太湖时的那首《宿湖中》：

水天向晚碧沉沉，树影霞光重叠深。
浸月冷波千顷练，苞霜新橘万株金。
幸无案牍何妨醉，纵有笙歌不废吟。
十只画船何处宿，洞庭山脚太湖心。

然而面对现代化与原生态自然交融在一起的今日之苏州太湖的景观时，我稍有遗憾，感觉白居易大师的诗作中缺少赞美的力度，亦不够贴切。如果这位大诗人今天重游太湖，我想必定有更神妙的诗作传世。

新苏州的太湖与东山、西山岛，如一幅张艺谋主创的奥运会开幕式上的轴画，那浩荡的湖面是画纸，那岛屿是扬帆的桅杆，那画中的人是我亲爱的乡亲们……

第 11 章　与新加坡人的亲密接触

1992 年，南方谈话恰如春风吹拂了美丽的江南水乡和姑苏大地。这个时候，苏州市领导中，又出了两个重要人物——成功的高新区开拓者王金华当然算一个，另一个便是会说一口流利英语的市长章新胜。

太想见一见这位章新胜市长了！可惜他现在太忙，而且离开苏州已经很多年了。他现在与我同城住着，然而北京太大，一城中的人几十年不能见一面是常事。章新胜原是国家旅游局副局长，之后就任苏州市市长。

不知道章新胜同志是怎么来到苏州当市长的，想来这也该是改革开放的“产物”吧——苏州是中外著名的旅游名城，国家旅游局副局长下派来当市长，也算是顺理成章的事。

苏州是旅游城市，老外来得多。有个会说一口流利的英语的市长，很让苏州人有面子。

章新胜的威信还是在省委、市委决策要在苏州建设如今已经成为苏州名片的“苏州工业园区”之后，做出那些出手不凡的动作后真正树立起来的。

章新胜到苏州是在 1990 年，这一年世界上发生了一件大事：海湾战争爆发。萨达姆指挥的伊拉克军队借口举兵入侵邻国科威特，美国的老布什立即命令美军进行了一场摧毁伊拉克军队的“沙漠风暴”，曾猖狂一时的伊拉克军队不堪一击，溃败在布什手里。

这一仗，对许多小国是个巨大的震撼：强邻虎视眈眈，小国随时可能有被吃掉的危险……这些小国中有一个领袖怀有特别的危机感，他就是已故的新加坡资政李光耀。

作为新加坡国父式的人物，李光耀对自己国家的那种危机感使他在那段日子里有些坐立不安。李光耀对治国有着独特的眼光，他认为新加坡经济虽然已经发展到很高水平，但毕竟是弹丸之地，抵御外力受到很大限制。面对复杂的国际和周边环境，李光耀认为新加坡必须寻找新的出路，以求立于不败之地。而要增强国力的唯一办法，就是内外并举发展经济，即在国内大力发展经济的同时，还必须走出国门，力求与可靠而友好的大国进行经济联合，从而使新加坡走出一条与大国建立“战略合作”和将本国事业向外扩展的全新道路。

也就在这个时候，东方醒狮中国正在掀起一场更大的改革开放浪潮。邓小平的南方谈话内容也传到了李光耀的耳里。这位带兵出身的具有东方文化传统的新加坡领袖，从邓小平的讲话中得到了巨大鼓舞——邓小平在南方时这样讲：我们要赶亚洲“四小龙”，新加坡的社会秩序算是好的，他们管得严，我们应当借鉴他们的经验。

邓小平南方谈话后，中国内地的官员成群结队地往新加坡跑，以便取经回来干自己的四个“现代化”。

新加坡区区岛国，面积只有中国的一个县那么大。一时间，新加坡快成了要被踏沉的游船……据说，仅 1992 年这一年，中央各部委和省以上的高官率团访问新加坡的就有 98 位，共有 9 万余人次到这个岛国考察取经。

“这个样子，还不如我们去中国给他们也建个新加坡模式。这样一则可以回报邓公对我们新加坡的褒扬，二则可以寻得一个与我们同源文化的大国的保护！”李光耀找来同僚密商此事。

“资政建议甚是，我们动身去中国吧！”同僚们纷纷赞同。

于是在1992年的9月，李光耀带领新加坡副总理王鼎昌等重要官员来到中国，名为访问，实则在寻求合作地。他们从中国的南方一直走到北方，又走了山东、上海等沿海城市。

李光耀一路考察，最后比较之下，他中意的还是上海。因为上海工业基础好，交通又方便，人才等各种资源又具优势。但与有关方面接触后，新加坡人内心失望了：上海人并没有把新加坡的诚意理解透。

“要不资政您和王副总理先回国吧。我留下来再看看？”年轻的副总理李显龙对李光耀和王鼎昌说。

“也好，毕竟我们选定的是中国。这么一个大国，肯定会有我们中意的地方。这个任务就交给你了。”李光耀和王鼎昌会意地对视了一下，对李显龙这样说。

就这样，李显龙留在了上海。接下去的时间怎么安排呢？上海已无要事，可上海又非轻松的旅游城市。李显龙的助手建议道：“副总理是不是可以到苏州一趟，那里离上海很近，又是著名的旅游城市，尤其是东方古文化和江南风景都在那里集中体现。”

“好，就到苏州去休息两天。虽然来过几次中国，但苏州的园林我还不曾去过。机会难得！”一身休闲服的李显龙精神抖擞地在房间里做了几个扭腰伸臂的动作。

“什么，李显龙副总理要来苏州！太好了，明天一早我去上海接他！”几乎不出一小时，新加坡副总理第二天要到苏州来的消息，已经传到了章新胜市长耳里。正在忙着如何落实市委搞活对外开放的章新胜听到这一消息，兴奋不已。作为原国家旅游局副局长，他与新加坡的几位高层政要都有过交往，这其中包括李显龙。作为老朋友，他去上海接一下李显龙并没有什么不妥之处。这一点章新胜了解新加坡客人，他们非常讲究“适宜”的礼仪。如果事情做得太热情了，反而会产生适得其反的效果。

李显龙此次来苏州是纯粹的私人旅游。我们怎么接待呢？跟他谈不谈与苏州的经济合作事宜呢？章新胜通知市政府秘书长安排明天到上海的车子后，脑子里盘算着如何接待新加坡客人的到来。对啊，派谁来一起接待客人呢？这很关键，搞好了我们就可以把新加坡放在口袋里的项目拿到手，弄不好便是水中捞月一场空。

找谁来担此重任呢？老吴！昆山的吴克铨行！章新胜一高兴，操起电话就往市人大打去。

“喂喂，老吴吴克铨同志在吗？什么，他还没上人大来报到？好好，我打昆山找他吧！”章新胜重新操起电话，往昆山打去——“喂，是老吴吗？市人大会已经开过几个月了，你怎么到现在还没有去报到呀？谁说你退居二线了？人大副主任位子很重要嘛！哎哎，老伙计，你没有去报到正好，我这里有个急差使：明天啊，新加坡的副总理李显龙要到苏州来，我想请你老将出山……当然合适了，你是昆山开发区的创始人，搞开发区有经验，新加坡人也知道昆山有个开发区很出名。这次李显龙来的目的不明，但他们是想到中国来投资这一点我们已经摸清了，问题是我们得想办法让他们口袋里的钱放到苏州来。哎，这可是件大事！就因为这，我才请你老哥出山的嘛！好，别推了，明天一早你就上苏州城里来，我们一起接待李显龙。跟他怎么说，现场发挥吧！”

章新胜风风火火下达“命令”后，就忙着去准备第二天李显龙来后的各种接待细节。

第二天，上身着白衬衣、系红领带，下身穿浅蓝色牛仔裤的李显龙出现在苏州著名的拙政园。新加坡的这位副总理年轻、帅气，又非常随和。而另一个重要的细节是，他还能说些中国话。

陪李显龙的苏州人，除了章新胜，还有吴克铨。

这一天是 5 月 9 日，可以说是江南春光明媚的日子。天气也不热，中方人员个个西装革履，倒是客人很随意。李显龙笑着对苏州人说：你们不要搞得太正规，我是私人旅游来的。

章新胜忙说："李副总理是尊贵的新加坡客人，能到苏州来，是我们这座古城的荣耀。我们要以能够表达的全部热情来欢迎您。"

一旁的吴克铨附和道："李副总理也许不知道，我们苏州的老百姓有个传统，如果不把远方来的客人照顾好，就等于你没有把家前宅后打扫干净一样，是没有修养和礼貌的表现，会被人瞧不起的。我们苏州人对所有的客人都一样，一定是真诚和热情的。"

李显龙听了吴克铨的话，很是感慨："你们苏州人的教养早有所闻，果然名不虚传。"

游览途中休息品茶时，章新胜市长不忘向客人介绍苏州的情况，同时也讲起了经济发展的一些设想。

"哎哎，你们是请我来看园林的，怎么谈经济了？" 李显龙警惕地朝苏州人瞪圆了双眼。

章新胜和吴克铨暗暗一惊，两人不由交换了一下眼光。章市长忙对李显龙解释："谈苏州，难免说经济，因为苏州的经济发展也出现了一些好的景象。我们知道李副总理是经济大专家，想请李副总理对我们苏州经济的发展提些宝贵意见和建议。"

李显龙哈哈一笑，说：“其实不是不可以谈经济嘛！你们苏州多好的一个地方！”

“是是。欢迎李副总理多到苏州来参观指导。”章新胜和吴克铨一瞅“苗头”，有戏！于是连忙拿出加倍的热情，一边陪从，一边不停地琢磨着如何“引龙入套”。但苏州人发现，李显龙太聪慧，他不会轻易落入苏州人设下的圈套。

这一天，一边是对上海感到失望有意回避谈经济问题的新加坡副总理，一边是表面装着陪对方游玩休闲实则急着摸清客人投资意向的苏州人。双方都是聪明人。聪明人在一起斗智，就叫人看了更精彩。

他们彼此心照不宣，却又各自装出一副满不在乎的样子。

白天游园林、观街景，宾主似乎都很悠闲轻松。晚宴非常丰盛，李显龙对苏州的菜肴大加赞赏。举杯间，新加坡客人先把话题扯到了经济上。

李显龙：“我们新加坡面积小啊，所以寸土寸金。可当初我们也是为了招商，不得不把地卖便宜了……”

章新胜一听这话，立即朝斜对面坐着的吴克铨挤了一眼。吴克铨心领神会，马上一边给李显龙倒酒，一边说：“副总理，你现在有个机会，可以把当年损失的钱补回来。”

李显龙不解地盯着吴克铨，说：“怎讲？”

吴克铨在昆山干了五六年“自费开发区”，什么样的外商都交过手，可以说是谈判桌上的一只聪明的“老狐狸”，而且由于吴克铨的长相憨厚，所以他又是属于那种最容易让人上当的“老狐狸”。

有戏。吴克铨知道李显龙在顺着自己的思路走，于是夹起一根菜叶往嘴里一塞，然后不紧不慢地说：“你可以到苏州来呀！我们苏州有的是地，可以把你过去卖便宜了的地的损失补回来！这个账，副总理肯定比我会算。”

“哈哈哈……”李显龙是聪明人，一听这话，顿时开怀大笑。他明白苏州人在套他的底。于是李显龙装出一副寻找自己的助手的样儿，左右看了看，说：“可惜我的经贸部长没来！”

章新胜明白：新加坡人对外谈判经济合作之事，关键环节是由经贸部官员出面来谈的。李显龙这话，其实也是一语双关。

看来李显龙对苏州人热情接待他的意图已心领神会。

临别时，苏州人格外期待道：“欢迎李副总理再次到苏州来！”

李显龙朝章新胜和吴克铨满脸堆笑道：“当然。苏州这么好，我肯定会再来的，说不定以后来的次数就很多了。”

“太好了！我们一定使副总理满意。”苏州人要的就是这话。

“不过，我也希望你们能到新加坡去。”李显龙临上车时，特别说了这话。

“他这话什么意思？”吴克铨等李显龙的车子走远后，问章新胜市长。

章说：“我感觉我们很快就会接到来自新加坡的邀请……”

第 12 章　狮岛上的较量与握手

1992 年的苏州和中国一样，注定是个沸腾的岁月。

市政府政策研究室主任办公室。

电话铃突然急促地响起。

“喂，哪一位？”周志方主任拿起电话刚问，马上就清楚了对方的声音，“是市长啊！有什么要紧的事？”

“老周，你马上动手，准备一份关于新加坡的东西出来。”章新胜市长吩咐。

“新加坡的？好，我马上组织人搞。”周志方放下电话，不由嘀咕起来：市长要新加坡的材料干啥用？

“听说我们要同新加坡人做生意了。”同事这样对他说。

这事后来在周志方那里得到了证实。

“我用了近三个月的时间准备，给市长备了一份新加坡的相关材料。分三个部分：一是新加坡 30 年经济持续发展的总体情况；二是人民行动党‘一党制’执政的成功经验；三是新加坡管理严的特色。从其社会现状看，比美国、日本等发达国家更便于我们学习。后来章市长要走了我的这份材料。”周志方在接受我采访时这样说。

关于李显龙到苏州后所表达的愿意在苏州投资的事，章新胜市长曾向市委作过汇报，当时有赞成的，也有反对的。为这事，章新胜曾经痛苦过，后来到南京找了从苏州出去的省委常委、常务副省长高德正。

“章来找我，我也有些为难，于是请示了陈焕友省长，他说你去弄吧。我就对章新胜说，这样吧，你请李光耀访问中国，让他来跟我们国家的领导人谈。并且还给章出了其他一些主意……”十多年后，我采访高德正同志时，他这样说。

这年9月下旬，新加坡资政李光耀再次访华。他在北京的钓鱼台与江泽民总书记举行了会谈，并提出要到江苏的无锡和苏州看看。江泽民说非常欢迎李资政到江苏访问，而且还可以多到几个地方看看。李光耀高兴地接受了江泽民的建议，但他还是说，这次主要到无锡和苏州两个地方看看，他说明了自己要在中国搞个“新加坡”。并说，邓小平同志南方谈话后，到新加坡访问的中国官员太多了，接待不了，不如干脆把新加坡的模式搬一个过来。江泽民听后非常高兴，说我们支持李资政的主意。

江苏省很快接到外交部的通知，说李光耀先生一行要到江苏来。

“我去迎接新加坡客人吧！”时任江苏省省长的陈焕友早就想向李光耀讨教新加坡发展经济的经验，得到这一消息后，立即向省委书记提出请求。9月30日，陈焕友带着省政府秘书长和省外办主任到无锡的苏南硕放国际机场接到了李光耀和王鼎昌等一行人。

李光耀一行在无锡和苏州的安排非常紧促，加起来还不足两天时间。陈焕友省长想得周到，特意从上海租借了一辆加长奔驰轿车。“这样既减轻了客人的旅途疲劳，也为我和李光耀资政能边看边谈提供了方便。车上共坐了6人，李光耀资政坐在后排中间，李夫人和我分别在他的两旁，中排坐的是翻译，前排是司机和警卫。我一面陪同李光耀参观，一面抓紧时间与他交谈，向他提了现代化建设中遇到的很多问题，他也向我了解了江苏省特别是苏州和无锡经济社会发展中的很多情况，双方谈意甚浓、兴趣盎然。在苏州的园林里，我们一边欣赏江南美景，一边讨论双方都感兴趣的话题。"陈焕友在回忆文章中这样回忆当时的情景，"最后我们在苏州竹辉饭店为新加坡客人举行告别宴会。席间宾主交谈甚欢，气氛热烈。在临别时，我以省长的名义，请李光耀、王鼎昌等人明年（1993）春暖花开的时候再度访问美丽的苏州，深入探讨双方合作的可能性。李光耀欣然接受……"

此次新加坡客人的江苏之行只有两天，但极其重要，因为是李光耀和王鼎昌、李显龙三位决策人物决定在中国选址建设新加坡园区的"实地看点"的行动。在这次访问中，有个细节给李光耀留下了深刻印象，这是包括陈焕友在内的江苏和无锡领导人都不知道的事，这便是李光耀对能说一口流利英语的苏州市市长章新胜的印象——

李光耀用十分欣赏的目光看着章新胜，突然问："你的英语很好啊！可像你这样能讲英语的市长，在市长的岗位上能待多长时间呢？"

章新胜一时不解。"请问李资政的意思是……"

李光耀笑道："我知道你们的好干部一般在一个地方干两三年就会提升的。"

章新胜马上明白了对方的意思，便说："我这个市长可能是个例外，因为我是从北京下来当市长的。要走也不会那么快吧！"

李光耀笑笑，转开话题，问："你苏州是个地区级市，有没有决定权？如果我们把中新合作项目放在你这儿，你有多大能耐把它放到苏州？"

章新胜有些激动，这是他一年多来从新加坡"第一把手"口中第一次听到了可能要将项目“落到苏州”的话。“我可以打报告到中央，我当过国家旅游局副局长，我会努力去做到的！”

李光耀笑了，笑得非常开心。于是一老一少不停对话，从苏州古城的竹辉饭店开始，到加长“奔驰”开往苏州火车站的途中，一直没有停止过，甚至到了火车站的贵宾室，李光耀和章新胜市长仍在旁若无人地热烈地交谈着……开往上海的列车进站了，李光耀一行登上车厢，突然间已经踏进列车过道的李光耀回转身来，走出列车，向年轻的苏州市长提了一个非常具体的问题：“苏州有国际机场吗？”“有。苏州以东 90 公里就是上海的虹桥机场！”苏州市长再次用流利的英语向新加坡客人回答道。李光耀这时才若有所思地走回了车厢……

这次新加坡客人没有直接回国，而是转道去了香港。当时的全球经济形势正在发生剧变，以加工业著称的东南亚“四小龙”和日本都在进行产业大转移，他们之间的每个细微行动都会在东南亚甚至全世界产生影响。而这期间，中国的复苏和变革，更是引起世界各国的高度关注。新加坡三个主要领导人出访中国的消息，自然也引起了各方的特别关注。

“市长，好消息！好消息！”李光耀离开苏州的第二天，苏州外事部门就捧来一份香港报纸向章新胜市长报告，“王鼎昌副总理一到香港，就举行记者招待会，说了很长的话，其中说到，要在无锡和苏州搞个‘模范城’。估计现在全世界那些敏感的经济权威人士都知道这个消息了！”

“他是这么说的吗？要在无锡、苏州搞‘模范城’？”章新胜一边穿衣服，一边问秘书。

“是这么说的，他是代表李光耀先生说的，看来这回我们有戏了！”秘书兴奋地道。

“差远了！”章新胜摇摇头，似乎不信。

“怎么会呢？李光耀先生是个讲面子的人，说出口的话不会反悔吧！”

“你没听明白，他说的是在无锡和苏州，并没有说定在苏州嘛！”

“这个……”

“他没说死在苏州，就意味着这个大项目对我们来说可能是悬在半空的馅饼。”章新胜扣上纽扣，然后对秘书说，“你马上通知周志方等人到我办公室，我有事找他们商量。”

“好的！”

“很显然，新加坡人在我们和无锡之间进行选择，这对于我们苏州来说是最大的挑战。现在我们必须拿出方案来，让新加坡李光耀他们的目光全部转到我们苏州，并且永远不得离开！离开了，我们就是失败者！我们决不能当失败者！否则无法向苏州人民交代！中新合作项目意义太大了，如果苏州失去这个项目，我们可能就是苏州的历史罪人！”章新胜在市政府的几个干部碰头会上，把话说得特别重。

“不至于吧。我们苏州招商又不是没招过。少了一个新加坡项目也不过是少吃一块红烧肉而已！”有人说。

“错！这个项目可不是一般的外资招商项目。如果成功，它必然会对苏州乃至中国经济发展都产生深远影响。”章新胜说着，用他在一年多以前在法国巴黎看到的一个古都城区经济发展模式给属下们上了一课，“今天的苏州有点像当年的巴黎，如果我们挣脱了旧城的束缚，重新在城区边上开辟出一块工业区，再把新加坡的经验引进来，这样，我们的新苏州将真的是插上了翅膀……”

“那我们就要抓紧一切可能，同无锡兄弟交手一番了！”

“哎哟，恐怕有些不好办！我们的王敏生书记是无锡人，也是无锡县的老书记，我们现在跟无锡兄弟抢肉吃，他可不好办了。”有人突然提出一个不痛不痒的问题。

章新胜捅捅那人的胳膊。“你把我们王书记想到什么水平了？他现在是苏州市委书记，胳膊不会朝外拐的。”

“嘻嘻，我不过是说说而已嘛！”

这说归说，但要让新加坡人把合作项目放在苏州，也不是一件十分容易的事。苏州人知道，无锡人也志在必得。与这样的对手争项目，弄不好很有可能失利。

苏州人暗暗着急，但光着急没用，得想法子，瞅机会。

机会来了：这年年底，章新胜和已经启动的“苏州高新区”的负责人王金华正准备赴英国伦敦招商时，新加坡政府的邀请函也到了苏州。“怎么办？”王金华问章新胜市长。

“还用说！先放一放伦敦的事，我们立即到新加坡。听说无锡人已经比我们捷足先登了，而且已经同一些新方企业家签约了！我们必须马上行动！”章新胜说。

“可我们的签证是到英国的……”

“这好办！”国家旅游局副局长出身的章新胜马上想出一招，“赶快给省长发个改签急件，请他批准我们此次出国为两个目的地：英国和新加坡。”

“好。”

省长陈焕友知道苏州人正在想着新加坡的项目，他作为省长自然也一直在期待把中新项目拿到江苏手里。至于到底是落在无锡人还是苏州人手里，他并不太看重，看重的是这个项目不能让另一个省拿走了。陈省长已经从有关方面获悉：某省的领导也在“行动”，他们派了重量级代表团到新加坡去游说了，企图把江苏的“好事”给抢了！

“我已经批了，你们立即行动！争取谈成！”陈省长给苏州章新胜他们的指令有点像军令状。

苏州人改道到了新加坡，立即开始“热身运动”——他们先是看望新加坡的第一代领导，然后又看望了第二代、第三代领导人。这其中，王鼎昌副总理是章新胜他们首先看望的，因为此次新加坡之行，也是应这次最积极将合作项目放在苏州的王鼎昌的邀请才获得的。而王鼎昌副总理的热情与友好也让苏州人非常感动，章新胜一行到新加坡头一天的早晨八点钟，王鼎昌副总理就在飞禽公园那里等苏州人，并共进早餐。

“当我们到新加坡时，李光耀资政在香港，新加坡国内副总理能出来接见我们已经就算破格了，因为那时我们国内各省去的省部级干部有十几个、几十个，新方一般只有部长级官员出来接见，我们的待遇显然不一般。”苏州市政府政策研究室主任周志方是此次访问团的“笔杆子”，他如此说。

此次章新胜一行还拜访了杨荣文、林瑞生这样的新加坡第三代领导人，他们都是与李显龙一样的富有朝气的年轻一代，像杨荣文是文化大臣兼国防部副部长，实力派人物。经发局局长林瑞生，原来是新方驻美经济问题总代表。为了与中国的合作项目，李光耀专门将他调回国，研究两国合作事宜。但是令章新胜一行不解的是此次访新，越到后来，新方越显冷淡。这让苏州人特别着急，怕事情泡汤了。当时的情况是：听说新加坡有大项目要同中国合作，中国的各个省市纷纷派出大员盯到了新加坡，有的省甚至不惜一切代价在跟苏州人争。除了中国人自己争，还有一些发展中国家也在与苏州争。各种政治的、外交的、民族的、地域的关系，全都搅在了一起，让新加坡领导层有些吃不消了。与大省、与某一个国家相比，苏州的优势一下逊色了许多，那个时候的苏州除了“小桥流水”、历史文化名城等别人不好比外，似乎也没有什么别的可以吸引人的特别优势。章新胜一行心里清楚这一点，所以当新加坡方面出现冷淡的气氛后，他们就非常紧张和警惕了。

“怎么办？我们不能白来呀！再说，我们是应王鼎昌副总理邀请来的嘛，他是一国副总理，不能不把我们当一回事吧！”苏州人中有人沉不住气了。

大家的目光盯向市长章新胜。一向潇洒活泛的章新胜这回也有些蔫了，他看了看智多星王金华，期待有什么招数。

“我们还是去找找王鼎昌，他也许会告诉我们一点有用的信息，然后我们再做下一步打算。”王金华说。

“好，照金华的意思去做。老周，你去找王的秘书联系一下，探探情况再说。”章新胜对周志方说。

“行，我马上与潘秘书联系。”

王鼎昌的秘书潘先浩很快回应：“王鼎昌副总理说了，你们最好先拿个方案，看看我们中新合作项目放在你们苏州什么地方。”

“这怎么弄，我们连张苏州地图都没有带呀！”

“马上告诉家里，让他们赶紧传一份苏州的地图来！”章新胜发命令道。

这个并不难。家里人马上把苏州的地图传了过来。章新胜将同行的4位召集到一起，在宾馆的茶几上用笔圈圈画画划出了4块地方。第一块是刚建的苏州高新区西边的那一块，理由是那边已经确定为新市区的工业开发区；第二块是吴县的黄埭一带，是离市区最近的郊区；第三块是苏州火车站北边，重要的理由之一是交通方便（那个时候苏州的高速公路还很少，只有东边的沪宁高速）；第四块是市区东边的金鸡湖一带——这一块苏州人认为最不可能，因为那边湖多水密，地势低洼，开发的话投入成本太大。可偏偏新加坡人看中这块烂水地，王鼎昌本人就看中这里，他前几个月跟李光耀到苏州时就看过这块地，也曾问苏州人这里离上海多少里。章新胜他们鉴于上次这个情况才把金鸡湖这一块也算在里面，而其他三块都是市西的丘陵与山区，开发成本低。苏州人自己有自己的算盘。

茶几上弄出来的草案转交王鼎昌后的几天里，新加坡方面没有任何音讯。苏州人想通过关系探听情况，反馈来的消息是新加坡方面的调子越来越低，这让苏州人心灰意冷——看来是白跑了。有人甚至埋怨“早知如此，不如不来”。代表团访问的日期只剩最后一天了。“这样走得不明不白，至少得有个双方出面的‘声明’之类的东西发表一下吧！”王金华建议道。

“是啊，不能让我们灰溜溜地就这样回去了吧！”有人附和道。

“老周你联系看看他们的意见。”还是周志方的任务。

新加坡有了回应：“有没有这个必要？”

苏州人彻底泄气了。“这不等于彻底吹灯了嘛！”

“走，打道回府！”章新胜也生气了，一挥手，让大家各自回房收拾行李，准备回国。

几位随行，收拾完行李后便是无聊地聚在一起打扑克牌，一边打，一边骂骂咧咧。

“你是周先生吗？我是潘秘书呀，你晚上能不能来一下？”突然，房间的电话响起，接电话的正好是周志方。

“是我。晚上……有什么事吗？”周志方强压心头的不满，问王鼎昌的秘书。

“我们能不能谈一个书面的联合公告一类的东西……”对方态度非常和蔼，说出一个让苏州人喜出望外的消息。

“什么什么，你说要搞个联合公告？这……”周志方立即按住电话，悄悄对牌友们说，“快去请示章市长，人家要跟我们签署联合公告！”

“还用请示吗？马上回答他，我们去！”王金华把扑克牌一扔，立刻说。

“行行。潘秘书，我马上到您那儿去！”周志方也来了情绪，大声对着电话说道。

“市长，有好消息了！”到章新胜房间后，周志方将潘秘书的话转达，章新胜有些奇怪地嘀咕道：“他们这是什么意思？前几天一直冷着我们，现在又……”

“你没注意李光耀从香港回国了！”周志方说。

章新胜反应非常快，脸上立即露出笑容：一定是新加坡高层内部对我们的合作出现了新的转机。“好，你马上去跟潘秘书见面！这回一定要抓住不放！”

“是！”

接下来是几位苏州人聚在一起，起草“联合公告”……等完毕后，章新胜对周志方说：“你去一定请王鼎昌副总理和潘秘书一起吃碗宁波汤圆。”

“为什么？”周志方有些不解。

章新胜笑了：“汤圆有糖，给他们点甜头吃……”

“明白。”就这样，周志方拿着起草好的“联合公告”，匆匆去见潘秘书。

潘秘书接过“联合公告”的草稿，看后，笑道：“可以考虑，我马上交王副总理他们研究一下。”潘秘书没有马上离开，而是坐下来，与周志方聊起来。

“你们的土地租赁期是70年。我们与其他地方谈，人家都是90年，有的甚至是70加70……”潘秘书对周志方说。

显然，潘是代表新方在试探苏州。这是个大事，关系到地方政府的一项“市策”，请示已不可能。周志方想到章市长临走时给他的“尚方宝剑”——给他们点甜头的话，于是壮大胆子说：“你们放心，我们是说了70年，但没说70年后就不能继续合作呀！”

对方点点头，又显疑虑道：“虽说中新合作项目是两个国家的事，但你们毕竟是国家行为，可我们投资的都是私人的钱，将来一旦出现问题，谁来仲裁？”

周说：“既然是国家之间的大合作，我想我们是可以寻求国际仲裁机构解决某些问题的。”

对方：“你们的土地价格高。我们没有把项目放在上海，就是因为他们的土地价格太高了。”

这又是一个要命的话题，周志方已经看出了对方的疑虑，听出了人家的弦外之音。

周说：“价格可以再谈嘛！我想只要在法律框架内谈，会得到一个双方都满意的结果的。”

对方紧追不舍地问：“是不是一亩 40 万左右？”

周对这个情况非常清楚，他马上回答：“不会吧，我们大概是 20 万左右。”

对方满意地笑笑，站起身，说：“好，周先生你先回宾馆，我会及时把我国的决策在最短的时间里告诉你的。”

“谢谢了！”周志方真心地紧握潘秘书的手。

周志方回到代表团住处，将情况向章新胜市长等汇报后，大家情绪振奋，静候新加坡方面的最后消息。

“来来，我们再来几盘！”有人高兴地重新拿起“老 K”牌，甩了起来。

“丁零零……”半夜，电话铃声又一次骤然响起。周志方几乎是跳着奔过去抓起电话的。“喂，是潘秘书啊！我是周志方……好，好！我一定转告章市长！谢谢！谢谢潘秘书！”

“怎么样？成了吗？”章新胜已经从周志方的表情里知道了即将发生的好事，但当周志方将电话里潘秘书说的话告诉大家时，苏州的几位代表团成员还是欣喜若狂了好一阵！

周说："潘秘书告诉我，请章市长明天下午去与王鼎昌副总理签字！另外今晚让章市长准备到李光耀处，他们的李光耀资政要亲自与我们章市长敲定合作项目！"

"哈哈……太好了！太好了！"

"啊呀，现在都什么时候了！到底是今晚还是明晚呀？"突然，市长章新胜大叫起来，只见他扯了扯零乱的衣衫非常着急地说。

"当然是今晚！你看看，现在离明天零点差一个多小时，人家对我说得明明白白：是今晚请你去与李光耀见面的嘛！"周志方确认道。

"天哪，也就是几十分钟了呀！你、你们……赶紧帮我一起准备准备！我不能这样披头散发去见李资政呀！"一向十分讲究的市长章新胜这时也像无头苍蝇似的，满房间到处乱抓东西，嘴里一边说着，"我不能一个人去嘛！这么大的事情，应该有第三人在场。谁去合适呢？你们几位肯定不行！对，马上打电话请我们的张大使陪我去一趟。他是我们国家驻新大使，他去最合适！快给大使馆打电话！"

王金华等为章新胜市长整理衣衫，周志方则操起电话立即给大使馆通话。

40多分钟后，章新胜与张大使如约到了李光耀资政的府上。一见面，李光耀显得有些激动地站起来高声说道："我们人民行动党初步愿意同你们合作。"

李光耀今晚的态度让章新胜和张大使都有些吃惊和意外。因为一向文质彬彬的李光耀今晚从一开始就显得特别激动，甚至说着话拍起了桌子。"我李光耀要用最后的政治生命坚决支持这个项目！你们可以马上向你们的中央领导报告这一点！"

这回章新胜是吃了"定心丸"，当把李光耀的这一新加坡最高的决策带回宾馆时，几位苏州人都已经疲劳得呼呼大睡了。

“老周起来！起来——”每到这种时候，市政府政策研究室主任周志方肯定是最倒霉的一个。

“老周，起来！起来干活！”章新胜一脚将周志方“踢”醒，“马上给家里的王书记发个传真，再给我们的外交部发份电报，请他们将李光耀资政的意见报告中央！”

“李光耀怎么说的？”周志方等见章新胜如此兴奋，知道事情已经完全向好的方面转化，但到底好到什么程度，他们还是想听一遍。

“嘿嘿，想听？想听就先让酒店给弄碗面来！”章新胜笑道。片刻，他一边吃面，一边对代表团的王金华他们说：“事情还没有完。我们要弄清楚新方为什么愿意投资中国，投资苏州。”

于是第二天，苏州人在大使馆的帮助下，签证获得延迟后，又开始了紧张的“情报”收集工作。他们分头找到包括国内的和与中国关系好的新加坡朋友一起了解和分析新加坡，特别是李光耀那么“一意孤行要把项目放在中国”的真实意图。

根据李光耀和邓小平、江泽民在北京先后谈定的新加坡在中国的投资项目叫作“借鉴新加坡经济发展和公共行政管理经验”，简称“新加坡软件”，这是一种国家管理经验与形式的移植，李光耀提出的项目资金为200亿美金。

200亿美金！等于多少人民币？当时人民币对美元的比价在1∶8，等于是1600多亿人民币！如此大的一笔外资项目，在当时国际间的合作项目中不说是最大的，也是很有震撼力的！那么，新方到底出于什么样的目的要把资金投到中国呢？

苏州人当然想了解个明白，中国高层当然也想弄明白。虽然当时的形势比起南方谈话之前的国内情况有了很大的变化，但曾经喧嚣一时的“姓资姓社”和“卖国爱国”的争论仍在一部分人的脑子里或行动上留有痕迹，更何况新加坡如此大的一笔投资，有没有什么“阴谋”？有没有什么想搞垮中国的意图？苏州人暗暗窃喜项目可能落到自己手里的同时，又非常担心政治风险和国家安全风险。

最终的情报是：新加坡的开国之父李光耀在伊拉克侵略科威特后，他的国家危机意识变得非常强烈。他领导的人民行动党在那个时期几乎天天开会，结论是：如果没有特殊的防范意识和措施，新加坡绝对有可能成为第二个科威特。

“一个小国不能太富了。我们的钱不能都放在国内，应当向外寻求发展空间，否则新加坡就难有前途！”据说，李光耀在人民行动党的最高层发出如此振聋发聩的警告声，正是鉴于这样的危机意识，他们决定要将新加坡的发展模式“搬”出去。“搬”到哪儿？最后的结论是中国最理想。一是中国大，施展的空间无限。二是中国正在发展，回报率高。三是中国也有愿望——看中新加坡的管理经验与经济发展模式，领导层可靠。还有一条特别重要：中国与新加坡都是儒家文化，交流起来十分方便。

那么为什么选择苏南而不是其他地方呢？当时的情况是：东北和山东一带，韩国人和日本人插足了；广东和珠江三角洲，台湾人先上了。现在剩下最好的一块就是长江三角洲！再不插足，有可能被欧洲什么人捷足先登。上海地价太贵。苏州一带最理想，苏州人脉好，自然风光更不用说，关键的是苏州有深厚的文化底蕴和历史上的兴商、和商、亲商传统。李光耀和新加坡高层的思考结果基本鉴于上述原因。

苏州人心里有数了，中国高层领导更明白了：新加坡和李光耀没有“阴谋”，只有寻求救国的“阳谋”和与中国友好共存的强烈愿望。

值得一干！不干是傻子！

这是东亚两个文化背景十分接近的国家的亲密合作，是“亲戚”间的事，其他国家难受也没有用。为此，李光耀和新加坡在 13 亿中国人心目中一直是最值得信赖的国际朋友和友好国家之一。

第 13 章　不叫“镇”，叫“园区”，英文缩写“SIP”

1993 年，对苏州人来说，是改革开放后的一个非常忙碌的年份，总是处在那种激动人心的兴奋之中。这一年，为了中新合作的这个大项目，江苏省领导也被牵进了忙碌之中，最忙碌的人之一要算时任江苏省委书记兼省长的陈焕友。

5 月，李光耀先生按照预定计划，应邀访问苏州，这也是新方正式确定在苏州项目落实的关键时刻。毫无疑问，李光耀到苏州，作为江苏省主要负责人的陈焕友同志必须出面接待。

陈省长忙啊，5 月 10 日，江苏省在香港有个赴港贸易洽谈会开幕式，知名人士李嘉诚、邵逸夫、霍英东等香港大亨都要到场。没有这些大亨到场，江苏省赴港的经贸洽谈会就要逊色不少，所以陈焕友省长也一定要参加。但同时李光耀又要到苏州，假如新加坡在苏州投资的这块“肥肉”一旦丢了，那真成了“历史性的罪人”！陈焕友无法分身，只好想法把香港的事搁一下，但又觉不妥，所以只好采取了先专程到香港一一到贵宾家里登门说明并表达歉意的方法，再派刚上任的副省长王荣炳代他出席开幕式。陈焕友以为这样可以顺利地在10号到苏州接待李光耀一行。哪知中央又向他发出紧急通知：江泽民总书记10日上午在上海召开华东六省一市书记、省（市）长座谈会。陈焕友只能这样安排，9号夜里从香港飞达上海，第二天在会场向江泽民总书记请假，说是要回苏州接待李光耀一行。江泽民总书记表示同意陈焕友的请假，并要陈代他向李光耀先生问好，另希望把苏州与李光耀会谈的情况及时报告。

“陈省长啊！见到你真高兴！”11日早晨，李光耀在苏州竹辉饭店的花园里见陈焕友疾步走来，便高兴地上前与他握手。当陈焕友说明情况，向李资政和王鼎昌表示歉意时，李光耀开心地再次握着他的手说：“陈省长是个讲信誉的人，辛苦了，我们感谢你。”

早餐后，就是正式的会谈。中方除了陈焕友等省领导外，就是苏州的同志了。在这一天会谈之后，苏州市政府和新加坡劳工基金（国际）公司签订了一个合作协议，也就是苏州工业园区的最初合作签约文件。苏州市委书记王敏生、市长章新胜等出席签字仪式。中新合作此时早已引起外界关注，尤其是新闻界的记者们等不及了，他们希望在第一时间发布新闻。但陈焕友有些顾虑，这么大的一个项目，虽然李光耀对要投资200亿美金一事说得非常明确而坚定，可毕竟是意向性的事，所以陈焕友建议新闻界暂时不要报道，而且即使200亿美元的投资能够落实，也得经中央批准才能展开工作，当时国家是有规定的，对外合作满几千万美元的外国投资项目必须经中央批准后才能实施，更何况现在说的是200亿！

“我同意陈省长的意见，新闻界暂时不要说这事。”李光耀认为陈省长考虑周全。

谁料就在当晚，一位中方记者向香港报纸发了一则消息：新加坡内阁资政李光耀与江苏省省长陈焕友在苏州签订了一个200亿美元的大项目。消息一经披露，在国内外立即引起震动。陈焕友气不打一处来，因为一是他在签约现场专门对新闻界的记者们提出了保密要求，可是有人竟不听“招呼”；二是还有一个更深层的原因：1988 年，当时刚成立的海南省在洋浦半岛那里划了一个开发区，由香港熊谷组公司独资对外招商；这是新中国建国以来第一次引进外资进行成片土地开发的项目，不料正在操作时就让外界炒作成“海南出卖国土”的新闻，结果最后把这个项目炒黄了。陈焕友不能不担心类似的事在苏州发生，而且新加坡在苏州投资 200 亿美元的项目，无论从哪方面看都要比当年海南洋浦的外资项目大得多，且苏州是中国腹地、中国最好的腹地之一，一旦这也被说成是“出卖国土”，那麻烦肯定会大得出乎想象。

陈省长担心，李光耀等新加坡人也怕事情会被搅黄了。苏州人更不用说，一旦这么大的项目落空了，到时哭干眼泪也难于弥补。

但记者不理官员们这一套，他们潇洒地敲着电脑，一次点击，就把一件天大的新闻捅到了全世界。

中新合作项目从此公布于世，苏州人和新加坡人全被亮到了世人面前。成败皆在别人的注目之中……

项目太大，光靠苏州人扛不住。于是陈焕友在李光耀他们与苏州人签约后，当天下午就向总书记发了传真汇报。前几日，李光耀到北京，一位国家领导人接见他时，李光耀曾向这位领导人征求意见：到底是放在山东，还是上海？是放在无锡，还是苏州？这位领导人笑笑说，我作为中国领导人不便明讲，因为手心手背都是肉，但如果你征求我的意见，作为个人，我认为放在苏州好，因为那里的劳动力素质比较高，中国历史上的状元、举人出在那里的比较多，而且苏州靠近上海，交通方便。李光耀就笑了，说：我想的跟您想的一样。我们就定苏州了！

王敏生书记和章新胜市长等后来听到这位领导人的这一“手心手背”之说后，格外高兴和振奋，因为在关于中新合作项目的激烈竞争中，苏州是最后的赢家，苏州的竞争胜利体现在软实力上！

天堂苏州，你被人爱就爱在这一点上！但苏州还需努力，时代发展了，20 世纪后期的中国和世界格局已经呈现全新的时代特征，光靠先人留下的那点历史文明及老天赐给的“小桥流水”风情是远远不够的。

苏州人也意识到了这一点，所以他们对中新合作项目的渴望超过了所有的期待。至少这种渴望与期待在当时是这样的。

200 亿美元哪！不就等于重新造一个“洋苏州”嘛！苏州人躲在被窝里想想也会乐出声来！

“与新加坡的合作，我是支持的。”时任总理的李鹏对江苏和苏州的同志这样说。

时任中央政治局常委、副总理的朱镕基也十分关注和支持中新合作项目。当陈焕友省长向他汇报，希望请中央有关部委协助这一项目时，朱副总理马上指定国务院特区办主任胡平当苏州与新加坡谈判的“顾问”。

时任副总理的李岚清和外贸部部长吴仪更是坚定而有力的支持者。

这年 10 月，当陈焕友率团赴新加坡访问时，正逢省级领导集中到中央党校参加学习《邓小平文选·第三卷》的学习班，胡锦涛同志听说陈焕友要到新加坡谈中新合作项目，马上“特例”同意了。

此次中方赴新谈判的代表团很庞大，除了中央和江苏省的领导外，苏州市主要领导也都去了，并且组成几个工作组。

代表团刚到新加坡，南京就发生了一场特大火灾，是金陵石化南京炼油厂储油罐发生爆炸。在省里主持工作的孙家正副书记向远在新加坡的陈焕友报告后，陈焕友急得不行，走也不是留也不是，最后只好直接给总理打电话。总理说，你留在新加坡吧，我派同志去处理南京火灾的事。

“焕友同志，南京炼油厂的大火扑灭了。你安心在新加坡谈判，签了字再回来吧！”不日，在南京指挥灭火的罗干同志打电话给陈焕友。

“谢谢，谢谢中央！谢谢中央对江苏工作的支持，谢谢对苏州这个项目的支持！”陈焕友一听罗干的话，眼里的泪珠在滚动。

在新加坡参加谈判的苏州人听说这事后，无不感动。“可以这样说，苏州工业园区建设的每一个步骤和日后的成功，都渗透了中央领导的亲切关怀和特殊关注。现在被世界上许多国家移植去的苏州园区经验，假如没有中央的直接支持和关心，那是不可想象的事。”曾任苏州市政协主席的“老园区人”王金华不止一次动情地说。

当时被章新胜市长“点将”到园区搞筹备的吴克铨是此次苏州赴新加坡谈判的成员，他兼任了商务谈判组的负责人之一，他对这次“艰难的谈判”记忆犹新。

“我们当时并不太懂得新加坡李光耀先生他们的真实意图，说实话，开始时我们看中的是比较简单的200亿美元外资投入数目，而并不十分了解李光耀他们所看重的新加坡‘软件移植’这东西。”吴克铨在接受我采访时曾坦言道。

那么新加坡人到底要在苏州搞什么东西呢？苏州人后来才慢慢弄明白，等弄明白之后，他们才真正觉得新加坡确实有不少好东西值得刚刚起步的中国学习。

“大胆吸收和借鉴人类社会创造的一切文明成果，吸收和借鉴当今世界各国包括资本主义发达国家的一切反映现代化生产规律的先进经营管理方式、管理方法，是中国现代化建设的重要任务之一。”邓小平在南方讲话中的这段话，对苏州人来说，有着特别的亲切体会。

其实，李光耀在中方代表团赴新加坡谈判的过程中，已经意识到中方人员一开始对他心目中的合作内容与真实意图有所误解，这也是根本的一点：到底你们看中的是我们的200亿美元投资，还是我们的新加坡经验。

正是因为某些理解和认识的不一致，中新谈判人员的谈判也曾几度出现激烈交锋、拉锯式的场面。

先说说关于合作项目的名称吧。

中方认为你出钱，我划地，不就是一个比昆山“自费开发区”更大的合资项目嘛！那就应该叫“苏州开发区”！

新加坡不同意，说新加坡有个开发区叫“裕廊工业镇”，它办得非常成功，我们就是想把“裕廊工业镇”的模式搬到你们苏州去办，应该叫“苏州工业镇”。

苏州人马上说不行，认为，中国的镇太多，而且“镇”在中国是个行政单位，区区小镇，何以正名？

消息传出还引来一大堆非议。有人说，苏州是想割一块地，做新加坡的“殖民地”了，现在是“镇”，将来是“县”，最后苏州就真正成了新加坡的殖民地了！

这话也传到了李光耀的耳里。李光耀赶紧说明：“我一个小国，哪有资格在你们中国建殖民地？你们想错了！”

想错不要紧，问题的关键是这个合作项目到底叫什么名称。非常重要，没有合适的名分，在中国做起事来是会有麻烦的。

于是中新双方专家们一来一回，屡次交涉，最后达成共识，称为“园区”吧！这样的好处是既非用惯了的“开发区”，又非“镇”一类的行政区域概念。“园区”可以成为一种比较贴切的经济地域概念，更重要的是可以把新加坡、李光耀他们的管理模式和管理经验的“软件移植”相对应起来并涵盖在其中。园区嘛，可以是经济开发区一类的实质性的工业与经济的内容，又可以是独立的具有特色的社会型区域。

“很好，就叫‘园区’吧！”据说这“园区”还是中国最高层拍板认可的。“苏州工业园区”从此正式被确定为中新合作项目的名称，它的英文名字为：Suzhou Industry Park，简称“SIP”。

现在全世界都知道“SIP”。

那么李光耀一向强调和主张的新加坡“软件”到底是些什么内容呢？当时的苏州人，包括中国高层和专家们并不十分清楚，或者说仅仅有个模糊概念。其实在邓小平访问新加坡时就已经意识到这个新加坡“软件”的内涵了，他用直率的话讲，就是作为资本主义市场经济占主导的新加坡“管理得好”。一个“管”字，而且是“严管”，这就是李光耀和新加坡经营的“国家软件”的核心与实质。中国改革开放，要走哪一条路，这是极为看重的事。他在 20 世纪 70 年代末和 80 年代初，不顾年迈，亲自多次赴西方发达国家考察访问，亲身感受和体会发达资本主义国家成功经验与社会发展现实，从中得出了中国也可以搞市场经济和必须走中国特色的社会主义道路的结论。1978 年，邓小平访问新加坡，这是他一生中第二次到这个岛国，第一次是他年轻时留法途中经过，那时的新加坡也很落后。可到了 1978 年时，邓小平对新加坡的现代化水平和管理国家的水准，暗暗吃惊。于是在比较之中，邓小平选择了新加坡发展模式作为中国发展现代化的样板。而出于自身国家利益考虑并和中国有着传统友谊及同种族文化的新加坡也选择了中国，选择了中国的苏州。

“SIP”使这两国的共同选择有了一个将梦想变成现实的可能。

然而，苏州人与新加坡人初始为了达成这个“软件”的共识，曾颇费周折。比如关于“园区”到底是个什么样，中国人心里没底。于是新加坡人动用了10万美元搞了三个模型，中国这边看来看去，不知敲定哪一种。后来由邓小平过问，最后是通过邓小平的公子邓朴方以中国残联名义访问新加坡时将此事确定下来的。

合作进入实质阶段后，双方在理解和共识上的差异与融合就更复杂了。

新加坡人对苏州人说，你们必须在一两个月内将70平方公里面积的“园区”内的情况尽快搞清楚。

“一两个月？这怎么可能？仅测量也得用一年时间呀！”商务谈判成员之一的周志方，曾经当过苏州市区的建委主任，搞过规划工作，知道要弄清70平方公里面积内的情况是个啥概念，更何况金鸡湖那片湖塘密布的烂地方，按中国当时的测量水平也真得用一年半载的时间方可弄出一份新加坡人要的材料。

“这你们不用着急，我们有先进设备。”新加坡人对苏州人说。后来他们真做到了，也就45天左右的时间，把70平方公里内的情况弄得一清二楚，而且绘出了1000多张各种情况的数据图。三月菜花开的时候来的，五月就完工了。苏州人打心眼里看到了什么叫先进生产力和运作能力，并且从心里敬佩新加坡人。

关于“软件”问题，也是中新谈判最核心和最重要的部分。这是国家与国家之间的事，因为它涉及两个不同背景和不同制度的国家之间的相关问题。新加坡人说的“软件”其实包括了三个层次。第一个层次主要体现在城市发展的近期和远期规划、土地的开发利用、基础设施和生活服务设施的建设和管理、环境的治理和保护、信息的收集处理和应用、投资的宣传、网络组织、营销方式、鼓励措施等，属于一般经济管理的范畴，是建设一个国际化现代园区所必需的，这是完全可以引进的。第二个层次主要是新加坡裕廊工业镇调控市场的经验，以及促使企业在经济活动中有序竞争、相互合作、和谐统一的做法，属于经济体制改革范畴，引进也是可行的。第三个层次主要指立法、执法和廉政肃贪，以及文化、教育等方面的经验和做法，这可以部分地吸收。新加坡方面认为既然我们是“移植软件”，那就得按新加坡的做法来操作园区。苏州人哪敢随便答应——当时非常敏感的一件事一直绷在苏州人的脑子里，即主权问题。

一位中央领导在听取关于苏州与新加坡谈这个园区合作项目时曾说过这样的话：除了主权，其他的都可以谈。言外之意，你们跟新加坡人谈合作什么都可以，就是不能出现任何有损中国主权的哪怕是一点点这方面的问题。

苏州人明白：国与国之间，尤其是社会主义国家与资本主义国家之间，哪有纯粹的经济问题！即使是经济问题，也可能涉及政治与主权问题，更何况，新加坡“软件”内容中，有关社会、文化和教育等，都是十分具体而细密的，这里面的麻烦多了！

“什么？软件？把他们资本主义的那一套全部搬过来就叫软件？哼，你们苏州人可要小心哟！”在北京，苏州人向有关方面介绍和征求意见时，得到的这样的疑问甚至是质问，并非少数，有些话在当时让人听后真会背冒冷汗。

为了专门应对新加坡的“软件”移植，当时苏州市政府在园区筹备组下面设了一个“借鉴办”。牌子挂在那里，一位北京来的领导见后，瞪着眼睛，说，什么狗屁牌子！

苏州人见状，不知该说什么。

“借鉴办”的牌子虽然没摘，但几经风雨飘摇。

1993 年，对苏州市委、市政府来说，为了这工业园区建设，一方面要与新加坡方面讨价还价，一方面要跟国内来自多方的不理解与反对声进行解释甚至是斗争，正可谓内外夹攻、左右挤压。但市委、市政府在中央和省委的领导与支持下，始终没有动摇过。“只是那种风雨交加的日子非常艰难，如果不是为了苏州现代化建设和子孙后代的幸福，当时我们真的想撂挑子。”一位苏州“老园区”人这样对我说。

“与新加坡谈判首先碰到的是三块硬骨头，即：基础设施、土地价格和公共管理。这三样东西必须是我们这边要完成的，谈了一次又一次，就是谈不拢，”吴克铨说，“当时我已经62岁了，本来在完成章新胜市长交代的接待好李光耀等新加坡客人的任务后，就不想再具体参与园区的筹备工作了。可就是因为上面这些事谈判非常艰难，主要原因是中国当时的国情、社情不允许我们步子一下子迈得那么大，可人家新加坡人不干，他说他们的‘软件’就是需要一步到位，所以市委后来决定，从各机关抽调14个人组成工业园区筹备委员会，市长亲自挂帅，我是负责人之一。”

这是市委的决定。

当吴克铨得知这事后，找到章新胜市长，说什么也不愿干了。“没啥理由，就是年纪大了，让年轻人干吧！”吴克铨对市长说。

章新胜摇头，说：“你老吴那点心思我明白，你是不想这么一把年纪再惹一身骚味。不行，你不干谁干？光靠我市长‘光杆司令’一人？再说，你是我在李光耀面前推荐的人，而且也是经李资政点头的，你不干谁干！”章新胜与吴克铨一起搞“开发区”搞出感情来了，他就是不放这位“昆山开发王”。

吴克铨没有办法，只好说：“那我就分管‘软件’吧，最多干三年。”

章新胜笑了，拍拍他的肩膀：“行，就三年，‘软件’这一块全交给你了！”

第 14 章“软件”——闪烁东西方文明精神的灵魂与光芒

在今天，每一个来到苏州工业园区所感受、看到的一切及由此透出的文化与文明水准的人，都会很自然地得出结论：这样的园区中国少有，世界少有。也就是说，这里的自然环境与现代化工业之间的那种和谐与平衡关系，被安排得如此协调、统一，或者说完美有序，这都是在其他地方很难看得到的，再加上惊人的经济发展速度与所取得的超乎想象的效益，你无法不为之惊叹和由衷钦佩。

关于苏州工业园区现在的样子，如果我不做描绘也许很多读者会感到失望，然而如果我仅白描式地勾勒几笔又感到很对不起那些十几年在此辛苦耕耘的建设者们的那份创造力和汗水，尤其是对不起李光耀和新加坡人——因为在他们心目中，苏州工业园区就是新加坡的形象，但我似乎又不便在本文中做过多的渲染式描述，原因是我想给广大读者留些期待和空间，并且建议你有机会到苏州旅游的时候一定要去园区走一走、看一看，那里的一景一物远比我笔下描绘的要精彩得多……

我在这里想告诉读者的是，苏州工业园区有今天这个样子，是李光耀和新加坡人所期待的结果，也是李光耀和新加坡人一向引以为自豪的新加坡“软件”的魅力所在。

新加坡管理模式的成功点和闪光点，皆在苏州工业园区得以展示与体现。难怪李光耀在国际场所总是拿“SIP”说事。他曾夸耀说，中国苏州工业园区是新加坡精神与管理模式“青出于蓝”的成果。然而，苏州人为了能够把这新加坡“软件”成功移植，并实现所要求的“比他们还要好”的目标，与新加坡人共同付出了巨大的艰辛与努力……

“当时金鸡湖这一片区域，都是坑坑洼洼的地方，‘十年九涝，划船扬不了帆，走路五分钟就要拐弯’，意思是说：湖塘多但都大大小小不成规则，道路更不成样子。新加坡人偏看中这样一块地，并且说要在这样一块土地上建设起世界上最现代化的新型工业城市。我们虽然是园区筹备组的成员，但当时确实不太相信这种可能。我们私下里还议论说：原来新加坡人比我们中国人还要‘左’啊！也有人说，反正钱是他们新加坡资本家的，用他们的钱我们不心疼。道理很简单：就是不相信这个不被我们苏州人看好的地方会在新加坡人的雄心壮志下搞出个新天地来。可后来证明是我们错了……”一位“老园区”人感慨地说。

根据初步协议确定的“SIP”方案是：最先启动开发的是8平方公里，中期合作开发的是70平方公里。按照新加坡的“软件”模式，这70平方公里面积在正式招商引资和开发建设前，必须将地下设施一步到位地建好，而且是按照世界最先进的现代化先进工业城市的标准“一步到位”。

什么叫“一步到位”？简单说：道路、环境、消防、通信、污水处理、地面绿化，等等，在外商进入园区时必须都按世界现代化工业城市最先进的条件给配备好了！

因为没有钱，习惯了“边规划、边建设”的中国人，哪见过这种干法！

但新加坡人说，这就是我们的“软件”精神——地下设施必须走在地面建设前面，而且要求地下设施“百年不落后”。

开始苏州人不理解为什么非得这样做。事过十几年后再回头看看今天的园区发展，现在的苏州人，没有不佩服新加坡的这一“软件”之高明——一步到位后，避免了无数重复建设所带来的成倍增加的成本和效益降低的恶性循环。

“最让我深切感受新加坡‘软件’理念精神的是，他们提出要让 70 平方公里面积的园区，能够有对百年一遇洪涝的防淹能力。就是说，要把 70 平方公里的整个园区填高 70 厘米。我们当时听了没一个人相信！这怎么可能嘛！不说 70 平方公里，就是首期开发的 8 平方公里，不说那些湖塘怎么个填法，就是本身地势低洼的地面上再填高一米，8 平方公里要花多少钱知道吗？当时填一方土是 8 美元，8 平方公里就是 4 亿美元！ 4 亿美元，等于 30 多亿人民币。什么都没干，光平整地面，就一下花 30 多亿元人民币。我们当时想，根本不可能。而且有的专家还说，我们苏州从伍子胥建城那天起，就是用的围塘筑堤挡洪水的办法，苏州城不也走过了 2500 多年的历史嘛！但园区现在是中新两国共同建设的，尤其是说好了要用新加坡的“软件”来管理和经营，所以必须按新加坡人说的去做。也就是说必须填土，把所有那些低洼地、烂河塘和大大小小的湖泊都填到能抵御百年一遇的洪涝。”周志方现在谈起当时的情形，感触很深。“当填土大战开始后，整个苏州市周围的道路上不分昼夜地有几百辆拉土车子在跑，满城尘土飞扬。老百姓把我们骂得狗血喷头，因为确实给大家的生活带来很多不便。但园区建设的战车已经启动，必须朝前走，而且新加坡人的时间观念特别强，谁耽误了就得赔大钱！再说那些钱中有我们中国人的、有我们苏州人的，谁也不愿白白浪费。拉土的车子都是陕西出产的，车牌子是黄的，车身颜色是黄的，拉的土又是黄的，所以百姓说苏州现在了不得，满城都是‘三黄鸡’……我要说一句：苏州园区今天建设得那么好，当年苏州百姓是做出了牺牲的。我们应当感谢他们。”

苏州市民的牺牲精神换来了园区的美丽，无疑可以留在“洋苏州”的建设史册里。

仅用一个多月的时间，首期开发的 8 平方公里的填土工程顺利完成。1998 年，江南真的来了一次百年不遇的大洪水，当时常州、无锡等苏南一带几乎全都成了一片汪洋。江泽民总书记在飞机上往下看时，突然发现汪洋之中有一片绿地，问随行人员那是什么地方？当有人回答说那是新建的苏州工业园区时，江泽民欣喜地说，我要到那里去看看。后来他真的来到园区，并且感叹道：看来新加坡李光耀他们的许多建设理念是很值得我们学习的。

苏州工业园区后来开发的 70 平方公里面积土地，都按这个模式，将原本低洼烂湖之地，填得高高的，如同江南大地上挺起的一块坚强而雄健的胸肌，充满了力量与生机。据说现在国内许多地方将苏州工业园区这种在地面建设之前、先把地下工程“一步到位”的开发经验都运用到自己的开发区建设上。“规划就是法”，这话拿到一般的行政区域和城市来说，听起来似乎有些异想天开。这是因为中国不少地方的建设，领导的意见远比“规划”和计划要来得快，也改得快，所以各种建设不按规划和计划办事而是按长官意志执行的事太多，也太“常规”了。但在苏州工业园区，“规划就是法”，如一条不可更改的定律。你再大的官，或者官改任得再多，已经规划好的东西想改是不可能的。比如开发之初中新双方立下的“先规划，后建设”、“先地下，后地上”这些建园的基本原则，无论你苏州领导换了多少回，谁也别想轻易改动一下园区发展总体规划上已经定的事，哪怕是一条路、一棵树、一根电杆的改动，市长都没这权力。

“一张蓝图绘到底，使规划效益成为园区最大效益，是我们的重要经验之一。”王金华谈起这一问题，双目闪光，“我们接手时，整个园区在账面上是严重负债的，但新加坡人给我们留了一笔巨大的资产，就是已经规划好和正在建设着的园区蓝图，这个蓝图包含了极高的预期效益，我们后来能够通过土地置换成资产并有效投资，从而实现资本的成功运作，靠的就是园区一步到位的规划蓝图。”

在眼下，苏州工业园区内的几十平方公里工业用地区，已经入驻了3000多家跨国企业，其中世界500强企业投资的就有79家，共126个项目，但你却丝毫感觉不到园区内有一般工厂企业所难免的那种嘈杂与污染的景象，相反你看到的是一幢幢掩映在樟园、枫林、桂丛和荷塘之间的花园式的高雅建筑，这就是规划蓝图的功劳。现在，整个园区已通过国际ISO14001环境质量体系的认证，苏州工业园区率先成为国家级生态工业示范园区和循环经济试点园区。

“基础设施建设的高标准，是园区规划经得起时间考验的主要原因之一。”参与早期园区建设的人告诉我，在园区工程启动之前，中新双方的专家就全面制定了各项基础设施的专业规划，在国内率先实行了高标准的“九通一平”。“九通”即道路、供电、供水、排水、排污、燃气、供热、通信、有线电视的全通，“一平”就是土地填高平整。其“九通一平”的标准即使放在发达国家也毫不逊色。

李光耀曾经颇为得意地向人夸耀过：“我们的软件其实在很多方面是建立在硬件之上的。”

有一家投资1.5亿美元的外企，到园区落户建厂院时，曾要求在大门前的绿化带上开一个出入口，因理由不足未被园区批准，但这并未影响该企业对园区管理的赞赏，他们说：“园区的开发建设规划做得非常好，我们五年前拿到的发展蓝图和后来拿到的现状图纸非常接近。”

这种规划就是法，法就是不能随意改的“软件”管理模式，所实现的结果常常是很硬性的，所产生的效应也是可想而知的。

“软件”不软。这是苏州人在学习和移植新加坡管理与经营过程中感受深切的一个重要方面。

“但我们中国人、我们苏州人也有很多让新加坡人感动的‘软件’，”亲身经历了园区初期建设全过程的吴克铨说，“刚与新加坡合作时，他们对我们中国人的工作效率总是持怀疑态度，所以初步签订协议后，就一直在观察我们的工作。是我们后来用自己的行动让他们相信我们中国人、我们苏州人是值得信赖的，并且是最讲究效率的，尤其是我们的艰苦奋斗精神，让他们深切感到我们中国人的‘软件’也是非常了不起的。”

在园区，我听到这样的故事很多，而且每一个故事都让我极为感动——这就是苏州人的创造与创新。话得从建设园区之前和初始说起。

一个城市的成长其实与一个人的成长差不多，在起步的时候通常也会被一些最简单的事弄得焦头烂额，有些甚至放不到台面上。我们知道，让新加坡人帮助办工业园区，是因为我们中国人除了没经验外，最主要的是没钱。但当园区建设一上马，人家新加坡人干什么都是按美元或新元付酬的。可苏州人不能，即使已经明确是筹备组成员的那 14 个“园区元老”，他们也还只能拿原来的工资。

“按照双方的协议，新方的律师每一个字一元新币——一元新币是 5 元人民币，可我们中方律师只能拿‘基本工资’。新方人员加班，可以拿双倍甚至更多的薪金，但我们苏州人加班加点一般给一个面包，或者一包方便面。园区筹备组成立时，连一间办公室都没有，开始借了市政府老干部活动室，后来人家有意见，我们只得搬出来。好在财政局支持，我们从他们那里借了 100 万元作为园区筹备组的筹备经费。筹备组既然已经开始工作了，总得有个地方办公吧！为了省钱，我们在金鸡湖旁找了一个闲置的度假村租用了几间房子，算作‘根据地’，这还是通过章市长与郊区书记的交情才算有个着落。现在留在新加坡的苏州工业园区开发史料中有一张照片就是当年我们筹备组办公的旧房子。办公总算临时有了一个地方，但那时的金鸡湖一带，几里路内找不到几户人家，我们工作人员吃饭、喝水都成了问题。最后全部靠外包送大锅饭才解决了我们的难处，所以后来有同志总结说我们苏州工业园区筹备时是靠四个桶起家的：一只盛汤的桶，一只盛饭的桶，一只装菜的桶，还有就是我们这些整天泡在外面晒得黑乎乎的‘肉桶’……”吴克铨回忆说。

“中新成立联合公司后，我出任行政总经理。为了显示我们中国人的同等尊严，我们要求参加联合公司的中方人员也应该与新方雇员拿一样的薪水。后来这虽然争取到了，我这个行政总经理的工资每月是 11 万人民币。可我们自己清楚，这是名誉工资，我拿回来的钱是到不了我手的，实际上还是拿原来的一个月 2500 元。但我们并不觉得有什么亏，因为所有参加园区建设的同志心里都明白：我们是在为苏州、为中国做一件前人从未做过的大事。奉献是我们的全部责任！”周志方说。

当然，后来在园区工作的同志待遇相对提高了一些，但与新方人员相比，仍然是工资上的“一国两制”，远远比不上他们，可即使这样，市里机关的不少人难免有些眼红，因为在他们眼里，那些在园区没日没夜工作的人如果没有高工资、好待遇，怎么可能拼了命在为“资本家”干活呢？

针对这种议论，时任市委书记杨晓堂有次在干部大会上很严肃地讲：“你们不要老盯着他们的待遇，你们有没有想过两个问题：一是他们才多少人，知道他们一个人要干几个人的活吗？二是他们为我们苏州创造了多少

GDP？多少财政收入？再说，把他们这些人拉下来，对我们这些人、对整个苏州有什么好处？”杨晓堂这么一说，以后就基本上再没有人提这样的事了，倒是园区人那种奉献精神、拼命工作的事常常传到市机关和市民耳中。而最根本的是，人们从昔日那片烂湖死塘的金鸡湖旁看到每天都在发生的变化。这变化真的是日新月异，气象万千，而且带出来的是具有世界最先进的管理模式与全球化新经济色彩的时代浪潮……于是往日的那种怀疑，甚至是幸灾乐祸的心态，化作了新鲜、欣喜、感动和主动关心园区大建设的热情。

新加坡的“软件”确实有其非常科学的独到之处，是当代世界最先进的经营管理与现代化城市运营的代表。不说首期 8 平方公里和后来的 70 平方公里烂湖河塘的低洼地统统填高几十厘米的巨大填土工程，不说负责规划的专家在考虑一个路灯的样式时要向全世界灯业设计界进行招标，单就水、电、线、管……那些烦琐复杂的地下工程，他们可以做到一次成功、几十年后可以不再需要“开膛剖肚”的完美和超前规划设计，让苏州和中国的同行们无不敬佩至极。

在地面工程和招商引资尚未见影子时，新方坚持要把一个投资数亿元的污水处理厂建起来，而且要求 70 平方公里开发区内的污水做到全部实现自流通畅。这样的标准和超前水平，在中国建设工程史上可以说是闻所未闻的，但苏州工业园区建设一开始就这样做。施工开始了，新加坡承包商们驾着巨型凿掘机，在 9 米深的地下飞旋凿进，而地面则毫发无损……苏州人看在眼里，感叹在心中：人家的“软件”其实是建立在硬件之上的，而这样的硬件是建立在科学理念的“软件”之上。

然而，苏州人在与新加坡合作建设园区的过程中，并非只有感叹和感慨，他们同样有许多值得骄傲的中国人自己的“软件”。

按照中新双方达成的协议，园区建设是由中新合资组成的“中新苏州工业园区开发有限公司（简称 CSSD）”运营的。当时这个 CSSD 公司，新方是大股东，占 65% 的股份，中方占 35% 股份。公司注册资金为 5000 万美元。新加坡国虽小，但人家是富国，而且私人出资的公司，该到账的 3250 万美元全是现金。

当时苏州没钱，按照注册公司 35% 的股份也应为 1 个多亿人民币。既然合资，就得共同出钱，而且外国人非常讲究注册资金的真实性。“我们的钱到账了，你们的钱也必须要到账。”新加坡人提出的这个要求合情合理。可把苏州人差点急出病来，为啥？没钱啊！

政府借给我们 100 万元筹备费后，剩下的都要我们自己想办法。可到哪儿去想办法呀？ 20 世纪 90 年代初，整个苏州各方面都在大发展、大建设，哪一块都在向政府伸手。我们园区是中新合资的，外人都知道是新加坡人出大钱，你还有什么理由再向政府伸手？拿土地顶嘛！有人说，不是已经划给你们几十平方公里土地了！新加坡人一听风声就急了：不行，土地是我们合作后共同的资源，现在是注册公司，怎么可以空账当股东？

“没辙，我们只好另想高招。关键时刻，还是市委、市政府重视，我记得是市长亲自召开专门会议，组织了我们本市的九个‘财团’来议事，最后还是银行说同意贷款，可银行贷给我们 1700 多万美元也还得走审批手续，这一走手续就麻烦了，没有几天怎么可能下得来呢？那日子难过啊！与新加坡进行了那么艰苦的谈判，现在总算走到了一起，要真干了，可假如我们第一笔注册资金都入不到账面上，那苏州还有啥信誉？中国还有啥信誉？正当我们走投无路、新加坡人则急于让我方把注册资金打到账号上时，出现了一个问题——公司名称还没有批下来，这钱是无法打到银行的，因为银行得有公司名称和账号呀！他们犯难了，就来找我。我一听心里就暗暗乐了，心想：这回我们也有救了！怎么个有救法呀？我对他们说，你那个‘中新苏州工业园区开发有限公司’是要到北京批的。他们问我，什么时候能批下来？我说没有一两个月恐怕批不下来。他们一听傻了，说怎么行？我说你们不用着急，在这一点上，你们也得用用我们的‘软件’。他们就十分认真地问我咋个‘软件’法？我就告诉他：我们不管公司成立不成立，先干起来再说，空等几个月哪能等得起嘛！新加坡人问：公司没成立咋个干法？我说：可以干，我们各家先准备一部分资金。他们又问：要多少？我说你们先弄个 1000 多万美金吧。他们答应了。我话这么说出去了，可我们这边自己没有钱呀！但我想出了一招是新加坡人并不知道的：因为公司没有正式批下来，所以我对他们说只能先搞个临时账号。搞个临时账号对我们来说并不困难，上自己的银行说一说就成了。于是新加坡人就把 1000 多万美元打进去了，这笔钱就作为付给中方买地的款。他们第一天把钱打进账号，我们又马上把这笔钱中的一部分再转到先前的那个临时账号上，这样不就成了我方的‘注册资金’了吗？于是我们马上通知新方说我们的款也到账了啊！新方账务人员到银行一查，可不，中方的资金也到位了，苏州人还是讲信誉的嘛！这是我第一次公开出来的一个秘密，它一方面可以看出我们当时办园区的艰难，二是也想说明之后我们再也没有失信过新方，双方合作自始至终都是讲诚信的……”吴克铨的这段故事耐人寻味，它让我们从另一个角度认识到苏州人的聪明才智和今天我们所看到的具有现代化一流水平的苏州工业园区也是从白手起家走过来的。许多情况下常常是事在人为。

据“老园区”人讲，当时苏州曾经希望能够得到中央的财政支持。有一次正逢当时主管经济的朱镕基副总理来苏州视察，苏州人想方设法从他那儿“套”点园区的启动资金。朱镕基是个要求特别高的大当家，他一听就板着脸告诉苏州人：“你们别动我的脑筋，国家计划会刚开完，几千亿元的财政已分光了。不过我有个主意，你们不妨试试：你们可以到银行去贷，年初贷，年底还，这样就可以不属于我们的国家计划‘盘子’内的钱。”苏州人一想：可不是！钱贷了，还没进国家预算！后来更让苏州人感到朱镕基这个“刀子嘴、豆腐心”的副总理的好，他在回到北京后很快给苏州特批了一亿元的园区启动资金。

还有一件事让苏州人不能忘记：后来随着园区迅速发展扩大，中新双方的合资公司越来越需要资金注入，中方的35%股份不是虚设的，得把属于你中方的那部分股份的真金白银划到账上呀！苏州人一次次冒虚汗。而在这个时候，中央和朱镕基、李岚清等国务院负责同志出面了，在他们的组织调度下，中国国内的大老板们纷纷进入了苏州工业园区，“中国财团”们踊跃认购中方股份中的股份，甚至连中央电视台也有了苏州工业园区的股份……

园区首期开发的是8平方公里，主开发区是70平方公里，最后的园区面积达到288平方公里（其中中新合作开发区扩大到80平方公里）。按照中新合作协议规定，中方交给CSSD公司运作的园区土地，必须是“零”移交的。所谓“零”移交，就是在所有准备开发的土地上，你苏州人不能留下任何影响我开发与招商的一切有代价的物体，说得更直接一点，你苏州既然把土地给了我们，我们在这里开发招商时，你们不能有一点点诸如安置农民、房屋拆迁之类的破事留下尾巴，否则都是属于违反两国协议的行为。国际间的违协是要付出沉重代价的，苏州人清楚这一点，关键还有一个问题是：新加坡人也在看我们中国人，看我们改革开放后的中国人讲不讲信誉，中国政府有没有强有力的执政能力。

这既是一项实实在在的工作，又是一个关系到党和国家形象的问题，苏州人哪敢怠慢。然而谁都知道：随着经济建设的不断广泛、全面地展开，工业和城镇建设用地上的居民安置和房屋拆迁问题，是个最令人头痛的问题。这涉及千千万万百姓的利益，没有人敢在这一问题上拍胸脯。

苏州工业园区建设中的居民安置和房屋拆迁工作是做得相当细致与周到的，十几年来安置了二三十万各类居民，在我走访的那些“园民”中，他们现在的日子都过得非常安定与祥和幸福，园区带给他们的福利和社会保障也比一般的市民要好，在园区内基本上实现了零待业。但当时在拆迁房屋和安置区域内的农民和居民时不是没有矛盾，是苏州政府及园区建设规划时的政策得当，加上工作细致，才有了好的结果。不过当时园区涉及取消几个镇的行政编制和需要从别人身上“割肉”时，阻力也不小。

第一个反对的自然是“地主”——当时还没有合并到苏州市区的吴县，现在已经一分为二，并入苏州市区，成为苏州市区的相城区和吴中区。工业园区初建时，吴县还是苏州的“六虎”之一，位居全国百强县前列。工业园区要把几百平方公里的面积划走，吴县人肯定心疼。其实就是在苏州市里也有人对上面这事不投赞成票。1993 年 11 月，经过江苏省省长办公会议定下的将吴县 4 个镇加当时的苏州郊区娄葑乡一起划归苏州工业园区的文件发到苏州后，反对的和赞成的势均力敌。这事连省里都急了。1994 年春节刚过，省委书记、省长一肩挑的陈焕友带了 20 多位省厅局以上干部，专门来到苏州坐镇现场办公。先是做市里的工作，市里思想统一后又马上赶到吴县，省里几位大员亲自找吴县的书记、县长开会，当面问他们二人：对省政府的决定执行还是不执行？那架势确实有些你不同意也得同意的味道。结果自然是“坚决服从省委、省政府的决定”。

那天我在园区采访时正好路过园区内的“城市广场”，于是就顺着湖边的湖滨大道走了半小时。在这半小时中，我真的有一种进入了天堂的感觉，我甚至有些怀疑这是否真的就是我的家乡苏州。因为它实在太美丽，美丽得完美无缺——那宽阔的沿湖大道，各种名贵树木和绿地毯一般的绿地，无数别致、充满水乡风情与现代化的装饰景致，以及碧波荡漾、白鹭戏水的湖面和停泊在岸边的一艘艘银色游艇，还有那些欢笑、奔跑与玩耍的孩童……那一刻，我真想留下不走，尽享优美动人的景物和倾听从花卉音箱内发出的悠扬而柔软的家乡评弹……

这是现在的苏州工业园区的一角。这样的美景在园区内到处都是。而置身于这样的人间仙境，你想象不出这样的地方，竟然就是每天能够实现亿元 GDP、创造 1 亿元财政收入的中国最先进发达的现代化工业基地！

这就是李光耀先生和新加坡人构想与移植至中国的“软件”，也是我们苏州人、我们中国人成功移植并再度创造的中国式现代化工业园区。

第 15 章　国家亮绿灯：不特有特，特中有特

从新加坡李光耀资政明确表态要在中国苏州建立新加坡“工业园区”的那一刻起，全世界都在关注这一项目，而作为亚洲资本主义发达国家之一的新加坡其实也极其高度地关注着中国政府和苏州人的行动。从 1993 年起，只要中方和新方领导人见面，都会很自然地谈到苏州工业园区的事。根据协议，中新两国政府特别为苏州工业园区建立了一个协调理事会，理事会主席分别由中新双方各一位副总理担任，中国的第一任理事会主席是国务院副总理李岚清，新加坡的第一任理事会主席是副总理李显龙。中方的理事成员是时任国务院副秘书长何椿霖、国务院特区办主任胡平和国家计委副主任甘子玉、国家经委副主任杨昌基、财政部副部长项怀诚、外经贸部副部长郑斯林、中国人民银行副行长戴相龙和江苏省副省长王荣炳及苏州市市长章新胜。新加坡方面的理事成员则是贸工部部长、国家发展部部长、财政部部长、劳工部部长、新加坡驻华大使等。如此阵营，足见中新两国对这一项目的重视。而这一切，在苏州人看来，不但体现了党和国家对苏州工业园区的关怀，同时也让苏州人深刻地体会到一个基本事实：如果不经主观的努力，

天上永远不会掉馅饼。

在移植新加坡“软件”过程中，东西方文化和法律与管理体制及机制上的问题与矛盾，几乎无处不在。如何处理和协调这些问题与矛盾，无时无刻不在考验着苏州人的能力和他们的思想解放程度。

然而人间的路有千万条，每个人都在走自己的路。一个地区、一个城市，也都在走自己的路，有的走捷径，有的上了弯道。走捷径的未必一定先到达目的地，而走弯路则影响一个地区或一个城市的历史进程。在行路的途中，有红灯，有绿灯；行走者都希望前面是绿灯，而常常是红灯在前阻隔着你的脚步。聪明者的智慧显示在自己的脚步总是恰到好处地踩在绿灯闪烁的那一刻，而这需要的是努力、韧性和超人的审时度势。

1994 年，是苏州工业园区正式成立的年份，而在这之前中新两国就像一对要结婚的恋人一样，双方从萌生好感，到碰出爱情火花，看似一帆风顺，然而到了真正要结合时，又扯出诸多事来，而为这些事，免不了有时还会争争吵吵，但这是“情人”之间的争吵，它是走向结合的“必经”插曲。毕竟中新两国一个是市场经济开放不久的社会主义国家，一个是已经进入富国行列的资本主义国家，这样一对原本“门户不当”的恋人要走到一起，并非那么容易。苏州人在此刻需要拿出恒心与耐心，更需要拿出诚意和热忱。然而毕竟两国的制度不一样，“洋媳妇”进门，你婆家人得把自己的庭院尽量布置得适合“洋媳妇”的习性，否则在美丽的婚床上也不会生产出苏州人期待的果实。

为这，苏州人苦下功夫，也可以说使出了超凡的努力。现在许多地方的同志特别羡慕苏州工业园区有一个国家给的特殊政策，这政策可用简单的一句话概括:不特有特，特中有特。这话听起来似乎别扭，但正是这八个字，让苏州人从国家政策层面获得了巨大的益处。

前文已述：1991年春节，邓小平在上海面对滔滔的黄浦江曾经说了一番感慨的话，意思是当年设计深圳等几个“经济特区”时，要是把上海的浦东一起划进去的话，对上海和整个长江三角洲将是巨大的推动。后来在邓小平和以江泽民为首的第三代中央领导的力主下，浦东赶上了新一拨的“特区”。之后全国各地都想效仿浦东期望中央给予“特区”待遇，于是引发了一轮“开发区”热潮，结果中央狠刹了一下。之后不仅严控“开发区”，而且从此不再有新的“特区”了。两三年之后，中新双方的合作又出现了一个新问题：苏州工业园区可不可以成为继浦东之后的再一个中国“特区”呢？中央的意见非常明确：不可能！

不“特”咋办？新加坡的“软件”移植到苏州，显然是需要中国政府拿出诸多特殊政策，而没有这些特殊政策，苏州人几乎寸步难行。

比如说，如果是特区，就会在税务方面有很多优惠政策。这一条直接影响到园区的生命旺盛力，后来苏州人从国家那儿争取到了“园区新增财政收入5年内（1994—1998）免除上缴”的政策。

比如关于审批工业用地问题，按照当时的国家规定，达到一定限度的招商工业用地，即使在园区范围，都必须报上级甚至是中央审批，但苏州后来到国家那儿争取到了比浦东还特别的政策。这项特殊政策让新加坡的李显龙特别高兴，有一次他听吴克铨介绍后，惊诧地问，你这么一说，我们园区每次只能批60公顷土地？吴克铨告诉他，没错。李显龙又问：那是不是我们每天可以批几次“60公顷”？吴克铨又答，是这个意思！李显龙于是大笑，连赞中国政府“太够意思”。

在项目管理上也是这样，国家规定对外商数额超大的项目都需要北京方面的批准，即使浦东也不例外，但国家对苏州工业园区的规定是：只要是符合国家对园区的政策要求的项目，园区自己就可以审批。

比如还有诸多涉外的事务，园区通过外交部得到了特殊的外事审批权，即园区内可以直接办理护照，商务出国想什么时候走就什么时候走，来去方便……

凡此种种，也就是所说的：你们苏州园区虽然不是特区，但不特有特，特中有特。意思是：你虽然不是浦东、深圳一类的特区，但却享受着许多特区的政策，而且你有的比特区还特。

正是这“不特有特，特中有特”的特殊政策，苏州工业园区才使新加坡的“软件”得以顺利地落户在美丽的金鸡湖畔。

所有这些“不特有特，特中有特”的政策，都体现在国务院 1994 年 2 月 11 日“‘关于开发苏州工业园区有关问题的批复’的国函〔1994〕9 号”文件之中。苏州人将其简称为“9 号文件”。

这个“9 号文件”来之不易，听当事人讲这个文件的形成过程令人难忘。

“这个‘9 号文件’形成之前是需要我们起草的，起草后提交国务院，在会议上正式审批通过，但这个过程很复杂，你不能等着开会时让领导举手就行，我们请求国家优惠政策中有许多内容不是所有的领导一下能理解和支持得了的，这就需要事先向这些领导介绍情况。我们事先知道这事会涉及 18 个相关领导，于是我们就带着草案稿，一一上门向他们汇报。记得当时只有宋健同志那里没走到，其他领导我们都走到了。通过介绍，他们全都原则上同意。有了他们事先的了解，这文件就很快进入了中央领导手里。”周志方是当年的文件起草人之一，他十分自豪地告诉我：“文件是 1994 年的除夕送达北京的，李岚清副总理是大年初一签的名，然后传到朱镕基副总理手上，再传到李鹏总理手上，最后是江泽民总书记‘画了圈’。江总书记是年初二圈阅的。你可以想想，这份苏州工业园区的‘出生证’在中央领导手中是何等高效地被批复的！”

所有的苏州人都感谢党中央、感谢以江泽民同志为核心的第三代中央领导集体对苏州工业园区的关怀之情。据说后来李鹏同志到苏州视察时提起这事说:“类似9号文件，以后不会再批了！”可见这“不特有特，特中有特”的分量。

1994年2月26日，北京钓鱼台国宾馆举行了隆重的中新两国就《借鉴新加坡经验，合作开发建设苏州工业园区》文件的正式签订仪式，李岚清副总理和李光耀资政分别代表两国政府在协议上签了名，李鹏总理和吴作栋总理出席。苏州市人民政府和新加坡有关方面同时还签订了《关于借鉴运用新加坡经济和公共管理经验的协议书》及《商务总协议》。江苏省负责同志和苏州市领导都见证了这一历史事件。

3月16日，江苏省领导在南京人民大会堂召开的省级机关3000人参加的领导干部会议上强调:苏州工业园区建设，是江苏省在新的历史时期对外开放的重要战略决策，是江苏省当前改革开放的头等大事，是江苏省经济建设中的重中之重。据说，当时南京人民大会堂掌声雷动。

在苏州更不用说了，当国务院“9号文件”下达之后，往日宁静和萧条的金鸡湖畔，顿如春雷响起——千年古城仿佛再次迎来新生，人们期待中的“洋苏州”从此揭开它那神秘而妩媚的面纱……

5月12日，在一片锣鼓和鞭炮声中，“苏州工业园区”正式开工启动！

第 16 章　耀眼而奇迷的风雨彩虹图

有一块地方很美丽
美丽的地方是苏州
苏州有个金鸡湖
金鸡湖畔有我新家的一个大花园
那花园里有高鼻子蓝眼睛无数
无数的高鼻子蓝眼睛撑起一座座现代化厂房
那厂房如大花园里的一个个花坛
花坛里长出的财富故事和引领世界潮流的传奇
组成了我姑苏时尚而迷人的新曲……

这首小诗我是在工业园区的一个不起眼的宣传窗里读到的，作者是位在外企工作的苏州姑娘。她在小诗旁还配发她在金鸡湖留下的美丽倩影，很美、很优雅，也很浪漫。她身后的金鸡湖上端，一道七彩长虹成为她照片的背景，我站在这张照片前有些入迷……

其实，今天到苏州的游人，除了游览古城的小桥流水和虎丘、观前街及那些园林外，若不游金鸡湖畔的园区美景，最多只能算游了半个苏州。

苏州城现在可游览的地方至少有三大处：古城风情，还有真山真水的“新苏州”——高新区，再就是如诗如画的“洋苏州”——工业园区。

在我们传统的概念里，工业区和开发区，除马路之外，便是厂房和机器轰鸣、来来往往的汽车及推土机与高入云霄、极度污染的烟囱。但在苏州工业园区，你看不到这些，你所能看到的是各式各样名贵花木组成的大花园，古朴风情与时尚元素融合的各种建筑构成的大景区，以及由不同主题呈现的一个个文化广场……

厂房簇拥在绿树和花丛里，即使进了厂区，你也以为是到了某一个主题公园。

沿途的路、灯、杆、椅，甚至是垃圾箱，都有独特的表现艺术造型。

工业园区里有世界一流的高尔夫球场，有沁心怡人幽雅恬静的公寓别墅，更有苏州水乡风格的廊桥石亭、浅滩水景……

总之，苏州工业园区其实与它字面的名称有着完全不同的概念。据说这也是李光耀“新加坡软件”的重要内容。

“我们的工业园区是以人为本的，企业的经济发展是建立在人的舒适的生活之上和优美环境之内的，因而它是美丽和恬静的，同时也是时尚和漂亮的。”李光耀曾在多种世界论坛上宣传他的这种“软件模式”。

“在中国，在苏州，我们的软件获得了最完美的表达，”李光耀十分自豪地说，“苏州人把工业园区说成是他们的‘洋苏州’，我为此感到欣慰。”

毫无疑问，从中新两国共同缔造的“苏州工业园区”在美丽的古城苏州崛起的那一天起，它就像一颗异常璀璨的明珠，辉映在地球上，让世界经济界的人士瞩目和期待，好奇而关注。有人希望从中学到经验，也有人暗中期待两个东方友好国家为这打架吵闹，最后反目分手……

一切都有可能。风云变幻的世界经济和不同制度下的文化差异，中新两国催生的“宝贝儿子”能不能健康、强壮地成长，世人瞩目。

按照中新两国政府的协议以及苏州与新加坡有关方面签订的《商务总协议》，初始的园区，中方的任务主要是参与基础设施建设，新方则侧重招商引资。在这期间，新方在招商和引资方面的真本领让苏州人学到诸多宝贵的经验，而中方的勤劳、智慧和开放姿态又让新方强烈感受到中国特色社会主义的勃发生机与魅力。

1994 年 5 月开工后的园区，每天都处在巨变之中，尤其让苏州人惊叹的是：在这之后的一年多时间里，园区内几乎每开辟建设好一片，就有外商落户置业一片……这首先归功于新加坡在世界各地有效地推广宣传苏州工业园区的行动。令苏州政府官员感动的是，新加坡政府从总理到部长，从资政李光耀到经发局官员，他们无一例外地亲自到世界发达国家去游说，去动员那些富商来苏投资。

1995 年 10 月初，中新苏州工业园区第二次理事会在苏州召开。中国副总理李岚清和新加坡副总理李显龙坐在一起，在园区 2 平方公里的启动区内绕了一圈，两人的脸上露出了笑容，李岚清比李显龙笑得更开心，他对新加坡客人说，你们的“软件”确实值得我们好好引进和学习。李显龙则说，再好的“软件”也需要有适宜的平台，中国的苏州是我们“软件”的最好平台。这一次会上，苏州市市长章新胜向两国副总理汇报道：园区的 2 平方公里启动区基础设施基本完成，9 万平方米标准厂房和 3 万平方米的商务住宅楼也全部竣工。园区的招商引资成果显著，来自美国、法国、德国、英国、日本、韩国和新加坡等国家、地区的企业已有 45 家入驻园区，投资总额 14.2 亿美元。

“园区才刚刚有个雏形，就引来这么多国家的公司投资！值得庆贺！”宴会上，李岚清同志频频向李显龙等新加坡客人敬酒，祝贺他们辛勤工作取得的丰硕成果。

李显龙特意走到新任苏州市委书记杨晓堂和老朋友市长章新胜面前，举杯道：“我得感谢你们二位和全苏州人民对园区的支持！”

杨晓堂和章新胜则微笑地回应道：“园区是我们共同的‘宝贝儿子’，我们苏州有责任让这个宝贝儿子健康茁壮地成长。”

李显龙说：“我们这个宝贝儿子还小。越是小的时候，越需要一张适宜他成长的温床。你们苏州给了我们的宝贝儿子一张最好的温床，否则韩国的‘三星’不会那么轻易来这儿落户的。”

杨晓堂和章新胜笑了。因为他们经历了李显龙所说的“三星”落户园区的全过程——这是新加坡总理吴作栋亲自出面招来的商户，为此杨晓堂书记亲自到韩国与“三星”集团的李老板商谈。

李老板一见中国人来谈项目，就有些皱眉头，说：“我不是不愿到你们那儿去投资，而是在你们国家办下一个投资项目，光审批就要几年时间，我‘三星’耽误不了那么长时间。”

杨晓堂向韩国老板拍胸脯说：“这你放心，只要你答应投资，我保证半个月之内就能把项目审批手续办下来！”

“三星”的李老板将信将疑道：“那就试试看吧！”

这一试不打紧，苏州客人才离开韩国六七天时间，“三星”老板就得到来自苏州的一个重要消息：“三星”意向落户苏州工业园区的项目已经获得中国政府正式批准！

一星期！一星期他们就可以办完审批手续了?!“三星”老板大惊，他从此相信在苏州工业园区是不会有“官僚主义”了。事实上，园区的工作人员告诉我：在他们那里，即使再大的投资项目，半个月之内都能审批下来。这就是“中国速度”，连新加坡人也深感苏州人的“亲商精神”。

“三星”作为入驻园区的第一批外资企业，他们在这里感受到了已经中国化的“新加坡软件”的魅力，因此由起初的 1.5 亿美元的投资，最后发展到 10 多亿美元的投资，仅在苏州工业园区的“三星”企业现在已经有六七个了。2007 年“三星”在韩国境外的企业，只有在中国苏州的是盈利的，如今“三星”集团连自己的研发中心都搬到了苏州金鸡湖。

“三星”的“苏州缘”后来成为诸多外国企业入驻苏州工业园区的一个范例。

事实上“三星”不是唯一的依靠苏州工业园区这个平台实现企业大发展的公司。目前落户的 3000 家外资企业有 70 多家在这里获得了全球最佳发展效益，其中包括了世界 500 强公司，这种“苏州效益”已经在全世界产生广泛影响。

丹麦格兰富水泵公司在新加坡的分公司，于 1995 年底来到苏州工业园区投资，该公司的老板是受了“偶像”李光耀的影响才来到苏州的。当时他们有些怀疑中国能不能给予他们企业发展的平台。初到园区，他们租了两幢楼，试探着发展。两三年后，发现这里的发展空间比世界上任何一个地方都广阔。“是全天候的绿色通道。”公司马来西亚籍总经理陈念忠是个华侨，他这样评价苏州工业园区外企条件环境。

“格兰富（苏州）公司在这里 12 年，共搬了 4 次家，不断扩张，现今苏州已经成为格兰富公司在全球最大的生产基地。”公司人事经理周琳女士接受我采访时，一开口便很激动地告诉我。她本人原先是苏州市机关的工作人员，1995 年在园区中新开发公司招商部任职，是园区高级职员中第一个“跳”出来的公职人员。

“完全是被格兰富公司的企业文化和蓬勃发展的业绩所吸引的，”周琳说，“我来格兰富5年，经历了他们的两次大搬家，现在格兰富苏州公司占地10公顷，600多个员工，人不算最多，但在格兰富集团中，我们苏州公司是全球做得最好的。”

总经理陈念忠虽说是个华侨，但他刚到苏州时连句中国话都不会讲，而现在他不仅能讲中国普通话，苏州话也学得非常到位。陈念忠说：“我觉得我在苏州的最大成功，在于这个园区和我的性格非常合拍，我自己最大的优点就是有责任感和待人宽容，而这些都和园区的特色十分相似。在苏州，从政府到市民，上上下下都是宽容和善、和谐融洽的。”

陈老板在园区不仅事业有成，而且还找到了一位美丽贤惠的苏州姑娘为妻。这位马来西亚商人与苏州姑娘的和美结合，很像新加坡“软件”与苏州人结缘成亲，他们有过初识阶段，有过恋爱时分，有过结合初的激情，也有过磨合期的痛楚。

1995年至1996年，工业园区乘着出世初势，在世界各地尤其是欧美国家大举招商，并获得丰硕成果。这要感谢李光耀、吴作栋、李显龙等新加坡领导人的不懈努力和智慧及他们在世界上的人气与影响力。

然而进入1997年，特别是1998年，泰国首先刮起金融危机风暴后，亚洲若干小国纷纷出现严重的经济衰退，新加坡也不例外。而亚洲金融危机波及的不仅仅是亚洲，世界经济大国原本一向看好飞速发展的亚洲和正在崛起的中国，此时也持谨慎的观望态度。期待蒸蒸日上的苏州工业园区挣钱的新加坡要员们，不仅一时在招商竞技场上连连空手而归，更让他们不能容忍的是，一次在德国招商时，碰上了同为苏州一市的苏州高新园区的招商团大唱主角，将一个个大项目收入囊中，新加坡招商团则被人冷落在一旁，忍无可忍！

“你们这样干，影响的是中新两国的合作协议。”新加坡要员气不打一处来。

世界说大也大，说小也小。来自苏州的招商团队一个接一个地频频出现在欧美各地，各种情报汇总到新加坡资政李光耀办公室后，这位东方斗士有些怒了，因为还是那个苏州高新区数次抢占新加坡招商局之先——大项目被一个个“挖”到了狮子山，而非金鸡湖。

“我必须严肃地指出：我坚决反对苏州的做法！由于他们的扰乱，造成了我们工业园区招商的锐减……这样下去，我们只能宣告中新合作的失败！”李光耀资政真的动怒了，不久前，他又获得了中国官方的一个重要消息：他的老朋友、苏州工业园区的穿针引线人和主要贡献者章新胜不再当苏州市市长了。12月，李光耀跑到北京，在江泽民总书记那儿诉说了自己心头的不悦。

好说好说，我们是一家人嘛！中新合作的苏州工业园区关系到我们的传统友谊和新的经济形式的推广与发展，我们将全力支持它，包括招商项目的倾斜。江泽民对李光耀作为中国人民的老朋友再次访华表示欢迎。江泽民说，中新两国政府间最大的合作项目——苏州工业园区，是中新经济合作的重中之重，更是中国对外合作的重点项目。他强调，中国领导人一贯支持苏州工业园区项目，中国愿与新方共同努力，集中力量把园区建设搞好，共同推动中新经济合作不断地向前发展。

这位世界闻名的新加坡斗士这才罢休，脸色也好看了许多。“我相信你们。”李光耀说。

现在轮到苏州人有压力了。有压力的何止苏州人？不多久，江苏省委做出决定，派省委常委、秘书长梁保华出任苏州市委书记。

“梁保华过去是从苏州出去的，了解苏州情况。省里当时有一个很重要的指导思想，是要解决中国同新加坡之间关于工业园区发展争议的问题。”时任苏州市委秘书长的孟焕民回忆道。

也许是昆山自费开发区出身的王金华本事大，也许是苏州人本来就聪明绝顶，也许高新区的发展确实太耀眼瞩目，姑苏左右两翼只差一两年时间诞生的两个园区——高新区是苏州人自己土法上马，靠一点一点发展起来的；工业园区则像个贵族出身的娇娃儿，一开始就衣着华贵、风风光光，仅地面以下的基础设施投资就达几十亿美元。但人是讲究实际和现实的，当外商往苏州两个不同的开发区一瞅后的结论非常清楚：金鸡湖畔的新加坡模式前景虽然不可限量，但基础设施进度似乎太慢，等到这里建设成形，还不知何年何月；太湖边狮子山脚下的高新区虽看上去有些土相，但在这里你只要谈判一成，立马可干，当年见效。

“我们是企业，企业讲究效益的最大化和最快捷化。”于是外商纷纷投向王金华、投向高新区。

1997 年 8 月，时任新加坡总理的吴作栋再次来到苏州，看到金鸡湖那片广阔的土地上依然那么冷清，再悄悄往狮子山那边热火朝天的高新区一看，他不由闷闷不乐起来，并在苏州市领导为他举行的新闻发布会上首次含蓄地指出：苏州工业园区面对着激烈的竞争，而这个竞争者正是另一翼的苏州高新区。

1997 年 12 月，一位新加坡政要来到苏州，同样在公开场合批评苏州高新区与工业园区的竞争，言语中难掩失望和不满之情。这期间，新加坡还曾要求苏州暂停在高新区引进外资 5 年，但被拒绝。

“当时苏州高新区发展得比较快，工业园区发展得比较慢，客观上有它的原因。工业园区原来是洼地，把地填平，所以地价贵，投资成本也高些，这在一定程度上影响了招商成果。加之后一年的亚洲金融危机，新加坡投资方实力不高等原因，苏州工业园区经营出现了比较大的亏损。这样，李光耀等新加坡人有了压力和急躁情绪。”苏州人告诉我。

梁保华来了，这位复旦大学新闻系出身的“苏州老干部”，1968 年至 1975 年期间就在苏州市下属的太仓县工作过。到省委工作后梁保华出任了多年常委、秘书长之职，被人评价为善于处理各方面关系。

他当苏州市委书记后，接待的第一位客人是美国艾默生电气公司总裁，当时这位总裁正准备推迟在工业园区兴建其海外的最大项目。在和梁保华的交谈中，他深切感受到浓郁的亲商气氛，于是当即改变决定，非但不推迟投资，反而加快了进程。梁保华的这一“见面礼”，让李光耀等新加坡人大悦。

新任市委书记梁保华确实不一般，他上任后首先跑到园区亲自登门拜会了中新苏州工业园区开发有限公司总裁林梁长等新加坡朋友，认真听取了对方的意见和建议。半个月后，梁保华又邀请省委书记陈焕友带省委、省政府有关部门负责人专程来园区现场办公，解决若干开发和招商方面的问题。

“省委、市委这样重视，我们的工作也比以前顺手多了！”林梁长总裁满意地对梁保华说。尤其让林梁长等新加坡朋友感动的是这年 11 月，梁保华亲自带领一个 6 人的招商队到加拿大、美国招商。当时正是寒冬，大雪纷飞，梁保华等每人拎着一个旅行箱，看上去纯粹是普通旅行者。但他们没有闲情到任何地方去游山玩水或娱乐购物，旅行箱中装满了介绍苏州的资料。梁保华他们日夜兼程，马不停蹄，12 天里走访了 9 座城市的 20 多家跨国公司，召开多场投资说明会，会见了 100 多位美、加客商。他们虽然十分疲劳，却打起精神，一遍遍地向客商介绍苏州投资情况；对客商的需求，能拍板的当即拍板，暂时不能敲定的，承诺尽力满足。那些日子里，6 个人疲惫不堪，可收获却十分丰厚。他们与两国客商签订或草签了 10 多份投资协议。刚刚回到苏州，国际跨国公司旭电、安德鲁就通知他们，增加各自在苏州的项目的投资，合计 8000 万美元。随后几个月，谈成的 10 多个项目基本上都到苏州工业园区落了户。

市委书记这样卖力，新加坡人以前所有的不满也随之烟消云散。然而亚洲金融危机带给一些依赖全球化经济、开放程度很高的小国的影响远远超出了他们的预期，危机意识极强而又异常聪明的新加坡人开始从另一方面认识到了自身的危机——中国是个新兴的经济实体，又有苏州人这样的勤奋、智慧，与中方的合作用不了多少时间，“学生”肯定会超过“老师”。怎么办？新加坡人开始打新的算盘——苏州工业园区让中国人当大股东，风险让他们担着更安全些。从国际商界传来的另一种新加坡声音是：在建设工业园区时，苏州就有了另一个自己的高新区，如果一个城市有那么两个开发区，而且一个是“自己养的亲儿子”，那么另一个与“后妻”所生的儿子肯定会被另眼看待。因此新方希望苏州不要再让高新区干下去了，而是全力把工业园区建设好。

新加坡人这么想，于是试探着与中方进行股权比例交换的谈判。

市长陈德铭在一次记者会上回答了记者提出的上述问题，指出：苏州高新区开发已有一段日子，而且它是我国政府批准的国家级开发区，关闭或限定它不发展是不现实的。所以中新双方须找出一个好方法，让工业园区和高新区同时生存与发展。陈德铭同时以“夫妻”来形容中新两国的合作关系，认为一对夫妻结婚 5 年，偶尔发生口角也是难免的。他说，中新双方绝不会因小问题而影响合作，双方“一定会继续长期合作下去”。

然而，毕竟“夫妻”已经出现了吵架，而且彼此伤了一些和气。下一步怎么办？苏州工业园区面临又一次巨大考验。苏州市委、市政府必须拿出意见，否则又怎样落实江泽民同志一定要把园区建设好的指示？

“什么叫重中之重？这不仅是苏州工业园区本身，它的成功与失败还关系到中新两国的全面合作与友好关系，同时对中国的对外开放和国际关系也会产生影响。我们要认真应对，并拿出切实可行的对策。”市委常委会上，书记梁保华和副书记、市长陈德铭及常委们的意见完全一致：既然新方提出了这样的想法，必有其深层次的考虑和打算，我们应当毫不含糊地勇敢挑起建设工业园区的重任，为促进中新两国关系的友好发展做出苏州应有的贡献。

“两个园区，对苏州的发展而言，一个都不能少。尤其是工业园区，既是苏州经济发展的重中之重，也是中新两国之间合作的重中之重。这样，给我们苏州的选择只有一条路：集中主要精力，建设好工业园区，并把招商引资和管理工作侧重在工业园区。”市委、市政府做出了这样的决策。

“夫妻”之间的亲善谈判一轮又一轮。

1999 年 6 月底，这是一个特别炎热的季节。以苏州市委书记梁保华为组长、市长陈德铭和苏州工业园区管委会主任谢家宾为副组长的苏州中方工作谈判小组访问新加坡，同由许文远、林子安、林梁长先生为代表的新方工作谈判小组，就苏州工业园区的发展和交换股权事宜，举行了友好、坦诚的谈判。

“中新双方毕竟是‘夫妻’，俗话说：一日夫妻百日恩，这五年的‘夫妻’之恩深如海啊！”梁保华和许文远在中新双方见面会上，亲切友善地这样说道。

“是啊，苏州工业园区的建设，凝聚了两国领导人的心血和友谊，我们只能把它建设得更好而不能让它有损一根毛发。”

“对对，不管怎么说，在苏州工业园区问题上，既有我们共同的利益在，更有两国领导人和两国人民的真诚友谊在。”

“陈市长，你的英语与前任章新胜市长一样地好啊！这更让我们相信，我们的园区在未来会有更好的招商机会和发展希望。”新加坡主人对英语讲得十分流利的陈德铭市长大为欣赏，语言上的无障碍似乎让他们多放了一份心。谈判也变得顺当起来。

6月28日，梁保华代表中国江苏省人民政府授权陈德铭以苏州市市长身份、谢家宾以苏州工业园区管委会主任身份和新加坡贸工部常任秘书许文远、新加坡苏州工业园区开发财团副董事长林子安、中新苏州工业园区开发有限公司总裁林梁长，分别在《关于苏州工业园区发展有关事宜的谅解备忘录》上签字。这份备忘录上记录了中新双方的几点共识：

1. 双方回顾了两国政府就共同开发苏州工业园区所达成的协议。开发建设苏州工业园区的目的是为了发展中新两国间的友好关系，扩大经济技术合作，增进两国人民的深厚友谊，在苏州建设一个以高新技术为先导、现代工业为主体、第三产业和社会公益事业配套的具有一定规模的现代化工业园区。在开发建设的过程中，园区将根据中国国情，自主地、有选择地借鉴新加坡在经济和公共行政管理方面的经验。

2. 双方工作小组回顾了苏州工业园开发建设的进程。在过去的5年里，苏州工业园区取得了令人瞩目的成绩，实现了首期开发目标，成为中国发展速度最快、最具竞争力的开发区之一；与此同时，于借鉴新加坡在经济和公共行政管理方面的经验促进工业园区建设上，也取得了积极的成果。双方认为，苏州工业园区开发建设始终得到中新两国领导人高度重视和大力支持；苏州工业园区开发建设所取得的成果，是中新双方友好合作、共同努力的结果。

3. 苏州工业园区项目总体规划70平方公里，分期进行开发，完成全面开发需要多年时间。双方同意，中新苏州工业园区开发有限公司

（CSSD）当前将集中开发首期 8 平方公里，以期在 2001 年 1 月 1 日之前，尽量完成开发工作，使其能作为开发 70 平方公里中其他用地的示范，CSSD 将在新方经济发展局的协助下，完成首期 8 平方公里中剩余工业用地（约 70 公顷）的招商。

4. 双方工作小组就苏州工业园区和苏州新区对外招商中有关问题进行了磋商，一致认为，苏州工业园区是中新两国政府间最大的合作项目，是中新经济技术合作的重中之重。双方表示，将继续采取一切可以采取的积极措施，推动苏州工业园区加快发展。苏州市政府和苏州工业园区管委会将优先把所有适合的项目推荐给园区；苏州市市长将定期主持会议，避免两区都对一个项目进行无序竞争，并避免让投资商感到混淆。苏州市政府、苏州工业园区管委会和 CSSD 之间将进一步加强合作，努力为苏州工业园区招商；积极鼓励投资商优先选择在苏州工业园区投资，为投资商提供最具竞争力的投资环境。苏州市政府将对外重申，继续全力支持苏州工业园区的优先地位。

5. 苏州市政府积极鼓励和支持苏州新区参与园区项目的开发建设，努力促进两区成为良好的合作伙伴；苏州市政府将采取有效措施积极鼓励古城区人口向园区迁移，以促进园区加快发展和日趋繁荣。初期的目标是把 2 万人口迁入园区内。

6. 园区借鉴新加坡经验的一个重要任务，是培训一批中方管理人员，有效地尽早担负起对 CSSD 的管理责任。双方回顾了在这方面的努力后，同意中方管理人员在 2001 年 1 月 1 日起完全有能力承担 CSSD 的管理责任。

7. 鉴此，双方商定，CSSD 将于 2001 年 1 月 1 日起调整中新双方的股权比例，即中方财团的股权由目前的 35% 调整为届时的 65%，新方财团的股权由目前的65%调整为届时的35%。与此同时，对苏州工业园区成片开发的大股东责任将移交给中方。

8. 双方同意，进一步加快借鉴新加坡经验的步伐。当前的借鉴工作将集中在：(1) 加快中方管理人员的培训；(2) 引进新加坡建屋发展局在公共住屋、市镇管理方面的经验以及裕廊镇管理局在工业园管理方面的经验；(3) 引进新加坡在信息科技的促进和发展方面的经验。

9. 根据苏州工业园区的总体规划和分期实施、滚动开发的原则，CSSD在集中精力完成开发建设首期8平方公里任务的同时，将按照园区发展的总体规划的要求，积极以滚动开发方式向前发展，基础设施要适度超前开发建设，确保园区开发建设按既定目标顺利向前推进。

……

《谅解备忘录》自然被送到了新加坡李光耀手上。这位"新加坡之父"是个十分讲究面子的人，他对发展中新两国关系看得比自己的生命还重要，曾经在苏州工业园区建设初期就发誓要用自己的全部政治资本来支持这个项目，他一方面出于新加坡的国际利益考虑，同时也是真心诚意地想为中国改革开放事业尽一分力量。五年苦心经营，现在要把亲手培育的"儿子"托付给他人看管，李光耀的心境完全可以设想。

"尽管我们不再是大股东了，但我仍然希望园区能健康、快速地发展，所以建议你们一定要给CSSD找一位有杰出国际经济管理能力的总裁，可以在全球招聘，"李光耀这样对梁保华和陈德铭说，最后还补了一句，"学历要高，而且外语要好"。

李光耀对苏州工业园区的那份感情旁人难以理解。

1997年邓小平去世后，李光耀的内心似乎更强烈地怀有一种责任：他希望借苏州工业园区建设，不辜负“邓公”曾对新加坡的崇高评价。因而当苏州工业园区一段时间出现招商上的挫折及运营上的亏损时，李光耀不免对苏州高新区的王金华耿耿于怀。

“这人太厉害了，苏州只要有他在，我们的园区建设就会受影响。”李光耀私下对当时的江苏省委书记陈焕友说。

陈书记笑了，说：“要不将这个人调过来给你的工业园区？”

李光耀一下愣了，两眼直盯盯地看着省委书记，不明白他的真实用意。

“是真的，资政您认为行吗？”省委书记重复了一遍。

“当真？”

“当真！”

李光耀这回开怀大笑了。

“我们要给园区找个最有能力的人！就在苏州找！”不日，李光耀在一次对外新闻记者会上这样说，而在这之前他的口气里或多或少流露出对苏州人的某些不满。记者们发现：打这以后，李资政的态度完全变了，他对苏州人充满了感激之情。尤其让外界感到惊喜和意外的是，1999年底，李光耀终于和老对手王金华成为一家人，两人的双手紧紧握在了一起……

一阵开怀大笑之后，李光耀对王金华说：“以后你是我园区的人了，我就放心了。”

王金华说：“谢谢李资政的看重，我一定尽全力把园区建设好。”

中新合作之间的一场不大不小的争执，至此终于化干戈为玉帛。风雨过后，金鸡湖畔重现七色彩虹……

第 17 章　自己干，更出色

我见到王金华是在 2008 年的夏天，他离开干了多年的自费开发区和工业园区工作岗位之后，那时已是苏州市政协主席。

一个曾经是优秀侦察兵的复员军人，在改革开放的大潮中，按照“发展是硬道理”的精神，同吴克铨等人一起闯出“昆山之路”的“王大胆”，能够坐镇名城直至担任苏州市政协主席，这是 30 年前的王金华想都未曾想过的事，但历史就这样造就了一代新苏州人。

王金华是个一眼看上去就能感觉到魅力四射、办事果断的人，他的每一个细胞和外表都充满了“敢”字和闯劲。五六年的昆山“自费开发区”经历，磨炼了他敢作敢为的闯劲；十年高新区的世界风云角逐，使他成为一名驰骋国际商界的勇士。由于一场既是意外又在意料之中的中新合作大争执，他这个被新加坡人“恨透”了的对手，竟然如此有趣地成为执掌苏州工业园区的“一把手”。

作为中新合作项目的工业园区管委会主任，王金华第一次站在金鸡湖畔，迎着宽阔的湖面眺望这片建设得半拉子的国际大工程项目时，心中泛起很多感想：中国是个发展中国家，世界经济日新月异，呈现全球化、世界大融通的局面。苏州园区嫁接和移植的是世界上最先进的管理模式——新加坡“软件”，现在要靠我们苏州人自己担当起建设和运营这艘规划投资近1000亿美元的“航母”，我们有这个能力吗？能按照李光耀先生他们设定的奋斗目标圆满实现吗？

“当时我的内心想法非常肯定，是完全可以的，我们中国人尤其是我们苏州人并不比别人笨。我们之所以过去发展得没有人家快，一是因为政策不对头，二是因为我们中国穷。但经过十几年的改革开放之后，像我们苏州已经有了一定的经济实力，加上我们自己也在国际经济大潮中闯荡了一番，又有新加坡这样有经验的老师的传帮带，我非常自信我们能干得好，或者可以干得更出色。因为我们是本地人，适应本地的水土。”王金华向我透露了当年他接管园区时最初的想法。

“但当时我们确实感到压力和困难也是相当之大。”王金华介绍说，按照中新《谅解备忘录》，2001年1月1日起，园区的执管大权归中方，而且此时中方已是占65%比例的大股东，也就是说，从此以后园区的成败，苏州人要承担65%的风险和责任，赚了当然是好事，可赔了你得拿出大头。“我们苏州的实力比起新加坡来说毕竟还有很大差距，能不能将园区建设好，影响的不仅仅是苏州的形象，还有我们国家的形象，干不好也对不住李光耀他们新加坡人的一片苦心。2000年年底我们讨论新一年的招商开发计划时，拿出了一个20亿到30亿的规划来。管财政的负责人说，你们这是纸上谈兵。他问我钱在哪儿？我一查当时园区的账，真把我吓了一跳：全园区负债18亿元，光利息就达4亿元，到后一年应还款12亿元。就这么个摊子，难怪新加坡人有些吃不消了……可我们没有退路，既然接了担子，就得挑起来，而且挑着还要朝前走。所以我刚到园区这边来，就一个一个请银行的老总吃饭，让他们手下留情，别逼我还债。后来他们总算给了我一点面子，说还款可以推迟一点，但新一年你再借款只能是短期了，9 个月就要还。有啥办法？我只能赔笑脸感谢人家，因为没有银行的支持我们园区就得破产……8 年后我离开园区岗位时，已经有了 800 亿国有资产。去年园区全口径财税收入达到 200 亿元。”

“八年抗战”，从严重负债到年创造 200 亿的财政收入，这就是王金华等苏州人挑起大梁后的苏州工业园区发展景况。

上任初始，王金华使出的经典套路还是他的招商绝招。园区的生存与发展，靠的是巢里引来金凤凰。没有金凤凰落户，再美再艳的风水宝地最后也只能落得草枯地荒。

新加坡人能够让一个小小的岛国富强繁荣，本事就在于他们有一套达到国际水平的招商本领。他们的“招商局”就是与众不同和能力非凡的一个部门，拥有一批精英人物。

“李副总理，不管怎么说，园区是我们两国的，您一定得帮助我们招商，贵国在这方面的经验一直令我敬佩。”一日，时任新加坡副总理的李显龙来苏州，王金华送他上机场。两人一起坐在车里时，王金华向李显龙提出请求。

李显龙是新加坡的新一代领袖人物，自然有大家风范，他笑着点头答应“没问题”。

“说个具体一点的方案。”李显龙让王金华说说想法。

“贵国的经发局在世界各地都有办事处，我想派几个人到你们美国办事处当实习生，费用我出。”王金华提出。

李显龙侧过头看了看王金华，心想：这人是不一般，他这一招是想把新加坡的经验秘诀学到手啊！于是笑笑，说：“我这里没问题。”

王金华十分感激地连声道谢。但王金华高兴得早了一点，李显龙回国不久，新加坡方面回函说不好办。显然人家认为这样做不太妥，内心有顾虑。但新方在帮助中方培训人才方面还是非常慷慨的，主动接纳了苏州派去的一批又一批高层次、高学历的管理人才，这些人才后来为园区建设全面实现“新加坡软件”标准起到了至关重要的作用。

“我们自己成立一个招商局，自己干！”王金华是个越遇挑战越有劲的人物，他不信苏州人自己干不成同样的事。

“园区的运作，既要有宏观的思路，更要有微观的手段和战术，这就是人的软功夫。“新加坡软件”经验，突出的一点就是他们的管理规范化、科学化、程序化和高水平。我们苏州人的优势也在于我们有一批爱学习、善琢磨，并能从实践中摸索前进的人，所以我们很快摸索出了一套具有苏州人特性的招商经验，这主要体现在我们始终如一的亲商理念上。亲商不是一个简单的概念，它包含了如何做到安商，让投资者能够在苏州留得下来；包含了如何富商，做生意人追求的全部目的就是企业的发展和赚钱，为投资者营造创富的环境和条件；亲商还包含了尊商，即尊重投资方的意识和行为，人家赚了钱或者在赚钱中的所有合理做法和要求，我们要真心实意地帮助解决，让他们感到有一种安全感、放心感；亲商的根本在于能够留得住投资者，让他们在我们的土地上、我们的园区里生根、开花、结果，并且永远繁殖、衍生下去，这就是亲商引申出的全部内涵。”

王金华他们在移植新加坡经验的过程中，又结合苏州崇尚文化和敬重客人的传统美德，先后制定了园区68项既与国际接轨又有可操作性的全新管理办法和实施细则，尤其是创立的四大公共服务特色被投资者广为称道：

1. 高效服务，“小政府大社会”，凡是能交给中介机构交给社会办的，都要交出去。

2. 透明服务，办事全过程公开。

3. 公平服务，对所有投资商一视同仁。

4. 规范服务，力争在法律范围内为所有企业和个人创造更有利公平竞争的良好条件。

现在中国各地的政府行政大楼内，经常会看到一种叫“一站式”的服务，即将政府或管理部门的众多办事、审批机构放在一起办公，企业或公民需要办理什么事情在此可以流水似的一次办完，所以俗称“一站式”服务。这种简捷的政府公务办事方式，在中国最早推行的就是苏州工业园区，后来被各地政府机构广泛推广、学习。它的好处是一改中国过去政府机构的官僚主义办事作风，一个审批手续要盖几十个橡皮章、走几十天甚至几年的情况。“一站式”服务简捷到一个小时、几十分钟就能把事情办了。当然，商务和外企投资这样的事情要复杂些，但在苏州工业园区由于实行了“一站式”服务，多数业务能够得到即时办理，三分之一较难的业务也能在 2—3 个工作日内办结，最复杂的业务也不超过 7 个工作日。这在“时间就是金钱”的企业经济活动中，除了节省大量时间外，还能有效提高办事人员的“廉洁、自律”的形象。

园区的高效“服务”，不仅仅体现在简捷方便的“一站式”服务上，更多的是体现在体制机制上的不断创新与持续创新，从而更加强化了园区高效快捷的个性和功能。

一位园区的工作人员向我介绍，他们最近举办的一次有上百家企业参展的汽车展览会上，区管委会办公室副主任用一个上午时间就代表园区和有关企业谈妥了全部事项，而具体问题他并没有请示任何园区领导。

“汽车展览涉及场地征用、资金投入、收益分配等，这些事情复杂而敏感，一个办公室副主任能决定得了？”我有些疑惑地问。

园区的同志非常自然地点点头，说：“行！答案很简单，和企业谈判时经办人只需要把相关的政策、规定等文件备齐，交给他们就行了。就是园区‘一把手’去，也是这么做。”原来，园区所制定的多项管理办法和实施细则，都将各类问题该怎么处理的方法规定得非常明确。不管你是“一把手”，还是普通工作人员，只要是政策允许的，都可以代表政府“说了算”。

“园区管委会定期走访企业，真正将服务做到位。在全国的很多地区，政府机构给投资者的印象都是‘管’字当先，投资者要办点事情必须亲自上门拜访管理部门。但是在苏州工业园区，管委会放下架子，定期去企业走访，及时发现企业遇到的困难，搜集企业对管委会工作的意见和建议。比如2003年那场‘非典’时，政府下令停止举行各类招聘会，而此时我们园区的许多企业面临招不到人或者招到的人不能按时来苏州上班的局面。王金华等管委会领导得知这一情况后，立刻决定把一些新建的厂房改造成宿舍，把这些企业招到的外地人员集中到这些宿舍隔离观察十天，免费提供食宿。这期间，企业则派骨干给这些人员进行上岗前培训。那些没有发烧发热症状的人员，很快在隔离期后立刻投入工作。同时管委会的工作人员在各宿舍区蹲点，解决这些外来人员的困难。这一举措既解了企业的‘燃眉之急’，也使诸多外企投资者对中国政府处理突发事件的能力有了新的认识，从另一方面为我们园区的招商引资增色……”园区人谈起自己的亲商与服务方面的先进管理模式及到位的主人翁意识，都会感到一种自豪。

亲商说起来容易，但做起来会遇到各式各样的问题，有时会与中国国情社情相矛盾、相抵触。苏州园区怎么处理呢？笔者希望对此有更深层次的了解。园区管理者脱口对我说，此类事件比比皆是。如园区内有一家台资企业，不愿意像别的企业那样提供报表，认为政府无须管企业的经营，企业经营得好，会再干下去；经营得不好，企业走人，与当地管理部门没关系。而且企业提供报表，可能会泄露商业机密。园区管委会经过分析讨论后，决定接受台商的建议，从此对那些不愿提供经营报表的外资企业都一视同仁地处理。“这个很能彰显苏州园区管理者的亲商诚意。他们越这样，我们搞企业的越会依法办事。”一位台商满意地说。

东方文化的魅力之一，便是以诚相待。诚者可肝胆相照，从事经济工作也不例外。

那天在园区采访时，我特别注意到一个别致的设施——“邻里中心”。

“这是干什么的？”对我的好奇，园区的工作人员叫来一位黄头发、蓝眼睛的外国人，说：“他是速连（SRAM）车料公司的荷兰籍工作人员，罗伯特・梵・史普朗，请他说说。”

“侬好，侬是苏州人吗？”不想史普朗向我伸手时，来了一句蛮标准的苏州话，让我好生惊喜。他说他是一年多前来园区定居的，他告诉我园区的“邻里中心”是一个很好的创意，因为这里可以满足周围居民的日常生活需求。这里有超市、邮局、银行、诊所、餐馆、酒吧、洗衣房、美容美发店，还有药店、文化用品店、维修店等 12 项功能齐备的设施，而且很多工作人员能用英语交流。所以人生地不熟的老外可以在这里获得“一站式”的生活所需服务，不用“打一枪换一个地方”。

“来这里老舒服的。”史普朗开心地带我进了“邻里中心”的一间宽敞明亮、器械十分齐全的健身室，他将外套一脱，露出强健的躯体，登上一台健身器，开始了每日必做的“健身节目”。

据“邻里中心”的总经理于宙介绍，现在园区已有 7 座规模都在 1 万至 2 万平方米的“邻里中心”大楼，最终整个园区将建成 10 多个这样的“邻里中心”。每个“邻里中心”的住宅楼周围都有相应的配套设施，住在楼里的人步行 500 米左右，就可以到达楼宇周围的超市、诊所、银行等配套设施，让居住在这里的人们处处感受到生活的方便和舒适。

“我们园区的‘邻里中心’现在在全国都非常出名了，2006 年 2 月就跻身首批‘全国社区商业示范’单位。”园区宣传办公室姚文蕾女士自豪地介绍说，“目前，‘邻里中心’已在全国遍地开花，远至内蒙古通辽、青海西宁，近及浙江温州，江苏南京、扬州等十多个省市……”

“外面招商靠软磨硬泡笑眯眯，在家建设石板上铆钉硬碰硬。”王金华带领的一批“苏州老乡”有不少是插过秧苗、挑过河泥的农民，同时他们从世界各地招募了大量高级人才，土洋结合的管理与招商队伍，使得园区在 21 世纪之后的这些年里，干得风风火火。再加上赶上了中国加入世贸组织的大好时光，外国企业投资者纷纷涌向中国。到中国发财，如诗如画的苏州工业园区便几乎自然而然地成了首选目标地。

就说王金华这人，他名字中的三个字就像天然地跟做生意、搞经济、赚钞票牢牢地黏在一起，分都分不开。我老家苏州话中“黄”“王”是不分的，一个读音。“王”就是“黄”，“王金华”就是“黄金华”。这黄金涂烙的中华就是王金华命里要奋斗的事，他干不成、干不好，老祖宗不饶他，六百万苏州父老乡亲更不饶他。这是调侃的话。其实王金华内心有自己的一个强烈愿望：当初他搞昆山“自费开发区”时搞得轰轰烈烈，有人说他是搞资本主义，扰乱国家经济；他到苏州后搞高新开发区成果斐然时，又有人扬言要他“难过”——令他有些心酸的是，这话出自同一城市的苏州工业园区。中新合作出现矛盾后，他被人“化敌为友”弄过来当“还债人”。这话说得似乎难听了一点，但确实前一两年就是这种情况。可王金华向市委、市政府发誓保证的是：自己干，更要干得出色！

意思非常清楚：世界瞩目的苏州工业园区已经摆在我们中国人、苏州人面前，有没有能力将这艘“经济航母”启动并管理好，既关系到苏州人的脸面，也关系到中国人的脸面。

一说脸面，苏州人可以拼出命来捍卫它。王金华也不例外。他对手下的所有园区工作人员讲：“我们要好好向‘老师’新加坡学习，但现在‘师傅’要我们放单飞，靠什么？勇气自然少不了，师傅的经验自然也少不了，但光有勇气、靠借鉴还远远不够，必须在勇气之前加上智慧，借鉴之后求创新，这样我们才能站在世界经济的竞争前列去搏杀和获取优势。”

不懈追求，寻求双赢，力臻完美。王金华和他的团队思路清晰而坚定，加上勤奋而细腻的作风，又有后方的苏州这块金字招牌，配合推出的一个又一个行之有效的惠泽措施，因而园区招商引资如鱼得水，财源滚滚而来……

这是我查阅到的中方成为大股东后的第一年内，园区大事记中相关的投资与重大项目的开业记录：

1月10日，出口加工区通过海关总署验收，园区海关正式运作。

1月20日，中国联通公司签约进区发展。

2月2日，天华超净公司签约进区。

2月7日，联建公司签约进区。

2月7日，苏拉加捻有限公司再次获得土地转让合同。

2月19日，天弘股份有限公司签约进区。

2月28日，诺基亚公司获得新的土地转让合同。

3月1日，园区国际科技园开园。

3月8日，苏春中路工程开工，拉开了二、三区开发的序幕。

3月20日，博世公司签署土地转让合同进区发展。

4月8日，荷兰飞利浦半导体公司签约进区发展。

4月18日，美国快捷半导体（苏州）有限公司签署土地转让合同进区发展。

4月18日，可成科技签署土地转让合同进区发展。

4月26日，霍尼韦尔特殊化学品（苏州）公司在园区正式开业。

4月29日，国家开发银行金鸡湖环境治理项目贷款签字。

5月22日，飞利浦半导体（苏州）有限公司奠基。

6月16日，国际著名的仓储式建材连锁店百安居苏州园区店开张。

7月5日，日本日东电工株式会社在苏州工业园区设立新公司。

7月19日，管委会和中国科技大学签订共建中国科技大学苏州研究生院的协议书。

8月1日，苏州德意机电设备有限公司签署土地转让合同进区发展。

8月2日，安德鲁通信器材（苏州）有限公司获得新的土地转让合同。

8月2日，金龙联合汽车签署土地转让合同进区发展。

8月18日，与东南大学签订共建“东南大学软件学院（苏州）”协议书。

8月31日，多玛门控（苏州）有限公司举行新厂房落成开业典礼。

9月8日，苏州工业园区星海学校新校启用。

9月11日，日东电工株式会社签署土地转让合同进区发展。

9月20日，园区公用事业公司与新加坡吉宝公司签订吉宝供热厂资产转让收购合同。

9月25日，友达光电签署土地转让合同进区发展。

10月24日，日立显示器件（苏州）有限公司举行开业典礼。

10月28日，苏州工业园区首届国有土地使用权拍卖会成功举办。

10月28日，美国圣约瑟夫大学与南京大学合作设立“圣约瑟夫大学苏州研究生院”协议签订。

11月11日，研杨科技签署土地转让合同进区发展。

11月11日，诺基亚与上海联和投资有限公司共同举办合资项目开业典礼。

11月23日，虹光精密工业（苏州）有限公司开业。

11月30日，中新创投公司与台湾信和财务顾问有限公司签署平行投资协议和项目委托管理合同。

12月5日，荷康莱（苏州）保健品有限公司开业。

12月11日，国际著名零售企业欧尚超市苏州店开业。

12月12日，志合电脑签署土地转让合同进区发展。

12月13日，AEM科技（苏州）有限公司签署土地转让合同进区发展。

12月25日，国家环保总局正式发文授予苏州工业园区“ISO14000国家示范区”称号。

从上面的记录可以看出，在苏州工业园区这块土地上，几乎每隔几天就有一户甚至数户企业或院校落户在此。为何会有如此多的“凤凰”在此地落巢？那是因为王金华和他的团队将金鸡湖这片热土的每一个细节都雕琢得无与伦比、光芒四射，让所有想在中国投资与创业的天下富商及知识精英们心驰神往。

初战告捷，苏州人以宽阔的胸怀，拿着一份优异的成绩单，于次年1月15日，由时任市委书记陈德铭为团长，副市长、园区管委会主任王金华等有关方面负责人组成的苏州市访新代表团启程，在新加坡进行为期 6 天的访问，向李光耀等新加坡领导人通报了 2001 年园区的工作和新一年的打算。李光耀非常高兴地设宴招待了苏州客人，称赞："苏州人干得比我们好！"李光耀资政同时很深情地说，他到过中国 20 多次，一直认为中国的发展潜能很大。尤其是现在中国加入了世界贸易组织，要做的事很多。他表示相信中国定能克服前进中的困难，把中国的建设事业做得更好。李光耀特别希望苏州搞好环境建设，为旅游者创造一个更优美的环境。时任新加坡总统纳丹也在总统府亲切会见了陈德铭一行，总统愉快地回忆了前一年参观苏州工业园区留下的美好印象。他对园区取得的出色成绩感到高兴，并为园区借鉴新加坡经验取得的良好进展感到欣慰。纳丹总统说，新中两国要继续发展相互合作，新加坡和苏州两地也要发展相互合作。他表示希望苏州既要吸引外资，也要走出来发展，寻找更多的合作方式和机会，到新加坡探索发展机会。

苏州人带去的苏州歌舞团的扛鼎之作——四幕大型舞剧《干将与莫邪》，在新加坡国立嘉龙剧院演出。新加坡副总理李显龙和夫人等新加坡要员出席并观看，有 1700 多个座位的嘉龙剧院当晚座无虚席，场内多次响起暴风雨般的掌声。中新两国宾主气氛热烈，友情绵绵。

新加坡之行，得到了"师傅"的良好评价，这让王金华等苏州人内心深感欣慰。2002 年，园区按照市委、市政府的批示精神，特别是在党的十六大精神鼓舞下，乘着中国加入世贸组织的强劲东风，一如既往地抓招商引资工作，同时突出抓好园区的基础建设，使得这一年园区工作全面开花结果，国内外宾客纷至沓来。

值得一提的是：这一年王金华要求园区关注台湾企业入驻园区的战略部署。

1月21日、22日，台湾著名企业家焦廷标、张忠谋、曾繁诚和宣明智等一行访问园区，洽谈投资事宜刚完，园区管委会和CSSD就派出考察与招商团赴宝岛，代表团此行拜访了一批潜在客商，并召开了园区情况说明会。

3月初，王金华刚刚部署好新一年年初的各项工作，就拉起旅行箱，又率团赴美国、日本招商；4月，园区管委会和CSSD赴欧洲招商团又在欧洲各国频频出击；与此同时，园区管委会和CSSD在韩国的招商团连连得手……5月份，王金华率团赶到新加坡，在那里展开了一轮热火朝天的招商活动，成果同样斐然。

"园区发展和经济的增长点在什么地方？初级阶段和中级阶段肯定是在招商引资上，所以我们园区一切工作的出发点和落脚点，都应当围绕这个关键点。"都说"开发王"王金华会抓钱，他自己说："抓得到抓不到钱，关键就在能不能招到来投资的客户。"这一年，王金华亲自率团到国外招商就达4次。这位日理万机的园区"一把手"是如何重视招商引资工作的，于此可见一斑。

2002年上半年，苏州工业园区引进合同外资11亿美元，实际到账外资4.1亿美元，同比增长分别为47%和40%；实现GDP122亿元，财政收入16.5亿元，进出口总额23亿美元，其中出口11亿美元，同比增长分别为30%、50%和21%、22%。

这一年，投资2亿多美元的快捷半导体（苏州）有限公司、美国的迈拓集团和美国国家半导体公司、施耐德（苏州）有限公司，投资1.2亿美元的来自马来西亚的嘉盛半导体公司、台华纸业包装（苏州）有限公司、日本松下在中国的第二个研究开发基地——松下电器研究开发（苏州）有限公司，和同为世界500强企业之一的日本旭化成、旗航超导磁浮铁道（苏州）有限公司、香港宏运企业股份有限公司等著名企业，纷纷入驻苏州工业园区。

2003年，对园区和王金华的团队来说，是个具有历史意义的年份。这一年中国因为“非典”疫情，全国的投资环境是亚洲金融危机以来最恶劣和困难的。然而依靠外向型经济为支撑点的苏州工业园区却一枝独秀，不仅没有受疫情的太多影响，反而吸引了更大的外资份额而获得了全面发展。引进的外资从数量到质量都有非同一般的提升，而且从新方接过的CSSD公司也在这一年首次实现了扭亏为盈的成绩，公司净资产恢复到1亿美元，并且首次向股东分红。这对所有参与园区投资的财团来说，极具标志性的意义。

“我说此人一定会比我们干得好嘛！”李光耀听到CSSD的新方副总裁吴天仁报告这一消息后，十分高兴。

“我是2003年受命到CSSD工作的。这几年园区完全按照我们预期的规划在一步步往前走，而且速度比想象的还要快些。作为新方派驻CSSD的副总裁，我经常要到世界各国去，碰到那些外国企业老板，他们总是说，到苏州工业园区一看，就觉得像是到了你们新加坡。更多的人说，去了苏州工业园区，就不用再去新加坡了，因为苏州工业园区甚至比新加坡更好些。这说明我们当时与中国进行‘软件’合作是完全正确的。现在我回新加坡就算是出差，一到那里司机们就会跟我说，他们都知道苏州工业园区很好，我也非常自豪地告诉他们，我现在的家在苏州，那里的空气非常好、风光更美。苏州人抓住了机遇，在加入世贸组织后迅速出击，吸引了大量外资，同时又按照科学发展观的理念，夯实了自己的底子和基础，所以自2001年以来，园区的发展突飞猛进，我们CSSD的盈利情况更是喜人。虽然现在我们新方不是大股东了，但园区是中新双方搞起来的，它的成功，比我们光赚钱的意义要重要得多，因为除了与中国关系更密切外，我们有了苏州工业园区的成功经验，使得新加坡在世界其他地方能够获得更多的合作机会。但我还是要重申一句：到目前为止，我们新加坡在与世界各国的合作中，苏州工业园区是最成功的。这种局面估计若干年里还难以改变……”讲一口流利中文、年轻精干的吴天仁先生与我握手道别时，补了这样一句话：“我们已经是一家人了，所以我比任何人都高兴看到苏州工业园区的欣欣向荣。”而他的这话，让我对这位“洋老乡”充满好感。

园区的发展已经成为苏州的一张独特而耀眼的城市名片，她使往日“小桥流水”的姑苏，从小家碧玉成长为光照世界的“大家闺秀”。近些年，园区在继续加大招商引资力度的同时，大力加强高精尖的科技含量事业建设。用时任苏州市委常委、园区工委书记马明龙的话说：“现在多少亿美元的招商引资项目已不再是我们的‘兴奋点’了，而是要看来投资的企业有多少科技含量。”而这，也正是苏州人当大股东后坚持按照科学发展观的理念建设园区的独创思路。从 2001 年起，他们就开始十分注重园区产业的转化，变世界“制造中心”为世界科技“研发中心”和科技企业孵化器，为此相继出台了《苏州工业园区鼓励技术创新、促进科技发展的若干意见》《关于苏州工业园区鼓励软件和集成电路设计企业发展的实施细则》《关于鼓励外国跨国公司在苏州工业园区设立地区总部的若干意见》和《关于鼓励在苏州工业园区设立科技研究开发机构的若干意见》等条例和激励机制。

随之，苏州工业园区国际科技园正式开园。

2004 年的 3 月和 5 月，党的总书记、国家主席胡锦涛和国务院总理温家宝先后来到苏州工业园区，考察了国际科技园，赞赏科技园办得好，并希望办出中国自己的特色。这年 9 月，苏州工业园区正式被科技部认定为“国家火炬计划软件产业基地”，同时又被信息产业部列入首批国家电子信息产业九大基地之一。

2005 年 3 月，园区和国际科技园被认定为“中国欧美软件出口试点基地”。同年5月，园区又成为首批国家集成电路产业园。6月，国家新闻出版广电总局认定苏州工业园区国际科技园为“国家动漫产业基地”；9月，再认定其为“国家火炬计划汽车零部件产业基地”。11月，俗称“天使基金”的苏州工业园区软件和集成电路设计产业发展基金规模增加到2亿元，同时成立苏州工业园区生物纳米科技发展基金。

2006年3月22日，生物纳米科技园、创意产业园正式开建。国内第一个创业投资引导基金也在苏州工业园区设立，首期总额达10亿元。

2006年3月，苏州工业园区科技创新大会召开，再次出台了《关于增强自主创新能力、建设创新型园区的决定》和《苏州工业园区引进高层次人才和紧缺人才试行办法》等新政策。2006年4月16日，位于苏州工业园区北部的中新科技城开工。同月，国家知识产权局正式批准苏州工业园区为“国家知识产权试点园区”。5月24日，落户园区国际科技园的新电信息科技（苏州）有限公司正式通过了软件企业能力成熟度最高级别CMMI5级的认证，成为苏州市第一家、江苏省第二家通过此项认证的软件企业。8月24日，苏州工业园区中国新加坡联合协调理事会第八次会议在北京举行，会议提出尽早把苏州工业园区建成一个最具国际竞争力的高科技工业园区，科技部正式成为中方理事单位。9月18日，中国科学院、江苏省政府、苏州市政府在苏州工业园区共同签署了共建中国科学院苏州纳米技术与纳米仿生研究所协议，这是苏州市首个国家级研究机构，总投资达5亿元。这年12月，财政部、国家税务总局、商务部、科技部确立在苏州工业园区进行鼓励技术先进型服务企业发展试点工作，列入试点的企业将获得优于现有高新技术企业的税收优惠政策。

“‘有所为、有所不为’，是我们园区发展高新技术产业的一个重要原则。近年来，园区坚持整体推进与重点突破相结合，不断做大IC设计、软件外包、嵌入式软件研发、动画影视、生物医药、纳米技术等对区域发展有战略意义的科技产业……”时任园区科技发展局局长张东驰介绍说。

进入 2007 年后，园区推进科技创新的力度更如长江后浪推前浪。3 月 7 日，《苏州工业园区鼓励科技领军人才创业工程实施意见》正式出台。这项《实施意见》规定，凡经园区管委会评审合格后，单个企业可获 2000 万元左右的资金支持。与此同时，园区还相应建立了 1 亿元创投风险贴补基金，专项用于创业风险跟进投资，使科技创新型人才及研发机构有了更大的投资积极性。此项政策一出台，惹得世界各地的那些热心科技创造发明者和投资家心旌摇荡，纷纷涌向美丽的姑苏城东那个金鸡湖畔。

“我们的‘重磅炸弹’投出一年，引来 400 个科技创新创业项目落户园区，这就是效益和成果。”

我想用一个最简单和直观的办法去理解园区的科技景象，于是爬到园区管委会的那幢大楼的 18 层楼道处，然后再举目远望——哈，这回园区的所有美景尽收眼底，那鳞次栉比的高楼大厦，那湖光水色间的创意产业园、生物纳米科技园，还有簇拥在花丛中的“研发中心”与高校实验楼，奇妙而绚丽，神秘而璀璨……啊，这就是我的故乡新貌，她正从雄伟的“制造城”迈向多姿多彩的“科技城”“生态城”“大学城”……人间天堂的一切美丽尽在此实现。

漫步金鸡湖畔，置身绿地碧波之间，眺望巍巍高楼与缤纷花园组成的画卷般的园区，我常常会联想到北京奥运会开幕式的那幅梦幻般的山水画，我甚至怀疑张艺谋是否“窃用”了苏州工业园区的许多“苏州元素”。张艺谋没有向公众说过这样的话，但作为苏州人，我在奥运会现场的直观联想，无法阻挡我的这种肯定。北京奥运会的开幕式，以东方式的文化和现代高科技及艺术表现形式的完美结合，使全世界为之倾倒。而另一幅永恒的画卷——苏州工业园区的实景早已倾倒了所有去过那儿的世界各国政要和客人。

德国前总理科尔有一次应李光耀之邀来到苏州，当科尔参观美丽如画、蒸蒸日上的工业园区后万分惊诧地问李光耀："仅用了十年就建成这个样？"

李光耀肯定地说："是十年！"

"太了不起了！"科尔拍手赞道，并向老朋友伸出双手表示祝贺。

李光耀非常高兴，说："我很高兴科尔先生有这样的评价，因为这是我的成功，也是中新两国合作的成功。"

科尔参观苏州工业园区后，对中国主人说："你们这儿很有点中国书法、绘画味道。"

当时苏州人一下没有反应过来，问科尔怎讲？科尔说，中国书法讲究的是"留白"不是？你们的园区在厂与厂、楼与楼之间，有巨大的绿地、湖水空间，这不是"留白"吗？这一"留白"，就显出了你们东方人办工业、建新城上与我们欧洲人不同的文化理念。

"苏州的进步与发展，说透了还是文化上的优势。"这是苏州市原主管文教工作的副市长、现任民进中央副主席、教育家朱永新的话。

是的，苏州工业园区的成功最终在于中新两国将共同的东方文化精美巧妙地诠释在了现代化经济之上，所以它显得魅力无限。

"当我们的认识还存在一定局限、眼光还不够长远的时候，与其把所有的事情都做完，还不如给后人留下一些空间，这也许就是对未来、对后人的最大贡献。"马明龙的这种特殊理念始终贯穿园区的发展。

寸土寸金的苏州工业园，已是项目满园，仅户籍人口已达27万。但在这里，看不到令人目眩的水泥森林，也不再是千篇一律的密不透风的车间厂房，而是疏朗而错落有致的建筑、无处不在的绿色，虚实相间，使这座浓缩了时代元素的新城富有张力，时尚中不乏闲适。

不久前，在苏州工业园区发展咨询委员会第二次会议上，日本野村综合研究所给苏州工业园做了最新定位——“国际技术产业城市”。

野村的提法，得到园区人的普遍认同。由工业园到家园、花园、公园，由制造基地到“科技硅谷”，正是园区人的憧憬和追求。

城市建设最终要给城市人提供方便的衣食住行。统计显示，园区新增绿地2000万平方米，绿地覆盖率超过45%。园区同志告诉我，初来的客人无不惊叹于这个宜工宜居的现代新城，有的甚至为它的自然生态和美好前景所折服，在这里购房置业，准备当“洋苏州”的新人。

有统计显示，为让园区的天更蓝、水更绿，累计投资逾20亿美元的200多个项目被“一票否决”。这种气度也许只有苏州人才有。苏州吴语软绵绵，但今日苏州人做事却掷地有声，豪气冲天，而且这种声响与气象都是在软绵绵中实现的，这使得苏州人的独特性格和远大奋斗目标完美地趋于一致。

回过头，我们再去审视金鸡湖畔那片美丽的土地上出现的奇迹时，也就不再会感到不可思议了。

这就是苏州！

这就是苏州人干的事。

这就是苏州人用袖珍的土地、精致的智慧，为中国和世界创造的实现中国特色社会主义宏伟大业的样板。

一块不足全国十万分之三的土地，创造了全国约3%的IT产值和16%的IC产值，有3000家外国投资企业在此落户，每年创造200亿的财税收入，等于西部一个省的财税水平。有人可能认为不能这样比，那你说应该怎么比呢？苏州工业园区的那块地方我从小就知道，过去曾经也是一块水泽荒蛮之地。只因为党的一个政策，只因为与新加坡的一次联姻，它现在成了世界瞩目之地。苏州富裕，苏州强盛，但苏州的富裕和强盛也是人干出来的，是我的父老乡亲们流血流汗干出来的，而且他们常常是在忍辱负重的情况下干出来的。虽然没有天生的好条件，但只要我们凭着勤劳、智慧的双手和勇于解放思想的头脑，持续奋斗，开拓创新，就可以使荒山变成米粮仓，就可以使巴掌大的地盘叠起喜马拉雅山一样高的金银元宝来！

这就是苏州的经验。

这就是苏州园区的经验。

“人间天堂”史　第三部

“五虎争雄”

中国官方经济部门有一个权威性的全国“百强县（市）”排名，已经搞了十几年。它是以全国县级单位的生产总值作为参考依据而进行的一种非常显而易见的标志性实力排序。这个名单中，全国人民都习惯性地听到有这么几个县（市）总在前十名，它们是：昆山、张家港、常熟、吴江、太仓……

我经常在全国各地采访，也经常听到一些省、区领导格外重视自己的区域经济实力在全国的排名。虽说现在有人对把地区生产总值作为衡量一个地方的经济实力的标准提出疑义，但谁也无法回避生产总值对一个地区的经济发展和百姓生活具有的重要意义。“发展是硬道理”，在科学发展的前提下，GDP 仍然是我们中国这样的发展中国家的一个基本的经济发展指标。对于许多省、市、自治区来说，能够在“百强县（市）”上挂个名是件了不得的事，能够在“百强县（市）”前十名中挂上名就更是中头彩的大事。苏州太“牛”，一个地区就有 5 个县（市）进入了前十名！而苏州其实总共才管辖 5 个县（市）。

“五子登科”！这种骄傲只有苏州才有。

新中国成立后，苏州的行政区划曾经有过多次更动。1983 年前的苏州地区除了上述 5 县（市）外，还有吴县、无锡县、江阴县，这三个县也是了不得的经济强县。后来无锡县和江阴县划归了无锡市。吴县也在 2001 年一分为二划入了苏州城区。我记忆中的吴县，一直是全苏州各县中的“老大”。这不但因为吴县独占与姑苏老城唇齿相依的特殊地理优势，而且它是“吴文化”的中心地带，自古人杰地灵，物产富庶，始终为兄弟各县之榜样。吴县纳入苏州城区后，对苏州城区的拓展和繁荣起着历史性的作用，而由吴县一分为二的吴中、相城两区也发展得十分迅猛和健康，甚至可以用如火如荼来形容。相城区北靠无锡、常熟，东挟大半个美丽富足的阳澄湖，东南毗邻昆山和苏州工业园区，形成了势不可挡的经济态势。吴中区上有苏州高新园区的科技飓风携带后有灵山、光福等诸多姑苏的历史与文化的天屏支撑，更有风景迷人的东山、西山“双足”傲立太湖，正歌唱着一曲曲醉人的“苏州美、太湖美”……

在我们叙述和歌颂苏州“五虎”风威时，不应忘却吴县在苏州改革开放 30 年中的历史地位。

第 18 章　昆山的称王之路

2008 年 10 月 16 日，《人民日报》以一个整版发表了题为《以开放打造中国百强之首》的文章，这篇由中国特色发展之路课题调研组写的“昆山市经济社会发展调查”，显然是中国最高层对昆山经验最具权威的总结。《人民日报》编者这样说：改革开放 30 年，昆山初步实现了由单一农业向农业、制造业、现代服务业协调发展的转变，由依靠外资带动向多种所有制经济共同发展的转变，由分散布局向集中布局推进集约发展、节约发展、可持续发展的转变，由一部分人、一部分地区先富起来向共同富裕、和谐进步的转变，由城市规模扩张向城乡协调发展的转变，由粗放型增长向经济、政治、文化、社会、生态“五位一体”协调发展的转变。昆山是“苏南模式”的一个缩影，“昆山之路”雄辩地说明，只要转变发展方式，快速度也可以有好质量，工业化也可以有好生态，城市化同样可以实现城乡统筹。只要坚持以邓小平理论和“三个代表”重要思想为指导，深入贯彻科学发展观，紧密结合当地实际，抢抓机遇，创造性地开拓发展思路，就能探索出以科学发展、和谐发展为主要特征的全面建设小康社会的发展之路。

老实说，我还没有看到中央权威机构会对一个地方的评价给予如此全面的肯定和高度定性。中国改革开放30年走的是一条什么样的道路？中央的结论和总结是“中国特色的社会主义发展之路”。什么是“中国特色的社会主义发展之路”呢？《人民日报》的“编者按”再明确不过地告诉我们：昆山之路就是中国特色的社会主义发展之路。

昆山现在的名气早已是神州大地皆知，因为昆山是全国两千多个县市中的“百强之首”，在这百强县（市）中，苏州现在的五个县级市一直处在前十名，而昆山则是多次雄居“百强之首”。不容易，很不容易，也许除了昆山还没有哪个县（市）能达到如此水平。

我在苏州，所以我了解苏州几个县市之间的较劲。可以说从新中国成立初期一直到现在，他们之间从来就没有停止过明的暗的较劲——当然这是你追我赶的、奋发向上的、为国家争贡献的较劲。铆着劲儿比学赶超，这是社会主义国家地域间的那种叫人看了都会感到激情澎湃的竞争，它使一个地域的发展始终保持在高昂的斗志下，这种情况，也许只有在苏州才能几十年如一日地看到。为此，我为自己是一个苏州人而感到骄傲。

昆山，在我童年的印象中，是个“低乡”——我的老家把有好地、好收成的地方叫“高乡”，称那些薄田薄地的湖塘之地、十年九涝的地方为“低乡”。在我离开家乡之前，一个高乡的男人假如找了一个低乡的女人做媳妇，即使这个媳妇百里挑一，这男人也会在众人面前很没有面子。可见低乡人地位之卑微。

我的出生地常熟属于“高乡”，所以我从小也沾了一点优越感：内心不怎么瞧得起“小昆山”（昆山比常熟小得多，无论是面积还是县城，以及古代读书人的名声地位，昆山皆为小字辈）。对大多数苏州人来讲，瞧不起昆山的最主要原因就是它是“低乡”。由于地处低洼，十年九涝，产粮特差，所以叫它“小八子”——苏州诸县市中它排名第八位（过去苏州市管辖8个县）。

“小八子”现在了不得，不仅在苏州诸县市中昂首走在最前面，更在全国范围内比任何一个苏州兄弟都走在了前头，而且名声最响，经济总量也一直领先。

一个只有927平方公里面积、65万人口的小昆山，它有几项经济指标就连中西部地区的省市区领导看了都会瞪大眼睛。

昆山的人均产值是171061元（合23418美元），全市财政收入202亿元。一个只占全国土地面积0.01%的地方，聚集了全国1.7%的外资和九分之一的台资，并创造了全国2.4%的进出口总额。

昆山是个传奇，是个中国式的传奇。难怪中国领导人对昆山都有着特殊的感情和关注。

胡锦涛总书记多次与昆山市领导正面对话和交谈，每一次都带着特殊的厚爱夸奖昆山是中国特色社会主义的典范。

江泽民在任总书记时也多次亲赴昆山视察，他与昆山的“交情”就更深了，因为他曾是“上海人”，上海人与昆山的感情是有着天然的地缘因素的，从20世纪五六十年代就开始建立，到了七八十年代就成了一种刻骨铭心的“恋爱”关系。

邓小平同志去世得早了些，如果晚走一些时间的话，相信小平会对昆山的发展更加充满关注和厚爱。因为小平是在苏州进一步明确、深化“小康”概念，又是在苏州确认了所提出的“翻两番”目标和勾画中国特色社会主义蓝图的，他老人家如果今天还活着的话，他会高兴地把每年的春节休假从上海搬到昆山来的，因为昆山正是按照他所构想的中国特色社会主义现代化蓝图去实践、去奋斗，并创造出人民富裕安康、综合实力强大的人间奇迹。

昆山模式是中国特色社会主义的典范，更是中国共产党人提出的“三步走”现代化强国梦的宏伟蓝图的实践地。

然而昆山的30年历程并不那么简单，昆山的经验更多的是体现了一种“敢为天下先”的开拓精神和解放思想、实事求是的发展道路。

第1节　与上海“攀亲恋爱”……

很小的时候我去过昆山，我的父辈都称它是“低乡”。昆山的县城与我的出生地常熟相比，更是不值一提。男人们讲：昆山的街，一泡尿就可以从头浇到尾。

旧昆山确实很穷很寒酸。

1980年，据苏州人讲，常熟、吴江的工业产值几乎比昆山多一两倍。那个时候昆山还没有几家像样的乡镇企业，当时苏州、无锡城里已经有很多国营厂，同江阴、常熟、吴县、吴江和无锡县（当时江阴和无锡县还属于苏州管辖）的诸多社队掀起了热火朝天的“联姻”，唯独穷昆山没人看得起。昆山人感到很压抑、很自卑。反正在昆山人的眼里，苏州、无锡这样的城里人是不会将自家的“联营厂”搬到昆山的，搬到昆山就等于是泡汤——容易被大水淹了。

时任昆山县委书记的蔡长林很不服气，他主政后就提出了昆山不能总当“小八子”，要当就当苏州的长子。有人私下里嘲讽蔡长林是不是想吹一通牛再往苏州城里“走”。蔡长林书记笑着说：“你们听说过哪家当‘长子’的可以随随便便扔下父母弟妹独自去享受荣华富贵的？我蔡长林倒是可以留一句话给大家：我爱昆山，胜过爱我自己。”在当时的昆山县委、县政府班子里，蔡长林正在物色一位能像顾炎武喊出“天下兴亡，匹夫有责”这样的人物来。

当代昆山会有这样的人吗？蔡长林的目光默默地盯住了副县长吴克铨。“这人灵光！”蔡长林暗地里赞赏道。你看吴克铨，他满脑子都是昆山如何的“什么也没有”，我们为什么不从其他地方，比如上海去“借”去“要”呀之类的话题。

“苏州、无锡这些城市都被常熟、江阴和吴县把关系拉走了，我们再想挤进去费多大的劲也未必成功得了。为啥不把目光往东看？东边是大上海，大上海不比苏州、无锡大几倍？只要跟上海攀上亲，我们小昆山还怕富不起来？”这是吴克铨的观点，县委常务会议上经常听到这位副县长如此高谈阔论。

“克铨，你的观点我也赞成。但有人说我们小昆山跟上海攀亲，人家能看得上我们吗？你给大家摆摆你的龙门阵吧。”蔡长林在县常委会议上，希望吴克铨能把大家心头的疑虑解了。

“俗话说：结婚娶亲，得门当户对。我们与上海攀亲，看起来，有些门不当，户不对。其实，大上海有大上海的优势，我们小昆山有小昆山的优势。我们小昆山自己的优势也不算少啊。一是你看我们不是地理位置好，交通方便吗？上海自己的县区有的上一趟上海市中心的人民广场要比我们这儿远得多。我们紧挨着上海郊区，进上海市中心半个来小时，绝对的方便。二是我们与上海市相比，土地多，水面多，农副产品开发潜力大，这是上海人最倾心的一点。三是我们的劳动力多，而且廉价。上面三点都是上海人想要但又自己不太好解决的事。如果跟我们昆山攀亲，就可以弥补上海的‘三缺’，这是优化组合，不能简单地看作我们与上海的攀亲就一定是我们高攀了，他上海人也有短的地方嘛！这叫1+1，但1+1并不一定只能等于2，可能是3，也可能是4。我说的这还仅仅是加法。我想只要我们诚心诚意与上海攀亲结姻，发挥双方的优势，我们的攀亲联姻也可能是乘法，而绝不会是减法与除法的。只要大家心往一处想，劲往一处使，我是有这份信心的！”吴克铨这番话像冷水缸里扔进了一块烧红的铁，一下炸开了锅。常委们议论开了，都说吴克铨的话有道理，当然也有人提出反对意见，主要是认为上海人太精明，跟上海人打交道，“乡下人”吃亏的总占多数。

“吃不吃亏，关键是看我们自己是不是诚信、真诚和有没有自己的优势，再者，上海人又不是天生优人一等，他们中还不是有许多人都是我们昆山籍人嘛！俗话说，亲不亲，同乡胜过门上钉，你只要铆上劲，哪有挂不上万两千斤的！我同意克铨的意见，我们除了一方面做好自己的工作，另一方面就得拿出点感情来投给上海人。小昆山要大发展，离不开上海这位老大哥。即使在攀亲过程中人家财大气粗一点儿，这都是属于正常现象，我们得有心理和思想上的准备，关键在于我们要发挥好自己的优势。优势是一切合作的砝码，昆山该到了好好利用自己优势的时候了！”蔡长林在总结时，说了这样一番慷慨激昂的话，很有些昆山向外“扩张”的总动员令的意思。

如果现在我们听到一位地方的“第一把手”这样说，不会感觉到是什么新鲜事儿，但在20世纪80年代初时，这样的“动员令”绝对是一个非常激昂的战斗号令。据我所知，新中国成立后，尤其是在华东局撤销之后，江苏和上海这对亲兄弟之间并不太和睦，原因并不复杂，相互之间有些不协调，说白了就是谁都不买谁的账。上海是华东乃至中国的经济、文化与金融中心，可上海有上海的局限——地盘小、劳力缺乏，更缺少农副产品，因此曾经一直对靠近自己身边的太仓、常熟等这几个富足县感兴趣，期待有一天将这些地方划为自己的地盘。江苏哪会同意把这两块“肥肉”割让？矛盾有的时候就是在这种事上产生的。这当然不能怪江苏人“小气”，想想看，区界、省界的划分，是中央或者前朝皇帝定下的，谁敢轻易易主？为这，苏州人是很难的：你靠上海太近了，北边的南京城会有看法；你离近邻的大上海太远了、太生硬了，大上海把周边的大门一关、一收紧，苏州人不知要吃多少苦头！

我小时候深切地感受到两省市之间的这种微妙关系。这种情况当然是过去的事了，现在上海和江苏早已亲如一家，关系密不可分，苏州和上海的关系更不用说。上海人对苏州这位小兄弟称作是“好兄弟”，苏州人真诚地叫上海人是“老大哥”。苏州称上海是自己发财致富的天堂，上海称苏州是自己的“后花园”和“露天银行”。

但形成这种关系的过程是复杂和微妙的。昆山人在建立苏州和上海这种“兄弟般”亲戚关系的过程中起着直接和率先的作用。

到了这个时候，昆山的吴克铨已经从班子的“配角”到了主角——1984 年他是昆山的县长。按班子的分工，县长是主抓经济的。他的能量因此得到充分的展示，加上书记蔡长林又是一个开拓型的党务领导，吴克铨从此有了大展宏图的机会。

与上海攀亲是吴克铨“强大昆山”的战略的主要思路。

他就任县长后的第一个目标是让昆山的纺织厂与上海纺织厂联营。

说起昆山的纺织厂，不同时代的昆山人有不同的感受。这家当年在“大跃进”时代建起的纺织企业，曾经给没有工业的昆山人添了不少荣光。可是 20 年过去了，它的容貌和产量不曾有过丝毫的改观。到了改革开放的 20 世纪 80 年代初，这家国有企业已经奄奄一息，它的唯一生命力就是靠税务部门免税来维持。当时纺织工业部的一位部长视察过后长叹一声道：“走了全国那么多纺织厂，没想到在昆山竟然还有这么一家破烂的厂子。哪一天你们通过技术改造后，一定想法留一个旧厂车间，好做纺织工业的文物让后代人看看。”

昆山人听了这样的话心里不是滋味，但现状就是如此。

作为县长的吴克铨心里更不是滋味。怎样来拯救纺织厂、振兴昆山，这是他上任伊始想得最多的事。他脑子里一直在盘算：昆山要发展，路怎么走，这是关键。

熟悉吴克铨的人知道，这位苏州吴江籍的昆山人，在任昆山县长之前曾经有过一段一般基层干部没有的经历：他是20世纪50年代末的中南财经政法大学毕业生，当时正值国家用人的时候，国家计委从中南财经政法大学要走了这位原先留校的高才生，在北京三里河的国家计委大楼里没待几天，20世纪60年代初的三年困难期来临，甘肃那边出了事，热血男儿吴克铨贴大字报强烈要求到最困难的甘肃去。吴克铨是在这种背景下到了甘肃去参加“整风整社”的。组织上原讲他们那一批人等“整风整社”结束后就回北京，可等吴克铨完成任务后，中央下了一道“精简机构”的通知，吴克铨就这样被“精简”了，他选择回老家苏州。但他没能到苏州城里工作，因为“精简”下来的人需要服从组织到更需要的地方去，于是他被分配到苏州最困难的昆山，就这样吴克铨带着妻子孩子成为昆山人，从此没有离开过……

若干年后，走马上任的县长吴克铨重操旧业：计划（或者说谋划）——成为他当县长后最能显露的本领与独特才华。

“20世纪80年代初，苏州的整体形势非常好，与全国其他地方相比已经是跑在前面的了。时任党的总书记的胡耀邦在视察苏南时曾经高度赞赏苏州‘无常江’现象。这‘无常江’是指的无锡、常熟、江阴三县，当时无锡、江阴二县都属于苏州地区管辖。‘无常江’的工农业产值都已经超过20亿，而我们昆山非常可怜，才6个亿。我们讨论的结果是：昆山光靠农业肯定永远掉在后面，必须要有工业。但客观上昆山有两个传统的问题，一是田多劳力少，工业一直没精力搞；二是昆山的农业产量虽然不高，但农民的收入在全苏州不算低，经常处在第一第二位，所以昆山人心里不想搞工业。当时昆山人有这么几句顺口溜：产量不高，收入不少；生活蛮好，贡献更好。说贡献更好是因为我们昆山卖给国家的粮食多，当时在以农业为主的县级单位，卖粮多就是最大的光荣。所以昆山在改革开放初期想突破产业结构的革命，遇到的难度和阻力不小，主要是观念上的问题。虽然当了‘小八子’，可心里还是有一份阿Q式的自豪感，甚至对老大哥‘无常江’还有些不服气。但同时大家心里清楚一件事：光搞农业，怎么也不可能赶上‘无常江’的。唯有工业才能提升一个地方的社会生产总产值。同时又如邓小平说的，走工业化之路才是实现中国现代化的必由之路。昆山能不能搞工业呢，这个问题摆在了我们面前，需要分析。我调查后的结论是昆山不仅可以搞工业，而且有得天独厚的优势，最最关键的是靠近大上海这个中国的经济中心。另外是我们到底有没有农业劳力可以腾出来去搞工业？我一调查发现，昆山至少有10万人可以腾出来搞工业，10万人搞工业会是个什么样的局面？我是搞计划出身的，想到这里就有些热血沸腾！而且我发现昆山已经有这样的先例，如陆杨镇，也是个田多人少的地方，但他们的小工业搞得好。相反周庄人多田少，可由于没搞工业，照样还是穷嘛！县委会议上，大家的意见一致：昆山要发展，三产必须一起抓。那个时候抓工业叫‘抓三产’。我分管工业，所以更早地主持抓了昆山的工业发展事业……”吴克铨回忆起当年的“昆山之路”时，讲起了这段思想与观念转变的历程。

现在看起来上面这些似乎很简单的事，但在当时绝对是一场深刻而前景未知的历史性革命考验。摆在吴克铨和昆山人面前的困难是：缺钱、缺设备、缺管理经验、缺专业人才、缺产业方向。

“搞工业的五要素，我们几乎全都缺。怎么办？我们首先想到了上海。上海这五样都有。可上海是上海，我们昆山能不能‘借’到这些东西就成了一个大家争议的事。有人说，上海人干吗要‘借’你昆山这些东西呢？而且多少年来，由于江苏与上海之间存在说不清道不明的相互不理睬的区域隔阂，两个近邻的兄弟之间的关系不那么和睦，尤其我们受上面‘不准东张西望’的指示，长期以来不敢轻易与上海这样的近邻建立友好关系。这是上面的问题，可我们昆山人与上海人之间的民间关系从来就是非常友善和亲密的啊！我们就从民间交往开始热乎起这种关系，从而实现昆山到上海‘借’力发展的可能。”吴克铨的这番心思是有根据的，而且条件也成熟。

自改革开放的春风吹拂中国大地后，虽然那时像上海这样的大城市的工业改革还没有全面铺开，但手头有点钱的上海市民早已活络起来了。每逢节假日，他们成群结队地跑到乡下来采购农副产品，自然到昆山的最多，而这种新形式的“下乡”，使得昆山人和上海人皆大欢喜，一方获得便宜、新鲜和好吃的农副产品，另一方在赚到钱之外，又获得了与城里人的交情。

“从这种热络开始我们的计划！”吴克铨是个特别的有心人，他要手下的干部们抓住这种机会，向上海全面出击。

于是昆山干部们有意识地行动起来了：不放过每一个上海人，与他们建立友好关系。

“你们是上海老大哥，便宜点、便宜点！哈哈，以后常来，下次来还有更好的东西卖给你们！你们就把我们当亲戚走就是了！”昆山人用真诚的感情和庄稼地的真货及河湖塘里的鲜鱼活蟹为自己的发展来吸引上海人。

于是更多的上海人成群结队来到昆山……

东风已吹起。吴克铨开始做自己梦想的事了——

他的第一块心病还是纺织厂。想到纺织厂，吴克铨便想到了昆山籍的上海人龚兆源。

“夫妻俩都是新中国成立前的地下党员，让他们来为家乡做点事肯定愿意。”吴克铨这么想，于是有一天，住在上海乌鲁木齐路的上海市经委顾问龚兆源的家里来了两位不速之客。“好啊，自家人不帮自家人还有啥人帮嘛？”龚老虽说已退休在家，可从来就没有一天放弃过为革命做点贡献的想法，如今听说家乡昆山要大发展，脸上心里流露的都是高兴。

“你们等等，我马上与二纺机厂的厂长严永生联系一下。”龚老办事干脆，客人还在屋里坐着时，他就马上操起电话找到老部下，说要“帮帮忙”。

“龚老，这是你家乡的事，一句话：让我们干什么我们就干什么。”严永生厂长爽快地答应了昆山人的请求。于是昆山县工业二局的顾品元没几日便与上海的严厂长联系上了。但联系上并不等于就是攀亲成功了。这个开头非常难，难就难在上海人心底里很愿意在昆山再搞个“分厂”之类的合作事宜，可一到真正操作起来时发现问题不少，而且有些事似乎越不过去。比如上海与昆山分属两个不同省市，这样的合作是不是得双方“上面部门”批准？出了问题到底让谁来裁决？是上海和江苏有关部门，还是北京的中央部门？如果有了利润又怎么个分法？假如上海得到了利润到底该不该划进总厂收入？如果不划进去分给了职工会不会是搞资本主义走了邪道？等等。最后研究来研究去，还是觉得“具体问题”不好解决。

吴克铨有些想不通了：“这个天地里谁都在喊改革改革，可真正改革起来怎么就会有这么多的问题呢？看来第一个吃螃蟹的人还真不易。”

“继续试试。”吴克铨后来又想到了上海的钱一平。钱是烈士遗孤，周恩来总理把他收养长大的。钱一平时任上海经济协作办副主任。经济协作办是20世纪80年代初政府为了“搞活”而建立的一个专门机构，专司对外经济合作事宜。他们兴许可以办成事。

钱一平不愧是昆山老乡，对吴克铨的想法很赞赏，表示一定“为家乡建设出份力”。

再说龚兆源，第一次为家乡攀亲没成，仍然信心很足，亲自带着吴克铨去金山石油化工总厂，请他们为昆山的纺织厂解决切片。金山石化总厂是中国改革开放的产物，这里的管理层思想解放得早，加上看龚兆源老领导的面子，便同意跟昆山签订300吨切片的业务。钱一平得知这事后，对吴克铨说："300吨肯定不赚钱！老吴，这事不能这么干！你们不懂可以理解，他们这么干就是不够意思了！我去找他们。"钱一平很有些为上海同行的做法感到惭愧与愤懑。

"300吨当然只能开伙罢了。"钱一平找到上海的一个厂长批评一通后，那厂长向他袒露了真情。

"既然要帮人家就得让人家做得起来，有钱可赚。再加300吨行不行？"钱一平瞅准机会问那厂长。"你是领导，我敢不听吗？"厂长笑着说。

吴克铨大喜，瞅准机会给钱一平副主任"加热"戴高帽，于是最后一下弄到了1000吨。哈哈，1000吨就有饭吃了！吴克铨喜上眉头，随后又跟着龚兆源学起"地下工作"——这回他们是专门对付当时政策中某些保守僵化的条条框框。

第一次攀亲的过程十分艰难而曲折，几乎是在半公开半地下的状态中进行的。这年12月31日，上海二纺机厂、上海石化总厂涤纶一厂和昆山工业局正式签订了一份《关于协作建设纺丝机实验工场的协议》。

读者读到这个奇怪的协议名称难免会感到好笑，但当时这个上海与昆山之间的第一个协作协议则富有深意。一是不叫联营也不叫合办，而是叫协作；二是实验两字很讲究，既可退又可进；三是工场最微妙，如果有人怪罪下来，双方就可以说这仅仅是一种实验性的工场，它不算正式厂子。"我们之所以这样写，是因为当时这样的联营办厂阻力还是相当大，尤其是分属两个不同省市之间的、大城市与乡下人之间的联营办厂，也好比是大国有企业与乡镇小厂之间的合作办厂，谁敢承担责任？弄不好我们这些具体主张做这件事的人都可能因此吃大苦头。所以为了双方的政治安全与经济安全，搞了个这样的协议。”吴克铨说起这份协议，苦笑道：“那个时候办成一件事非常难。”凡事开头难，难就难在那个时候有些事你弄不明白该如何办。双方协议签订后，得有上级单位批准吧？昆山方面跑到苏州。苏州告诉他们：“上海是省级城市，我批昆山县的企业可以，上海那一方我们哪有权批呢？”跑到南京，南京告诉他们：“江苏还没有跨省的协作办厂先例，再说你们这个叫什么‘工场’，工场算什么呀，我们省里没有批过啥工场一类的企业嘛！”昆山回答说，工场就是工厂的意思。南京方面的嗓门更大了：“你们跟上海合作办工厂这么大的事，事先也不报告，我们怎么好批你们呀！再说，我们即使批了你们，可你们是与上海合作办的厂，我们江苏怎么有权可以批与人家上海办的企业嘛！”

南京方面说的不是没有道理。于是吴克铨他们请上海方面找有关部门审批。上海有关部门一听就瞪圆了眼睛说：“好哇，你们上海人不为上海人办事，跑到江苏去办什么厂？怎么，想当汉奸咋的？再说，即使我批了你们，可我也不能给你们拿到北京部里的计划呀！乱弹琴。”

一大圈走过后，吴克铨和包括龚兆源、钱一平在内的昆山人好不懊丧。简单一句话：自由恋爱好不容易成了，竟然拿不到“结婚证”。没有“结婚证”就不可以同居过日子呀！不少昆山人开始退缩了，但在北京的国家计委大机关待过的吴克铨说：“上海、南京办不成的事，北京不一定也办不成。我上北京去！”

就这样，吴克铨带着县办公室的有关同志多次北上，到纺织工业部找熟人、找关系，从处长，到司长，再到部长，一层层地找……最后这桩“婚事”总算在两年后正式拿到“结婚证书”。

"这个厂是由上海的宝山、金山和我们昆山'三座山'共同建起来的，我戏称它为'三山厂'。那时候，办联合企业真就像登山那么难，要把'三座山'搬到一起，绝对不是件容易事，不比现在开放了，区域之间的合作就像走亲戚。20 世纪 80 年代初，我们的这种区域合作确实像地下工作一样。讲个真实的事——几年后，我们昆山撤县建市，上海来了很多领导，可我们自己的江苏省方面才来了一位副秘书长。那次会上有人半开玩笑地问我:'是不是昆山已经划归上海了？'我笑言:'弄不好真有可能。'可见，发展区域经济的历程也像国家的改革开放一样，在初始阶段同样充满着矛盾与复杂的社会背景。昆山之所以能够在后来成为全国县市的'百强之首'，创新始终是我们前进的基本动力源。"吴克铨总结昆山经验时说。

通过与上海攀亲所完成的第一桩婚事——纺织厂联营的成功，还有儿童印刷厂、水泥厂等单位的实践结果，这时候的吴克铨渐渐形成了一个思路:假如寻找出一条适合昆山实际发展的经济路子，是有可能大有作为的。

于是吴克铨与县委书记蔡长林等班子成员一起，开始谋划起一个真正让昆山腾飞的宏伟蓝图——在昆山建一批 500 万元以上的重点项目，总投资 1.5 亿元的经济开发区。"我们就是要建像蛇口一样的开发区。"这一年吴克铨专门跑到广东的蛇口考察参观，他在那里受到了强烈的内心冲击，暗暗发誓也要在自己的家乡建那么一个轰轰烈烈的经济开发区。

从此，昆山这片土地开始风起云涌……

第 2 节"自费"的历程

"要发展，靠上海。"这话是吴克铨喊出来的，后来成了昆山百姓家喻户晓的口头语。在与上海攀亲的过程中，昆山人尝到了甜头，也吃到了苦头。甜头是人家送来的，苦头应当说是自己找的。你想，有上海人答应到你昆山来办厂，这本来已经是“阿拉上海人”给足你昆山人面子了，哪知穿着皮鞋下来的上海“阿拉”竟然要赤着脚走几个小时的路还到不了目的地。“这个野猫不拉屎的地方还想办厂？别拿阿拉开玩笑好！”有几个上海人到周庄看厂址，竟然走了6个小时还没到地方，说啥也不想来第二次了。

“这么个干法不行，得有块像样的地方好让人家来得方便、看得舒心嘛！”吴克铨把自己的想法在县常委会议上亮了出来。“是个好办法。要不人家一看我们穷昆山，哪还有兴趣来办厂嘛！”班子成员意见非常一致。

哪里能够划块地出来呢？吴克铨与县政府的几位副手发现老县城的东边有块地可以利用。这块地上，20世纪60年代还曾经办过一个“红旗工业区”，由于当时觉得远离县城，职工上下班不方便，更主要的是那时办所谓的工业区条件不具备，所以荒废在那里。

“该让沉睡的红旗区苏醒了！”看过这片土地后的吴克铨那一天心情格外激动。凭着他对工业经济的熟悉，吴克铨一眼就看出这块废弃的工业区其实是块非常难得的新工业开发区的好地址。一是它离县城相对比较近，可以依托县城的一些基础设施，减少投资，比如工业开发区必要的“五通一平”等基础设施在这里就比另划一块地盘要省下很多钱；二是由于离县城近，一旦开发区建成后，人力资源调集比较方便；三是“红旗区”与县城之间约有十公里距离，这为未来老城和开发区之间建起一座新城留下了空间；还有一个好处是，这里交通方便，有利于上海人或其他到昆山来投资的客商能够舒服、便捷地在此生活与进行商务活动。

“就是这了！”1984年8月，昆山在县城东边的老工业区划出一块3.17平方公里的土地，成立起了后来彻底改变昆山命运的一个经济开发区，当初叫“工业新区”。这个工业新区成立时既没有举行盛大的仪式，更没有请任何上级领导，因为这是蔡长林、吴克铨等昆山人擅自做出的决定。而在当时像昆山这样的县一不允许成立工业新区和开发区一类的东西，二也不会有哪一级领导会批准他们的这种做法。吴克铨等人清楚这种胆大妄为的违规做法最好是别招人惹眼。

但建开发区的目的是为了办厂、办工业，对本地工业几乎是零水平的昆山人来说，开发区建起后首要的任务是招商——把昆山以外的那些大企业、有钱人招到自己的家门口办厂、办企业是最根本的目的。

说来也巧，有一个县计委的同志给吴克铨打电话汇报道：“在苏州办事时，偶尔听中国银行苏州支行的人说，你们昆山是不是有家手套厂，有个日本客商想在苏州搞合资生产手套，问我们感不感兴趣。”吴克铨一听跳了起来：“有啊，你们怎么回答人家的？”计委的同志说：“我们不敢轻易回答，因为那客商是日本人，所以我们特向县长报告呀！”吴克铨连声说我明白了。第二天，他赶到苏州，先到轻工局，再找市计委陈主任。陈也是第一次与外国人谈生意，就说，原来日本人是准备到某某县的，既然你们昆山感兴趣，那你们就谈谈看吧。

吴克铨好不高兴，接下去就是直接出面和委派副县长等与日本客商谈判。

不几日，一个日本人来了。他被带到了昆山，并且来到了吴克铨他们的“开发区”。

“这里？办厂的开发区？”日本客商望着眼前的一片庄稼地，踩着满是烂泥的土路，问吴克铨。

“是。先生尽管放心，这里会很快成为你所满意的工业区，至于道路嘛，我想三个月就可以修好了……”吴克铨不知哪来的底气，还是纯粹为了想拉住第一个外商，顺口就这么回答道。

“三个月？三个月你能把路修好？”日本客商瞪大眼睛瞅着吴克铨。

“是。三个月保证把路修好！”吴克铨这回认真了，口气十分坚定。

日本人上下打量了这位中国的“县太爷”足足有几分钟，然后打赌似的说：“你如果能在三个月内把路修好了，我就在这里投资办厂。”

“好，我们一言为定！”吴克铨把手伸向日本人。

“一言为定。”

三个月后，那位日本人又一次被邀来到昆山，来到三个月前他曾经站过的那块土地上。“哇！了不得！了不得！这里的路太漂亮了！不可思议！”他惊异地看着眼前宽阔的马路、平整的土地以及道路两边郁郁葱葱的绿化，大声地嚷嚷着。

日本人自然不会知道这三个月里吴克铨是怎么过来的。别说修路的过程有多复杂困难，时间有多么紧迫，更主要的是他手上没有钱。办开发区，县上根本没有钱。“当时我手上仅300万元资金，还是我当副县长时留下来的技术改造费。这回全用上了，我用50万元把跟日本人打赌的那条路修好了，其他的钱用来建厂房和必要的基础设施。开发区开工那天，一是我们不敢请什么人来，二是根本没有钱能干啥事，所以就只在席棚里做动员，我一个，建筑局副局长一个，其他人都是工地建筑队工人。我记得当时说过一句话：我们要在这里建一个新昆山，好让昆山人从此扬眉吐气，闻名全国！……现在还真的闻名全国了……”现已是两鬓斑白的吴克铨在昆山的一座优雅的古建筑内接受我采访时这样说。

岁月如流水。二十多年的时间在历史长河里犹如一朵小小的浪花。

“我决定在这里投资100万美元！这是我的中国‘苏旺你’！”面对昆山人的速度和诚意，日本商人情不自禁地欢呼起来，而且当场承诺以后还会在昆山更多地投资。

“苏旺你”是昆山历史上的第一家外资企业，也是苏州和江苏的第一家外资企业。它的意义对于昆山和苏州来说，都是具有历史性的。外资企业，100万美元，这在当时的昆山，简直就是一件天大的喜事！为了这个“苏旺你”，吴克铨曾一连跑了七次苏州。

日商“苏旺你”老板是位小儿麻痹症患者，也许是生活带给他太多的辛酸与磨难，情感特别脆弱和敏感。昆山人与他的谈判也变得异常艰巨。几位副县长先后出场，后来书记蔡长林也跟着出场。谈得不好时，“苏旺你”老板就哭，谈得好时他也哭（那是激动的泪水），弄得吴克铨他们常常不知如何是好。但最终因为“三个月修好路”这个赌让昆山人赢了，“苏旺你”如愿落户在昆山开发区。这个外资企业的开业，对于昆山来说具有历史性意义。

我看过当年“苏旺你”在昆山开业的现场照片，很简陋，在一个工棚里，有几十个人，多数是建筑工人，吴克铨等几个昆山县的干部去了，“苏旺你”的老板在现场也发了言。这回他又哭了，他边哭边高兴地说：“中国人够朋友，中国的昆山人更够朋友，没有人瞧不起我这样的残疾人。”“苏旺你”是个手套厂，第一期投资后，引发了许多日本商人对昆山的兴趣。后来日本企业一个接一个地到昆山落户，与“苏旺你”的表率作用和影响力有直接关系。“苏旺你”本身也在昆山获得了很大的发展。没几年，“苏旺你”又开办了第二家、第三家厂子，后来成了在昆山的第一批外国独资企业。在20世纪80年代初中期，仅这家企业就能为昆山创汇1000多万元。那个时候1000多万元创汇水平在一个县级地区是件十分了不起的事。

没有人告诉我“苏旺你”到底是什么意思，但我对“苏旺你”三个字却特别在意，不知道它是不是“苏州兴旺你我他”的意思？不管是不是这个意思，但“苏旺你”实际上在昆山和苏州所起的作用早已证明了这一点。昆山人对那个爱哭的日本残疾年轻人是有感情的。他们非常尊重和关心他，使他后来成了名副其实的新昆山人，这是后话。昆山人都知道“苏旺你”的老板名字，他叫三好一郎。

三好一郎值得昆山人和苏州人尊敬。两年后的 1986 年，苏州市也有了第一家外资企业。

话说当年第一个外商来到新设立的开发区，这对昆山人振奋极大。

吴县长竟然把外商都招来了，我们还不能把内商招进来？招商！招商第一！招来商，就是对昆山的最大贡献！招来商，就能被提拔，就能有翻身的日子！一时间，全昆山的“招商热”如飓风般地在干部和广大群众中吹开了……

招商多了，就得有块像样的地方把这些企业“装”进去。于是“依托老城，开发新城”策略真正开始启动。昆山由此有了第一个小开发区，面积 3.17 平方公里。

有了这么一块地方，有了搞开发的方向，就得有人领着干。于是蔡长林对吴克铨说：“有个人你可以让他去干开发区。”

“谁？”

“陆杨镇的宣炳龙。”

吴克铨当然认识宣炳龙。这个祖籍浙江萧山，出生在上海，随母亲到昆山的“昆山人”，有点像吴克铨的背景。吴克铨对宣炳龙的印象最初不是特别的好，瘦小个头，说话有点拗劲，但此人“脑子灵光”。陆杨镇的乡镇经济发展当时在昆山是走在最前列的，这其中宣炳龙的作用很大。宣炳龙所在的陆杨镇是 20 世纪 80 年代初昆山县的第一个“亿元乡”。那时“亿元乡”陆杨镇是昆山最牛的乡镇，是“穷昆山”的富裕之地，这个宣炳龙因此也成为当时昆山数一数二的能人。都在一个县上，吴克铨当然了解宣炳龙。曾在粮管所工作的宣炳龙比较早地与那些上山下乡到村里的知识青年们交上了朋友，然后几个人凑了 240 元在镇上办了一个玻璃钢厂。“说玻璃钢厂，其实也就是做些比油毛毡好一些的材料而已，但陆杨镇的经济就是从这个小玻璃钢厂慢慢发展起来的，到 1983 年我被县上调去搞开发区时，我们陆杨镇的年收入已经达到了 6800 万元。”宣炳龙这么回忆说。

“万元户”是 20 世纪 80 年代初中国人非常向往的一个富裕目标。那时谁能当上“万元户”，绝对受人眼红和尊敬。宣炳龙却把全乡的人都搞成了“万元户”，所以他很牛是自然的事。

宣炳龙被调到县上搞开发，这一干就是 23 年。宣炳龙因此也有了“宣开发”的美誉。“我是参与全国开发区建设中资历最老的一个。”瘦削的老宣，心直口快，却是个典型的实干家。由于他在对外经济工作中的特殊敏锐力和丰富经验，甚至连国务院原副总理吴仪都对他极为尊重。宣炳龙被调到县上搞开发后，从此成为吴克铨的得力助手和昆山开发区的元勋。

蔡长林和吴克铨从昆山大发展的战略考虑，在 1984 年初就将一批年富力强的年轻干部充实到乡镇一线去施展才华，其中有后来成为苏州“园区王”的王金华。这是后话。

吴克铨和宣炳龙等人筹备开发区初期，条件十分艰苦不说，关键是小昆山搞开发区在当时是明显的“违规”行为。因为上面明确指出办开发区必须经过国家批准。当时国家已经批准 14 个国家级的开发区，昆山算老几？国家怎么可能批准它搞开发区呢？

吴克铨胆子大，说国家不让搞，我们就自己悄悄干。

有人说：“搞开发区光通路通电通水等基础设施没有几个亿的钱，想都别想。”

吴克铨说：“我们穷昆山搞开发区就是在做梦，不过我们这个梦是为了彻底改变穷昆山的面貌、让老百姓能够尽快富起来的美梦。”

“这……这可能是白日做梦吧？”有人怀疑。

“只要是美梦，就是白日做又有什么不可以的呢？”吴克铨是铁了心地要干。还有宣炳龙，也认为只要路子对头，肯定能有所作为。

有人总认为县委书记蔡长林思想保守一些，可蔡书记自从到日本访问和到深圳、蛇口参观后，思想比谁都超前。“深圳了不得啊，人家卫生间都有电话了！家家户户用上抽水马桶了！”那时的县委书记对深圳的现代化生活水平羡慕到如此地步。再看看小昆山，整个小县城才 4.1 平方公里，6 万来人口，一条最漂亮的人民路 2 公里长，全县城最宽的马路只有 12 米，全县城最高的楼是 4 层的县委大楼。县上没有一辆小车，只有两辆大巴车，剩下就是几百辆三轮车。几十万人口的一个县，一年财政收入不到 6000 万元。那时蔡长林在县三级干部大会上第一次昂着头高声道：“比深圳、比苏州其他县市，我们昆山起步晚了，但起步晚不见得起点低。国家搞特区，我们能不能搞个工业小区呀?！”

昆山的第一个工业开发区，最初叫“工业小区”。

小区的名称可以防止一些政治风险：既然叫小区，就是试验着干。干好了，方向对了，就把“小”字拿掉，再往大的方向干。干错了，干出毛病了，上面怪罪下来，就把“小区”收拢便是。

但即使如此，也有人说：“我们昆山工业小区不是国家批准的开发区，银行不给贷款，你吴克铨咋办？”

“那我们就自费搞开发区呗！”吴克铨似乎早已胸有成竹。其实吴克铨和昆山人在当时根本不知道“自费开发区”会给昆山以及他们个人在经济和政治方面带来哪些麻烦。简单地说，当时的昆山人有点不知天高地厚！

“当时昆山全县一年的财政收入不足一个亿，听说我们搞开发区光基础设施就得花几千万元，一些原来赞成搞开发区的人也站出来反对，有人甚至在公开场合指名道姓地说吴克铨是想把我们的昆山折腾光才开心，因为他反正不是昆山人。意思是我吴克铨成心不让昆山人过好日子。那时我想拉开嗓门告诉大家说，搞开发区就是为了让昆山人过上好日子，可大家并不相信我。所以我只能硬着头皮往前冲，一直到几年后开发区像模像样了，县上的财政直线上升后，大家才相信我的话是对的……”吴克铨在我采访时笑谈当年的艰难岁月。

因为是违规的“自费”开发，所以本应是轰轰烈烈的一场大开发运动在昆山只能是偷偷进行。这么大的一块面积，想在那儿偷偷摸摸地干惊天动地的事容易吗？太不容易了！昆山人当年办开发区就是这样干出来的。“偷偷摸摸”四个字里包含了多少辛苦与艰巨。

吴克铨出任总指挥。指挥部设在昆山的母亲河娄江边上，其实就是几间小平房。不过它的斜对面是昆山首批与上海“恋爱成亲”了的金星电视机分厂那雄伟高大而整齐的厂房。“将来我们这儿会有无数比金星厂更漂亮的厂房和办公大楼。”吴总指挥用这样的话鼓励开发区的建设者和参与干部们。

然而那些建设者们望着规划图上那密密麻麻的线条和眼前一片片长着庄稼的农田，似乎除了憧憬吴克铨说的那份“未来”之外，所感受到的是创业的艰辛与一场场白手起家的苦战……

办开发区，没钱是让人苦恼的事，但要送走祖祖辈辈住在这里的老百姓、让他们搬迁则是难上加难的事。今天我们常在各种媒体上看到搬迁的难事，那时昆山“偷偷摸摸”搞起来的开发区，又是在没钱的情况下让百姓搬迁，可想而知，难度会有多么大。这恐怕只有吴克铨、宣炳龙这样的创业者才知道。

“昆山老百姓今天过着天堂般的生活，可当年他们是付出代价的。他们是值得尊敬的人。”宣炳龙曾这样深情地对我说。

拆房、搬宅基地、挖祖坟，这些都是老百姓最不愿意做的事，他们宁可穷得连裤子都穿不起，但也不愿被人赶着搬家、掘祖坟。“开发区？在庄稼地里建大工厂？没听说过！想哄小囡啊，没门！”别看昆山人离上海那么近，有些农民不仅自己这辈子没到过上海，就是上三代人也没一个人去过十里洋场的外滩。他们才不相信吴克铨、宣炳龙等人说的那些“天边的事”，一句话：“谁要拆房子，我们就跟谁拼命！”

农民毕竟是农民，你把工作做到了家，他们还是挺老实、挺听话的，尤其是吴克铨他们把未来的昆山描绘成上海一样的“花花世界”，再加上发动党员带头，最后农民他们还是没出什么特别的难题。

那个时候拆迁搬家也没有多少补偿，靠的是老百姓“听党话”的觉悟，但轮到一些单位拆迁就难多了。

有条朝阳路拓宽改造工程，牵涉到 18 个单位的搬迁，光拆除房屋面积就达 6890 多平方米，而且绝大多数是无偿拆除，加上这路通着苏沪交通要道，每天七八千辆车子来来去去，施工的时候恰逢雨季，拆房拓路，吴克铨与副县长石泉忠等人天天像泥猴子似的滚打在现场，依然天天有人出来吵吵闹闹，甚至扛着铁棍扬言要拼个你死我活。最后还是吴克铨他们用党性和组织原则说话，终于摆平了这些单位。

“改革初期大伙儿的眼光虽然短浅一些，但想的问题还是比较简单，换上现在，你想拆一处房子、整一块地，那代价就不是当年的那种无偿了……”如今的吴克铨说起当年的那场“惊心动魄”的事，心存对昆山人民的一份深深的感情。他说昆山现在的现代化，不是哪个人的功劳，应该是全体昆山人民的功劳，他们当年的无私奉献最可贵。

老县长这话说得有道理。共产党能够实现自己的奋斗目标，从来就是依靠人民群众的支持和奉献。昆山当然不例外。

为了招商引资，吴克铨他们在完成对新区与老县城之间的道路拓宽的同时，也着手对那些同样靠自费建起工业小开发区的乡镇进行道路的拓宽、修建工程。这钱就不再是几百万，而是几千万、上亿元……

“你们说说到底能有啥办法？”接任蔡长林的县委书记是毛阳青也是个改革派，他希望给老伙计吴克铨助一把力。

吴克铨苦笑道：“只有一个办法：我去当叫花子，给那些财神爷磕头吧！”

他真去了。该磕头的磕头，但磕完头你再不给，他吴克铨也来硬的：“你这个厂长想不想继续当下去了？想当下去，你就出点血。不想当的，你可以不出血，但你得腾位子。”那些厂长经理们怕见吴县长，他哪是叫花子，整个儿是个“强盗”。讨钱的吴克铨则自嘲是“强盗叫花子”。

但换一个副县长出面要钱就费劲了，人家不听他的。你说修路搞开发区怎么怎么重要，他说他的工厂企业现在怎么怎么困难，磨破了嘴他们就是朝你笑笑：“要命有一条，要钱没有。”最后这位副县长哭了，这一哭竟然让那些铁石心肠的厂长经理们动情了，心软了，于是3万、5万，纷纷“出血”……186公里长的老城区通往新城区、县城通往乡镇的柏油马路和264座桥就这样建起来了。

这种翻天覆地的干法，吴克铨和县政府工作做得再细致，也还是得罪了一些人，有人写信告状。“人民来信”一封又一封地飞往苏州城、南京省城……甚至还有的到了北京。

“得去看看，这昆山到底在搞啥名堂嘛！”正当吴克铨等昆山人已经在县城边圈出一块地打造深圳、蛇口一样的“昆山小特区”时，越来越多的“昆山人在疯干”的传闻不时在苏州市府机关传开。一天，时任市委书记的戴心思坐不住了，找来吴克铨问：“你把你们现在的搞法跟我说说。”

吴克铨本来早有意思向上级领导汇报汇报他们前阵子的干法，只是太投入眼前已经折腾起来的 14 个项目，加上市委书记那么忙，也就没了专题汇报的机会。这回好，市委书记亲自过问，于是他一五一十地把昆山如何通过与上海“恋爱结亲”，从而加速自己经济发展的事儿说了，又把通过这样的攀亲所出现的新的经济模式，以及为什么修那么多路和拆迁的事跟戴书记从头到尾解释了一遍。戴心思终于明白了，并连声称道：“原来如此。我看你们大方向没有错，照这么个路子干下去，昆山很有前途嘛！”

“那我们继续把攀亲的事做下去?！继续把路修宽一些?！”

“当然，从长远看，这些都是好事，你停下来不做了，我反倒会责问你的。不过，群众的思想工作还是要做细致一些，尤其是涉及老百姓的利益。”

“我明白。总有一天我要向那些做出牺牲的老百姓和单位加倍偿还他们的贡献。”吴克铨发誓道。

“这我就放心了。”

戴心思和吴克铨最后以这句话作为告别，彼此的脸上洋溢着开拓者对未来前景充满信心的那份激动。

路修好了，开发区的地盘也像个样子了。就在吴克铨他们等着“凤凰”来昆山“筑巢”的当口——具体地说，就在吴克铨急切地期待上海金星电视机厂把属于“亲家”出的那份办分厂的钱投到昆山来时，突然上海方面说：“中央宏观调控政策下来了，我们是国有企业，得无条件服从上面的精神。”

“啥意思？”昆山人紧张了。

“就是我们原先说的投资不能再出了呗。”上海金星厂的人说。

吴克铨一听有些傻了：“充满胜利的喜悦才几天，怎么就不行了呢？”他感到不能就这样“失恋”了，于是立即跑到上海跟人家说：“‘婚姻’大事，不能这样草率儿戏。如果办联营厂你们上海方面不便出资金的话，我们帮着借总可以了吧！当然是以你们的名义。”

上海方面想想：这倒是个办法。反正没动厂里的钱，不算违反国家宏观调控嘛！

就这样，昆山人讨媳妇，结果媳妇的嫁妆还是由昆山人自己备的。吴克铨喝了一口带着几分苦涩的喜酒，最后还是把与上海金星电视机厂这档子“婚事”给办了。

与此同时，攀结的另外十几桩“婚事”也这样轰轰烈烈地给办了——说办了，是因为办的过程都带着某些“贴老本”的味道。为了“完婚”，吴克铨和昆山人付出了很大的代价。然而这毕竟是在国家调控政策下的“大干快上”，所以昆山人“不听招呼蛮干”的议论也随之四起。昆山这么干到底行不行？似乎谁也拿不准。

就在这时，一位大经济学家来到了苏州，他对昆山引起的种种议论产生了兴趣。他正是为国家谋划出台宏观经济政策的“军师”，他叫薛暮桥。

“你给我说说。”薛暮桥把吴克铨叫到自己跟前，眼睛直盯着这个昆山县县长。

这回吴克铨格外谨慎。开头的每一句话他都是一边说一边观察着薛老的表情，后来发现老爷子越听眼睛越亮，脸上的表情分明是赞赏嘛！有戏。数天来一直处在痛苦和迷茫中的吴克铨一下子看到了希望，于是干脆从头到尾将昆山的做法如实道来，并且举出了14个项目在确立、筹建过程及相关的横向联合经济所带给合作双方的好处。

“好嘛，你们昆山无山却有玉嘛！我看这个做法很好。”

“薛老，您是专家，德高望重，看问题宏观全面，您听听是不是这个理啊——现在中央批超高速，我们当然拥护，宏观失控了，就得从宏观上去控制。但我也感到，再好的方针政策，都不能搞一刀切，不能仅从表面上去理解，也不能简单地照搬照抄，我们国家那么大，各个地方情况不同，就我们苏南地区那么一块地方，情况也各不相同，我们总不能套用一种政策、一种发展模式吧。如果我们照上面的政策做，看起来好像是‘坚决照办’，实际上是在偷懒，是教条，这其实也是对中央政策的不尊重……薛老您看我这个想法对不对？”

“对对，你说下去。我想听。”完全出乎吴克铨的意料，眼前这位力主宏观控制的经济学家不仅丝毫没有不悦之色，反而脸上泛起兴奋的红光。

吴克铨胆子大了起来，接着说：“举个例子说，我们昆山费了很大心思通过跟人家有实力的地方进行联姻后，一些项目已经投入上马了，如果这个时候停下来不干了，岂不是一种更大的浪费吗？所以我们并没有听从某些上面的精神，而是通过自己的努力，克服种种困难将项目搞了起来，让它们为昆山经济发展做贡献。有人说我们这是超高速，我们就是有点想不通，而且我们也并不觉得自己的做法就是违反了中央政策，您看是不是这个情况？”

“我们批超高速并不是说的你们这种情况，固定资产投入不能算超高速嘛！”薛暮桥忍不住插话道，“而且我主张的宏观控制是指国家整个经济现实，像你们这里的情况，能够从实际出发，走自己的路子，已经投入并见成效了，那就不是宏观控制的问题，而是要尽快见效的事嘛！”

“昆山从实际出发，要超高速是对的。”经济学家加重语气肯定道。

一阵风雨之后，昆山的天空再次出现彩虹。彩虹下面的无山的昆山城内再次闪耀着玉色光彩——那颜色光亮鲜明，令人目眩。

这道鲜亮的光彩就是：依托上海，借他人之东风，走一条横向联合的经济发展之路。

20 世纪 80 年代初期的昆山借助横向联合之路，尝到了甜头，而且这个甜头是实实在在的。吴克铨太聪明了，昆山人都很聪明。他们在与上海谈

“恋爱”的过程中越来越多地品味和吮吸着横向联合办经济这个“爱情”的甜美之果，同时，又有了异想天开的“移情别恋”——既然跟上海谈恋爱能得到好处，为什么不试试把“爱情”的视线伸向更远、更广阔的其他地方呢？一切有利于壮大我们昆山经济的好事，咋就不能都像讨媳妇似的把攀亲的好事弄到自己家门口来呢？

“我看可以。既然横向经济是‘自由恋爱’，我们为啥一定要把眼光仅盯在上海呢！‘美女’也并非只有上海才有，再说了，攀远亲可能更有利于‘恋爱’谈成。”县常委会上，大伙儿的意见非常一致。

这时，也正好有一件事增强了昆山人准备攀远亲的决心——昆山有家寒山牌冰箱厂，开头还凑合，到后来冰箱行业的名牌迭出，“寒山”真的到了“高处不胜寒”的地步。为了寻找出路，吴克铨让副县长去上海与上海航天牌冰箱厂洽谈联营的事。此时，上海与昆山的合作已经有了不少先例，所以双方的谈判很快成功，但正准备过两天签约时，突然上海方面的厂长告诉昆山人，说他们的上级有话，原本决定同昆山的联营之事现在被苏北的一个地方拉走了。

“怎么会有这等事嘛！”昆山有人生气了。

问题反映到吴克铨那里，吴克铨沉默了一阵，说：“既然我们昆山可以横向，人家其他地方也有权横向嘛。横向本身就是‘自由恋爱’，我们不能强求人家上海厂方。我们让。”

“让?！”负责联营谈判的昆山人有些憋气，但又觉无奈。就在这时，寒山冰箱厂的一个副厂长到上海出差，住在旅馆里，跟几个同室出差的外地人无意中谈了这件“失恋”的事，旁边的一个人说：“听说贵州风华冰箱厂也是航天部的国营大厂，你们不妨与人家风华冰箱厂谈谈看？”

对呀，为啥只盯着上海“阿拉”，干吗不把“恋爱”的视线放远一点呢！

昆山人一听好不高兴，于是立即派人到贵州风华厂，盛邀对方的厂长到昆山看看。风华厂厂长吴明展见突然冒出个昆山来客，觉得有些唐突，便笑嘻嘻地说："我干吗跑到你们昆山去，那儿跟我非亲非故。"昆山人一腔诚恳道："你们是大厂大家，我们昆山寒山厂是小地方小厂，就当请您去指导指导，您一定得赏光，路费全由我们出。"风华厂的吴明展厂长就这样被"骗"到了昆山。

"这个地方好嘛！离上海这么近，如果我们的冰箱厂能在这里搞个分厂，运输就省下好大一笔费用嘛！"吴明展到了昆山，才知道这里是个想都想不出有多好的地方，于是当昆山人再与他谈横向联营事宜时，他笑眯眯地说："你们的'谈恋爱'水平确实很高哟！"

吴克铨好不开心，从此他的"恋爱"范围和重点开始转向宽广无限的中国大"三线"——这是中国"文革"时期留下的国家经济战略转移中的一个巨大无比的国有大企业群体，它有昆山取之不尽、挑之不完的可以用于横向联营与合作的"好对象"。

同大"三线"的横向联营，使昆山就像掉进了"美女"堆一样，"恋爱"成功率高出无数倍，而且都是优质"美女"！

"不要满足，要挑更好的。不能放过任何有价值的线索。"吴克铨如一头永远吃不饱的饿狼一样，对属下叮咛道。

重庆汽车厂党委书记陈世生是昆山人，他到上海考察汽车销售，打算开辟一个市场，顺道回老家探亲，也看望了一下儿时的老师金达。金达听说自己的学生现在是个大企业的头头，便想到了一心想横向合作的吴克铨。

"我马上派人去见陈书记！"吴克铨一听这样的好事，便立即派县上的一位干部去见陈世生，请他在昆山城内城外转了一圈。中午时分，吴克铨亲自招待陈世生，并在酒席上诚恳地询问重庆汽车厂是否有什么项目想在上海附近一带安置。

陈世生一笑，说：“我看可以考虑，具体的项目你们派人到重庆走一趟，我们再细谈。”

“一言为定。”

吴克铨知道有戏，人家陈世生是昆山人，肯定不会让老家的父老乡亲失望。于是立即派了副县长和陈世生的老师一起前往山城重庆。两个昆山人一看人家的厂，心里甭提有多高兴！为啥？因为重庆的这个红岩汽车厂位于荒无人烟的山沟里，是个军改民用企业，生产了很多产品，但都积压在仓库里，显然销售是他们的一大苦恼。

“我们离上海近，可以争取一些优惠政策，一定帮你们把积压产品销售出去。”昆山人对重庆汽车厂的人说。

“真的？我们都进不了上海，你们能行吗？”山城人有些不太相信。

“没关系，销售不掉算我们的。”昆山人的豪爽，竟让山城人暗暗吃惊。

“试试吧，反正昆山是我老家，跑不掉！”陈世生书记最后拍板敲定，其实他心里也在直打鼓，可为了照顾老家人的面子，他只能把自己的政治资本一起押上。

这个时候的吴克铨盘算着一个大战略：与上海“攀亲”自然要加热加温，而“西接大三线”则更要全力以赴，因为一旦突破，小昆山大战略实现的美景定会提前到来。

“我们一起把这事做漂亮！”吴克铨对副县长郑慧珍说。

就在重庆的陈世生他们充满怀疑的时候，昆山人已经把重汽的车子开进了上海，这靠的还是昆山已经建立好关系的“亲家”。

与重汽的联营厂的协议刚刚签订，9月份昆山便以联营厂的名义在上海开了一个订货会。重庆方面的陈世生书记也来了，昆山的这位女县长告诉他:“这回我们至少要订出5台车。”

“你先别放大话！我们重汽厂这么多年还没有一台车进入过上海。”陈世生悄悄地对郑慧珍说。

“放心，陈书记，我不会给你丢脸的。假如销不到5台，我们昆山也要把它吃进自己肚里！”女县长的豪气让陈世生刮目相看。

吴克铨听说此事后夸奖自己的副手，同时关照她赶紧把联营厂的牌子挂起来，要不人家订货方到昆山来一看，还不骂死昆山人！

女县长这时才手忙脚乱起来:“可不，至少要搞个牌子吧！”于是她和筹备联营厂的几个人在县农机二厂的大门口竖了一块木牌子，像模像样地写上了几个字。

合作者重庆汽车厂的人见后，大倒胃口。碍于陈世生书记也是昆山人的面子，只能摇摇头表示对这样的联营“无话可说”。

不几日，就在重汽人卷铺盖准备回山城时，昆山人突然兴高采烈地前来告诉他们:订货会上共签订了60多辆汽车的销售合同！

“真的？”

“当然真的。你们看看这合同。”

小昆山这回让重庆的国营大厂佩服得差点没喊爹娘。剩下的“恋爱”程序也减了，双方直奔“完婚”和“生儿育女”——重汽提供汽车底盘，昆山分厂负责改装。接下去的三年内一下子改装了230多辆，而且买主竟是上海宝钢！

“哈哈，你们现在信了吧！我们昆山人不仅讲信誉，而且能耐也大吧！”这回陈世生书记在自己的干部职工面前着实扬眉吐气了。

重汽人一传十、十传百地将昆山人如何如何有能耐的话传到了西南“大三线”的每一个角落。于是，从重庆到四川、到江西等地的一个个军工企业、国有王牌厂开始纷纷涌向昆山，在大上海附近的江南水乡建起自己的分厂，甚至有的干脆将最重要和最核心的车间搬到了这里，与昆山人一起创造企业的新生命……而这中间，昆山人获得的不再是简单的资金，还有人才，以及管理经验和国家一流的技术与装备。

“我们昆山现在能够成为有世界影响力的重要电子基地，就是靠当年‘大三线’来昆山落户办分厂时那些国家著名电子企业打下的雄厚基础。”时任昆山市委书记的张国华这样对我说。

吴克铨等昆山人“东连上海”“西接三线”的战略，使昆山在短短几年里建起了几十家联营企业，原来的“工业小区”已经不能满足众多厂家的落户需要了，于是县上又命令宣炳龙他们将“小区”扩大一倍，达6.18平方公里面积。

“嗯，我看现在有点像开发区的模样了！”吴克铨望着扩张了一倍的规划图，对宣炳龙说。不过他又马上补了一句：“你得有准备，再过三年，可能还得在此基础上再扩大一倍。”

“我想应该是我们今后三五年内的奋斗目标。”宣炳龙回答得毫不含糊。

吴克铨死死地回看了宣炳龙一眼，十几秒钟后，突然放声大笑：“当初县上调你老宣来搞开发看来没错！”

“谢谢领导信任！”宣炳龙是个嘴上不饶人的家伙，不过吴克铨和县领导更欣赏他干事的劲头。

这个时候，昆山在吴克铨等县领导的指挥和身先士卒的影响下，像宣炳龙那样的一批招商和搞开发的能人在各乡镇也如雨后春笋般地涌现出来，并呈现你追我赶之势。其中宣炳龙原来所在陆杨乡依然走在前列。该乡党委书记周振球就是一个力主搞联营和开发的“少壮派”，他的乡当时在昆山是已经出了名的工业先进乡，在与上海联营过程中频频出招，乡镇企业产值连年翻番，1985 年就成了昆山第一个“亿元乡”。

另一位昆山当年的风云人物就是王金华，吴克铨最得意的“开发王”。王金华是被派到城北乡任党委书记的。城北在当时是个穷乡，王金华去任职时，不说城北没啥工业，就是在其他地方很吃香的学校老师都纷纷要求调出城北乡，原因只有一个：学校条件太差，待遇又特别低。

怎么办？城北乡根本没有什么财政，向县里要钱？县长吴克铨明确告诉他：“县上在搞开发区，你那里自己想办法吧。”

“能想啥办法？”王金华心想，“你真让我白手起家？”白手起家四个字好说，但真正靠白手起家是不可能的。王金华与乡长余荣合计：还得“借鸡下蛋”——这是继吴克铨的“东接上海”“西联三线”之后昆山发展史上的又一个重要发展战略思路。

昆山人现在还能记得当年王金华提出的这一条“昆山发迹经典”。

“借鸡下蛋”，得先找“鸡”。于是王金华把党委班子九个人召到一起，说：“我们分一下工，除了负责组织人事、纪委和办公室的三个人以外，其他的六人，全部到一线去抓经济。”

有人问：“我们去干啥？”

王金华说：“去到有钱的地方借钱。”

于是包括王金华在内的这六个党委委员“用艰苦拼命的精神，用诚恳专一的信誉，用使人信服的效益”，东进上海，北上京都，四面八方，全面出击。为此，王金华最初在昆山出名时不是叫“开发王”，而是叫“借钱王”，有人形容他借钱的本事可比马季相声的水平——谁都佩服。

有了钱好办企业，好发展工业，好跟上海人和其他外地人办联营厂，就这么着，不到两年时间，城北乡改变了落后面貌。王金华刚下去任职时全乡的工业产值只有 1400 万元，两年后城北乡也跨入了“亿元乡”行列。他王金华也成了苏州“八仙”之一，这“八仙”中有后来名声显赫的张家港市委书记秦振华，秦当时是一个镇的党委书记。

“县长啊，你可不要听王金华他们吹牛，城北乡的发展是虚的，他们借的债已经快把全乡的经济压垮了！”开始有人说这种话时吴克铨没在意，但说的人多了，吴克铨有些坐不住了，决定不带任何框框，到城北王金华他们那里去实地调查。

1988 年 11 月，吴克铨来到城北乡，先听王金华他们汇报，然后要王金华他们拿出几张报表，当然是实实在在的报表。吴克铨是搞统计出身的，一看报表就知道个大概。接着他又看了几个企业，再到当地的老百姓那里瞧了瞧……有数了！吴克铨对王金华说：“你们放心干！城北所借的这点债，比起老百姓得到的实惠和城北的发展及效益来说，是小菜一碟。”

“县上要在你这儿开个现场经济工作会议，你好好准备一下，把你们借鸡下蛋的经验给大家介绍介绍。昆山下一步要大发展，‘借鸡下蛋’与招商引资一样的重要，你给我好好总结总结！”吴克铨临走时又把王金华拉到一边，悄悄说：“你不用担心有人给你写告状信，我看没有几封是让人相信的。我只信你的‘借鸡下蛋’不是胡搞，而是实实在在地给城北百姓带来了好处嘛！放下包袱，好好干，前途大着呢！”

县长的这番话，让铁骨铮铮的王金华差点落下热泪。

城北“借鸡下蛋”的现场会，让全昆山的乡镇干部受到了一次深刻而生动的教育，同时也学到了王金华的真经。

“中国的农村经济发展与国家的发展一样，当时我们在基层尤其在乡镇一级搞工业的人，以前都是农民出身，没有人干过借债办企业的事。王金华他们通过‘借鸡下蛋’走出了自己快速发展的路子，这在当时的昆山人中都是非常了不起的。因为中国的农民祖祖辈辈所想的只是一头老牛耕一方地的自给自足的生活方式，谁家要是负了债，就得卖儿卖女，年关一到，更提心吊胆。新中国成立后，从互助合作社到人民公社，几十年中关于社会主义这个题目一直没说清楚，总认为靠借钱发展集体事业是资本主义的东西，是社会主义所不允许的。在这么一种观念下，人们对城北乡王金华他们的做法开始持怀疑态度就不奇怪了。这也是我们昆山在走自己经济发展之路上面临的一个重要的关卡。我们的结论是：按从实际出发的理论做，摸着石头过河。对干部们说，借钱不借钱不是关键，关键是你借的钱是不是为了发展当地经济，是不是让当地百姓得到了实惠？只要是干部没把借来的钱装进自己的口袋，又科学合理地用到了要紧的地方，发展好了当地的经济，老百姓得到了实惠，这种借钱就是社会主义路子，就应该提倡。我们还把办金星电视机昆山分厂的实际效益告诉大家：1985 年办这个厂时，也是一无所有，后来靠借来的 500 万元，盖起了厂房，当年电视机厂就生产了 2 万台黑白电视机，赢利 70 多万元。几年后，这个厂不仅全部收回了投资款，而且累计赢利 2700 多万元，等于通过办一个厂，换回了 4 个新厂，还为国家上缴了 800 多万元利税。我给大家这么一算账，干部们的心头一下子亮堂了。王金华更是因此成了全苏州搞经济的明星人物……”吴克铨回顾这段历史时满怀深情地说。

“借鸡下蛋”创造了昆山走自己发展模式的一条光明大道，同时也给倡导这一模式的王金华本人造就了一条人生的辉煌之路。一年后，王金华被提拔为昆山市委常委、常务副市长。没多少时间，苏州市在城边要建工业开发区，他又被调去任常务总指挥，从此他走上了与苏州市共同辉煌的现代化之路。

1988 年、1989 年，昆山之路面临了一场意想不到的暴风骤雨……这其实也是必然的，因为在此之前，吴克铨他们搞的“昆山开发区”是自费的，说白了就是“地下的”。在中国，一个政府想把一场轰轰烈烈的伟大变革搞成地下或半地下的可能性几乎没有。

昆山人经历磨难是必然的事。

在吴克铨的记忆中，那位曾经主导批准开放沿海 14 个城市设立经济技术开发区的中央领导是 1987 年 11 月 26 日来到昆山的。估计昆山自费办开发区的事多多少少传到了北京，所以这位中央领导到苏州后提出要到昆山看一看。在参观完后，他与吴克铨有这样一段对话——

来者问：“你这开发区用了多少钱办起来的？”

吴答：“1200 万元。”

问者惊诧道：“3.17 平方公里面积，你才用 1200 万？其他地方的开发区基本上每开发一平方公里就是一个亿。”

吴说：“是这样。因为我们昆山底子差，所以只能省着花钱。”

问：“你的钱哪儿来的？”

吴说：“借的。”

“没拿国家一分钱？”

“没拿。”

“全靠自费？”

“可以这么说。”

“不可思议。”中央领导对昆山人自费办开发区的精神深为震动。他转过身，对随行的国务院特区办主任何椿林说：‘你们帮他把债还清了！’随后他用力地握了一下吴克铨的手，眼里流露出几分赞赏。

“为什么你们不叫开发区？”

吴答："不敢叫，我们还没有申报批准呢！"

"噢，你们是自费开发区，"中央领导自言自语地说，"人家昆山自己搞起来搞成这么个样子，得给人家一条活路嘛！"

"谢谢！谢谢中央对昆山的理解和支持！"吴克铨握着这位中央领导的手，热泪盈眶。

打自费办开发区以来，虽然苏州市委对吴克铨与和他并肩战斗在开发一线的战友们的支持、理解一直没有间断过，然而毕竟作为自费开发区的主要负责人和一县之长，吴克铨时时刻刻处在风口浪尖上。不要说拆迁搬家得罪了多少人，也不要说那些到处当叫花子的低三下四的经历，就是招商引资见了成效，一个接一个的企业在创造出效益，为昆山创汇和交税额直线上升之后，还有人在私底下说，他吴克铨这么卖劲搞开发区，与外商打得那么火热，还不知道为自己捞了多少好处哩！

这样的误解还好说，关键是一顶顶吓死人的政治帽子常常让吴克铨憋得快透不过气来。什么"搞开发区是彻头彻尾的走资本主义"，"吴克铨是想把昆山变成上海人搞自由资本主义的乐园"，"是想把昆山彻底卖给外国人"等一类的话语，以及一封封有名和无名的"人民来信"，没少给吴克铨的头上扣屎盆子。

"我们是把昆山的全部家当抵押在搞开发区上，一旦失败或半途而废，后果不堪设想。我们谁也担当不起啊！"吴克铨从 1985 年力主搞开发区以来的几年里，他内心一直被上面这些问题敲击着。

"自费"是个什么概念？尤其是在国家实行宏观控制的年份里，他吴克铨的"自费开发"从某种意义上讲，就是与中央"对着干"。这种政治后果一旦认真起来，有他吴克铨好看的。

“一县之长”，他吴克铨其实早已为自己设想过这种结局。

现在中央领导终于认为昆山的开发区做法是正确的，并明确表示应当给予支持和帮助。他吴克铨能不激动吗？钱虽重要，但毕竟和开发区的合法问题相比，仅仅是一桩小事。如果开发区还是“地下”式的，如果开发区永远不被国家承认，你昆山即使有再大的能耐最终也只能游离在改革开放的边缘，继续默默无闻地承受着苏州“小八子”的地位，老百姓也只能过紧巴巴的日子。吴克铨最不愿看到这种境况。

现在摆在吴克铨和昆山人面前唯一要做的事就是尽快让中央领导的指示精神落实到昆山头上。

昆山和吴克铨连做梦也在想要把昆山开发区挤进国家的“十四加一”的经济开发区行列中去，这样就可以获得中央和地方各级政府名正言顺的支持与政策上的优惠。

那位中央领导走后，吴克铨好一阵兴奋，对宣炳龙等人说：“你们在家把我们的工作再进一步夯实，我负责上北京争取给我们开发区拿到‘出生证’。”

宣炳龙说：“市长你放心，家里的事我们一定把它办得更漂亮。”并且把下一步的招商引资情况和第三次拓展开发区的计划作了初步汇报。“这回我们做了一个规划有 14 平方公里面积的图纸，等你回来我们就报请市委、市政府和人大审议。”他拿出一大摞图纸和资料。

这个时候昆山已被国务院批准撤县建市，县长吴克铨也随之成为首任昆山市市长。

吴克铨随手拿起扫了一眼，脸上露出了狡黠的笑容，说：“14 平方公里可能还不够啊！”

“你说 14 平方公里还嫌小？才 5 年时间，我们已经从 3.17 平方公里，一直发展到 6.18 平方公里，这回做出 14 平方公里的规划等于在前 5 年的基础上扩充了一倍呀！”

“一倍就大了？你想的还是昆山小开发区。”吴克铨放大嗓门说道，“现在我上北京是去拿国家级开发区哟！”

“哈哈，对啊，我们不再是小昆山的小开发区了，要建国家级的大开发区了哟！”宣炳龙一向认为自己的眼光放得比别人远，但听市长这么一说，觉得自己盘算的开发区前景还是小了许多。“好，我知道下一步规划如何做了！”

“别别，我们还是一步一步往前走！”这回轮到吴克铨泼冷水了。

“为啥？”宣炳龙瞪大眼睛问。

吴克铨没正面回答，只是在转身时放下一句话：“我们的开发区现在还是‘私生子’，给‘私生子’办户口有那么容易吗？”

“不是‘皇帝’点头了吗？”

“那也得‘衙门’下文呀！”

“噢。”——宣炳龙明白了，于是他重新拿起那份画有 14 平方公里面积的规划图，若有所思起来。

吴克铨非常聪明，他既是一位经济专家，同时又是一位善于把握政治的官员。中央领导视察过后，他让县上的相关部门与新闻单位记者们放风，很快有新华社和《人民日报》的记者来昆山采访他们的自费开发区，这两个记者不负昆山人之期望，1988 年 7 月，《人民日报》头版登出长篇通讯，并配发了评论员文章。这一评使得昆山名声大噪。这年冬天，国务院经济技术开发区会议在天津召开，昆山作为“十四”之外的特约代表应邀参加，而且由于他们的经验丰富和成绩斐然，让与会代表刮目相看。因为当时昆山自费开发区的经验中有两条令其他开发区震动极大：一是全国其他开发区的基础设施建设每平方公里为 1.2 亿元，而昆山仅为 1200 万元，是其他开发区的十分之一。这对当时缺钱办开发区的其他地区是一个巨大的冲击，也提供了可贵的经验。二是昆山的开发区当时已吸收30多家企业，其中外资企业11家，内资企业19家，几年来累计的工业产值为15.39亿元，出口创汇4079万美元，利税1.2亿元。这个数字在全国那么多国家级开发区中名列广州和上海之后，成为“老三”。小昆山的“地下开发区”竟然比国家级开发区强大和高效那么多，让那些老大哥实感惭愧。

种种迹象表明，昆山开发区将有出头之日了。

老练的吴克铨没有陶醉，他深知中国的政治体制和社会特性，一个没有得到“上级”认可和正式批准的开发区，即使再有经验，再有效益，也照样可能一夜之间被毁掉。

什么事都没有比把“出生证”办下来更重要的了！吴克铨多次在县政府会议上强调。而他内心清楚，这事非得自己亲自出面“跑”才可能办好。于是他一边让秘书整理出中央领导来昆山视察时的讲话要点，一边让办公室订票。第二天他便到了南京——吴克铨深知，要想得到“国家级”待遇，你首先要得到“省级”待遇。

改革开放以后，江苏省继彭冲同志当书记后的数任领导，都是十分坚定地支持改革，尤其对苏州和昆山的工作相当重视。昆山搞开发区初期，时任江苏省委书记的韩培信、女省长顾秀莲，都非常关心。1986年，昆山自己搞起来的开发区已经瞒不住了。当年秋天的某日，韩培信书记来到昆山，就提出要看开发区。当时的县委书记蔡长林和县长吴克铨非常犯难：到底让不让省委书记看呢？不给看，不行；看了，万一省委书记“震怒”而让昆山停办呢？

“不要紧，看看再说。”最后还是陪同韩书记的时任苏州市委副书记林瑞章说了这话，吴克铨他们才壮大了胆子跟省委书记一起走进了他们一直保密的“工业新区”（当时的名字）。

在现场，韩培信一边看，一边听汇报，又常常一言不发地在思考。回到招待所，他对吴克铨说了一句话："搞得不错嘛！"随后还让吴克铨将开发区的总体构思重新说了一遍。

"韩书记，你对我们的肯定让我们非常感动，但现在有人说我们与上海搞联营是当上海人的'殖民地'，所以我们一听心里就感到害怕。"吴克铨见韩培信书记对开发区和与上海联营办厂很肯定，便掏出了心底一个最大的担忧。

韩培信这回眼珠子瞪圆，看着吴克铨认真地说道："你告诉那些人，我们支持昆山做上海的'殖民地'。"

"行！"吴克铨觉得省委书记此行给了他一个最重要的政治保障，这比几个亿的开发资金还重要。

正是这次省委书记的"昆山之行"，使得昆山开发区从"地下"转到了公开。而现在中央领导的视察，则使昆山开发区真正有了出头之日。

韩培信那次回到南京后，专门在省委常委会议上讲了昆山开发区的情况，并建议省领导们都去看一看。这之后，时任省长顾秀莲、副书记沈达人、孙家正等先后来到昆山，他们看完这里的开发区和老百姓所发生的变化，非常高兴，充分肯定昆山搞开发区的方向没有错。让昆山人感到扬眉吐气的是在次年的省人代会上，省长顾秀莲在省人民政府工作报告里还专门提到了昆山开发区。

带着中央领导在昆山开发区讲话的记录稿，吴克铨北上南京去争取昆山开发区的"出生证"。此行非常顺当，省里将昆山的开发区批准为江苏省的重点经济开发区。

吴克铨当年在国家计委工作过，他比普通的县官更懂得如何与北京的中央国家机关打交道，所以在完成省里的相关手续后，他带着两份重要文件（一份中央领导在昆山的讲话记录，一份江苏省批准昆山经济开发区的批件）来到北京，找到前些日子跟随中央领导到昆山视察的特区办主任何椿林，请求批准昆山开发区的“国家级”待遇。

何椿林非常热情地接待了吴克铨，但告诉他：要把昆山的自费开发区变成“国家级”身份，必须履行一个手续，这就是说国务院要在已批准的十四个开发区之外进行“加一”的特别决定。这“十四加一”需要国务院专门会议才能决定。

“何主任，这事我们只能多多劳驾您了！看在中央领导已经肯定我们昆山开发区的分上……”吴克铨知道这事非同小可，而要办成这件事，非何椿林主任莫属，一则他主管这方面的事，另一个关键是何椿林主任实地考察过昆山，他说话能影响众多国务院领导。如果磕头能解决问题的话，吴克铨当场肯定要给何椿林磕三个响头。

何椿林不愧是位体贴下情的好领导，他肯定地告诉吴克铨：“昆山这个忙一定是要帮的。不过钱的问题你们得找财政部。”何椿林告诉吴克铨。

“财政部的事我们去找。”吴克铨谢别何椿林后马上到了财政部。国家对所批准的国家级经济开发区是有政策和资金上的支持的，吴克铨知道打通财政部关系的重要性。昆山缺钱啊！

财政部官员说：“钱可不能随便给。”

吴克铨一听，那张原本兴奋起来的脸一下蔫了，求情道：“请领导们帮帮忙，我们昆山开发区已经办了好几年，从来就没有花过国家一分钱，多少也请照顾点我们。”

财政部的官员看看昆山送来的材料，又看看中央领导在昆山的讲话，再瞅瞅吴克铨的一副可怜相，终于发起善心：“这么着吧，正好现在讨论地方向中央包干上交财政收入的事，你们昆山如果赶上这一拨，可以从你们昆山上交的财政收入中少交一些用作经济开发区建设资金。”

“好啊，我们昆山现在向国家上交的财政收入包干数是一个亿，而且每年还要递增 6%。能不能在这个数里，请财政部照顾照顾？”吴克铨是全县经济的大管家，财政方面十分清楚，于是这样道来。

财政部官员商量了一下，说：“假如你们的开发区经国务院正式批下来，我们参照其他开发区的做法，同意你们从现在上交给国家的一个亿中拨出 5000 万元用作经济开发区资金，还可以享受免除每年上交额的递增部分。”

“太好了！谢谢，谢谢你们对我们昆山的帮助！”吴克铨万分感激财政部的官员。

“每年 5000 万元，整十年就是 5 个亿，关键是还免除每年递增的 6%，这一项政策，等于让我们昆山开发区有了比较大的资金来源。”吴克铨事后感慨万千道。

然而，这个财政优惠的前提是：国务院必须正式批准昆山经济开发区进入“十四加一”的总体经济开发区战略方案之列。

“找人！还得找熟人，找对我们苏州和昆山熟悉和有感情的人。”那些日子里，吴克铨和宣炳龙等人苦思冥想，寻找种种可能。突然他们想到了一个重要人物：费孝通。

费老可以帮这个忙！

他作为苏州籍的著名人士，全国人大常委会副委员长，请他出面兴许能帮上这个忙。

“他肯定行！”吴克铨和他的昆山“开发狂人”把视线聚集到了费孝通身上。

费老是大名人，也爱到处走动，尤其喜欢他的“乡村小路”行。这年 10 月中旬，昆山人得知费老要来苏州，于是吴克铨通过关系，先在某地与费老见了一面，并详细向费孝通汇报了昆山开发区的情况。下面是他与费孝通谈话的记录——

吴克铨：我们昆山开发区是在 1984 年自费办起来的，当时叫“工业新区”。对外一律不宣传，后来省里知道了，并给予了大力支持，还批准叫“经济技术开发区”。搞开发区的钱是通过银行贷一点、地方工业留成挤一点、开发费收一点“三个一点”的办法筹集起来的。

费老：这个精神很好，我要去看看。

吴克铨：国务院特区办对我们自费开发很感兴趣，别的开发区都要花国家不少钱来搞基础建设，效益又不大理想。我们昆山开发区面积 6.18 平方公里，位置紧靠市区东侧。全国现在有 14 个经济开发区，但税收在千万元以上的还不多，我们去年已经超过千万元，利税合计 3500 万元，据说排到第三名。到目前，我们共投资 3400 万元搞基础设施建设，已初步达到“七通一平”，即通路、通水、通电、通讯、通排水、通煤气、通蒸汽和道路平整。据说别的开发区每平方公里基础设施投资需要 1 亿元。我们估计到最后建成，每平方公里只需 1000 多万元。现在区内企业较多，我们是中外、中中合资企业都搞，现有外商独资企业 1 家，中外合资 10 家，有美国的，还有加拿大、日本的。

费老：独资企业是哪个国家的？

吴克铨：是日本，搞手套生产的，产品全部外销。合资企业的产品大部分也是外销。区内还有 20 家国内联营企业，与上海、贵州、江西、陕西、四川等地合资办的。

费老：联营形式怎样？

吴克铨：双方投资，合作经营。

费老：生产的是零部件还是主要元件？

吴克铨：主机和零部件都有，如贵州的微型轴承。合作的厂有航天部的风华机械厂、四川的重型汽车厂、陕西的汉江机械厂，等等。

费老：我知道，这都是一些大的国有企业。国有大企业与地方联营，有利于搞活。

吴克铨：大企业来一些人、一些技术。他们原来在山沟里，信息不灵，交通不便。昆山地理位置优越，他们与我们合作十分理想。我们有个方针，叫“东依上海，西托三线，内联乡村，面向全国，走向世界”。

费老：你们的气魄不小啊！

吴克铨：我们是这样定的，也是这样干的。

费老：干了几年了？

吴克铨：真正开始搞规划是1984年，1985年全面启动。现在开发区已初具规模，企业还在进一步增加。

费老：你们条件具备，基础搞好了，水、电、路、通讯、煤气、蒸汽都搞好了？

吴克铨：是的，这些基础建设基本完成了。

费老：这些我还要听听。最近我到甘肃、陕西去了一趟，去年到宝鸡，今年又到宝鸡，我跟他们讲了“三线”工业要搞活。

吴克铨：这个问题确实很值得研究。开始我们也担心，与“三线”军工企业合资办企业，会不会动摇“三线”大本营军心。实践证明，搞了联营，非但没有动摇军心，反而更稳定了。比如，我们与航天部风华机械厂联营办了风华冰箱厂昆山分厂。开始贵州厂有些担心，实际上，这个厂有一些技术人员都是东部地区的人，在贵州工作了好多年，一直想回来，但没有机会，不安心工作。现在，办了分厂，一些工程技术人员可以来昆山安家落户，大家十分满意。而且一旦国家需要，这些人还可以回到大本营。

费老：你支持了我的“三线”军工企业扩散论。我正在调查这个课题。

吴克铨：这次您可以去开发区找他们谈谈。

费老：要他们多讲困难和问题。我现在正在搞一个大的开发区、黄河上游四个省的开发区，叫“黄河上游的多民族开发区”，这个国务院已经批准了。我现在来看看你们的，你们搞得早啊，四年多了吧？

吴克铨：正式开始是1984年秋天，开始搞土地平整。

费老：有没有材料给我看看，怎样搞活国有企业？现在国有经济问题太大、太多了。

吴克铨：我也到贵州去看了。那些厂有的设备封存20年了，没有动过；人也一样，等于封存。我提出，我们拿产品来生产，行不行？他们不积极，到我们这儿来做，他们是愿意的。我们这里环境比较好，位置比较优越，所以他们愿意来。我以为，国家也应该支持他们出来。

费老：对，“三线”军工企业应该扩散出来。

吴克铨：我们这儿需要人才，各地企业来了不少。

费老：好的，我要去看看你们的开发区。

吴克铨：费老，我们打算这样安排，去昆山在车上看看开发区，再看一家外商独资企业。日本原来在昆山搞了一个合资企业，效益很好，又把在韩国的一家企业搬来，办了一个独资企业，日商也比较满意。这里劳动力成本低，企业的竞争能力也强了。

费老：这个很好，我要去看看。

吴克铨：昆山的另一个特点是，国内横向联合搞得比较多，在全市1700家企业中，有三分之一是和外地企业联营的。

费老：对，一开始，就是靠内联起家，然后再发展与国外联营的。我知道，你们这个地方开始工业基础差，认为农业靠得住，后来一看，落后了，人家都超前了，于是你们想到了依靠上海。请你从这个阶段讲起，然后再谈如何与上海、外地打交道的，有什么条件，他们为什么肯来？

吴克铨：实际上，上海和外地也需要这样的联营，这对双方都有益，而且我认为主要得利的是他们，将企业办在昆山：一是昆山劳力价格低，二是昆山地理位置好、交通方便，三是昆山人讲信誉。

费老：我看主要是江苏农村的劳动力价格便宜，而且联营条件低，要求不高，并且愿意吃点亏。

吴克铨：我举个例子：上海电视机一厂昆山分厂，生产名牌金星电视机，钱肯定是赚的，实际上，我算了一下，主要得利的是上海。1985年办厂时，共投资430万元，上海没有拿钱来，我们出面替他借，规定投资各一半，利润也各一半，还有一个协议，每台电视机要给上海15元商标费。到1988年生产电视机20万台，获利近1000万元，但光商标费就付给上海300万元，剩下700万元大家一半，实际上上海拿了650万元，我们只拿350万元。但我们没有感到吃亏，因为：一是不办厂一分钱也拿不到，二是解决了这么多劳动力就业，三是培养了许多技术人才，四是还有税收收入，所以实际收益也不少的。当然，最大的受益者是国家。再比如，昆山啤酒厂请来上海啤酒厂的技术人员，让他们来管理、改革工艺，改用“光明牌”商标，这样一瓶啤酒多赚0.12元，上海、昆山各得0.06元，啤酒质量提高了，设备还是原来的设备，人还是原来的一些人。但销路好了，利润增加了，上海得利，我们也得利。这些情况说明，上海的软件在我们这里大有作为，为国家、为上海、为昆山增加了不少收益，真正达到少投资多收益。

费老：我看不光上海有技术优势可以扩散，就是宝鸡、兰州等地也有这种情况，技术优势即软件可以向外地扩散。

吴克铨：我们非常欢迎这些工程技术人员到昆山来一显身手，当然，在生活方面，我们安排好；子女问题，我们也安排好。尽量提高他们的工作积极性。

费老：你给我看看这方面材料。

吴克铨：我们回去准备一下。

费老：请你再谈谈“赶上去”的问题。我们从不注重乡镇企业到注重，为什么不注重？因为强调农业，农业第一。你们搞得晚了，如何追上去的？

吴克铨：当初我们研究，赶上去走什么路子？是不是学无锡？大家讨论，认为要结合昆山情况走自己的路。

费老：你们就利用靠近上海这个优势，依靠上海的力量，来发展昆山的乡镇企业，这很好。我带来几个材料，给你们看看。一个是最近在宝鸡讲的，是关于全国乡镇企业的，也是谈我几年来的思路。

吴克铨：当时我们主要讨论就是这个，昆山的优势是什么？在哪里？最后得出结论有三个优势，但最主要的是地理位置优势。我们改变了观念，以前认为大门一开，上海人来昆山，把昆山的物价抬高了。经过讨论，大家觉得上海是个大市场，这是个大好事。从怕他们来到请他们来。开始我们的口号是：每个企业都要到上海找靠山。以后又扩展到三线企业，国外企业，形成了“东依上海，西托三线，内联乡村，面向全国，走向世界”的思路。

费老：接下去，再扩展，搞联营。

吴克铨：是的，我们就扩大联营，在发展横向联合过程中，我们发现老城区不够用了，就想要搞个工业开发区。

费老：是的，过程很清楚，一个发展思路就这样出来了。我请人把这个过程整理出来，写出一篇文章。把一些问题搞清楚，搞具体化一点，要有说服力，可以讲一讲工业要扩散，打开上海大门，国内地方的闭关自守搞不得，这样对国家、对发展不利。

吴克铨：费老，接着我汇报一下目前最大的困难。昆山开发区要开放，要发展，外商要来合资办企业，这样，至少我们也要拿出部分钱来，可是我们没有钱。但钱的问题还可以想办法，关键是有了钱也不能办事，没有"笼子"，即没有固定资产投资计划。为什么呢？因为我们的开发区没有中央文件的批准，国家不承认，现在我们就像是有了钱，没有粮票，买不到米，做不了饭，当然，贷款计划也没有，办起事来十分困难。

费老：是的，关键是要承认你们这个开发区。

吴克铨：省里对我们还是支持的。省里在财政上支持我们，中央也支持，即每年我们可以在财政承包基数上减去5000万元，即每年可以多留5000万元，用于开发区建设。另外，省里还批准我们一项特殊政策，土地可以转让，期限50年。这是我省第一家。现在第一块地1公顷已经转让给了上海申大公司，每平方米100元。目前有许多外商和台湾客商来，要租地。我们认为搞土地转让好处很多。一是可以筹集一部分资金；二是搞土地用地转让，他们要来办企业，可以吸收消化一部分劳动力；三是要进行建设，建筑工人有事干；四是办企业后，税收交给昆山，产品出口后外汇留给地方；五是外商办了企业，会带动昆山一些企业为之配套生产。比如上海电视机一厂昆山分厂带动了七八家企业为之配套生产。好处很多，我们认为这是一条路子。但认识上有个过程，大家怕有风险，其实合同上规定，50年期满后，土地上的建筑设施全部归地方，基本上就没有风险。我去人大汇报时，大家听了很感兴趣，非常支持。但目前困难就是……

费老：开发区还没有正名！

吴克铨：对，对！希望费老替我们呼吁呼吁。

费老：我认为可以搞一个提案，请求国务院考虑，给昆山开发区一个地位，当然还要同省里商量一下，我签名，人大同意后，可以提出，并要求答复。至于提案嘛，可以由江苏代表搞提案，到明年3月开会，我带头也可以。昆山应当有个待遇嘛，开发区有了（吴克铨：而且是自费开发的），要求承认，总得考虑一下吧！

吴克铨：费老，你在写调查报告时反映反映。

费老：调查报告还不够，提案要明确一些，提案以江苏人民代表提，行不行？提案要短，要清楚，实际情况如何，有哪几个好处，力求明确，写一下，不能长，长了没人看，两千字左右吧！

吴克铨：这个问题解决了，开发区的发展就比较顺利了。

费老：要承认事实，已经成功了，就要给予承认，承认昆山开发区应该享有的权利，省里边怎样？

吴克铨：省里发了4号文件，很支持，苏州市也支持。对国家来说，自费开发本身也很有意义。

费老：对，向上反映时，要把这点讲清楚，争取承认开发区。这样吧，我到你们那儿去，你们写一篇文章，可以发表在《瞭望》上，我再配一篇文章，宣传宣传，提案要好好商量，争取成功。

吴克铨：有费老关心，我们对提案满怀信心，一定把工作做好。

费老：我到昆山实地调查，开发区的情况很好，把这个意思说一下，然后在《人民日报》发表。

吴克铨：请费老有空到昆山亲自视察一次。

费老：一定要去的。

与费孝通见面这天是 1989 年 10 月 15 日。五天以后，费孝通先生来到昆山，陪同他的还有时任江苏省副省长张绪武。这回费孝通是来“帮忙”的，所以他在参观开发区后，直截了当地问吴克铨：“不是说要中央承认你们这个开发区吗？请具体说一说，承认了开发区到底有什么好处？”

没想到费老如此痛快，于是吴克铨赶紧接过话说：“在政策上，开发区可以享受许多优惠。但是我们目前还不算正式开发区，享受不到这些优惠。比如，国家开发区的企业所得上缴是 15%，而我们开发区要缴 24%；国家开发区的企业有免 2 年减半 3 年的政策，即新办企业在前 2 年可以免缴所得税，后 3 年则可以减半上交所得税，这样对外商投资办企业就有更大的吸引力，而不是开发区就享受不到这个待遇。”

费孝通点点头，道：“这样外商可以多得一些便宜，他肯定愿意来了。”

一旁的张绪武插话说：“国家开发区的外汇留成也有优惠，和深圳特区一样，它创的外汇可以全留，一般开发区只不过能留 25%。”

吴克铨借机又将办好开发区的同时，还能够给予当地周边的加工业和地方政府带来很多好处的话说了一通。

费孝通到底是个大政治家和社会学家，在听完吴克铨和张副省长的一番话后，突然问道：“我重点问一下：如果批准了开发区，当然有利于地方的发展。于国家呢？国家有多少好处？长远的，现在的，都说一说。”

张绪武副省长迅速朝吴克铨递了一个眼色。吴克铨便直言道：“如果批准，我们的发展肯定要快得多了，发展速度可以达到蛇口工业区水平。蛇口是8年达到工业产值10个亿的，我们不要国家花钱，只要这些政策，8年也能达到10个亿的工业产值。这就是对国家的贡献和好处。”

“好，这个记下来！”费孝通对此特别关注，让秘书把这一条重点记录下来。

“还有一个重要的问题，就是要说服人家为什么昆山可以办国家级开发区。”费孝通再一次点到要害。

吴克铨于是又将昆山的种种优势，特别是地理优势和劳动力优势及外企在昆山已经获得的成效向费孝通做了汇报。

费孝通最后表态道：“现在昆山已经具备很多条件了，关键是要做一下具体工作，促成开发区得到正式批准。我这次来看到了，也听到了，我想可以通过人大提案的方式在明年全国人大会议上向有关部门提出。理由是，苏北都有了国家批准的开发区，苏南却没有。昆山已经通过自己的努力办成这么个样子了，我们应该支持和批准它。”

“我会全力支持这个事的。”临别时，费孝通再次对吴克铨说。

“谢谢，谢谢费老！”吴克铨激动地握着费孝通的手，代表全体昆山人民这样感谢道。

日理万机的费孝通不仅没有食言，而且就在视察昆山的两个月后的12月20日，向时任中央书记处书记的习仲勋同志亲自写了一封长信，讲述了他在昆山调查视察时看到的昆山开发区的情况，指出：“根据以上情形，我想，昆山开发区可以进一步发展为苏南开发区。苏州、无锡、常州是江苏经济发达的地区，昆山就在其中，又最靠近上海，又有这么一个初具规模的开发区。它的条件实在要比苏北的连云港和南通两个开发区好得多。因此我建议国务院能正式批准昆山开发区，并且使其享受沿海开放城市经济技术开发区的同等待遇。”

第二年全国人大会议期间，费孝通又联名江苏省人大代表提交了批准昆山开发区的相关提案。

然而事情至此，也并非万事大吉了。吴克铨和昆山人在 1990 年等了一年，1991 年又等了一年。直到 1992 年邓小平南方谈话之后，国务院关于同意昆山经济开发区列入“国”字号级开发区的批示才正式下达。批件是李鹏总理签的字，时间为 1992 年 8 月 22 日。

其实从费孝通写信给习仲勋到向人大提案再到最后正式批准的这两年多时间里，昆山人为这“国批”还做了相当多的“私下”公关——

女县长郑慧珍是具体操办此事的昆山人，她在这过程中到底上过多少次北京连她自己都记不清了，反正像何椿林这样的国务院高级领导也都成了这位昆山女县长的熟人。郑慧珍进何椿林的办公室，主人一见她就会说：“又来啦。”女县长也很随意地笑答：“又来啦。”剩下的时间就是她与领导们就“国批”事宜来回地商议，有时甚至还会争执几句，因为都是熟人和朋友了，这种争执丝毫不会对昆山被批准为开发区带来任何负面影响，相反还能起到好的作用。

江苏省领导也没有少帮昆山人的忙。国务院召开的“沿海经济发展战略”会议上，时任省长陈焕友亲自在李鹏总理面前为昆山人“唱赞歌”。

那一年邹家华副总理到昆山参加沪宁高速公路剪彩仪式，其间，省长陈焕友陪邹副总理参观昆山开发区。“很好嘛，我对昆山开发区早有所闻，现在一看，果然名不虚传！”

吴克铨这时因年龄关系，已经从昆山市委书记的岗位上退下，接替他的是李全林。李全林书记适时请邹家华题词。

邹家华副总理一手好字，写下：加快开放步伐，搞好开发区建设。

陈焕友省长不露痕迹地说：“请副总理写上‘为昆山经济技术开发区

题’。”省长这话一出，在场的昆山人的一颗颗跳动的心都提到了喉咙口。他们知道如果省长的这句话被副总理接受，就意味着昆山开发区的“出生证”成功了一半，反之则希望渺茫。

邹家华早听出陈省长的话中有话，笑笑，便提笔写下“为昆山经济技术开发区题”11个字，随后将笔一放，向昆山人一语道破：这一下你们敲钉转脚了吧！

“谢谢副总理！”

全场顿时响起热烈掌声。昆山人个个热泪盈眶……

吴克铨听说后，更是老泪纵横。

第3节　昆山无山却有玉

昆山现在出名了。每天都有全世界、全国各地来的人，他们或是到这里做生意，或是来此学习参观，还有的是干脆在这里定居。可第一次到昆山的人会发现：昆山、昆山，竟然找不到山啊！

这事在我很小的时候也发生过，父亲第一次带我到昆山，我闹着一定要去登山。结果父亲带我到了玉山镇的一个公园，说那个长着一些树木的土墩墩就叫“昆山”。这让我十分失望，因为比起我出生地常熟的虞山来说，小昆山确实太小了！

几十年过去了，我再次来到昆山，昆山已经完全变了样，成了连世界上许多国家的人都知道的大昆山了，而市区中央的那个“昆山”还是那么高。昆山人在我去采访的第一天就一定要让我见见“昆山”真面目——他们带我到玉山畔的一座非常漂亮的建筑里面，进去一看，方知这里是昆石博物馆。而正是这一次，我才真正了解原来昆山虽无山，却有稀罕的昆石、琼花和并蒂莲这三样宝。其中昆石以漏、透、瘦、皱而闻名，是一种十分稀罕的宝玉石，据说一块质高的昆石，可以卖到几万、几十万元。琼花在昆山早已有之，只是改革开放后的昆山人才真正把名贵的花种重视起来。莲花江南到处都有，但昆山的并蒂莲独具一格。

昆山在中华文化史上留给我们最为宝贵的当然还是昆曲。昆曲的源头可以追溯到宋元时代的南戏。当时这种南戏主要剧本是“传奇”，其演唱的声腔很多，而“流丽悠远”的昆山腔，比流传浙江的海盐腔，流传江西、安徽的弋阳腔和流传江苏常州、镇江等地的余姚腔更富特色。昆腔的开山鼻祖是元末明初的大戏曲家、昆山人顾坚。自称“风月散人”的顾坚是昆山千灯人，太学生，精于南曲，善作古赋。他在海盐腔的基础上结合昆山一带民间小调，发南曲之奥，创立了昆山腔。顾坚一生才华横溢，不断创新，尤其是他将戏曲艺术与吴侬软语有机地结合在一起，从而开创了昆腔的历史纪元。然而昆曲后来能够流传北方成为“国粹”得感谢另一位昆曲大师魏良辅。生活在明嘉靖、隆庆年间的魏良辅，长期“流寓于娄东一带”，以演唱民间曲调为业，由于他接触了北方和南方的多种曲调，所以渐渐不满昆山腔的曲调平直简单、缺少起伏变化等情况，于是与志同道合者合作，开始对昆腔进行改革。这一改革使昆腔从此走上了“正道”，这主要体现在魏良辅于昆腔原有的基础上，汇集南北方各种曲调的优长，同时借鉴江南民歌小调，整合出一种不同以往的新式曲调，演唱时注意使歌词的声韵与曲调相配合，同时延长字的音节，造成舒缓的节奏，给人以特殊的音乐美感。魏良辅也因此被誉为“国工”和“曲圣”，他对昆曲的形成起了决定性的作用。昆曲之所以后来名传神州，还得益于另一位昆山人梁辰鱼的功劳。梁创作了一曲脍炙人口的《浣纱记》剧目。魏良辅的昆曲加梁辰鱼的剧目，使得昆曲从此传遍大江南北……于是昆山这个默默无闻的弹丸之地也名声大振。明代中期至清代中期，中国的剧种广泛流传，而昆曲则在其中发挥着独特作用，故而它被尊称为“百戏之祖，百戏之师”。

昆曲之乡的昆山，如今仍然留存了许多昆曲民间艺人，他们或在豪华的大型剧场演出，或在街头巷尾的石亭小桥上拉腔唱调……

在我们粗略了解一下昆山之后，发现昆山并不光有今天人们看到的成片高楼、众多的外资企业和辐射四方、形如网状的高速公路以及美丽如画的城市，昆山的历史文化同样具有无穷的魅力。

然而无论如何，昆山给人最强烈而深刻的印象还是它的城市化进程。作为“中国首富之城”，今天的昆山，无论是乡村还是城市，完全可以同世界发达国家相比。尤其让人惊叹的是，现在的昆山处处呈现现代化的气息和风物。有国内的一个省级参观团的干部到昆山后感叹道：以后我们不用出国考察了，外国的先进东西，昆山几乎全有；而且昆山的现代化是我们中国人自己创造的，更有社会主义的特色，便于我们学习仿效。

事实上，著名的“昆山之路”，走的就是通过开发区来促进城市和乡村现代化的道路。而昆山开发区从最初的 3.17 平方公里，发展到 6.18 平方公里，仅用了三年时间。后来被批准为国家级开发区后的发展速度更加令人瞩目：14 平方公里，22 平方公里，44 平方公里，72 平方公里，一直到现在的 140 平方公里。25 年时间，开发区扩容了几十倍。老县城在 30 年前只有 4.1 平方公里。而现在，你到昆山走一走似乎有这种感觉：这个城区分不出哪里是城市，哪里是乡村，整个昆山都像一个生机勃勃的都市，都像蒸蒸日上的开发区……

说透了，昆山发展之路，根本的一点是他们的思想解放和紧紧抓住外向型经济这个“牛鼻子”，并在探索中国特色社会主义的实践中，坚持从实际出发及以人为本，因此才使得昆山有了富足的今天。

家住长江花园的王玉珍阿姨每天心情舒畅：以前遥不可及的小康富裕生活如今天天在享受。她告诉笔者，多年前，全家老老小小只靠她和爱人微薄的工资度日，可现在，即使不上班坐在家中，也有不菲的收入。她给记者算了一笔账：在小区附近经营的一家小超市，年收入有几万元；除了自住的房子外，老城区还有一套多余的房子出租，年收入有2万多元。一年下来，光这些工资以外的“闲钱”就有近十万元，日子过得滋润又自在。在玉山镇泾河村住了一辈子的村民黄老伯，说起一年的收成，喜悦之情溢于言表：除每月固定领取几百元的养老金外，每年村里的富民合作社还会分红1万多元，加上帮助村纸箱厂联系业务，仅他个人一年的收入就有四五万元。

国庆期间，周市新镇村村民沈志明来到昆山商厦，给自己添些换季“行头”，一套休闲服饰再加一双名牌皮鞋花了3000多元。“放在以前，我肯定舍不得花这么多钱买衣服。”年近六旬的沈志明笑着告诉记者。改革开放之初，20多岁、正值青春年华的他，由于经济条件有限，很少买新衣服穿。“那时候，钱很少，一分钱都要算计着怎么花，不要说买衣服，就连吃的东西也很少买。现在不一样了，生活条件好了，花钱也越来越有底气了！”沈志明自豪地说道。

从单位分配的60多平方米简陋两居室到自购商品房，再到现在的临湖别墅，在某单位工作近十年的小徐的生活可谓“每三年一变样”。除了住的房子越来越大外，他还不惜重金将家里装饰得富丽堂皇。不仅如此，前年又买了一辆车，每到节假日都带着家人“自驾游”一番。对这样的生活状态，小徐很满意。“过去父辈们因为贫困，生活目标就是有吃有穿有地方住，充其量是解决温饱问题。现在生活条件好了，我们的生活目标就是吃好穿好住好，享受现代生活的便捷，提高幸福指数。”

这就是今天的昆山人，现代化的小康生活已经进入每一个家庭，而且这里的人们不再简单地满足于一般意义上的小康了，他们对小康生活标准是用“幸福指数”来衡量了。

这就是我的家乡父老在这几十年中的巨变。

从当年的苏州“小八子”到“江苏首富”，昆山又用了几年时间。1983年，昆山全县的工业产值不足1亿元，到1989年已达10亿元，1989年昆山的人均国民收入为3156元，名列江苏省前茅。

从全省第一到全国第一，昆山用了15年时间。2005年昆山第一次荣登“全国百强县”之首，使此前连续四年名列榜首的广东顺德退居次席。这对昆山而言，是个历史性的飞跃。据2007年统计的数字，昆山现在的城镇居民人均可支配收入为21927元，而1985年仅813元；昆山的农民人均可支配收入为12168元，1985年是201元。这两个数据表明，昆山今天基本达到了中等发达国家水平，远高于中国其他县级地区。

这些年不断有人到了昆山后，除感叹这里的发展速度之快外，也提出了一些疑问，说昆山发展快，是因为他们有独特的地理条件——离上海近；昆山经济总量高，是因为他们靠的是外资企业。似乎在说：“昆山生来就在天堂里，我们学不来”。

错。以我一个苏州人对过去的昆山和昆山这些年所走过的路的了解，我认为昆山的成功恰恰是最具中国特色的社会主义发展之路，而且昆山的经验无论是对沿海地区还是内陆或西部省份，都具有重要的借鉴意义。因为昆山发展的根本经验在于解放思想，勇于创新和他们不畏困难的奉献精神。一句话：今天到处流淌着金子的昆山，是昆山人用智慧与艰辛的劳动创造出来的。

“昆山无山却有玉”，现在昆山的干部和百姓谁都会这么说，我听后似乎品出这么一种解释：天上不会掉馅饼，昆山之玉是以昆山人的心血铸就而成的。

这话可能有些人不太相信。其实也难怪，因为大多数中国人并不了解昆山的成长史，更不了解昆山穷的时候的境况和他们由穷变富的全过程。

而我知道——现在我就要给读者讲讲我的老乡们给我讲的那些故事，曾经有一位北京的著名导演和我一起到昆山去听了一天采访，感动得非要签约、将我一字未写的书改编成电视连续剧。“你只要把昆山人如何招商的故事串一串就是一部最精彩的电视剧。”她说这话时的眼神是闪着光的。

昆山人的创业故事，可以说是用血和泪编织的……

写到这里，我不能不再次提到宣炳龙这个人，因为他是昆山开发区的历史见证人，他在开发区的第一把交椅上坐了整整 23 年。“你可能是我当开发区负责人最后接受采访的一名作家、记者了。”那天他这么说。

我回到北京没多长时间就听说宣炳龙因年龄退位了，我采访他时，苏州市委已经安排他当了苏州市政协副主席，享受副厅级待遇。苏州市政协主席王金华，也是昆山人，他们俩加上吴克铨，是有名的“昆山开发三王”。

“当年我们进开发区这个地方时是骑自行车，但后来发现，人根本骑不了自行车，而是自行车骑人——到处都是烂泥地……”宣炳龙是个非常幽默的人，坐在气派的开发大楼的“部长级水平”的办公室，第一句话就将我带到了那个“激情燃烧的岁月”——

“搞第一个外资企业，我们连打一个长途电话都要惹出一些毛病来。有一次晚上 11 点钟，我去敲总机值班的那个小姑娘的宿舍，让她起来接线打长途，人家老大不高兴，责问我：‘你半夜敲我门想干什么？’我说有急事要打国际长途电话，人家小姑娘根本不理睬。‘我不能半夜给你开门，谁知道你半夜来敲门怀啥心哩！’无奈，我只能等到天亮。”这是老宣讲的第一个故事，把我和那个女导演笑弯了腰。

“昆山第一个台商到我们开发区落户不久，突然有天半夜有公安局的人来敲门，我问什么事，公安人员一开始不说话，先到我房间里查看了一遍，然后说：‘老宣啊，你可得注意，你们没有发现什么敌情？’我说哪来的敌情？公安人员说，昆山现在不仅有敌情，而且是台湾的特务敌情。我一听不信，说哪有特务啊。他们就半夜把我拉到一个台资厂，指着一堆纸箱说，这不是特务敌情还能是什么？我一看，简直哭笑不得，原来那纸箱上印了一行字：三义救中国……”这是老宣讲的第二个故事。

“有一天又有公安局的人找我，说老宣你这样下去不行，昆山非出大事不可。我问到底出什么事了？他们又把我拉到那个外资手套厂，进了女工宿舍，他们指着女工床上的几本外国杂志，说，老宣你自己看看，这么腐朽的资产阶级东西在工人中传播，昆山不出大事才怪。原来他们看到了这个厂的老板为了让女工们熟悉外销手套的生产特点，给每个宿舍发了些时尚杂志，那上面有女人穿着有点露的照片……”这是老宣讲的第三个故事。

“我们去广州招商，好不容易找到了一个有意向到昆山投资的外商，我们就请人家吃了顿饭。我刚从广州回来，纪检部门的人就来到了办公室，他们铁青着脸冲我说，跟我们走一趟吧。我去了，才知道有人检举我们在广州花 3000 元请外国人吃了一顿饭……”

“哈哈……哈哈……”我们再也收不住笑了。

坐在“老板椅”上的老宣则一点儿没笑容：“我们就是这么一路走过来的。从办开发区的第一天起，几乎没停过这样那样的检查、调查和审计……

“有多少人知道我们昆山的干部群众为了建设开发区奉献了多少的心血和泪水、汗水？汗水不用说，做事情肯定要出力流汗，但碰到出力流汗之外的事就会让你感到百倍的累……像吴克铨他们这些昆山的大当家人，比我经历的事更多。我们几年前外出招商，只敢住旅店、住澡堂。第一次到广州连香蕉都不敢吃。有个局长在广东看到一根八块钱的皮带很想买，但最终没买，因为他身上带的钱都是公家的，不敢用。这钱可以用于招待外商和谈生意时的花费，但绝对不能用于个人开销，当时昆山上上下下都是这样做的。

"后来台商多了，他们习惯和喜欢夜生活，不怎么在白天用心思，更不怎么跟我们在白天谈事情。为了适应和伺候好客人，我们的干部白天办公，晚上还得去陪客人吃饭喝酒。有人以为吃饭喝酒是件乐事，可天天上馆子、举酒杯的人知道啥叫难受。尤其是台商们喜欢去'卡拉 OK'——我们有我们的规定：凡参与招商的干部不准进'卡拉 OK'厅，只能在外面等着。这客商一进去不要紧，不到凌晨两三点钟是不会出来的。大冬天的，我们的干部只能在'卡拉 OK'厅的走廊或屋檐下靠抽烟取暖打发时光……"

老宣的故事让我们不再笑了，而是感到阵阵心疼与由衷的敬佩。

老铁，曾任昆山文联主席，诗人。这位昆山诗人与其他文人不同的是他曾经当过乡干部，一个富庶地方的行政干部放下手中的权力却要去文联当诗人，这恐怕也只有昆山人才想得出。但老铁这文人似乎当得有些滋味，因为"在昆山的日子好过"，老铁这样说。但让老铁说起昆山的创业之路时，老铁似乎仍很激动，原因是他也有过作为乡镇干部所经历的那些让他难忘的"招商故事"。

下面是老铁作为朋友而为我整理出的材料——

《招商的故事》之一

风雨中呼唤"海虹"

丹麦"海虹老人"的几位年轻人来张浦考察已二十余天，引荐客人来张浦的W女士临上车时握住我们的手说“再联系，再联系”，就坐进面包车一溜烟远去了，那一刻，我们的心里是甜滋滋的。于是，开发区指挥部立即开会，部署迎接“海虹”落户的具体工作。可这一晃近一个月了，对方却杳无音信。心里的甜味渐渐地变成了咸味甚至苦味。这是怎么一回事呢？

连着几天，总是下雨，浇得大家心里闷闷的，脑子里昏昏的。路桥工程暂时都停了下来。星期天，招商部、工程部的小伙子们在办公室里一脸的愁云惨雾。回想着接待“海虹”时的枝枝节节，实在是无懈可击的，每一个环节都扣得很到位，每一个细节都比较圆满。而这“风筝断了线”，大有一去不返的态势。我们突然醒悟：这“招商”难道是“等鱼上钩”“守株待兔”吗?！孙书记一再告诫大家，天上不会掉馅饼，要善于并勇于主动出击。于是，我一拍大腿，朝小王、小龚两位助手一挥手：同志们，东进上海，找W女士去。

但是，一个不大不小的问题困惑了我们，W女士来张浦期间留给我们的竟然是一张“海虹”公司的香港名片，而她家却住在上海。偌大的上海，怎么找？在车上，我们苦苦回忆，寻找线索。突然，小龚说，上车后W女士对司机说：“大木桥。”她家会不会住在上海大木桥一带？这是一条重要线索。有了虚拟的目标，大家竟然都阿Q似的兴奋了起来。于是，不管三七二十一，我们的车到了沪上，直奔大木桥。

到了大木桥，我们的兴奋顿时一丈水退了八尺。那是一个十字路口，三个角都是规模较大的住宅区，要在这里把W女士的家找出来，简直是“生芝麻堆里找熟芝麻——休想”。一不做二不休，死马得当活马医，豁出去了。我们决定一个一个小区找，一幢一幢楼房“地毯式搜索”。雨越下越大，我们三人在小区里扯起大嗓子，顺着楼号呼唤着W女士的名字，大有“男高音”的气势。过路的居民以为我们丢了孩子，楼里的人以为我们在吆喝着收破烂。但“搜索”了两个小区后，均无结果，我们的希望全寄托在第三个小区里。功夫不负有心人，当“男高音”们呼唤到第三个小区的第四幢楼房时，从第三幢楼房三楼的北窗户伸出一个我们熟悉的脸庞。“谁啊？谁找我？”我们顿时兴奋地大叫了起来：“W女士!!!”此时此刻，我们的身上都已湿透，激动的脸上淌下来的不知是雨水还是泪水。

在W女士家，W女士像看“天外来客”似的惊讶地看着我们，她无法理解我们竟然在茫茫大上海找到了她的家，难以想象竟用这样的方式找到了她，并十分佩服我们仅靠“大木桥”这唯一的线索锁定了目标。W女士真的感动了。她坦言道：“事实上，我引荐海虹公司同时考察了几个地方。说实话，条件最好的不是你们镇。但今天你们以这样出奇制胜的方式顶风冒雨找来，我被你们感动了，也被你们征服了。人是要有一点精神的，有了这种坚忍不拔的精神，我相信你们。”

后来，在W女士的竭诚推荐和鼎力相助下，海虹公司终于在张浦落户了。而“风雨中呼唤‘海虹’”的这种坚忍不拔的精神，也已深深地渗透到我们日后的招商工作中。

《招商的故事》之二

归途“迷雾”

昆山的外向型经济依托大上海，20世纪90年代初，昆山的宾馆、餐饮等档次还比较低，为此，外商来了一般下榻在上海。于是，我们经常往上海跑，一星期内天天跑上海是常事，一天不跑上海是怪事，一天跑两三趟上海不是奇事。招商人有一句顺口溜：老乡马不停蹄跑上海，老外接二连三引进来。

那时，昆山至上海还没有高速公路，苏虹机场路正在建设中。从张浦到上海，最便捷的是取道千灯、青浦的普通公路，路面仍有断续的砂石路，偶尔还有“坑洼”之处，路况不是太好。尽管如此，我们还是赋予这条路“招商快通道”的美名。上了这条路，我们就会像触到了“兴奋点”似的亢奋起来。在这条路上也跑出了许多有趣的故事，其中不乏艰辛。

一天傍晚，我们接到重要“情报”，说有几个日本商人刚到上海，拟于翌日到周边地区考察投资环境，现住在某宾馆。“情报”就是命令，我和助手们立即准备好各种资料，开车出发，直奔目的地。到了上海，找到了那家宾馆，与服务台好说歹说，磨破了嘴皮子，才获知了房间号。电梯上了六楼，按电铃，打开门的是位“眼镜”翻译，疑惑的目光朝我们扫了几个上下后说，先生，走错门了吧？我们坚定地摇摇头，没有。当说明来意后，对方十分热情。翻译戏谑说，你们真是“外插花”。于是，我们这批“外插花”在宾馆里一插就插了三四个小时……

与外商告别，走出宾馆，时针已偏过子夜。初冬的深夜，寒气逼人。大家疲惫、寒冷和饥饿，个个歪倒在面包车里，摇摇晃晃地驶上了归途。车驶出上海，进入市郊至青浦地段，开始出现迷雾，越来越重，朝车窗迎面扑来，车速明显减缓下来。刚出青浦城区，迷雾简直就像一团又一团“棉花”，堆积在车子周围，此时，已难以分清哪是公路，哪是田野，哪是树木，哪是建筑物，汽车就像一架凝固在云层中的飞行物，动弹不得。在我们后面，有一辆车以我们的车为“参照物”，缓慢地尾随着。

我看了一下码表，车速每小时竟然十公里都不到，汽车像蜗牛在爬行，每驶一段，都要派一人下车跑上百十米，验证一下行驶的方向是否偏离。照此速度，天亮都到不了家。慢点是小事，令人窝心的是，如果车子“鬼使神差”误入路边的沟河里，那么我们也许将永远也回不了家了。想到这里，大伙儿睡意全无。于是，大家干脆轮流下车，在车前引导行驶，每三五公里换一个人，另两人在车上打开车窗，分别观察着左右两侧的距离。我们互相调侃着，将在车前引路的任命为“一级引导员”，在车内观察的为“特别观察员”，并保证“人走车行，人在车在”，“人车共患难”。

天蒙蒙亮时，我们终于到家了。大家微闭着双眼，叫开迎宾楼的大门，撞开房间，一头仰躺在床上，一会儿就睡得像“死猪”一样。可没过多少时间，就听见有人用力敲着门喊：郁镇长、郁镇长！台湾的林先生到了！……我脑子里突然像闪电一样“嚯”地亮了一下，猛然跳将起来。一看手表，已是上午九点，心想：林老板，你为什么不迟到一会儿呢，哪怕十分钟也好。

《招商的故事》之三

寻找“嘉士伯”

中国是个礼仪之邦，中国人好客。客人来了，招待客人吃饭，享受一下传统、美味的“中国大餐”，让客人尽情领略中国美妙的饮食文化，大概也是比较重要的礼仪之一。在招商活动中，我们除了在介绍投资环境、外商实地考察、双方洽谈等重要环节上精心策划外，在安排客商就餐的问题上也煞费苦心，认真安排。节俭而不失礼仪，丰盛又不铺张，恰到好处，同时，充分显示出我们的诚意。我们深知，接待外商，我们代表的不仅仅是昆山张浦，同时也代表国家、代表中国人的形象，每一个小小细节的完美，每一次点滴的智慧，都将会给招商工作增添一个成功的砝码。

给我印象最深的是接待丹麦“海虹老人牌涂料有限公司”的董事总经理欧逊先生。在安排欧逊先生就餐问题上，领导授意精心策划。首先通过有效途径，打探欧逊先生的饮食喜好，了解到他比较喜欢中国乡土风味的菜肴，特别喜爱长江流域的河鲜水产，这些对我们来说，均非难事。那么，准备什么酒呢？有人建议用中国的葡萄酒，有人力推具有中国传统特色的黄酒，而打探“情报”的同志带来一个确切的消息是，欧逊先生特别爱喝丹麦生产的“嘉士伯”啤酒。这使我们顿时傻了眼，陷入茫然之中。那时，我们只知道“青岛”“力波”等啤酒，从未听说过“嘉士伯”，跑遍了全昆山，也没找到“嘉士伯”的影子。于是，一方面派人到上海寻觅“嘉士伯”，同时，招商部的小伙子们紧急搜集有关“嘉士伯”的资料……资料显示：“嘉士伯”啤酒是丹麦名酒，嘉士伯啤酒公司是由卡尔·雅可布森于1847年在丹麦首都哥本哈根成立的，是世界上规模最大的啤酒酿造厂之一，历史悠久。嘉士伯啤酒在1868年传入英国，继而进军远东及南美洲等地，成为最早行销国际市场的啤酒品牌，目前已在世界各地140多个市场建立了销售网点，生产线遍布40多个国家和地区。

一切准备就绪，欧逊来了。

当我们将欧逊先生熟悉的“嘉士伯”啤酒端上餐桌时，欧逊先生惊喜万分，连连跷起大拇指：“OK！ OK！”并忘情地鼓起掌来。而当我们将“嘉士伯”的资料“现炒现卖”地向欧逊先生娓娓道来，并说出“嘉士伯”的创始人是卡尔·雅可布森，他还在哥本哈根市中心东北部的长堤海滨投资建造了一座世界闻名的美人鱼铜像时，欧逊先生的神情越发灿烂，激动地赞叹道：“想不到你们对丹麦的了解如此细微，想不到在遥远中国的一个小镇上，竟能喝上产自家乡、我又十分喜爱的‘嘉士伯’啤酒。”翻译悄悄地与孙书记耳语：“到中国的这几天，欧逊一次也没喝到‘嘉士伯’。”席间，大家络绎不绝地向欧逊敬酒，欢迎他，欢迎“海虹老人”落户张浦。欧逊也频频向大家举杯：“谢谢各位，祝双方的合作圆满成功。”

我抽空溜了出来，去大厅敬一敬招商部辛苦的小伙子们。一看，他们也正举着“嘉士伯”啤酒，碰得“叮当”作响，祝酒词竟然是：祝贺寻找“嘉士伯”的活动取得圆满成功。干杯！

《招商的故事》之四

“爱拼才会赢”夜

很深了，疲劳的鹿城已经熟睡，白日的喧嚣被深深的夜色覆盖着，城市渐渐转入寂静。可此时，位于鹿城市区前进路西端的嘉顿酒店的贵宾室里，却是灯火通明，热闹非凡。

这是1994年4月30日到5月1日激情交融的不眠之夜，台湾玻璃工业股份有限公司老总们与昆山市张浦镇的书记、镇长和镇开发区的老总们，为“台玻”落户张浦，进行最后一轮谈判，白天在张浦两轮谈判过后，晚上又移师嘉顿，两岸的劳动者正以这种特殊的方式，迎接着全世界劳动者共同节日的到来。

这也是“台玻”来昆考察后的决策之夜，主宾双方正在为项目的落户做最后的冲刺。投资9000万美元，占地600亩，在台湾100家大企业中排名第24位的“台玻”是否落户昆山，将于今晚定夺，意义非同一般。迄今为止，这个项目是昆山最大的台资项目。为了使谈判顺利进行，市委李书记亲自坐镇嘉顿，现场办公，运筹帷幄。

贵宾室的窗户敞开着，仲春的夜晚还夹杂着丝丝寒气，但谈判现场却是一派暖意，充满活力。主宾双方的话题由广泛渐渐集中、明晰，并不断深入。“台玻”方，戴着细黑边眼镜的一总（林伯丰）在不停地思考、记录的同时，睿智的眼睛又不断释放出新的问题。昆山方，久经沙场的领导们不厌其烦，沉着应答，他们清楚地意识到，“台玻”这样一个大企业，资产庞大，技术世界一流，在昆山这个县级市的一个小镇上落户，要提出很多问题，不足为怪。人家希望你替他们解决一系列的问题，也情有可原。今天，张浦镇的领导们做好了充分的准备，平时大家常说，要“抓住机遇”，而今，机遇就在手上。大家相信，既然来了，就必定要谈；既然谈了，就要摊开来细细地谈，彻底地谈，有透明度地谈。我们要用心，要诚心，外商才能放心。

谈判的双方总是一个需要不断磨合的矛盾体，这种“磨合”，充满了真诚，充满了理性，更充满了悬念。令人欣慰的是，在“台玻”项目谈判的过程中，双方始终在向一个统一的目标靠拢，不断出现实质性的进展。水的问题解决了，电的问题解决了，路的问题解决了，桥的问题解决了，拆迁的问题解决了……千头万绪的问题从选土地开始，最终又回到了土地上。地价问题是第一个问题，也是最后一个问题，是一个“牵一发动全身”的大问题。当时钟敲过子夜后，双方为地价问题出现了短暂的僵持。此时，市委李书记已派人将土地局徐局长从被窝里拉到了嘉顿，并不适时机地召开短会，紧急磋商。最后，将结果与对方做了通报，双方在理解对方的前提下均做出了理智的让步。

子夜零点三十分的钟声敲响后，一总与镇党委孙书记将墨迹未干的合约交给了对方，两双大手紧紧地握在了一起。服务生端来了红葡萄酒，主宾双方频频碰杯，互相祝愿。一总与孙书记一手端着酒杯，一手握着话筒，大家共同唱起了闽南语歌曲《爱拼才会赢》：三分天注定，七分靠打拼，爱拼才会赢。

《招商的故事》之五

H项目“历险”记

已在昆山落户的台湾J公司的Z总打电话来，说：“台湾H家具公司的老总们正在昆山考察，明天就要回台湾，我挽留了他们，建议他们推迟回程。”话说到这里，他突然问我：“到张浦看看如何？”Z总真逗，介绍客商到张浦，还问我“如何”，我当然求之不得。于是，当即约定翌日上午在J公司大门口迎接H公司的老总们。

一切都很顺利，第二天上午九时正准时接头，九时二十分到张浦，接下来是介绍情况、看地块、考察交通环境、交换意见，然后进入实质性谈判，投资政策问题、水电问题、地块平整问题、各项服务问题……最后是地价问题，接着对方到宾馆内部权衡。三四个回合后，双方对各个问题均已十分明朗，并达成一致意见。晚上七时许，双方草签明确意向，一切OK。遵照对方“要暂时保密”的要求，我们驱车来到了柏庐路东大桥的金角酒家，频频举杯，互致祝贺。由于对考察结果及高效率谈判过程的满意，对我方谈判作风的泼辣及处事精明果断的赞赏，老总们回台后第二天，L总就给我发来一份传真：“沧海一粟，我选择张浦。”以表示在张浦投资的诚意和信心。

但是，没有不透风的墙。在办理项目的过程中，台湾H家具公司要在张浦落户的消息不胫而走。当时，开发区各镇配套区都有一批招商高手，各有自己的一套“招式”。当然，不管人家“招式”如何，已“煮得半熟的鸭子”还能“飞”了不成？我们十分自信。我们了解到，J公司在考察我们镇之前，已花了数天时间考察了五六个镇的配套区，但我们不知情的是，其中的Z镇虽然还没与H公司签约，但Z镇良好的投资环境也使H公司十分满意，他们表现出极大的投资兴趣，并表示，Z镇是H公司投资昆山的首选。为此综合分析H公司考察情况，该镇胸有成竹，并已做好了接纳该项目的一切准备。有成语称“节外生枝”，由于J公司Z总的推介，我们有缘结识了H公司考察大员一行，使张浦镇成了H公司投资“节目”上萌生出来的意外一枝。

接下来的一段时间内，Z镇与张浦镇围绕H项目展开了一场友好的“争夺战”。两支招商队伍像拔河一样，均使出“浑身解数”。常常是两班人马同时出现在一个场所，三方交谈呈现出很高的透明度，这使H公司的老总们既为双方的诚意和执着十分感动，又不免略显尴尬。因已与我们签约，H公司的L总说：我们十分钟情张浦，但为了避免大家伤感情，有两个方案，一是换个企业名称，过一段时间再进行投资事宜；二是暂缓投资，我们再到周边地区看看。我一听急了，这不是“鸡飞蛋打”了吗？赶紧说：“L总啊，咱们明人不做暗事，恕我直言，两个方案均不可取。”经集体商量并请示领导后，我向L总明确表态：我们感谢贵公司对张浦的厚爱，但昆山发展外向型经济是“全市一盘棋”，考虑到我镇开发区已初具规模，Z镇招商引资虽然刚刚起步，但那也是一块宝地。只要此项目落户在昆山，我们都欢迎，并感谢你们，我们理解Z镇，也尊重贵公司的最后选择。我们的坦率和气度使H公司—行非常感动。

后来，经Z镇的不懈努力，并又经过几番曲折后，H项目终于在Z镇落户了。我们虽然将“半熟的鸭子”煮飞了，但心里很坦荡。事后，有人不解地问起此事，我告诉他们：我们同在昆山，发展外向型经济要有“一盘棋”的意识。

《招商的故事》之六

时间的“计量”

在招商引资的日子里，我们向外商说得最多的一句话，就是“昆山是个好地方”，或者“张浦是个好地方”。

怎么个好法？好在哪里？

最概念化的“经典”说法：(昆山)张浦历史悠久、人杰地灵。

最形象化的“经典”说法：地理位置好，位于上海与苏州之间。

最抒情的“经典”说法：是长江三角洲一颗璀璨的明珠。

介绍交通，就说有铁路、312国道穿城而过（甚至还说过“吴淞江水从城里潺潺流过”），十分便捷。后来，机场路、高速公路相继建成，再说“穿城而过”，未免太落后了，于是就统一口径：北有沪宁高速公路，南有苏虹机场路。

记得苏虹机场公路刚建成通车时，我们简直是“路大气粗”，“迫不及待”地向外商说过两句“大话”，一句是：上海虹桥机场就等于是为我们造的；另一句是：从上海开车到（昆山）张浦用不了一个小时即可抵达。以此证明交通条件极为便利。

应该说，苏虹机场公路的开通，的确大大缩短了我们和上海的距离，往返时间大大节省，成为我们到上海特别是到虹桥机场接送客人的便捷之路，被我们誉为“招商绿色通道”。许多国外和国内客商从虹桥出发，取道机场路，来到张浦，大都对“地理位置优越”“交通条件优良”等说法有了直接的感性体验，至于对“用不了一个小时即可抵达”之说，谁也没有认真“计量”过。

但也有认真的，丹麦海虹老人牌涂料有限公司的董事总经理欧逊就是这么一位。

落户张浦的海虹老人牌涂料有限公司，是丹麦老人集团与交通部香港招商局合作成立的外资企业。丹麦老人集团是世界上最大的船舶涂料和重工业涂料的独立供应商，为此，落户张浦的“海虹”无疑是一家重量级企业。1995年春天，筹建工作正如火如荼地展开，该企业的重量级人物——董事总经理欧逊先生要来了，他要来看看昆山，看看张浦，看看即将在这块土地上绽放的绚丽的新“海虹”，体验一下张浦的“感觉”。

欧逊第一次来，谁去接他比较合适？镇长张平方自告奋勇亲自驾车迎接。作为镇政府的“行政长官”兼张浦开发区的“首席老总”，平方既了解全市情况，对全镇情况又了如指掌，还有着七年“驾龄”，是非常合适的人选。

对于欧逊来说，镇长亲自开车迎接他，出乎他的意料。而一路上平方准确到位的介绍，又使他增加了颇多感受。他知道，这也许是一段比较漫长的旅程，镇长的健谈是为了消除他的一路寂寞，真是用心良苦，于是，他下意识地抬起手腕看了一下表，可这一个不经意的动作，却被机敏的平方镇长从反光镜中捕捉到了。我们在对外宣传时，一直强调从虹桥机场到张浦镇仅一个小时的路程，欧逊是否想证实一下这种说法的可信呢？于是，平方渐渐地加大了油门……车子又平又稳地行驶在苏虹公路上。

一路美景，一路春光。当车子驶过团结桥，拐向“海虹”工地，远远地看见飘飞的彩旗及工地出入口迎接的人们时，欧逊认真地看了一下手表，全程整整55分钟。这位高个子的丹麦老人与同来的执行董事陈卫华交换了一个会心的微笑，然后，一只手紧握住迎候他的孙书记的手，另一只手拉住平方镇长，在热烈欢迎的掌声中，与他们一同走进了大门。

《招商的故事》之七

餐桌上的故事

中国人重礼仪，其礼仪的烦琐令人眼花缭乱。而吃饭是表达礼仪直接有效的方式之一。商洽事宜、增进感情、解决矛盾、探讨问题……一顿饭吃下来，基本上就可以知道“OK”或者“不OK”了，所以，外商来了，安排好吃饭是比较重要的，而认真“陪吃”也是必要的。在张浦镇那段招商的日子里，为了项目的“OK”，在招待外商吃饭抑或陪同外商吃饭的问题上，故事多多。我印象最深的有三个关于“吃饭”的故事。

故事之一：盐水哪有酒水好。

镇党委书记孙忠明常说：外商考察，关注的是你的环境，你的服务，还有人；人投缘了，事情也就好谈得多了。但吃饭也是考察的重要环节。确实，饭桌是谈判的好地方，可增进双方的了解，还可以调节或缓释气氛。所以，款待重要客商，书记、镇长们都要从百忙之中抽暇作陪。一次，台湾某大企业老总来张浦，镇领导在迎宾楼为他接风，但孙忠明书记却因重感冒躺在中医院的病床上打点滴，为此，我们向老总反复解释，请他谅解。听说孙书记病了，老总非常关心，表示翌日一定去医院探访，并建议斟满酒，祝孙书记早日康复。岂料，大伙儿酒杯还未端起，孙书记就推门而入，直奔老总紧握他的手连称“抱歉”。我们惊讶地问，孙书记，你不是在挂点滴吗？孙书记幽默地回答道，盐水哪有酒水好？

故事之二：夹着馒头打呼噜。

这是镇长张平方的吃饭故事，曾被“添油加醋”而改编为“夹着馒头睡觉说梦话”，一时传为佳话。1995年，张浦开发区基础设施日趋完善，来镇上考察的客商络绎不绝，经常是一拨接一拨，我们常常是“眼睛一睁，忙到熄灯”。一天，在连续接待了几批外商后，又来了几位国内客商，虽然大家都很疲惫，但只要有“情况”，又都精神抖擞。接待完后，天已大暗。因一位客商急着要回上海，为此，平方镇长便亲自驾着面包车为客人开道。到了上海，对方很过意不去，执意要留我们吃晚饭，盛情难却，我们应允了。此时肚子的确很饿，一盘刀切馒头成了最好的盘中餐。大家吃着并交谈着，突然，饭桌上传出沉重的“呼噜”声，一看，只见一只馒头夹在筷上，筷子在一双手上，手撑在络腮胡子的下巴上——平方竟然嘴里含着馒头，手上夹着馒头，打起了“呼噜”。

故事之三：饭桌上的万国旗。

一次，有位日本客商来张浦考察，在一系列例行的介绍、了解环境、勘查现场后，我们诚邀对方赴迎宾楼用午餐。席间，宾主双方频频举杯，谈笑风生，那客商十分健谈，知识渊博。我们从中国“八大菜系”谈到古文化，又从良渚古文化遗址谈到“百戏之祖”昆曲，非常投机，以至于戴眼镜的小个子翻译竟无暇下箸。最后，当服务小姐端上一盘插有“万国旗”的水果拼盘时，这位客商突然顿住话题，反复打量着那盘水果，疑惑地问，郁副镇长，这个水果盘上有很多国家的国旗，为什么没有日本？被他这么一问，我一愣：难道能回答说我们没有日本国旗吗?！再细看，我松了一口气，你看，也没有中国国旗啊。岂料他竟死死追问：为什么？情急之中，我灵机一动：哦，中国，日本，大大的友好，我们谁也不“吃”谁，所以，不插旗。知道我是在开玩笑，他跷起拇指说，你的，很机智。为此，我还被“奖励”了一杯酒。

《招商的故事》之八

难忘的30个日日夜夜

“台玻”作为台湾100家大企业中排名第24位的企业，在落户张浦的过程中，上有市委、市政府重视，下有群众支持和社会各界、各部门的密切配合，演绎了许多感人故事。

从1994年5月1日子时在昆山嘉顿酒店正式签订土地合约，到5月17日林玉嘉董事长偕夫人莅临张浦勘察地块，而后5月26日赴京拜会朱镕基副总理，只有短短不到一个月的时间，节奏如此之快，使我们有一种“大战来临”的感觉，各项相关工作均有条不紊地进行着。作为“千岛湖事件”后到大陆投资的第一家台湾公司，“台玻”受到了朱副总理的赞扬和欢迎，林董事长消除了一切顾虑。

所有的环节都很顺利，也很满意。两个月后，“台玻”发来一纸传真称：1994年8月25日，是“台玻”30周年纪念日，要在昆山吴淞江畔的宝地上举行隆重的开工奠基仪式。这无疑是个大喜讯，但也是大压力。此时，距8月25日，只有短短的30天，而在“台玻”所选中的周西村的那块600亩土地上，有太多太多的工作要完成，许多房舍要拆迁，无数电杆要迁移，西段2365米6条河道要填平，9万立方米土方急需迅速到位，地块测绘要尽快完成，还有排涝站、猪棚、工场，以及水闸的改造，690米道路及165米石驳的修筑，通往镇区和农村电线线路的改道，两条高压线路的合并及1200千伏临时用电的配置……

事情太多了，时间太少了。全镇上下顿时紧急行动起来。

7月26日上午8时整，张浦开发区会议室，圆桌会议正在这里进行。镇开发区规划部、工程部，镇建管所、土管所、水利站、电力站、水厂及周东村、周西村，各路人马，全部到齐，献计献策，领受任务，明确责任。没有推诿、躲避的理由，只有陈述如何进行这一“攻坚战”的计谋。面对如此的工作量，所有人的心中只有一个字：干。所有人的表态只有一句话：坚决完成。此时此刻，没有人提出什么条件。面对这样的场面，镇领导和镇开发区的“老总”们非常感动，镇党委书记最后只说了一句话：谢谢同志们。

作为一个项目，张浦人深知“台玻”的重量；作为这个项目的前期工作执行人，张浦人更感到自己肩上的分量。当天下午，600亩面积的“台玻”工地上，大战阵势全面拉开。我们把每一分钟掰成几瓣来算计，把30个日日夜夜当成60天来用。30天，不分白天与黑夜，无论是在阳光下还是灯光下，那场面总是非常壮观，从指挥员到普通劳动者，都最大限度地发挥着自己的智能与体能。

难以忘记那些日子，书记、镇长无论工作多忙，哪怕时间再晚、身体再累，也不忘来到工地巡视，了解情况，现场办公；难以忘记那些任劳任怨的同志——年近60岁的电力站站长、患有高血压的水厂老厂长、常犯胃病的开发区工程员，以及许许多多熟悉或陌生的面孔。

8月25日，位于吴淞江畔的这块“宝地”给了“台玻”老总们一个惊喜，在奠基开工的仪式上，一位老总感慨地说：“台玻落到张浦，这真是一步好棋，走得太对了。”具有象征意味的是，当无数彩色气球腾空而起时，主席台上空飞过一群美丽的仙鹤，人们惊奇万分：这是从来没有过的事啊！

在一片欢呼声中，我听到有人说：奇迹总会有的。

听完老铁的“招商故事”，我又听到了一个叫曹锦元的故事。此人被大伙儿称为“招商大使”，在昆山名气不小。曹锦元自称是“空手道”高手，长相肥头大耳的他，看上去既像老板，又像老大。

我看过一篇记者对他的采访故事：

自1998年开始接触台商并从事民间招商的曹锦元，现今在昆山台商中很有名气。他创办的民间中介机构，7年招商8亿美元，引进台资企业70多家。台商在当地遇到大大小小的麻烦，往往都找这个“老曹”出面，所以有的台商叫他“曹书记”（当时的昆山市委书记也姓曹）。

“我这个人最大的兴趣就是交朋友。”说起自己的特点，老曹亮出底牌。曹锦元说，他以前在昆山开发区做事，后来自己做化工生意。1998年认识了一位台湾企业的老总，这个老总每次来昆山都是老曹派车去接他。这个台湾人觉得老曹挺讲义气，就提醒他，做化工生意是“人赚钱，累死人”，并提议老曹做“钱赚钱”的生意。于是曹锦元就代理了一家台湾报纸的广告。“这边收5万元，那边登出只要1万多元，我原来就赚这些钱！”老曹说。后来这家报纸的一名高层到江苏旅游考察，老曹就自己掏钱全程陪同，花了好几万元。这个高层提醒老曹：单做广告也不行，一定要进入台湾人的圈子。在他的建议和支持下，老曹办起了“台湾新生报台商投资服务中心”。前几年都在探索，这几年生意越做越红火。说到招商赚钱的诀窍，曹锦元一脸自豪：“很多地方政府是贴钱招商，我在昆山是在招商中赚钱！”曹锦元说，他招商赚钱的诀窍其实比较简单，但往往是政府招商做不到的。“说简单就是做好小事，小事做好了，大事情就会跟着来。”他说，他这个人喜欢交朋友，交了朋友不一定今天就有钱赚，但有了朋友就肯定有机会赚钱。曹锦元向记者介绍，去年一个台湾企业的老总，在昆山要开车，他的驾照是台湾的，曹锦元无意间在一个饭局上知道了这件事，就主动提出帮他换江苏的驾照。这事办好了，这个台湾老板只要听到什么人有什么办不妥的事，就告诉别人：找老曹，他可以帮你。老曹这样的服务，的确是政府部门难以做到的。像帮台资企业起草公司的章程，帮企业饭堂物色承包人这类服务，政府不管，老曹管。正是这些小事，让台湾人对这个“老曹”刮目相看。

“只要不睡觉就要联系台商。”曹锦元说，他每天 24 小时，除了睡觉，其余的时间都在与昆山的台商联系，至少与自己认识的台商一周打一个电话。他向记者透露了联系台商的技巧：“不能每天一上班就打电话，人家工作多着呢！打电话要在中午 11 点到 12 点之间，下午 4 点到 5 点之间，联系了就请人家吃饭。最好的时间是晚上 8 点，这个时间大家都准备卡拉 OK，正是介绍朋友的好时机，这时候你一联系，往往就会认识新朋友。有时候我一天当中单卡拉 OK 歌厅就要跑几场。”说得高兴的曹锦元要我们留下吃饭，他说到做到，拿起电话：“我，老曹，中午吃饭！”不容分说，就把我们拉到了阳澄湖边，呼啦一下子就叫来了一位政府官员、五位台湾人！

“不要什么钱都赚，否则没有朋友，”招商中如何赚钱？曹锦元究竟赚了多少钱？曹锦元并不回避我们的问题，“我招商肯定要赚钱，但也不是什么事都赚钱。什么钱都赚，就肯定没有朋友。我招商是先付出，再收钱。”老曹说，中介招商先收钱是行不通的。因为人家不知道你是不是可以做到。在昆山投资的台商往往会问：办好这些事费用是多少？老曹会把最低的标准说出来。等办好了投资项目，以后接着有土建项目、环境评价、绿化工程、人才引进、水电安装甚至团膳服务。“这些项目如果投资都找我，我就肯定有钱赚。”老曹拿出了他为一家台商企业办理团膳服务的意向书，从物色炊事员到菜谱的轮换，都开列得十分周到，显示了老曹“做好小事”的招商理念。

老曹说他招商中也有原则。这原则就是“做不到的事，不要轻易表态”。他称招商玩的是“空手道”，做人很重要。能做到的尽量做到，做不到的就不要轻易许诺，不要让别人说你是骗子。“我做人做事的原则是，不要什么钱都去赚，开心就成。走到哪里都有朋友，这就是幸福。”

曹锦元说，招商要成功，要把方方面面的关系处理好。他认为，民间招商与政府招商最大的不同就是，外商找政府是一个人对一个人，一个人只负责一个环节，多道环节就解决不了效率问题。“找我却是全方位解决，多个环节我一个人全部包下来。”他说，为了帮一个企业办环保证，他跑了两次苏州，用一天时间就办好了。有时候为一些企业办理减免诸如“人防费”之类的费用。“人家满意了，我就不愁没案子（意为招商项目）。”

听说曹锦元现在已在苏州工业园区内买地20亩，准备兴建一家台商俱乐部。昆山有台商3万人，曹锦元想利用他的俱乐部广交朋友，实现他“爱好就是交朋友”的理念。他现在兼着国内十几个城市的招商顾问，外地人来昆山招商，政府都会介绍：“这事，你去找老曹吧！”看来，曹锦元真不愧是“昆山一宝”。

昆山是我家，
我家在昆山。
潮平两岸阔，
风正一帆悬。
……

这首歌在昆山许多人会唱，尤其是在这里工作和落户的台商、台湾人都会唱。我知道这首歌是在昆山的台商们亲自撰写的词，并请一个著名作曲家谱的曲，它像大陆人爱唱《十五的月亮》一样，在居昆的台湾人中间特别流行。我还知道，现在在昆山的台商和他们的家属共计6万余人。当时台商在昆山开办的企业近4000家，投下的资金达270亿美元，占昆山的外资企业投资总额的70%左右，占到大陆利用台资总额的九分之一。

2007年，新华社记者曾经用“昆山，一座台商参与和创建的城市”为标题发表了这样的报道，文章指出：

短短20年，总面积不到1000平方公里的昆山，就从苏州所辖区县排名最后的“小八子”，连续两年成为中国百强县之首，2006年户籍人均GDP接近2万美元。当年的农业县，目前聚集了500多家IT企业，

已经成为全球最大的笔记本电脑生产基地，产量占全世界的四分之一。在这个过程中台商功不可没。

台商爱昆山，台商爱唱《昆山是我家》。当“昆山是我家，我家在昆山”熟悉的旋律响起时，许多人不禁手之舞之，足之蹈之，陶醉在乐曲中。

台商们把昆山比喻为台商的一个桃花源，在传统与现代、自然和人文的和谐律动中，他们把每一份探求推向永恒。在这个拥有勃勃的新生命的桃花源里，台商和他们的家属们一起富有诗意地安居于波光树影间的新家，并为这个家倾注着自己博大的爱。

昆山的同志告诉我，每年中秋节，台商协会都要举行慈善活动，向当地的贫困家庭和贫困学生颁发抚恤金和奖学金，向见义勇为的公安、辅警和消防战士颁发奖金。2005 年举办“台商万人慈善游园义卖晚会”筹得善款 168 万元，2006 年捐款 100 多万元，2007 年捐款 520 多万元，这些全部都捐献给了昆山慈善总会。2008 年“5·12”汶川大地震，牵扯着昆山台商的心。台协会在第一时间向广大台商提出了捐款捐物的倡议，共捐助人民币 4000 多万元，物资 1000 多万元，颗颗爱心汇成生命的暖流，源源不断地向灾区人民传递着温情。为了让贫困家庭的学生少有所学，台商陈桂祥个人出资 200 万元成立“陈李香梅”基金会，这是江苏省第一家由台商成立的基金会。宝成集团捐资 600 多万元兴建裕元实验小学及幼儿园。富士康科技集团和仁宝电脑分别兴建了富士康幼儿园和仁宝幼儿园……这些事，我听后感动不已。

在昆山的台商已是我们新的父老乡亲，他们已经把昆山当作了他们的第二故乡。这也让我体会到台商协会李宽信会长为什么能够说出“台商成就了昆山，昆山也成就了台商”这样的话。

在昆山采访时，我们见到了昆山中贸房地产开发有限公司董事长、昆山台商协会副会长何信府，他指着窗外林立的高楼和宽阔的马路说：“我刚来昆山时，这里全是稻田，下雨出门必须穿雨鞋。我是 1992 年到这里办厂的，当时什么都没有。晚上丢块石头出去，连声猫叫也听不到；装一部电话得花 8000 元初装费，还是手摇的电话，号码是 5 位数。可五年之后，这里就全变样了，变成了跟台湾和新加坡差不多的现代化城市了。我在这里投资十几年，资产增值了十几倍。我深切地感受到，当年在香港和深圳创造的奇迹，现在已经在昆山同样创造出来了。”如今，何信府不仅在昆山获利丰厚，他还娶了一位美丽的阳澄湖姑娘为妻，过着幸福美满的生活。

一个县级小市，却云集了几万台商，这在全国是少有的。而且在和台湾的地理位置关系上，昆山没有特别之处，不像广东和福建。可昆山从 20 世纪 90 年代开始就早已成为“台商之家”和台商在大陆的发财福地。昆山比起广东、福建来说，在吸引台商方面并没有什么特别的优势，但台商却如此偏爱昆山，扎堆在这个苏南小城办厂经商、安家落户，究其原因，还要从昆山人亲商、重商、富商、和商、爱商的点点滴滴说起——

我们还得从 1989 年说起。

这一年中国经历了大事。在一个差点改变了中国社会发展方向的年份里，大学生突然不吃香了。这怕是谁也没有想到的。许多应届大学毕业生处在徘徊和痛苦之中，无目标地到处寻找工作和落脚地。就在这样一个视大学生为“洪水猛兽”的年份里，谁也想象不出竟然会在昆山发生了奇事：有多少大学生来，我们就接受多少！

这一年，小小的昆山县一下子接纳了 600 多名大学生。

这是吴克铨批准的。为什么吴克铨在昆山有那么大的威望，这与他高人一着的政治眼光和开拓的境界有直接的关系。

吴克铨认为，搞经济，开发区是一个平台。有了平台，工厂和资金落户虽然重要，但最重要的还是人才。人是决定一切的因素。马克思主义的书吴克铨读得不算多，可却将那些经典理论牢牢地记在心底，并结合昆山的实际情况，运用得极好。有人统计，在他任县长的六年时间里，先后引进了1300多位人才，加上分配的大学生，共达3000余人。这支知识化、年轻化的队伍是支撑昆山从农业县转化为工业现代化城市的中坚力量。

“人才是宝，大学生更是宝；别人不要，我全要！”那时吴克铨能说这样的话，在当时的领导干部中是少见的。昆山发展之所以快速稳步，会抓机遇是他们的本事，然而对人才的重视，对一切有利发展的商人，特别是外企商人的重视则是令他们获得成功的根本。在吸引外来企业在昆山落户这方面表现出来的超人的热情、智慧与诚心，也是昆山人的显著特性。

在1989年中国内外受困的年份里，由于受西方反华势力的影响与煽动，一些外资企业的老板动摇了，准备卷铺盖回老家了。只要被吴克铨知道，他会立即放下手头的事，马上赶到企业现场，与外企老板促膝倾谈，真诚地鼓励他们留下来，并保证他们的安全。

“有你吴县长在，我们就放心。”最后的结果几乎都是这样，外商、外国企业家们留下了……

几年之后，这些外企、外商都在昆山发财了，而且越发越旺。

日本老板八木先生曾对吴克铨说：“有你吴县长在，我要在昆山办10个厂，让昆山成为一个现代化城市，那时我请吴县长当市长。”

吴克铨笑言回应：“10个厂太少，我希望你办20个、30个厂，那时我愿意来当你们的市长。”

两人从此交上朋友。后来八木先生真的为昆山拉了三位数的日资企业到昆山来落户，而就在1989年昆山撤县改市时，吴克铨也当上了昆山市第一任市长，为此这两位老朋友还聚在一起共同举杯喝了点小酒……

昆山是以浓浓的人情来赢得外商、台商和国内企业与经济人士到这儿兴办企业的。我的苏州老乡们骨子里有一种天然的讲人情的传统，他们把人情看得与亲情一样重要。他们知道不讲人情的人就像不认亲娘老子的不孝之子。为了人情，他们甚至可以牺牲自己的面子和牺牲自己的利益。

人情重于泰山，它作为人的基本素质来塑造和完美苏州人的形象与品质，这是这个地方得以千年富足和强盛的重要原因之一。昆山人将完美和浓烈的人情融入招商和发展本地经济之中，使得人情成为战胜其他地区竞争对手的法宝，并终获全胜。

1991 年 9 月的一个下午，台湾沪士电子股份有限公司董事长吴礼淦先生在上海一家宾馆里长吁短叹，原因是他本想在上海投资，结果几天下来非常失望。偶然之中有人提议到昆山试试。

“昆山在哪里？”

“昆山就在上海旁边。”

“那里能开车去吗？昆山风景好吗？”

“好开。去了你就知道了。”

吴礼淦就这样半信半疑地来到了昆山。他发现：昆山距离上海很近，比到浦东还近些。风景就更不用说了，住惯了大城市的人偶尔到乡村时总感觉别具一格。

“怎么样，吴先生是不是感觉我们这里地肥水甜鱼鲜人热情啊？”此时，吴克铨已因年龄关系不再担任昆山市领导了，所以出面接待吴礼淦的是女市长郑慧珍，她细声细语地这样问客人。

“好！有一种回家的感觉。”吴礼淦蹲在一条小河边捧起一掬清澈的碧水往脸上一泼，高兴地说。他深情地望着眼前那片仍是稻田的开发区新规划的土地，凭借多年的经验他知道，昆山人是在用厚道和真诚为他挑选了最好的投资地。

“我们到阳澄湖喝喝本地清茶怎么样？”女市长仍然和颜悦色地提议道。

“好，好好！我们去喝茶。”

秋高气爽，湖水澄碧。鸟飞鱼跃，风拂微波。

吴礼淦顿感心旷神怡。近处，湖心竹亭子茶馆内传出一曲京剧《沙家浜》，让喜欢国粹的吴礼淦更是乐不可言。

“我签！签！——”喝茶之间，吴礼淦欣然将一个 3000 万美元的大项目签了下来。

签约之后，女市长轻轻地将一个蒲包拎到吴礼淦先生面前，说：“吴先生，这是我们昆山的土特产，闻名世界的阳澄湖大闸蟹，今天正好开捕。”女市长的话还没有说完，吴先生竟满脸泛红光地大呼：“真的吗？快让我看看，让我先睹为快！”原来吴礼淦先生的夫人是上海人，吴礼淦在台湾时就早已熟知阳澄湖大闸蟹，今天得以在产地阳澄湖亲眼见到心仪之物，怎不叫他惊喜万分！

“因为是刚上市，不很硬，最好早一点带回去，和你夫人共享美味。”女市长细心地关照道。

“一定，一定。”吴礼淦先生已经喜上眉头，高兴得有些手舞足蹈了。

“太太啊，我在香港啊，你快过来吧。我到你们上海昆山了，特意给你带了正宗的阳澄湖大闸蟹，你快来吃吧！”第二天，吴礼淦已经飞到了香港，他做的第一件事就是通知远在台湾的夫人。当晚，这对夫妇在香港美美地品尝了一顿美味的大闸蟹。

“郑市长啊，我们正在吃大闸蟹呢！过几天我会再去你们那儿，去上海昆山的……”席间，吴礼淦没忘给“上海昆山”的女市长打了个电话致谢。

吴礼淦后来没有食言，那 3000 万美元的投资项目的正式合同签得非常快。他的“上海昆山”也从此成了台商们常用的口头禅。

“昆山就在上海边上嘛！就是上海的昆山呀！风景比上海还要美！”台商们相互间这样介绍昆山。

哈，昆山因此得益无限。

吴礼淦现今在昆山的名气很大，尤其是在台商中间。采访时，有个台商对我说，他到昆山已经 13 年了，他说他最感谢两个“吴市长”。可据我所知，昆山除了吴克铨外，还没有第二个姓吴的当过市长嘛。这位台商听后哈哈大笑，说他敬佩的两个“吴市长”，除了吴克铨外，还有一个是他们台商中的吴礼淦。“我们都是吴礼淦先生带过来的台商，是他在台湾和昆山之间为我们这些人搭了桥，让我们在大陆发了财，所以我们称吴礼淦是‘昆山市长’。”

原来如此。听昆山干部介绍，这位台籍“昆山市长”确实干得相当出色，经他介绍的台资企业在昆山落户的就有十几家，而这十几家又带动了几十家台商……昆山的台企就是这样滚雪团般地遍播这个苏南小城的。

当年的女市长郑慧珍再谈起过去的招商经历，这位曾为昆山开发区立下汗马功劳的巾帼女杰仍然细声细语地告诉我：“一个‘亲’字，一个‘诚’字，是我们赢得客商的最重要的两件法宝。”

1989 年北京那场“政治风波”刚刚过，初涉大陆的台商们个个惊恐万分，纷纷撤离。宣炳龙司机的叔叔是 1949 年时逃往台湾的国民党人士，其儿子在改革开放后来到广东投资。北京一闹腾，这位台商给在台湾的父亲打电话问咋办。老爹告诉儿子，说我有一个亲戚在昆山，听说那里特别亲商重商，你问问他们那里还能不能留住台商。那个台商就给宣炳龙的司机打了个电话，这事被宣炳龙知道了，立即对司机说：“快把你的亲戚接到昆山来。”这个叫黄则仁的老板初到昆山时，满腹狐疑，宣炳龙便像兄弟一样把他接到自己的家里。“你要害怕，就吃住在我家。”宣炳龙对黄则仁说。这黄则仁过去在台湾只听说共产党的干部个个都是“匪”，哪知大陆的“匪”原来这么真诚、亲切，完全把他当作一家人对待。黄则仁感动了，但又非常害怕大陆政策会变。宣炳龙说：“你怕的话我们就订合同，如果你再不相信，我先给你把厂房盖好了，你那个时候再确定投不投资。”这是台商没有想到的，连声说：“你们昆山要是真这样干，我就来。”宣炳龙说：“咱们一言为定。”没多长时间，用 88 万元盖起的厂房矗立在开发区。台商过来一看，直夸昆山人讲义气，当即与昆山正式签了约。1990 年 10 月，他投资 2000 万美元的顺昌纺织厂在昆山正式开工，之后经黄则仁牵线，又有“顺发”“顺风”“顺龙”等“顺”字头的台资企业接踵而来在昆山落户。

如今“顺字”企业已经在昆山落户十几年，生意越发红火，而黄则仁和“顺字”老板们至今仍不知道，当年宣炳龙因与“顺字”企业的台商搞得“太热乎”而有人将他告到省里，并且派人当面对宣炳龙提出警告：你要站正立场，否则后果自负。宣炳龙义正词严地回答说：“我只负责把昆山开发区搞好，如果开发区的经济搞不上去，我负全责。”

为招商亲商，敢舍头上乌纱帽。这就是宣炳龙的骨气和性格，也是许多昆山干部的骨气和性格。

1990 年，李全林当上了昆山新一任市委书记，他主政后的昆山在前任领导的基础上，更加解放思想，尤其是在处理外资企业在昆山投资的一些具体政策上，其力度和政治远见常让台商们感叹“领导”是“菩萨的心肠”“孙悟空的本领”。比如当时不少外资企业想跳出“合资”的框框，搞独资企业。“这怎么行，一独资，不等于我们成了‘殖民地’吗？”有人坚决反对，而且这样的声音也来自某些上级部门。以李全林书记为首的昆山市委认为，外商到中国来就是为了赚钱，既然“合资”是一种形式，为什么“独资”就不行了？外商在大陆办厂，国家收税，当地还能安排人到这些企业就业，他们所用的原材料仍在当地采购，进出口经过的是我们的海关，再说就是给他们的用地也是有时间限度的批租，这样的好事有什么不可以呢？“只要有利于外商和他们投资的事，我们就做！”昆山顶住压力，率先在全国对外商实行土地批租和创办独资企业的政策。

“别人问我为什么单单钟情昆山，我告诉他们，因为昆山对我亲、对我好、对我诚！”1994 年夏，国民党中央委员、台湾工业总会理事长、统一集团董事长高清愿先生，当着几十位台湾籍工商界著名人士和大陆众多记者的面，对昆山市委书记李全林这样说。就在这一天的宴会上，高清愿先生还宣布，他的“统一”打算在大陆建一百个厂。“所赚的钱都不拿回台湾去，要在大陆继续投资发展。”

这里我们不能不着重介绍一下“统一”的背景和其如何落户昆山的。

说到“统一”，当然必须说董事长高清愿先生。高清愿在台湾是家喻户晓的人物。他的“统一”方便面大陆人也都知道。高清愿没念过多少书，但他对食品业的贡献是世界性的。20 世纪 60 年代，他在台南买下 200 亩地时，有人说他是“神经病”，因为当时高清愿什么都不是，却夸口要做第一，做世界第一。没有人相信这个穷小子会成为世界“第一”的食品产业家。1966 年，高清愿在台湾的台南县上市了第一批“统一”速食面，居然还不错。后来他学习美国经验，到处开连锁店，店铺开得也很大，每天早 7 点至晚 11 点营业，结果 7 年里亏了 21 亿！就在濒临破产之时，高清愿再出新招：实行 24 小时昼夜营业，谁知一年就把 7 年亏掉的钱全部赚了回来，这一赚不要紧，到 1977 年时，他的“统一”一下子跻身台湾十大企业之列，并列于那些钢铁、电子产业等巨头之中。

1994 年时的“统一”已经达到了年销售 279 亿台币的水平。

那一年高清愿开心地对业界好友们说："我这279亿台币销售额，其中一部分得感谢昆山人的功劳，是他们给了我在大陆的一个新天地。"

"统一"是1993年到昆山的。像其他台资企业一样，"统一"开始到大陆选址时，其人员中没有一个人是知道昆山这个地方的，但高清愿知道，他是在台湾被另一个昆山人的业绩所折服后，才对"昆山"这个名字有特别印象的。这个"台湾昆山人"就是享誉全球的王安电脑的创始人王安老先生。王安是正宗的昆山人，他用神话般的智慧在世界上建起了令华夏儿女自豪的"王安电脑"王国。后来这个王国惨败了，这事对高清愿影响特别大，他买了王安公司百分之七十的股权，后来又将王安公司的股权全部买下。那时他就向九泉之下的老友王安先生发誓：我一定要让王安回到故乡。

高清愿是带着"王安情结"来到大陆寻找投资的。之前他听说过昆山人"亲商""求实效"。后来他来了，他想看看昆山人是如何"亲商""求实效"的。他先派了手下的人"探路"。不日，手下的人向老总报告："昆山人确实'亲商'，他们把你想不到的事都会做得圆满周到。我们说是'统一'的，他们的官员宣炳龙等请吃饭，共4个人，人家宣炳龙就那么实在，一顿饭菜仅吃了125块钱，可他实实在在陪了我们5个多小时，参观和介绍他的开发区及相关配套政策。"

"我看可以在昆山办厂。"高清愿就这样一锤定音。后来他对朋友说，同样是大陆，他手下也有人到过一个条件比昆山差很多的地方，可当地干部们听说是他的"统一"来了，三天考察中，光吃饭、观光就占了两天时间，平均每顿酒席花费1万元以上。"这样的地方，我的'统一'是不会去的。我喜欢昆山人的求实作风，亲商就该知道商人最需要的是什么。"

高清愿不愧是位著名的实业家，他的"统一"正是靠他的这种理念实现了快速发展。昆山人的作风与他一拍即合。

昆山人亲商、重商，亲在真诚和实在上，重在真正为对方实际利益着想上。

一次，台商信益陶瓷有限公司董事长林荣德到东莞“取经”，回昆山后向政府提出建立一个“马上办”中心，解决台商在昆山碰到的问题。市委、市政府听了觉得有道理，于是迅速采纳，对台商的服务迅速提升。有位台商给我算过一笔账:同样一个工厂，在昆山，从报批到开业一共用 8 个月时间，在另外一个城市却长达 2 年，即使投资 1 亿元以上的企业，昆山也只用一年多。“我们喜欢昆山是因为有对比的。”台商们不止一次这样对我说。

“1992 年起，我们昆山开发区获得‘国’字号后，恰逢邓小平南方谈话和党的十四大召开，这几件大事像几股强劲的东风汇聚在一起，将我们的工作不断推向新的高度。开发区和昆山全市的经济出现了前所未有的突破性进展，呈现一种全方位开放的格局。吸引外资也由‘以内引外’向‘以外引外’转移，开发方式由‘筑巢引凤’向‘引凤筑巢’转移，接受项目也由‘来者不拒’向‘择优落户’转移。”回忆当年那段大发展时期，宣炳龙记忆犹新，“这一年开始，我们完全摆脱了‘自费’开发的不利影响，开始从低调转向高调宣传自己。市委、市政府抓住国务院批准我们开发区列入国家级开发区序列的机遇，先后在北京、南京、上海、香港召开工作汇报会、新闻发布会及招商洽谈会。记得在北京召开的汇报会上，廖汉生、王汉斌等 30 多位部长级领导到会，新闻媒体铺天盖地报道了我们昆山引进外资发展经济的经验。上海的新闻发布会更是轰动，美国麦道公司亚太地区总裁威廉斯先生当即宣布把 MD80 麦道飞机头的生产任务放在我们昆山开发区，并由此引出了当场有 4 个外商跟我们达成 4600 万美元合作意向的事。在香港举行的招商洽谈会，盛况更是空前，签订各类投资合作意向 25 个，金额达 5.22 亿美元。这次洽谈会上另一个成果是，共 10 大片、计 3695 亩有偿转让的土地获得了签约成功。有位台商风趣地说：男要选好行，女要选对郎。投资要选好地方，昆山就是最好的地方。一家台湾公司，自费印刷小册子，义务在海内外给昆山开发区做宣传。在这样的投资热潮推动下，外商尤其是台商纷纷涌向我们的开发区。与此同时，我们开发区自身也积极行动起来，特别是在基础设施方面加大了投入。1992、1993两年中，在原有基础上再投入2亿多元，新建和完善道路40多条，在20平方公里的开发面积内基本全面实现了'四通一平'，为来自台湾和世界各地的外企落户创造了条件。仅1993年，新批入驻开发区的外资新项目就达103个，其中世界500强企业就有好几家。另有像台湾的'六丰机械'等企业的落户，使得开发区的龙头作用更加突出。"

啊，何谓龙腾虎跃？此时的昆山乃是真正的龙腾虎跃。

第4节　一"龙"十二"虎"，中国迎来新首富

从2005年起的"全国百强县"的榜上可以看到，苏州五县（市）均在前十名，而当年的"小八子"昆山则雄居榜首，成为中国县级单位中的首富。

中国县级单位的"首富"是个什么概念？当然是钱多财力强呗！怎么个强法？昆山市委书记张国华给我介绍时讲了几个全国"第一"：2007年，昆山实现全口径财政收入200亿元，这是全国县级单位中第一个突破这个数目的县（市）；昆山近五年的经济发展总量是苏州大市（含五个县级市及苏州城区）前五年的水平，毫无疑问昆山这样的发展速度和分量是全江苏的第一块"金牌子"。李源潮任江苏省委书记时，正值全党学习落实科学发展观的初始阶段和重要时期，在半年里他跑昆山多达六次。

一个曾经在苏州地区是“小八子”的穷县，仅用二十多年时间成为全国几千个县级单位的“首富”，昆山的这种变化和所显现的发展潜力几乎无人可比。那些到昆山参观考察的人在听了昆山人介绍他们如何办自费开发区和开发区所带来的巨大经济效益后，除了深深地感叹之外，似乎都会在内心拷问自己同样一个问题：为什么我们就没有昆山人那么有胆识、那么有魄力？这样的拷问之后，他们还会感叹这样一个假设：假如我们也能有昆山式的一个开发区多好！

历史发展从来不会按“事后诸葛亮”的如意算盘前进的，因此也有了各个地区、各个国家在同一时代中的差别，这种差别通常是天壤之别。可是当那些有心以昆山为师的人深入走进这片沸腾的热土时才发现：昆山能实现持续性高速发展，靠的不仅仅是搞好了一个开发区。

毫无疑问，昆山开发区是昆山经济发展和现代化建设的龙头，当这个龙头舞动起来的时候，昆山呈现的是一片勃勃生机和光芒四射的活力。然而随着一波又一波投资热涌进开发区之后，昆山人清醒地意识到：光有龙头的舞动并非一台最完美和激动人心的戏，只有龙腾虎跃，昆山经济发展的这场“大戏”才能精彩纷呈。

吴克铨任书记时就已经具有这样的思路，并且开始实施新的战略：以开发区为龙头，向开发区周边的乡镇全面辐射，以推动整个昆山区域经济的全面提升。而当这样的思路在决策和规划过程中，有人曾经怀疑是否可行。依据的理由是：不管是当年的自费开发区，还是现在已经批准的“国”字号开发区，它的起点是依托上海，面向全球进行招商和规划，这才吸引了包括世界 500 强企业在内的诸多海内外企业来昆山投资创业。如今要在农田里开唱与全球化接轨的“大戏”，恐难再成好事（当时昆山开发区周边多数仍是“鸡鸭成群”“稻谷飘香”的农耕状态，有这种担心是可以理解的）。虽然经过七八年苦心经营，老县城玉山镇与新城差不多美丽了，“乡下人”也开始洋了起来，可那些穿着西装的开发区干部们常常一不小心总是发现自己的裤腿上沾着泥土，难怪上海人有时讥讽昆山人说：“你们的开发区是搞得不错，但有些龙困沙滩的味道，周边的水不浮动起来，这龙早晚会渴死的。”

上海人的玩笑话倒是提醒了昆山人：要使开发区这条“龙”真正活起来，还得让它成长在波涛汹涌的大水之中。这“大水”就是整个昆山的发展环境氛围。

有人问吴克铨：“到底怎么个搞法？”

“老办法。当年我们办自费开发区时不也从水稻田的中央圈了一块地吗！关键是看你有没有诚心，把起点较高的规划与配套的设施跟上去。”这时的吴克铨，像身经百战的元帅一样，从容自如地指挥一场战役。

“兵希不是搞出一些名堂了吗？去总结总结他们的经验。”他批示有关部门。

李全林后来接任昆山市委书记，他在请教吴克铨老书记时也提出了关于如何在开发区之上继续拓展昆山经济空间的疑问，吴克铨再次提到了“兵希模式”。

兵希是昆山下面的一个小镇，与开发区近邻。那天宣炳龙带着新任书记李全林到开发区转了一圈，两人站在开发区边上，背后是生机勃勃的开发区，前面是一片宽阔的兵希之地，谈得很多，而且越谈思路越聚集到了一起：昆山发展不能仅仅在开发区之内，应当延伸到周边的“大昆山”。

“这步走好，我跟你都有饭吃了。”新书记李全林这一天特别高兴，还说晚上一顿饭就由他请宣炳龙这个“大老板”。

是闻到了“风声”，还是自觉意识在催化？反正那一年春节刚过，兵希镇党委一班人就坐在一起展开了一场空前的大讨论。镇党委书记胡寿萱把一个特别尖锐的问题摆到了全体党委委员面前：“兵希和开发区交错衔接，为何开发区能够轰轰烈烈，‘地上长出黄金’，兵希却平平淡淡，‘不见半点水声’，我们还是不是昆山了？”

讨论会上据说干部们先是沉默和脸红，继而是“出汗”。“要跟宣炳龙一拼！”

“好啊，你们有心跟我拼，昆山希望更大了！”宣炳龙已经不再是当年的那个“陆家开发王”了，他现在是名副其实的“昆山开发王”了，见有“小弟”跟他较劲，不仅不生气，反而喜气洋洋。当兵希的党委书记胡寿萱跟他来谈“合作”时，他很是高兴。宣炳龙想：我刚同李全林书记谈过，你们兵希现在有“自觉意愿”，这事有点“不谋而合”。

“怎么干？”胡寿萱讨教宣炳龙。

宣炳龙想了一想，说：“我们两家成立一个公司。”

“太好了。”胡寿萱拍手同意。他心想：你老宣的开发区是条大船，我们傍着你大船前进风险会小，成功把握更大。

宣炳龙心笑：你胡书记的兵希有广阔空间，我的开发区现在不缺项目，就缺地盘。

公司成立了。兵希派了镇工业公司经理黄钦兼任这个合作公司的经理。“他宣大人的开发区走的是自费开发的昆山之路，我们这个公司也这么干，所以我们公司不向镇里要一分钱！”

“好嘛！”镇领导和宣炳龙都非常赞赏。

第一个项目引进的是珠海的一家企业。兵希只负责给人家盖厂房，再把这厂房租给人家，净赚了15万元。虽说小打小闹，但对一个乡镇来说，是第一次尝到了甜头。

“一百亩地小了一点。划你一千亩地吧！”胡寿萱代表镇党委把新规划的一个决定告诉了黄钦。年轻人异常兴奋，说我一定要把宣炳龙的经验学到手，让兵希也走出一条“小昆山之路”。

市里的李全林书记知道此事后，对兵希给予全力支持，结果又把兵希的规划改了一下：两平方公里。

年轻人简直激动得要哭了，保证道：“干不好，我就是阳澄湖里的乌龟！”

“小黄，你的指挥部设在哪儿呀？”李全林书记有一天来看兵希的小开发区，问黄钦。

“不好意思，书记，现在指挥部就我一个光杆司令，所以没有半间房子。”

市委书记笑了，内心在说：我现在有点像吴克铨老书记看当年的宣炳龙一样了。

黄钦真的拿宣炳龙当榜样，把赚来的钱来筑路，偏偏遇上了大雨，那路基被冲裂了，农民们看在眼里，议论是必然的，但心里还是很支持黄钦。镇党委书记胡寿萱知道后也带着干部群众来帮忙，抢修的战斗一直干到凌晨一点四十分。

“昆山之路”的成功就在于有路，有路的昆山才有黄金。黄钦这么自豪地说。有人调侃道：“不是黄金，是你黄钦吧！”

黄钦乐道：“能把‘黄钦’变成‘黄金’是我的梦。”

机会来了：1993 年 5 月，新加坡家具工业理事会的投资考察团一行从中国的北方一直转到南方，最后到了昆山。这些新加坡人竟然事先并不知道有昆山这么个地方，是听了有人说昆山有个国家开发区才来的。那是一个下雨天，新加坡人在昆山的某个地方被泥泞小路困得直摇头，说昆山是个农村，怎么可能是投资的好地方呢？

黄钦得知了，非常着急，好像丢了他面子似的，赶紧把客人请到了兵希。

这里不错嘛！新加坡客人走在兵希的那条崭新的公路上非常开心。“这里跟你们的昆山开发区基本差不多。”客人虽然说了不少赞赏兵希的话，但对于是否投资他们并没有表态。黄钦火速请出书记胡寿萱：“你得出面，不能让新加坡人跑了！”

胡寿萱其实心里比黄钦还紧张，他知道有宣炳龙的“大船”在旁边摆着，他的兵希小船能不能载上新加坡人其实是个非常大的问题，于是他赶到黄钦那儿，整整接待了客人两个多小时，最后是一顿午宴。令新加坡人大大吃惊的是：每桌饭菜才 150 元。比起其他地方一桌几千元、上万元的“盛宴”，兵希人显得太小气了。然而正是这让新加坡人感到了兵希人的一种实在。

“我们愿意在你们这儿投个项目。”新加坡人临走时这么说。

两个月后，新加坡 19 家公司联合在兵希办了一个“家具城”。

兵希初战获大胜。镇党委重重地表扬了黄钦一番。“家具城”开张那天，市委书记、市长都来了，兵希从此成为昆山开发区的一个延伸区域……

“同志们，兵希借开发区的优势，他们的建设上来了，我们城北镇怎么办？当年老书记王金华同志在我们这里最先搞起一个乡级开发区，现在七八年过去了，我们该是上个台阶的时候了！”这时的城北镇党委书记是高雪坤，他向自己的属下提出这样的严峻问题。

“城北不能让人家笑话，必须迎头赶上！”讨论的结果是城北要赶超兵希。

相比之下，城北搞开发的基础最好，因为“昆山开发王”之一的王金华当年就是从这里起家的，他在 20 世纪 80 年代中期被县上派到这里当书记时，就率先大力发展乡镇企业，在一块“锅底洼地”上建起了江苏省第一个乡级开发区——“火炬开发区”，气势大着呢！仅次于吴克铨最初搞的昆山县的那个自费开发区。王金华也因为超人的开发力度，后来被吴克铨调到县上的开发区，1992年王金华已经被调到了苏州市去搞大开发区了。城北人的“先发优势”一旦被重新利用起来，肯定必胜无疑。

1993年，台湾鸿海精密工业股份公司董事长郭台铭来到城北一看，此处风水太好了！“我就要这个地方！”郭台铭欣然说道。

批租500亩地，第一期投资3500万美元的富士康电脑插件有限公司就这么定了下来。

“好好为台商服务！”城北镇的干部群众明着暗着都在使劲，结果第二年又为郭台铭批租了1000亩地，在城北的“火炬开发区”里建起了亚洲最大的电脑插件生产基地。之后又有成批的外资企业随郭台铭在周边纷纷落户……

城北又一次掀起开发浪潮。1994年，“火炬开发区”被国家正式批准为国家级星火技术开发区，时任国务委员、国家科委主任的宋健同志亲自到城北视察。

城北成为昆山开发区近邻的又一只跃跃欲试、不断创造奇迹的“昆山虎”。

兵希、城北“小虎”的崛起，令昆山其他乡镇震动极大，环抱阳澄湖的正仪镇自然不服，这个占尽天时地利的小镇的干部群众明着说：“兵希、城北做得成的事，我们正仪一定也能做得到。”正仪镇虽小，但有沪宁铁路、312国道和沪宁高速公路平行横穿而过，加上阳澄湖美丽的风光，用作家杨守松的话说：“正仪如待字闺中的黄花女。”

“黄花女”嫁给谁，如何嫁法却是个大学问。镇党委书记汪国桢算是乡镇书记中少有的懂得天文地理、国家与世界历史的文化人，他说正仪要发展是肯定的，但正仪的发展之路不能模仿其他地方，更不能盲目走别人的“盖厂之路”，这样等于给一位漂亮的“黄花闺女”穿上一件弄脏了的衣服。正仪要走“时尚之路”。

嘿，怎么个时尚法？有人弄不懂汪国桢书记的想法。

机会来了。这个机会是在新加坡乐意集团黄裕典先生到正仪后出现的。

那天汪国桢带黄裕典到阳澄湖边散步。两人根本不谈项目，而是一起欣赏湖景。“很美，你们不是有出样板戏叫《沙家浜》吗？那歌词里好像有句‘芦花放，稻谷香，岸柳成行……’我看真是名不虚传。”黄裕典先生迎着微微吹拂的轻风，有些陶醉地说道。

“黄先生如果喜欢这儿，不妨在此盖个别墅？”汪国桢试探道。

黄裕典笑笑，没有正面回答，而是说：“我独占这么个好地方，太可惜了。”

“这个地方大，你盖一幢别墅并不影响这里的开发。”汪国桢诚心诚意地说。

“那——我先买50亩地可以吗？”

“完全可以。”

“哈哈……”镇党委书记和新加坡大资本家就这样在阳澄湖边上握手定了这桩事。

黄裕典走后，有人就嘀咕起汪国桢：你这个党委书记到底会不会谈生意嘛！人家都没投资到我们正仪，却将一块好端端的湖边好地给了人家。

“别急嘛，好戏在后头嘛！”汪国桢胸有成竹地说。

果不其然，几个月后黄裕典又来了。这回黄裕典来的头一句话就告诉汪国桢：“这个地方太美了，我自己的别墅就不造了，我想在这里搞个度假村。”

戏来了。汪国桢心想：项目不是来了吗！他问黄裕典要多少地。

“500亩。先试试，因为你们这里毕竟是农村小城镇，搞度假村还是有些风险，如果我预计准确的话，第二、三期再划地也不晚。”黄裕典说。

“好吧，先生就先搞一个度假村吧。”汪国桢答应道。

500亩地批租出去，有人在此建昆山第一个度假村，商业和投资意义不会小。正仪人看到这一点，于是也充满着对黄裕典先生的期待。

“希望你们把路桥等相应配套基础设施也做起来。”黄裕典第一次向正仪人提出建议。

“请黄先生放心，我们一定做好这方面的工作。”汪国桢保证道。

后来正仪的路桥建设和其他基础设施开始迅速动起来，而且他们请了专家设计，又用一流的施工队建设。

“好。一流的基础设施，一流的自然风景，我又要改变一下投资意向了！”黄裕典真是个多变之人，第三回来正仪时，他又把自己的投资意向改了，不过是往更好和更大的目标改——他要建一个大上海高尔夫球场。

“这里距上海那么近，是真正的上海后花园。建大上海高尔夫球场绝对名正言顺！”这回是黄裕典激动地跟汪国桢说。

昆山建“大上海高尔夫球场”？！太妙了！太有商业头脑了！汪国桢的内心里涌起一股强烈的敬佩之情。

3000亩批租，一次性签约，就这样敲定！正仪一个“大上海高尔夫球场度假村”项目就等于别人10个、20个外资企业落户。

这就叫大手笔。而黄裕典的大手笔没有停止。听说正仪人为了给他腾出一片秀丽明媚的湖光水色之灵地，不惜辞退了一个客商的5000万投资，后来又见正仪为“大上海高尔夫球场度假村”专门建一个全部由管道处理的污水处理厂，他大为感动。“我再要3000亩地！”黄裕典第四次改善投资意向。

一共6000亩地，黄裕典的集团公司在正仪购置了这么多地，绝对的大手笔、大制作！后来“大上海高尔夫球场度假村”很快建了起来，还连带建了一所高尔夫学校和一座别致的湖滨俱乐部，以及一座五星级酒店，等等。

正仪突然“洋”到了家！原来的“黄花闺女”也一下子成了“豪门贵小姐”。

高尔夫球场开球那天，李全林书记等昆山领导都出席了。“正仪的球开得好，是昆山发展史上的画龙点睛之笔！”市委书记这样评论道。

昆山再生一只“小虎”。

后来随着台湾“工业之父”王永庆的“台塑”、台湾蔡氏四兄弟的宝成集团、台湾林玉嘉的“台玻”和日本的“丰田”等落户，使巴城、周市、张浦、玉山和淀山湖等镇都一个个成了“昆山小虎”。

“国”字号开发区，加12只“小虎”——昆山给这些“小虎”起名为“昆山开发区配套工业区”，如此一来，昆山在20世纪90年代后期至21世纪初时，已真正呈现龙腾虎跃之势。

有两则“民间传说”很有意思。

一则说的是现任市委书记张国华那年去台湾拜会王永庆，这一老一少都是龙年出生的“中国龙”，岁数相差48岁，竟然谈得那么和谐亲切。王永庆后来就是冲着张国华这年轻有为的“昆山小龙”而决定把“台塑”落户到昆山的。“你我两条龙在一起，昆山就会有‘双龙起舞’的好戏啊！”王永庆老先生握着年轻的张国华的手，好是一番欣慰。

第二则讲的是宝成集团的蔡氏四兄弟的故事。这蔡氏四兄弟一直在东莞创业，后移师昆山成立了“龙腾公司”。公司成立那晚，四兄弟在一起打牌，第一副牌摸下来，四兄弟诧异万分，也惊喜万分：四个人手上的十三张牌，竟然全是从 A 到老 K 整整齐齐排好了的一条“龙”！昆山有龙！昆山藏龙！昆山能让虫变成龙啊！蔡氏四兄弟目瞪口呆地这样齐声高呼道。

昆山真的成为中国改革开放 30 年中跑在最前面的一条中国龙，这条龙让 13 亿中国人，尤其是 9 亿中国农民看到了真正的有中国特色的现代化是什么样子，真正的中国小康社会是什么样子。

第 19 章　秦振华与张家港精神

在我小时候的记忆中没听说过“张家港”这个地名。20 世纪 90 年代初，报纸上连篇累牍地都在介绍苏州的张家港经验时，我有些困惑：苏州哪来一个“张家港”？而且“张家港”竟然成了全国学习的榜样！于是打电话问老家的父亲。

“就是原来的沙洲县！从我们常熟分出去的……”父亲这么一说，我才明白，原来“张家港”也是我的故乡一部分喔。

中国人认识“张家港”并不比我这个苏州人认识得晚，几乎是同时的。

张家港的地理位置就在我的出生地西北角，过去这里叫沙洲。顾名思义，是沙里的一个洲地。你看一看张家港的地图就知道，它处在长江口的第一岛——上海崇明岛的上游，长江入海之前的不足百里的那个大虎口处。在张家港之前的长江基本上是几百米的江面，而到了张家港之后的长江犹如滔滔巨龙，奔腾投向大海怀抱……

1962 年，国务院正式批准常熟与江阴交界的那片长江积沙地设为独立的一个县级行政区划，同时将常熟以北划出 14 个乡（公社）、江阴以东划出 9 个乡（公社）组成了沙洲县。

沙洲这个名字我很小时就知道，当我不好好吃东西的时候，奶奶在旁边会用“再不好好吃，就把你送到沙洲去”的话吓唬我，幼小的我就牢牢记下了这个地名。在我记忆中，或者在我们苏州人的记忆中，沙洲是个穷地方，至少是我们苏州地区最穷的地方。“那里人饿死后就被扔进长江里喂鱼吃……”奶奶这样吓我，致使我从小就对沙洲有种恐惧感。

张家港是 1986 年 12 月 1 日正式从沙洲改名来的。那时我正在北京的部队工作，回老家的时间少，不像现在，一年有时回几次。张家港的名声让我意外甚至有些吃惊：苏州竟然还有一个张家港那么出名？而且比我的出生地常熟还有名气！我不相信，甚至很长时间不愿相信，直到几年后我回苏州，到张家港看了一次之后，才发现张家港确实比常熟强——那是张家港第一条“步行街”问世一年后我去的。

当时全国县级城市中张家港是唯一的有一条高水平步行街的市，我当时的直感是：这街并不比北京的王府井大街差多少。王府井大街有些乱，张家港步行街很文明、很干净，我认识张家港就是这个时候开始的。后来对张家港的认识越来越多了。先是因为张家港的一位叫江浩的干部当了常熟市委书记，他魄力大，语言风趣，出口成章，抓工作的顺口溜像作诗一样精彩，他主政常熟那些年里把张家港人那种敢为天下先的创业精神淋漓尽致地发挥了出来，使得苏州诸县中的“老大”——常熟的工作干劲和作风来了个彻底的改变。江浩同志在任常熟书记时，我第一次为老家写了一部长篇报告文学《大国的亮点》，记录的正是他到任前后的那段历史。后来常熟又来了一个张家港人当市委书记，这人我不熟，但也闻知他把常熟老城改造得如花园一般，同时又建设起了两个开发区，使常熟经济跃上了一个新台阶。后来又听说第三位张家港人到常熟来当书记……我想苏州市委这么做人事安排，必定有其道理，至少说明张家港的干部是非常过硬的，他们能够领导苏州区域中的县级市“老大”常熟迈向一个新高度。

常熟人过去一直从内心里看不起沙洲人，当然在相当长的时间里也不怎么瞧得起张家港，因为无论是沙洲还是张家港，在很长一段历史时间内，它只是常熟的某种附属与“穷小弟”的角色。但在近十多年里，我再回常熟听老家的人讲张家港时就完全不一样了！

一句话，在今天的苏州，再没有人敢把张家港不当作一回事了！张家港的虎势和实力，让所有苏州人感到了一种自豪和雄气。

这几年张家港给我的印象越来越深，许多在北京工作的乡友过去宁可说自己是常熟人，也不愿承认自己是张家港人。但时至今日，乡友们一个个都堂堂正正地说自己是张家港人了，而且神情上丝毫没有一点自卑，倒是满脸的自信和骄傲。比如已故的清华大学院士张光斗，比如中央台的美女主持人沈冰等，他们现在都非常自豪地告诉人家，他们是张家港人。

张家港人完全可以自豪地声称自己的家乡是个美丽的地方，因为所有去过那里的人不会不相信张家港作为苏州的一部分而有什么丢人现眼的地方，相反苏州因有张家港而更加强大和美丽。

第1节　“苏南的苏北”一鸣惊人

在苏州，像常熟、吴县、吴江等诸县市，过去几个世纪里都是名扬天下的富饶之地，又是出才子佳人的地方。你不用赞美，它们也早已被外人熟识。苏州有江南鱼米之乡的美誉，很大程度上取决于这些“诸侯”的烘托。沙洲和张家港则不一样，它不仅没有史书上可以阅读到的吴越文化的经典之作，更没有吴江的绣娘、吴县的虎丘与寒山寺，它有的只是长江卷起的浪涛、江边那些破落的草房子以及带有几分凄婉的河阳山歌……

“当时我们沙洲建县之初，县委向上面写了一份报告，那里面有一句话我至今仍记得：‘我们一无所有。’这是县委向上级打的报告中说的话，你可以想象一下什么叫‘一无所有’。1962 年，距今也还不到 50 年，那时我们的沙洲全县没有一辆载重汽车，更不用说小轿车了。县机关召开 50 人以上的会议，生活用品一切自带。机关人员吃食堂，睡通铺；夫妻不同居，小孩女方带；几个人合用一张办公桌，电话不通农村；用电，只有一部柴油机发电；运输仅靠一艘小机帆船——也只有县长书记上苏州开会才有这个最高待遇。百分之八十的农民住草房，全县一年的总产值才 3000 万元。这与‘上有天堂、下有苏杭’的距离实在是太远了，所以苏州人叫我们沙洲是‘苏南的苏北’，意思是苏州最穷的地方，穷到比苏北的水平还不如。”一位老张家港人对我说。

我曾问过自己的父亲，他点点头，说：“沙洲建县时确实非常穷，干部不愿去。”当时像他这样的生产大队干部，如果愿意到沙洲去，组织上可以安排当一个吃国家口粮的公社干部。“可即使这样，我们还是不愿去。”父亲自嘲地说了一声：“如果真去了，现在我至少也是秦振华级的干部了！”秦振华是张家港市的拓荒者和张家港精神的缔造者，他退休之前是苏州市人大常委会副主任。

也许苏州人在若干时间里并没有把沙洲（后来改为张家港）看作是那种富饶、具有深厚文化底蕴的地方，或者认为“沙洲根本不代表苏州本色”的缘故，沙洲人（张家港人）从出世的那天起，他们就有一种发愤图强的强烈志向。

从字面上看，沙洲就是沙积而成之地。它的历史不长，这与早在千年前就脱胎成江南鱼米之乡的苏州列县相比，实在不能相提并论。作为苏州的“边角料”，这也决定了沙洲人虽属吴地，但性格与苏州人有很大不同。中央政治局常委刘云山曾著文说过这样一段话：“1995年盛夏，我去张家港调研……在我的想象中，江南水乡的苏州人应是吴侬软语、清秀文静。但眼前的秦振华却像一个山东大汉，身材粗壮魁梧，说话铿锵有力。谈起张家港的情况如数家珍，充满豪情，讲到张家港的未来胸有成竹，充满信心。他的神情，他的言谈，他的举止，总使人感到有一种力量、一种劲头、一种精神。”

云山同志是北方人，张家港人给他的印象完全是想象之外的另一种性格和气度，说明了张家港人的独特性。俗话说：一方水土养育一方人。张家港地处长江奔腾入海之前的喉咙之处，千百年来它一面伸展双臂接纳上游奔腾而下的滔滔长江水，一面又挺胸抵敌潮生潮落的大海潮汐，它因而粗犷，因而豪放，说话要与涛声比高低，做事要同浪潮比力量。张家港人从祖辈那里知道，要想活命，就得步步赶在浪尖上行走；要想成功抵达彼岸，就得激流勇进不畏险滩……

这就是张家港人。

曾有诸多社会学家研究过张家港精神，而且将其精神总结成“团结拼搏，负重奋进，自加压力，敢于争先”这十六个字。但我要说的是，除此之外，张家港精神，还有那种长江孕育的江浪文化和独特性格。长江的文化和长江的性格是什么？简而言之，它应是一种千年累积、厚积薄发和千里不懈、勇往直前的那种豪情。

在张家港市成立之前，沙洲作为“苏南的苏北”之地，就曾经为摆脱自己落后的命运奋争过，而且有过享誉全国的一鸣惊人之举，这也说明了张家港人（老沙洲人）血脉里流淌的本是一种大江气魄。

第2节 “秦大胆”创纪元

说张家港，肯定是离不开秦振华这个人的。虽然有人说“张家港精神”不是哪一个人创造的，但如果离开了秦振华这个人，张家港和“张家港精神”就不会那么名扬四方。

秦振华是创造张家港新纪元的一个最重要的历史性人物，这一点谁也无法否认。

老实说，见过秦振华的人没有一个不被这位说话爽快、激情四射的江南“东北汉”所折服。他是地道的苏州本地人，但正如刘云山同志的直感一样，他的长相、他的气度、他的语言，甚至他的动作，少有吴人之气，反倒像是一个十足的“北方大汉”。

这是一个传奇人物。写苏州改革开放30年历史，没有秦振华的篇章肯定是残缺的。因为在历届苏州干部中，我听到“苏州经验”中的三句话里，其中有一句是关于张家港，而评说张家港，少了秦振华，史剧就唱不起来。

2008年春节刚过，我到张家港采访。这是与秦振华第一次见面，但我们俨然像认识已久的“忘年交”。1936年出生的秦振华，坐在我面前，一张嘴，手足并用的气势，根本看不出他是与我父亲一代的人。

“我也是常熟人啊！”秦振华会套近乎，使得我们之间一下成为无拘无束的“老朋友”。听这位张家港人一讲他的身世，才知真是那么回事。本来张家港的前身沙洲县就是从我老家常熟分出去的一部分，而秦振华说，他1956年参加工作就到了常熟县城。“我在常熟干了7年。1962年沙洲县成立，我才调回到杨舍镇的……”秦振华一解释我才完全明白这位曾经风云一时的改革人物原来确确实实与我是同乡。有了这份亲情，我们之间的话语便直截了当多了。

“我从常熟到沙洲工作，是因为那年下乡当村支书时得了一场病，身体不好，疗养了很长时间。这个时间，沙洲县成立了，缺干部，我又是杨舍镇人，就这样离开了常熟。”秦振华说，“我这个人干啥事特别认真、用心，所以坐机关时对许多事都看不惯，就要求到供销社工作，当了一年供销社主任、书记，工作很出色，后来县里要建一个化工厂，派我去当书记，一当就是 4 年。化工厂在沙洲县是重点企业，我在这里学到了不少管理经验，厂子在我手上还成了先进单位。那时我 27 岁，后来又被调到工交局（现在的交通运输局）当副局长，那段时间身体不好，但我是从旧社会过来的人，又是党的人，对国家、对组织特别有感情，心里就装一件事:努力把工作做好，为党争光，让老百姓过上好日子。我基本上走一个地方，亮一个地方。争一流成绩是我一向的工作作风和奋斗目标。‘文革’中我也吃过‘生活’（苏州土话，苦头的意思），原因是造反派让我干坏事，我不干，所以他们就借机批斗我，在杨舍镇的卖猪场上给我挂了一块‘执行资本主义路线黑帮’的牌子。他们让我站在那里挨批斗，我并没有像一些人低着头，很灰气的样子，反倒觉得挺开心，因为我是穷人家出身，现在大家都知道我是‘走资派’了，我觉得挺神气。结果我这么一笑场，造反派全泄气了，批判会也开不下去了……哈哈哈，你说我这个人是不是一个革命乐观主义者？”

被采访时秦振华已是 72 岁高龄的人，内心却像一个年轻人那样充满活力，且特别幽默。这样的人天性了不起，生活将赐予这样的人干伟业的机遇。

这个机遇对秦振华来说，意义非凡，而后来的历史证明，这个机遇对张家港来讲也是极其重要的——这个时间正好是 1978 年。

这一年 1 月 1 日，苏州大地虽然仍有几分寒意，但改革的春潮已经开始涌动。42 岁的秦振华第一次主政有几万子民的杨舍镇。那时张家港市还没有成立，杨舍镇还只是沙洲县的城关镇（我国对县政府所在地的通称）。

“我去当这个县城城关镇书记，就发现一个问题：在干部中有一种说法，杨舍镇是县委、县政府的‘后勤部’。意思是专为县里服务的，所以在我去之前，镇里的干部对工作不那么主动积极，也缺少创新，认为反正是为县里服务的，县里让怎么做就怎么做。长期下来，工作没有创新，班子里的矛盾也多起来了，镇上的工作没有什么起色。我当书记后，通过调查研究认为：杨舍镇作为沙洲县的城关镇，理应成为沙洲县的‘窗口’，也就是说，沙洲县的工作好不好，首先要看杨舍镇做得如何。窗口敞亮了，沙洲人的脸上才有光彩。再说，如果窗口的工作没做好，怎么可能当好县委、县政府的后勤部呢！”秦振华的这一观点和工作出发点，受到了一个人的特别关注，他就是当时的沙洲县委书记高德正。

难怪我在苏州采访时一说到张家港的事，老书记高德正就脱口而出：“秦振华是我看上的人！”

高德正确实没有看错秦振华。

他秦振华在杨舍镇当书记时，第一件事就是治理和改造全镇的露天厕所。咱老家啥都好，就是旧习传下的露天厕所十分不雅，城里城外一个样。可几千年的旧习不是说改就能改得了的。在农耕时代，一些在街头路边的露天厕所其实是“厕主”的“生财之道”，粪便可是农家作物不可少的肥料。你倘若端了他的厕所，他非与你急脸不可。于是一般人不愿去碰这类可以说是棘手之事，但好端端的江南水乡、集镇闹市，就因为那么多露天厕所搞得臭气熏天，很不雅观。秦振华要对露天厕所动真格，有人想看热闹，结果没看成，因为秦振华不仅把镇上的露天厕所全部“一锅端”，换成了清洁整齐的公厕，而且连镇管辖的三个村的农民露天厕所也一起治理得干干净净。

“工作要出色，先从干净做起！”也不知秦振华是怎么想的，他上任初始，对全镇干部下的第一道“旨令”就是到常熟著名的全国卫生镇浒浦学习。108个干部，浩浩荡荡地到了浒浦参观取经。

干部们参观后回来感慨很多，却心虚地说：“学不像。”

秦振华看到症结，并想了一招：你们不是说学不像吗？那我叫个人带着你们干！这人也姓秦，是过去浒浦镇管卫生的退休干部，老家就是沙洲的。秦书记求贤得了一个老秦，没多少时间杨舍镇也跟浒浦一样变得干干净净。

“你别说，这秦振华还真有法子喔！”高德正和县里的领导走在昔日臭烘烘、如今整洁干净的大街上，颇有感慨。

“可我在治厕和改造乡镇卫生时发现一个重要问题：没有强大的经济实力，即使再著名的卫生城镇，也只能做表面干净的文章。改厕修路筑地下水道，哪一样都离不开用钱。经济搞不上去，啥事都做得不彻底、不到位。这个印象我太深刻。有一次我们改造一段下水道，想到县里贷一万元钱，管经济的副书记硬邦邦地给我一句话：哪有钱呀？自己想办法！”秦振华说到这里，拳头一挥，“从此我发誓要搞经济！”72岁的老人，依然像一位出征的战士。

“1986年，乡镇合并，杨舍镇一下就大了，成了真正的‘县城’。既然是县城，就得像个城市，所以我建议镇政府给我们张家港市搞一个星级宾馆——就是现在我们这块地……”秦振华用指头朝坐着的地方点点，示意我采访他的宾馆的这个地方，“当时我们就在这里划了300亩地，市里还有人不同意，觉得我步子迈得过大。我对他们说，张家港过去一直是个被人瞧不起的‘苏南的苏北’，我们不能再用‘三十年河东、三十年河西’的老观念了，而是要‘三年河东、三年河西’，到后来我说‘三年河东、三年河西’也不能要了，要‘三个月河东、三个月河西’，就要定下天大的事情！邓小平同志为啥说‘发展是硬道理’，让我们只管干，不要争论，就是怕耽误时间。时间就是生命，时间就是金钱，有了金钱，百姓的日子就好过，社会就能发展。那个时候，国家搞宏观调控，有人一听说上项目就吓得不敢干了。我说中国那么大，每个地方的情况都不同，我们是苏南地区，是苏州的一分子，邓小平早就有话说，让我们这样的地方要把经济搞得更快一些，我们还等什么呀！我就不怕别人说，最主要的是我心里有个原则，就是干什么事都要根据我们当时的实际情况，从实际出发，掌握了这个原则，干什么都不怕。当时我重点抓了镇、村两级企业的大发展，不知你有没有听说过我们的澳洋集团、骏马集团？他们都是在那个时候发展起来的。像骏马集团过去是个名不见经传的村办企业，后来成了国内最大的锦纶 6 帘子布生产企业。澳洋更了不起，它是全镇纺织业的领头羊，现在的综合实力位居全国毛纺业五强之一。当年我就抓这些龙头企业，到 1986 年底，我杨舍镇的镇、村企业达 68 家，产值达近 3 亿元。苏州市里当时设了个‘亿元乡（镇）’的‘振兴杯’竞赛，那一年我代表杨舍镇上去一下子把金杯抱在手里，可以说是我秦振华在苏州父老乡亲面前第一次露脸。当时会议上还有两个先进单位的奖杯我也抱在了手里。杨舍镇第一次在外人面前扬眉吐气。第二年全苏州三级干部会议上，我上去一下子抱了七个杯，会场上掌声雷动，台上台下都说秦振华这人了不起，我自己当时也真觉得露脸了……哈哈哈，我这个人好面子！好面子没什么不好。搞发展，赶经济建设速度，就得讲面子。要回一个好面子，就证明我们的工作做好了，做对了，老百姓实惠了，社会发展了。这面子有什么不好？我秦振华要的就是这个面子！杨舍镇的面子，张家港的面子，我们社会主义的面子！”

快人快语，直爽坦诚，心如明镜，激情澎湃，这就是秦振华！

1989年，一直十分赏识秦振华的沙洲县委老书记、时任苏州市委书记的高德正被调到省里任副省长。与此同时，秦振华也跳了一个政治台阶——进了张家港市委常委（不多久又升为副书记），但仍主要担任杨舍镇党委书记。

干实事的秦振华在进入常委和后来当市委副书记时，都在市委常委会上说:“我只参加研究干部的常委会，其他会最好不要让我参加，我只想把杨舍镇的工作做好。”

这个老秦！论年龄，秦振华在当时的市委常委中也是“老大哥”了，他这么一说，其他同志也笑笑，说你老秦把杨舍镇做好了，等于给张家港把门面建设好了，开会和举手的事我们代了。就这样，秦振华一天到晚地在镇上忙着呼风唤雨……

1991年年底，苏州市委在王敏生书记的主持下，正在酝酿全苏州经济迈向更高一个台阶的宏伟计划，与之相配套的是下属几个县级市班子的重新配备问题。张家港班子的“一把手”成为王敏生首先考虑的事，因为按照民意和能力，副书记秦振华接此重任没有问题，但偏偏老秦有个致命的问题：年龄大了！过年就是56岁了！当时有个不成文的规定，县级班子一把手一般到57岁就要下来。秦振华已经快到“线”了，再提拔他有点不太合适。有人提出不同意见。

怎么办？苏州市委把秦振华的事提到了江苏省委。

“老秦，你快回来！省委沈书记要到张家港来听你们的汇报，可能还有跟你有关的事……”一日，王敏生书记给正在广州学习的秦振华打电话，要他火速回来。

秦振华前脚回到张家港，省委书记沈达人与副秘书长梁保华（后任苏州市委书记、江苏省委书记）等后脚就到了。

汇报开始。第一个汇报人是念稿子，看得出沈达人书记对此感到乏味。

第二个是秦振华汇报。

“谢谢。我今天第一次能向省委书记和省里其他领导面对面地汇报，非常激动。我讲讲杨舍镇这几年的情况……总之我深切的体会是：现在在下面做事的人受气，这种情况不改变，有多方面不利……”秦振华向领导汇报工作从来不用讲稿，而且以例说理，头头是道，这是他的本领之一。

“很过瘾！”沈达人书记听完只讲了这三个字。看得出，他对秦振华是满意的。原本听完汇报就要回苏州的沈达人，这天特别高兴，说要在张家港“吃顿饭再走”。桌席间，他要秦振华坐在自己身边继续听他讲杨舍镇的事。

不多久，江苏省委和苏州市委关于秦振华任张家港市委书记的任命书正式下达。这是江苏省和苏州市干部中一个少有的破格提拔。那年秦振华56岁。

老秦自己对此总结说：“我逢到了两个大机会：一是1978年党的十一届三中全会，中央确定以经济建设为中心的战略大转移时，我当了杨舍镇党委书记；二是1992年邓小平南方谈话掀起中国改革新浪潮时，我出任张家港市委书记。这两个历史背景下，都需要一批思想解放、敢闯敢干的人，我是其中的一个，所以组织上都在这样的时刻想到了我，而我也得益于这样的历史时刻，使自己有了用武之地。

“当市委书记后，我心里想：组织上给我平台，我一要对得起上级，二要对得起百姓，对得起父老乡亲。为了工作，我可以六亲不认，为人硬碰硬是我的作风；干实事，不吹牛也是我对自己的基本要求。但为啥后来有人对我还有不少争议或非议？我检讨了一下自己，无非是我秦振华喊的口号，干的事，在当时别人还不敢喊、不敢干的时候喊了、干了，所以我就成了一些人眼中的‘秦大胆’‘秦牛皮’了！可后来事实证明我没做错，而且赶在前的事对后人和后来的事业都有好处！这也是张家港精神中最重要和核心的一点：拼搏，负重，自加压力，敢于争先。”秦振华是这样一个敢于认识自我、敢于承认自己成功和正确的真诚的唯物主义者。共产党人除了需要勇气承认自己的缺点和错误，其实也需要有勇气承认和宣传自己正确与成功的一面。秦振华因此是一个真诚和真实的共产党人。

有人告诉我，在秦振华刚出任市委书记不久，在张家港街头，到处出现了“振华精神”，甚至在苏州市委的干部会议上有人也曾提过“振华精神”，这也使得一些人对秦振华个人的品德产生某些偏见，以为他是个好大喜功的人。秦振华自己说：“当时我内心诚惶诚恐，因为我想的是尽快把张家港搞上去，哪有心思想我秦振华的后路？我当时已经五十六七岁了，随时有可能被拉下来做退休干部处理，充其量也最多干一届。正是想到这些，所以我给自己和给张家港的定位是：必须样样事要比别人超前一步，否则就没有机会跟人家竞争。张家港本来在苏州几县中就是小弟弟，你不加把劲努力怎么行？我是这么想的，也是这么做的。”

秦振华就是秦振华，他的性格不像传统的苏州人，这也许是他的故乡张家港更多地吸纳和融会了长江汹涌澎湃、奔腾不息的精神，而不是那种小桥流水的吴越文化所熏陶的那样文质彬彬、你推我让的性格，所以他身上的那种自加压力和勇于争先的意识特别强烈，以至于他的许多做法和想法在习惯于“从众”和“执行”的官场上显得很另类。

“今年张家港的经济增长要高速！我们的方向是：工业超常熟，外贸超吴江，城建超昆山，项项工作争一流！”在省委、苏州市宣布秦振华任张家港市委书记后的第一次张家港市委工作紧急会议上，秦振华即刻提出了一个“三超一争”的口号，在干部中引起轩然大波：这不等于向全苏州的老大哥宣战吗？我们张家港一直是小弟弟，人家常熟的工业有悠久的历史传统，一向是全苏州县级单位中的老大，我们要超常熟，不是让人家听了都要笑话嘛！是啊，工业超常熟难，我们的外贸更不能跟吴江比，人家吴江是就是通达四海的老牌出口外贸强县，我们怎么好跟人家挑战呀！你们这两年没去昆山看看吧？小昆山现在的城市建设，人称“小上海”，那个整齐、热闹、繁华呀，连上海人都承认小昆山快胜过大上海了，我们张家港跟人家比？唉，这回真是猴子打屁股，自家不觉脸红，人家都得脸发烧。

果不其然，在苏州干部大会上，当秦振华的“三超一争”在其他县市干部中传开后，如同冷水里放进一块沸钢锭，那个热闹劲在吴侬语境里是少有的场景。常熟、吴江、昆山的兄弟县市干部们，一个个像进了动物园看猴子表演，这个准备表演的“猴子”肯定是张家港的秦振华嘛！

有什么奇怪的！我老秦就是要跟你们老大哥比试比试！我张家港就要超过你们！

老秦，你可是我们常熟出去的呀，我们过去一直是自己人，你真要把我们比下去了，你说让我们常熟人的面子往哪儿搁呀？

老秦，你要超我们吴江外贸，实在精神可嘉呀！不过据我们所知，你张家港除了几条渔船从长江里捡点破鱼烂虾，还有什么可以出口挣外汇的呀？

老秦，你们张家港城区好像就是原来的杨舍镇吧？这杨舍镇我前些年去过，好像也就是一两条一泡尿可以撒到头的小街道吧！这两年是不是上台阶了？我们昆山向你学习啊！

……

什么挖苦、嘲讽的话都有，秦振华像红脸关羽一样，坐在那儿一声不吭，唯有胸脯起伏如海浪：你们说吧！说够了吧？告诉你们：我老秦就是要跟你们比试！如果我说出的话不作数，我立马下台，不当这个张家港的书记了！但到年底、到明年、到后年我们看！秦振华心里憋足了气！凭他的脾气，他真想冲天喊一声：你们笑话我秦振华没关系，可我们张家港就是要干出大名堂来！这不是我秦振华个人的事，是穷张家港的需要！是中国改革开放总设计师邓小平需要的速度！是老百姓的需要！

“大家不是要面子吗！是啊，我也要面子！张家港要面子！可是我们没有实力，就永远没有面子！没有实力，我们出去开会只能坐在旮旯里，只能听人家传授经验，只能看人家把红旗、奖牌领走，只能低着头，仰着眼睛看人家。没有实力就没有位子。没有位子，哪有面子？”秦振华回到张家港，将那些受了人家好一阵讽刺、抬不起头的干部们狠狠“教训”了一通！

“把头抬起来！把胸膛挺起来！把干劲都给我拿出来！我们张家港是不能跟人家比，因为人家底子都比我们厚实，但就是因为这，所以我们更要自加压力，别人走一步，我们就得跨三步，甚至要跳三级！”

秦振华的话、秦振华的动作，都带着一股“嗖嗖”生威的风声。这风声确实让人有种胆怯——当然这对那些不敢冒险、不敢大干、没有闯劲的人来说是这样；但这“嗖嗖”风声，对那些思想解放，敢闯敢干，又有事业心的人来说，具有一种催发进取的强大力量和表率作用。

秦振华的威信就是这样树立起来的。他之所以有“一呼百应”的感召力，是因为他的话讲到要害，讲得实际，每一项工作抓到实处，且有明确的方向和目标。在提出“三超一争”之后，秦振华又提出了“三抢一高”“三攻一促”及“三个战略”的一整套具体的行动战略战术。

“三抢一高”，即为抢发展机遇、抢投入产出、抢结构调整和提高经济效益。

“市属工业是全市经济的关键，起着举足轻重的作用。今年这些企业怎么上？有四个问题要解决。第一个问题是要转变观念，增强发展经济的紧迫性。邓小平同志最近反复强调，要发展，就必须更好地坚持思想解放，观念转变。搞经济跟赛跑一样，你得有股劲，落后的就得赶前面的，领跑的就得争取第一，争取破纪录。这样就要求我们工作时刻保持一种你追我赶的态势，每个单位、每个人，都要争取同行业、同岗位的第一名。二是要确立竞争拼搏观念。商品经济讲竞争，不讲竞争就没有立足之地，企业没有立足之地就要垮台，有人想守摊子是越保守越守不住的。'守摊子'必然会停步，必然被淘汰。光守摊子不行，还必须快速发展。说了，低速度就等于停步，甚至等于倒退。要学会抓住机会。现在就是好机会。邓小平南方谈话，给了我们张家港每个单位一个大好机会，就看你能不能抓住。大家想一想，为啥有的厂办项目，办一个成功一个；为什么有的厂办一个丢掉一个，屡丢屡败？为什么在同样的困难条件下，有的厂能抓住机遇迎难而上，求得了发展；有的却束手无策，从小困难变成了大困难，最后越来越落后。关键在于领导班子或主要负责人有没有竞争拼搏意识。三是要敢冒风险。马克思说过，发展商品经济就是'惊险的跳跃'。在发展经济中，不想冒风险的人是不可能有大作为的。国外有位大企业家讲：当一件好事有百分之百的把握时，我则不会去干了，因为绝对有把握的事情，连个傻瓜都会干好它。在高速发展的现代社会中，机会稍纵即逝，没有风险的事情随着时间推移也会有风险。企图一帆风顺办成事业的想法只能是空想，抱有这种思想的人也只能是个没有出息的人。四是要勇于实践，敢于实践。邓小平同志最近讲得好啊：改革开放就要胆子大一点，敢于试验，不能像小脚女人一样，看准了就要大胆地去试，大胆地去闯。没有一点'冒'的精神，没有一股'气'，没有一股'劲'，就走不出一条新路；走不出一条新路，就干不出一番新事业。'等'字要不得，中央政策说得明明白白，我们的奋斗方向也清清楚楚，你还有啥等的？等得来啥呀？天上不会掉馅饼，即使哪一天掉下来馅饼，我看也不会掉在那些‘等、靠、要’的人手里，一定是掉在那些能够抓住机会的人手里。一句话：我们现在张家港人要的就是埋头干，拼命干，敢于干，干到底！”这是秦振华在上任伊始的 1992 年 3 月 15 日讲的一番话，后来这次讲话收入了他的著作《张家港精神——伟大理论的成功实践》一书中，书中的讲话稿变得文章化了，他秦振华当年在干部大会上的讲话生动形象，精彩绝伦，气壮山河，雄气冲天。

“听秦书记的讲话，每次都会热血沸腾，你会被那种强烈的竞争意识、危机意识和拼搏意识所感染，然后就是跟着他一脑瓜子往前冲……”一位张家港干部对我说。

秦振华的工作方法也很绝，他不是提出“三超一争”吗？这是他向全苏州老大哥们发出的挑战书，但他绝对不会是孤军作战，他的工作方法历来是——“我盯死第二把手！你第二把手就得盯死你的第二把手。我的第二把手是谁？是市长、副书记。你市长、副书记的第二把手是谁？是主管副市长和主管常委，这样一级盯死一级，工作就能落到实处，一竿子插到底。”

这就是秦振华。

“企业也不例外。我说张家港要在工业上超常熟、外贸上超吴江、城建要超昆山，你每个单位、每个企业就得照着苏州全市最好的企业、最好的单位给我瞄准目标去赶超，超不过你就等于没有完成任务，即使暂时超过了你得保证不让别人再超过你。”

还是秦振华的话。

他秦振华长着一双圆溜溜的大眼睛，常委的十个人、四套班子的几十个人、全市局级干部的几百个人……他一个个都把你看清楚并且记在心里，你哪个人不好好卖力、不出全力，不动脑筋地工作、不出彩地工作，他全都清楚。他眼珠子转到你的脸上，如果停下来不动，而且是直盯盯地看着你，你就要倒大霉了——他的大嘴巴里肯定不会吐出好话来。他会抓住你的问题，把你批得狗血喷头，直到你老老实实、服服帖帖地买账，毫无反悔地去冲锋战斗为止；你干好了，他的大眼珠子也会转到你那儿，那眼皮马上会合成一条小缝，脸上堆满了孩子般的笑容，他会夸你，夸得你满腔热血，继续大干快上，一直到干死了也不悔！

这就是秦振华。张家港人服他。

“‘三超一争’，不那么容易。常熟‘块头大’，底子老，基础厚实，加上有5000年的文明史和3000年的手工业传统。我秦振华要你瞄准的就是常熟这座高峰，你汗流浃背、手脚并用也得给我攀过这座高峰！吴江人聪明绝顶，从吴越时代就练就一套会跟异国周旋打交道的本领，似乎每个细胞里都充满着智慧，吴江人从商从贸的灵性与技巧，你就得给我学过来，光学过来还不行，得明白他们的经验与道道，要为我所用，处处逢源才是！昆山城无山，但他们为啥称昆山？人家身处大上海之邻，能与大上海比高低，就是心里有山，心里有山的人就是了不起的大山。这座大山你们也得要攀登上去，站在昆山一样的高度建设好我们张家港。别忘了我们苏州还有一个太仓，太仓俗称金太仓，人家除了人口少一点、面积小一点外，哪一点也不比我们差，太仓的一些企业块头绝对不比常熟、吴江、昆山小，你们的眼睛还得盯着这个金太仓。不把四位老大哥比下去，我们就不是‘三超’，也谈不上‘一争’。记住：我们是要样样争全苏州第一！明白吗？第一，第一就是我们要拿金牌！要赶过他们！”

秦振华把“三超一争”解释得淋漓尽致，明明白白。谁也别想装糊涂，装糊涂的人我秦振华最讨厌！

他会对那些工作干不到实处、干不到位的人和单位发出警告：你再不拿出真本事，你就得滚蛋！

你说滚哪儿去？滚到你认识到了不发展、不赶超就是等于死掉的时候、滚到你想通了又重新想好好干一番事业为止！你觉得滚是痛的吧！不痛能触及思想深处吗？

我秦振华狠？我秦振华如果不狠，张家港就永远跟在别人后面当“小弟弟”，当“穷光蛋”，当“苏南的苏北”，甚至连苏北都不如，只能当苏南的“西伯利亚”！

当了市委书记后的秦振华，也不知哪来的劲头，一天24个小时，好像每小时都是上紧的发条，没有啥辰光不见他咄咄逼人、催人奋进的样子，没有啥辰光不见他是在一个个单位、一个个企业盯着你干！催着你干，帮着你干！开始有人瞅着这位“神经出毛病”的市委书记，私下里暗暗嘲笑他：你瞅他走路那个样，像踩高跷似的，一高一低，说不准哪天倒下去再也站不起来了……

但秦振华根本不是一些人想象的那种人，他是张家港的“拿破仑”——有人甚至这样形容他。

每天清晨六点来钟起床，一边跑步一边口袋里装个小收音机听新闻，然后玩上一套拳——他的拳法世界上找不到拳谱，完全是顺着他秦振华的思维和脾气在“胡打”。

“哈哈……我自己发明的，想怎么打就怎么打。”我在采访时提起这事，老秦开心地大笑道。正是他的这套跟着感觉走的“秦拳”，使得秦振华和张家港才有了今天与众不同的进步与翻天覆地的巨变。

“你，说的就是你！为什么别的局都动起来了，就你那儿占着茅坑不拉屎？你别再东张西望了！你给我站起来，让所有的人看看你这个跟我玩花招的局长！这样的人再在局长位置上当下去，我们张家港就会当跛子——因为你管的那一摊支不起来，我们全市得跟着你不能痛痛快快地跑步！你想好了没有，该怎么办？没想好，还是不会想？……什么，不会想还是不愿想？……不吱声！证明你是在想，可没跟我们大伙儿想的一条道，那就你回家好好想想去吧！”就是全市干部大会上，秦振华坐在台上，将一个局长点名，让他站起来，责问了半天，没几天就让组织部将此人撤职了。

“秦书记当年不这么做，很难在短时间内扭转干部中的一些旧习。张家港能够在短时间内实现跨越式大发展，与秦书记的这种雷厉风行的作风密切相关。”张家港市委的一名干部对我如此说。“但是秦书记在位的那些年里，他没有处理错一个人。老头子真的是刀子嘴豆腐心，除非你犯了事、犯了党纪国法，否则他不会轻易处理一个干部。他对人要求严，严到你有些怕他，他靠这种老虎吃人的做法在你屁股后面盯着你工作……”张家港的干部们这样评价老书记。

原杨舍镇城西村的蔡兴华，可能是挨秦振华骂最多的一个干部。蔡兴华的名跟秦振华就差一个字，一个振华，一个兴华，“振”字掷地有声，“兴”字里多少有些软绵绵的。秦振华看到蔡兴华领导的村有了大变化后有些松劲，便把蔡兴华骂得“狗血喷头”：你蔡兴华干了那么一点事就满足了？你给我到国外溜一圈回来再跟我说说你的村子是不是就没有发展空间了！你以为弄个人均几千元钱就是到顶了，就是富裕了？！呸，你蔡兴华那么点成绩算个啥！屁！啥都不是！你不给我弄出个全市、全苏州、全江苏、全中国第一来，你就啥都不是！

听听，秦振华就这么教训自己手下的干部。

“被骂的蔡兴华也是要强的人，一般能干出点名堂的人都是要强的人，你越骂他无能，他越不服气，越不服气后就越有劲头，越想让你看看他的本事。”秦振华一脸狡黠地悄悄对我如是说。

哈哈，这就是秦振华！

蔡兴华拗不过秦振华，于是就拼命地去争第一。后来真的出息大了，不仅将城西村建设得上了几个台阶，而且还当上了城关镇的领导。

秦振华诸多“狠”中的一条就是用人狠。他看中的人大胆用，他用人主要看你能不能干事，能不能干大事。为此他也吃了不少暗闷苦——有人“举报”他用的人如何如何有问题，甚至“人民来信”一直写到邓小平那里去。“我一往无前干工作，谁要在背后放冷枪，我就要他滚下台！”秦振华说自己不狠不行，“私仇不可有，公仇不可无。”这是他的理论，“谁要是影响工作，妨碍了张家港的经济发展，那我秦振华就是‘无毒不丈夫’。”

他说他最恨的是那些无中生有的匿名信，干的人被看的人评说，这就是不公平。路不平，有人铲。于是秦振华在大会上公开宣布：凡是有名有姓的人民来信，我一封一封查到底，凡是不具名的人民来信，我一般都丢进纸篓里！

在这样的市委书记面前，张家港没有不干活的人，没有不想干好的人，你追我赶的风气就这样形成……

“同志们，今年以来，全市上下以邓小平南方谈话精神为指针，紧紧围绕‘三超一争’的奋斗目标，不断解放思想，不断加大工作力度，勇于竞争，敢于拼搏，经济发展的热潮一浪高过一浪。可以说，1992 年是我市历史上发展最快、取得成绩最大的一年，是捷报频传、激动人心的一年。‘八五’计划提前两年完成，‘三超一争’的任务通过最后 40 天的冲刺，也将全面完成！”这是距 1992 年年末还有 40 天的 11 月 22 日的张家港全市干部会议上秦振华一次讲话的开场白。

“秦大胆”这次讲话的情景，让许多张家港当年的创业者记忆犹新，因为时间仅过十个来月，张家港就要在全苏州人面前露脸了。年初他们的“秦大胆”向全苏州放了一炮，要“三超一争”，如原子弹扔在苏州政坛，不仅常熟、吴江、昆山这些老大哥在嬉笑秦振华得了“神经病”，就连苏州市委、江苏省委的领导也在为他们提拔的秦振华捏着一把汗——建国几十年来，有没有听说过一个市委书记敢公开向兄弟老大哥提出挑战的？有是有，那是“大跃进”年代、“放卫星”的时代。现在是改革开放年代，是讲实事求是的新时代哟！他秦振华放炮放斜了，连累的肯定不仅仅是他秦振华！吹牛不要成本，但作为一市书记吹牛吹出毛病来了，问题就不那么简单了。

“苏州和省里经常有人刺探我们当时的经济情况，到 11 月底这段时间，他们就更紧张了，因为只剩下 40 天时间，我们当时的不少目标距超常熟，赶吴江、昆山还有距离。我心里有数，不怕。知道只要再加把劲就可以超过了，这可不是吹出来的，是我们张家港人不要命地在拼搏，拼一个你低我高的水平啊！那些日子里，我们张家港等于是背水一战，没有退路。我之所以敢提‘三超一争’，其实不是没有根据的，但光有根据是远远不够的，得有人干，拼命干才行。我们张家港的发展从一开始就是靠负重奋进、自加压力。别的地方他们不需要像我们这种干法，但我们是苏州的穷小子，苏南的‘苏北’，不这么干永远会掉在别人后面，永远拖苏州的后腿。”

1992 年是张家港战鼓撼地、烽火漫天的年份。次年初，苏州市委、市政府的三级干部例会上，一项具有特殊意味的颁奖仪式如期进行。在领奖台上，时任市委书记的王敏生、市长章新胜一次又一次地高喊着“张家港”和“秦振华”的名字，而秦振华也气昂昂地一次又一次走上领奖台践行了他一年前向诸兄弟市县的挑战宣言——1992 年，张家港在工业总产值、外贸和城市建设等多个方面全面超过了常熟、吴江、昆山等市县，获得大胜。

“这个秦振华真的了不起！”

“他娘的，他牛皮还真没吹破啊！”

“张家港是疯了！”

“可不能再忽视张家港了……”

苏州人从此开始刮目相看张家港人了。尤其是那个头发略秃、眼珠子总是瞪得圆溜溜的、走起路来摇晃的秦振华，“此人不能小瞧”！

常熟、吴江、昆山和太仓人暗暗吃惊，心里很不是滋味。苏州人历来讲面子。张家港小弟弟干成这个样，我们的脸面往哪儿搁呀？

秦振华把一向见面笑眯眯、暗里硬较劲的苏州人的传统作风给彻底颠覆了！这种颠覆让几个县市之间的干部们的那种竞争意识被挑动了起来，并且他们内心着实震动了。当然，最得意的要算王敏生和章新胜二位苏州市委、市政府的领导了，他们开心啊，开心地看着众“诸侯”出现真正的和改革式的大竞争格局了……

“张家港在苏州是一个较落后的小市、穷市，他们能做的事，难道其他的县市和单位就不能做了？什么叫改革开放、思想解放？张家港的例子就是最好的说明，而张家港后来居上说明了什么？说明了只要我们思想真正地大解放，真正地从实际出发，抓住机遇，真正地动员了全体干部和群众的积极性，我们就能创造一切人间奇迹！”一向斯文的王敏生书记这回在给张家港秦振华发完奖杯后，一反常态地说了这一通慷慨激昂的话，使得全苏州的干部热血沸腾……不像老秦这家伙这么干，我们以后就没脸面了！

“你这个秦振华，从此让我们再没了安分日子！”一位常熟领导私底下狠狠地捶了秦振华一拳。秦振华哈哈大笑道：“老弟，你还年轻！我秦振华已经57岁了，只能只争朝夕！”

1995年，时任党中央总书记和国家主席的江泽民来到张家港视察，听了秦振华介绍张家港的发展历程，很受鼓舞，欣然提笔写下了四句话：“团结拼搏，负重奋进，自加压力，敢于争先。”

“张家港精神”由此正式形成。

“这四句话最早是苏州市委的领导总结的。我担任张家港市委书记时，就要求张家港人自己给自己加压力，因为我们原来不如人家，你不给自己加压力你就永远无法超越别人，奋进是硬逼出来的。小平同志带领我们全国人民改革开放，也是逼出来的。张家港人不能拖苏州的后腿，要赶上常熟、昆山等老大哥，你就得自己给自己压力，就得负重奋进。干部身上有了压力，群众就跟着上劲。张家港走到今天，就是靠这种精神。”秦振华这样解释“张家港精神”。

我知道，“张家港精神”起初叫“秦振华精神”。秦振华和张家港在很大程度上是连在一起的。任何一个地方甚至是国家的发展历史，总是有着那些领袖们个人风范的烙印。

第 3 节　小市的大港与“步行街”

张家港出名是因秦振华秦大胆而始的，而秦振华秦大胆让张家港出大名，不仅仅是他把“苏南的苏北”一跃建成了超过几位老大哥的“苏州强人”，同时他秦振华也把张家港的港口真正地做大做强了。

“我当时提出‘三超一争’的底气就是由我们有港口这事上来的。”事隔多年后的秦振华满脸堆笑地透露了当年豪气逼人的“三超一争”的秘密武器。

张家港具有地理优势，它处在苏州的东北角，千里长江滚滚东流进入吴淞入海口前，有个金喉咙式的地方，那里与上海崇明岛仅隔岸相望，这里便是秦振华的老家——张家港。这里江岸顺直，水深贴岸，后方陆域又开阔。西起江阴的长山，东至东沙，全长 63 公里，其中深水岸线有 35 公里，是长江下游最好的港口地之一。拦门沙以下至西界港，江面宽阔，水流缓慢，长约 32 公里，江面宽至 4—7 公里，此乃长江内陆不可多得的天然良港。这也是为什么当年沙洲县改成张家港的一大原因之一。

秦振华敢在苏州群英面前喊出“三超一争”，手里捏的就是有这个港口的好牌。

改革开放初期的 1983 年，第一艘外籍船舶首次靠上张家港口，从而掀开了张家港对外开放的历史性篇章。然而由于种种原因，之后的数年里，张家港还没有能够充分认识到港口是改变这个“苏南的苏北”命运之关键，因而没有在港口发展方面大做文章。别看秦振华有些“土”，但他的头脑里尽是“洋”东西，他到国外走一趟，别人带回的是“三大件”，他带回的却是满脑子的“真经”。即使不到国外跑了，他也会天天接收那只小盒子收音机里的“洋知识”，所以他对港口的认识和理解总是比别人高一筹。

“现在苏州全市都在你追我赶，昆山自己搞的开发区走在了我们前面，效益非常明显。常熟、吴江更是老大哥，我们呢，我们张家港怎么办？光有几个金杯不能说明什么！张家港得天独厚的优势就是我们有个港口，是一个别人都比不了的港口，它是我市经济发展的最大优势，是立市之本，任何时候忽略了这一点，都是最大的失误！”这段话是秦振华在 1992 年 7 月 11 日的干部大会上讲的。

在这之前，港口建好后，上面有关行业想插手要走，秦振华听了大怒：没门！港口是我们张家港人的，谁也别想随随便便拿走！他为这事一直闹到省委书记办公室。

省委书记拿他这个“土农民”没有办法，只好笑着说，你秦振华留着港口自己管可以，但一定给我弄出些名堂来。

“书记你放心，我弄不出名堂来，你重罚我！”秦振华说。

回来后，秦振华开始琢磨港口的事。一个小市想管一个大港口没那么容易，尤其是那群农民出身的张家港市干部们想办这么个大港口，问题多得很啊！港口是可以赚大钱，但弄不好也会赔大钱，它像一只喂不饱的大老虎，会把你小小张家港一年的财政全吃光还不嫌饱。

“我们搞保税区！”秦振华有一天突然在常委会上说。

“啥是保税区？”

“就是在港口区内划一块地方，外商把东西存放在里面不用交税。”

“这对我们有啥好处呀？”

“好处多了去了！你想想：老外把货放在我们这儿，他就得把企业和生产车间放到这儿不是？我们现在不是到处都在抓外资吗！他到其他没有保税区的地方，进货出货就要麻烦得多，税也缴得多。人家资本家到中国来就是为了赚钱，我们建了保税区就是为了让他赚更多的钱。”

秦振华这么通俗地一讲，干部们才明白。“那就争取办个保税区吧！”大家说。

一个无名小市想办保税区就那么容易吗？秦振华秦大胆可没这么认为。他“打听”的本事特别大，经“一打听”便知道了国务院总理手中有一个“保税区”的名额，于是秦振华的心痒得不行。

“李鹏总理正好这些日子要到常熟来。”有人向秦振华通报绝密消息。

太好了！秦振华蹭地从办公椅上蹦起来。“我去找他！”

不行，要想说服总理，先得打通苏州市里和省里。秦振华的脑子太灵光，他深知像张家港要办成一个从国务院手中拿到的大项目，必须先得让苏州市里和江苏省里通过，否则苏州和省里说你秦振华手也伸得太长，我们苏州市里、我们省里还想要这个项目呢！这不等于白忙乎嘛！省里和苏州市里的人因此常说秦振华这人“太贼”——意思是太精明。

经事先与苏州市里和省里打通关系，秦振华已经心中有数：只要他有本事能从总理手中把保税区名额拿回来，苏州市里和省里是不会抢他好事的。于是他在李鹏总理到常熟后想尽办法直接见到了总理本人，并且以他秦振华特有的方式汇报了关于张家港为什么要建立“保税区”的理由，共三条：一是张家港是天然良港；二是有四大优势：深水码头、已建有 5 万吨量、不冻港、是长江内河港口中最好的避风港；三是一旦保税区建立，可以港区合一，有八里宽的长江水面港口区，其航行成本低，张家港又处在华东经济大区的有利位置，辐射面大。

“那就到你那儿看看吧！”总理欣然提议。

“太好了，欢迎总理到我们张家港视察，您眼见为实。”秦振华厉害，竟然把总理调动了起来。

总理去张家港的那一天天有些不作美，下起大雨，泥泞的江堤土道很难走。秦振华表面上笑脸陪着总理等领导，心里可急死了，他知道第一印象太重要了。随总理一起到张家港的江苏省、苏州市的领导为秦振华捏把汗：老秦，这天有些不帮忙啊！

但总理毕竟是总理，似乎并没有在意路的泥泞，而是目光一直停留在那片如海一般宽阔的长江江面与平静的港口区域之上，并且不停地向秦振华询问一些专业问题。

有戏！秦振华暗暗高兴。

“这条路什么时候开始修的？”一个多小时的现场视察，临走时，李鹏总理似乎才注意到脚下的道路如此泥泞，便这样问。

“前两个月才动工的，正在抓紧修筑，修好后会很好走的。”秦振华一听总理问这路，心里顿时发毛。

“你把东边的河开开深、开开阔，再把两边的路铺铺好，”总理又补了一句，“下次来能走了吧？”

“能！一定能！”秦振华额上的汗水都淌出来了。

“擦一擦汗吧。”省里的一位领导悄悄对秦振华说。

“不妨，是雨淋的。”秦振华尴尬地掩饰道。

怕这个雨天扫了总理的兴，秦振华不停地给李鹏总理谈天说地，说1986年，也是5月份，费孝通费老来此，76岁的他兴致勃勃，欣然作诗道：昔日荒凉人稀一沙洲，今朝路阔港深耸高楼，乡镇富埒市，企业起家十有九，人人称道秦大哥。感君改革开放敢当先，为赏小香港，无车市里夜半伴我漫步游。多情如亲土，张家港水浓似酒，劝君痛饮不须忧，为民立功名永留，滚滚长江水，到此也要折腰才东流。

“哈哈哈，认识你这个秦振华，连长江都折腰啊！”总理听出诗外音，朝秦振华开怀大笑起来。

总理这一笑，秦振华心头悬着的一块石头落下了。

李鹏总理走了，也没有说到底给不给张家港保税区的事，但秦振华看出总理对张家港的港口地理和环境是满意的，所以让秦振华把路修修好。

“如果不想给我们的话，总理不会说‘下次来’这样的话的。”常委会上，张家港人这样议论着。这一点省里和苏州市领导是认可的。

关于那条正在修建的泥泞大道，叫张杨路，是秦振华上任市委书记后做的几件大事中的一件。他上任不久就到了广东参观。

“到那里一看，我的腿肚子都发抖了，人家发展太快了，我们落后一大截！不迎头赶上就会掉队十万八千里。而且我发现广东的一条经验，就是要致富，先修路。于是广东参观一回来，我就开常委会，研究讨论修路的事。当时有个特殊情况，地里的麦子已经长高了，如果再等下去，只能晚一年再修这条路，所以必须立即召开常委会决定此事。当市委定下修这条张杨大道后，马上动员沿路的干部群众全力以赴投入战斗。5月份总理来江边视察时，正好赶上铺路面，雨一下，显得特别泥泞。当时总理问我修这条路的钱是哪儿来的，我告诉他全是张家港自己筹的,33 公里长,70 米宽，共花了 3 个亿。李总理是内行，他一听这个数，连说成本很低嘛！总理哪知当时张家港全市财政收入仅为 2.25 亿元，能动用的只有 3000 万元，而光修这条路就得 2.8 个亿，日子难过得很啊！只能靠借过日子……”

秦振华一边向我诉说当年的创业之艰苦，一边指着他坐的那张沙发和我们采访待的那个房间道：“那年李鹏总理就住在这个房子，就坐在我现在这个位置。为了争取他能批保税区，晚上总理下榻在这个度假村，这套房间里。吃过晚饭后，我想进屋跟总理谈谈保税区的事，人家警卫根本不让我进，最后还是时任苏州市委书记王敏生帮的忙。我进房间后，总理正在看报，我就站着说，总理好。总理就让我坐下谈。我就把希望总理给我们批个保税区名额的事情说了。总理答应了，于是我又请他给我们题个词，他很爽快地说，等回北京后再寄来。6 月 5 日，管机要的同志告诉我，说秦书记有喜讯，原来是李鹏总理的题词寄来了。我拿着总理写的‘张家港保税区’六个大字的题词，真的是热泪盈眶，因为张家港总算有把握获得国家批准保税区了！在日后召开的 4000 人保税区开工动员大会上，我高高地举着李鹏总理的题词喊：就看我们怎么干吧！那阵子就这样激情燃烧……”

张家港的保税区就是这样争取得来的，这也是中国内河港口所设的第一个保税区。秦振华的工作“力度”让苏州人和江苏省的领导们也深深佩服。

行动了！ 4000 名建设大军不分白天黑夜地连轴转，秦振华亲自出任总指挥，几乎天天出现在施工现场。

2 平方公里的面积内，原来都住着人家，现在突然要他们搬迁，这是件特别难的事。“必须搬，为了张家港的未来和子子孙孙的幸福，我们需要做出牺牲！”秦振华的嗓门都喊哑了。

张家港的百姓真好，张家港的干部们真卖力，仅45天时间，区内1284户、24万平方米的农民住宅全部搬迁完毕。1300套拆迁户住房同时动工兴建。

苦战20个昼夜，完成总长近8公里的绿色镀锌镀塑铁丝网封闭隔离围筑工程——保税区等于是一个有“国境线”的小特区，必须封闭起来。

与此同时，万吨级水厂、220千伏和110千伏变电所、3.7公里长的十字中心路和周边通道等“五通一平”基础设施建设全面展开；为保税区配套的化工、散件、集装箱、旅游观光等码头相继规划建设……

那些日子里，张家港区的长江岸头，红旗猎猎，战歌嘹亮，让人仿佛又回到了热火朝天的“大跃进”年代，然而这一次不是1958年时的那种头脑发热的狂热虚夸的发展潮，而是张家港人十分清醒地在正确路线指引下的伟大进军。

这年10月16日，国务院正式批准张家港保税区成立，时任国务院特区办主任胡平视察后兴奋地说：“张家港保税区是全国运转最快最好的保税区之一。”

保税区的建设，使张家港的港口真正成了一个拉动经济的平台。它像一个美丽的鸟巢，迅速引来无数凤凰入巢。北京、南京、深圳、厦门、香港、新加坡、美国、加拿大、日本、韩国……保税区招商引资团从神州走向五大洲，新闻发布会、经贸洽谈会……好戏连台。

张家港成了邓小平南方谈话之后中国大陆的一个投资热点。香港嘉银公司、南联集团、亚洲汇泰集团、美国通用电气公司、恒远国际贸易公司等来自香港、台湾、澳门、美国、泰国等近20多个国家与地区的大企业、大公司纷至沓来。他们相继在张家港港区兴办码头，开展修建粮油加工、仓储运输、国际贸易、出口加工、房地产等项目。而中国自己的中央企业、全国10多个省市特别是长江中上游地区的大企业也纷纷来到张家港保税区寻求发展。

九个月时间，投资6亿多元，建一个保税区。用同样的劲头，一年多时间，投资3个亿，建成一条70米宽、6车道、33公里长的张杨公路和45公里长的沿江公路。这都是秦振华在邓小平南方谈话鼓舞下，在上任一两年内干成的事。

原来昆山和吴江占尽外贸优势，现在张家港紧随而上，居然在短短时间内独领风骚。外资企业的数量和投资额迅速跃上苏州市各县市之前列。秦振华的这一张牌让其他苏州老乡们望尘莫及。

“老秦，你得给我弄点饭来吃啊！”与张家港近邻的几个县市紧随其后也大搞“港口兴市”，然而多年过去了，始终没能赶上张家港的港区经济速度与规模，于是有人就向秦振华求助。

秦振华听后，憨厚地笑笑，说：“张家港刚刚起步，我们要向你们学习。”

这只精明到极点的“老狐狸”肯定不会轻易把肉给别人的，他心中只是想着如何把张家港建设成全苏州乃至全国的著名港区，并且真正做出“以港兴市”的大业来。年底，江苏省老领导、时任全国人大常委会副委员长彭冲，与科学家钱伟长应邀来到秦振华那里，二老参观完气势磅礴的港口和崭新的保税区后，对秦振华说：“这回你们张家港真的有港了，像那么回事。”

秦振华听后咧着大嘴笑得合不拢。

后来国务院政策研究室主任袁木来了，秦振华十分看重这位大理论家对张家港的评价。秦振华自知工作中骂骂咧咧得罪过不少人，便先在大理论家面前检讨：“我这个人平时骂人骂得凶，有人说我是‘秦始皇’。”

袁木说：“不骂是长不大的，一个城市的发展就跟一个人成长一样，不骂也是长不大的。”

秦振华听了此话，大喜，从此把袁木称为知己。

秦振华之所以格外看重上面的权威人士对自己的肯定和客观评价，是因为他“秦振华之路”也非一展平坦，恰恰相反，是充满了坎坷与不平。

在秦振华上台的前两三年里，秦振华的做法也遇到了“上面”的不少非难，因为有人反映他像“秦始皇”一样厉害，见谁工作不卖劲就会骂得你狗血喷头。他不顾上面一次次有关宏观调控的指令，照旧不断地扩充自己地方的基本建设投资，他甚至不顾情面与“上面”争项目，扰乱“上面”的正常计划安排。总之他是个没有章法的“野人”和“狂人”，还竟然有人在张家港大街上挂出“振华精神”一类的标语，不是搞个人崇拜吗？秦振华这样的人哪有一点市委书记的样……

有段时间北京有关部门派人到张家港来调查，主要是看秦振华搞的那一套“违反国家宏观调控”名堂。人家来了，秦振华见人家没好脸，说你查吧，有本事去查美国人！他的意思是，你也算个中国人？中国人为什么一定要搞窝里斗？我秦振华引进外资和设备，是因为我张家港穷，没钱，有钱了我还用啥引进？再说人家看中我张家港这块地方，愿意投资，这跟“宏观调控”有啥关系？来调查的人才不理他这一套，查的目的也是要杀杀你秦振华和张家港的“猖狂劲”！

查吧！秦振华干脆放开一切门户让人家查。一个月过去了，那位司长要走了，临别时找了秦振华，说了三句话：“老秦，你搞的这些项目不可思议，才一年多抢了那么多项目，比如双山岛的开发，‘亚洲第一炉’的引进。二、你年岁大，我比你小，但我有种相见恨晚之感。三、你张家港以后需要什么项目可以来找我。”

“秦始皇”乐了，连声说：“好好，以后我们是朋友了！”

但这仍没有平息有人对他和张家港的那一套“狂干”的非议。省里的调查力度更大了，派来的人是省检察长，这阵势能吓死一大群普通人，于是马上有人传出话，说秦振华出大事了，被抓起来了。秦振华的一些好友一听十分紧张，从外地给他打电话，还不好直说，问：“你现在在哪里？”意思是你到底被抓进去了没有，人家不敢直接问，拐着弯这么问。秦振华心里坦荡荡地回答说：“我还在办公室批文件！”这话明白告诉人家，他秦振华还没有被抓。

调查开始。

秦振华被检查组叫到一个房间，十几人对面坐着，说是让他“汇报”。可敏感的秦振华感觉“完全是在审问”，问题也只有一个：为什么你不遵守中央的“宏观调控”精神，不停地搞大项目，而且越搞越大，越搞越多？

半天下来，没什么结果。中午时分，秦振华眨着狡黠的目光问检察长：“下午是不是再‘汇报’？”检察长说：“下午看看你们的项目进展吧。”秦振华心里乐了：“这太好了！眼见为实，等你们看完了再下结论，看看我老秦到底干错了没有。”

一个下午看完后，晚上调查组的人见秦振华后的态度完全变了，两天后全体调查组人员撤回了南京。当晚，那个领头的张检察长打电话给秦振华，有些激动地说：“秦书记，我刚刚向陈焕友同志汇报，陈省长问我秦振华和张家港到底有没有问题，我告诉他，秦振华和张家港都没有问题，好得很！”

“谢谢，谢谢检察长！”秦振华咧着嘴又笑了。

省里后来对秦振华和张家港一直评价很高，尤其是将“振华精神”正式改成和命名为“张家港精神”。而这中间，时任苏州市委书记的王敏生坚定地支持和肯定秦振华及张家港的做法是重要的一环。秦振华为此很念王敏生书记的情。

“一个地方要想真正搞上去，说到底，要有一个优秀的领导班子，要始终坚持弘扬创业精神，支持改革者，鞭挞空谈者、惩治者，激励开拓者，没有点冲劲和闯劲是干不出名堂的。”秦振华在接受我采访时依然这样激情澎湃地说。

张家港的港口建设现在已经非常了不得，是我家乡名副其实的“长江第一港”。目前已经有40个万吨级码头，开通的国际航线有18条，年吞吐量已达1亿吨，按照国际上对港口的评定标准，超过1亿吨吞吐量的就算是世界级大港口了。当年2平方公里面积的保税区，现在已经扩大了好几倍。秦振华和他的继任者在完成港口及保税区建设后，仍然一直在做港口文章。他们在港口一带建起了经济开发区，江苏扬子江国际化学工业园、江苏扬子江国际冶金工业园等，这些都是国际贸易的中国工业“巨无霸”，这一个个“巨无霸”都向世界伸开了双臂，于是像美国的杜邦、雪佛龙，日本的三井等世界500强企业纷纷来到张家港。如今的张家港海关每年为国家收缴的关税都在百亿元以上。

2008年元月，我在港口采访，特意参观了当年在秦振华一手指挥下完成的张家港保税区。这里的负责人徐仲高向我介绍：他们的保税区如今已成为全国13家保税区中的“第三强”。

“2007年我们保税区的全口径财政收入为22.7亿元，一般预算收入为8.5亿元。保税区全年的营业额达1525亿元。现在保税区共有十几个码头，在这一块20平方公里的区域里，按专业分为4个区域，现有世界500强企业20家，化工企业3000多家，其中大多数都是跨国公司在这里设立的。这些企业的入驻，对长江中下游经济起着引领作用。为了使保税区内的企业贸易更加灵活便捷，我们建立了一个区内物流平台，使相关企业的贸易直接进行，也就是说，原本保税区的企业贸易和经济活动一般都是通过出区后进行的，而区内物流平台的建立，使得这些企业不出保税区就可以直接进行经济贸易，其效益大大增加。1993年保税区建立以来，我们没有花国家一分钱，但在这块土地上，却产生了5000多亿元的经济贸易，吸引外商40亿美元的投资，为国家和地方获取税收超过了200亿元。目前我们正在打造三个新的单体投资约在10亿美元的基地，如以美国道康宁公司为首的有机硅产品化工基地一家投资就达15亿美元。三年后，这块土地上，每年的营业额将要达到3000亿元，也就是说，今后每年我们会有40%的增长速度！”

听徐仲高如此描述这样的前景，我想任何一个人都会为张家港的明天感到激动与振奋！这种激动和振奋源于我们无法想象的现实：仅仅手掌一般大的地方，它所产生的效益为什么可以顶国内一个地区甚至一个省的经济总量？为什么张家港人能白手起家，在短短一二十年时间里就达到了今天这样的水平，而其他地方在同样的历史时间内似乎没有任何变化？这是为什么？我想拷问中国！当然并不是责备谁，但这样的问题对那些仍然在等待所谓的“机遇”和成天在埋怨这条件、那条件不好的地区领导者来说，也许是特别重要的。

小市张家港现如今已有了国际大港，这注定了张家港市经济的腾飞。

然而我知道，张家港真正出名之处并非是经济总量，倒是这个城市的精神文明建设。20世纪90年代以来，张家港的精神文明建设享誉全国。而我作为张家港的“老邻居”，怎么也想不通五大三粗的秦振华连同吃饭和走路都显土气的张家港人是如何把不起眼的张家港建成了全国著名的“文明之城”？

“自家人”苏州人想不通的事让秦振华干出来了。

1992年、1993年，秦振华突然在杨舍镇最繁华的中心地段建起了一条“步行街”。啥叫“步行街”？当时像我们这些住在首都等大城市里的人似乎也没有听说过，好不容易问到一个去过新加坡的人才知晓，原来新加坡有那么一条专门供人行走而不让包括自行车、三轮车在内的任何车辆行走的街道。

“秦疯子又出招了！搞了一条不让车子走的街，哈哈，这还不算，在那条街上走路，你不能抽烟、不能丢烟头，丢了就罚款！吐痰更不行，罚死你……”有一天我的苏州老乡打电话向我报告秦振华的又一新奇事。

“他真罚啊？谁来罚呀？”我好奇地问，心想着北京曾经多少次搞过不准随地吐痰，吐痰者罚款，结果从来就没有成功过。秦振华在一个农民组成的城市，搞这么个招数能行得通吗？

“罚，真罚！你知道他怎么搞的：满街都是别袖章的假警察，三步一岗，五步一哨，你跑不掉的！”

“老百姓不骂他？”

“骂！骂什么的都有。说秦振华一个土光秃子想装洋鬼子，以为自己的老祖宗是大不列颠岛国的臣民呢！”

这骂得也够损的。秦振华的头秃，可人家招数亮嘛！

“他不是罚你钱，而是让你穿上红马甲当文明监督员，直到你发现另一个违纪者在街头出现后把红马甲给人家穿你就可以解放了……”

老乡的话让我忍俊不禁：这秦振华确实不简单。这样的处罚真是能教育人！我想那些曾经穿过一次红马甲的人肯定下次不会再违纪了。而那些脸面薄的人也因为不愿穿那招人嘲笑的红马甲而自觉遵守步行街的规定——苏州人最讲究面子。

想到这里，我一下子感觉到秦振华这个“步行街”可行。

我是两年以后回故乡探亲时，才去张家港目睹和体会步行街的。第一印象是：步行街很宽，约六七十米，行人不多，这是因为张家港是个小市，远没有苏州街头的那种人头攒动的景象，也没有常熟街头热闹，但确实没有人在大街上丢东西，少有的干净和整洁。街头行走的人群中本地人似乎更少，这个原因我倒是知道，因为本地人一般都是上早市，白天上街的人除非是有急需买东西。在当时的步行街上行走的人群中十有八九是外地参观者，他们都像我一样好奇地在观察和参观这个秦振华的新玩意。

“步行街”使张家港名声雀起，其声望并不比港口影响小，因为这是个改变中国人生活习性和城市形象的举措，而且令北京、上海这样的大城市都感到了压力。后来几年里，北京、上海等地都纷纷效仿张家港而建起了自己的步行街，像北京的王府井大街、上海的南京路等都成了不准行车的步行街。

张家港的步行街出名后，附近的苏州、无锡等“邻居们”压力太大了！与张家港邻近的江阴市领导很不服气，那时江阴的经济总量在张家港之前，名气也大，可就因为一条步行街，让张家港抢了风头。于是江阴市领导在一天晚上带着全体常委和政府班子成员，悄悄来到张家港的步行街参观，并且回去后立即决定要建一条比张家港更宽的“百米步行街”，想压压秦振华和张家港的势头。江阴后来建的“百米步行街”确实非常漂亮，可人家张家港是首创和原创，因此名声还是张家港的步行街大。

“还是‘秦始皇’厉害！”江阴和诸多苏州、无锡的“邻居们”只得佩服秦振华。

2001 年国庆前，张家港对步行街进行了翻新和重建，新增的街头雕塑艺术品和林林总总的商铺更显步行街文化品位和繁荣昌盛。当我在 2008 年春节后再次来到这条步行街参观时，夜幕下的张家港步行街真可谓梦幻一般，美轮美奂，仿佛置身香港闹市……

秦振华的一“港”一“街”，将昔日默默无闻的张家港，变成了全国闻名之地。1994 年，“苏南的苏北”跃居全国百强县（市）第二位，并成为第一批全国卫生城市和继福建三明市之后的全国又一个“文明城市”。

1995 年 5 月 13 日，中央总书记、国家主席江泽民来到张家港视察。

这是一次饶有深意的视察。我的好友、军旅作家邢军纪于七年之后在《中国精神》中有这样一段追述：

中国共产党和国家的一把手在张家港港口码头接见了一个县级市的一把手。当江泽民同志有力地一握秦振华的那双手时，秦振华因激动显得有些颤抖。秦振华陪同江泽民总书记视察了张家港许多地方。张家港此时石榴花正红，柔美的柳丝翩然舞动。这个年轻的城市经过十年砥砺几番拼搏，终于矗立在长江岸边，在吴国腹地熠熠闪动着青春的亮泽。作家凤章曾以质朴的语言记述了江总书记视察张家港时的情状……离开码头，便到了保税区。这里整洁、开阔，大路纵横，很有气势。拔地而起的一座座建筑，有的正在施工，有的已经封顶。总书记一行，边走边看。秦振华把风姿不同、造型各异的一座座大厦，向总书记一一介绍。

到了办公大楼，总书记又听了张家港市市长关于保税区兴建两年来的运行、招商、基础建设以及快速高效的发展情况的汇报。总书记兴奋地说：“我 1984 年来过张家港，今天在张家港看到你们发展得很快，像张家港保税区等，都是在小平同志南方谈话后搞起来的。现在这里变化很大，与过去不可比了，我看了很高兴。”

总书记一行离开保税区，车驶向了张杨公路。秦振华与总书记面对面而坐。暮春江南的田野，翠绿葱茏，一片生机；宽敞美丽的张杨公路，鲜花怒放，色彩纷呈。总书记兴趣浓厚地注视着窗外景色，看到路两边秀丽整洁的小城建设、新颖别致的农家住宅、规模宏大的工厂以及蔬菜基地、丰产农田等，神情愉悦，时而向秦振华提问，时而又全身心地听秦振华汇报。总书记对秦振华汇报的张家港国民生产总值情况、工业生产总产值情况、外贸出口情况、年人均收入情况、城乡居民住宅情况、小城镇建设情况等，都表示十分关注。当秦振华说到了张家港之所以发展这么快，一是由于邓小平同志南方谈话的鼓舞，二是依靠“团结拼搏、负重奋进、自加压力、敢于争先”16个字的张家港精神时，总书记忙叫他把那16个字的张家港精神再说一遍。

秦振华激动地又说：“团结拼搏、负重奋进、自加压力、敢于争先。”

总书记听得很高兴。但秦振华不会说普通话，他讲的是张家港土话。此话属吴语系，总书记的随行人员大多听不懂。总书记对秦振华说：“你再讲，我给你当翻译。”

总书记给我当翻译！秦振华感到全身沉浸在一种温馨的热流里，极其感动。他一字一顿地说道：“团结拼搏。”

总书记随即用他清亮的普通话说：“团结拼搏。”

秦振华说：“负重奋进。”

总书记说：“负重奋进。”

秦振华说：“自加压力。”

总书记说：“自加压力。”总书记重复说后，加了一句批语：“这句话很对，就是要自己给自己加压力。”

秦振华说：“敢于争先，”又补充说，“关键是敢于创优，敢于争第一。”

总书记很赞赏“敢于争先”四个字和秦振华的注解。他说：“我们中国人就是要有志气，不要让外国人看不起，要有民族自尊心。张家港人敢于争第一的精神是我们民族自尊心的表现。”总书记的称赞，给予了秦振华极大的鼓舞，他继续汇报说：

“张家港精神具体体现在这样五句话上：第一句，‘弘扬创业者’；第二句，‘支持改革者’；第三句，‘鞭挞空谈者’；第四句，‘惩治腐败者’；第五句，‘大胆起用开拓者’。”

总书记点头道：“这五句话，实际上是‘两手抓’的精神，体现了两个文明一起抓。”

这个发生在长江下游吴国腹地的故事，这个很能让人联想的一幕已经过去七年时间，但张家港人至今还能绘声绘色地讲述那个非同寻常的日子，那个曾让总书记心动也让张家港人心动的日子。这一天，同样令全国人民心动。

我所听说的江泽民同志给基层干部当“翻译”的事在苏南地区就有两次，而且主人公都是我曾经采访过的人，一位是秦振华，另一位是华西村的吴仁宝。一位党的总书记和国家主席，能如此亲切地主动为人当起吴语“翻译”，这是苏州人的荣幸，也是中国人民的荣幸。秦振华和吴仁宝所得到的这份荣幸更不用说了，这两个老先进跟我谈起此事都一样的激动和兴奋。

张家港得到党和国家领导人的关怀，从某种意义上讲是非常特别的。而从诸多历史记录中，我也看到了中国当代领导人对张家港和秦振华这样的实干家、敢闯的改革家也格外欣赏。胡锦涛、温家宝等都到过张家港，并都给予高度的评价，使得张家港平添了巨大影响。

现在我们不得不说的另一位张家港人，他就是被人称为“中国沙王”的沈文荣。

“张家港的发展，离不开一群英雄好汉，其中有一个就是沈文荣。我对他就是大力赞赏和表扬，让所有企业家向他学习，后来还力排众议，推荐他当了市政协主席……”秦振华告诉我。

第4节　长江“沙王”沈文荣

可以这么说，在张家港市的历史上，包括今天的现代化进程中，如果没有了秦振华和沈文荣这两个人，张家港的光芒肯定会减弱许多，甚至不可设想。虽然在张家港的前身——沙洲县的时候，这块土地上曾经也出现过令人惊叹的乡镇企业蓬勃发展的一段辉煌历史，但我仍然要说，假如没有秦振华这位拓荒者、杰出领导者与其强有力的执政能力，张家港市不可能有今天的名声和快速发展的基础。

秦振华对张家港的影响，即便是在他退休多年后的今天仍然在起作用。

有一件事可以佐证。

有个宏宝公司在张家港原来搞得非常好，领头人朱玉宝也是在秦振华时期的一名经济骁将，前些年改制后，朱玉宝因为年岁大了，加上工作和管理上出现了松劲，使得这家从乡镇企业成长为上市公司的企业掉队了。市里非常着急，似乎又没有人能指派得动朱玉宝。秦振华知道后，说：“还是我去说说他吧。”秦振华去了，还带了一批人，找到朱玉宝，跟他着实动员了一番。朱玉宝见老书记秦振华出现在眼前，非常感动，吃饭的时候，像一位南征北战多年的老战士见了老首长一样，顿时气壮山河地向秦振华立下军令状：“老书记，你放心，我一定好好干，三年内实现产值翻一番！”秦振华笑了，拍拍朱玉宝的肩膀说：“这才像我们张家港人。”

近三年宏宝公司确实又重新腾飞起来。为什么会这样？用张家港人的话说：人家朱玉宝“服”秦振华，他秦振华是一团燃烧的火，到哪儿都能把人的激情“烘”起来。

“服”秦振华的张家港人很多很多，几乎所有张家港有能耐的人都“服”他。

“服”字在我老家的话语中，就是佩服和信任的意思。

“沙王”沈文荣对秦振华也是十分“服”的。在张家港，假如没有了沈文荣，这个城市也许还能获得那么多精神文明的成果，但经济总量肯定难以进入中国“百强县”前十名之列。这是因为沈文荣麾下的“沙钢”这艘巨型“钢铁航母”一年的产值是上千亿元，而倘若抽走了这一块，张家港等于由姚明变成了潘长江——矮了一大截。

沈文荣的分量在张家港举足轻重，沈文荣的分量在中国钢铁行业的分量同样举足轻重。这也是张家港为什么能够名扬中华大地的重要原因之一。在经济为中心的时代，实力是关键，实力与影响力相关，影响力靠实力支撑。

沈文荣何许人也？此人可以用“传奇”二字来形容。想想：一个长江边的普通农民，七折腾八折腾，竟然成为一个“钢铁巨人”。其企业的年钢产量除了上海的宝钢之外，把全国的所有国营钢铁巨人们全部打败到了一边，你说传奇不传奇？

在计划经济的年代，衡量一个国家、一个地区的实力，主要看那里有多少钢铁厂、能炼出多少钢来。自英国工业革命以来的二三百年来，钢铁一直处在世界经济中的主宰地位，毛泽东曾经把它视为“元帅”，20世纪五六十年代的中国，钢铁就是国民经济的“元帅”。元帅升帐了，全国的经济就跟着升帐了。二战后，石油的地位慢慢替代了钢铁，然而在许多发展中国家，钢铁巨人仍然扮演着“元帅”的角色，中国便是这种情况。

有外国经济学家称中国近二三十年的发展是“水泥 + 钢铁”，说的就是这个道理。实际上，钢铁在中国的现代化经济发展中一直没有改变其“元帅”的地位。

沈文荣的传奇正是因为从一个“修地球”的农民成长为“钢铁巨人”而变得特别精彩……

在苏州采访时，苏州老领导高德正谈起张家港和沈文荣的事，他特意告诉我：写张家港的沈文荣，不能忘记提一提该厂的老书记张耀生。

我在与沈文荣对话时，这位“沙王”一开始就提到了他的“恩师”张耀生。这是因为张耀生老书记是沈文荣现在的“沙钢”前身的老领导，并且正是因为张耀生的最初创业奠定了后来沈文荣起步走上“沙王”之路的基础。在沈文荣接手“沙钢”之前，还有一位前任，虽然当厂长时间短，但同样为“沙钢”发展做出过历史性贡献。

沈文荣现在的“沙钢”，前身叫沙洲县棉花加工厂，在当时的沙洲县是最大的企业，20 世纪 70 年代之前，张家港还叫沙洲的时候，这厂是沙洲的国有龙头企业，主要服务于产棉大县的棉花加工生产。70 年代中期，苏州地区开始孕育着一场深刻的农村工业革命——大办乡镇企业。时任沙洲棉花加工厂党总支书记的张耀生思想比较解放，在县委书记高德正的支持下，开始多种经营。他当时所谓的“多种经营”便是投了少许资金，搞了一个造纸厂，用芦苇作原料。想搞造纸厂，却发现市场上买不到钢材，最后只能用木料替代造纸厂的一些机床设备。

“不妨试试弄个炼钢厂！”张耀生在厂务会议上提出。于是在棉花加工厂“多种经营”第三次转型时就开始干起小钢厂活计了。当时全沙洲一年对钢铁的需求量是 400 吨，但张耀生他们厂“小弄弄”才弄得 6 吨钢，缺口很大。张耀生于是向高德正提出“干脆搞个钢厂”。

“好啊，我全力支持！”县委书记高德正批准了。

在以粮为纲的年代，有人异想天开搞钢厂，有人公开表态支持搞钢厂，用今天的话说：“那是了不起的超前意识了！”

张耀生的功绩就在于此。那时沈文荣只是车间的普通钳工。1975 年，年轻的沈文荣因为工作出色而进了棉花加工厂的领导班子。

“我生来对钢铁感兴趣，所以对张耀生老书记当时力主搞的一个轧钢车间非常起劲和支持。”沈文荣回忆最初的“钢铁情”时说。

1974 年，沈文荣在张耀生的推荐下入了党，后来进了班子，又当了党支部副书记。那个时候厂里钢的年产量是 2000 来吨，但可怜的是连个炼钢炉也没有——纯粹的土坯炼法，沿用的是“大跃进”时代的方法。到 1982、1983 年时，张耀生手下的沙洲棉花加工厂“多种经营”的钢铁产量已经达到年产 5 万吨，这不算小数目，但当时谁都没有看出长江边的那个土钢炉有什么“元帅”风范，事实上当初的国内钢铁市场还相当差，曾经有一段时间炼好的钢材根本卖不出去。

1984 年，老书记走了，沈文荣当了这个厂的“一把手”。痴迷“钢情”的他做了一个“钢铁将军梦”——“冲出本省参与竞争，三五年内实现产销量全国第一、产品质量全国第一”的两大目标。当然沈文荣不敢定位在炼钢量上，而是做钢产品——钢窗料。20 世纪 80 年代初，苏南地区的农民们已经开始富起来，造房子用钢窗成了一种时尚，于是沈文荣的“钢铁将军梦”也由此而来。

别以为当“钢铁将军”就那么容易，沈文荣为此曾带了一群农民工到吴县钢材厂整整学了 28 天。技术学到手后，他的胆子跟着大了起来，一下子上了 9 条生产线。那时用钢窗的百姓和单位已经非常普遍，但沈文荣他们是新厂，销售是个问题。

“怕啥，大不了我们像货郎担串村走巷呗！”沈文荣是农民出身，农民是社会上最没有面子的人，所以他想得出这样的穷法子，居然还越销越大，一直做到能够生产 9 个系列产品、35 种规格，成为当时国内钢窗产品规格最全、产品最多最新的窗框钢生产的“老大”，产品占全国同类市场 65%！

沈文荣真正成了“钢铁将军”——生产钢窗材料的“将军”。

“别小看做钢窗材料，由于我的产品占全国的 65%，所以我能左右整个市场，我涨 100 元，全国市场就跟着涨 100 元，我降 100 元，其他市场肯定也降 100 元。我有了价格的主动权，有点当常胜将军的感觉。”沈文荣这么说。

当“将军”之后的沈文荣曾经有过一段失落期：人家真正的“钢铁正规军”是炼钢坯的，其供应、销售的钢材是做桥梁和铁轨甚至制造发射飞船的大钢塔，而非像沈文荣他们那种“串村走巷”推销钢窗材的“游击队”。“草包司令”，有人以此嘲讽长江边上的“钢铁将军”沈文荣。

为什么我们就不能当“钢铁元帅”？沈文荣是喝长江水长大的，性格跟秦振华类似，张家港人都有这样的性格——有别于传统的苏州人，豪气、胆大、敢干！

沈“将军”开始梦想做“元帅”了。这是 1987 年左右的事。

那时农民出身的“将军”也可以穿起西装、系着领带出国了。沈文荣瞄准了工业革命的老牌帝国——英国。他发现英国和欧洲的钢铁业正在进行行业转型，钢铁企业受配额限制。英国比兹顿一家钢厂年生产能力为 20 万吨，但它只有 10 万吨的配额，所以年年亏损，老板的日子没法过了，欲寻找买家。沈文荣听说后蠢蠢欲动，并通过时任江苏省省长的顾秀莲，请人把这笔“国际买卖”弄到了自己手中。

“疯了！你一个土农民要引进那么大的洋设备，谁懂它的技术呀？”“我们厂的日子已经蛮好过了，你神经病啊？”

好心人都来劝沈文荣。全套引进“75 吨超高功率电炉、连铸、连轧”一体化短流程生产线，属国内首家。20 世纪 80 年代中国的钢铁行业基本仍是国有企业占主导，引进如此先进设备是那些“大块头”国字号钢铁厂都不敢轻易下手的事，长江边的一个小县的非专业钢铁企业想独吞“巨无霸”，不是有点异想天开嘛！

怎么办？

1988 年农历正月初六这一天的夜晚，厂部五楼会议室灯火辉煌。为了统一全厂干部职工的思想，沈文荣主持召开了有 140 多名中层干部参加的讨论会，主题只有一个：集体决策引进还是不引进英国比兹顿钢厂的那套设备。

“我看应该引进。邓小平说得对，科学是生产力。我们要想让工厂生产上个台阶，引进先进技术势在必行。”

“这么大的设备假如引进来不能达到理想的水平，或者出些啥毛病动不了啦，那我们厂就惨了，非关门不可。”

“所以我们要慎重，要不等两年再说。”

“等行吗？钢材市场竞争越来越激烈，一等就变成黄花菜了！”

“是啊，不能等。还是听沈厂长的吧，”有人见讨论众说纷纭，便站起来冲着沈文荣高声道，“沈厂长，还是你给大家说说道理吧！”

“对，听听厂长怎么说的……”

此时的时针已指向晚间十点多了。沈文荣站了起来，只见他用一双炯炯有神的目光扫了一眼会场，然后断言道：“关于这个 75 吨超高功率电炉项目，我们班子的决心是不变了，理由有五：一、没有这条生产线，我们沙钢就形成不了适度规模，就永远摘不掉技术装备落后的帽子，只能当钢铁行业的‘游击队’而非正规军。二、既然要上新设备，就得高起点、高档次的，能够填补国内空白的项目才有市场竞争能力。三、我们沙钢的实力眼下还是差些，但我们有香港方面的合资支持，有一个好的合作伙伴，我们就变得强大了。四、从中国的钢铁工业发展状况看，收回投资有把握。最后一条是，钢铁行业想搞技术改造和新建项目，就得有十年的超前期考虑，否则竞争优势无法长期。归总这五条，我们的结论是：要创业，就要有抢、拼、掐的劲头。机会稍纵即逝，等是最大的失误。现在我们要研究的问题是如何引进和如何建好一个新型的钢铁厂，而非引不引进、建不建的问题。你们说是不是？”

“是！”会场响起一片呼应。

“声音不够大，到底是不是？”沈文荣重新问了一声。

“是！——”这下的回应惊天动地，震得长江波涛奔腾卷起，震得夜空一片繁星闪烁……

接下去是具体的运作过程，也并非易事。当时与香港合资办钢铁厂在中国国内尚无先例，银行贷款碰到难题，作为市属企业，政府必须关注如此大的引进项目。

“沈文荣，你搞的啥名堂？怎么全是一堆破铜烂铁呀？”当花费 3000 多万美元的引进设备运达张家港后，有位政府领导到现场一看，就急红了眼大声责问沈文荣。这也不能怪人家，3000 万美元合多少人民币嘛！你沈文荣怎么弄一堆没用的洋破烂呀！

现场的情况确实让不懂行的人看了心惊肉跳，因为设备全部是拆卸后从英国装运过来的，而钢铁流水线一旦被拆卸后，即使再好的先进设备看上去也是“破破烂烂”。为这，沈文荣不知要向人解释多少遍，并且不得不接受无数人的怒骂——你沈文荣花了国家的大量外汇，引进了这么一大堆破玩意！

“假如真是这样，我也算为张家港建了一个失败的展览馆。”沈文荣胸有成竹地回答道。

“你疯了，我看你一定是疯了！”不少好友离沈文荣而去。他们感到一种害怕，因为一旦失败，沈文荣绝无翻身的日子。

然而沈文荣并不感到任何惧怕，照常动员他的几百儿千农民工为他搬运那些“破铜烂铁”，又组织专业技术安装队伍，一个零件、一个零件地将其组装成与英国比兹顿钢厂一模一样的生产流水线。

“中国农民工非常了不起，你只要教一教他们，他们个个都是把好手，洋玩意到他们手里一拨动，就变成了自己的东西、自己的本领了。我们请一个洋工程师干一天就是几百美元，而我们的农民工一天挣十几块人民币就把人家洋工程师的活都包了下来。计划投资 4000 多万美元的引进项目，我们最后只用了 3000 多万美元，钱就是这么省下来的……”沈文荣这样说。

23 个月，从引进到安装、到一次性投产成功，这是沈文荣在 1991 年前书写的第一个大手笔。这样规模的引进项目一般的建设周期是 30 个月到 36 个月，而他硬是在没有请一个外国专家的情况下以超短时间实现了。所以“75 吨超高功率电炉炼钢、连铸、连轧项目”成功后，沈文荣这匹“黑马”在中国钢铁行业就出名了。

1992 年，邓小平南方谈话后，全国掀起一股前所未有的经济建设热潮，钢材市场一片红火，以生产“螺纹钢”为主导产品的“沙钢”效益好得不能再好。

见了钱，合作伙伴香港人有些眼红，说要分红。刚起步，沈文荣感到特别大的压力，但此时他已显出“元帅”风度，于是便道：“现在不能分红，还有银行贷款要还。”

香港人就说：“要不新建的钢厂给你，或者给我。”

这是分家，也是分手。沈文荣心里阵阵作痛，但这是利益，任何合作者的目的都是为了利益，所以也不能恨人家。于是他平静地说："你开个价，如果我不要，你就一定要买下。如果我开价，你要，我就给你。"

沈文荣说的这一招很公平，也很绝。逼你必须选择。既然到了这个份上，朋友也只能如此了。

最后的开价是：3600万元人民币（香港人合资的35%股份的那部分股价）。

香港人算了半天，觉得可以，比他当时投资合股的2000万元本金还赚了一些。

合作伙伴把3600万元拿走了，沈文荣成了钢厂的真正领导。两年后，这位分了手的香港合作伙伴曾经又找过沈文荣，后悔莫及道："没想到国内的钢铁市场这么好，当初我真不该把股份退出来。"

沈文荣笑笑，心想：是啊，当时你不退出股份，我"沙钢"这两年至少少收上亿元！

"哈哈，生意嘛，有赚有赔，我们还是朋友嘛！"沈文荣一副"元帅"风度。

然而，在钢铁行业，从"将军"到"元帅"还是有一段相当大的距离。在1992年打了一个漂亮仗后，沈文荣发现，自己现在虽然有了75吨电炉生产线，在国内同行业中技术水平也属遥遥领先，但与世界发达国家的钢铁行业相比，仍有差距。

"对一个有成就的企业家来说，国内争第一不是最终目的，敢于参与国际竞争才是能耐。沙钢既有面向国内，敢与强手竞争的能力，更要有面向未来，面向世界，参与国际竞争，具备加入世贸组织后抵挡发达国家产品涌入中国而造成冲击的能力和信心；同时还必须具备将我们自己的产品冲向国际，与传统的钢铁列强重新划分市场格局的实力。”这是沈文荣在20世纪90年代初说的一段话，这话被北京的一位钢铁专家听说后，欣喜而紧张地悄悄对沈文荣说：“你们‘沙钢’不仅会成为中国的钢铁巨人，相信一定会在世界钢铁界有一席之地的！到时你这个沈文荣就成了一个‘沙皇’。”

“沙皇”？俄国那个亚历山大沙皇？最后全家被列宁时代的红军处死的沙皇？不不，我不能当那“沙皇”，我最多当个我们沙洲钢铁厂的“沙王”吧。沙洲企业之王！中国钢铁界的王者！在市场经济激烈竞争的时代，沙钢应该有这种气魄和胆量。这个“王”我愿当！

这是沈文荣内心的话，他自己也没有跟我讲过，但所有熟悉他的人都说：“我们的沈总就是有王者之气！他想成为钢铁行业中真正的‘沙王’！”

我们可以从他在那个时期经常向人阐述的主张里看出他的“王者”之道：用最优良的技术装备和最优秀的企业管理，实现最优质的产品质量和最低廉的产品成本，沙钢要实现“六个创一流”：一流的产品，一流的指标，一流的管理，一流的企业，一流的队伍，一流的分配。

这难道不是“王者”的所思所想所为？

这年炎热的夏天，沈文荣开始了他从“将军”升任“元帅”之后的又一大跨越之旅——瞄准世界一流的钢铁生产线，实现一流的钢铁企业建设目标。为此，他冒着炎热，跑到省里，跑到北京，向有关部门申请上一条全新的、世界最先进的电炉钢生产线。

“你的75吨电炉已经够先进了，还想上新线？”

“是的，我要上更先进的！”

“那你想上什么规模的？上什么样产品的生产线？”

“我想上硬质高线。”沈文荣回答。这是他从冶金部一位专家那里获得的一个建议。这个建议里包含着一个巨大的商机：中国金属制品业那时还很落后，上硬质高线，意味着产业更加超前和先进。当时这位专家向沈文荣提出后，对市场意识极强的沈文荣来说，如获至宝，他的那颗王者之心几乎要跳出来，因为沈文荣清楚：如果这一目标能实现，他的“沙钢”将在中国市场和世界市场独占鳌头，稳坐“王位”。

“我完全支持你！”沈文荣把自己的想法向正在举旗大干的市委书记秦振华一汇报，秦振华的两个眼珠子一瞪，满是光芒地大叫了一声，“张家港人就是要敢干大事！”

从此“二王”联手打造张家港这块长江滩地，势不可挡！

引进新设备的商务谈判开始了。经过考察和调查，沈文荣选择了德国、瑞士、美国三个国家作为招标对手。这回沈文荣采取了以我为主的引进新思路，即把客人请到张家港来，住在“沙钢”的宾馆，然后再一轮一轮地谈判，一个国家一个国家地谈判。

谈判的过程都与钱有关，但谈判的结果有时远离了钱的概念，因为谈判比的是智慧和艺术，最后的结果与原先的钱数会出现很大的不同。所以外国专家们最后无不感叹道：中国“沙王”为何对技术难题和技术指标如此熟悉？而且如此精明？

那些日子里，沈文荣一边要主持工厂的正常工作，一方面又为“少花钱，办大事”不停地跟对手讨价还价，所以他的右脚痛风病又犯了，脚弯弯肿得像馒头，没法走路，只能躺在床上挂吊针。谈判对手见状，很是感动。他们说：“我们愿意退让一些价格，相信你们有一位‘王者’领着能干出大业。”

其实有一点外商是不了解的，这就是在此时沈文荣的手里，资金仍然是他的“软肋”，因此他必须用尽可能少的钱办成一件大事。

“抠”，是他跟外商谈判唯一的“缺点”——老外这么说他，也因为这一点拿沈文荣没办法。

对此，对手“小摩根”体会最深了。

那台后来被称为“亚洲第一炉”的设备，外商开价是5100万美元，沈文荣和他的谈判团队通过有礼有节地一次次谈判和较量，最后压到3600万美元。

最后为了60万美金的谈判差价，“小摩根”和沈文荣出现了谁也不让谁的僵局。

“小摩根”也是个抠门的家伙，面对沈文荣这样的“抠门沙王”，实在没有招数，“小摩根”竟然急得哭了。

“你一定不让，我们就不谈了！”

“不谈就不谈，我们会另找客户的。”沈文荣斩钉截铁地说道。

“小摩根”气走了，坐上汽车直奔上海虹桥机场。

“走就走，不送！”沈文荣板着脸，一副生气的样子。可送“小摩根”的汽车刚出厂门，他便笑开了。“可爱的家伙，他一定会回来的。我们等着吧！”

“我才不上你‘沙王’的当！一分钱也不能少！除了你沈文荣，中国还有许多笨蛋会买我的货！”气坏了的“小摩根”在驶向虹桥机场的路上，嘴里一个劲地咒骂“沙王”沈文荣。

这边的沈文荣若无其事地坐在办公室泡上一杯浓浓的茶，笑眯眯地品着，像等待一条马上到手的喜讯一般地跟同事有说有笑着。

“丁零零——”这时，电话铃声骤然响起。

“喂，沈总吗？我是小摩根的翻译，我代表他向你再问一遍：你到底有没有合作的意向？”电话里这么说。

沈文荣笑了，脸上一副狡黠的样儿，回答道：“怎么没有嘛？我和沙钢是诚心诚意想跟小摩根先生合作的，他有什么想法？”

“先生说了，如果阁下真的有诚意，他愿意把最后的60万美元让出40万！你看行不行？”

沈文荣一听，脸上顿时容光焕发，大声回答道：“行，我们一言为定。其余20万元，归我！”

“那——我们就马上回张家港！”

“我在厂门口迎接你们！”

沈文荣放下电话，坐在办公桌前的椅子上，一脸疲倦但却充满胜利者的喜悦对自己的同事说：“我们要他6条生产线，一共比原计划少付240万美元！”

240万美元对尚未坐上钢铁“沙王”宝座的沈文荣来说，太重要、太重要了！

生意就是这么做下来的。小摩根最后也没有吃亏，沈文荣买了他6条生产线，后来又因为跟张家港做成了这笔生意的缘故，他还在中国其他地方卖出了8条同样的生产线，且比卖给沈文荣的价格高出30%。

“沙王”让“小摩根”赚大了！这就叫双赢，谈判桌上的对手最后成为一生的好朋友，也正是因为这样的激烈决斗，获得了彼此彻底的信任与敬佩。

谈判结束，沈文荣看到自己的助手个个身不由己地从座位上滑到了谈判桌下，没几秒钟整个宾馆会议厅里便鼾声大作。沈文荣笑了，然后也加入了这鼾声队伍之中，他恍惚看到了90吨超高功率竖式交流电炉的电弧在自己家乡的那片热土上热烈地轰鸣着，然后是5机5流的小方坯连铸吐出的冒着热腾腾气息的钢坯在他身边堆叠成高山，而他自己竟然坐在那些高入云霄的钢坯上举目展望五湖四海的风云，一脸胜利者的喜悦……

一个钢铁高炉的建立，就是一个庞大的钢铁巨人的诞生。为了 90 吨超高功率竖式电炉和与之配套的流水线诞生，沈文荣让有关专业部门设计了投资方案。第一个方案的总价为 22 亿元人民币。

“我哪来那么多钱？ 15 亿元给我拿下！”沈文荣有的时候蛮横不讲理——权威设计专家气得这么骂他，因为沈文荣根本不讲理，他只按一个农民的想法实现他的穷棒子革命创业思路。

专家们只得重新算，可算来算去，还是要 18 亿元。

方案和数目拿给沈文荣看，他没有一丝笑意，板着脸说：“我没那么多钱，还得压！”

“你没钱干啥世界一流、亚洲第一？”专家有些火了。

“怎么啦？我假如有钱还拼什么世界一流、亚洲第一？我们中国人就是因为过去穷，所以现在要奋发图强，赶上世界一流嘛！你们的设计没错，是从科学和钢铁业的基本情况做出的正确方案，但我们可以从实际出发，从我们沙钢的实际出发，比如我们用不着那些花里胡哨的装饰，比如我们可以用自己生产的钢材料，而不是关起门来设计好了再到市场上去找材料，那样成本当然会高。难道我说的没有一点道理？”沈文荣不急不慢地对设计专家们解释道。

专家们明白了，无不佩服地点头道：“你要是这么说，我们的方案确实可以大大减少预算了。比如我们计算用的市场钢材是 1700 元一米，如果用你们自己生产的钢材成本价也就一半，这样可以省下一大笔预算！”

沈文荣笑了：“就地取材，能省就省。”

最后的“亚洲第一炉”仅用了 9.3 亿元。

外国同行听了觉得不可思议。中国的同行同样直摇头：沙钢这么干，我们的国有钢铁厂以后不知怎么搞投资和预算了！

难怪冶金部的领导后来说：张家港的沈文荣给中国钢铁业带来了“第三次革命”。第一次是20世纪五六十年代的苏联模式，第二次革命是宝钢式的，第三次革命就是他沙钢式的。前两次中国钢铁革命分别是外援与举国之力的模式，沈文荣引发的第三次革命是草根式的市场经济模式——以最低的代价，实现最高境界的效益目标。这种革命靠计划经济和国有制度下办的钢铁企业是不太可能实现得了的。

沈文荣办钢铁企业靠的就是“草根”经济式的模式。他是农民，是一个小农业县的农民企业家办大型钢厂，他的脑子里想要当钢铁巨人，可他掏口袋时又是一个地地道道的抠门农民。你拿他有啥办法！

他说了算嘛！他是个土“沙皇”！

他土的时候，那些钢铁专家无法接受。比如他开工后搞建设，人家用工一天只能干8小时，他找的全是农民工，并且告诉他们：干8个小时只能够吃饱肚皮，一天干12个小时就能给老婆孩子带回好吃的，一天干两天的活就够回家盖房子。农民工们求的就是这个奋斗目标，于是拼命给沈文荣卖力，于是他的“亚洲第一炉”生产线，人家通常要用9年才能实现正常的投资效益，而沈文荣却只用了一年时间，省去了七八年的生产、试产和调试时间，他不赚大钱谁能赚大钱？

“亚洲第一炉”在投产的第二年就使沙钢实现了年产百万吨的纪录！

平均58分钟出钢90吨，这就是“亚洲第一炉”的威力！中国的钢铁人士和中国国家领导人站在这座钢铁巨人面前观赏如此壮丽的钢铁洪流时，脸上流露的皆是自豪和惊叹。

“沙王”，看来你沈文荣真的可以称为中国“沙王”了！这是不止一个国家领导人对沈文荣戏说的赞美之言。

沈文荣的“沙王”威风其实这个时候才刚刚显露。真正让全世界钢铁行业折服的还是他在 2002 年的那笔买卖。这笔买卖和买卖后的“国际钢铁大迁移”使得沈文荣和张家港市真正地做到了名扬全球……

话从 2000 年说起。

当了“沙王”之后的沈文荣“一不小心”被张家港的另一位王者——“秦始皇”秦振华推荐到了市政协主席的官位上。沈文荣有些没想到。“我是农民，后来搞了钢铁企业，出了些名，但绝没想到会成为张家港市的四大班子之一的第一把手。我不想再往上走也不行了，秦书记太看重我了，他这个‘秦始皇’比我这个‘沙王’还厉害、还胆大！”沈文荣如此评价秦振华老书记。

于是为了自己的人生新目标和中国的钢铁事业发展，沈文荣在 2000 年提出“沙钢到 2025 年要成为年产千万吨的大型钢铁企业”。

1000 万吨的钢铁生产量，在毛泽东时代是个什么概念？是全国的水平！是与美帝国主义打朝鲜战争、与苏联彻底决裂的毛泽东梦寐以求的国家目标！

仅仅过去二三十年时间，长江边的一个小农民竟想着当年连毛泽东都有些不太敢想的宏伟目标。

“我最初想，我们沙钢实现从年产百万吨到千万吨的目标，用 25 年，这个目标一定会实现，但后来我们仅用了 5 年时间就上到了年产千万吨的台阶。”沈文荣对我说。

缩短 20 年的跨越，这是什么魔方？什么奇招？

我听沈文荣讲后简直目瞪口呆。我眼前因此呈现出一场规模无可比拟的“世界大战”——这是一场滚动在东西方之间的“钢铁世界大战”。

主战场在亚洲的中国张家港和欧洲的德国之间展开。

总策划和总指挥还是“沙王”沈文荣。他挑起了这场 21 世纪最初的

“钢铁世界大战”。用他的术语是：要把德国莱茵河畔著名的多特蒙德钢厂的 650 万吨钢板项目搬到中国来，搬到家乡张家港来。

笑话！天大的笑话！当年攻下柏林城的苏联红军元帅朱可夫在天上笑话沈文荣；当年盟军总指挥艾森豪威尔将军也在天上笑话中国农民沈文荣……这两位元帅和将军有权发出这样的嘲笑，因为他们当年亲率百万大军攻克柏林、打败德国法西斯后，也曾妄想把诸多生产重武器的德国钢铁厂搬到苏联和美国去，但苏联元帅和美国将军没能实现，原因是距离太远，搬迁工程太耗费时间和财力。

大帝国元帅和盟军统帅没干成的事，时至今日，一个生长在中国长江边的农民却想要干成。

当沈文荣传出这件事后，几乎国内外所有行家都惊讶万分地告诉他：这是不可能的事！

“那我就把它做成吧！”沈文荣回答得很轻松。

多特蒙德钢铁厂是德国的著名企业，在二战中曾经是一个大军工企业，这里生产的武器在德军侵略战争中起着十分重要的作用。二战后，它又为德国恢复战后经济起着顶梁柱的作用。20 世纪 90 年代开始，欧洲工业开始转型，这个钢铁巨人由于厂址处在城市中心，市民们意见很大，又加上欧洲经济萧条，德国政府不得不令其关闭停产。但此厂的钢板产品质量非常好，当它宣布关闭停产后，波兰等国就有人想买下，沈文荣这时也知道了此事，于是他通过香港朋友在第一时间赶到了德国，并将该厂的实物全部拍照下来，得知这个厂最后一次技术改造是在 1978 年。

“应该是目前的世界先进水平了。”国内的专家分析得出结论。

沈文荣非常欣喜，命令办公室：“马上组织一个旅游团。”

“组织旅游团干什么？”

“我们要去德国考察，而且不是一个人、两个人，而是几十个人，可能还要三番五次地出去。不以旅游团的名义怎么出去？”沈文荣这么一说，手下的人才知道原因所在。

一个庞大的钢铁厂从隔洋隔海的欧洲大陆搬回中国，想过有多少事要做？想过中间会有多少问题突然冒出来？这可不像在国内到某一个地方去参观开会，想什么时候走就什么时候动身，想去多少人就能去多少人。“沙王”沈文荣这回遇上了种种困难，仅派专家团到德国就得分批去，还有商务谈判团等，怎么办？沈文荣想的招是以旅游团名义，好处在于一次就可以多去些人，否则公务代表团不知什么时候才能成行，而且还会碰到签证时名额的限制。

谈判是第一步，主要解决怎么个买法。是全部买它的厂，还是买部分？一个月谈判下来，沈文荣发现：买部分主体设备是那么多钱，买整个厂也差不多那么多钱。“这个厂我全要了！”沈文荣最后对德国人说。

日耳曼人惊愕了：“中国人，你怎么把我们的厂搬回你的国家？”

“我有办法。”沈文荣狡黠地朝谈判对手一笑。

“三年内必须全部搬走这里的所有一切，你们行吗？”德国人不太相信中国人能做得到这样的事。

“没问题，我们会用更短一些时间。”沈文荣告诉德方。

3084 万欧元。合同上的金额是这个数目。

沙钢怎么可能做得起这桩生意嘛！合同签订后，国内的同行一片哗然。这话不知怎么传到了德国，卖家有些紧张了，非要沈文荣他们有银行的担保不可。

结果盖有中华人民共和国中国人民银行大章的担保书迅速发往了德国有关方面，上面有这样一句话：中国张家港“沙钢”企业完全有这样的付款能力。

自己国家的著名钢铁企业要被中国人拆掉搬走了！德国民众和钢厂附近的百姓恋恋不舍地来到多特蒙德钢厂，他们像向一位英雄告别一般，成群结队地来到厂区，抚摩着已经有些生锈的钢炉和设备，有人甚至抱头痛哭……

“拜托大伙儿了，我们必须在最短的时间内把厂子里的所有设备拆卸完毕，否则就不能回家过年呀！”史无前例的钢铁巨人大拆卸、大搬运开始了。1000 多人组成的中国“拆运军团”是如何到德国的，沈文荣以“沙王”的口吻告诉我：“能想到的招全都用上了，政府公务访问团的、专家出国考察团的、劳务团的、旅游团的，等等，等等。”

“办签证说多难就有多难！”沙钢办公室的同志用了一句“不堪回首”来形容当时他们遇到的种种困难。

“沈总要求的时间太紧了。我们大伙知道沈总为什么这么做，道理很简单：1000 多人，在德国待一天，我们的成本支出就是几万欧元。再算上这边早一天开工、早一天出钢材产品，那又为企业多赚多少钱嘛！”沙钢人这么说。

有德国人曾经断言：按照惯例，拆除这座大型钢厂至少需要 700 天工作时。沈文荣笑笑，说：“我们用 100 天的时间足够了。”

德国人眨眨眼，有些傲慢地朝他摇摇头。

沈文荣心想：你们德国只跟苏联人干过仗，你们当然不知道中国人的厉害！

最后 100 天都不到，一座用 8 年时间建起的“钢铁城”被 1000 余名中国农民工拆得“支离破碎”。

德国人不知道中国人是怎么干的，但有一点他们感到不可思议：星期天，节假日，甚至是休息喝啤酒的夜晚，中国人都在挑灯夜战。“中国人不讲人权！”“中国人像奴隶似的服劳役！”德国有关部门和所谓的组织开始出面干预。他们甚至在星期天和法定节假日派出飞机，在钢厂上空巡视……

“他探他的，我们照干我们的！中国人如果不是因为被帝国主义封锁几十年，又因耽误了十多年，我们也有西方世界那么现代化，我们自然用不着加班加点！但现在不行，我们必须抢夺分分秒秒！”沈文荣自有他的“王道理论”。他让工人们学会“游击战”——在拆设备现场，搭起工棚，这样德方派飞机巡视就无法知道下面到底是在干活还是在休息。如此捉迷藏式的“战斗”持续了几十天，最后德方仍然弄不明白中国人到底使用的是什么样的“先进武器”，将一座至少需要 700 天拆卸完的“钢铁城”，在不到 100 天的时间内全部化为平地。

大搬运开始了！举世瞩目的举动，德国人怀着极大的好奇心在等待中国人再次出招。沈文荣太聪明、太“贼性”，他把所有用得着的设备和材料全部挑选出来，然后一车一车地细心打包装车，又将用不着的废弃物堆在一起。在几天时间里，他叫来当地多家废旧公司，潇洒地将 300 多万欧元的废钢材收入划到了沙钢的账面上。

大搬运走的是海路。从钢厂到附近港口有 300 公里远，13 万吨设备将被中国人搬运回国。为了这场史无前例的战后大搬运，当地的德国政府都被中国“沙王”沈文荣调动了起来。

“通往海港的那条高速路，在我们搬运的日子里其他车辆皆被禁行。我们租用的几百辆搬运车就这样不分日夜地来回奔驰着，许多德国民众整天整夜地站立在公路两旁，恋恋不舍地看着这支钢铁洪流从他们眼前驶过，我想他们的心里肯定别是一般滋味……”沈文荣说起那一幕时，很为中国人骄傲。

“13 万吨货物呀！整整 13 艘巨轮，不远万里从遥远的欧洲抵达张家港的那一刻，我的家乡人民欢腾了！谁也没有见过那么多洋货出现在自己的家门口。当时我们的货物，从海港码头一直堆到厂区，连绵十几里……”沈文荣说起那一幕，很为家乡张家港骄傲。

2005 年，沈文荣不仅把年产 650 万吨钢板的设备从欧洲的莱茵河畔全部搬运到了自己家乡，而且将这一设备全部安装完毕，并在当年投产后首次实现了沙钢年产超千万吨的纪录，从而跨入了世界钢铁产业的第一方阵。

2006 年，沙钢年产量达 1463 万吨，在全国居第 4 位，销售收入 587 亿元，在全国冶金行业居第 5 位，出口创汇 8 亿美元，居同行业第 3 位，人均产钢量 1116 吨，在全国居第一位。2008 年，沙钢集团更是取得突破性进展，全年营业收入 1452.32 亿元，荣登江苏百强企业的榜首，结束了江苏省电力公司连续七年蝉联榜首的历史。这意味着沙钢集团是江苏全省最强最大的企业。

“现在沙钢是除上海宝钢之外的中国第二大钢厂。”这话我是从北京的一位冶金专家那里听到的。他后面还有一句话：“宝钢是国家当年举全国之力建起来的，而沈文荣的沙钢是完全靠他们自己搞起来的。从这个意义上讲，沙钢和沈文荣是真正的中国钢铁之王。”

2008 年 2 月 19 日那天，我在沙钢采访沈文荣结束后，工作人员请我吃午饭，在沙钢的内部餐厅里，我发现一个小小的细节：这里包间原来的雅名是“春兰”“夏莲”“秋菊”和“冬梅”……现在已经改成米塔尔、阿赛洛、浦项、纽柯等世界钢铁巨头的名字。很有意思，我知道沈文荣这个张家港“沙王”是在将自己的企业定位在与这些世界钢铁巨人平起平坐的位置上。

现在大家听完我对“沙王”沈文荣的介绍，是否同意我最初曾经讲过的“假如离开了沙钢和沈文荣，张家港等于由姚明变成了潘长江——矮了一大截”这句话?

我想回答应是肯定的。

第 20 章　常熟的“品牌”故事

不知从何时开始，常熟竟然被“小弟弟”昆山和张家港超过了！这股积在胸膛里的气使得常熟人很压抑。

自古以来，在苏州诸县中，常熟一直是“兄弟”中的老大，而且论建城史，常熟甚至可以同伍子胥建的姑苏城比悠久。

论风景，苏州有的，常熟也都有。

说到水，苏州人爱把太湖抬出来，常熟人这时会笑着指指那碧波荡漾的尚湖告诉你：它的面积比杭州西湖还大些。

说到山，苏州人总欢喜把狮子山搬出来，常熟人摇头说，到了我们的虞山，你就不用再登其他江南的山了。因为虞山是苏南一带距长江入海口最近的一座山峰，站在虞山顶，尽收千里江南美景，前望长江大海风光，难怪当年吴王要为西施修乐亭会挑在虞山顶上。

苏州有座千年古刹寒山寺名扬四海，常熟人说，他们的兴福寺方丈做过寒山寺大和尚的师傅；苏州的虎丘塔日映斜阳，常熟人说他们的南宋方塔堪称“南国第一塔”。

苏州人说，他们有位卖家园修学堂的大教育家范仲淹；常熟人说，他们的言子是当年孔子三千弟子中唯一的一位江南人，堪称“南方夫子”，名列十哲中第九位，后人传称知识分子为“老九”就是从言子这儿来的，言子因此是读书人的鼻祖……

苏州后来称为“府”，常熟为此一直耿耿于怀。新中国成立后相当长的一段时间里，常熟一直是省辖“大市”，与后来升级为地区级的泰州等一样待遇，但人家泰州早已跟苏州在行政级别上平起平坐。常熟人对此很无奈，由于离无锡和上海太近，尤其是离苏州太近，常熟一直没能升格为地级市。

事实上常熟在很多方面超过了苏州，即使现在我在苏州城内采访，仍经常听到有人说：要说生活和环境，常熟不比苏州差——嘿嘿，这话让常熟人舒服了许多，慢慢地，常熟人也习惯在苏州面前俯首称臣了。

常熟在苏州管辖之下，无可翻案，但常熟在诸县前则始终一派兄长风光。它确实有理由和实力。昆山和张家港包括太仓这些旧县城，小得根本不能用城字来形容，最多只能说“街”。然而常熟城不同，那是像模像样的城，有街有道，纵横交叉，水陆网状，小桥流水处皆是人家。小时候我只听大家说去一趟常熟是去“常熟城”的，还从未听说到吴江、昆山、太仓等周围几个地方的名字后面加过“城”字的，除非是上苏州才叫“到城里去”。

你听明朝吴地诗人沈以潜咏琴川的诗句：

吴下琴川古有名，
放舟落日偶经行。
七溪流水皆通海，
十里青山半入城。

常熟古时又名琴川，是因为城内有七条河流穿城而过，从空中俯视风景如画的城郭犹如一把七弦古琴。这“古琴”两边既有半入城的江南名胜虞山，又有两泓明镜一般、面积达十平方公里的尚湖、昆湖两大水域，如此江绕城、城抱山、山枕湖，构成了常熟这个千年古城的独特风韵。

常熟历史上有太多的名流英雄。光是文化大家就有与唐伯虎齐名的“吴中四才子”之一的徐桢卿，还有“江南诗圣”钱谦益、“巾帼烈女”柳如是及晚清《孽海花》作者曾朴等常熟邑人。两代帝师翁同龢自然不用多说，常熟人在明清朝考中状元的就有8人，有9人在朝中当过宰相。这样的大牌人物，在苏州诸县中是不可能有的。说今，“两弹一星”的元勋王淦昌是常熟人，大学者钱昌照是常熟人，我国电信和外贸事业的开拓者李强是常熟人，水利大师张光斗也是常熟人，后来常熟的一部分被划到了张家港，张光斗先生也一下子从“常熟名人”的名单中被划了出去。有人后来再问张光斗老先生，你到底是常熟人还是张家港人？老先生幽默地说，我是苏州人。

常熟人有资格成为苏州地区的“长子”，这是无可争议的事实，除了它悠久的建城史和底蕴深厚的历史文化原因外（常熟也是国务院批准的第一批历史文化名城，这一点与苏州城是平起平坐的），还与历史上的一对兄弟有关。

商周交替之际，有一对兄弟不远数千里，从富庶之邦来到当时荒蛮的江南大地，甘心断发文身当农民，并带领当地百姓垦田治水，建立“勾吴”之国，他们就是仲雍与泰伯兄弟俩。仲雍是周太王的次子，本名虞仲，在当时的王室中，虞仲精于文韬武略又忠厚勤劳而深得人心。但周太王属意其幼子季历继承大业。虞仲明白后便劝兄长泰伯一起顺从父意，让国避位。泰伯被兄弟说服后，两人借采药为名，从渭水流域，千里迢迢来到了常熟、无锡一带。后来季历之子昌（即周文王）继位，使中华民族有了一段非常辉煌的历史。而身为王子的虞仲兄弟俩，却在江南荒蛮的原野上同百姓一起堵水垦荒，苦心经营，最后也建立了不朽的伟业。虞仲殁后葬于常熟城边的山头，此山因而得名虞山。如今每逢清明时节，仲雍墓前总是围着成千上万的当地百姓为这位先祖烧香磕头……

虞仲兄弟的史迹和仲雍墓立于常熟，也说明了常熟在古代的历史地位。这个时间比伍子胥在苏州建城要早出数百年。

在《常熟市志》上还有一则典故，也能说明常熟在远古时代早有繁盛文明之景象。

据传孔子晚年不放心各地学生的作为，曾驾车南行吴地察访言子（言偃，字子游）的德行。一日，孔子来到常熟西南郊的"十里亭"，时值炎夏之季，一路上闷热异常，孔子一行很想进城早些歇息。孔子举目四望，见附近河中有一赤膊孩童正在摸螺蛳，即下车含笑问道："去此城内有几许路？"那孩童见孔子一副斯文样子，便拿起盛螺蛳的钵头顶在头上，口中有板有眼地吟唱起来："钵为冠，水为衣，此去琴川一十里……"（常熟城古时称琴川）。孔子听罢暗忖：此地孩童都如此知书达理，足见文风之盛。吾何须再去关照子游？于是孔子折身回了山东。

那天我在常熟，与一群北京来的文友听时任常熟市委副书记秦卫星讲起这样一件事：

前年北京有几个部委领导到常熟来检查工作，常熟城内的本地人喜欢早晨到兴福寺吃面，这天，市长书记带北京来的领导也一起到兴福寺去吃面。北京客人一看吃面的场景便感慨道："你们这个地方肯定干群关系好，群众生活富足。"主人问何以见得？客人说："看看这个吃面的场景就明白了。五六百人，大家吃得和和气气，而且你们市长、书记跟老百姓很随便地坐在一起，这要在别的地方，市长、书记是不太可能跟老百姓挨得这么近的。"

常熟人觉得奇怪，问为什么。北京的领导说："现在有好多地方的官员根本不敢挨着老百姓，天天躲着，出门都要警车和保安跟着，怕老百姓告状、找麻烦。"

原来如此！

常熟人说："我们这里不会有这种事情出现的。即使老百姓有什么要紧的事，也会很客气地跟干部反映。说得再严重一点，假如有人想要横蛮，市长、书记也不会有啥怕的。解决问题要讲理嘛！"

这就是常熟。

其实，常熟的故事最精彩的也应该是这30年来的景况。

第1节　裁缝和绣娘同唱"好一朵茉莉花"

在常熟城的东南边，现在有一片非常壮观的新城景区，这就是著名的"中国常熟服装城"。这里一年的营业额在450亿左右，是中国十大市场之一，也是中国最大的服装市场。据说每年从这里销售和批发出去的服装够全世界一半人穿的了。什么样的世界名牌都有，绝对不是假冒伪劣，而是世界服装名牌企业或在这里设了专卖店，或在这里加工制作……

常熟的服装是有名的，关键是这个地方的小裁缝特别多，而且手艺巧而细。说几个事例你就会信服。

比如上面已经提到的"波司登"，这么有影响力的世界名牌，就是因为它的创始者、老板高德康自己是一位"小裁缝"出身。与老一代常熟裁缝相比，高德康只能算是串巷走村的"起码头"小师傅。常熟一带真正做衣服的大裁缝大师傅一般不会亲自"出门"做生意，他们都有自己的门面，而且非常讲究，一般的小生意根本不接，要接也都是有钱人家求上门的活，还有就是专门给那些富贵达官人家定做的活儿。常熟大裁缝师傅讲究得很哪。你要想见他，必须约时间，而且人家出来见你之前先要品茶喝汤，再等双手和脸面洗得干干净净后再出来与你会面。旧时，大裁缝比师爷还要吃香，有点像北方唱戏的梅兰芳派头。

“波司登”的高德康这样的小裁缝，现在能够把生意做得全世界闻名，是因为他这个“小裁缝”有经济头脑，手艺也属高超。

北京人都听说过“红都”服装，这是当年专门给中央领导定做的品牌服装。毛主席和周总理等国家领导人出国和平时穿的礼宾制服，都是“红都”裁缝们的手艺，而“红都”的“头把剪刀”大裁缝师傅就是常熟人，名叫田阿桐。

小裁缝在乡镇企业中所起的作用绝对不小，尤其是对“纺织之乡”常熟的现代经济来说，更是如此。

在我童年的记忆中，苏州一带特别是“高乡”常熟地区，有四种手艺人是从来没有因政治原因而消亡过，这四种手艺人分别是裁缝、绣娘、瓦匠、木匠，他们都是散落在民间的能工巧匠。我老家将区域分为“高乡”和“低乡”，主要是按照是否可以种植棉花而划分的。棉花地不能被水淹，相对需要距江河湖塘水平面高一些的地方种植，便于排水。苏州是水乡，许多地方的土地基本上与湖塘江河的水平面一样高，甚至还要低一些。就是在同一个乡村，也有高地和低洼地之分。

我的老家是从什么时候开始种植棉花的，我没有考证，但我很小的时候就从纺线的奶奶口中知道了“黄道婆”。

黄道婆布道传艺，让苏南大地的农民，特别是农民妇女学会了纺纱织布，这是鱼米之乡的苏南大地发生的一次非常大的革命，即原来这里的百姓主要是靠种稻和河湖养殖富足的，后来因为种植了棉花这一经济作物——它既可以满足自家的穿衣盖被，同时用其制成的多余的衣被布匹又可以作商品交易，这使得苏南大地迅速地超过了其他地方，成为全国最富饶的地区。

其实世界经济发展史早已告诉了我们一件有意思的事：凡是种植棉花的地方，后来几乎都可能成为经济最繁荣的地区，或者说这里的经济发展总是走在其他地区的前列。

欧洲的工业革命是从英国开始的，英国的工业革命最早也是从一台纺织机开始的。我们知道，英国在工业革命前是个富有田园牧歌情调的国家，当时人称“快乐的英格兰”。它的居民有80%从事农业。由于英国很早就大量把自己的羊毛卖给邻国，这使得它的农业经济比当时的任何国家都具有更深刻的商业性质。随着这种商品经济的发展，农民与市场的业务联系不断紧密起来。走过“圈地运动”和“海盗生涯”后，从18世纪60年代开始，英国便“创世纪”地进行了后来一直影响到我们今天整个世界的大工业革命。这场大革命最先肇始于棉纺织工业部门。之前英国纺织部门中占主导地位的是毛纺织业，但英国产业革命却没能从毛纺织业开始，其原因是毛纺织业为英国的传统工业部门，它有雄厚的基础和充足的原料，在世界市场上一直处于垄断地位。政府不仅没有意识到对它进行技术改进的迫切性，反而在政策上给予保护和特权。当时英国甚至有这样一条法令：凡死在英国领土上的人都要用毛织的寿衣来入殓。但与此相异的棉纺织业则是英国的一个新兴产业，因而对它的技术革新便是顺理成章的事。懂行人知道，棉纺织业有两道重要工序：纺纱和织布。这两道工序必须平衡才能生产正常。可是在1733年，兰开夏的一位钟表匠发明了飞梭，完全彻底地打破了这种平衡。用飞梭取代手工引线，使织布效率提高了数倍，这样纺纱的人就怎么也赶不上织布的人了。这“纺纱荒”让英国人整整苦恼了30多年。1765年，有位叫哈格里佛斯的英国人发明了“珍妮纺织机”才算结束了这种局面。哈格里佛斯是在看妻子珍妮纺纱时受启发后精心研制成功了这台影响英国乃至世界的“珍妮纺织机”的。这位木匠不曾想到，他的历史性功绩还使世界从此诞生了无产阶级。听起来似乎有些唐突，但这是真实的客观存在。

“珍妮纺织机”的发明，改变了英国和世界的男耕女织的常态，因为这部“珍妮纺织机”是个力气活，只有男人们才能操作得了它。一些有钱人家拥有了它便逐步发了财，而一些没钱拥有它的男人只能到拥有“珍妮纺织机”的人家当雇佣工人。渐渐地，纺织机越来越先进，当雇佣工人的人也越来越多，最后慢慢成了一个阶级，这就是受雇于资本家的无产阶级。

苏南一带的农民都受过黄道婆织布的影响，这里之所以比别的地方更富裕一些，与妇女们会纺纱织布有直接关系。

苏州一带的民间纺织业相当发达，尤其是农村，几乎没有一个妇女是不会纺纱织布的，就连一些条件差一点的家庭的男人也都会纺纱织布，只是男人干这种活得偷着干，否则会被人瞧不起。在封建社会这种现象很普遍。

苏南的乡镇企业最早是从纺织业开始的。在常熟一带，这种手工为主的小企业行为一直没有停止过，只是处在低级水平和半地下的状态。我记得20世纪六七十年代，一般家庭穿的衣服大多是自家织的粗布，上商店买“洋布”的很少，只有那些吃皇粮的城里人才可能上布店里“扯布”去，就是城里人，相当一部分人还是穿土布。

“文革”后期，一种叫的确良的纺织品开始进入我们的生活。与粗布相比，的确良穿在身上，一是光亮笔挺，二是经久耐穿，价格嘛还基本能接受。我记得第一次穿的确良上学去，确实洋气，于是同学后来给我起了个“洋明”的诨号，现在想起来觉得有些好笑。更不用说女孩子们有多喜欢的确良了。

这是一场革命，对苏南传统纺织业的影响是巨大的。但有一点没有变化：小裁缝的生意没有改变，反而更好了，因为的确良的做工更讲究，缝纫机的作用变得不可替代。的确良的盛行还带来了另一个革命，即“纽扣革命”。为什么？因为土布做的衣服，其纽扣虽然也有工业品的，但老裁缝还继续沿用着那些纯粹的棉布做成的扣子，如长衫和对胸扣，用的都是棉布做的扣子，可是的确良衣衫盛行后，纽扣就必须是机器生产的工业品了。苏州附近的常州有个国营纽扣厂，于是这个厂便成了香饽饽，有人千方百计地从那里捣鼓出一些纽扣来满足民间做衣服之用。纽扣不是什么先进的工业品，常州纽扣厂稍稍加加班，其纽扣就堆积如山了，后来根本就不好卖了。这更加给了那些“挖墙脚”的人提供了发财机会，于是常熟和常州之间有了一条秘密的“纽扣”交易通道……

纽扣多了，的确良衣服更加盛行于广大乡村之间。大量传统的土布衣服也基本上开始用工业品纽扣，毕竟用上它对土布衣衫也是一种提升——这种服饰上的革命是我这个年龄的苏州人都经历过的事。那时我们在中学时代，刚懂得一点儿“美学”，会对这类小事很敏感，男女同学之间的那种朦胧之爱往往先从彼此讲究服饰开始的。嘿，现在想起来十分有意思——这竟然同我写一本书牵上了关系。

一种深刻的社会革命，有时可能是在一种无意识的行为中萌发的。不是吗？大胡子哈格里佛斯就是那一天下班后看到妻子珍妮很辛苦地纺着纱，便心疼地叫了一声“爱妻早些休息吧”。妻子“哎”了一声，结果手一松，不慎将纺车碰翻了，纺车则仍然带着那只锭子飞旋着。哈格里佛斯看着看着，突然心生灵感——如果把几个锭子同时竖起来，效率不是可以翻几倍吗？于是第二天哈格里佛斯动手做了一台多锭纺纱机让妻子珍妮试试，结果一试便成功了。

这台改变英国传统纺纱技术的机器，将人类文明又推进到一个先进阶段。

伟大的发明就是在这样一个非常偶然的机会中诞生的。

常熟（包括苏州其他县市）的现代工业发展的初级阶段，也是靠了一台不起眼的缝纫机和一台纺织机带动起来的。在此后的二三十年里，它迅速成长为具有中国乃至世界影响的“服装之城”，以及由服装和纺织带动了整个社会的工业化、现代化进程的迅猛发展。

由于的确良的诞生和“纽扣革命”，苏南一带的手工业快速地朝着工业化方向发展，乡镇企业也因此不断跨越式地发展并形成滚滚洪流……

然而这个洪流的形成，追踪其“源”也十分有意思，它靠的还是无数条涓涓细流汇合而成。比如缝纫机所形成的服装业，纺织机所形成的纺织业，前者开始是由那么一批串门走户的“小裁缝”所汇流而成的，后者是由无数巧手绣花的绣娘们汇流而成的。

常熟的乡镇企业之路有十分明显的本地特色。形成“世界名牌”的国家顶级服装大企业“波司登”所走过的路就是如此，而高德康在常熟并非是唯一的成功人士，20 世纪 80 年代前后的常熟，像高德康这样的“小裁缝”干得轰轰烈烈的有很多。原王市乡的“小裁缝”就比白茆乡的高德康等“小裁缝”厉害，只是后来在市场开拓方面没有高德康有远见和魄力而已。

潘炳福便是当年比高德康名气大得多的王市“小裁缝”！

“老潘的眼睛很厉害！”早在20年前我就认识这位著名品牌服装“秋艳”的创始人、全国著名的乡镇企业家。第一次见老潘就觉得他的那双眼睛很独特，目光锐利。

20 世纪 80 年代初，我在北京解放军某兵种机关工作，有一天在一份中央级大报上看到一则消息：常熟王市举办第一个中国“农民服装节”。当时这事非常轰动，因为那个时候就连北京、上海这样的大城市都极少听说办正式的服装节的，而常熟农民却能办“服装节”。报道还披露了这样一件趣闻，说是上海大明星张瑞芳也被邀去参加王市的“农民服装节”。张瑞芳自己说，开始她接到这样的邀请，纯粹是因为“不好意思驳农民兄弟的面子”。“哪知去了后才发现常熟小镇的农民们个个穿得艳丽漂亮。我演了一辈子农村妇女，穿得总是破破烂烂的，以后我再演农村妇女时可以告诉导演说，我也要穿得漂亮点！”

王市离我老家也很近，小时候父亲带我走亲戚时没少去过。于是我决定借一年一次的探亲假再游一次王市，看看那里的“农民服装节”到底什么样。

那时中国的不少地方男人们还多数穿着中山装和绿色军装，女人们稍稍时尚一点的也就是穿些花格子的“翻领衣”。但令我不曾想到的是，田埂边的王市“农民服装节”上，不仅人山人海，而且竟然有一半以上是外乡人，包括不少说着“阿拉”的上海人。这让我惊喜不已。我老家的人历来就有“洋上海”之说，意思是说，上海人最讲究吃穿，相比较，上海人对衣服更为挑剔。问题是，现在十分讲究的上海人竟然跑到百里之遥的“乡下”来参观王市的农民服装节，你说奇不奇？更奇的是，上海人竟然对“乡下人”做的服装大加赞赏，成批成批地往回买。于是潘炳福的“秋艳”牌服装没过多久就享誉上海滩……

其实让老潘的“秋艳”能够征服上海滩，还是他那双“厉害”的眼睛起了作用。

大约在 1980 年，老潘带着几个“小裁缝”办起一家乡镇小服装店后，便学着城里人的做法，给自己的服装起了“秋艳”的名字。老潘当裁缝师傅的时候就是个很讲面子的人，不管是有钱人用高级料子做的高档衣服，还是普通人家的日用衣衫，只要到他手里，都是“挺呱呱”的。办了厂子，跟串门走户那种“吃百家饭”的裁缝生意不一样了，尤其是打出“秋艳”牌子后，老潘整天想着“不能光给农民兄弟姐妹穿，要让城里人也喜欢”的奋斗目标。

有一次他听上海服装店的一位朋友说：滑雪衫将取代中西式棉衣。可当时中国市场上还没有出现过这种新时装，然而老潘的眼睛就是“厉害”，他认定用不了多少时间，那轻便、漂亮的滑雪衫必将风行中国市场。于是他果断地决定将“秋艳”服装的大部分生产线转产做滑雪衫，并亲自南下到广州购料采样，回厂后与技术人员一起创造性地设计出了一种色彩鲜明而独特的带帽女式滑雪衫。此款服饰一投入市场就风靡上海滩，那些穿着讲究的上海女同胞为买上一件“秋艳”滑雪衫不惜请假去专门店排队，据说老潘在上海的那家合作商店最多曾创造一个星期卖出“秋艳”滑雪衫 8 万件的纪录。

都说老潘爱用眼睛“扫市场”，而且口袋里还总带着三件宝：小剪刀、皮尺和计算器。当他的目光“扫”到一个新款式、好面料时，他就动用自己的“三件宝”，然后回厂开动脑子，几天后肯定又有一款让同行眼红死的新产品问世。

1983 年，老潘又一次来到上海南京路和淮海路“扫市场”，在五颜六色、熙熙攘攘的街道上，老潘从众多穿中山装的人流中敏锐地发现已有一些人开始着起紧身掐腰、线条优雅的西装了。可多数中国人当时仍然比较保守。取两者之优，兼成国人时尚，必胜无疑。老潘一边走一边心里就已有了一种适合中国市场的新服饰了……

果然不久，上海商场里出现了一种中长马裤呢做面料、内托全夹、紧身大方、富有青春活力的“卡曲衫”。这新款服装一上市，便在上海乃至全国各地掀起了一股“卡曲衫”热。

1984 年，老潘的“秋艳”系列再度推出“航空式”“森林式”新颖滑雪衫。

1985 年，老潘推出白色西装系列。

1986 年，老潘推出女式绣花仿毛、粗花呢西装及男女风衣系列。

……

再后来，老潘几乎每月都要推出一个新产品，甚至每天推一款，到后来一天能推出三个新产品……

老潘所在的王市从此成为常熟服装市场的一个发源地。

王市的服装业对当时常熟的其他乡镇产生的影响十分巨大，本来这个富饶的江南水乡的百姓们就非常懂得学他人之技而富本家之道，所以王市的“秋艳”和老潘式的乡镇兴业之路很快成为大家学习和仿效的榜样，像与王市近邻的碧溪、东张等乡镇，没用两三年时间，服装和纺织业如雨后春笋般涌出。20 世纪八九十年代，我每次回老家探亲，东张的表兄总会把我拉到东张的一家“雄牌”服装厂去“试衣”——表兄自然少不了会给我弄几身合适的男休闲装穿穿。老实说，开始时我并没有将这样顺手牵羊穿在身上的东西当回事，但是后来当我穿着“雄牌”在虹桥机场候机时，才知道这衣服还真是很有品位啊！

“先生，侬能不能将身上的衣服让阿拉试试？”那天，我穿着一件浅黄色的“雄牌”，坐在候机室的椅子里看书，有位“阿拉”过来问我。如此唐突的方式，我还是第一次遇到，不免让我记忆深刻。

上海人总是怪怪的，别人好的东西总想据为己有。

“可以啊！”我脱下身上的“雄牌”。

“果真是雄牌！”他一边看着我，一边翻开内侧看商标，欣喜地说道。

然后试了试，非常合身。“先生，你这件衣服花了多少钱？”他问。

我摇摇头，因为是表兄给我的，真不知道价格。

“那——依能不能把这件衣服卖给阿拉？”上海人突然提出，一脸诚恳。

“卖给你了我穿什么？”我的话让这位上海“阿拉”陷于窘境。

“那就算了，算了。”这个上海人后来跟我紧挨着坐在同一排机舱内，直至此时我才知道“雄牌”在上海的传奇。

“这个品牌在上海卖疯了，据说最多一天能卖8万件！男人们以穿‘雄牌’而自豪，女人们都喜欢给自己的男人买‘雄牌’……”

原来如此。

因为有这样的奇遇，所以当我的表兄再次带我去“雄牌”服装厂“试穿”时，我特意采访了一下这个厂，也就更全面地了解了这个厂的发迹史。

“雄牌”厂也是一个由“小裁缝”搞起来的乡镇企业，最初是东张的几位有些经营头脑的“小裁缝”合作成立的乡办服装厂，后来跟着到王市服装节去销货，期间被上海人看中了，于是上海人的资金加东张人的手艺，“雄牌”给上海滩带来了一次“服装革命”。

上海女人本来从心底里瞧不起“娘娘腔”的小男人，现在“雄牌”让许多“娘娘腔”的男人们“雄”起了，不仅男人得意了，女人也高兴了，所以上海滩的“雄牌”男装风越刮越烈，最后到了谁没拥有一套“雄牌”似乎就不是男人的份。

这个世界有时很疯狂。上海市场上的服装疯狂原来是从常熟乡镇企业里刮出来的，这是许多人并不知道的一件趣事。

发生在同一地东张镇的另一个服装厂也令我吃惊和意外。这个厂的产品曾经在中国体育用品界和休闲服饰业创造过辉煌，那便是“圣达菲”服装。

据说这个“圣达菲”是中国第一个休闲服品牌。之前我同样不知道它竟然也是在我的故乡常熟地盘上诞生出来的。问题是，这个后来成长为中国名牌的服装是在一个完全叫人想象不出来的地方诞生的。

我第一次去“圣达菲”厂时，需要从小镇东张坐 15 分钟的车，然后还需要摆过一个渡口，再一脚高一脚低地走上几百米泥地，才能到达这么一个庄稼地边上的村办企业。

“圣达菲”在东张的北新小村，那天接待我的郭道辉与我同龄，他说这个企业最早是郭氏四兄弟与北新村联办的。

我去的那年正好工厂改制，厂子除每年向村上交 60 万元外，其余的就全部属于郭氏四兄弟。我对郭氏兄弟的“圣达菲”怀有特殊疑问：为什么选择一个如此偏远的乡下建厂却又起了一个洋名？郭道辉告诉我：他的一个弟弟前些年在阿根廷办了个公司，阿根廷首都有条很出名的服装街叫圣达菲，于是热衷服装业的郭氏兄弟商量也要搞一个中国的“圣达菲”。可为何又选择了常熟东张这么一个偏远的乡下来办厂呢？

“因为常熟这块地方水土好，到处都有心灵手巧的匠人，常熟的裁缝恐怕是世界上最好的匠人之一了，尤其对服装的细工和感觉也许连世界上最好的服装设计师都很难比，而且人诚实勤劳，这也是我们为什么看中和选择像东张北新村这样一个地方的缘故。再有一点我想告诉你，常熟离上海才多少路？以后交通改善了，常熟的任何一个地方都像上海的后花园，几支烟的功夫啥都搞定了。”这话是十几年前说的，当年我这个常熟人听了还觉得有些“遥远”。才过了几年，郭道辉描绘的诱人前景都实现了。昔日的东张北新小村现在就紧挨着长江第一大桥——苏通长江大桥，不仅不再“偏远”，而且成为交通枢纽之地。从这儿到上海一路都是高速路，花上一个多小时便可抵达上海的人民广场。郭氏“圣达菲”现在早已在上海有了自己的总部，在国内和国外的分部也到处都是，而它的生产基地却仍然放在常熟。

“因为中国服装业的根在常熟，我们离不了这个根。”大老板郭道辉这么对我说。

中国的服装业之根为什么在常熟？这让我既感自豪，又感疑惑。那天我回到自己的老家，身边坐着我年迈的母亲，还有姐姐妹妹。姐姐的女儿马上要结婚了，姐姐在一旁绣着一块花边，这种情景在我小时候就见惯了，但这一天却让我有意外的收获。

“姐，你现在也算是一年收入几百万元的老板娘了，干吗还要自己动手绣花嘛？”姐家里办的纺织厂，有三四百个工人，姐夫在我面前多次说过他厂里的年产值已达亿元，在当地也算中等水平的小老板了。姐姐平时花钱特大方，可却仍然自己动手绣一个几块钱就可以买回来的桌上装饰品。

“闲着也是闲着，花边是我们常熟人的本事，不能失传呗！”姐很随意地这么回答我。

这时我见母亲凑过去拿起针，熟练地挑起花边线针来，随之我妹也凑了过去……看着我母亲和姐姐妹妹三人绣花的样子，我内心一阵感动，浮想联翩：我的亲人和家乡的妇女们与众多小裁缝们一起汇聚而成的世代传统，不正是常熟服装业代代相传而永远繁荣昌盛的薪火吗？这不就是郭道辉先生所说的“中国服装业”的根吗？

是啊，我猛然醒悟！

常熟人的心灵手巧并非天生就有，也是世代形成的。很小的时候，我并不知道早在100多年前的1904年，在我家乡常熟支塘镇就有了第一家叫“裕泰”的纱厂，但经常看到母亲、奶奶及邻居的女人们都会在休闲的时候聚集在一起绣花边——这种花边都是靠一针一针勾挑起来的，很好看，布料和颜色都非常讲究。女人们靠一针一针地绣花，可以换得每月几元、十几元的收入，而且不管什么样的女人，只要她们低着头静静地在胸前行针时，都会让人感到她们非常美——那种美是恬静的美，优雅的美和劳动的美。这是我在童年时代的记忆中仅有的几幅乡情美景之一，现在想起来仍然感到很惬意。原因之一是所有我故乡的美女无一例外都是优秀的绣娘；原因之二是所有难看和不善良的女人肯定也是成不了绣娘的。

“人民公社”时代的绣娘与著名的常熟花边一样从来就没有被列入“资本主义毒草”的范围，所以这也是常熟地区的手工业和乡镇企业比其他地方发展得更早、更快的重要原因之一。

20 世纪 70 年代后期，随着小五金、小纺织的出现，一批绣娘被招进了乡镇企业，她们开始由绣娘变成乡镇企业里的“织女”。

“咔嚓嘶——”“咔嚓嘶——”这种声音在 20 世纪七八十年代甚至 90 年代的苏州一带，几乎在任何一个乡村和城镇旮旯里都能听到，这是苏州乡镇企业最具标志和繁荣阶段的一种特殊乡间音乐，它似乎是在一夜之间覆盖了千百年来独步天下的蛙声和蝉鸣，从而使这里的农耕水乡开始转向农耕文明与工业文明并存的新世界。

常熟无疑在这个阶段比周边的县市走在更前列，尤其是纺织和服装业上所表现出的区域经济特色更显现特殊光芒……

第 2 节　马路地摊垒出的市场模式

正在写作此书时，友人将《苏州农村改革 30 年》一书送到我手上。我认真一读，了解了一些苏州乡镇企业发展的历史渊源，书中讲道：

苏州农村中传统的手工业发达，能工巧匠众多，因此历史上形成了较为发达的吴江丝绸业，吴县的刺绣、工艺和建筑业，常熟、太仓、张家港一带的土纺土织布。

“在20世纪20—30年代，苏州的乡村工业已具相当规模，是当地民族工业的重要组成部分。1919年常熟的织布手工业场有31家，织布机300架左右，男女工人约4000人。”而在20世纪60年代初，由于受当时的政治政策影响，从城镇工业企业中下放了一批职工到农村，后来在70年代又有近20万城镇“知青”上山下乡到了农村，这期间有近万上海人因种种原因没有到更边远的地方而通过各种关系落户到了苏州一带。这些城镇人员到了农村，一方面他们有知识，又有一定工业技术，同时苏州在当时为了帮助这些人能够在农村“扎根”，于是主张和鼓励社队创办一些以“多种经营”名义的小企业。1972年，苏州地委公开提出“围绕农业办工业，办好工业促农业”的要求，社队企业因此在坚持“就地取材、就地加工、就地销售”的三原则下迎来了积极发展的第一个高潮，这就是苏州地区为什么在粉碎“四人帮”后的1977、1978年时其乡镇企业已初具规模的缘由，而且当时的苏州地委明确要求各级党委都把发展社队企业工作列入重要议事日程，并提出相应的发展目标。到党的十一届三中全会召开时的1978年底，全苏州社队企业已经形成第一个发展高潮，全地区八县（市）社队两级集体工业企业已经有7508家，拥有固定资产3.35亿元，职工达40余万人，占农村总劳动力的17%。1979年7月1日，国务院在党的生日这一天，以少有的方式颁发了《关于发展社队企业若干问题的规定（施行草案）》的通知，这在一定程度上也是在总结苏州社队企业的基础上向全国各地发出“社队企业要有一个大发展”的号召，因为在两个月后召开的党的十一届四中全会上通过的《中央关于加快农业发展若干问题的决议》中，中央专门提出了要大力发展社办企业的重要决策。苏州作为乡镇社队企业发展最早、最快的地区给中央做出上述决策提供了某种依据，所以它的发展毫无疑问更是走在别的地区前头。到 1983 年邓小平到苏州视察时所看到相当一部分农民已经盖起了小洋房，这证明苏州的乡镇企业发展不仅已经呈现“半壁江山”之势，而且广大农民通过创办乡镇企业获得了生活的富有。1980 年，苏州全地区的乡镇社队企业实现产值 35.3 亿元，比 1979 年增长了 50.7%，这种发展速度超过了任何一种经济形式。由于近一半劳动力在乡镇企业上班，一般农民家庭的收入有了根本性的改变，于是成片的老宅基地上出现了两上两下或三上三下的农家楼房……

无疑，在这之前和这一阶段中，常熟的乡镇企业发展是全苏州走在最前列的，其总量和工业产值远远超过兄弟县市，与同样有传统优势的吴江、吴县相比也快了一截，“小弟弟”昆山、张家港更无法与之比高低。1980 年，常熟的乡镇企业产值总量据说已有 20 亿元，这个数据如果能够在早几年被周恩来总理看到的话，老人家或许又会感慨地说：“要是有十个常熟就好了。”1968 年的一次会议上，周恩来曾经感慨过“要是全国有 20 个常熟就好了”这样的话。那时常熟的工农业生产总量很小，到 1980 年时已经翻了几番。邓小平同志在 20 世纪 80 年代初到苏州视察、明晰“小康”概念时的常熟，用现在的眼光来看，其实也还是刚刚起步。

1980 年到 1985 年，常熟的乡镇企业发展速度可以用势不可挡四个字来形容。

这个时候便出现了一个突出的问题：大量的产品生产出来后，需要一个销售和周转平台。

平台是什么？平台在何处？当时常熟人并不知道这些，更不知道如何去寻找这样的平台。

南门。汽车站。这是常熟当时通向苏州、无锡和上海的主要交通口，这里是过往常熟最热闹的地方，多数过往常熟和从常熟通向外面的主要渠道是依靠这个车站。那个时候，无论买什么车票必须排队，原因是班车少，于是车站候车室总挤满了等候在此的乘客。人一多，就会有人想买个水喝、填个肚子什么的，这就会有那些脑筋灵光的人推着小车或自行车，或用塑料袋，或用竹篮装些茶水、茶叶蛋之类的东西在一旁吆喝着做个小买卖。但工商部门管得紧，称这类推车做小买卖的人是“投机倒把”，而且政府机关还有专门的“打击投机倒把办公室”专司“打击”事务，有关人员系着红袖章，时常出没在车站四周，一旦发现“投机倒把分子”，不是没收货郎担，就是抓进去罚款。“走！赶快走！”“再不走抓你进去吃官司！”

车站上，这样的情景经常能见到。

后来似乎专司打击“投机倒把”的人员不见了，于是车站的出口处的马路两边开始出现摆地摊的人群……

“卖衣服喔！”

“便宜，一件五块钱本地毛衣喽！”

这样的叫卖声延续了半年、一年……车站两侧的马路上摆摊的人越来越多，开始是几个，后来变成了十几个、几十个。有人向上面反映“车站秩序很乱”，于是就有人出来“整治”。可没几天，摆地摊的人更多了，不再是几十个，而是上百个，长溜溜的俨然像一条卖货郎的长龙。

“赶得走他们吗？”

“像野草似的，你今天割，明天他们长得更疯了。根本赶不走。”

“那——你们准备怎么办？”

“收点管理费吧，都是乡里乡亲的。”

“也行，车站秩序不能因为这个添乱啊！”

“没问题。秩序我们负责。”

南门的周边，那个时候还是属于城乡交叉地段，常熟县城管不了，属于琴南乡管理。琴南乡的人出面每天向摆地摊的人收一份“管理费”，这就使得所有摆摊的人成了“合法”经营。

“车站那儿可以摆摊了！听说一天能卖十几件衣服，好的时候有上百元进账！”

“这么好的生意啊！”

南门车站摆摊就这样一传十、十传百地扩散开来。后来连苏州和无锡的消息灵通人士都扛着大包小包向常熟汽车站奔来……摆摊的人越来越多，往往比进出车站的乘客还要多出几倍。开始是车站十字路口全被占满了，再后来沿着车站一直向县城内延伸达数百米，好不热闹！

“再这样下去怎么行？我们车站快成商场了！得把他们统统赶走，否则要么我们车站关门！”车站为此提出强烈抗议。

问题摆到了“收费而肥”的琴南乡领导面前。

“车站搬家肯定不行，那我们划一块地盘让小贩进场做买卖？！”有人出主意道。

“这样行吗？”

“给市里打个报告试试。”于是有了琴南乡向常熟市政府建议在车站划出一块地盘建一个招商场的报告。

这是好事，应该支持！常熟市委、市政府很快同意了琴南乡的意见。

1985年，在距常熟汽车站约二三百米的一块农田被征用了，在上面搭了一个大棚，乡政府的干部像模像样地在门口挂起了一块“招商场”的木牌子。

“做买卖的进去啦！”

“不准再在马路上摆摊了！一律进招商场去——”

干部们像赶鸭子似的开始每天在车站的十字路口吆喝着，奇怪的是那些习惯于马路边摆摊的小贩们谁也不愿意进到大棚内的“招商场”去。

“你们这是怎么啦？就愿意在马路边吸灰尘挨雨淋啊？”

“领导啊，大棚好是好，可我们进去了，人家买东西的不往那里去，我们不还得出来嘛！”

这可是个大难题！怎么办？面对空空如也的大棚，“招商场”的管理人员无奈地摇头，哭笑不得。

车站十字路口的地摊仍然热闹，并且越来越热闹，甚至达到了难以立足的地步。

“哎老哥，这个地方有点太不方便，要不我们到旁边的大棚里再把货数一数？那里没人，我们验货点钱也安全些。”

“好好，去大棚！”

“你每天能给我多少件衣服？一百件？能不能再多一点？这个地方交货太乱了，我们以后约在旁边的大棚里如何？”

“好。以后我们就约在大棚里交接货。”

“就是，这儿多宽敞。”

一拨又一拨的小贩在没有人“赶”的情况下，自觉自愿地移师大棚里开始进行各式各样的交易，相比马路边的地摊，这样的交易数量大又安全，于是大棚里渐渐热闹起来，一直到马路边的地摊开始与大棚连接起来……

哈哈，这真是怪了，起初赶他们都赶不进来，现在竟然自个儿往“招商场”搬啊！这下子把琴南乡的干部们喜得眉睫上直挂彩灯。农民们并没有学哲学，他们也不懂得市场经济是有一只“无形之手”在操纵着，然而他们却在这只“无形之手”下感受着越来越势不可挡的商潮的巨大力量和由此带来的收获的喜悦。

“那个时候，我们用了60万元搭起一个大棚，最早的时候按人头收摊位费，起初时一天一个人收5毛钱；可没几个月，大棚的摊位爆满，我们不得不涨价，按一个月收几十块钱；但没出半年，摊位还是不够，就只好再涨价，一直涨到几百元一个月，还是不够用。所以只好再扩大……”顾邦君是常熟招商场第一任总经理，共干了11年，经历了如今服装业称为“中国第一市场”的常熟服装城的“发育”全过程。

常熟服装城的前称一直沿用“招商场”，从字面上可以看出管理者最初的用意，无非是搭个棚、圈个地方，让那些散落在马路边的小商小贩搬到一个固定的地方进行交易。起初常熟人并没有将它看作是一个产业来加以发展的，只是后来商势猛烈得叫人不可思议，故而一再扩大，直至发展到今天面积达几平方公里、年销售额达450多亿元的“中国服装第一城”的景况。

在常熟的当代史志上，招商城无疑是最值得赞美的一件事。现在的华东地区有几大市场，比如浙江的义乌小商品市场、绍兴的纺织市场，名气都很大，了解内情的人都知道，浙江的义乌市场和绍兴市场，其实开始都是常熟招商场的“徒弟”。在20世纪90年代中期，常熟招商城已经名扬神州大地时，浙江等地的商家便开始学着常熟人的方法腾块地方搞个马路市场，最早他们都想复制和克隆常熟招商城，但没有成功，于是开始从自己的本地实际出发，寻找其市场特色，渐渐形成了如义乌小商品市场和绍兴纺织市场等，尤其是义乌人紧紧抓住小商品做文章，且文章越做越大，如今就年销售量数额而言，超过了“师傅”常熟。

这也不足为怪。中国那么大，市场各有各的特色才能形成千鸟飞翔、百舸争流的态势。中国需要10个、100个像常熟、义乌和绍兴这样的不同特色的市场，因为中国有13亿人的消费群体。

话说常熟招商城为什么从一开始建起就不断地扩展却仍然跟不上涌进来的商家潮水？这个现象许多外地人弄不明白，是什么产业可以全面推动一个地区的手工业经济的全面启动？

——纺织业和服装业。

如上所言，在像老潘、高德康等一批能人带动影响下，一大批乡镇社队企业开始纷纷转向收入丰厚而又蒸蒸日上的服装生产业，同时由于服装生产的大发展必然带动服装业的前端产业——纺织业的加快发展，于是在服装业推动下的常熟纺织业以前所未有的速度在这片素有纺织传统的热土上奔腾而起，并迅速形成滚滚洪流……

从“常熟招商场”到“中国常熟服装城”的演化过程，前后才经历20多年，可它的这一看似简单的更名变化，是连常熟人自己都想象不到的事。

“常熟招商场。”

“常熟招商城。”

“中国常熟服装城。”

这三个名称，都是经工商部门注册而来的。从字面上看，它可以让人感受到的是从小到大、从量到质的变化，然而当地的常熟人感受到的何止是这些！那是一种革命！那是几个时代！那是翻天覆地！

“那是梦入天堂的变化！”说这话的是我的一位亲戚，叫蔡坤宝。蔡大我两岁，在我当年离开家乡前他就是当地小有名气的木匠，聪明的他还有一手雕花的手艺——专门为木器装饰刻雕，在苏南一带十分流行。木器雕花师属于苏州城乡民间手工艺人员中最吃香的匠艺师，收入自然也是木匠、瓦匠等手工艺师的几倍。然而在“割资本主义尾巴”的年代，雕花师最多也只能比别人的饭碗里多几块红烧肉和鱼鸭鸡肉而已。

但这位昔日木匠出身的雕花工艺师因常熟县城里的那个“招商场”（后来的服装城）而完全彻底地走上了另一条富家之路。

1985年年底，蔡坤宝听人说常熟汽车站旁边有个“招商场”，专门交易一些服装之类的生意，还说一天能赚几百元甚至几千元，这让早出晚归的雕花匠蔡坤宝动心了，于是他专门找了个时间到招商场细细观察了两天，令他惊奇万分的是：坐地买卖竟然真的能赚上几百几千元啊！再细一问那些卖的确良和羊毛衫的人，你的货是自己的还是倒来的时，蔡坤宝更是惊出一身汗。有个自产羊毛衫的人告诉他，我自家有三台织衣机，一天织二三十件，用的“工人”全是自家人，除去“工钱”和成本，每件拿到招商场里卖掉，净赚十来块钱，这样一天净收入就是二三百块，一个月就稳赚六七千块！有个专做“倒买倒卖”的人告诉他：我是专门从一家一户的织布人手里收衣服的，再拿到市场上来卖掉。“开始我负责收一个村，现在收三个村。那些有织机的人家每天把织好的衣服送到我家，我再拿到招商场卖掉，一件衣服平均赚两到三块钱……”蔡坤宝问这位“倒买倒卖”者：你平均一天能卖掉多少件？人家告诉他：一般是二三百件，多的时候也有四五百件。“那你一天就能赚一千块?!”蔡坤宝的眼珠瞪圆了。那个“倒买倒卖”者的眼睛则眯成了一条缝，满是喜色地回答道：“差不多吧！”

“从那一天开始，我决定扔掉木匠和雕花生意，发誓也要去做服装生意了！这一做就是二十几年……”我的这位亲戚后来的发迹史我清楚，现在他除了有个三四百人的纺织厂外，还专门从事纺织原料的买卖。

美国次贷危机之前，蔡坤宝的年经营额在1亿元上下，假如利润按

10%计算，我想他肯定至少是个千万富翁了！

蔡坤宝的发迹在常熟人中极普通和普遍，常熟的许多农民属于他这等的发迹者，是他们这些人共同经营了“常熟招商场”（现在的常熟服装城），并使之成为中国第一服装市场的。当然更大的建功者是生长在这片热土上的四五十万“离土不离乡”的农民工人们以及来自四面八方的客商们。

黄希芝，常熟服装城资格最老的老板之一，一位七十余岁的老阿婆，我认识她已经十几年了。

十多年前第一次采访她时，她已经是远近闻名的服装老板了。那时她的生意已经很火爆，麾下的“翔祥公司”除了专营服装外，还有饭店、旅社等连锁公司，当时就有人对我说，黄希芝的财产“至少在千万元”。

2008年为写这部书，我到常熟服装城第一个点名要采访的就是她。

老阿婆见我后，热情地握着我的手连声道“老朋友、老朋友”。虽然十几年里只有几次见面，但确实算是老朋友了——在记录常熟服装城的历史变迁中，我是一个笔录者，黄希芝是一个亲历者。我知道黄希芝是个不平凡的阿婆，在共和国成立前夕只有15岁的她，就是一个浪漫色彩很浓的少女，苏州女中毕业后她瞒着父母报名随解放军南下，后来因为军队考虑她是独生女，就把关系转到了地方政府，黄希芝因此成为新中国成立后常熟市政府机关的一名年轻女干部。1958年一件不经意的生活琐事铸成了黄希芝曲折的一生，她从此失去了工作，失去了家庭，也失去了美好理想……直到1979年，已过不惑之年的她才有了家庭和第一个孩子，哪知孩子才几个月她却发现自己患了绝症。生活真像一杯苦酒，手术后的黄希芝为了孩子和远在新疆的丈夫，不得不在街头摆地摊——她是最早在南门汽车站摆地摊的小贩之一，可那时她和那些小贩是被当作“投机倒把分子”经常受到打击的，黄希芝为了给儿子挣几块“奶粉钱”，不得不整天“流窜”在汽车站周围。

1985 年，常熟招商场正式开张了，饱尝了无地摆摊之苦的黄希芝，凭着丰富的经商经验和久积的那份期待，倾囊 2 万元，租下了几个摊位，正是这大胆的一步，使得黄希芝彻底改变了自己后半生的命运……

“我的命运是跟着常熟服装城的发展而发展的，没有服装城就没有我黄希芝的今天。”多年后担任常熟服装城商会会长和常熟市政协委员的黄希芝如此深情地说，我记得十多年前她说过同样的话。

细细品味这位阿婆的话，就会发现一个值得我们思考的历史课题：到底是常熟的招商城改变了像黄希芝这样的数以万计的常熟人的命运，还是数以万计的黄希芝式的常熟人决定了常熟服装城的命运？这是一个很值得思考的课题，就像中国改革开放 30 年的成就一样，到底是中国人以自己的奋斗精神推进和改变了中国命运，还是中国改革开放推进和改变了亿万中国人的命运一样。辩证法告诉我们，事物发展与本质的变化，来自内因与外因两个因素，历史的进步首先是人民要求进步的意愿和革命的动力，其次是时代的发展与推进影响了人民的这种进步与意愿的实现，两者缺一不可。

常熟服装城的建立与发展史实证明，在近二三十年间发生在这块热土上的一场改变了当地人民生活、地区经济及社会面貌的革命，首先是人民有强烈改变自身命运的需求和奋斗精神，其次是政府和党的组织因势利导，并正确执行了党的方针政策，又从本地的实际出发，紧紧抓住了发展的机遇，从而获得了今天的辉煌成就。这也许就是常熟人创造的特有的经济发展模式，我称其为“常熟经济的市场模式”。

常熟经济的市场模式与昆山、张家港和吴江等很不一样，它所带给这个区域的百姓和社会的效应是磁铁般的吸引力和太阳般的辐射力。

到过常熟的人都会发现一个基本事实：在苏州之地，常熟也许是最务实的一个县（市），这里的百姓生活和他们的心态是最富足与和谐的。这跟常熟的市场经济模式所带来的实惠有着直接关系。

经典经济学说告诉我们，任何经济形式所带给社会的财富肯定归结为资本的合理流通与释放。常熟因为一个服装城，一个每天都有来自各地的20余万人次客商的激情经营、241条辐射到全国各地1000多个城市的客货供应链和日均资金流量近7亿元的32个专业市场组成的巨大市场，它带给这个城市的几十万劳动者（多数是农民）的效益显然巨大无比。

“办一个市场，兴一方产业，活一片经济，富一地百姓”，这是常熟执政者在创办服装城初起就建立的理念，这个理念一直坚持了二十多年，因而形成了从“一个市场—兴旺产业—繁荣经济—实惠百姓”这样的良性发展模式和社会进步标志。

在常熟市场发展日益显示力量的时候，许多地方想“克隆”它，结果几乎都失败了。这让许多人感到不可思议，甚至今天也不知所以然。这是很有意思的现象。

对此常熟人坦然笑言：我们的市场克隆不了。因为我们的市场有几十万当地百姓的自觉行为和丰厚的本地资源，以及市场自由经济的自身规律决定的，三者缺一不可。

这话听起来并没有什么深奥的道理，但细细想来，却是道理万千，真理一条：你走什么道路，必须从本地的实际出发。

在常熟服装城，有人告诉我，这里“遍地黄金”，就是“倒卖摊位”也能发大财，当百万富翁。有这样的事？

后来有一天我终于在招商城的一次拍卖现场搞明白了这个不可思议的“秘密”。这是1993的事。

这一天，常熟招商城在进行新一轮的商铺招标。由于摊位事实上已经成为谁只要占有、谁就可以发财的最佳捷径，因此围绕摊位的争夺成了常熟上上下下都把眼珠子盯得溜圆的一件大事。曾经有干部通过“内部认购”而获得一些摊位后暴富，结果百姓揭竿而起，引发了一场不大不小的风波。之后再也没有人敢这么做了——招商城的铺位一律公开拍卖。

“A 门市部底价租金 30 万元，谁要价？”拍卖大厅内，人山人海，拍卖师喊出的第一声刚落音，台下一片喧腾……

“我要！”

“我要定了！”

“我出价 60 万！”

“70 万，我出 70 万！”

“80 万！”

“我出 90 万！”

“好，90 万还有没有人出价了？”

“我——我出 95 万元！”

嘘，天文数字！

“还有没有老板出价了？有吗？没有了——95 万成交！”

“哐！”随着拍卖师手中的棒槌落下，标志常熟招商城的又一个门市与摊位的出租价又一次创下全国纪录。当时我曾经对这个 95 万元的商铺进行过一次现场观摩，发现才十几平方米的门市柜面，既无上海“一百”那样的豪华气派，更没有北京“国贸”的国际水准，平平常常，然而它的出租价格却令人心惊肉跳。当时我曾向上海“一百”和北京“国贸”打听过同样面积的铺位价格，大约年租金在三四十万元之间。常熟招商城竟然高出近两倍！

“这是因为我们招商城的含金量高呗！”一位常熟市领导很自豪地这

样说。

什么叫寸土寸金，常熟的招商城就是。

我做过一个小小的计算：一张百元大面额的人民币，长16厘米、宽7.6厘米，每张合121.6平方厘米。如果那个铺面是18平方米，那么95万元的年租金就等于要用百元大面额人民币在这个商铺的地面上铺6.6层厚！也就是说，一张百元人民币那么大的一点点面积，一年要用660元钱才能把它租下来！商家不是傻蛋，660元租那么一块手掌大的地方，赚进的钱是多少？没有人告诉我，但拍卖现场那位以95万元拿到铺面的老板当时的一脸得意劲可以看出他的胸有成竹。

至此，我才明白那个徐琴梅为什么能依靠倒卖商铺摊位就成为“千万富婆”的奥秘了。原来由于市场交易的火爆而使常熟招商城里面形成了一个“铺位价差市场”——那些手中囤积铺位和急着想要商铺之间的人私底下交易所形成的买卖……当时的徐琴梅手中有300个商铺，不等于有300个随时随地可以提钱取款的众多“小银行”一般？

陈正达，普通的常熟农民，今年51岁。以前一家三口靠1.5亩地营生。1992年他开始制作竹针、竹镊子等手工艺品到招商城贩卖，农忙时还要回家种“责任田”，就是靠着一个90厘米宽的地摊，两年内他成了“万元户”。后来生意越来越红火，1996年他在常熟城内买了一套房子，彻底告别了乡下的农民生活。现在陈正达在服装城内有三个小商品店面，一年“七位数”收入是稳稳当当的。

“我太普通了，像我这样因为服装城而富起来的常熟人太多太多！”陈正达平静地对我说。

常熟办了招商城，到底有多少人通过这个平台赚了大钱、富了家庭，也许谁也说不清。但有些现象是明摆着的，你只要到招商城去转一转，你就会发现：除了那些在商城内设有铺位的大大小小的老板在点钞机上点钱外，还有数以万计的周边百姓也整天脸上露着笑颜在点钱——他们点的是出租房屋赚来的钱，用他们自己的话说这叫“坐地收金”。

商城周边现在大约有2万家城乡居民，95%以上的老百姓把自己多余的房屋出租给了在商城做买卖的老板们，或作仓库，或作车间，一年也有四五万、七八万的稳定收入，而这还都是些等闲之辈。有些头脑和手脚灵光一点的，则看准商城每天20多万来自四面八方的客源，开起饭铺、旅店或运输站，这样的收入就不只是几万元的事了！

2008年年底，常熟的一位政府官员告诉我：这个本地人口104万的县级城市，人均收入已经超过一万美元；各金融机构存款超过800亿元，高居江苏全省各县之首。“这些指标证明常熟的人均收入已经达到或超过世界上中等收入国家的平均水平，”这位官员说，“在常熟，全市平均每户拥有一辆私家汽车，每四个家庭中就有一个老板。”

常熟的经济是“全民老板经济”，这个“全民老板经济”依托的正是常熟招商城的磁性和辐射。据常熟官方提供的数据表明，这个市场在2006年实现成交额306亿元。“其实这是一个保守的数字。我们的服装城是个批发市场，如果算上从这里批发出去的货物的终端成交额，我们每年为全国市场的贡献应在1000亿以上。”常熟人这么说。

这个估计其实也是保守的。有位专营西北运输线和俄罗斯市场的客商向我透露，他每年从常熟市场批发的货物大约在15万件以上。作为中间商，他每件获利在10—15元之间，而他的后端还有两个中间商，他们的利润也跟他接近，也就是说，从常熟市场上批发出的每件服装假如是50元的话，真正卖到末端消费者手里的应是150元左右，如此估计常熟服装城对国家贡献的GDP应超过1000亿元肯定是少说的，因为在制成服装前的加工和原料阶段还有至少两至三个利润环节。

常熟服装城的书记告诉我，现在这个市场带动的就业人数约 50 万人，其中一半是本地人，一半是外地人。外地人中浙江人占了绝大多数。这个现象很有意思。都说浙江是民营经济发育最完善的地方，但浙江人则更愿意到常熟服装城来做生意，或者在这里生根落户。这是为什么？

浙江人的回答是：常熟的风水和纺织资源优势是浙江任何一个地方都不可比的。

杨岩锡，浙江温州人。他 15 岁时到上海码头当搬运工，后来听说常熟招商城生意好做，于是把所有积蓄掏出来在这儿租下三个摊位，宽不过 1.5 米，杨岩锡起初卖的是袜子，后来有钱后也批发服装。又过几年后他自己搞了一个叫“洋蕾”的服装品牌，去年他的“洋蕾”牌服装一年就销了 5000 万元，而且获得了国家免检产品称号。靠常熟招商城“发”起来的杨岩锡说，常熟现在是他的“第二故乡”，他不仅早已把全家人迁到这里定居，而且先后投资 1.5 亿元和 1.8 亿元建了一个“九龙国际尾服市场”及一个物流投资公司，他说他现在的目标不仅自己每年要赚回一个亿，更重要的作为一名“新常熟人”，要为常熟服装城贡献“绵薄之力”。

“只有把服装城建设得越来越好，我们的事业才能越来越红火。”常熟服装城的几万个老板，几乎都与杨岩锡怀有一样的心思。我知道，因为杨岩锡的成功和榜样的力量，他的温州老家瑞安现在有 500 多人到了常熟服装城来做生意。

“常熟服装城不仅仅是常熟人的，光我们浙江人在这儿为生的就有 20 多万人。”一位浙商告诉我。

呵，这就是一个市场的力量！

然而上面所有的这些内容仅仅是我们在市场的中心区域看到的景

况，常熟的市场何止是一个“服装城”。常熟的市场遍及每一个乡镇与村落……

第3节 烽火小市，燎原天地

我几次对我的朋友说，在我老家的地盘上，我何家就有一个“市”。朋友们都不相信，说我吹大牛。这也难怪，说到“市”，人们常常会把上海、北京这样的城市搬出来。其实中国人最早对“市”的理解并非像现在大家所认识和了解的城市概念。

《易·系辞下》曰：“日中为市，致天下之民，聚天下之货，交易而退，各得其所。”这里“市”的概念，乃是“集中交易”之地。随着历史的变迁，“市”越来越被理解为一个行政区域概念，这是一种并不十分准确的演变。行政区域式的“市”，事实上仅为一个“域”而已。城市城市，只有有了城、有了市之后才可以称作真正意义上的城市。在名称的应用上，习惯用方块字的中国人，总比用拼音文字的西洋人更聪明些，并且恰如其分地用上了。早在三四千年前，古代的中国就有了“立市必四方，若造井之制”的“市井”。秦汉时还列了一系列“市籍”“市规”，那些有“市籍者”除必须向国家交纳税金外，在国家需要时还要从事劳役和征戍。汉高祖更明确规定，凡有“市籍者”（经商人）不得坐车、穿丝绸衣服以及携带武器，后来又规定商贾子女不得做官。瞧，我们的祖先就这样聪明地意识到官商是不能同坐并行的道理。

还是说我们言及的“市”吧。

古人把“市”定为人与物聚集和交易的地方，这对我们今天准确理解

“市场经济”的内涵极有现实意义。至少它从这样一个方面告诉我们，市场经济是一个极为广泛的含义，它不能局限于在那些用砖墙固定起来的工厂、城市，而应当在所有可以形成物品交易的地方建立起相应完备的市场经济体系。

历史上商贾云集的苏州大地，十里一市，市市相接，形成“井”字框架的区域经济体系。

我出生在常熟下面的一个叫“何市”的地方。何市也叫何家市，就是我们何家的市呗。何市其实是个小镇，我记得我小时候的何市就只有一条街，从东到西大约四五百米。我们何家有市是我祖先的功劳，据说“何家市”在四五百年前叫桂家市，但打我祖先到了这个地方后，凭着何家一帮人勤劳和智慧，没多少年就击败了桂家，连同地名一起改成了“何家市”。

何市从此成为常熟的一个正式地名。新中国成立后设乡、设镇时都管它叫“何市”。

像这样以家族和姓氏称呼的“市”在我们常熟一带比比皆是。其实这里的“市”即为北方的集市概念，但你也不要小看了这样的“市”。离我“何家市”不远的“张家港市”现在名气挺大，二十几年前也还只叫“杨舍镇”，无论从历史悠久和名气角度讲，张家港也难与我们“何家市”相比，可现在人家张家港市不也名扬四方？

不能简单地把类似“何家市”这样的“市”硬说为商贸集市。中西部地区不少干部曾经到过苏州一带，他们领略过这里的一些小市的情况，最后的结论是：苏州区域的乡镇小市，论行政级别与其他地方一样是国家最低一级，但这些乡镇小市的经济实力完全可以同内地中西部地区的中小城市相提并论，有的甚至远远超过。

常熟乡镇小市的经济繁荣极具特色，它们如众星拱月般照耀着服装城市场，并使之更加明亮皎洁。

海虞镇，常熟北边的一个经济重镇，是由过去的王市、福山和一个农场合并而成的新乡镇，全镇户籍人口 9 万，外来人口也有近 6 万。2008 年，全镇实现生产总值 70 亿元，财政收入 7.5 亿元。相当于西部地区的一个中等县市水平。

海虞经济靠的就是服装业，著名社会活动家费孝通在 20 世纪 80 年代末曾赞誉海虞“江南小镇，衣被天下”。走进海虞，你会发现在这个 108 平方公里的土地上，无论哪里的村头巷尾，到处“都闻机杼声”，又到处都是“商贾云集地”。

“9 万户籍人口中，有 4.6 万人从事服装业。你想想，除去囡囡和老人，还有几个不是在做服装生意？”海虞镇的一名干部给我讲述：20 世纪 80 年代初，在以王市“秋艳”和“红杉树”为代表的著名服装企业龙头的带动下，海虞一带很快成了远近闻名的羊毛裤、羊毛衫基地。现在在海虞工商所登记的服装加工个体工商户约 1200 多户，全镇拥有织布机 2 万余台，平均每两个劳力拥有一台织布机。这些分散在各家各户的家庭织机，年产毛衫毛裤约 1 亿件（套），这个 1 亿件（套）的服装产业，使得这片土地上汇成了一个繁荣而强大的乡间市场……这市场既是有形的，又是摸不着的，因为每个海虞人都可能是老板，又都可能是商品的交易者。只有到镇上的汽车运输站看一看，你才能感受到这个乡间市场的巨大和富有活力：汽车运输通往全国各地甚至直通俄罗斯、伊朗等国家，4100 多名专业运输户每天忙碌地穿梭在村头巷尾……

一个小镇就是一个市场，一个市场就有一个特色产业，一个产业就富足了一方百姓，这是常熟市场和常熟经济的特有模式。

有人说，常熟服装城是个“聚宝盆”，因为它获得的效益不仅仅是服装城自身的每年三四百亿的销售额收入，更可喜的是在它的带动和辐射下全市十几个卫星乡镇的服装业蓬勃发展。对此像海虞、古里和辛庄的乡镇们并不服气，他们认为，常熟服装城的效应和光芒，是由他们这些乡镇特色服装产业烘托出来的。

“没有我们这些‘中国毛衫名镇’‘中国休闲服装名镇’‘中国羽绒服装名镇’‘中国纺织产业特色镇’，哪有常熟服装城永远立于不败之地的繁荣景象？”常熟乡镇的百姓这样说。

这样说的道理是明摆着的，然而处于全国服装批销市场中心的常熟服装城，它独具的魅力同样不可否认。“大市场和小市场的互动与相互促进构成了常熟市场经济的全部面貌和生动局面。”政策研究学者准确地总结了这一现象，并认为：一个中心大市场的形成，在更多情况下则会使周边地区和相关产业发生根本性的改变。

支塘是常熟下面的一个镇，我老家何市现在划归在支塘镇名下，“两弹一星”功勋王淦昌就是支塘人。支塘在历史上有过重要贡献，几百年前太仓县城的建立和后来上海建市都有这个小镇的特殊贡献。支塘现处在常熟和上海的中间位置，新建的一条高速路和原有的204国道横穿支塘境内。古时黄道婆向苏南民女们传授织布技术时经常路过支塘，一百多年前的现代纺织传播到苏州一带时第一个厂就落脚在支塘。

支塘注定是常熟不可分割的市场组成部分。

20世纪80年代，这个小镇上出了一位与安徽芜湖“傻子瓜子”齐名的“炒瓜子大王”沈奎生，此人后来经常独来独往，所以到90年代后连本地人都很少见得到他，不过他的“阿里山瓜子”所形成的炒货市场给所在的支塘镇带来的历史性影响将长久地刻印在这个小镇的史册上。

有人认为支塘的炒货市场是因沈奎生的“阿里山瓜子”而红火起来

的，也有人认为是由常熟服装城的辐射作用而形成的。客观地讲，两者作用皆有。前者是基础，后者是本因。没有早期沈奎生的“阿里山瓜子”名扬九州，支塘炒货市场不可能扎根。同样，没有每天如流而过的往来全国各地的服装运输队伍和客商在常熟与上海之间涌动奔忙及歇脚，支塘的炒货市场——现在已经不再是炒货了，而是华东最大的食品批发市场——就不可能落脚在这么一个小镇上。

奇怪得很，支塘本来是现代纺织厂最早落户的地方，它却没有像海虞镇那样成为闻名全国的服装名镇，却成了与历史、本地资源及传统文化毫不相干的食品市场，这就是市场经济的玄妙之处。美国拉斯维加斯地处沙漠腹地，谁也不相信这里可能有黄金存在，然而一个赌城的建立却使这里成为世界著名的消费城市。

支塘虽然无法与拉斯维加斯比知名度，但谁能保证支塘就不可能成为比拉斯维加斯更大的一个经济市场？

这个华东最大的食品批发市场正好也是建在支塘汽车站的三角地带。20世纪80年代初，沈奎生的“阿里山瓜子”火爆大半个中国市场时，许多来自各地的客商们云集在这个小镇汽车站旁边的几个小旅店，久而久之，慢慢在这个三角地有了一些地摊批发小贩出现。有人批发“阿里山瓜子”，也有人叫卖本地自制的“五香豆”一类的小食品。三年五载过去后，周边的一些食品批发商跟着跑到支塘这个地摊市场来，而且很快把整个三角地段统统占领了。

“我们镇上开始没有在意这个，更没有想到它会成为一个可以形成气候的市场。后来汽车站意见越来越大了，市容管理部门更是每天跑到镇里吵吵嚷嚷。在这种情况下，我们镇才认认真真到实地考察评估，最后在市里的支持下，我们正式决定开辟这么一个以批发食品为主的大棚市场。”支塘镇的一名负责人这样说。

自由市场经济发展到一定阶段，由政府出面进行引导和规范，并使之纳入正轨，这是常熟市场经济成功的关键所在。支塘的食品市场更证明了这一点。

进入20世纪90年代后，苏州地区的百姓达到了全面的小康生活水平，企业经济蒸蒸日上，社会财富不断积聚，百姓的日子一天比一天好，讲究排场的苏南人民开始了一个前所未有的消费时代。在房子解决之后，吃穿紧跟其后，穿的问题在常熟不成问题，自产自销，价格便宜，即使城里人都买不起的本地名牌服装，常熟农民每人都有几套，于是他们的消费集中在“吃”上。“吃在常熟”，这话在苏州地面上早已流行。这一点苏州人承认，即使是现在很富有的张家港、昆山人也承认。

支塘的食品市场的形成与常熟有名的“吃”文化有很大的关系，据测，仅常熟地区，每年过节（现在的节日很多）的食品消费人均达180元水平，婚丧嫁娶、生儿育女及企业开张、店面营业等红白喜事几乎每天都有，这就给食品消费市场带来巨大的内动力。支塘市场最初满足的是本地人，后来辐射到周边，一直影响到大上海的居民食品消费。你想想：同样的饭局，如果从支塘批发来的跟附近商店里买来的，差距在一倍左右的话，抠细账的上海人自然会青睐支塘的市场，你一批我一买，市场就越来越“闹猛”。开始是本地的炒货进市场，后来是油盐酱醋也来了，再后来是烟酒登场，到最后像可口可乐、红牛等国内外著名饮料纷纷在此设店立柜……支塘市场就这么红红火火起来了！

几年前我探亲看父母亲，在上海虹桥机场遇见红牛集团驻华东办事处的负责人，他告诉我，他的办事处不在大上海，而是在支塘汽车站旁边的一家饭店内。我看着这位风流倜傥、气宇轩昂的小伙子，笑着问他在一个无名小镇当老板有何感想，却不料小伙子这样回答我：对一个大公司来说，看重的不是形式，而是实效，我们红牛饮料在华东市场上拥有非常大的份额，但如果我们的办事处设在上海市内，每年的批销量只能完成公司下派任务的70%左右，但在支塘镇，我们的年批销量都在公司下派任务的120%以上。你说我作为公司的外派代表，我是在上海潇洒，还是在支塘潇洒？

这就是市场的魅力。市场可以改变人的观念和人的行为方式，市场更能改变和推动一个地区的社会发展，并形成自己的经济形态。

常熟服装城在常熟乃至苏州和整个华东地区就像一个巨大的磁场，在有50余万人时刻支撑、推动下，带动和影响着周边与区域内的相关行业、邻近城乡，而最直接受益的自然是常熟的相关行业和城乡地区。除了海虞、支塘外，在常熟历史上留下过辉煌与繁荣记载的诸如徐市、赵市、何市、唐市、王市、张家市……现今仍然保持着旺盛的商市和产业特色，比如我老家何市的纺织市场、邻近徐市的蔬菜市场、张家市的红木市场等，它们都以自己不同的光芒烘托着常熟市场和常熟经济的繁荣与昌盛。

这其中，我们不能不提到常熟市场和常熟经济另一个具有划时代意义的现象，即常熟的品牌经济。

第4节　南国文章叹倒澜

常熟的市场不小，但常熟毕竟是县级市，所以它的许多现象并没有引起社会更高层面和更广泛的认识，这一点社会学家和新闻媒体应给予补上。

常熟的品牌经济是在常熟市场和常熟特色经济下产生的一个独特经济现象。这在整个苏州地区唯有常熟做得最突出和最具成效，也是中国特色社会主义在全球经济形态下所走出的一条正确路子。

在全国人民面前，常熟的品牌中没有比“沙家浜”这个品牌更具影响力和广泛性的了。一出革命传统戏在“样板戏”年代在无限夸大和铺天盖地的宣传下，“沙家浜”几乎成了常熟的代名词。即使在当今的中国，13亿人中除了孩童外，人们似乎可以不知道常熟，却不会有人不知道“沙家浜”和“阿庆嫂”。

中国人受计划经济的影响，过去并不知道还有“品牌”一说，更不知道“品牌经济”这一概念，只知道有名气一说。常熟过去是跟着“沙家浜”出名的，当然常熟本身的经济和老天赋予的肥田沃土也曾在历史上留下英名，但无论如何在普通人的心目中，它还是因“沙家浜”而闻名的。

常熟有没有“沙家浜”，这是常熟之外的人感兴趣的一件事。

常熟当然有“沙家浜”，它是常熟十几个镇之一，距市区10余公里，南达沪宁高速，距苏州、无锡各约四五十里。

我是常熟人，在我小时候没有“沙家浜”这个真实的地名，后来我当兵在外，突然有一天听老家的人说我们常熟有了一个“沙家浜镇”，于是觉得很奇怪，可细一想又觉得并不奇怪：常熟的“沙家浜”故事早已在全国人民心目中家喻户晓，为什么我们常熟就不能有个真正的“沙家浜镇”呢？我暗暗笑了，笑我的父老乡亲终于在改革开放过程中思想变得前卫了，也懂得品牌意识了。我只在自己心里留下了一个小秘密：其实那个叫“沙家浜”的地方原名叫横泾，1981年改叫芦荡乡，1992年撤乡建镇时正式定名为“沙家浜”。

我小时候曾经跟着父亲去那儿捕鱼捉虾，那个地方本来就非常美，到处可见“芦花放，稻谷香，岸柳成行”的景色。在我少时留下的有限的记忆中，一幅难忘的美景就在“沙家浜”。那是我初中毕业，跟着几位船老大，扬帆走湖到苏州城里去，小木船穿越百里阳澄湖。正值夏季的午后，从“沙家浜”出发走水路需要半天时间，我平生第一次乘船在碧波荡漾的湖面上行驶，看故乡的江南水乡美景，也平生第一次真切感受到什么叫“人间天堂”……夕阳下，我们的小木船在鼓足风力的一叶白帆引领下乘风破浪快速行驶在阳澄湖中，因为有帆助力，所以船上的人除了简单地掌舵外，完全可以静下心来观赏身边所有的景物。而在宽阔无边的湖上行船，就是几岁的小孩也能轻松地掌舵。那一天我的记忆太深刻了，由于湖面特别大，你并不感觉船走得快。夕阳照射下的湖面如一幅七彩画，风卷波光，清澈见底的湖中飘逸着叠叠翻卷的水草，似乎不停地在变幻着奇妙异趣。更有趣的是那些鱼儿，它们似乎有意在我们的面前表演，时而穿梭在木船两侧与我们平行前进，时而绕过舵板忽前忽后地跳跃在水面与水底之间，那个欢乐劲儿就像一群顽皮的孩童，让人无法放弃与它们玩耍……阳澄湖和“沙家浜”从此留在我记忆中的永远是一幅最美的景象。

1995 年秋，我邀著名诗人汪国真和作家毕淑敏、徐坤等友人到沙家浜时，“沙家浜”的这块招牌似乎还略显粗糙，除了“春来茶馆”和一片芦苇荡之外，并没有太多内容。尽管如此，我的这些第一次做客“沙家浜”的作家朋友仍然兴趣满怀，激动得很。2008 年，当我再次踏上这块新四军抗日革命根据地时，我突然感觉记忆中的“沙家浜”和想象中的“沙家浜”终于契合一致了——经过父老乡亲们的数年建设，你看：一望无边的湖面和轻风中激情荡漾的万顷芦苇，原汁原味的“春来茶馆”和“沙四龙”用过的迎送新四军伤病员的小篷船，还有江南水乡最具标志性的青竹绿柳、渔翁垂钓、橹声咿呀及万顷碧波间的鸟儿飞翔和歌童老翁的剪影……这才是沙家浜，这才是中国人想象中的沙家浜，才是常熟历史上应有的沙家浜！

沙家浜的今天让我这个“沙家浜人”感到了一种自豪和踏实，因为我现在可以对任何一位远方而来的宾朋说：“我们常熟的沙家浜真的很美，历史上的和戏曲中的沙家浜就是这个样。”

我为故乡的父老乡亲们的品牌意识感到骄傲。这才不愧是作为历史文化名城——常熟人应具的素质。

现在的沙家浜不仅仅是芦苇塘和碧波荡漾的阳澄湖了，它有一个让我们了解当年新四军浴血奋战史迹的革命纪念馆，有一个全面展示江南水乡民间风物的民俗馆，有实景实样的集江南水乡特色建筑的“红石村”，更有成片绿色生态湿地的自然风景区以及水上森林公园等景物。许多著名导演把沙家浜作为影视拍摄基地，作家和艺术家们将此地作为创作基地，会“白相”的上海人更是不放过这样的人间天堂美景，仅上海市总工会就在此建了一个同时可以接待 3000 人的度假村。前几年，上海主办的一次国际会议还把沙家浜作为分会会场，引来世界几十位国家元首光临小镇。“沙家浜”因此不再仅仅属于中国人，开始名扬海外。

常熟人把“沙家浜”的文章做得如此精彩，这与国家近年倡导的“红色旅游”风潮有关，但更多的还是常熟人的自觉意识。1999 年，沙家浜的景区建设开始正式动工，那时的旅游人数一年也才十几万，到 2004 年，已经达到 30 多万人。近 3 年来，沙家浜在常熟市政府统一制定的品牌战略引领下更加显现其魅力，旅游人数连年增加，2008 年超过 100 万人次，旅游自营收入达 7000 万元，为 1999 年的 50 倍。2007 年，国家文化部向世界推荐的 30 个“中国旅游文化示范地”，苏州有两处，一是闻名于世的苏州园林，二是沙家浜景区。

“我们感到特别荣幸，沙家浜能与苏州园林共同成为国家向世界人民展示的文化旅游示范地，这说明了沙家浜品牌已经形成。”常熟人对此格外自豪。

有一位著名经济学家说过这样一句话：品牌只是一个门面，它的背后是巨大的商业活动和经济效益。常熟人懂得并娴熟地运用着“品牌”这一金字招牌，进行着他们的真正意图——经济的和效益的全面战略。

以沙家浜为例，现在每年的旅游收入在近1个亿的水平上，而时任沙家浜镇的党委书记朱亚辉同志心中有另一本令他更加得意的账：2008年，他所在的沙家浜镇全年入库税金接近4个亿。由此可见，“沙家浜”品牌背后的真正效益在于被品牌带动下的另一个经济形态，这也就是常熟人的品牌战略的根本目的。

仍然以沙家浜为例。在完成和不断提升“沙家浜”品牌之后，沙家浜人把更多的精力放在培植产能型与税源型的企业经济上，使得“沙家浜”品牌真正纳入经济和富民服务的轨道。近年间，国内一些著名的企业如中利集团、白雪、力宝等纷纷在沙家浜落户，富士宝、华达利等外资企业也在这个美丽的江南水乡开花结果。总投资32亿元的40个项目在镇区内全面展开。如今沙家浜镇不仅被国家有关部门命名为“中国玻璃模具之乡”，还拥有3个中国驰名商标企业，5个国家免检产品和上百个专利产品。在文化和旅游依托下的沙家浜经济正如阳澄湖上呈现的一片朝霞，美丽而充满生机……

在常熟，与“沙家浜”齐名的品牌还有一个，那就是《沙家浜》里的阿庆嫂。历史上其实并没有阿庆嫂这个人，她只是当时特定历史时期的一个戏剧典型形象。但阿庆嫂的原型人物我见过几个，我自己的亲奶奶和大姨妈都是当年曾经为掩护新四军伤病员而开设过茶馆的“阿庆嫂”，所以常熟地面上的阿庆嫂有千百个。人们公认的阿庆嫂原型叫陈二妹，不是沙家浜人，是常熟董浜人。1982年的“八一”节，我奉命到常熟采访这位“阿庆嫂”，记得当时在董浜镇的一名熟人引领下，来到一个叫雪沟村的小农庄，见到了年已古稀但身板仍很硬朗、记忆也很清晰的老妇人。这是我采访她后所写的一篇连载在《北京晚报》上的文章片段：

我问她，有人说你是“阿庆嫂”，是这样吗？陈二妹连连摆手，说：可千万别叫我阿庆嫂，但你要听过去的事，我可以跟你说说。

于是陈二妹这样给我讲述道：

那是在抗日战争时期，日本鬼子和汉奸伪军在苏南一带为非作歹，干尽了坏事。在茅山坚持游击战的陈毅将军派遣叶飞率新四军第六团组成“江南抗日义勇军”，东进苏南地区，发展敌后根据地。第一次东进的主力部队西撤后，1940 年林俊（谭震林）同志又率新四军第二次东进，与常熟地方抗日革命武装——常熟人民抗日自卫军一起，在常熟包括董浜在内的一些乡村建立了不少地下交通站。那时我和丈夫陈关林在镇上开了个茶馆，交通站就设在茶馆内。当时我们的茶馆不叫“春来茶馆”，叫涵芬阁（涵芬阁至今仍在董浜镇上开张，保存完好）。涵芬阁前面是街道，后面是一片芦苇塘，所以很适合做地下交通站工作。那时新四军和谭震林等经常到涵芬阁来开会、碰头。他们一般总是夜里来，天一露白就走。我和丈夫负责接待和站岗放哨。当时在上海、苏州和常熟城里有许多青年为了参加革命来到我们茶馆，我们就利用茶馆为他们安排住宿和联络接头。我不是地下党员，直到现在还是个普通群众。但当时我和丈夫都觉得鬼子太坏，给新四军做事是应该的。我丈夫是地下党员，这是后来我才晓得的。1939 年至 1941 年是日本鬼子最疯狂的年月。有一天，我丈夫突然被鬼子抓走了，敌人坏透了，先让他吃下三大碗饭，然后又挑来一担水让他喝下去。当我丈夫喝得肚胀如鼓时，鬼子就将他按在地上叫人踩在他肚皮上。我丈夫就是不屈服，后来他和另外 62 名新四军伤病员、地下党员一起，被敌人押到苏州虎丘山装进麻袋，再用刺刀活活给刺死后又用镪水灭尸于荒野之中……

你丈夫牺牲后，茶馆还开吗？我问。

不行了，从那时起地下交通站也暴露了。老人抹着眼泪，说：后来我也待不住了。当时地下党负责人朱英同志让交通员带我到江北待了整整 3 个月。从江北回老家时，常熟有名的抗日民族英雄、游击队司令员任天石给过我 200 银圆，让我做小生意过日子。但生意不好做，后来我就带着两个小囡回乡下买了几亩地在雪沟村安了家，一直到新中国成立……

那年我写的《阿庆嫂其人其事》文章发表后，陈二妹很快成了名人。然而当我 11 年后再次踏上故乡之土想再一次拜会这位革命老人时，她已经与世长辞了。“阿庆嫂”和我之间留下一个永恒的遗憾，因为我曾答应她把发表的文章给她看，但由于种种原因我没能满足她的请求，以至于成为我们之间的一个遗憾。

然而令我感到欣慰的是：常熟在新的历史时期，尤其是随着改革开放不断深入，经济迅速腾飞，妇女们越来越被重视，其地位也有了突破性的变化。让人意外的是，在服装和纺织之乡的这片热土上，无数新时代的“阿庆嫂”以崭新的形象出现在我们面前，她们纷纷走到时代的前沿，承担着新的历史使命，成为一道独特的风景线。

每次我回故乡，总有人欣喜地告诉我，又有多少位“阿庆嫂”如何如何地出采，如何如何地风光。

“阿庆嫂”再次成为常熟巧妇、常熟新型妇女形象，甚至是常熟独一无二的品牌，她的魅力举世瞩目。

钱月宝，现在的常熟人总是把她称作新时代“阿庆嫂”的代表人物，并非因为钱月宝长得像“阿庆嫂”，也非因为她的经历与“阿庆嫂”有什么相似，而是钱月宝在创造“梦兰”这一著名品牌过程中及面对市场经济条件下所表现出的一个女人的精明和爱做梦，为了实现梦想敢干敢拼的精神。

她是典型的常熟“阿庆嫂”。

当年我认识钱月宝时，她也就四十多岁，丈夫去世不久，肩上的担子很重，生产大队刚刚变成村委会，她的“梦兰”还处在创业初期阶段。那时的钱月宝远没有现在的名气大，她看上去与我邻居的阿嫂一样，没有特别的地方。但当她讲起她的“梦兰”时，我顿时感觉到她的与众不同——

我和丈夫元元（她一直这样亲昵地称呼自己的丈夫）在一个生产队。17岁时我就没了父亲，与母亲一起挑起了一个七口之家，从那时起元元就像大哥哥似的融入了我的生命与生活中。

开始他当大队会计，后来让给我当，我们两人都是生产队上的活跃分子，人说元元聪明精细，说我心灵手巧。我们是1969年结的婚。我原来的村叫老浜村，既偏僻又贫穷。我是个爱做梦的人，有一天问丈夫：为啥我们不能像华西村那样富裕？丈夫告诉我，人家集体经济搞得好，如果你们那个绣花厂搞搞好，说不定村上的面貌也能改变了。这话对我触动很大，当时我在村上负责一个只有八根绣针的作坊式绣花加工厂，这也是村上唯一的一个企业。说企业，其实也仅是为人家做些加工的小活，一年忙碌下来还挣不到3000来块钱。我就想，为啥非要给人家干不可？还不如自己办个厂，好坏都是自己的嘛！我把自己的想法跟村上的领导一说，人家很支持，说你假如能给我们村上独立办一个厂，所有的收入都归我们，这是最好的事。可人家又说，钱月宝啊，办厂可不是件容易的事，弄不好会赔老本的。我说，赔了算我的，赚了算村上的。领导一听这话，啥话再没说了。

办厂容易，可做啥生意就不那么容易了。我就想，我有的本事就是绣花，绣一条好的样品到市场上看看有没有买家再说。于是我花了几天时间认认真真绣了一件样品，然后拿到苏州绣品市场上跟人家比，内行的人夸我的绣花一点不比专业苏绣差。于是我把样品送到苏州的一家涉外饭店，识货的人一看就情不自禁地惊喜起来，说这是你们自己的产品吗？你们有多少货？我们全要！我一听太高兴了，就说，你们什么时候要货，我们就什么时候送货；你们要多少，我们就送多少。那天夜里回到家里兴高采烈地跟丈夫说了这事，并盘算了一夜如何把厂子办好，把生意做红火。第二天一早我就上了村上的绣花厂，可是等到太阳快到头顶时还不见一个人来上班，一问才知道，说都不来了。为啥？原来这几天市属、镇属企业在招工，她们都跑到国营和大集体企业去上班了。我气得差点晕倒，是丈夫安慰我才终于静下心来。人都没了，咋办厂呀？我急得不知所措。丈夫却对我说，先别急，总会有办法的。这一天他一早出门，很晚才回来。一进门就告诉我说，村上有7个妇女愿意回厂子干，明天就上班。我一听，眼泪夺眶而出。我们“梦兰”最早靠的就是连我在内的这八个妇女、八根针线一针一针做起来的……

“梦兰”就这样诞生了，也是钱月宝梦想做一番事业的最初阶段。

那个时候，常熟的乡镇企业处在全面开花阶段，市场经济的形态还没有形成，许多像钱月宝这样的经营者绝大多数是在为集体事业奋斗着，而这中间，女人闯天下远比男人要艰难得多。

钱月宝告诉我，有一次她到苏州送货，老黄牛式的拖拉机半夜才到苏州城里。那时夜深人静，街道上不见一个人影。她是来送货的，可这当儿谁会接待她呢？照例她可以找个小旅店住下，但那时厂子里每一分钱都金贵，能省下来不用就不用。就这样，她在苏州的人民路上整整走了一夜。她笑说那夜她真的当了一夜“人民”。这样整夜当“人民”的历史，钱月宝有过几次。有一年她到上海买下几台二手货机器设备，由于别人把地址搞错了，结果到上海后她找了一个下午又转了一个傍晚也没找到。手里拿着准备送人的螃蟹，无奈地又在上海马路上走了一整夜。这样的苦日子只有家人知道，只有与她相依为命的丈夫知道。所以在为自己的产品起名时，丈夫对她说，你不是爱做梦吗？爱做有一天我们老浜村这个小厂也能跟人家一样在市场上称雄称霸的梦，爱做有一天让我们老浜村农民家家户户也能过上富裕幸福的好日子的梦。这个梦现在不是就快实现了吗？梦来——梦来，做的又是床上用品，一枕美梦就来。对，就用“梦兰”吧！

“梦兰”好听！就叫梦兰！钱月宝以农家妇女的特有方式深情地亲了一下自己的丈夫。

“你就是梦兰的钱月宝同志吧！”十多年后，有几次在北京、在苏州的不同场合，共和国主席、敬爱的胡锦涛总书记亲切地握着这位当代“阿庆嫂”的手，这样称呼她。

“梦兰”现在是全国人民皆知的当代中国最优秀、最响亮的床上用品名牌产品，当年在钱月宝带领下的八个妇女靠一针一线干出来的一个中国驰名品牌，也是常熟人引以为豪的一个成功范例。

1992 年，钱月宝的“梦兰”进入全盛时期，小小的一个村办企业，出现了预付货款、支票挂号、汽车排队、客商进厂自己装货“抢货”的全国性热销潮。老浜村的男男女女、老老少少全都被动员起来，帮着厂子干活。这一年，钱月宝的“梦兰”踏花被生产量达23万条，并一销而空。

“梦兰”从此名扬全国。

1994年，世界妇女大会在中国北京召开，钱月宝本人受邀参加，而她的“梦兰”成为国家向世界各地妇女代表们馈赠的金质赠品。

“梦兰”开始走向世界。常熟新时代的“阿庆嫂”也因此成为中国妇女界的一颗闪耀明星。然而就在钱月宝的事业蒸蒸日上时，她的丈夫元元因病突然离她而去……我们的“阿庆嫂”含着痛苦的泪水在热闹欢愉的商坛上强颜欢笑地迎送宾客。

“阿庆嫂”的磨难似乎是命中注定的，也正是这种非同寻常的磨难使常熟“阿庆嫂”成为心灵手巧、八面玲珑、心地善良的妇女形象。在激烈的市场竞争中人们不相信眼泪，从商场上赚得的每一块钱都是用心血与汗水换来的。“梦兰”之所以能在万千家床上用品中脱颖而出，成为一枝独秀，这跟钱月宝身上的那种勤劳、无私、善良、进取的美德分不开，更与她讲求信誉，追求完美，重视品牌的信念紧密相连。

与钱月宝认识到现在已有近20年，她的阿庆嫂形象始终未变，热情、善良、憨厚、真情是她留给我的第一印象，也是不变的记忆。她曾在解释她的“梦兰”为何从一个名不见经传的小品牌，一直成长为驰名商标和中国床上用品第一品牌时，这样说：“我只是尽了一个绣花女的心思和责任；要绣好一朵花，需要每一针都不出差错，每一个针脚不能偏了，办企业跟绣花一样，只有把心思全部用在了上面，企业和企业的产品才能做好，才能让客户满意；我钱月宝是一个农家妇女，没有多少本事，但我有绣娘的心、绣娘的手。”

了解了一个有绣娘的心和绣娘的手、有阿庆嫂那样八面玲珑的社会活动能力的人之后，我们也就不难理解“梦兰”为什么能够成为中国床上用品的第一品牌了。“梦兰”的产品总是给人一种温馨雅致、美丽舒适、风姿绰约的高贵与时尚的感觉，同时它又适宜所有的家庭和不同品位的消费者的审美需求。观“梦兰”，可感精、细、柔、美的全部内涵；用“梦兰”，更体会舒适、温馨、时尚、惬意的所有感觉：这就是“梦兰”为什么只会在常熟，只属于苏州的奥妙。这奥妙里包含着一种地域文化的传统性，更包含了这种地域文化的传统性中所具有的十分鲜明的开放性。而无论是地域文化的传统性如何完美，还是地域文化的传统性中孕育了多少开放性的成分，归根到底仍然是那些主导物体命运的人的素质和美德在起决定性的作用。

常熟经济中的品牌意识是常熟人能够在激烈的市场经济中独领风骚，能够不畏惧周边的一个个强势的竞争者轮番的你死我活地拼杀与友善地较量，能够在这种拼杀和友善的较量中保持独立性、领先性与鲜明的发展个性的主要因素。

钱月宝在其中表现得尤为突出和卓越。

进入二十一世纪后，“梦兰”品牌始终坚挺地站在中国床上用品的最高峰，并闪耀着绚丽的光芒。据权威部门测定，“梦兰”品牌的市场价值目前已高达 80 亿元人民币。假如你有机会再到昔日的老浜村、今日的梦兰村走一走，你感受到的则是另一番“梦兰”世界:这里到处兰花飘香，粉墙黛瓦，碧水绿柳，鸟语花艳。梦兰村的百姓生活如兰花一样美丽温馨，100%的劳力就业，100%的村民享受农村医疗保险和新型合作医疗保险、村养老金，100%的村民享受“五险”的城镇保险，100%的村民住进了崭新的现代化别墅，100%的家庭免费供应口粮，100%的家庭用上液化气、卫生设施和太阳能热水器，100%的家庭能享受免费阅读三份报纸的权利……“梦兰村”是中国第一批十佳小康村，拥有最齐全、最具现代化水准的小康生活。这是钱月宝心目中所追求的，是这位“阿庆嫂”用近 30 年的心血献给父老乡亲的“梦兰”世界，也是苏州的干部和常熟的共产党员在事业成功后所追求的一种基本境界。

“梦兰”在走自己的民族特色品牌征程上，一直在飞快奔跑，从未歇过脚。这是钱月宝的性格，也是常熟“阿庆嫂”的本色——追求完美，永无止境。

今天的“梦兰”不单单是床上用品了，在它3平方公里的“梦兰工业园区”中，除了“梦兰服饰”“梦兰绣品”“梦兰物流”“梦兰广本汽车特约经销市场”和“梦兰鑫达不锈钢制品”等产业集聚系列产品外，现在已经有了一个让中国人感到骄傲的IT制造与研发基地——国家863计划中的重点项目的“龙芯”CPU研制与生产基地。

拥有全部中国知识产权的“龙芯”CPU产品亦称“中国芯”，这是国家有关计算机软件产品的重点攻关项目，现在它已落户在“梦兰工业园区”。这也是钱月宝的又一个美丽的梦——她期望中国人，还有全世界那些穷国家的孩子们能够实现用得起电脑的一个美丽的梦！为这梦，钱月宝苦苦努力了数年，她一面继续努力扩大和提升“梦兰”床上用品在市场上的竞争力和占有率，另一方面努力积聚资金吸引人才，研制和开发“龙芯”。

那天，钱月宝带着我走进她的“宝贝”地盘——“龙芯”研制开发中心。她笑眯眯地像对自家兄弟一样对我说，一般情况下她轻易是不会带客人到这个地方的。我知道这里有她最为珍贵的“宝贝”，那其实也是我们中国人的“宝贝”。想想：自世界上有第一代计算机到现在，美国等外国公司赚了我们中国人多少钱？控制了我们多少科研的发展？还挨过他们多少所谓侵犯知识产权的无理责骂？

西方世界控制了计算机的芯技术，一台手提电脑卖我们几千元。而“龙芯”技术的研发成功和推向市场，将彻底改变这种受西方世界控制的计算机市场。

钱月宝告诉我，她的“龙芯”手提电脑现在的市场价已经控制在2000元以下，她最后的目标是把每台中国产的“龙芯”手提电脑价格控制在1000元左右。“我希望中国的农民和那些家庭贫穷的孩子都能用得起电脑，有一天我也希望世界上那些穷国家的百姓和孩子们也能用上我们中国人生产的龙芯电脑……”

这是钱月宝向自己的祖国和全世界亮出的心声！它美丽而响亮，壮丽而伟大，崇高而深远。

2007年3月28日，北京人民大会堂。“龙芯”合作开发项目和产品发布会在这里召开。我有幸参加这会，并聆听到了时任全国人大常委会副委员长许嘉璐的一段贺词，他是即兴讲话，但让所有听者热血沸腾。

许嘉璐一上台，便说：“我非常高兴参加今天的发布会。也许在座的新闻媒体的朋友和IT产业的同仁们并不都认识钱月宝女士。我在这里向大家推荐，请她站起来，让大家见一见……”

这时，穿着一身鲜艳花衣的钱月宝微笑地站起来，全场掌声雷动。

许嘉璐接着说：“刚才坐在台下，我可以说思绪纷纭啊，总的想法是：龙芯的诞生、成长，它的意义远远超过了计算机硬件研制的技术和产业。为什么这么说？我们常说创新是一个民族的灵魂。同时，现在几乎每天、每小时，中国人都在对世界做着贡献。可是我们现在最主要的贡献是什么呢？是工业和农业生产的低端产品，是解决人们衣食住行的消耗物质产品，从袜子到领带，从组装房屋的材料到家具，到刚刚‘走出去’的一点点汽车。总体上讲，我们的外贸顺差，这个顺差是用什么换来的呢？当然是产品，但是凝聚在产品里的主要是我们的劳动力……”

许副委员长真是个才华横溢的演说家，我们都在静静地听他演说：

“……一个民族，一个国家，要对世界做出贡献，以前我们做的只是初级的一步。下一步应该做些什么？应该奉献我们的知识和智慧，具体地说就是要奉献我们的技术。龙芯的诞生就是在这一点上迈出了重要的第一步。我要说的第二步是，以龙芯走向世界为标志，我们在贡献自己的聪明才智，贡献知识和技术的时候，实际上已经在推出一种理念，这就是人类的发明应该让整个人类享有，它将打破某些国家的垄断……”

许嘉璐说到这里，话锋一转，道：“在李国杰院士的领导下，龙芯技术研制从一开始就体现了让平民百姓享用先进技术和面向广大人民、面向广大发展中国家的理念。刚才我与钱月宝女士交谈时，她欣喜地告诉我，她要在今年推出不到 2000 元一台的电脑，要让全国的所有贫困大学生用得起电脑。我听后很感动，很激动。这让我联想到，近年来我常带着全国人大代表团到发展中国家去访问，几乎每次去的时候，都要代表中国政府和全国人大赠送一些礼物，最受欢迎的礼物是什么呢？电脑，特别是手提电脑。在座的朋友可能想象不到，当我宣布带来的礼品单时，在场的议员在议长带领下都要欢呼起来！一台笔记本电脑一万多元，我们不可能大批地赠送，一般就是带一二十台。可假如我们有了一两千元一台的龙芯电脑，我们就可以赠送更多一些电脑给我们的朋友们，那将是怎样的一番情景？”

这时，我发现大会堂内一片寂静。我还发现，钱月宝的眼睛里闪着晶莹……

许嘉璐继续说着：“龙芯这个‘芯’，Heart，是上面一个草字头，下面一个心字，它指的是树木、草木之茎里面的中心，它的作用、地位和人的心是一样的。按此说法类推，‘龙芯’和‘龙心’是双关的，那就是东方之龙的心！那么现在我想赋予它另外一个含义，这芯字应了一句古诗：‘谁言寸草心，报得三春晖。’这句话讲的是受父母和社会恩典的年轻人应该感恩，应该报答抚养自己的父母与社会。我想‘龙芯’之‘心’，也就是中华儿女对自己的祖国、对自己的师长、对自己的父老乡亲的报答之心。而对于钱月宝女士来说，更了不起，她是做枕芯的，从做枕芯到做计算机之芯，做到了中华之心。我想，这是一个奇迹，一个中国人的奇迹！”

“哗——”这时，会场突然爆发雷鸣般的掌声。

我看到全场与会者都站立了起来，大家一起以最热烈的掌声向常熟“阿庆嫂”钱月宝致意……

我想这一刻，是一个国家和全体人民给予这位农家女子最崇高的敬意了。

大家清楚地看到钱月宝的眼里涌着热泪。她是微笑着的。

北山夫子尚遗阡，
南国文章叹倒澜。
栖鸪丽色留射圃，
眠龙变石护桐棺。
千秋风气开吴会，
六艺渊源祖杏坛。
一瓣心香赊礼谒，
瑶墀独立久盘桓。

这是中国现代文学巨匠闻一多先生游常熟时有所感而留下的一首七言律诗。闻一多先生感慨常熟这人杰地灵之地是“南国文章叹倒澜”，若用在今天常熟在改革开放30多年来所创造的特色经济及其辉煌成就上，也可谓恰如其分。

常熟的“文章”之所以“叹倒澜”，与其高度重视和大力弘扬主打产品的品牌效应，以最终实现主业市场的品牌效应有着直接关系。实践使常熟人清楚地认识到：在顺应产业与市场互动规律过程中，“硬”在人丁兴旺、交易量大上，“软”则在档次和品质上。作为主打服装与纺织产业的常熟市场经济，如果能够在激烈的竞争中始终保持立于不败之地和直线飙升的发展势态，就必须在品牌与品质上下苦功、下力气。

品牌体现的是卓尔不群的个性和优异绝伦的品质，品质反过来又为提升品牌发挥内动作用。为此，常熟专门成立了名牌战略领导小组。别小看了这个不起眼，也没有什么编制的“小组”，它的每一任组长都是由市长亲自担任。名牌战略领导小组承担着制定实施全市名牌战略的计划与措施、培育与扩大的名牌产品、扶持每年排选出的品牌、设立名牌奖励基金等战略部署与具体的指导，这使得全市企业都从无牌经营、傍牌经营、借牌经营到创牌经营、名牌经营，从而形成了全市各行各业的企业产品在激烈的市场竞争中牢牢地站稳脚跟并迅速夺取产品质量与品牌的制高点的局面。

除了名扬全国的“波司登”“梦兰”“秋艳”“欣格”等品牌外，常熟到底还有多少著名品牌？常熟人告诉我，仅服装行业，目前在常熟服装城挂牌和入驻的国内外著名品牌已有 110 多个，其中世界级驰名商标产品约有 20 个，国内驰名商标产品有 60 多个，还有几十个省部级著名品牌。常熟服装业之所以在近 30 年间一直是全国服装业及服装市场的领头羊，靠的正是这些名牌产品的巨大市场效应。

2008 年的春节前后，中国从南到北出现了前所未有的冰雪天气，作为中国羽绒衫第一品牌的常熟“波司登”实实在在又火了一把。2007 年“波司登”老板高德康的年销售额创下历史最好成绩，达 120 多亿元。但在 2006 年，中国是个暖冬，有人在那一年曾经臆想高德康会惨得痛哭流涕，可在后来在中央电视台举办的“中国经济年度人物大讲堂”上，高德康满脸笑容地对全国人民说：“2006 年确实是个少有的暖冬，这对羽绒服销售极不利，但我们的‘波司登’仍然销售了 106 亿元，创历史最高成绩。这是为什么？我认为，这是品牌优势的力量。”

“波司登”的成长过程，我在前面已有叙述，它是当年的“小裁缝”高德康于 1976 年组织的 8 台缝纫机、11 个人一点点做起来的一个全国服装业“老大”。现在它的无形资产值将近 200 亿元。“波司登”能成为中国服装的“巨无霸”，与高德康坚信“品牌就是实力”的理念分不开。

“刚起步那会儿，我们不懂得啥叫品牌，只知道加工方苏州服装六厂对我们的要求特别严，我们做不好一件产品，他们就会一脚踢开我们，所以我们从一开始就把产品质量与自己的饭碗和企业的命运紧紧地连在一起，不敢半点马虎。”那天我在高德康的办公室，静静地听他讲述他的“品牌经”。

1992 年，我开始做商标，“波司登”商标就是在这个时候诞生的。

起初这个商标没有名气，弄得我经常整夜睡不好觉，反复思忖着到底是怎么回事？牌子叫不响，肯定自己有毛病嘛。于是我到北方市场做调研，看了以后才发现，是我们的定位不准确，其中最要紧的是颜色不好、不鲜艳；其二是款式不符合北方人审美，面料也有些问题，包括做工上也存在缺陷。找到了问题，我反而有了信心，因为我知道怎样改进自己的产品了。回到家，我把 1995 年的生产计划重新做了一个调整，将原先臃肿的羽绒服改成轻、薄、美的新“波司登”，结果一上市，一炮打响，这一年“波司登”一举成为全国销量第一的羽绒服产品，之后又连续两年销量第一。这个时候我又马上推出第二个品牌——“雪中飞”。大家知道，后来的“雪中飞”连续七年在同类产品中销售名列第二，仅次于“波司登”。当年在我推出“雪中飞”时，我的一个销售经理就跑到我办公室责问我：“我们的‘波司登’

销量已经这么好了，为啥还要搞个‘雪中飞’？”我笑笑，对他说：“你要是现在就能知道的话，那你一定会坐在我的位置上。”这位经理非常生气地走出了我的办公室。直到2002年，他打电话给我，说市场上有的羽绒服违反常规地乱降价，降到比成本还低，问我“波司登”和“雪中飞”降不降。我说“雪中飞”可以降，“波司登”不能降。他有些不明白，我告诉他：“‘雪中飞’也是我们的品牌，现在我用第二品牌与他们拼，这样既可以保护‘波司登’，又不会在市场上被动。”这位经理这时才恍然大悟，连声夸我：“高德康，就是高！”

“其实，多个品牌仅是品牌战略中的一个部署而已，企业要真正实现品牌战略，就必须瞄准行业的世界顶尖水准。”高德康说。

1998年，他的一个产品让世界登山运动员到达了世界最高峰珠峰，那是真正的世界顶级的质量。“这一宣传的品牌效应全出来了，羽绒服好不好，你能穿上它登世界顶峰就是最好的羽绒服嘛！以前我们的企业大多不敢到中央电视台做广告，原因有二：一是认为广告价格贵，二是主要对自己产品的质量不自信。我们‘波司登’在苏州的企业中是比较早地登上中央电视台黄金时段广告的，‘波司登’成为家喻户晓的驰名产品。一方面可以扩大宣传的效应，另一方面我们也敢接受全国消费者的检验与监督。后来广告又上了飞机，使得产品和品位更具国际化，这都为‘波司登’成为世界驰名品牌起到了积极作用。当然，一个产品的品牌并不是单靠宣传和广告吹出来的，它的管理水平、技术含量及原料和产品的不断更新都是其根本。‘波司登’在这些方面都无懈可击。”

见过高德康的人都会感觉到，在这位服装大王身上有股霸主之气，而我感觉到的是他内心的底气，这个底气来自他企业的品牌背后的实力与技术，以及高德康个人的专业水平和素质。

常熟在品牌战略中还有一个显赫的人物和品牌，那就是“蛇王”徐之伟和他的“隆力奇”。

在北京，“隆力奇”和“波司登”两大品牌远比在苏州和常熟的影响力大，我生活在北京近30年，从媒体和普通消费者口中知道这两个产品在北京人心目中的位置。多数北京人和中国人并不知道“隆力奇”和“波司登”同属于一个县级市常熟，而我这个常熟人则十分清楚，所以有关“隆力奇”与“波司登”在北京铺天盖地的广告宣传活动出现时，我总有一点弄不明白：为什么这两个产品会有那么大的宣传动作？会产生那么大的市场效应？

“波司登”和高德康是我比较早就知道和认识的，但“隆力奇”及其主人一直是我不熟识的，于是更想探究这个企业与这一驰名品牌的秘密了。机会终于来了，在写此书时，常熟市委宣传部的同志总算将一直很神秘的创立“隆力奇”王国的“蛇王”徐之伟引出“洞”来……

“这就是徐总，徐之伟。”在“隆力奇”大厦三楼，我们这对不曾相识却彼此早有神交的老乡终于见面了。大名鼎鼎的徐之伟其实只比我大一两岁，而这位在商界名声显赫的“隆力奇”创始者和掌门人，看上去并不像当地农民，倒像是一个很有教养的城市知识分子。

“我爷爷、父母过去都曾在上海跑过滩，1949年前我们徐家的家境不错，所以划成分时被划为富农……”徐之伟说。难怪，在农村，能划上富农成分的家庭，一般不是家里置的地多，就是家产格外多了。徐之伟说，他家祖父和父亲都是很会经商的精明人，而且修养也好，所以他们徐家在当地算是一户比较开明的家庭。可惜徐之伟的父亲去世得早，加上“富农”这顶“牛鬼蛇神”的帽子，从小聪明过人的徐之伟连中学的门都没能进，十二三岁就要跟着大人一起翻地、挑担、罱泥等。成人后的徐之伟深知像他这样出身的人，要想有“出息”，就必须有门手艺，于是18岁那年他跑到20多里外的吴县塘角村学木工。3年出师后，他以自己出众的手艺开始带徒弟，一共带了8个徒弟。从此徐之伟师徒9人开始走南闯北，生意越做越大，名声传遍远近。说来也怪，徐之伟真正发财起家的并非是他的木工手艺和自学成才的雕花技术，而是罕见的蛇道与蛇业。

有些不可思议，在与徐之伟见面之前的十几年间，当我得知“隆力奇”是常熟著名品牌且是以“蛇”为业的一家企业时，常有疑惑之感。

“我们界善村历史上就是个蛇村。”徐之伟介绍说，他所在的界善村原属常熟辛庄镇，是常熟与过去的吴县的交界地，这里地势低洼，草蛇、水蛇很多。“我们小时候经常看到安徽人来捕蛇，觉得这是一条可以赚钱的路子。其间，社会上兴起文艺宣传热，生产胡琴的乐器厂需要大量蛇皮，界善村的年轻人就结群捕蛇，有的甚至跑到外省。党的十一届三中全会后，素有‘蛇村’之称的界善村的农民兄弟们纷纷抄起家伙外出捕蛇去了，甚至出现父子搭档、夫妻同伴、全家合伙、一个人牵头数十人合作经营蛇业的景象。我就是在这个时候，放下木工活，学着村上人的做法，开始当捕蛇者的……”徐之伟笑言当年初入蛇道时的一幕幕惊心动魄的故事——

1981年，徐家四兄弟带着行李到湖南津市捕蛇，被当地公安人员当作敌特分子抓进看守所。

在安徽捕蛇数十天，竟然引来当地成百上千的百姓每天来参观他们的“蛇窝”。

后来他开店设铺后，有人起歹心想盗他财产，结果被蛇咬得半死而上门求救……

“总而言之，与蛇为伍，用你们作家的话讲：每天都有传奇的故事发生。”让徐之伟感到得意的事是，他的“捕蛇者”队伍最多时达数百人。

“像一支特种兵，到处游荡，到处出击……因为我们干的活儿特别，所以总会引来众多的好奇者围观，甚至被误解为是一帮坏蛋。时间一长，我们这些捕蛇者也习惯了，大伙常常把这些意外的境遇当作一种乐趣，自比当代吉卜赛人。”

徐之伟的新“捕蛇者说”，可以写成另一本传奇小说。我们现在要说的是他的“隆力奇”。

“隆力奇”是什么？“隆力奇”是徐之伟这个捕蛇者创立起来的中国第一个本土日化产品，它最初做的仅是百姓日用的“蛇粉膏”，用于消除普通的皮肤病症，后来有了高档的蛇业日化用品和蛇类保健品。其从成立至今历史不过30余年。

1985年，捕蛇者徐之伟的“蛇铺蛇店”在当地已小有名气，但看上去多少还只能算是乡下人的“草台班子”。

1986年，徐之伟挂牌成立了“常熟蛇业公司”，当代“捕蛇者”徐之伟从此登上大雅之堂，而这一步对徐之伟本人和“隆力奇”的脱胎换骨起着至关重要的作用。因为正是有了这个正牌的“蛇业公司”，所以才可能有了后来的与香港、苏州等单位合资建起的“苏州东方蛇园”。这个蛇园现在是徐之伟和“隆力奇”的蛇王国大本营。

从事日化品的人知道，市场上竞争最激烈的要算日化产品，所有国际著名日化品牌几乎无一例外地会将大把大把的钱投在做广告和宣传上，目的只有一个：为了赢得产品的品牌效应。

以前中国的日化用品没有几个在国际响当当的品牌，除了我们起步较晚外，还有一个根本的原因是我们缺少品牌意识和品牌战略措施。就像中国的服装一样，许多国际著名品牌服装其实都是由我们中国人在中国土地上制作出来的，但贴上的都是外国商标。同样一件服装，假如贴上世界品牌商标，价格立即会涨上一两倍，甚至更多。这就是品牌带给我们中国人的教训。

徐之伟从缔造“隆力奇”那天起，就深知日化产品欲想占一席之地，必须极端重视品牌的市场作用。一个“极端重视”就显出了徐之伟与众不同的战略思考和战术举措。

改革开放之后的中国市场，迈进西方先进国家和国际著名品牌大举进入的时代，就日化行业而言，几乎被国外著名品牌和外资、三资企业的品牌所占领。我们熟悉的“宝洁”“联合利华”等成为市场上的第一阵营；“丝宝”“拉芳”等牢牢地占据了第二阵营。刚刚入行的“隆力奇”如何突围这种已经形成的市场格局？这是摆在徐之伟和“隆力奇”人面前的第一任务。

“我们来个农村包围城市。中国有9亿农民，我们如果把农村市场占领了，也就有了自己的品牌。”农民出身的徐之伟在他家乡的四层“指挥大楼”这样对他的营销队伍说。

“人家的日化产品都是打的城市牌，我们这样战略对吗？”有人觉得“徐总”捕蛇行，搞市场纯粹是“土包子”。理由也是非常充足的：农民不会买几十元、几百元甚至几千元一瓶或一套的化妆品的！

徐之伟笑了，指着身后的一个毛泽东像说：“在中国搞革命，只有毛主席最成功，只有毛泽东思想和邓小平理论最成功，为啥？就是因为毛泽东对中国的情况比任何一个革命家和皇帝了解得更透彻；邓小平的理论管用，就是一个核心——从中国的国情和实际出发。不错，世界上所有著名的日化品牌主攻的都是城市消费群，这是因为城市的人是这类高端产品的最大消费者，城里人讲究嘛！可是大家不要忘了一件事：中国是个农业国家，农村的人口占了80%以上。另外，改革开放后的中国农村将很快会朝着小康的方向发展，农民们的生活也会不断提高。你们注意到了没有，现在农村的姑娘和小伙子比过去我们那个年代要会消费得多、讲究得多，可是现在市场上的日化产品基本都是以城市的白领为服务对象。这更说明我们要进军日化行业，想占据一席之地，恰恰有农村和低端产品这么个巨大市场空间在等待着我们。我们‘隆力奇’是我这样一个农民做起来的，不能忘了本。我们要做中国百姓用得起、买得到的日化产品！”

企业发展方向和品牌战略上的认识统一之后，接下来的就是卖什么产品的问题。有人说，农民能买得起什么商品嘛，除非你卖一元一瓶的东西！

“好，我们就做一元钱一盒的蛇油膏！”徐之伟听后高兴地宣布道。

一元钱一盒的“隆力奇”蛇油膏就这样诞生了！一元钱一盒的“隆力奇”蛇油护肤品竟然在广大中国农村市场一炮打响，红遍了中国农村的每一个角落，因为农民们喜欢这种又便宜又管用的产品。而一元钱一盒的生意在那些著名日化企业看来是根本不可能的事和毫无兴趣的事，但当他们回过头发现几乎是广阔无边的农村市场被“隆力奇”牢牢占领之后不由得大为惊叹：徐之伟了不得啊！

徐之伟确实了不得，他就像文化界的赵本山，开始那些职业大导演、科班大演员怎么会把一个玩“二人转”的土老帽放在眼里，而当赵本山以其独特的、紧紧与生活贴在一起的演出形式与演技牢牢占领舞台和央视这样的主流媒体时，他们才恍然大悟——“狼来了”。

“隆力奇”玩的是蛇。徐之伟这个“蛇王”推出一元钱的护肤产品而一举占领中国广大农村市场，这就惊呆了所有在中国市场上自认为玩得很潇洒的那些著名品牌企业，他们想尽办法来探究“隆力奇”的商业秘密，结果发现，“蛇王”就是厉害：20 克一袋的护肤产品，且是具有中药性质的蛇质日化产品，竟只卖一元钱。如果换一个国际品牌，还不卖他 20 元、40 元？

“傻，嘿嘿。土，嘿嘿。”也有人嘲笑徐之伟和“隆力奇”，认为他们只能在庄稼地的田埂上玩些土货。

徐之伟听后坦然一笑："我本来就是农民，土一点无伤大雅?！"

"土一点无伤大雅。"徐之伟与"隆力奇"人正是以这种精神，不仅牢牢地占领了农村市场，而且开始一步一步实施"农村包围城市"的计划。

"'隆力奇'也要赚钱，但我们不赚快钱，不赚大钱。"这是徐之伟的经商理念。在一手采取低价策略满足农村市场需求的同时，"隆力奇"开始抓住产品的质量不放，积极注重吸纳和采取与国际一流品牌的合作，从原料和工艺及市场运作上与国际接轨，同时加强在源头上确保产品的高品质与高科技含量及以蛇质原料为核心的中药特色。

"千万别小看了'隆力奇'的一元钱产品，他们用很短的时间在中国农村建立起了一亿人的消费市场，现在中国的农村中有 1 亿人用他们的蛇油膏，这难道不是奇迹？这难道不是我们要好好学习的市场经验？"一日，宝洁公司的亚洲区负责人冲着中国等亚洲区域的经理们，大着嗓门这样说。

事实上，"隆力奇"走低端产品打开市场的经验，带给诸多在中国市场上激烈竞争的国内外著名日化产品的商家都是一个深刻的借鉴，"隆力奇"因此慢慢在业界被称为"低端市场最有杀伤力的狙击手"。

徐之伟确实在这方面有独到之处，这跟他当年带领捕蛇者队伍走遍村村寨寨、边边角角的经历有关，所以他在推广自己的"一元钱蛇油膏"时用的就是撒网逮蛇战术——他在全国相继建立了 160 多个销售公司，并与 1000 家经销商签订了长期合作协议，销售网络覆盖了包括新疆、西藏在内的全国各地，渗透了几乎每一个发达县级城市。而且徐之伟和"隆力奇"人不遗余力地对已经了如指掌的农村市场在销售方式上给予准确到位的指导。他要求自己的经销队伍能够做到用摩托车、自行车甚至是三轮车把货源送到农村各个小卖部。对那些没有固定店铺的乡镇，他还发明了"赶集销售"的特殊方式。在某些高寒地区、人口不集中的地方，他要求营销人员利用赶集机会在集市上摆摊销售，或者让邮递员帮助把蛇油膏送到消费者手里……有人因此说徐之伟是全世界最土最原始也是最伟大的营销家。

营销学上有句话叫“终端为王”，说的就是商家力求与消费者实现面对面直接沟通的营销取胜的战略原则。徐之伟和“隆力奇”走的就是终端市场战略，因此他们成功了。有机构曾对20多个地区的农村进行抽样调查，结果表明在人口从100人到1000人的村子中，50%的小店都能买到“隆力奇”产品。这恐怕是除了油盐酱醋米之外世界上最了不起的营销成功的例子了。

徐之伟告诉我，以山东为例，他有2000多人的营销队伍常年奔走在各地商场，“占领”着全省140多个县级商场。

“全国有35000多人直接参与‘隆力奇’产品的销售工作。”市场部经理向我说了另一个数字。

如此庞大的营销队伍，会不会成了一盘散沙？徐之伟告诉我，他在人员管理上采用的是“鲶鱼效应”，让营销人员竞争上岗，层层做营销人员的储备，能者上平者下。并采取预算制，每月根据三项指标进行综合排名，这三项指标是：回款率、地区人均消费指数和利润率。

“我们为了使产品更加深入人心，被消费者广泛接受，经常推出不同的营销措施。如根据基层城乡地区特点，我们在近两年里进行了一个大动作——千县万镇推广会。实施两年来，‘隆力奇’的产品以系统规范的模式推向全国80%以上的乡镇。推广会的效果超乎我们的想象，比如像江苏泰州的品岸镇，‘隆力奇’产品的地区人均消费已从历史最高的1元上升到了5元。这样的上升幅度，对我们一个企业而言，是何等的进步啊！”徐之伟很得意他的“农村革命”经验。

一个小镇的百姓，买一个企业的产品，能从人均的1元消费水平上升到 5 元，这确实是个了不起的涨幅，想想，全国有多少乡镇?

“隆力奇”在成功完成“农村革命”之后，迅速调整战略，从 20 世纪 90 年代后期开始，以业界少有的姿态，全线举兵，向城市大规模进军，其势头让那些著名日化品牌商家惊得目瞪口呆。

先是连续三年拿下中央电视台黄金时段的广告，让全国人民天天可以看到“隆力奇”的产品和宣传，这个代价不小，央视的黄金时段的广告标价都在 1.6 亿到 2 亿元之间。

再是“隆力奇”连续数次拿下央视的“全国青年歌手大赛”的独家冠名权，这样的一次冠名权要五六千万元。

这仅仅是开始，中国人不是喜欢看好的电视连续剧嘛！“隆力奇”为此不惜重金，一次次买断那些万人空巷的好电视剧的特约冠名权……

呵，好家伙，这些年里全国人民会在有意识或无意识间发现，中央电视台或其他最具影响力的国家文艺活动、体育比赛，甚至包括奥运会等国际性大型活动中，“隆力奇”总是成为最引人瞩目的广告冠名者和参与者。

进入 21 世纪，“隆力奇”以其无可争议的事实和市场占有率，成为中国本土出品的日化商品之王，多次进入“中国 500 最具价值品牌”行列。

2004 年 10 月，“隆力奇”作为中国唯一指定化妆品出现在法国巴黎的“中国文化年”活动的展览会上，这一中国本土化妆品竟然在世界化妆品之都的法国大门口着实热闹了一番。法国总统夫人试过“隆力奇”后，惊喜地高喊:“中国，OK！”

昔日一元钱一盒的蛇油膏“隆力奇”也不再仅仅只有一种产品了，它的系列产品可以排列成十分壮观的“长城”，从一元钱一盒的低档护肤品，到几百元、几千元甚至数万元一套的中高档化妆品。那天我在“隆力奇”总部的产品展示厅参观，讲解员告诉我，现在隆力奇集团研制和向市场推出的新产品，平均每三天就有一个，并且大多数都是科技含量很高的自主创新的专利产品。

“目前，隆力奇集团早已实现了五大产业、1000余个产品齐头并进的快速发展态势。除了化妆品外，还有保健品、家用洗涤品、家具、皮件以及生物高科技产品等多个产业链。”市场开发部的负责人介绍道。

走进“隆力奇”的总部，有许多事会让你产生无法想象的惊奇与惊喜。

创业的20多年间，徐之伟和“隆力奇”的生产基地与营销大本营从来就没有离开过他的家乡界善村。虽然现在“隆力奇”的品牌价值超过100亿人民币，但徐之伟的总部大楼和他的老板办公室依然是那座看上去很“老气”的四层灰砖楼，然而当你有机会跨进这幢“隆力奇”大楼一步，你就会发现，这里充满了知识至上、人才至上、科技至上、市场至上和品牌至上的浓烈氛围。大楼的走道上，楼梯的拐弯处，到处可见一些十分上口、文字朴实又容易记的标语，如“‘隆力奇’的上帝：企业的员工、消费者和社会”，如“人人是人才”、“赛马不相马”、“用人要疑，疑人要用”、“原则做人，规划力事；诚信服务，追求卓越”、“有情、有义、有利；同心、同德、同赢”、“公平、公正、公开；合情、合理、合法”，如“服务无限”、“需要就是市场”，如职工的培训原则：“干什么学什么，缺什么补什么，急用先学，立竿见影”。

“所有这些，都是一个目标：‘隆力奇’不是中国的宝洁，而是世界的‘隆力奇’！”

徐之伟给我解释这话的含义：国际化妆品市场是个仅次于食品市场的第二大消费品市场，中国没有几个拥有自己知识产权的品牌产品，“隆力奇”要做的就是要用中国人自己的知识产权，去占领国际化妆品市场。

“在中国，我们企业的目标是做老百姓买得起、喜欢用的产品；在国际上，我们的目标是，做世界上最好的产品，赚全世界有钱人的钱。”“中国蛇王”徐之伟之所以这样说，是他内心有一个强烈的愿望，他要把“隆力奇”做成全世界都知道的品牌。

我相信这位农民“蛇王”的远见和他操控与运作市场的本领。看看他的东方蛇园，看看他与清华大学合作建立的“清华·隆力奇生物科技研究所”，看看他与上海医科大学等十几所高校建立的人才战略合作伙伴工程，看看他公司内设立的国家级博士后站，看看他拥有的数百名博士、硕士组成的管理团队，看看他公司20年来平均增长速度都在40%以上的发展态势，你就会非常踏实地笃信在并不遥远的日子里，我们可以看到“世界的隆力奇”……

常熟的一个“波司登”、一个“梦兰”、一个“隆力奇”，把中国的服装、日用床被、日用化妆品市场带到了五彩缤纷、惊天动地的美丽世界，仅这三个品牌所拥有的无形资产值超过400亿元，每年它们创造的市场销售额也在400多亿元，三个企业为社会直接消化和连带消化的劳动力也有几十万人……而常熟，又何止一个“波司登”、一个“梦兰”、一个“隆力奇”！

无论是“波司登”老板高德康，还是“梦兰”创始人钱月宝，或者“蛇王”徐之伟，他们在常熟之外的任何一个地方都可以昂着头、提着高嗓门，想说什么就说什么，可在老家常熟的地盘上，他们仍然见了谁都只是谦和着、低调着，为什么？“因为常熟地面上的能人太多，有本事，有能耐和赚大钱的品牌还有许多，说不定哪一天就超过了你。”钱月宝这么说。

钱月宝的话说准了，就在笔者止笔“常熟篇”时，2008年岁末的最后一天，中国新闻社报道了一则新闻，题为“常熟获得首个‘中国品牌城市’殊荣”。中国社会科学院城市与环境研究中心主任、中国品牌城市评价课题专家组负责人牛凤瑞介绍说，中国品牌城市评价指标体系分为品牌支撑、品牌驱动、效用评价三大体系，包括经济和社会发展水平、城市文化品位和居民素质、城市生态环境、知名品牌数量、自然文化遗产价值及吸引力、政府工作效率等 16 项指标，综合评估达 80 分以上的，可认定城市品牌价值达到了“品牌城市”的标准。经课题组成员和特邀相关知名专家数次实地考察并采集数据，常熟市综合评估为 92.24 分，所以中国品牌城市评价课题专家组决定授予常熟市中国首个“品牌城市”称号。目前，常熟除拥有一个“波司登”为中国世界名牌外，还拥有中国名牌产品、中国驰名商标 60 多个，有 26 个全国同类产品“单打冠军”。常熟连续多年名列全国百强县（市）前茅，2008 年全市地区总产值达 1000 亿元，人均 GDP 突破 1.2 万美元，达到中等发达国家水平。

——这就是常熟，这就是品牌常熟。

常熟，你的“南国文章”真的“叹倒澜”，真的如此精彩！

第21章　吴江的金木水火土

有一张地图放在我桌上已经好几个月，每每有空时我总会拿起它细细地看，而每看一遍都有看不完、看不透的新东西。那地图上密密麻麻像天上繁星般布满的是一个个湖泊池塘，这些湖泊大的有八百里不见边的太湖，小的你连它的名字都不知道。我粗略在地图上数了一下，有名有姓的湖塘上百之多，不知名的恐怕是其两倍以上。

这些湖叫法很特别，虽说它也是我故乡的一个近邻，但我却对它仍然极为陌生。湖就湖吧，可这儿不称它湖，叫“荡”，“荡漾”的“荡”，什么“元荡”“三白荡”“南参荡”“长畸荡”“长鸭荡”“大龙荡”“元鹤荡”“陆家荡”云云。可再往地图的下端看去，也就是往这块地域的南端看，你又发现那些繁星般的湖塘，又换了另一种叫法，它们既不叫湖，也不叫“荡”（或塘），却叫“漾”，什么“北麻漾”“雪绿漾”“长漾”“庄西漾”，等等。我查了一下词典，“漾”字的第一个解释，它是与荡连在一起的，是指水面微微动荡之意，很富有诗意的那种情景。第二种解释是“液体太满而向外溢”的意思。据此，我问当地百姓，这里的“漾”是不是就是湖塘里的水常常外溢故而被称“漾”？他们笑着点点头，说，就是这个意思。并且指着湖面告诉我，这些“漾”自古以来，十之八九要往外溢水的，所以这里过去也容易发水灾；现在条件好了，“漾”四周可以筑高高的坝，不让它溢出来，于是这些“漾”只剩下了“荡漾”的份了……嘿，瞧这泽国的百姓也个个都是诗人，血脉里的浪漫随处外溢。

“漾”字可以理解了，那么“荡”自然就好理解多了。

“荡”字在词典里的解释要多得多，一种是动荡、摇摆不定和广阔平坦之意；再有一种是大气磅礴，如荡然、荡气回肠；词典上标明方言中的“荡子”就是浅水湖，这大概就是我地图上所看到的“荡”的地方方言中对浅水湖的叫法吧。一问当地老百姓，有人点头，有人则摇头，说我们这儿的“荡”，就是湖大的意思，像平坦的大地，所以称其为“荡”。

很有趣味的是，吴江的“湖”“荡”“漾”有明显的分界——形似蝴蝶展翅的吴江地图上，你仔细看去便会发现一个有趣的事：在吴江之北的水泽之地一般称“湖”，而在吴江中段的水域则称“荡”，“漾”是吴江最南端的水国之地的叫法。吴江人没有直面回答我对此的疑惑，倒是有文人浪漫道来：吴江北边的水泽，被太湖、阳澄湖和淀山湖所挟，故不称湖不行；中吴的水则平和坦荡，所以称之荡；南吴因与浙江接壤，这里便不再是水泽之国，故而稀罕的湖塘变得珍贵而越显诗境的荡漾了。这是文人的解释，倒也折射了吴江之水的妙绝。

然当我查阅这块土地的历史资料时发现：这里的湖、荡、漾或还有叫“塘”或“兜”与“湾”的地方，其实可不是一般的随便叫法而已，它蕴含了吴江深刻的历史和文化，这历史和文化就是曾在中华民族五千多年辉煌史中占有重要地位的吴越篇章！

苏州的吴江，就在我手中的这张地图之上，那繁星般的荡、漾、湖、湾便是吴江的特有风貌。吴江地处古时的吴头越尾，即当年的吴国的东南之首，越国的西北之尾，它是吴越两国相嵌而不可分离之地段，是吴越文化交融的水域之地。古来相传“上有天堂，下有苏杭”，这里的人则必然会加上一句：“苏杭之间是吴江。”吴江确实在苏州与杭州之间，这既表明了吴江在苏杭两地间的地理位置，更表明了吴江所具有的独特人文环境位置：苏杭两天堂无论如何是有别的，而吴江乃两天堂之间，它融合的是两地文化、两地富庶，两地之所有长处；是水的柔性，是湖的荡漾，是田园风光的旖旎，是小桥流水的风情，是岸柳青垂下的鸟歌在这两个天堂间的交汇与组合……这就是吴江人所期待的。其实历史上吴江人一直在做这样的功德千秋的大业。

吴江虽无江，但吴江人创造的历史足可以在中华五千年民族史上独占篇章，这篇章无疑是最闪闪发光而不可或缺的。

我再一次拿起吴江地图时，又有一种特别的激动，那就是吴江的一个个闪耀着灿烂而厚重的历史与文化的地名。

从最北端的同里、松陵、八坼、北厍等名镇，到屯南、屯北、大胜、长胜、莘西、莘南、城司、田厍、合心、诚心、同心、长安等地名皆有古时军队扎营定邦色彩；再往靠近太湖沿岸向下看去，便是菀平、横扇、平望、梅堰、震泽、盛泽等重镇，这之间诸如四都、七都、八都、万心、人福、胜天、圣塘、北旺、众安及桃源、铜锣等充满泽国求安与人心所向的福祉性质的地名和吴越时代留下的曾经显赫一时的城池，令人不能不浮想联翩。古时苏州为吴，而吴江是吴文化和吴国的发源地与中心地，所以无论是历史印记还是吴文化的流传承接，是苏州古城之外的任何地方都无法与之相比的。除费孝通外，吴江还是近代革命斗士陈去病和柳亚子的故乡。

这就是吴江。

吴江境内没有山，这里除了水，还是水，甚至连一个两三米高的土墩都没有，故曰“泽国”。

大自然在此将吴地的钟灵毓秀之气都给予了水……“境内湖面占了绝大多数，总计约267平方公里，其中50亩以上的湖塘有351个，江苏全省列入保护的湖泊有137个，吴江就占了56个！”吴江人自豪地告诉我这个数字，同时向我介绍吴江的许多地名是因水而得的，或者与水相关。“像震泽、盛泽就不用说了，即使如平望、横扇等，也都是与水相关。平望就是一望与天平之水的景象所引申出的名字，横扇则是那里有湖如一把横面之扇，梅堰也因那里有一个断水隔湖的堰坝……”

关于水，每个吴江人都能如数家珍。吴江之水确也可牵引情思，入诗入画——

秋风起兮木叶飞，吴江水兮鲈正肥。

三千里兮家未归，恨难禁兮仰天悲。

这是晋人张翰所作的《思吴江歌》。

吴江到底有多美，只有在你身临其境，只有在你对那繁星般的荡、漾、兜、湾的一个个湖塘有所触摸，对那些带着春秋战国的烟尘与吴越争战中留下的一个个地名的熟识后才可能真正地知晓。

关于吴江，古今诗人有千诗万赋的咏吟，但我以为即使如此，它们也只是对吴江这片古老而崭新的泽国之乡的粗浅理解。

吴江风韵是吴地古歌新曲中最有特色的一个重要篇章，它代表着姑苏的昨天和今天，当然也昭示着苏州的明天……

第 1 节　吴歌从江村开始

吴江无江，但苏州以外的人大多不知，吴江却有两条对上海人来说是“生命之河”的大江大河发源于此，那就是著名的吴淞江和苏州河。这两条河中的吴淞江更是直截了当地通过百里人工凿通的太浦河经汾湖直接将清澈的太湖水引入上海境内，滋润和养育了这座东方大都市的美丽肌体……

有一位著名学者在太浦河的源头修建了一座非常气派的书院，这人便是南怀瑾先生。在南怀瑾书院旁边是每年有几个月特别热闹的太湖蟹交易市场。吴江人告诉我，其实太湖蟹不比名扬天下的阳澄湖大闸蟹差，而且肉质更加鲜美。他们甚至一定要我做出比较，我有些为难，因为从苏州小的地域分界，我显然属于阳澄湖人，可我又是苏州人，太湖是苏州最大的水域，其面积 80％在苏州，所以太湖蟹和阳澄湖大闸蟹对于我来说，犹如手心手背皆是我家乡的美味大蟹！

在太浦河源头，与南怀瑾书院相隔不远之处有个村子叫开弦弓村，很普通的一个村子，然而因为这个村子出了一个大人物，使得这个水乡小村寨名扬四方，而且有了一个“江村”的别名。

使开弦弓村变成“江村”的人叫费孝通，我国著名的社会学家。

1935 年，费孝通来到开弦弓，初始仅是为了看看自己在此织丝纺纱的姐姐而已。身为学生的费孝通在此住下后，却深深地被这个江南小村的种种社会和生活现象所吸引，于是他开始搞起了社会调查。几年后，他在导师马林诺夫斯基的支持和指导下，写下了第一部中国乡村调查报告《江村经济》。此作在伦敦一经出版，很快被欧洲的人类学专家和学者所重视，于是中国的

“江村现象”成了世界关注的东方乡村经济现象而享誉全球，费孝通因此也走上了研究中国乡村社会经济与人文历史的学者道路，并最终成为大家。

费孝通一生到过吴江无数次，回“江村”的次数更不用说，“江村”因此也成了他的“家”。

费老去世后，骨灰就埋在吴江城中的松陵公园内。到吴江，我首先到费老的墓前拜谒。那天正好是清明节前一天，见用石头垒起的费老墓前有不少花圈，是当地百姓和小学生们敬献的。

“逝者如斯，而未尝往也，生命、劳动和乡土结合在一起就不怕时间的冲洗了……”这是刻在费老墓前的一句话，此话引自老人家生前的一篇文章。默读着这位大学者的墓志铭，我的内心一下子产生了一种灵感：了解吴江经济与社会发展，必须从了解这里的乡村经济开始……

吴江人与苏州其他地区的人确实不一样，吴江的乡下人更是不一般的农民，你如果认为这里的村民只是些背朝太阳面朝黄土的庄稼汉，那就大错特错了！

吴江的村民中也许说不定哪一位就是帝王之后、将门之裔。从泰伯、仲雍建“勾吴”，到吴越春秋时勾践与夫差之战，一次次征战所留下的历朝历代的将门和王室之后或被贬或被谪，你能分得清这里的人谁是真正的民谁是真正的官？不是有草民干将能炼吴剑，不是有王妃西施浣纱织丝的一个个史实吗？

这样的厚重历史与博大人文，令人对吴江之地格外敬畏。

我想去“江村”——开弦弓去，但我有些不敢，因为那个村属于费孝通。

于是我去了同属七都地面的群幸村。“七都”和“群幸”两个地名都引起了我特别的注意。毫无疑问，前者一定是古时征战或平定天下后曾经有过辉煌历史的一处城郭之地。在“七都”不远处是“八都”，这似乎既是古人留给我们考证此处的古战场，也可能是军队营盘，但我更相信它们都是曾经一度繁荣的商镇之地。

七都在古吴国和现在的吴江地图上都是非常偏僻之处，背靠太湖，西南部与浙江接壤，陆不能借318国道和227省道之便，水不能依大运河之利，在过去漫长的岁月里，七都与外界的交通仅靠船只；但现在的七都完全不同，230省道横穿其东西，沪苏浙高速公路使七都镇四通八达。七都人告诉我，他们现在七都的任何一个地方只要用15分钟时间就能上高速路，用30分钟可以出省，50分钟就能够到达上海……七都如今真的有点“七朝大都”之气势了。

认识今天的七都，是从群幸村开始的。

吴江市委宣传部的同志带我到耸立在田野上的一座小楼里，进去一看，是群幸村村委会所在地。村书记崔金根，一个典型的苏南人。

瘦瘦个子、一脸精明的崔金根介绍：群幸村是在2001年由原来的幸福村和群旗村合并成现在的群幸村的；合并时幸福村的人有意见，因为群旗村的“群”字放在了新村名群幸村的前面，幸福村其实比群旗村要实力强，但因为书记是幸福村的崔金根当，所以他必须做得大度些，故而新村名就成了现在的“群幸村”。

“群众都幸福嘛。”老崔是个乐观派，身体不太好，可看得出是一个有几十年资历的老村干部。他说幸福村过去并不幸福，是吴江最穷、最偏僻的村子，所以老百姓有个好念头，于是给它起名叫“幸福村”。

幸福村不幸福是过去的历史。1983年在全苏州大兴乡镇企业时，当时的幸福大队也办起了一个队办企业——丝织厂。

“到了1985年，因为上海电信研究所所长是我们七都人，所以我们村和另一个村凑了两份钱，加上七都镇政府也出一份，共200万元，投资做电缆生意，厂名叫‘吴江七都特种电缆厂’。那个时候国家电信业刚刚起步，做电缆产品的厂家不多，我们的生意好，利润高。过了七八年后，国家的电信业大发展，用电缆的地方越来越多，我们七都的电缆跟着出了大名，全国各地的电缆用户都跑到我们这儿要货，这下七都的村村户户都跟着做电缆活了，厂子也越办越多。原来我们村上办特种电缆厂的几个，也一个跟一个地跑出去自己办厂子了，像如今吴江第一大老板的亨通集团崔根良、巨通集团的张良荣、新恒通集团的徐志才、环球集团的陆林江等都是这个村办厂出去的，如今他们都是吴江地面上响当当的大亨……”崔金根扳着手指，如数家珍地介绍道，“现生意做得最大的是崔根良，足有 20 亿资产了吧?!”

“你为什么没有像他们一样去发大财？”我想揭开一个最普通的谜。

“问得好，”不想老崔快人快语，答，“最早我也在特种电缆厂干过，可 1998 年厂子改制时我回到了村上当支部书记，第二年碰到全苏州乡镇企业转制，我是村书记，我不能甩手不管村里的事去当老板，所以就留在了村里当干部……”

“感觉亏吗?”

“从个人的经济上讲亏是肯定的，但党员不能讲这个，再说当时我们村上还有几个企业得有人管，村上还有 2000 多亩地更需要有人管嘛！”老崔很坦诚。

“村上现在主要靠什么收入？”

“转制时定下的那些企业每年向村委会交 36 万元，另一块是股份收入每年约 120 万元，”老崔说，“村上现在还有几家村属企业，每年创造的产值约 10 个亿左右，向国家交税达百万元以上的至少有五六家……”老崔说到这里，两眼放着光，“我虽然现在不是老板，但我这个村书记当得有滋有味，因为除了我和全村的百姓生活水平节节高外，在我管辖的小小 4 平方公里的土地上，一年能为国家创造巨额的税收，你说我不是也很伟大吗？”

“当然！”

老崔对我的回答很开心，爽朗地大笑起来。看得出是真正的胜利者之笑。

群幸村今天已是真正意义上的幸福村了。走出村委会，绕村子内走去，便见一座座围墙围着的厂子在田野中耸立着。老崔指着一家叫“江南欣达”的电缆厂告诉我，厂长崔继康是他村子的一个村民，他的企业在 2007 年向国家交税就达 2700 万元。

“七都镇现在是全国有名的电缆产品生产基地，全镇从事电缆的规模以上企业就有 23 家，从业人员达上万人，一年的产值在 50 亿左右。有领导对我说，你老崔是江苏的南大门，你得把这扇南大门建设得风风光光，拿出我们江苏人、苏州人的风度和形象来。我说我一定尽一个共产党员的责任，把这江苏的金大门建设得金光闪闪。”老崔很得意，又指指仅一河之隔的浙江名镇南浔，说，“我们七都人现在已经把生意做到南浔那边去了，南浔镇和湖州市最有钱的人就是我们村上的许坤良，他也是做电缆生意……”

老崔的话勾起了我对南浔的向往，因为历史文化名镇南浔有我另一个向往——著名报告文学作家徐迟先生的故乡就在南浔。由中国报告文学学会主持的第一、二届“中国徐迟报告文学奖”颁奖大会就是在南浔举办的，作为这一重要文学奖项的获奖者我因事均未参加颁奖会，于是南浔成了我采访吴江而顺道的一次“补课”。

南浔小镇确实有许多值得驻足的地方，对于我而言，少不了朝圣徐迟先生的“故居”——站在这位大师的雕塑像前，我沉思片刻，回忆着自己的 30 年报告文学之路，突然感到采访苏州、采访吴江的另一种强烈的责任，那便是：写不好故乡的文章，何谈以后的创作。

出南浔，又见吴江。这使得我更加真切地感受到了为什么从古至今都说吴江是吴头越尾了！其实，吴国的“头”尖儿是嵌在越地的尾巴之中的，如果看一下地图，你会惊喜地发现这里的吴越之壤，好比一对相拥相抱的美丽蝴蝶在亲密着、呢喃着，似乎有诉说不完的亲情与眷恋，故而使这片土地变得更加神秘。

“这个地方叫桃源。”主人指着一片碧水绿地间万顷油菜花盛开的地方，说。

“桃源？真的是桃花源的桃源？”我不禁起劲地环顾着前后左右这片香花绿地和四处散发清新气息的美丽田野，仿佛置身于陶渊明笔下的仙境……

“大地名就是叫桃源，小地名也确实有一个叫桃花源的村子。”陪同我采访的吴江同志拿出地图让我看——在“蝴蝶”状的地图“翅膀”端处，我真的很快看到了这两个地名，因而欣喜之情油然而生。

美池桑竹，桃林密树，还有不远处的飘香黄酒——这就是吴江的桃源。

“天下黄酒第一镇”“江苏服装名镇”“苗木之乡”……这些都是吴江桃源的骄傲。但我却被吴江桃源的另一景致所吸引——满河、满塘甚至满岸的万千家禽欢歌景象……

在桃源镇边，我走进了一个叫宅里桥的小村，那一阵阵鹅欢鸭叫的歌声将我们的脚步带入一个绿荫下的童趣式庄园：一幢三层小楼后面是一片望不及边际的湖塘水面和成群的鸭世界，以及那花木簇拥的果树林……

“我们这里是‘世外桃源三家村’。”一位看上去四十来岁的男子快言快语地自我介绍道。

嘿，莫非陶渊明再世？我不由朝主人笑笑。

主人笑了，说他叫孙建明，是这里的“三家村”村主之一，另两位一个是金洪兴，一个叫纽学康。

“纽以前是大老板，金是当地有名的养鸭专家，我是半路出家当‘鸭司令’的……”孙建明很健谈，他告诉我，他们的“三家村”如今已成为吴江桃源家禽养殖基地的“总司令部”，“别小看我们，更别小看我们吴江的桃源，全国每年消费 16 亿只鸭子，有六分之一的鸭子是从我们这儿出去的！”

“鸭司令”孙建明的话叫人生趣，也叫人兴奋，不想水泽之地的吴江经济确实有其独到之处。

“吴江的发展模式既不像昆山，也不像常熟，更不像张家港，吴江经济是围着‘水’、绕着‘水’，并因水而兴业的。”一位吴江市领导这样说。

“水孕育了吴江，水永远是这块土地上最精彩而壮美的文章。”费孝通先生如此总结家乡的生命真谛。站在吴江的小乡村，再回味大学问家为什么一生只做乡村小文章而出大名的问题时，我忽然有种茅塞顿开的感觉：这就是中国的江南水乡经济与水乡文化的生命血脉。

吴江特色是吴江人和吴江地域所决定的。

一水带天海，一村连世界，也许便是它多年来屹立和跻身于“全国百强”之列的支撑点。

难道不是？

孙建明和他的伙伴金洪兴、纽学康的组合就像这里一个个数不清的小湖塘连接而成后汇出的八百里太湖之水一样，其势磅礴，其美无穷！

“桃源一带过去就是一个养家禽的地方，几千年来百姓家家户户基本都养一些鸭子什么的，因为这里河湖多，但都是自然状态的养殖方法，更没有形成产业，最多也仅是多养一些鸭子，产一些鸭蛋，换几个买肉、剪布的小钱。自然状态的养殖家禽业没有听说谁靠它发了大财，我们的伙伴之一金洪兴便是一例。”孙建明的话匣子一打开便有些收不住，这正合我意，“他父亲有祖传的养鸭经验，也会卵种（孵化小鸭），洪兴过去养鸭生意最好的时候一年能赚几十万元，可赔的时候比赚的时候还要多……”

“什么原因？”

“没有建立自己的专业市场呗。后来，洪兴找到我和纽学康，我们三人联手干后，才真正开始了把养鸭当作一项适合于我们吴江桃源的水乡经济产业来培育，从而一步步壮大起来。”孙说，“我原来在供销社工作，有些外贸和跑生意的经验；纽很早就当老板了。一个有技术，一个会跑经销，一个有资本，我们这个‘三家村’就这样组成了，而且可以说是最佳搭档。”

“养鸭能成得了大市场、大经济？”我对此有些怀疑，于是提出了疑问。

吴江的同志笑了，显然他们在否定我的怀疑。

“2007 年我们有个准确的市场统计数字：全年经我们这儿出去的种鸭苗约 2.5 亿只，供应了全国 10 多万养鸭专业户和市场。这 2.5 亿只鸭苗除了我们自己公司有部分直接货源外，都是从周边 5000 多户农民手中收购的，而这些农户是我们公司通过建立合作社的形式所组成的联合体，实行分工合作、风险共担、利益共享等联合原则，形成了现在的全国最大的鸭苗基地。”从孙建明对数字的敏感度可以看出他是一个优秀的市场经营者。

“一公斤种蛋平均收入可以达到 25—30 元，5000 多户农民他们的平均年收入可达 10 万元以上。这就是我们吴江桃源人的骄傲，现在连英国人都很羡慕我们……”

“为什么？”

“我们中国人有句老话叫作‘三年老鸭胜人参’，鸭子浑身是宝。现在上海人每天要吃 50 万只鸭，南京人吃 30 万只，杭州、苏州一天也要吃很多鸭。中国的鸭可以做好多种名肴，远销海外，其中英国人最喜欢中国鸭。”孙说。

“在家禽中，鸭很普通，为什么独你吴江桃源之鸭美天下？”我被孙建明吊起了胃口，问。

“这你不懂了，”孙的眼睛亮又圆了，“好鸭关键在种苗上。而鸭虽然有水之地皆可养殖，但种鸭则唯独我们吴江最好。”

“又是为什么？”

“养鸭必须有水，但水有热与冷之分。我国北方的山东也养不少鸭，南边的海南地区也养鸭，可它们的养鸭成本无法与我们相比。因为作为供应市场的专业种鸭养殖，主要靠母鸭。在山东，120 只母鸭，需要 30 只公鸭才能实现正常的受精率。在海南，由于天气热水温高，种蛋的损坏率也高。我们吴江地处中国南北冷热气候的中部，一年四季的水温基本上都能适合鸭子生长，这里的 120 只母鸭只需 18 只公鸭就可以达到受精的要求。公鸭对养殖户来说，属于成本消耗品。吴江桃源之鸭能立于全国不败之地除了我们的养殖经验和市场能力外，得感谢天赐的自然气候和一方的好水。”

原来如此！这正是“养在深闺人未识”，“碧水绿地生奇宝”。

吴江的江湖无处不具魅力，吴江的村前宅后荡漾的都是金水银圆……

又是一个村，它叫“杨文头”。

怪怪的名字，听人说过去它叫“杨坟头”。史上传说在宋末元初，有位杨姓游击将军钟爱这片土地，殉国后按其生前之愿葬于此地，从此得名“杨坟头”。

老杨坟头村地处三白荡西滩，河塘浜湾密如蛛网，阡陌小道，几乎与外界呈隔绝之状。几百年来这里的村民一直过着落后而贫困的日子。

1978 年，改革春风吹进了这个处在河塘浜湾包围之中的小村子，生产队的管水员谭逢林挑头集资 2400 元，带着一些干部社员办起了一个水泥预制厂。第一年赚了 1000 元，第二年翻了两番，第三年翻了更多，一直到一个又一个乡镇企业像繁星般地在杨坟头的地面上布满……

“我们选谭老板当董事长，逢林当我们的党委书记最合适！”到了20世纪90年代初的杨坟头村已经有了一个上亿资产的集团公司，随之吴江市境内的第一个村级党委组织也相应成立，致富带头人谭逢林被村民们一致推选为集团董事长兼党委书记。

“杨坟头这个名字也该改一改了！”有人提议。

“对，杨坟头不好听，改叫‘杨文头’怎么样？”

“好，杨文头好，穷了几千年的杨坟头该沾点墨水了！杨文头好！”

于是，杨坟头从此成为历史，杨文头标在了吴江辉煌发展的史册上……

“我有一个梦，一个发展我们村的梦，要统筹杨文头村，充分利用杨文头村，建设一个美丽的杨文头村，让物质文明和精神文明，不仅让杨文头的村民，还要让村外的农民一起共享。”这是谭逢林的梦，现在他已经将这一梦想变成了现实。

那天，吴江市的同志带我来到杨文头，因为事先并不知道这里就是杨文头，所以当我进入那片耸立在田野之中的现代化别墅庄园时，连声赞叹：“这么好的建筑和优雅景致，就连北京、上海城内都难找到啊！”什么叫流光溢彩，什么叫豪华现代，什么叫气派雅致，这里就是！而这里，所有的主人都是农民，是农民们依靠自己的双手建设起来的地方！

笔者曾经到过不少经济发达地区，也看过不少豪华气派的农民别墅，但常常碰到这样的情况：站在他们的房子外和客厅内，你感受的是现代化；可一进内屋、一了解他们的生活，你会感觉这些农民跟以前没有实质的变化。但在杨文头村，我有些意料不到：五六十岁的退休老农，他们不是在茶馆里聊天、打麻将，而是在自家的电脑上聊天、打麻将——宽带网络在这里早已成了生活必备！据说杨文头是江苏省第一个宽带网络村，难怪。

“金杨”是由村办企业改制成的上市集团公司。这名字起得有气势，取得吉利，杨文头在短短的二三十年里，跨越了两个历史台阶：从杨坟头—杨文头—金杨……

步入“金杨”之园，映入眼帘的是拱桥、水榭、亭阁和遍地的荷塘、名贵花木，你立马会浮想到这里必定是：春里桃红柳绿，夏日芙蓉连片，秋里丹桂飘香，冬季三友傲霜。“村里的绿化卫生队人员就有 120 人哩！”一位正在路边扫地除草的大婶笑嘻嘻地努着嘴用家乡话对我说，“我每天跟着太阳一起起床，随后就参加村上的保洁队为庭院内的草木浇水施肥，为道路打扫卫生。一个月除了村上的各种福利劳保和入股分红外，还有两千多元的收入，很满足，很开心！”

“杨文头村的人都很满足，都很开心。现在连杨文头周边的几个村的村民们也都很满足，很开心。”她说。

我的家乡人说生活很幸福一般就讲“很开心”。心都开了花，那肯定很幸福。

杨文头村是我见过的众多“社会主义新农村”中现代化程度最高的村子之一，甚至可以说是水平最高的一个。而吴江的同志则笑着坚持说：我们吴江像杨文头这样的村子还有很多……

我相信吴江人的话，而且也实地考察和亲眼看到了如“吴头越尾”的另一个叫圣塘的村子，那里的百姓年人均收入已经达到了 10000 元。这个数字对于不愁住房、不愁日常粮油的农民来说意味着富足，问题是：有了这么多钱的吴江农民仍在努力地继续奋斗和赚钱，并且在赚钱的同时还如饥似渴地补充精神和文化方面的营养，这就显得真正的可贵了。

“吴江无江有江村，江边小村是大城。”写到这儿，我突然想起不知是谁说过的这样一句顺口溜。走过吴江的一个个繁荣而富裕的依靠乡镇企业发展起来的社会主义新农村，再回味这句话和思忖费孝通先生为什么一生钟爱他的“江村”时，似乎有了结论。

第2节 “天下第一镇”

说吴江，欲想绕开盛泽是万万不可能的，因为吴江的历史和吴江的多半声誉是盛泽给予的。君不见，在明清之际，盛泽曾与苏州、杭州、湖州齐名多时，号称中国“四大绸都”之一，且盛泽地处这三大名州之中央，故而更被商贾美誉为“四都之都”。

盛泽现在是吴江的一个镇，近靠浙江的嘉兴、湖州。盛泽的名字从字面上理解便可知当地初始的景况。吴江有泽国之称，苏州也有泽国之称，盛泽大概是泽国之“泽国”也。与盛泽相近的一个地方叫震泽，也是古时的名城之一，吴江设县后县府很长时间都在震泽。盛泽与震泽乃太湖东岸一带最著名的古城镇，曾经在历史上风光多时。相比震泽，盛泽少一些政治色彩而更多的是商气和人气。据《盛泽志》上讲，盛泽之所以称“盛泽”，是因为在三国时代，孙权手下有位司马叫盛斌在此屯兵，因此而得名。

说到盛泽，我这个苏州常熟人，自然多了一份情感，因为盛泽有位大才女叫柳如是的嫁给了我的邻居、大文学家钱谦益。钱柳的结合堪称“开放爱情之经典”。

盛泽才女柳如是原名杨爱，是当地的绝色佳人，幼年因家贫被卖到盛泽镇上的归家院名妓徐佛家当养女。受徐的教养，柳学诗作画，才情显露。成人后她改姓为柳，字如是。由于岁月沧桑，柳如是流落青楼。但柳性情开放，行为独立，具有强烈的反抗与叛逆精神。明灭清兴时，她与复社、东林党人交往甚密，并经常女扮男装，与诸文人纵谈时势，诗歌唱和。这期间她认识了大文学家、常熟豪门钱谦益，并一见钟情，结成秦晋之好。柳比钱小二三十岁，又是青楼出身，但这对情侣以鲜明而不屈的反叛精神，结为夫妻，且将婚事办得异想天开——一起乘船搞了一个“旅游结婚”，惊得当地俗人目瞪口呆。明朝彻底灭亡后，柳劝丈夫钱谦益在刀、绳、水三种死法中选一项结束生命，以抗清朝统治。钱有难色，柳愤而投河自尽未遂。钱谦益归顺清朝后因得不到重用和别人的猜忌，最后郁郁而死。钱氏家庭这时做了一件非常缺德的事：逼骂柳如是退出钱门，一代烈女、名媛就这样投缳自尽。柳与钱的爱情和婚姻悲剧，堪称绝版经典，同时我作为常熟人和钱谦益的邻居，似乎内心对盛泽的绝代佳人和旷世才女有一份深深的歉意……

言归正传。

关于盛泽，小时候我就随大人们摇橹划船或乘乌篷小舟来过此地，记得那时途经一座白龙桥时，便见过镌刻在石拱柱上的这副对联。儿时不懂，今复读此联，乃百感万叹：

风送万机声，莫道众擎犹易举；

晴翻千尺浪，好从饮水更思源。

儿时常听奶奶教训同族的女儿家时，会脱口一句话：“侬个小细娘，想标致，就嫁到盛泽去！”那时我只知盛泽是个美丽的地方，却并不了解身临其境“风送万机声”的特殊性。自20世纪七八十年代起的一二十年间，甚至到了今天，在苏州老家一带，这种“风送万机声”的景象仍然在这片土地上盛行，这也是为什么苏州繁荣和百姓富庶的原因之一。我的父老乡亲在二三十年前曾经为了争取温饱，除了种好一亩三分的承包地外，家家户户做起了纺纱织布的作坊式工业致富之梦，后来大家都进入小康后仍然没有丢下织布机而更加显示了苏州百姓那种富而不满足的勤奋与崇高的品质。

盛泽之“盛”是注定的，因为它所处的地域太优越了：北靠太湖，南邻浙江的嘉湖沃地。这里沃野平展，阡陌纵横，湖荡密布，河道四通八达，气候温和又雨量丰沛，古时就是蚕桑之地。据说五千年前就有先民在此种桑养蚕，纺丝织布。到唐代时，这里的丝织业已初具规模。《姑苏志》载：“绫，诸县皆有之，而吴江为盛。”而“吴江之盛”中盛泽为“最盛之地”。晚唐诗人陆龟蒙有诗曰：“尽趁晴明修网架，每和烟雨掉缫车。”到了明朝中叶，随着东南沿海的开发，苏杭地区成为中国经济中心，其商事日益繁荣，丝绸贸易尤为兴盛。作为苏杭中心地带的盛泽更是独显风情，形成了“水乡成一市，罗绮走中原”的盛况。明代大文学家冯梦龙在《醒世恒言》里是这样描绘当时的盛泽的：“那市上两岸绸丝牙行约有千百余家，远近村坊织成绸匹，俱到此上市。四方商贾来收买的蜂攒蚁集，挨挤不开，路途无伫足之隙，乃出产锦绣之乡，积聚绫罗之地。”自此起，迄今五百年间，虽世事变迁，历经盛衰，然盛泽的丝绸始终闪闪发光，名扬天下。从史书上得悉，盛泽发展很有意思：在它之前，有个黄溪市，明代时的黄溪市的丝绸交易十分兴旺，当时盛泽还只是一个青草滩，五六十户居民；到了嘉靖年间，盛泽的丝绸业迅速发展，这个后起之秀借助水运交通优势，没多少时间就将近邻黄溪弱化成属下的一个村落；之后盛泽镇与浙江嘉兴间曾冒出个新杭市，该市管辖“东南 90 里，居民千家成市”，然而由于盛泽依靠欣欣向荣的丝绸生产与贸易，最后又将新杭市淘汰至销声匿迹……

“先蚕庙里剧登场，男释耕耘女罢桑，只为今朝逢小满，万人空巷斗新妆。”这是文人对当时盛泽的先蚕祠“戏剧节”盛况的描述，这样的赞美与白描，在我们熟悉的茅盾小说中也多能找到。

盛泽之盛，可以从现在仍留下的一些景物中寻觅到。比如镇东的那座气度非凡的“先蚕祠”，不说其门楼高耸、飞檐昂角、三门并立之势，单内设的二层大戏台和那前面的可容万人观戏的广场，你便可知当年盛泽之盛。据说每年小满时节到来时，当地就要为“蚕神”唱三天大戏，且请的皆是江南名戏班。“就像现在央视的‘同一首歌’差不多。”盛泽的一位朋友的老爷爷如此对我说。盛泽之繁荣还有一个特点，就是它最先创立了“庄面”，即延伸到现在的贸易市场。在我小时的记忆中，我老家的市镇中，凡卖布卖绸的商店皆称为“庄面”。这也是从盛泽创建的“丝绸庄面”传来的，这一点足见其影响之大。盛泽还有一大风景线，是它众多的“会馆”。即使在今天你仍然可见在小镇上残留的古会馆旧址，据说共有八大会馆，它们是金陵、山西、徽宁、宁绍、济东、绍兴、华阳等会馆，一个乡拥有如此多的商贾会馆，在天下也是唯一的。“尚利民风薄，多金商贾尊。”盛泽之所以几百年商业兴旺，与这种务实的观念有着直接关系。

盛泽之盛，要感谢其水域的四通八达之便和地处苏杭之中间的地理优势，再加上其周围皆是桑蚕与丝绸的生产地。与盛泽一河之隔的浙江王江泾小镇，曾经也是与盛泽一样的繁荣之地，但太平天国时几经战争烽火侵袭，王江泾毁于一旦，盛泽则因水道之隔，免于战祸，因此王江泾等周边的商户干脆一起搬到了盛泽，使盛泽旺上加旺。在清代后期，中国的出口产品除了瓷器外，便是丝绸品，而盛泽的丝绸因其质量优异，后来又在巴拿马拿了数次金质奖、银质奖等荣誉而被国际商界广为喜爱（盛泽丝绸奖与贵州茅台酒同一年在巴拿马拿的奖）。

值得一提的是：盛泽还应该是苏南地区近代资本主义最早产生萌芽的地区之一。

1929年这里就有了发电厂，首创了电机织绸的先进工业生产，这使得盛泽更加名扬天下，并为沪、苏、锡、杭一带乃至全国输送了一大批技术工人。但盛泽能够形成名扬天下的“丝绸之都”，最关键和重要的还是它完美、健全的独特市场体系。

一是它的分工之细、专业化程度之高，它以“庄面”为中心，形成了丝行(经营茧丝专门机构)—织户(织造丝绸的农户或工场)—船家长(收购者)—绸领投（经纪人，为盛泽庄面独有的行业）—绸行（经营丝绸买卖的专业机构）—染炼后整理工场（从绸庄领料，加工后再送入绸行）—绸行，这样一个完整的生产流程；

二是服务体系完备配套，据建国初期的统计，在初盛泽镇上共有绸行83家、丝行66家、染场18家、炼场9家，另有钢扣店7家、梭子店5家、木作（主要是车木等）37家、银行3家、钱庄21家，还有“三产”的茶馆48家、旅馆10家、剧院2家、饭馆37家、成衣店62家、丝线作坊44家等，可见这是一个多么完备的丝绸之都。

说到盛泽丝绸业之旺，不能不提到两件事，一是这里的水，二是一个叫郑辟疆的人。

专家检测，盛泽之水柔性温和，因为主要以湖水为主，所以它比起其他地方的水更利于丝绸纺织业。说到郑辟疆这个人很多人是不知道的，但这位盛泽人的妻子的弟弟大家都知道，那就是费孝通。郑辟疆是地道的盛泽人，小时候家贫，18岁时看到上海的《申报》登出一则广告，上写着杭州蚕学馆招收学员，录取后试读三个月，如成绩优秀者可免学杂费和伙食费，于是郑辟疆就去报考。后来他被送到日本留学，其间他从房东的一位孩子那里偷学到一套日本养蚕技术——这种蚕成熟快、个头大、产丝多，回国后他在山东办学讲蚕桑学，后回到老家苏州创办了女子蚕业学校。1949年后一直任苏州蚕桑专科学校的校长兼任苏州丝绸工学院院长。郑是中国现代丝绸业的奠基者。

“人家勤机杼，织作彻晨昏。”盛泽之盛是曾经的历史。新中国成立后，因为相当一段时间里农村从事养殖和手工业被视为“资本主义”，加上一波又一波的“以粮为纲”和“学大寨”之风，盛泽的丝绸业受到毁灭性打击。但这里的民间丝绸纺织业和私下贸易之“野火”从来没有被彻底扑灭过，所以在“文革”后期，这里的农民们又在“地下”重操旧业，那时还主要是以“社队企业”为名，使得“丝绸之都”慢慢恢复元气。那个时候化纤产品开始兴起，所以有头脑的人就把目光放到了盛泽之外的广阔天地——他们出外购化纤原料到盛泽来，然后发挥本地农民的巧手和传统纺织所长，渐渐将“丝绸之都”的元气恢复过来。由于 20 世纪 70 年代末、80 年代初农村仍然以集体经济为主，故而农民们自发形成的社队企业和家庭小经济只能依靠“吃尽千辛万苦，走遍万水千山”来获得一方生存空间。

改革开放初期的盛泽丝绸市场主要生产单位仍以社队企业和农民家庭作坊式经营为主，其产品进不了计划市场和国家购销渠道，所以只能靠半地下的非正规市场。此时，广东等沿海地区已经开始与境外市场有一定联系，有从事丝绸业的商人将目光聚到了丝绸之乡的盛泽……

“那时镇上有一个旅馆，叫‘中心旅馆’，地处盛泽镇的中心地段，外地来的采购丝绸的人都住在那个旅馆里。他们来此进行原料供应和收购产品，渐渐这个旅馆挤不下了，于是有居民悄悄将自己的房子出租，虽说很便宜，但当时也算不薄的一笔收入。”在盛泽的一家民营三星级宾馆里，老板这样说，他当年就是靠出租自家的房子起步的，现在已经有三家旅馆和酒店，固定资本超过 3000 万元，每年收入稳定在几百万元。

我对盛泽的印象是在 20 世纪 80 年代中期开始的，那时在北京工作就听说老家有个“东方丝绸市场”，而且常在报刊广播中听到其名。“盛泽办起东方丝绸市场，首先要给当时的县长于广洲记头功。”一位早期参与建设盛泽丝绸市场的老同志向我介绍说，进入20世纪80年代，苏州地区的乡镇企业蓬勃发展，吴江特别是盛泽一带的民间丝绸业又呈“处处机声响”的局面，但销售方面仍处在低级的“旅馆交易”，即有人将货送到“中心旅馆”，住在那里的外地人将货收购或把原料运来在此卖给当地人而已，因为这种交易在当时还常被误认为是“投机倒把”而被打压，故始终没成大气候。可“野火”已经燃起，谁人皆难抵挡。加之温州人的小商品市场和常熟等地的车站服装市场的产生，让吴江人感到了自己的落后。

“应该充分发挥本地传统工业优势，把盛泽办成全国重要的丝绸集散地！”这话是县长于广洲在一次干部大会上喊出来的。盛泽人听了高兴啊，摩拳擦掌地喊着：“干！”

这一个“干”字，竟然“干”出了中国最大的丝织品市场，也使昔日的“丝绸之都”再现光芒。

“既然要做市场，就得挑块好地方、挑个大地方。于是县上和镇里的同志跑遍了镇区的四面八方，最后选定了镇北的一片荒地来筹备建丝绸市场。这个地方原来叫北白漾，是个湖地。20世纪70年代围湖垦地成为种稻的低洼水田。整个盛泽镇区又因为像一根秤，两端挂着南北白漾，联结两漾的正好是一条穿越镇心的市河，那河上有七座桥，恰似秤杆上的秤星。南白漾是小湖，犹如这把秤杆的秤砣；北白漾大，所以百姓称它是秤盘。我们的市场就建在这个秤盘里……”老同志很幽默地向我介绍，“1986年10月初建这个‘东方丝绸市场’时的第一期面积只有8000平方米，约200来家商户入驻，而且多数是乡镇企业，少数个体商户中又都是外地人占了多数。但就是这么一个丝绸市场一出世就威震四方，不到三个月，市场就被挤得水泄不通，不得不重新考虑扩大……”

这是吴江人和盛泽人都没有料到的，因为当时连以办小商品市场而出名的温州人都对“东方丝绸市场”刮目相看。

“……来到这里，看到的是一片兴旺繁荣景象，只见占地近万平方米的‘丝绸方城’，四周是一百多家商店，中间是近三百个个体经营的各种成衣服装摊，到处挂着五彩缤纷的被面、围巾、领带和衣服，真是琳琅满目，五颜六色，应有尽有，美不胜收。场内国营、集体、个体经济并存，批发零售兼营、以批发为主，经营品种以丝绸为主，兼营化纤、针织、服装、工艺品、小百货等两千余品种。它既是一个服务型交易所，也是一个大型商品展览馆，吸引了各地顾客，天南海北，遍及全国，还有慕名而来的外商……”这是《温州日报》记者在东方丝绸市场开办三个月时写的一篇现场报道，文字间洋溢着无限向往和赞美之辞。

吴江的同志私下对我说过这样一句话：“欲将吴江经济搞上去，盛泽的事做好了等于完成了一半。”

此话是有道理的，因为吴江的工业和经济过去一直是以纺织为首，而盛泽是吴江纺织业中的龙头。盛泽旺，则吴江旺。吴江的领导者深明此理，因此他们在抓东方丝绸市场时一开始就非常有远见。

一是招商上，宏观引导与必要的行政干预相结合，对生产企业的进场经营，既作全面发动，坚持自愿，又规定任务，特别是乡镇企业和个体户，尽量争取劝其进场，同时还从杭州一个市场上动员了吴江籍商户回到盛泽市场经商。

二是资金上，借贷与自筹相结合，国家没投一分钱给东方丝绸市场，靠的就是社会力量。

三是建设规划上从长远计议，又注意配套设施和主体工程同步进行的构架，使得市场在快速发展中始终保持了相对的完美与稳定。而最关键的是吴江人对办市场的宗旨明确，他们确定的“招揽商贸，荟萃信息，搞活流通，服务城乡，立足本县，面向全国”的定位从一开始就十分明确。

“买了爆竹让别人放。”这是盛泽办市场的一大特色。所谓“买了爆竹让别人放”，就是吴江人和盛泽政府只管把精力放在建设好和完善好市场的设施与配套工程上，至于利益尽可能让客户赚得，甚至宁可让外埠人多赚，从而使得盛泽丝绸市场在纺织之乡的苏南地区迅速崛起并辐射与影响周边县市。

“第一年，市场的交易额为 1.2 亿元；到了 1990 年，已经达到 10 个亿，成为国家农业部评选的全国十大乡镇之首。‘华夏第一乡’的名称就是这样来的。”年已花甲的老沈自豪地说，“当年我当经理时，一天接待外地来参观取经的人最多时达 17 批，开始我自已掏钱请他们吃饭，到后来，哈哈，我请不起了！ 20 世纪 90 年代后，我们吴江一带的农民基本不种田了，农民们忙着开厂织布做生意，田地都给了绍兴人种去了。这跟老人们讲的盛泽旧时一样，明清时我们这儿的人都当了工商户，绍兴人过来种地养蚕。新中国成立时盛泽划成分，结果发现绍兴籍的人特别多。”

盛泽的丝绸产业大发展是在 20 世纪 90 年代以后，此时以盛泽为中心的吴江、嘉兴、湖州和苏州的丝绸业及纺织业飞速发展。1995 年，江泽民总书记也来到盛泽视察，他对这里的“日出万绸，衣被天下”的繁荣景象，给予高度赞赏。20 余年来，盛泽丝绸产业始终位居全国同行之首。2007 年，市场交易总额达 500 亿元，“中国第一镇”的威名已不再是神州大地上的传说，它已载入世界经济发展传奇史。

现在你到吴江，主人必定先要带你去盛泽市场看一看。到那里，你想象不到这个在广阔田野上崛起的“丝绸之都”竟然会是中国的一个乡镇驻地。那耸入云霄的五星商贸大厦，那一望无边、热闹喧嚷、两边竖立着万千商户标牌的商街，那万台无梭织机齐声轰响的巨型车间……你看后除了惊叹还是惊叹！

“想看看汉通吗？”主人问我。

求之不得。

于是我随吴江同志到了盛泽商贸街的“汉通”店面。老板是一位比我年岁稍大些的“大阿姐”，姓钱，名阿玲。极普通的盛泽人，钱阿玲人朴实，生意却做得惊心动魄。

她上来就直言快语地说道：“我人长得难看，可布做得相当好看。”这话惹得我们开心地大笑。其实阿玲姐长得也很秀气，心眼更好。

阿玲姐介绍说，她21岁进乡镇企业，那是1974年的事，一个只有十个人的水泥制品厂。

“我当仓库发货员。后来镇上办了东方丝绸市场，我进了东方丝绸印染厂，30块钱一个月。领了工资就分给家里六个兄弟姐妹，自己留6块，这6块钱还要给弟妹做衣服。那时家里紧巴巴，可我是全大队唯一一个进厂的人，很光荣的事，可以说是乡镇企业让我和我全家摆脱了贫穷。”阿玲姐一边做着生意，一边娓娓向我道来，“后来镇上有了市场，加上原来的厂也转制了，我就自己出来做生意，一直到1998年自己办厂。当时买了15亩地，6万块一亩，共投资2000多万元，一半是过去厂里的同事，一半是下岗工人……”

“厂呢？”我看看并不大的店面，想知道她投资2000多万元的厂子所在。

“我们去看看?！”主人笑着建议。

“好啊，走！”

于是我们坐上她的豪华车，十几分钟后到了盛泽工业区里一片非常气派的厂区。

“这就是我的厂。”主人说。

进厂门，抬头见一栋三层大楼，新的。里面刚刚装修完，能照出人影的大理石地面和墙壁，以及一间间宽敞的办公室及会议室，不由令我惊讶地问主人：“阿姐，你夫妇俩用得了这么多的地方吗？”

“用得着，”阿玲姐笑笑说，“我的产品现在跟六七个国家的外商有贸易，‘老外’经常到我这儿来，过去一直让他们住宾馆，以后他们住我这里就行了。”原来如此。

再进她的纺织车间时，我完全被这位盛泽阿姐的家业所折服了：数百台世界上最现代化的电子织机正在齐鸣，令人想象不到的是，她织的丝连肉眼都看不到——细到头发的十分之一！

“我现在做的都是国际市场上的高端产品，平均一天要出两个新品，一年要做500—600多个品种。这个车间的400台无梭织机，24小时不停……”主人说。

“你一年能赚多少钱？”我忍不住问个傻问题。

直率的阿玲姐，毫不犹豫地说：“我公司一年的交易金额大约一个亿……小老板哟！”

“一个亿还是小老板吗？”

“当然，在我们盛泽一个亿绝对是排不上名的。”钱阿玲肯定地说。

走出钱阿玲的厂，见旁边的一家规模相当的“盛发”厂。我随口问道：“这家也是本地人开的？”

“是，他叫谢友义，现在也算一个大老板了。至少有这么个数吧！”钱阿玲伸出右掌，翻了翻。

十个亿？

“差不多吧！”钱阿玲说着自己先笑了起来，“可他的外号叫‘一亿元小老板’。”

“怎么回事？”

“2003年中央电视台四套给我们盛泽做了一台节目，叫作‘让世界了解你’。我们镇上去了20个人，谢友义坐在第二排。主持人问一个问题时，他先举了手。主持人看他那么年轻，就问谢友义，你那么年轻就做生意？谢赶紧说自己是小老板。主持人又问，你资产现在有多少？谢回答，一个亿吧。这时现场‘哄’地喧哗起来。大家都在议论说一个亿资产还叫小老板呀？我们的镇党委书记就赶紧站起来圆场，说在我们盛泽，亿元以上资产的老板很多，像谢友义这样刚够亿元资产的企业家只能称为‘小老板’。原来如此！可这次节目回来，谢友义就觉得自己很没有面子，因为有人见他就叫‘一亿元小老板’。他从那时起就发誓要当大老板，这几年他干得很出色，现在应该算是迈入大老板的行列了……”

听了钱阿玲的介绍，我不由再次用敬佩的目光看一看“盛发”。

我相信，在盛泽这片到处洋溢着丝绸之美的热土上，像钱阿玲和谢友义这样的由普通农民成长起来的企业家成千上万，是他们用自己的勤劳与智慧，以及对市场经济的敏感和经验，编织出了这个中国“丝绸之都”的锦绣美丽与万丈光芒，也将这锦绣美丽与万丈光芒带给了整个苏南大地与世界的纺织业……

在这样一批盛泽人中，我要再介绍一位民营企业家。他叫盛友泉，没有人查过他的祖谱，但盛泽人告诉我，在这里，盛氏人家基本都是三国盛斌的后代，那么盛友泉应该也是。盛友泉现在可能是盛斌后代中生意做得最出色的一位，理由是他有一座盛泽最高的建筑——盛泽国际大厦，32层高，五星级宾馆和写字楼。如果夜间来盛泽，那座独耸在丝绸之都的“国际大厦”格外光彩夺目，光芒四射。白天看，这座大厦则如丝海中的一艘扬帆巨轮，乘风破浪行进着……

1984 年，19 岁的盛友泉进了乡镇企业当纺织修理工，第二年他进了镇上的新华丝织厂，开始学习和钻研丝织技术。1990 年“东方丝绸市场”建起后，他是第一批走出乡镇企业下海经商的盛泽人之一。开始是小本买卖，三年积累了十几万元钱，这是他在丝绸业中挣得的“第一桶金”。与一些“白天开店，晚上数钱”的小老板不同的是，盛友泉在白天忙完商务后，晚上便一头扎在钻研生意经上。三年后他瞄准市场，投资搞印花纸，创办了盛泽第一家印花纸企业。独门生意，风险很大。但盛友泉依靠汗水和智慧赢得了市场，不到三四年他的企业已经有了 2000 多万资本。此时，盛泽的丝绸市场恰逢大发展时期，镇西的白漾湖畔有 48 亩土地要建一座城市化标志性建筑而进行拍卖。经过反复斟酌，盛友泉出手一举拿下了这块黄金之地，盛友泉从此成了盛泽“第一富”人物。你想：当时他是以每平方米 4770 元拿下这块 48 亩的黄金标地，要多少钱？普通老百姓一听都快吓死了！号称“江南水乡第一高楼”的盛泽广场国际大厦经过一年零九个月的施工建设，在新世纪初正式开业，这给丝绸之都的盛泽平添了真正意义上的现代化形象。之后什么银行、跨国公司等商业、金融和娱乐、时装巨头纷纷入驻这个江南水乡的小镇，而盛泽也不再是人家传统印象中的江南小镇了，北京、上海、苏州等大城市里有的酒吧、婚纱楼、麦当劳、国际商务等在这里也应有尽有……

“从起步时的 10 万元，经过 6 年后我出资 1600 万美元与外商合资兴办吴江祥盛纺织公司，再后来办盛世地产集团公司，靠的就是盛泽人始终有想法、有点子和实干的精神。”盛友泉总结说。

迈入新世纪后，盛泽丝绸业开始全面进军国际市场，这时整个盛泽丝绸业需要引进一批世界上最先进的日本喷气无梭织机，开始日方要价很高，盛泽方面的企业大感头痛。盛友泉因此联合本土 16 家大企业成立联合采购团赴日与日方谈判，迫使对方比原价格低出 12%成交此笔数亿美元的引进技术项目，成为吴江一大美谈，也震动了世界纺织行业。

“这一次买卖，我们盛泽人少花了 1 亿美元。”盛泽人因此对盛友泉更加敬重。

“联合不是简单的 1+1，重要的是参与联合的每一个个体都发挥了自己的潜能，并在此基础上取得双赢、多赢的目标。”盛友泉这样说。

创建“国际大厦”和联合进行国际采购后，盛友泉及他的公司又频频出手在苏州、太仓、上海等地置地开辟新产业，尤其是他在自己的家乡投巨资建盛泽第一条“步行街”，使盛泽这个东方丝绸之都的国际化水平大大提升。

离开盛泽之前，遇上了一位浙江温州籍的新盛泽人，叫潘云飞。之前，潘是温州永嘉的农民，后来他跟着同乡在东北沈阳有名的“五爱”市场上做生意，200 元起家，十年下来积了一定资本。更重要的是潘云飞做人深得人心，当地市场管理机构对他很看重，让他当市场的党支部书记。其间他多次来过盛泽，有同乡鼓励他到这里从商，潘云飞顾虑那边的浙商总会的“书记”职位没人接，不好意思到这边来。后来孩子上学的问题让他头痛了：由于东北的市场社会治安等环境欠佳，他不敢将孩子送去那边上学。“到盛泽来嘛！这里社会风气好，离家乡又近，学校教育质量更好，快来吧！”同乡人再次劝他。

“潘总，我们愿意无偿给你 10 亩地，你可不能走啊！”东北市场的管委会领导挽留他。但为了孩子，也为了生意，这回潘云飞下定了决心。

来到盛泽后，连纺织机是什么样都没见过的潘云飞，凭借着他对盛泽市场的理解和认识，很快置了26亩地，买了48台纺织机，开始融入丝绸之都的纺织行业之中。仅两年后，他看准盛泽经济的发展势头，联合另一位浙江商人在“东方丝绸市场”旁建了一条“温州街”，专门吸纳来盛泽做生意的温州商人。现在这条“温州街”在盛泽市场独显风采，因为特别能经营的温州人带着他们薄利多销的理念和善于吃苦耐劳的精神，给盛泽市场注入了新的血液。

潘云飞没有因此满足，之后他又根据盛泽市场缺少纺织机械的情况，联合几位浙江老乡投资1.3亿多元兴建了一个55000平方米的“纺织机械市场”。这一市场的建立，除了使潘云飞本人在丝绸之都中名声大振，更主要的是为健全、完善盛泽丝绸产业搭建了更好的平台。现在盛泽镇本地户籍人口只有十几万，在此生活和经商的外地人也有十四五万，其中光潘云飞家乡的温州人就有五六千，他们中已经有不少人把户口都迁到了盛泽，成为真正的新一代盛泽人。

盛泽，正是被盛友泉、钱阿玲、潘云飞这样的实干家打造得更加光艳美丽，东方丝绸之都也是这样越来越红火和充满魅力……

第3节　金与火，还有木、水、土

吴江是水的天堂，水的文化，水的历史与现实，还有小桥、人家。

吴江的水文章在整个苏州市的区域发展史中占有最典型、最突出的位置。吴江离开了水就没有精彩的特别文章，吴江的一切精彩皆与水关联、皆因水生辉。故而所有到过吴江的人都感觉到，吴江之地乃是苏州之苏州、江南之江南……

我读过一位北京姑娘写的一篇“吴江漫忆”，很有“小桥流水”般的情致意韵。她这样说——

江南好，风景旧曾谙，日出江花红胜火，春来江水绿如蓝，能不忆江南？

这曲江南小令正是道出了人们对于梦里水乡缠绕数千年的眷恋。她的富庶与平和，笃厚与安详可谓古来有之。

某日，天高云淡，我们走出上海虹桥机场，不足三四十分钟路程，便抵达了吴江境内。迎面一股温和的带着少许凉意的湿气缓缓地在身周晕染开来，轻柔地将你拢在南方特有的水汽氤氲中，整个人也便在不经意间变得轻柔细腻起来……

闲庭信步间去看吴江的一草一木、风土人情，如唐人所说皆其神明。

这里的街道与市容，是我所见过的内陆小城中少有的干净整洁，尤为难得的是每个路人的神情都平和安详，远远走来竟似带着笑意。在这个浮躁而疲于奔命的年代，吴江让人舒坦得平添万千浪漫。

一个小店、一个小店地推门而入，每个店家在友善地招呼后，便由你自行欣赏，仿佛你是她家不请自至的客人，既不过分热情也不漏落礼貌。在一家时装店试了几件衣服，打算撤；店家竟然全无愤恨之色，甚至始终保持着亲善微笑，声言“欢迎再来”。这要换在一些大城市，不被白眼才怪，但在吴江不会有这种尴尬。我碰到的都是此温婉友善谦和持礼的江南女子。所以我的“荷包”最终空了，实在无法拒绝她们隐约的期待，尤其是那一低头的温柔与一句软酥筋骨的吴语……

古人早谓，人生贵极是王侯，浮利虚名不自由。争得似一扁舟，弄月吟风归去休。归去休——吴江的柔情深意在这静谧的夜里如潮水般淹没了我所有的记忆。

吴江处处皆诗意，这是因为多水、水好的缘故。

其实对我这样已经漂泊在外几十年的“苏州老乡”来说，最愿意听的还是那些曾经经历了苏州经济发展各个时期的老干部、老乡亲们的讲述，因为他们是历史的见证人，从他们嘴里讲出来的故事让我常常激动和感动……在吴江，我又一次有这样的收获。

那天在一家茶馆，我见到了几位吴江老领导，还有几个专门从事政策研究的老学者，他们的满腹“吴江经”好听而精彩，其中一位叫吴海彪（市府调研员）的说：

吴江的经济是无中心的经济，也就是说看起来并没有一个完整和刻意主导、捧月式的中心产业，但却在这种无中心的产业中形成自己独特的产业。比如盛泽的丝绸市场，它是由这个古老的丝绸之都根据自己的传统发展起来的，之后带动了周边数个乡镇，甚至形成吴江第一大纺织产业的形态。再比如以七都镇为龙头的电信电缆产业，当时就因为这个地方的老百姓从20世纪五六十年代起就有一批人到上海去捡破铜烂铁，后来归类将这些东西卖还给上海人，于是同上海人有了交往。上海人就到他们那个地方去，把有用的东西拿走，留下了钱，顺便还带回些当地的农副产品和水产品，这样一来二往，七都便成了与上海有着密切关系的地方。当电信产业蓬勃发展时，七都人从小打小闹的“捡破铜烂铁”一下发展到全国最大的电信电缆产业基地，并且辐射到周边几个乡镇……这就是吴江模式，它既不像张家港一上来就猛势，也不像常熟只要看准苗头上来就非常厉害，更不像昆山闯出个

“自费开发区”。

吴江人的性格与水多有关系，更主要的是由于这里历史上人少水多田多，农耕经济和水域经济比较发达。费孝通这位老乡曾经这样评价过吴江人：吴江人的优点是老实，缺点也是太老实。吴江人的特点确实隐含了诚信、精明、勤劳、温顺、礼义和不敢最为先的品质，就像湖荡之水，喜欢干什么都求平和。有人说这种性格好，也有人说它不好，但这就是我们吴江人的基本性格。

吴江人的这种性格确实很像湖塘之水，它不像大江大河那样汹涌激荡，总是平和温情，然而这并不是说湖水就没有性格、没有个性。我们这里有一位叫徐关祥的企业家说的话很有代表性，他曾是党的十四大代表。他说，我喜欢做“老二”，但这个“老二”一定是最强最大的老二。第一个吃螃蟹的是别人，而我是第二个吃螃蟹的人，我看着第一个吃下螃蟹没事后，轮到我吃时一定是狠狠吃它一大口，一定比第一个吃螃蟹的人要吃得多、吃得狠、吃得更有水平。

这就是吴江人的哲学，吴江人的思维和行为方式。

从20世纪六七十年代苏州地区的乡镇企业起步开始，到世纪之交前后的新型经济大发展的当今这些年里，吴江的经济发展路子走得平稳，似乎也没有大起大落，甚至让人看起来有些顺其自然的状态。然而也许这正是吴江的特色和一方湖塘之水孕育了吴江人的性格特征和追求方式——兄弟县市各社各村大举兴办各类小企业时，他们则静待机会，后发制人，最后借助盛泽丝绸优势办起了全国最大的纺织市场并且将这种优势一直保持至今。当别的兄弟县市的企业在不停追求大公司、大集团时，吴江人则悄悄地利用自己的优势形成板块经济，通过一个镇、一个乡，甚至一村一队，构筑起自己板块加网状的特色经济，并将这样的板块和网状经济组合起来，形成力量与攻势……

吴海彪的归纳性阐述，使我联想起了在吴江的几个农村和市农委的采访，我记忆中吴江这些年的经济发展特点之一是农民的收入提高得非常快，平均增幅都是两位数。我知道整个苏州的农民收入在全国是数一数二的，而吴江的农民收入在苏州各县市中也是佼佼者，2008 年人均收入超过 13000 元了。农民的养老、医疗和卫生方面的各种保险与福利也是最完备的。每到一个村，你都能看到农民图书室、医疗卫生室、办婚丧喜事的公共场所和老年人修身养性的农家乐园。市领导介绍，在吴江全市 250 个行政村中，达到省级卫生村的就有一半之多，创建省级生态村的有 70 个，绿色社区 43 个，同里和七都镇还被评为“全国优美乡镇”。

在这片水色满天的泽国之地，我还欣喜地看到了像肖甸湖森林公园等计 32 万亩的森林……碧水连天下竟然镶嵌着这么多参天大树，你就不能不爱吴江了！

“这些年，我们吴江经济开发区得到迅速发展，其中一个重要原因就是吴江的水、吴江的地吸引了众多外商和台商的结果。”在与苏州和昆山接壤的吴江北端的经济开发区，主人自豪地介绍说，“吴江开发区虽然成立得较晚，是 1993 年经省批准的，它经历了三个阶段：第一阶段是 20 世纪 90 年代，第二阶段是 2000 年以后的三四年间，第三阶段是从 2005 年至今。

“这三个阶段也可以看出吴江人的性格。第一阶段是我们的创业初期，主要是跟着苏州工业园区走，从选择开发区的区域到战略步骤上，我们都是看着苏州工业园区的那些‘第一个吃螃蟹’的人在如何与新加坡商人打交道中学习经验，然后看到苏州工业园区蓬勃发展起来后就悄悄把‘跳板’搬起来，接到他们身边……这个时候开始，我们就把眼睛盯住那些正在苏州工业园区谈判的外商，一旦见有外商带着项目在那里没有谈成，我们就立即出击，和和气气地将他们接到吴江来，让他们看一看我们的开发区。于是那些外商特别是台商们常常会惊喜地叫起来：啊呀，我到你们吴江来投资不也一样嘛！这里距苏州才十里路，挨着苏州城，又与上海离得那么近，到虹桥机场比从苏州、上海城区出来还要方便……再说，吴江开发区的门槛也低不少，投资成本低，不在吴江投资才傻呢！不走了，就在你们吴江投资了！”

呜呼，吴江人后来得福，同时也实现了后来者居上的发展目标！

“第一阶段可以说我们是看着人家先吃螃蟹后跟着吃螃蟹的。第二阶段是我们学到了吃螃蟹的本领后就开始发力——狠狠吃起螃蟹来了。

“这一阶段我们以台资企业为龙头，大力发展电子产业，不到两三年时间就成为省级电子信息产业基地，2004 年又被批准为国家信息产业基地。这期间像日立电子、NEC 东金、大同电子、华映视讯、高创电子、泰宝电子、亚旭电子、凤凰半导体、中达电子、华冠通信等世界著名电子企业纷纷入驻我们的开发区，其中台资企业占了 85%。第三个发展期是 2005 年我们的开发区被国务院批准设立出口加工区后，外资与台资企业来吴江落户的势头成倍增长。仅 2005 年一年，全开发区就新引进外资项目 62 个，注册资本 6.36 亿美元。民营企业入驻 99 家，总投资人民币 30 亿元。这些年开发区的发展更加突飞猛进，尤其是电子信息产业，形成了光电群落和群聚效应，区内已经形成了完备的光电子产业链。

“十余年时间，吴江依靠‘第二个吃螃蟹’精神，实现了光电子占据全市企业领跑地位的新经济发展时代，也就是说，我们吴江开发区仅用全吴江 7%的土地、5%的人口和 8%的工业用电量，为吴江市创造了 30%的地区生产总值、22%的全口径财政收入、45%的工业产值以及 80%以上的进出口总值，彻底改变了以纺织为经济发展第一引擎的旧历史！2008年，我们吴江开发区实现工业总产值近1000亿元，占全市的工业总产值的一半以上……”

看，这就是吴江经济发展的模式，他们是“第二个吃螃蟹”者，然而这样的后来居上者难道不值得我们同样尊敬吗？难道不是另一种求生存、谋发展的经验吗？

水孕育了吴地，水看起来柔软，但水汇聚到一起的时候，一旦发力，同样势不可挡，排山倒海。从水中是可以淘出金子的，吴江的开发区的另一种快速发展其实就是通过吴江的“水”精神为吴江淘出了一个大“金娃娃”。

吴江因为这些年有了开发区的快速发展，其经济实力不断攀升，跃居全国百强县市的前十位。

有了“金娃娃”，吴江的经济与社会发展就“火”起来了……

于是它原本的优势——水、木、土的资源从而得到更加健康的发展。

写到这里，我正好看到吴江同志给我的一本《吴江现代高效农业典型》的小册子，里面的一些材料虽然简单，可仍然令我非常激动，因为它弥补了我有限的采访时间中没有看到的许多“吴江经济”现象。

因为水，吴江有一个产业必须提及，那就是它的渔业。这些年由于盛泽的丝绸市场和开发区光电子产业的光芒太耀眼照人了，所以吴江渔业似乎有些暗淡。其实吴江渔业从来就没有停止过它的快速发展，2008年，吴江渔业实际收入已经超过20多亿元，牢固地占据了全市大农业的半壁江山。在全市1176平方公里土地中，近50万亩水域一直是吴江最宝贵的基本资源，它是吴江人过去、现在和未来永远的生命之根。这中间有松陵镇的朱水根水产合作社、黎里镇北厍社区名声显赫的周荣华华鑫养鳖集团、万顷太湖蟹围网养殖基地、七都太湖蟹交易市场等，都是影响江南水产市场的“大秤砣”，千万别小视了它们！

有水的土地最肥沃，于是吴江还有像菀坪柑橘农业合作社、玫瑰花卉市场、震泽新申农庄等这样的新农村、新天地，它们个个都是美不胜收的地方……

绿江南香粳米

江南牌太湖南瓜

谷田大米

江南牌胡萝卜

江南牌香青菜

芸香牌苏柑一号

汾湖牌青熏豆茶料

元荡湖牌花鲢

万顷牌河蟹

七都牌银鱼

阿四牌太湖蟹

八坼牌松花蛋

莺栖牌特制黄酒

同里牌特制精选米

思鲈牌西瓜

江南牌太湖藕

……

这是我随手抄下的吴江名优农产品，计 150 多种，我看着都想流口水。

吴江就是这样一个水韵之地、丰饶与美丽之地，温情中快速发展着的清香城市。

吴江还有一个更加诱人的淡雅之美留在后面说，读者若不看便会留下最大的遗憾……

第22章　金太仓之光

现在该说到太仓了。

写苏州假如不写太仓，我母亲不会饶我，就是在天堂里的父亲也不会轻饶我，因为从小我的双脚中有一半是踩着太仓的土地长大的。我的父亲有两个妹妹嫁在了太仓，我母亲有两个姐姐嫁在了太仓，我的干爹干妈在太仓，你说我能忽视了太仓？那不等于忘本吗！

问题的关键是，太仓是苏州人甚至是江苏人的一块“心头肉”——为了捍卫这块土地，江苏人没少跟上海人较过劲。20世纪50年代之后，地少人多的上海一直想把“隔壁”的太仓划为己有，并且多次与江苏商量这件事，可江苏人就是不干。苏州人和太仓人也渐渐死了想攀上海亲的这份心，像一个多情的少女尽情地爱慕着邻居的俊小伙而不敢言及婚姻一样，只能把爱情深深地埋在心底……这都是“文革”前后某一个时期的事。其实连我这样的常熟游子在心里也一直存有一份想成为上海人的情结，理由并不复杂：我们常熟离上海也近，生活上有很多事离不开上海。

但在国家范畴内，行政区域的界限是主政者心目中天大的事，谁想越境寸尺，谁可能就是大逆不道。

太仓人在很长时间里处于江苏与上海之间的那种不明不白的复杂而微妙的关系之中，想有所为，却很难有为。

风头火了，东边的眼红，西边的省城又在想：这个太仓是不是又在想“叛逆”了？

落后了，东边的在想：你江苏既然管不好，干脆划我上海来何妨？

美的你！太仓没发展好，就因为受你上海“毒”太深！江苏方面又有人嘀咕。

太仓人真的很难。太仓干部在我采访时没跟我说过这些，但我是半个太仓人，怎不知其心头的甘苦？

太仓与昆山一样，都是紧挨上海的两个苏州县级市。昆山人有点敢爱敢为，他们在20世纪七八十年代与上海人攀亲结姻时就没怕过谁；相比之下，太仓人没昆山人那么敢碰硬和敢冒险，他们即使与上海人好，也是“悄悄地进村，开枪的不要”。

这就是太仓人——改革开放之前的太仓人。

然而今天的太仓则不是这个样了，他们的观念、他们的思维、他们的工作姿态早已彻底地变……

我们还是来重新全面认识一下太仓吧——

太仓这个名字好到不能再好，就像常熟的名字一样，太仓的名字本身照映了江南鱼米之乡年年丰收的景象。早在三国时代，吴主孙权开创东吴基业后，年年丰收，百姓欢欣，国力增强，于是在靠海的一片广袤沃土上建设了无数存粮的大仓，久而久之这里就被称作“太仓”了。

中国的元代，政府便开始开发海上运输业，太仓作为中国的始发港而从此迅速繁荣起来。据说为了建太仓城，当时的政府一声令下，几天时间里，就从我老家的支塘运去了无数砖瓦和木料，几十天内就建起了“太仓城”。

“漕运万艘，行商千舶，高樯大桅，集如林木。”这是当时太仓港的繁荣景象，堪称“第一码头”。

明永乐、宣德年间，中国大航海家郑和七次下西洋，每一次都是从太仓港起航的。郑和屡次下西洋的航海壮举，也给太仓港带来了更多的荣耀与繁华。至明朝中叶，这里已形成亦耕亦渔、亦工亦商的多元经济格局，商品经济相当发达，社会获得空前发展。尤其是融各种元素的文化汇聚此地，使这块土地有了更多文化艺术方面的探究与创新可能，其中最有影响的有娄东画派的形成（太仓亦称娄东，是因为它位于古航道娄江之东）。明末清初，太仓的王时敏、王鉴继承前代画家传统，首开娄东画风，被誉为“画苑领袖”“后学津梁”。娄东画派曾是清代盛极一时的主流画派。

让太仓人最感自豪的还有一件事，便是太仓乃是中国昆曲的发源地。

现在大多数人知道昆曲是昆山人创造出来的。这一点亦非虚假，不过，追根溯源，昆曲最早一直是流传于太仓和昆山一带的一种民间戏曲，而昆曲真正成为“拿得出手”的曲种，是因为后来一直定居于太仓南关的魏良辅，他潜心数十年收集和总结了流传于当地的昆山声腔和北曲的一些优点，又融入这一带民歌的元素，才革新、创制出了流丽悠远的“水磨调”，即真正意义上的昆曲。

太仓人认为昆曲是他们的祖先创造的，还有一条根据是，在清初，宋直方的《琐闻录》和叶梦珠的《阅世编》记载：一位善唱北曲、素工弦索的张野塘，因罪流戍太仓，魏良辅非常欣赏此人，将女儿许配其为妻，使张野塘成为其改革创新昆曲的得力助手。张野塘“并习南曲，更定弦索音节，使与南音相近，并改三弦之式”，在此基础上融合南北声腔，组建了弦乐、管乐配置完备的丝竹乐队，为昆曲伴奏，故而使昆曲真正开始成熟。

“一曲丝竹心已醉，梦听余音夜不寐，内中微妙谁得知？仙乐霓裳人间回。”江南丝竹是中国传统乐器中的一个重要种类，它属于太仓之种，所以太仓现在被国家文化部门授予“中国丝竹之乡”。

太仓不仅是戏曲、民乐之乡，而且还是许多民间故事和传说的重要发源地。其中最有影响力的《牛郎织女》——这对千古不朽的“中国情人”的故事——据说就是产生于此。我小时候就去过太仓城厢南郊的一个叫黄姑村的地方，听父母讲以前这里有一座牛郎织女庙，1958 年“大跃进”时拆掉了，近几年又修了起来，只有庙前那棵千年古银杏树从来没有挪过窝。“七夕女儿节”，在我们老家又称乞巧节，每年逢此节时四方善男信女蜂拥而至，虔诚地举行祭祀仪式。

文化得以如此多姿，皆因太仓有个“六国码头”的大港。古时太仓因港兴业，现时太仓的繁荣仍然没有离得开港口。

相比之下，太仓在苏州各县市中常常被称为“小弟弟”，除了它特殊的地理原因外，太仓地小人少，与大块头常熟、张家港比自然小得多。常熟总人口超过百万，张家港有八十多万，太仓只有四五十万人，面积也比上面两个大县市小了近三分之一。过去通常情况下如此论说太仓，太仓人自然心里不服气，但不服不行，因为中国许多事是要看“总量”的。于是太仓吃亏是必然，“小太仓”的名声也是这样有意无意中形成的。

太仓人憋足劲，这些年“小个子”使出了大劲，连年跨上新台阶，与昆山、常熟、张家港、吴江几位老大哥一起，也进入了全国百强县市前十名。可是苏州人知道，太仓能进百强前十名，使的劲儿绝对比几位老大哥要多得多。所以当获悉太仓进入百强县市前十名时，苏州领导特意跑到太仓表示祝贺。“小弟弟”进入百强前十名，对于苏州来说意味着“全体出线”，对太仓来说则意味着从此谁也别小瞧了“咱”！

“咱是好样的！”太仓人扬眉吐气啊！

开始我并不了解，后来才知道，十多年前的20世纪末，太仓有过一段“屈辱”的时光。那个时候苏州除太仓之外的各县市已经发展得相当强大，一直高居于全国百强县市的前五位，唯独太仓这个小弟弟始终没能上百强前十名的榜。那些年与太仓一路之隔的邻居昆山发展一日千里，“昆山之路”的光芒和声望闻名天下，他们的开发区经济模式如日中天。恰巧那时正在进行撤县改市的风潮，于是有人在苏州领导面前出谋：干脆把“强昆山”与“小太仓”合在一起叫“昆太市”吧！

“昆太市好啊！昆太市一旦成立，我们可以同上海市较量较量了！”昆山人暗里欣喜若狂。昆山人是能干大事的，他们对此十分拥戴。然而太仓人心酸死了，说什么也不会同意这种“屈辱”的合并。

此事真假我没有考证，我想这种说法并非空穴来风。

“其实在1988年前，昆山是不如太仓的！”陆冬权，一位新中国成立前参加过地下党的老太仓人告诉我。

“我给你举个例子：20世纪60年代初的三年自然灾害期间，当时我们太仓还有1620万斤粮食在粮库里放着，是多年积存下来的。县委看到老百姓的地里没了收成，便决定将这些粮食拿出来救济大家，使太仓老百姓安度了三年困难期。可昆山那时穷得不行，老百姓拆了房子跑到我们太仓的一些富裕镇上去换粮食。我们的老百姓还不敢把粮食换给昆山人，县委也不敢，后来是苏州专区的领导发话后才给昆山人换了，那可是救命粮啊！太仓有粮，是因为我们没有在浮夸风中虚报粮食数量，结果队队都有余粮，百姓没有因大灾饿肚。从合作社开始到人民公社的那几年里，太仓人向国家交粮一直是全省第一名。所以我们太仓自古以来有‘金太仓’之称。”陆老说。

而今天当我们再步入这片金灿灿的土地时，你会惊喜地发现，“金太仓”是真正意义上的名不虚传。

近十年间，太仓是苏州各县市中变化最大的，增速和增幅也是最大的，主要标志不仅体现在它的地区生产总量上，更体现在它的人均水平上。但那次我在饭桌上听到太仓市委宣传部部长陆卫其说出的另一个数字令我惊奇不已：太仓现有的近 50 万人口中，竟然有百岁老人好几十位！九十岁以上的有一两千人……

“我们太仓的‘老寿星’是全苏州最多的！”陆部长很自豪地告诉我。

这让我暗暗吃惊，因为过去一说起经济发展，有一件事总挂在我心头：父老乡亲们口袋里的钱和存在银行里的钞票比以前多了，生活和寿命是不是也比以前更好、更长了？

以前在别的地方采访，听说过长寿乡一类的事，比如像风景如画的海南三亚的南山一带有个长寿村，到那里一看是因为那里的人生活在一个世外桃源般的美丽海滩边，空气和风景太好了，不长寿才怪！还有某省的一个长寿村，因为那里的村民根本就是生活在原始状态下，虽然百姓吃的住的和穿的都还十分差，但那里绝对没有任何工业污染。太仓和苏州不一样了，都是全国发展最快的地方，工业化和现代化程度几乎是最高的地方，这里要是也有“长寿村”和“长寿乡”了，那才叫稀罕！

可是太仓人告诉我：他们不仅有“长寿村”和“长寿乡”，而且现在整个太仓都成“长寿市”了！

这是奇迹。这是苏州另一个不为人所知的奇迹！不总结和宣扬这个成果，定是一种失误。

我在太仓采访听说这事后，比听说太仓这些年增了多少财政收入更兴奋，于是我在有限的时间里到了两个村，一个叫协心村，一个叫太星村。它们都是“建设社会主义新农村”的示范村，不过到这里一看，你会感受到这两个村没有半点那种浮夸的仅靠钱堆成的新楼房和闪光锃亮的路面的那种所谓“新农村”气象……

协心村完全是一个保持着我童年时所看到的那种自然村落面貌的普通村子。老百姓的房子也都是在老宅基上的那种属于自建的小楼房，甚至还有些平房。但无论近看还是远看，都非常整洁和新颖，原来前年村上和农民各出一半对所有房子进行了“外包装”——瓦和墙统一用了同一种颜色。“这个好，看起来整洁，也好看。”农民们自己说。

协心村共 174 户，756 口人。村口有一条公路可以通向外面的世界，进村的路是条水泥路，一般不见大车进出。一条清澈的小河贯通全村南北，河两边是绿荫花木。各家各户宅前屋后的小竹园与蔬菜地镶嵌在一起，看上去是很舒心的那种“农村”韵味……在河的另一边是一长长的壁画，绕过河道凑近一看，原来上面是农民们请镇上的文化站同志画的一幅巨型“农村风俗壁画”，一百多米长，很有气魄，也很符合江南乡村风情。这是我在江南大地第一次见识到的一幅宝贵农民壁画。再往村里走，才发现许多民宅的墙壁上都有些不同类型的风俗画，其中有一幅还是主人家自己搞的一个“画展”，虽然画工并不精深，但却十分富有童趣。在村河的中央，有一座很“江南”的廊桥，名曰“双沟亭”。坐在双沟亭上，抬头见一“清水河波”的檐画，低头是脚下的潺潺流水。在此坐上片刻，十分惬意。亭子旁边，是农民们自置的协心村“十景”，其中有“明珠赏月”“莲池赏荷”“农家菜地”“桃花半岛”“桑园竹林”等，别致优雅。

再细看沿河两边的农民宅居，发现每家每户有场有地有园有林，十分自然且实用。那场是我小时候看到的用作晒谷与夏天傍晚露餐纳凉的地方，那地是种些家人爱吃时鲜的菜圃，那园是养鸡鸭等家禽所用，还有林地一般都植的是观赏花木……所有这些，看得出这样的社会主义新农村才是农民们最喜欢的真实的生活景象。

“建设新农村，争做新农民，创造新生活。”一幅标语这样写着。

再往里走，没有想到这个极雅静的村子竟然还有一片意想不到的美景——“农家乐园”：你不能不乐，尤其从小生活在江南的人，你会在这个并不太大的地方寻找到童年的许多景物，比如桑树，比如磨盘，比如纺纱机，比如小竹林，比如囤粮的仓库，比如罱河泥的网，等等，应有尽有。

“现在生活变了，许多过去农村用的东西和长的东西看不到了。尤其是我们的孩子，虽然生在农村，可他们并不认识许多农作物和过去我们使用的农家用具。建这个农家乐园为的是让过上新生活的年长者对过去的生活有个念想，对孩子们来说让他们长点有关农村的基本知识……”村长这样介绍道。

我听后频频点头，这才是一个最从农民实际出发的“社会主义新农村”。

这也是太仓人精致、细腻和讲求实效之处。在这样的地方，人的生活才会乐悠、长寿。

从协心村出来到了另一个叫太星的村子。

与协心村的那种自然状态的乡村相比，太星村真的有点像太空中的星星一样美丽而令人感到不可思议。这里是一幢幢全新的现代化别墅，规模与气势都相当不错。尤其值得注意的是，在这些漂亮的别墅之间不仅有宽敞的马路与葱郁的绿化带，还有非常宽阔的湖池，以及湖旁的亭榭、白色护栏……所有一切，倒映在粼粼的湖中，又经了一阵阵微风吹拂，波光闪闪，使得太星村真给人有点太空之星的感觉。

“李源潮任江苏省委书记时曾两次来过太星村，夸这里是生产发展、生活富裕、乡风文明、村容整洁、管理民主的社会主义新农村。太星村能有今天，主要还是靠带头人柳国豪……”太仓同志说。

这是料想中的事：太星村与其他所有富裕起来的新农村一样，它有一位无私奉献且极其聪慧、品行高尚的干部支撑着。柳国豪是太星村的村党支部书记，老百姓没有不念他好的。人家说他是太星村的“吴仁宝”，因为他与吴仁宝一样当了几十年的村支书，而且也像吴仁宝一样上了全国五十名“著名村官”榜。

太星村原来是出名的穷村，因为地处偏僻，也被叫作“边角村”，在太仓的村子中有些另类。1976 年，30 岁的柳国豪当上了第五任村支书，从那天起，他把整个心思放在为村子谋富裕上。靠的还是赶上了苏州乡镇企业发展的快车。1985 年，太星村成为当时乡镇明星企业发展的典型。6 年后，柳国豪被调到镇电厂当厂长，这期间村上的企业出了问题，产品卖不出去，面临倒闭困境。柳国豪重新回到村上当支书，这回他再也没有离开，一直到重新把太星村建设得远近闻名。2000 年乡镇企业转制，按规定任村干部的他是可以持大股的，可柳国豪带头与其他村干部将“好处”全部奉献给了村民，并为村集体保留了一笔丰厚的股本。后来村企业效益不断往上攀升，村民吃、住、用样样享受着集体经济的恩泽——第一个“电话村”，第一个“手机村”，第一个“秸秆气化村”……

现在太星村是什么样子？

走进一家三层新楼的农户，女主人是位六十多岁的老嫂子。她告诉我，她家原来的房子是 20 世纪 80 年代造的，现在这幢 286 平方米的新别墅是村上前两年分的，自己只花了十几万元。“连装修都算进去了。你看看我这房子在你们城里会值多少钱？”老嫂子满脸幸福地问我。

“至少值五六百万吧！”我上下走一趟，又站在别墅门口看了一下，羡慕地告诉她。

“啊呀，值这么多钱啊！我得再去谢谢柳书记……”老阿嫂双手拍着膝盖自言道，“这么好的日子，我不活到一百岁亏死了！”

“哈哈哈，肯定没问题，没问题。太仓人都能活到一百岁！”

太仓人这样发展下去，真的有很多人能够活到一百岁。这是许多太仓人给我讲的话。他们的理由是，太仓的发展从一开始就注意了科学发展观的理念。有人认为，以胡锦涛为总书记的党中央在党的十六大以后提出的科学发展观理论，并不是一下子冒出来的东西，而是我党在继承马克思主义、毛泽东思想、邓小平理论和“三个代表”重要思想的基础上形成的指导现阶段我国发展的一个具有创新意义的马克思主义重要理论，它来自我们多年的发展实践，这应当包括像苏州这样走在全国前列的发展实践经验的总结。所以说，科学发展观的理念及其实践应该说在苏州地区特别是像太仓这样的地方早已是一种自觉意识和自觉行动。

我在太仓采访时，时任市委书记的浦荣皋给我讲了几件事，使我留下了深刻印象。

一件事是关于太仓的人口问题。

1949 年，当时太仓的人口是 30 万人。到 20 世纪 70 年代初的二十多年时间里，那会儿受“人多力量大”和农业学大寨的影响，太仓的人口增长率也不低。最典型的例子是，太仓有个妇女，仅 38 岁，结婚 18 年，怀过 18 个孩子。由于当时避孕措施差，她自己也烦透了一而再再而三地怀孕，一气之下，甚至将肚子放在桌角上顶，喝不干净的水，但都无济于事。她说自己的肚子像装米的口袋一样从来就没有空过。后来太仓人意识到人口增长问题的严重性，于是执行党的计划生育政策力度非常大，也非常自觉，而且将这种自觉同人的生命质量和百姓的生活质量连在一起，所以从上到下都能把少生优育与谋求幸福日子连在一起。

“少一张嘴，就少一个人跟我们抢土地、抢饭碗。”太仓百姓中很流行这句话。太仓因此成为全国第一个实现人口自然增长率降到10‰以内的县。特别是1995年到现在的十几年中，连续保持着人口负增长的水平。

“30年中我们太仓少增长了二三十万人，就等于少被人为侵占了二三十万亩土地。我们太仓在苏州是个小县，可现在我们拥有的可用的农业可耕土地面积却是全苏州各市县中最多的一个。人少地多，在经济发达的苏南地区就是最大的发展潜力和优势。这几年为什么我们能够赶上或超过苏州地区的几个老大哥市县的发展水平，很大程度上就是靠的足够的土地空间。我们太仓紧挨上海和苏州，寸土寸金的优势就很容易成为一种低投入、高产出的既好又快的发展现实。”浦书记说。

第二件事是太仓百姓的安全系数高。

太仓人讲心态平和、贫不仇富是自古出了名的。据说明代邻居昆山有个沈万山“富甲江南半边天”，太仓人对此并不眼红，他们依旧将心思放在种好“家门树、宅边地”上，于是才有了魏良辅这样的人潜心数十年去采集和总结流传于当地的昆山声腔并将它们与北曲相结合，推陈出新，加工创造出了“水磨调”，发展为中国艺术中“百戏之母”的昆曲。

太仓的这种传统民风，我很小的时候就有印象。那时我几次到干爹干妈家小住，他们的家门从来不上锁。到了春节，一般的人家总有不少亲朋好友送的糕点糖果、鱼肉鸡鸭一类好吃的东西。在那个年代这些东西都比较珍贵，是百姓家的主要家当。可我那些太仓亲戚和干爹干妈家基本上白天黑夜都是敞着门的，好像很少听说有什么被偷盗的事发生。即使到了20世纪90年代，我偶尔回老家探亲，到姨妈、姑妈和干爹干妈家，仍然见他们保持着过去“夜不上锁”的习惯。近十来年，靠近上海和苏州一带外来工太多，社会治安差多了，但太仓仍保持着“一方平安”的风气。倒不是那些流窜盗窃犯不到太仓作案，而是他们一入太仓之地就很难得手，因为太仓从城镇到每个乡村，都建立了一整套完善的现代化治安体系和令小偷小摸者十分惧怕的“护村嫂”队伍。“一般盗窃案件，从报警到破案不会超过两小时。”太仓公安部门的一位民警这样说。我感到十分惊异，问其是否夸张，是不是有什么特殊设备？他说：“绝对不是夸张，要说设备也确实有一些，但更在于我们靠‘天眼’帮忙……”“天眼”是什么？电子探头？“是，但不全是。”太仓民警笑而不答。再向浦书记打听，人家回答我说：“我们的目标是要把太仓打造成长江三角洲最具安全感的城市。太仓之所以叫太仓，就是太平的粮仓、幸福的天堂之意，我们现在自己说的是要建‘平安太仓’。”

第一件事的结果已经说过，在寸土寸金的地方，人少了，腾出了地，太仓现在有 50 余万亩可利用的土地，已经成为这个小城市最具潜在价值的“金库”。

第二件事——“平安太仓”的结果，是最能让世界上那些富国大亨们流口水的另一种“金库”。

在太仓有一位德国老人叫克罗斯特，他的名声不亚于市长、市委书记，太仓百姓都知道这个德国老头。大家都知道世界上发达的国家大多数在欧洲，而欧洲人中德国人算得上是“上等之上等者”，他们非常在乎生活环境和工作环境，“挑剔”也成为德国人的一种“代号”。

20 世纪末的某月，克罗斯特来到中国。他像其他德国人一样开始注意到东方大国的崛起，相对于停滞不前的德国与欧洲，克罗斯特觉得应该把投资转移到中国这样一个具有巨大发展前景的地方。然而在多数德国人和欧洲人的意识里，中国仍然缺少良好的人文环境和优美的自然环境，在他们看来所有发展中国家都是“乱糟糟”的不堪立足之地。但因为巨大的生意诱惑，他们不得不“捂着鼻子”来到中国——克罗斯特就是其中之一。

他先来到深圳，又到了上海。用克罗斯特的话说，他被深圳和上海的大发展所陶醉，但并没有在陶醉中想掏腰包在这些地方投资。原因可能只有一个：中国的许多发展非常快的地方对于欧洲人来说并不具备真正的诱惑力。克罗斯特有一天听人说“上海郊区”的太仓不错，可以去看一看。于是克罗斯特出了繁荣而又喧闹的上海……

“请先生下车吧！”才几十分钟的路程，克罗斯特被邀下车。

“这个地方很像我的家乡呀！”克罗斯特望着眼前被绿荫簇拥的小镇和一条条干净整洁的公路及恬淡宁静、青白相间的居民房舍，还有街头巷尾悠闲自得、脸上总挂着谦和微笑的行人，不由惊异万分地感叹道。

参观过小镇和村庄，游过庙宇与长江港口，还津津有味地吃过地道的太仓本地菜肴及驰名中外的浏河口鲜河豚后的克罗斯特，突然对主人说：“我要找的新家园就是这里！”于是克罗斯特留在了太仓，连同他的资金。

“我太喜欢太仓这个地方了！人比较少，主要很卫生，基础设施好，道路宽敞，距上海、苏州又近。这里的城镇与我德国的家乡一样，不大，但什么现代化设施都不缺。更主要的是太仓人不躁、平和、善良、热情。我喜欢游泳和打网球，也喜欢古典音乐，对中国功夫也感兴趣，这些太仓都有，而且还有长江，还有清新的空气与常青常艳的花木，所以我特别喜欢这里……”克罗斯特说起太仓就像说自己的家乡德国。

太仓之美之舒适使克罗斯特在太仓一待就是8年。2004年，他到了65岁的退休年龄。德国是个讲究福利的国度，一般到了退休年龄的人都会选择自由自在、安度晚年的生活方式。可克罗斯特例外，他对太仓的感情使他改变了德国人特有的性格，他继续留在了太仓，并且做了一件让太仓人和德国人都十分感激他的事——克罗斯特在太仓工商部门登记注册了一家咨询公司，这公司的全部营业范围是为德国企业来太仓投资服务。从此以后，这位白发苍苍、身板硬朗的德国老人不时地穿梭在中国太仓和德国之间，成了太仓的“招商大使”。几年来，经克罗斯特先生引荐介绍，有近20家德资企业在太仓投资落户。其中有一些是全球著名的跨国公司，比如像耐克公司等。顺便说一句：耐克公司最初的投资是3000万美金，后来不断扩大，最后甚至把全球的销售总部都搬到了太仓；现在已经是全苏州外资企业交税的第二名。

克罗斯特为太仓的发展做出了特殊贡献，他把太仓当作自己的第二故乡。太仓人民感谢这位诚实和勤奋的德国老人，并且始终把他当作太仓“自家人”，太仓市授予了克罗斯特先生“荣誉市民”称号和“五一劳动奖章”。

这一份荣誉是克罗斯特理应得到的，然而也是太仓人自己给自己颁发的最高荣誉——因为他们依靠科学发展的理念，实现了一个让世界上最发达国家和地区的那些企业家爱上这块土地的可能，并且令现代化的太仓更加金光闪闪……

苏州官员告诉我一件有趣的事：在新加坡，新加坡人都知道中国有个苏州；在台湾，台湾人都知道昆山，甚至把昆山比作台湾人的第二个故乡；在德国，许多德国人不知道苏州，但却知道中国的太仓——“上海边的美丽城市太仓”。

这是因为今天的太仓是中国德资企业最多、最集中的城市，所以太仓在德国的声誉非常高，甚至超过了北京和上海。太仓人对此很得意。其实我知道太仓人的得意之处是因为德资企业一般都是些附加值特别高的现代化国际企业，占地少、产出高、效益好，故而使太仓获益多多。比如，德资企业讲究人才培养，对企业的技工素质要求很高：进厂的工人都得经过培训，甚至有的是必须经过几年的培训之后才能进厂。这让太仓本地青年因能被招进德资企业而获得双倍好处——既有了挣钱不少的工作，又有了终身受益的过硬技术。

著名物理学家吴健雄是太仓浏河人，生前曾几次从国外回到家乡这块美丽的土地。她去世后，太仓将她故乡的中学改为健雄职业技术学院。这个建筑风格独特的学院坐落在长江边的一个小镇上，占地 500 余亩，太仓市政府投资五亿多元。现在有 4500 多名在校学生，生源不仅有本地的，还有不少江苏其他地区的，共设 21 个专业。德资企业在太仓的迅速建立，使得这座职业技术学院有了用武之地，现在学院每年要为德资企业培训一批技工学员，而这些学生的培养费用全都由德国企业支付。

“学生一般到德资企业后，要签服务期为 5 年的协议。到目前为止，经我们培训的学生到德资企业后还没有一个离开过德资企业，这些学生大多已经成为企业的骨干。德资企业如此重视员工的技术培训对我们中国企业是一个非常大的震动。曾经有一个德国企业家这样对我们说：‘你们中国的高速公路很多，但质量不好，原因之一就是修路的技术工人能力不够，而德国的情况相反。’舍费勒是德国著名的企业，现在太仓投资。他们有自己的一个培训中心，花了几千万元，招收的学员都是我们中国人，平均每个学员要花费五六万元培训费用。他们认为这种培训是必须的，在德资企业家心中有这样一个理念：企业的技工是企业生存和发展的基础。太仓能够成为德资企业在中国的主要落脚点，是因为他们看中了我们这块土地；而德资企业重视技工的培养，又使得我们一大批在德资企业工作的中国工人的素质大大提高，同时又反过来促进了我们本地中等教育向职业技术化培养学生的目标发展，因此也带动了本地企业的技术人才的培养。就拿我们健雄职业技术学院来说，现在我们的学生有一半是为本地企业定向培养的学生，其中多数还是民营企业。”学院的陈书记这样介绍。

那天从健雄职业技术学院出来，正好走到德资企业工业园区，顺便作了简单的参观。地方并不大，十几平方公里，除了大众舍费勒等制造企业外，多数德资企业占地并不大，可是他们每年向当地政府交的税却非常高，根本的原因是多数德资企业是非劳动密集型企业。

太仓坚持科学发展理念，吸引了以德国为代表的欧洲发达国家企业在此投资，同时这些非劳动密集型外资企业在此投资又为本地实现了少占地、少污染、高税收的发展目标，使得太仓后劲勃发。

“金太仓，银嘉定，铜常熟，铁崇明，豆腐吴江，叫花子昆山……”这是我小时候就知道的一串顺口溜。几十年过去了，现在的情况发生了很大变化：昆山因为“自费开发区”吸引台资走出了一条外向型发展道路，成为全国百强县之首，从“叫花子昆山”一跃成为“钻石昆山”；常熟实力一向比较强，这些年民营企业的发展走在了全省前列，“铜常熟”变成了“翡翠常熟”；“豆腐吴江”现在也了不得，彻底告别了水做豆腐的穷酸相，成为靓丽的“锦绣吴江”；而太仓的发展则始终保持着自己有板有眼、不乱阵脚的风度，因此它的“金太仓”地位没有改变，倒是由于科学发展观的理念早在执政者和民众中深入扎根，所以他们的社会进步始终处在“一步一个脚印、一步一个台阶”的理性发展势态，“金太仓”的金光也越来越显得耀眼。

然而太仓的真正亮点还在它的港口。

比起张家港，太仓的浏河港口无论从历史和所处的地理位置来讲都比前者要强得多。浏河港口现在已经正式更名为太仓港。历史上的太仓港正如前面所言，早在元代就是大中华的“第一码头”，明朝永乐年间因郑和在此下西洋更是名扬天下。只是后来上海滩、吴淞口在中华版图上出现后，才使上海港抢了太仓港的风头。改革开放之风吹拂神州大地，港口作用越显重要，于是昔日风光数百年的太仓港再度被有识之士纳入视野……

“太仓的发展，不能不说是依靠了几届领导的叠加式的发展眼光和敏锐的战略思路。”老前辈、曾任两届太仓人大常委会副主任的陆冬权诉说太仓近几十年的发展史时，给了我一个十分清晰的轮廓，“我们太仓，旧时就是皇帝的米粮仓。新中国成立后，太仓向国家上缴的粮食在苏州各县中也是人均水平最高的一个县。乡镇企业搞上来后的 20 世纪 80 年代，我们的乡镇企业水平也高于昆山。后来昆山人胆子大，搞了自费开发区，一下子把太仓和其他兄弟县市甩在了后面。当时我就曾向县领导讲过：昆山与太仓不一样，他们搞开发区可以，因为他们的水塘地多，有足够的空闲地。我们太仓是旱地多，好地多，要搞也得搞‘巴掌型’的经济，一巴掌也能打得响，两巴掌更好。人家昆山是‘拳头型’，一个拳头就非常有力量，而且若干年后确实证明了‘拳头’胜过了‘巴掌’。1988 年，我已经到了人大工作。县领导班子开始研究太仓的发展思路时，首先想到了港口问题，于是派我为组长，到上海、南通、张家港等地调研。上海的同志建议：你们太仓有建港口的条件，可以先从小码头做起，先搞个 3000 吨码头。我回来向县里写了一个建港的报告，县委当即表态要搞。没多长时间，昆山的副书记周振球调到太仓。他一上来就主张搞太仓经济开发区，就是现在我们的太仓开发区，前身叫‘娄东新区’，按照昆山模式进行的，并成立了一个开发指挥部，我也被调去工作。当时新区的规划起步是 4 平方公里，远景为 12.5 平方公里，请了上海同济大学专家来设计。当时县委的这一决策开拓了太仓发展的新思路。1993 年太仓撤县建市，港区建设正式开始起步。中间我有一段时间被派到陕西当‘交流干部’。回太仓后被调到港区任常务副指挥，负责开发。港区建设最初还只有一张初步的蓝图，除了划一块地外，基本上还是一张白纸：整个港口开发区只有一座桥、一个码头——是石化专用码头，而且刚刚开始在打桩，其余是一片荒地……太仓市委、市政府这回对港口开发有了大手笔，一下子推翻了原来的规划图，重新划了一个80平方公里面积的大港区。当我再次到同济大学去请专家设计时，上海人一听就叫了起来：你们太仓人想干啥？我们上海市区也才几百平方公里，你们一下要搞80平方公里的港区？是不是脑子进水了呀？于是我们只好解释：太仓沿长江有几十公里长的岸线，如果稍往纵深延伸4公里，加起来就是100多平方公里了，这不正好可以建一个大港区嘛。上海人将信将疑地帮我们弄了一个新规划图。最后报到省里，审批下来的是一个6平方公里的港区开发'启动区'，即现在的太仓港口的石化码头那部分。之后我们又请了交通部规划设计院设计，这一次规划将太仓港区扩大到20多平方公里。实际上这个面积是整个太仓港口规划图所规划的面积，其中包括了石化码头、集装箱码头和干散货码头，共计23平方公里。至此新太仓港基本形成。1996年，我们的港口被国家批准为一类港口，进入真正意义上的港口发展快速通道……"

在太仓采访时，不少太仓人告诉我，太仓港口的真正发展与市委、市政府的正确决策有着直接关系，同时还与中央和江苏省委、省政府领导的高度关注有着密不可分的关系。回良玉同志任省委书记和国务院副总理期间都曾到过太仓港，他对太仓港给予的关注和支持使得这个老港口得以换新貌。李源潮同志出任省委书记后，更是给予了特别的关注和具体的指导，并且先后多次到太仓港现场办公。梁保华就不用说了，他出大学门后就在太仓工作，搞新闻出身的他对太仓和太仓港情有独钟。他认为，太仓港的战略意义不仅仅限于太仓和苏州，太仓和太仓港还是江苏全省的战略重镇。

上面这些都很重要，但太仓港近年得以迅速发展并成为上海港边的另一个新兴大港，是与另一个太仓人有直接关系的，他就是后来出任港区管委会主任的高阳。

高阳最先是在太仓名镇鹿河出名的。

地处长江与大海交汇之处的鹿河镇注定是个有争议和有风浪的地方，高阳就在这里扬起了他的命运之帆。这位曾在解放军原总政治部工作过的文职军人，身上有一股武将之气。转业到老家后，没多久就被任命为鹿河镇党委书记。那是 1990 年的事。那时正值苏州市乡镇企业大发展的时期，各路神仙，各显神通，高阳自然不甘下风。像毗邻的张家港秦振华一样，他上任初始就在干部大会上“高扬”起了“四有四要”：有第一要争，有红旗要夺，有排头兵要占，有高峰要攀。

高阳唱高调——鹿河人对新任书记有这样的初始印象。

“鹿河地方小，但我们有一个太仓的纺织企业大单位——麻纺总厂。麻纺总厂不兴旺，鹿河镇经济就少有雄风！所以鹿河镇要振兴，必先振兴麻纺厂！”高阳又在唱高调。

怎么干？鹿河在高阳去之前已经成为全太仓的五个困难乡之一。“背水一战呗！”高阳说。

他用的是军人作战的术语。

“背水一战”在江海交汇之处的鹿河颇有现场感。于是麻纺总厂在负债情况下一举投资 450 万元，很快以万锭规模使得全厂满负荷生产……麻纺总厂活了，全镇工业当年就实现扭亏为盈。

饮马长江水，高阳出奇兵。

“长江为什么奔腾不息？是因为它有向往大海的胸怀。鹿河经济要腾飞，我们不能光站在江海之汇处转，必须把目光放到鹿河之外的地方。”高阳说。于是全镇的经济战略转移开始了——外向型发展思路开始真正起步。

“雅鹿服装”是鹿河的一个名牌，如今不但在太仓，在全国也是驰名品牌。它就在鹿河镇，就是在高阳的战略思路中被聚焦闪光的一个企业。

国家纺织部部长参观后高兴地称其为“飞舞的小龙”——鹿河镇从此成

为太仓乃至苏州和全国纺织业中的一条“飞舞的小龙”。

周振球书记慧眼识高阳。两人在如何把太仓经济搞上去的问题上有特别的共识——必须走出封闭圈子，向外向型经济发展！

“你在小镇上已再难有发挥余地了，该到大风大浪中搏杀了！”周振球在确定港区建设新思路后，有一天悄悄对高阳说。

后来高阳真的被任命为太仓港“一把手”。

“高阳到港区工作后就有了一个大手笔和一个好运气：国家头号运输公司——中运公司看中了我们的太仓港！”老前辈陆冬权回忆说。

中运公司是运输业界的“大块头”，它们的到来使太仓港的分量一下子变得重起来。

“OK！这是一个可以建成世界级大港的地方，我太喜欢这里了！”说这话的是黑格先生，他曾是美国的国务卿，也是中运公司的顾问。1994 年老黑格站在长江与大海交汇的太仓港时，忽朝东、忽向西，前后来回眺望了半天后发出如此感慨，末了他说了一句令太仓人喜出望外的话：“这块地方很好，我会介绍许多美国公司到这里来投资的。”

后来美孚公司真的来了。

后来阿莫克公司也跟来了。

还有路雪、和承、特灵、慧鱼、西门子等许多世界著名的大公司都来了。

太仓港自己也慢慢变成了港口行业的“大块头”。现今它的年货物吞吐量已达 1 亿吨，属于世界级大港口。

为什么常听说那些沿江沿海的城市都在喊“以港兴市”？根本原因就在于通过建设港口可以使一个城市和一个地区的经济跃上新台阶。太仓现在因为有了一个世界级大港，所以“金太仓”的地位更加牢固，就好比金色太阳被托到了一个更高的高度因而照耀的范围更广了！

太仓港如今在苏州市、在江苏省都是无与伦比的大港，它的地理优势和天然良港的自然条件及决策者的战略得当，使得它雄风大展，风流倜傥。

因为港口，太仓才有了影响和决定地区经济的“两区”——港区和新区，这是新太仓的重要经济板块，或者说是太仓腾飞的一对翅膀。太仓人很怀念那些曾经改变过太仓面貌的历史性人物。除周振球外，他们认为本地出身的徐建明书记和从吴江调过来的程惠明书记对太仓都有过历史性的特殊贡献。前者年轻，思想活跃，尤其是在改变太仓传统的机制问题上工作力度很大，使得政府部门的职能和主观能动性都得到了极致的发挥，最得益的是太仓的广大农民。后一位干实事，也能苦干。程惠明接手太仓时正处太仓面临宏观经济的政策调整阶段，为了把客商引进“两区”，他每年初八就带着机关干部到温州等地招商。五年下来，诸多国内外大企业纷纷入驻太仓，使太仓在万马奔腾的苏州有了响当当的“话语权”。

太仓干部现在到苏州开会，甚至到省里开会都可以扬眉吐气地往前坐了——坐在昆山、张家港、常熟和吴江干部的同一排位置上，而且有时还能坐在这些“虎大哥”的前面。

“哎，老浦，最近你们的眼睛老往东望，又有什么好事，分点我们嘛！别那么小气好吗？”现在，“虎大哥”们时常逮住开会空当，拉住太仓书记浦荣皋。

这当口，始终有点腼腆的浦荣皋总是腼腆地笑笑，答：“哪有嘛！我们是小太仓，怎敢与各位老大哥比试。”

“老浦面相老实，其实他最狡猾。”“老大哥”们没辙，只好扔下一句损话。

浦荣皋着急了，赶忙拉住列位，连声说：“事情是有，只是才刚刚开始。本来我就想听听诸位老大哥的意见，帮咱太仓出出高招的。”

“哈哈……看看，老浦和太仓现在风头出足，上海人都得买他三分账。”

“哪敢嘛！我们充其量也只能做做上海的后花园、第二办公室、后拖船……搞些小打小闹。”浦荣皋还是不紧不慢地说。

“好你个老浦啊，这上海的后花园、第二办公室、后拖船……还叫小打小闹？”

“嘿嘿，你们就别取笑咱好吗，各位老大哥早已风光数载，我们小太仓才刚刚有些起色。等满园姹紫嫣红时，一定请大家共享。”

“好，一言为定。”

“一言为定。”

浦荣皋知道：在苏州地面上能成一方“诸侯”者绝非等闲之辈。曾在苏州市政府当过副秘书长的他深谙此道。

苏州人讲求面子，除了秦振华这头北方性格的狮子，一般的干部不会事情还没有做好就先嚷嚷的。即使做得已经“成果辉煌”，也还在外人面前装出一副“马马虎虎”的样子。

浦荣皋在太仓当过数年市长，又有几年书记的经历，前后七八年了，这一套本领他已经炼到了炉火纯青的地步。

“太仓这个地方，历史悠久，人文荟萃，而且读书人和干事的人比较‘海派’——受江与海的影响大。‘文革’期间又是重灾区，林彪、叶群亲自插手的‘洪泾经验’曾经风靡一时，政治后果很严重。可太仓人总体上受农耕思想影响更深、更多。历朝历代的读书人又多，人聪明，但聪明的人往往更需要解放思想。比如说我们的城市建设，过去市区就只有一条人民路，再没有第二条超过五六百米长的大街了。这是老太仓的形象，多少年如一日，没什么变化，直到20世纪90年代前还是这个模样。我到太仓后第一件事是在历任领导的基础上，继续解放思想，破除了凡事不求人的‘小壮蟹’

意识和过温饱小日子安逸的思想。特别是在发展思路上进一步完善了战略方向，这就是我们常说的太仓的两篇‘文章’：以港兴市和接轨上海。其实这两篇‘文章’的实质和核心内容还是一件事，即太仓怎么依靠上海优势，实现自己的发展目标。过去在极‘左’思潮影响的年代，我们不敢东张西望。改革开放了，处在江海交汇处的太仓，这时突然发现自己既是江尾海头（长江的尾处、东海的头首），同时又是江头海尾（江苏的头首、上海的尾处）。以往我们只把上海看作别人的上海，后来发现我们太仓的经济和所有发展的大思路其实都离不开上海。离开了上海就没有了大平台，就没有了大战场。就说港口吧，我们的太仓港现在基本上已经成为上海港的配套港口。特别是上海洋山港建成后，它的辐射面已是后揽整个长江三角洲、前接世界五湖四海，其吞吐量、影响力前所未有，我们太仓港无法脱离这样的超级航母。而像洋山港这样的超级航母又同样需要在陆路和出航间有若干块跳板及浮栈，我们太仓港就是洋山港不可多得的跳板与浮栈。为此我们开始从根本上调整自己的发展定位，在太仓港和洋山港之间开辟了‘水上巴士’，使我国进出口重地的长江三角洲众多出出进进的货物都能通过我们太仓港与洋山港之间的‘水上巴士’获得最便宜、最快捷的服务。太仓港近年吞吐量翻倍地增加，一跃成为世界级大港口就是靠的自觉自愿承接洋山港的风和日丽与惊涛骇浪……”

太仓人的这一着，使得他们获益匪浅。上海人也很满意，因为在区域和土地面积受到很大局限的地方要想把“文章”做得在世界上独一无二，没有舒展本领的空间是万不可能的。如今上海洋山港和原有的吴淞港口年吞吐量加起来已经达到 5.6 亿吨，位居世界第一。上海人笑眯眯，太仓人跟着也笑眯眯。

“上海可以没有太仓，太仓绝不能没有上海。”这话是浦荣皋说的。太仓人说它是“浦氏名言”。浦荣皋自当太仓市市长及后来当书记后，这话一直挂在他嘴边。

“昆山如今发展走在苏州各市县的前面，很大程度上取决于当年吴克铨等领导同志率先认识到依托上海做文章的战略思路。太仓的发展靠什么？说白了，还是要走昆山之路。但同样走依托上海发展自我的道路，我们比昆山更具优势，因为太仓有昆山没有的港口，有比昆山更肥沃的土地和与上海更贴近的邻居关系。2003 年之前，我们太仓与上海也有接轨的行为，但那时基本上属于自然接轨，靠的是地理位置上的邻居关系。之后我们政府专门成立了一个‘接轨上海领导小组’，我亲自任过组长。这一小组的成立，使得‘接轨上海’成了全市工作的一种战略行为，同时在具体操作上成为政府部门的一种职能，大大增强了它的执行力度。从此开始进入了由自然接轨到自觉接轨的崭新阶段。”我发现，浦荣皋谈起这一问题时，眼睛是发亮的。

“这是高水平、宽领域、全方位的合作与对接。”他的声调高出几个分贝。

上海是什么？上海对于太仓来说何止是邻居，那是天，大到你能想象得到的东西那里都有；那是地，傍在它身上就像踩在巨人的肩膀上——太仓人这么看待上海。

“我们这儿到上海的人民广场 40 公里，到虹桥机场是 40 分钟。我们到上海办事，不会住在那里。我们找上海人办事，常常是办完事我们就很快回到了自己的家，而上海人自己却还没有到家。过去太仓人受‘左’的思想影响，不愿把自己的这块宝地奉献出来给上海人一起享用，现在我们愿意主动奉献出来给大上海作后花园，作卫星城。

“上海人在城里住久了，喜欢到乡下来吸点清新空气；上海人住惯了拥挤的弄堂和摩天大楼，喜欢到乡下住一住面积宽敞，宅前宅后有竹园、有花园、有小桥流水的平房别墅；上海市区的房价很贵，便宜一些的房子在城里难买到，我们太仓有。浏河镇与上海的嘉定一河之隔，房价却便宜一半。于是我们就在浏河镇上兴建适合上海人居住的房子，而且连电话号码也可以用上海区号（昆山花桥开发区也用上了上海电话区号——笔者注）。总之，现在我们的太仓既是苏州和江苏的太仓，又是上海和上海人的太仓……”

浦荣皋的这番话意味深长。如果在二三十年前太仓的书记敢说这样的话，那么他的乌纱帽肯定不会戴太久。如今不一样，苏州市和江苏省的领导听这话后不仅表情没有尴尬，反而露出了欣慰，道：“你太仓能够跟上海搞得热乎，我们高兴！”

“苏州发展离不开上海啊！”苏州领导说。

“江苏发展同样需要上海！”江苏领导说。

“太仓发展更不能没有上海。”太仓干部现在都这么说。

“在‘十一五’规划中，我们太仓完成五大基地的构建，即一是上海制造业的转移基地，二是自主创新的扩散基地，三是国际航行中心的配套基地，四是休闲旅游度假基地，五是上海服务业的转移基地。这五大基地无一例外地都是为了接轨和服务于上海而确定的战略。上海作为国际金融和航运、海运中心，它的商务成本越来越高。我们太仓正在利用地理优势和价格优势，努力使自己的城市转变角色，使其成为上海的‘第二办公室’，也就是让那些总部设在上海的国内外大公司、大机构搬到太仓来办公，从而省去一半甚至更多的商务成本。另一方面，随着电子商务和现代通信业的飞速发展，国际外包业务越来越成为一种新兴产业，太仓作为上海的卫星城和后花园，我们正在承接越来越多的外包业务。可以预料的是：未来的太仓将真正成为上海的经济和社会发展的一部分，并与之一起腾飞……”浦荣皋肯定地说。

“太仓、太仓，它必须是人和仓满，风平浪静，景色迷人。我们正是按照这一目标和方向在建设自己的家园，所以太仓才形成了今天后来者居上、小船载黄金、富足又和谐的经济发展与社会进步的格局。”浦荣皋再三邀我有空在他的地盘上“多住住”。

说实话，一旦在太仓住下，我就不会再想回北京了……因为那是真正的天堂，连爱挑剔的上海人都无法挑出毛病的天堂。

“人间天堂”史　第四部

苏州人的哲学……

谁都说自己的家乡好，谁都说自己的家乡美。然而我在言说苏州时却常常感到笔力不足，这是因为当代苏州的变迁难用几句话、几个篇章就可以说得清、道得明。这一点连生活和战斗在这片热土上的父老乡亲也认同我的观点。

当代的苏州是什么？有人说苏州是一种模式，有人说苏州是一种精神，也有人说苏州是中国社会主义现代化的道路与方向。其实，苏州从伍子胥建“阖闾城”那天起，注定了她是一种独特的文化，一个镌刻着中国独特文化与奋进追求的精神家园。

人们所言及的“天堂”之意，大概就是这种具有东方色彩的独特文化与奋进追求的精神家园和归宿吧。

“天堂”一语自古就有，这是东方人追求的最高生活境界。我们现在用“小康社会”作为现生现世的一种追求目标。“民亦劳止，汔可小康”，这话出自《诗经》之中，可见“小康”概念在几千年前的东方哲学思想里就有了。“小康”是东方人对现生现世生活的一种向往目标，“天堂”则是东方人对未来世界的一种梦想追求。“小康”与“天堂”，蕴含了东方人对现实生活和未来理想化世界的一种人生哲学追求。

苏州古今被称作“人间天堂”，当代的苏州又是中国社会主义特色下率先建成“小康社会”的典范和样板。我确实有些感到笔力不足。因为你无论从哪个角度和哪个方面去讲述近30年的苏州发展史都可能是一部鸿篇巨制。

有人对我说：你应该写一写苏州的教育发展史。我稍做涉猎，就发现苏州的这块领域，在昨天和今天都是那样的光彩夺目。

昨天的苏州教育可以说是星光灿烂，有远古的军事教育家孙武，他的十三篇《兵法》流播千秋。传说当时的吴王想试孙武的兵法是否管用，于是令他操训宫女，结果孙武令旗一出，吴王的两位爱妃嬉笑乱阵，孙武当即杀之，没半点军事知识的宫女们顿时肃然操练，军容整齐。孙武兵法从此名扬天下，直至今天，仍为中外军事学界奉为经典。昨天的苏州人，另一位令我敬佩的重教育者是宋代大思想家、政治家、文学家范仲淹。范公的“先天下之忧而忧，后天下之乐而乐”激励人们先天下、后个人，成为千古座右铭。他在苏州为官时选了个地方准备安家，结果风水先生一看，说“此乃龙头宝地，范氏后裔必世代大官”。范仲淹一听，立即改变主意，自己出资造了一座孔庙和一所学府，开创了当时中国的第一个培养高等人才的郡学。“吾苏也，郡甲天下之郡、学甲天下之学、人才甲天下之人才，伟哉！”范仲淹在《苏郡儒学兴修记》中如此赞叹道。苏州学风从此“甲天下”，故而带来苏州才子层出不穷，成为中华优秀人才摇篮的结果。后来的苏州教育之风更是大盛，光有名有姓的教育家如明初的况钟，北京故宫的设计者、建筑教育学家蒯祥，文学教育家冯梦龙，清代的医学教育家叶桂，文字教育家俞樾，苏绣教育家沈寿。近现代的教育家就更多了，如顾颉刚、叶圣陶、颜文梁、夏坚伯、谈家桢、时钧、钱伟长、张光斗……他们的存在，使得在苏州这块富庶的土地上学习氛围始终非常浓厚。在我小时候就常听大人说“书包翻身”，意思是只有上学念书才能解放自己，改变穷困和卑微的地位，成就理想。重教和重人才是苏州人一以贯之的理念，也是苏州能够几千年长盛不衰的真经。近年在异乡采访，总听到一句豪言壮语：再苦不能苦了孩子，再穷不能穷了教育。苏州人不是这样说的，苏州人说：再富你也得苦读书，你穷就穷在不念书。过去历朝历代，苏州念书人出名当官的自然不用多说。旧时的状元数量，苏州一直居全国之首，甚至还有像翁同龢等一族出了两个、三个状元的也有好几个家门。在当代，苏州也是院士最多的地区；而著名的科学家也是数不胜数，像大名鼎鼎的中国无线电创始人李强，“两弹一星”元勋王淦昌、王大珩、程开甲，化学专家张青莲，物理学家何泽慧，水利专家陆佑楣，电子学家韦钰及诺贝尔奖获得者李政道、朱棣文及大建筑设计师贝聿铭等都是苏州人。据苏州有关部门 2005 年时做过的调研，发现当时的近百名苏州籍院士中，绝大部分家境并不好，都是普通人家的子弟，但由于他们的家风好、族辈重视教育，所以成了“书包翻身”的典范。

我知道，在我老家人的眼里，口袋里有钱并不能炫耀，但若家里出了一个学习好的孩子是可以大大炫耀的。在苏州干部的嘴里，你的地区生产总值并非是最值得夸耀的资本，可你的学校建得好、“状元”出得多、高考分数在省里市里排名居前，却尽可炫耀。还有一件事在苏州干部中是可以炫耀的，那就是家中的藏书。苏州每年有一次民间自发组织的藏书展活动，并有“书会”评委进行点评。苏州市委的领导和宣传部的同志们一说起这件事，可以跟我聊几个小时，而且手舞足蹈，因为他们都是藏书“状元”。苏州人崇尚读书和藏书，给这个古老而现代的城市的文明建设增色不少，同时也给市民百姓的素质注入了许多知识养分。

有人对我说，你还应该写写苏州的城市建设改变。其实这是根本用不着争议的问题。借诺贝尔奖获得者丁肇中教授的话说："苏州的老城外形没有变，但内容变了。苏州老城的外面是苏州新城，苏州新城是苏州老城的继承和创新，苏州城外的苏州也早已是美丽无比的城市。"这话听起来有些绕口，可丁教授说出了今日苏州的城市概貌。

现在的苏州城与2500多年前伍子胥建造的"阖闾城"相比，面积和风格上都已经有了极大变化，这是历史发展的必然。但值得庆幸的是苏州这些年在保护老城上所下的功夫和资金的投入是空前的。你若有机会到苏州一游，你就会发现这一点。对古城的保护是一门大学问，对于像苏州这样世界著名的旅游城市来说更是如此：一方面它是国务院发明文规定的一座整体风貌需要保护的城市；另一方面它又不得不需要与现代文明社会接轨。保护和改造古城是摆在苏州人面前的一项艰巨任务。聪明的苏州人采取的态度为：老的不动，不动并不意味着绝对的原样，要保持原样就得在"动"的时候下功夫。为了这"动"与"不动"，苏州近几届政府领导就没少动脑筋，甚至没少受各种压力。然而这种压力带来的效果是让世人看到了苏州古城里的传统与现代、古老与创新之间流动着的那种美观、深刻和韵味——当然是具有东方水城特色的那种畅流着文化和民风的韵味、深刻与美观。它们仍然是我们记忆中的观前街、干将路、沧浪亭、狮子林、虎丘塔和粉墙黛瓦的民居、花木飘香的小巷及亭园斜塔和小桥流水……

鸟啼花落屋西东，柏子烟青芋火红。
人道我居城市里，我疑身在万山中。

有一日我站在苏州西门的老城与新城交汇处的立交桥上，不由想起元代名僧惟则写的这首诗，一下觉得很奇怪：几百年前的老僧怎知几百年后的苏州人会有“人道我居城市里，我疑身在万山中”的感受?

现在的苏州城已经成为一城三体，即原有的古城，以太湖之滨的苏州高新区为中心的“新苏州”和东边与上海接壤的以苏州工业园区为中心的“洋苏州”。它们以古、中、洋三个不同特色构成了今日苏州城的风貌，其面积已比“阖闾城”大了几百倍，与二三十年前的苏州城相比也完全变了样。今天生活在苏州城内的居民特别的幸福，他们既可享受古典风物的韵味，又可呼吸现代化城市的气息，更可与当今世界上最完美的物质文明融合。如果你想重温姑苏的市井旧景，你可搭乘公交车上人民路，然后到观前街漫步；如果你想换换空气和观赏蓝天白云、鸟语溪流，你就或骑车或驾车到孙武亭旁的太湖岸堤上，那里既可朝来暮归，也可享受半时、一午间的浪漫情调；当然，如果你是年轻人，最好上东边的金鸡湖，那岸头的时代广场和湖中的水上游艇，尽可让你激情澎湃……

在这二十多年里苏州城发生了历史性变化，但有一点没有变，那就是对古城的保护。为此，苏州人付出的代价也是极其昂贵的。因为历史和现实、保护和重建，其实充满着矛盾与对立。有位苏州官员告诉我，苏州百姓对旧城的感情和保护意识强到你若没有充分的理由说服他为什么要动一块砖、一块瓦时，他会直接向北京中南海写信告状。我听说有一任苏州市市长在任三年，被老百姓骂了三年“大拆”。后来这位市长调走了，他力主改造的老城老街改造好后，老百姓又经常念叨他的好。这事让我深切体会到“苏州干部不好当”的真实含义。

“苏州干部不好当”的后一句话应该是：苏州干部必须当好。

前者不易，后者更难。

然而苏州的干部们依靠邓小平理论、“三个代表”重要思想和科学发展观来指导工作，几十年来完美地完成了一棒接一棒、一棒更比一棒强的执政任务。

从20世纪70年代中后期到90年代初的十几年间，苏州依靠大力发展乡镇企业实现了大飞跃，创造了著名的“苏南模式”。可是随着改革的不断深化，中国民营经济的迅速崛起，特别是“温州模式”出现后，苏州的乡镇企业经济模式受到了极大的挑战。这事发生在20世纪90年代中后期，这阶段的苏州人异常地痛苦。摆在他们的面前有两条路：或继续固守以发展乡镇企业为主导的集体经济形式并做最后的挣扎，或摒弃它重走一条腾飞新路子。固守老路显然要准备接受落伍的现实，重闯新路同样将可能面临“死亡”的命运，因为在这之前的苏州一直走在全国经济发展的前列并已经形成响当当的“苏南模式”。

那是一场蜕变。一场意味着必须自我否定的蜕变，一场意味着从头重来、另起炉灶的蜕变。

凤凰能否涅槃，姑苏城内城外顿时山雨欲来风满楼……

“谁敢砸一下我们的机器，我们就砸谁的脑壳！”那个时候恰逢全国纺织行业大调整，国家下达了“砸”几万万锭纺织机械设备的指令，苏州的乡镇企业又多数是纺织企业，是“砸”纺机首当其冲的地区。某乡镇的几百名工人手持铁铲和锄头，堵在厂门口，死守三天三夜，欲与前来砸锭的干部拼个你死我活，并声言“愿用生命和鲜血保卫社会主义成果”！纺机仍然要砸，而且砸得稀巴烂……

工人们号啕大哭。

又一个工人痛哭流涕的现场：一群工人愤怒地撕碎手中的新工作证，高喊着“要当社会主义企业的工人阶级，不当资本家皮鞭下的臭苦力”的口号。他们想不通为什么转制，想不通自己用几十年心血建设起来的工厂一夜之间会成为某某个人名下的企业，尤其是想不通昨天还是“共产党的厂长”，却转眼成为掌握许多股份的“资本家”……苏州人民对“集体经济”所怀有的深刻感情太强烈，而不少人当时还没有全面意识到由于产权不明晰，粗放型的乡镇企业在自己发展道路上已经接近走向末路的事实。当然，也有一些百姓是担心自己的饭碗被彻底地砸了，于是他们心怀痛苦。

“转制！”

“必须定时间、定任务地转制！”市委的死命令，县政府的死命令，镇上的死命令，企业和工厂关上门也要完成的死任务！

啊，那岁月，苏州像一艘飘荡在海上的大船，突然间断了桅杆与篷帆，不知驶向何方，在风起浪滚的海面上打转悠……

“来，你们看看，看看这条小河还可不可以下去游泳了……”

“来，你们闻闻这江水为什么是臭的，看看水里还有没有游动的鱼儿……”

“来，你们瞧瞧这桃花为什么不再是红粉色的而像是涂了灰似的……”

干部们耐心地将原来是种地的农民现在是乡镇企业工人的群众引到河边、领到江堤，让他们自己体会发展和致富的同时应该注意些什么。

污染的河可以治，涂了灰的桃花可以在雨后重显芬芳，江湖清了小鱼还会欢游，可是产品不对路，资金周转不了，工厂就会关门，这才是真正的自取灭亡啊！

苏州全市的干部群众不得不放下头上的光环，开始痛苦地反省……

“浙江的私营企业火得很，为什么我们的产品越来越成问题？人家的企业越办越红火？到底奥妙在哪？”

“没啥奥妙。人家姓私，我们姓公：一字之差，效益和效率差十倍百倍。市场经济竞争如此激烈，我们不败才怪！”

有人已在私底下“悄悄革命”——把僵板的企业分配制度和产权制慢慢分解成集体的、个人的，还有企业主的，甚至是彻底的私人承包制的、部分出租式的……

那股风从东南角吹来，越吹越猛。那风里夹着浓浓的“温州味道”，最先吹到了苏州乡镇企业走在最前面的丝绸之乡——盛泽。

“一河之隔，人家的原材料、人家的销售成本低而又低，利润高出我们几倍，而且老板可以当场兑现，甚至十万、百万的现钞出手也没违规、违纪一说。可我们呢，厂长请客商吃一顿饭因为没有发票却弄不好被说成是贪污！别无选择，我就是在这种情况下被浙江人俘虏过去了……”一位在苏州地面上当了15年乡镇企业的厂长经受不起浙江人5万元的年薪诱惑，带着10多名骨干跨过一道十来米的小河，在浙江嘉兴的一家私营纺织厂安营扎寨。不到半年，这个厂长获得20万元“分红”，那10多个骨干每年也有4万元“红利”。

一条小河可以隔成两种经营制度，却隔不断老百姓的耳朵。于是又有十个、百个盛泽人跨过那条十来米宽的省界小河，来到浙江嘉兴和湖州地盘，或加入当地的私营业主的行列，或干脆租下几间房子自己开始干了起来……

“怎么样？跟这边集体的效益哪个好？”

“还用说！过去我们是为‘大家’干，现在是为自己干。干多干好除了缴税全归自己，你说哪个好？”过河的人对河这边的人如此说。

于是，又有一批批人过河去了。这回不再只是盛泽人，还有震泽人，甚至是吴江以外的昆山人、常熟人，还有张家港和老吴县人。

苏州感到了前所未有的危机，这种危机不仅反映在内部出现了分裂，更有外界机枪扫射式的对乡镇企业发展实质的抨击与争议。

彻底的否定是唯心主义的。苏州乡镇企业从无到有，直至成为“半壁江山”，一切实事求是的人谁也无法否定它对国家、集体和广大人民群众所带来的巨大的积累与贡献——那些年农民们盖的小洋楼、昔日泥泞的乡村土埂变成了四通八达的水泥马路，还有学校、医院、图书馆等公益事业的大改观，难道是天上掉下黄金白银后才换得的吗？

不，没有轰轰烈烈、热热闹闹、硕果丰实的乡镇企业经济，一切都不可能！

苏州人清楚，苏州以外的人后来也清楚——“人间天堂”并非上帝给的，天堂同样得靠人的奋斗与辛勤的劳动。

但此时的苏州人更清楚另一点：任何一种本来属于创新的事物早晚都会僵化，早晚都会走向反面；只有继续不断地创新才能永葆生命活力。思想解放的成果只有在继续思想解放中才能获得可持续发展。“苏南模式”是如此，其他模式也是如此。一切模式都不过是发展途中的一个路标。现实的自我否定并不意味着对历史的全部否定，而恰恰是对历史更加尊重和对未来的负责。

“乡镇企业到了该脱胎换骨的时刻！那种政企不分、不允许私人资本进入生产领域和不注重产品的市场竞争力，都是开放型市场经济的阻力。我们需要调整，需要继续创新。”苏州市委、市政府的领导们清醒地意识到：20世纪90年代之后世界工业革命已呈明显的全球化经济特点，开放型是它的主要特征；顺其规律而行则昌盛，逆势而走则消亡。

既然是开放型，我们的发展方向就不能是单一的一种“灵丹妙药”。也就是说，我们要浙江的私营经济模式，但我们更要大量吸取外资企业，走外向型经济之路！

“机遇总是青睐有准备的头脑。”相对论创立者爱因斯坦这样说。聪明的苏州人在严峻的历史转折关头，他们又比别人更清醒和高出一筹：一方面派出数千名干部全力以赴帮助乡镇企业全面转制，一方面花大力气左冲右突抓外向型经济项目……如此握紧两个拳头，以万钧雷霆之势，在短短的几年里实现了98%以上的乡镇企业的转制，并将一定规模的企业又集中到乡镇以上的工业园区，同时调整产业结构，“既要金山银山，更要绿水青山”。这是苏州人在发展乡镇企业过程中深刻总结出的一条血的经验教训，也是曾经被人在“苏南模式”的光环上涂黑漆的一处隐痛——有痛，才会痛定思痛。防止环境污染，保护土地资源：这是苏州飞速发展过程中的两大难题。巨大的经济总量，洪流般的劳力涌入，使得苏州人越发“虽富难安”。为这，他们给自己制定了一条铁律：380万亩基本农田保护是谁也不能碰的红线。随之他们提出了后来传遍全省乃至全国的经验——工业向园区集中，人口向城镇集中，住宅向社区集中的“三集中”。于是，招商引资中有了一条“土地投资强度”硬性指标：每亩土地上的投资必须达到500万元以上，否则入门无路。

“绿色苏州”“生态苏州”“文化苏州”“平安苏州”就是在这种情形下被一个个地提出来，并且一个个实实在在地做了出来。

造绿、造园是苏州人的传统与专长。苏州人以其特有的聪明和智慧，再一次用建造古典园林的技巧，勾画出现代经济的新版图。

这一苏州新版图在2004年、2005年全面形成。

2004年，苏州入选CCTV“全国十大最具经济活力城市”并获得唯一的年度城市大奖。到这一年年底，苏州市区的绿化覆盖率达40%，人均公共绿化地达8.6平方米。古城区内的居民出行350米即有一处小游园。全市建成2个省级自然保护区、19个县级以上风景名胜区和5个县级以上森林公园。受保护地区占全市面积的10%，整个苏州市的环境质量综合指数达87.4分，在全国重点城市中名列前茅。

在苏州老百姓的眼里是另一种发展的新景象：楼房改成了小别墅、小庄园，河水开始能见底，鱼儿又在水面上嬉戏，白鹭飞满了湖塘……

那一年，美国《新闻周刊》刊发一篇文章，推介了世界上9个被认为是信息时代重要的新兴科技城市。它们分别是美国的奥克兰、奥马哈、塔尔萨、汉茨维尔、阿克伦，巴西的大坎皮纳，西班牙的巴塞罗那和中国的苏州与法国的蓝色海岸。无独有偶，其后不久的《纽约时报》也评出世界最具竞争力和最佳投资的10大城市，苏州也赫然在列。

海外众多媒体此时都把苏州评价为中国城市投资环境的第一名。

到了2005年的苏州更了不得：全市生产总值等于1982年时的全国总量。这一年生产总值统计一出，使得苏州在全国大中城市的排名一下从第七位跃升为第四。规模以上工业总产值由全国第六名跃升为全国第二名（仅次于上海），农民纯收入全国第一……

“苏南模式”似乎仍未降温，“苏州现象”则又再次成为全国焦点，并引起世界瞩目。

“苏州发展好，应当率先在全国全面实现小康，率先在全国基本实现现代化。”江泽民、胡锦涛两任总书记分别在北京的人民大会堂向苏州发出号令。

时任江苏省委书记的李源潮同志得令后，两年中为指导苏州的“两个率先”，光到昆山就跑了不下七次。“苏州有这个能力和实力，应当负起这个使命！”李源潮每到一次苏州，总要反复强调这句话。

江苏省委和李源潮是讲实话、干实事的，“两个率先”到了他们手里可不是一句简单的口号，而是硬邦邦的“4大类18项25个综合指标”。其中第一大类就是经济发展指标，它具体包括人均产值，二、三产业增加值占地区生产总值的比重和城市化水平，城镇登记失业率等几项。“全面实现小康最核心的问题是提高人民生活质量，必须以富民优先，以老百姓切身感受为依据，以广大人民群众满意为标准。”省委的文件上这样明确规定。李源潮说得更直白和坚决：“农民纯收入不到8000元的，一票否决！”

昆山泾河村村民黄泉宝在这方面体会最深切。2003 年新年刚过，黄泉宝家里来了一位贵客，他就是时任省委书记李源潮同志。那天李书记在老黄的引领下，楼上楼下、宅前宅后走了好一阵。然后李书记与他促膝倾谈，问老黄到底感受到多少“小康水平”。老黄便像与自家兄弟聊家常一样，跟省委书记谈了自己的感受，比如感觉“收入还少了一点”，“乡村道路还不够好”，“尤其是树少了一点”……李源潮听得认真，频频点头，并不时在小本本上记下老黄的话。三年后的 2006 年 2 月 10 日，黄泉宝又在自己家接待了李源潮书记。这回李书记见面就认真地问：“你认为现在的生活算不算小康？树是不是比 3 年前多了？”黄泉宝没有想到李书记会把自己 3 年前“聊家常”的话记得这么清，便连连点头道：“收入高了，树更多了，我们老百姓的日子真正可以称小康了！”随后他扳着手指跟李书记说：“我家开了一个包装用品公司，年收入 10 万元左右；房屋出租年收入 3 万元；加上富民合作社分红等其他收入，一年大约 18 万元左右。有收入保障，又有社会保障，所以我感到自家的生活是真正小康了！”老黄开心地笑，也使李源潮书记的脸上露出了欣慰的笑容……

其实，在此间三年的“两个率先”建设中，绝大多数的苏州人与黄泉宝有一样的感受。他们深切地体会到在王荣书记为领头人的苏州市委和市政府领导下，苏州各项工作、各条战线以更高昂的革命热情和脚踏实地的精神，在科学发展观的指导下，更好地发扬了勇于改革、勇于创新、勇于争先的传统，尤其是在提高百姓生活水平、促进社会和谐发展、增强地区竞争力方面做出了显著贡献。他们没有辜负党的领袖和上级的期望。到 2008 年，全市的生产总值达 22303.02 亿元，财政总收入 1500 多亿元，城镇居民人均可支配收入 23867 元，农民人均纯收入 11680 元。

这样的一串数字在普通人的眼里也许并不感觉什么，但如果你是一个地方的执政者、领导者，你就知道它的分量。首先是苏州与自己相比。2008 年的 GDP 是 1978 年的 45 倍多（全国同比是 15 倍），30 年间苏州的平均增长速度超过 14%，高于同期全国速度的 4 个点。苏州以占全国不足 0.1% 的国土面积和不足 0.5% 的人口，创造了占全国 2.3% 的国内生产总值、2.4% 的财政收入和近 10% 的进出口总额。其次是人均生产总值水平遥遥领先于全国。改革开放初期的苏州只高于全国的三分之二左右，如今已是全国平均水平的 5 倍，跨入世界银行划定的高收入国家和地区行列。人均 GDP 从 3000 美元到 10000 美元，苏州仅用了 6 年时间，而日本和亚洲“四小龙”平均用了 10 年左右。第三是富裕水平领先于全国，收入差距低于全国。苏州目前的城市居民可支配收入和农民人均纯收入分别高出全国水平的 50% 和 150% 左右。苏州的城乡收入差距为 2∶1，全国目前的这项指标是 3.33∶1，这意味着苏州地区在创造了惊人数量的社会财富的同时，绝大多数的人民较为充分地分享了这些财富。

这就是今天的苏州！

什么叫富民强国？什么叫对民族的创造？什么叫伟大的时代精神？

苏州便是。苏州的发展包含了中国特色社会主义的全部标志。

苏州的贡献、苏州的创造、苏州的精神便如今天的中国对世界经济发展的贡献和对人类文明进步所发挥的作用一样，你无法忽视，也无法不被它的光芒与伟大所折服。然而，许多人并不真正了解苏州，或者并不真正认识“苏州精神”是什么。他们只把苏州简单地看作是“好地方”——自然条件好、人聪明、机会多。他们并不知道苏州的这些“自然条件好”“人聪明”“机会多”并非天生的，而是苏州人的汗珠，甚至是流血牺牲以及千百年、千百回磨砺与挫折之后所换来的，是在这样的千百年、千百回的磨砺与挫折中熏陶出的超越于他人的修养、灵性、文化与哲学。

其实苏州人所拥有的这种超越于他人的修养、灵性、文化与哲学从他们的远古祖先那里就已经开始显现——

很难想象，假如泰伯、仲雍兄弟二人不是因为谦让和忍辱负重，来到当时的江南湿地，“断发文身”，开发蛮荒，何来吴国的伟？何谓“断发文身”？就是因为当时吴地到处是荒芜的水域之地，长发飘飘不利于劳作，于是只能“断发”。而当时近靠大海的吴地水害常发，处在蒙昧时代的人们以为是“水怪”，于是在自己身上刺花纹，打扮得像个怪物，企图以毒攻毒抵挡水怪的侵袭。传说仲雍有个小孙女叫女红，那一日恰在隔壁内房缝衣，听爷爷仲雍在与乡亲们商议如何减少因“文身”而引发感染的对策时，不慎一针扎破了手指，血滴在衣料上。为了遮掩血迹，女红用丝线在血迹上绣了一朵梅花。岂料这一偶然事件使她顿生灵感：为什么不把刺在身上的花纹刺在衣裳上呢？女红被自己的灵感所感动，用五彩丝线连续七天七夜绣成了一件图案衣裳。这绣上花纹的衣裳试穿者正是她爷爷仲雍。穿上绣花衣的仲雍迫不及待地跳到水里看效果，据说水蛇等看到这美丽的“怪物”，吓得纷纷逃遁。于是仲雍高兴地下令勾吴全境推广这种绣衣，以替代文身。从此吴国兴盛刺绣，再也没有人惧怕“水怪”了。最早的“苏绣”就是这样诞生的，以前的绣娘也叫“女红”。关于“苏绣”诞生史，还有一种说法，苏州的第一部地方志——汉朝的赵晔所著的《吴越春秋》中载道：“禹乃登山，仰天而啸，忽然而卧。因梦见赤绣衣男子，自称玄夷苍水使者。”此文道的是在泰伯、仲雍兄弟之前的大禹来到吴地，为与土著打成一片，不得不整天裸身奔走，苦不堪言。于是大禹苦思冥想解决方案。有一日大禹自称梦见一个上苍派出的使者，穿着龙纹绣花衣。迷信的远古人一听皆学天使，从此穿起了绣衣，替代了以往的文身习俗。看来无论是哪位发明绣花衣以取代文身，“苏绣”的诞生皆有血与泪的代价。

很难想象，假如伍子胥不是因受杀父灭族之痛、之耻，他身为楚国大臣之子而怎能落魄吴国街头当乞丐？也正是因为受吴王重用，他才上书“欲立强国必先立城郭”，并用七年时间“相土尝水，象天法地”，建起了“周四十一里二十一步二尺，陆门八，其二有楼。水门八”的“吴大城”，即古苏州城，亦叫“阖闾城”。历时2500多年的姑苏城依旧被今人惊叹为人间的“东方水城”，是因为它的设计称得上是“能进能退”“能攻能守”和便于生活、四通八达的建筑经典。伍子胥其实并不是建筑专家，但他内心的那份兴吴破楚的强烈心愿使他对苏州城的心力倾注程度远远超越任何一位伟大的建筑学家的智慧与艺术。有兴趣者现在仍可在漫步苏州老城时体会到当年伍子胥建城时那种因势利导的高超艺术。“坊市棋立，桥梁栉比”。苏州老城的街坊与河道是并行的，一街一河，街、巷、桥、店、庙、宅、埠、衙等皆临街、临水布置。前门沿街，后门临河；前门御车，后门登船：具有“门前石街人履步，屋后河中舟楫行”的那种现在苏州人常说的“双棋盘”格局的独特水乡景象。这种“双棋盘”格局后来对苏州乃至整个江南水乡城镇建筑都起到过重要的示范作用。“二八城门开道路，五千兵马引旌旗”。古苏州城有八座城门，它们为抑制外敌入侵和通达四方、济民强国发挥了极端重要的作用。

杨柳阊门路，悠悠水岸斜。乘舟向山寺，着履到渔家。

苏州古城能够留给今人那种永远无法忘怀的“小桥、流水、人家”的诗情画意，便是一种永恒的物景文化与流动的哲学深意。它的每一条河流与每一扇城门及每一块街砖，都蕴含了岁月磨砺的深刻痕迹与人世间的悲喜。

多数人以为江南水乡的苏州只有水与桥，或者只有江河湖塘。其实苏州还有很多山峦。虽然这些山峦比不上神州五岳，但苏州的几乎每一座山峦都充满了灵秀之气。太湖边的吴山，虽不高，却绵延数十里，由于它身伏太湖水域之滨，常倒影于万顷湖水之中，仿佛是天然图画。名镇木渎西北的灵岩山可能是苏州境内的山峦之代表，它四周峰峦环绕，自北向西依次有天平、寒山、银顶、穹窿、香山、清明等山峦，自南向东依次有横山、黄山、狮山、楞伽山，可谓峰连岭接，或起或伏，而灵岩居其间，独立挺拔，故有“吴中第一峰”之称。

苏州的山有不少是在湖中水里长着的，比如茫茫八百里太湖中就有七十二峰。其美其妙，只有坐在湖船上欣赏或静坐在渔坞旁观摩才可知其美不可言之妙。

有人把太湖的七十二峰比作浮于水晶盘中的一颗颗青螺，此乃绝佳的比喻。试想一下，你坐船泛湖上，闭上眼睛，再猛然睁开，但见蓝天白云下碧漪涟涟的太湖如同一个巨大的水晶盘，那一座座翠翠的青峰，大的如田螺，小的如螺蛳，这儿一颗，那儿一粒，吸附在这个盘子上，何等悦目，何等诗意！如果你能耐心地晨暮观察，还会发现那“盘中青螺”是活动着的，是变换着的，忽而高顶穹空，忽儿藏身于地面，忽儿随浪波动，忽儿凝固成湖体本身……

这就是苏州的灵峰妙山。它看起来默默无言，却时常带给我们意想不到的莫测变幻；它似乎沉静呆板，却突然间奔涌激情，让世界感动和震撼。

“山以水为血脉，以草木为毛发，以烟云为神采，故山得水而活，得草木而华，得烟云而秀媚。水以山为面，以亭榭为眉目，以渔钓为精神，故水得山而媚，得亭榭而明快，得渔钓而旷落。此山水之布置也。”我的祖先这样评论苏州的山与水之间的关系，故而有“天下之山，得水而悦；天下之水，得山而止”之说。有山有水，山水相依，才能有醉人的胜境。

苏州的山正是如此。苏州的山还让我想起了苏州的一位先人，他当然是兵法创造者孙武。

在伍子胥到吴国前，孙武一直隐居在太湖边的虎丘一带的山林之中。后来他与伍子胥一起帮助吴王阖闾败楚，称雄于中华。但后来的国君夫差不听伍子胥规劝，被十年卧薪尝胆的越王勾践灭亡。孙武冷眼对时势，尤其是对好友伍子胥的惨死而痛心不已，从此彻底隐居深山数十年。孙武潜心对过去所写的13篇兵法重新修订，使其更臻完美。这部兵书使孙武成为中国春秋时代与孔子、老子齐名的三位最伟大的思想家之一而光耀千秋。

我常想，人们都说苏州人的性格是水做的，是水的柔性与地之肥沃及阳光的充足而熏陶出来的，似乎做什么事都能成功。难道真是这样的吗？否也。听了孙子的故事，也许你对于苏州人的聪明是从何而来这一问题会有另一番了解。

孙子兵法的伟大之处在于它充满着朴素的唯物论和辩证法。孙武认为世界上的一切事物都在不停地运动和变化着，强调战争中应积极创造条件，发挥人的主观能动性，从而促成对立面朝着有利于自己的方向转化。这对远古人而言，是何等高超的思想艺术！我们最熟悉的孙武“知彼知己，百战不殆”的著名论断，其深刻的哲学思想和辩证法，不仅是军事学说，也是人类运用于各种社会活动中的法宝。美国著名经济学家霍吉兹在《企业管理》一书中这样指出:“《孙子兵法》中所揭示的许多原理原则，迄今犹属颠扑不破，仍有其运用价值。”日本企业家大桥武夫在《兵法经营大全》中指出:“采用中国的兵法思想指导企业经营管理，比美国的企业管理方式更合理、更有效。”自孙武传授兵法的几千年来，世界各国的军事、外交、经济、文化之间的各种争战，很多都能见到用孙子兵法的思想来化解的实例。

苏州人是孙武的后代，他们对先人留下的兵法之道最能吃透和熟用。掌握了这样本事的人群，即使碰到再大的困难，也能战而胜之。

我还想起了另一个苏州的伟大先人，他就是宋代改革派思想家、文学家、军事家、大清官范仲淹。

公元1014年，迷信道教的宋真宗率领百官到亳州去朝圣太清宫。浩浩荡荡的车马路过南京，整个城市轰动，人们争先恐后去看皇帝。唯独有一个学生闭门不出，仍然埋头读书。同学见状呼他："快去看呀，这是千载难逢的机会。"可这位埋头看书的学生随口说道："将来再见也不晚。"便只管继续读他的书。果然第二年这位学生中了进士，见到了皇帝。他便是后来成为宋朝一代名相的范仲淹。范仲淹是苏州人。由于父亲早逝，范仲淹小时候生活十分艰苦，在襁褓时就随改嫁的母亲到了山东。寄人篱下的小范仲淹进取爱学，后来当官后一直不忘百姓之苦，并力主改革旧端，根治国家之弊病，所以才有了"先天下之忧而忧，后天下之乐而乐"的伟大理想与胸襟。他"不以物喜，不以己悲"的崇高人品和闪光思想在那篇传世之作的《岳阳楼记》中淋漓尽致地得到了发挥升华……

吴国之地的苏州，历史上出过无数伟大的思想家。他们的产生与存在，注定了这块沃土的富饶与强大、丰收与壮美。

继承，可以使并行者比别人多一份智慧和聪明，而不断地创新与追求更使自己比他人具有更多的本领、耐力和勇气。苏州人属于这种人，属于这样的一个群体。他们总比别人走得快些，攀得高些，并且永不停步地奔走在前面——几千年来始终如一……

不再像二三十年前从京城回一趟老家要走一两天，现在两三个小时就能抵达，借助手机、网络和电视的帮助，想了解故乡的每一天情况和每一个进步，极其便捷。因此像"小安小富，不满小胜，不守不成"这样的话，我常听老家的干部和群众说。何谓"小安小富，不满小胜，不守不成"？言下之意是：现在的苏州追求的是大富、大胜和大成。

啊，大富、大胜、大成者苏州也。

啊，大富、大胜、大成者自然是苏州，自然是我的那可爱、可敬的父老乡亲！

然而有谁将苏州人的大富、大胜、大成者的品质与其来源真正挖掘和总结出来了呢？

有。但似乎又很不够。

新中国成立以来，特别是改革开放30多年来，苏州的发展与进步举世瞩目。有人也对此总结和提炼出了诸如“苏南模式”“苏州精神”“苏州之路”等说法，可什么是真正的“苏南模式”“苏州精神”和“苏州之路”的灵魂与核心呢？又是什么东西真正形成了这种“苏南模式”“苏州精神”与“苏州之路”呢？

答案并不明了。

我是苏州的儿子，苏州是我的故乡。我想寻找这种答案，寻求故乡进步与发展的灵魂与血源。

第23章　江水、河水、湖水、塘水……

什么是苏州的最美？有人会说是沃土。有人会说是这块沃土上的历史遗韵和人文胜迹。也有人会说这里一年寒暖分明的四季，尤其是春天桃花与菜花并开的田野风光。有人还会说是苏州的女人，尤其是那些垂发挥针的绣娘和嗲里嗲气的舞台美女……有人干脆说是阳澄湖的螃蟹、太湖的鲜鱼和飘香的桂花酒。其实苏州的美物，可以写下千行万句，但在我看来，苏州之美，乃是天造之物的江湖河塘之水。

苏州是水育之地。苏州土不露头的时候是一片汪洋之水，苏州的土露头之后仍是水绕水环之地。

“川曰三江，浸曰五湖。”我故乡吴地在远古时就有“三江五湖”。司马迁当年登姑苏台眺望美景时就被这里的水色美景所迷住。古时的“三江”是指松江、娄江和东江，这三条大江是吴地最早的排水通道，是吴人身上的主血管。“五湖”是泛指太湖流域一带所有的湖泊，毫无疑问古“五湖”是我们吴人最重要的胃、肝、脾和肠……没有它们的存在，我们祖先的生命就不可能繁衍到今天，也就没有了我和我的父老乡亲。

苏州人要感谢的祖先英士很多，其中最需要感谢的是那些造水、治水和利水的英士。大禹不用说了，他在太湖降龙治水的传说给吴越先民留下了宝贵的治水经验。其后的泰伯、仲雍以身作则带领土著破除了“水怪”的骚扰和消除了这块荒蛮之地的野性，最早开凿的“泰伯渎”给这里的百姓带来了灌溉、航运和饮水的多方面利益。还有像春秋时的范蠡、三国时的孙权，包括秦始皇、主张开凿大运河的隋炀帝、吴越小国王钱镠，宋朝的范仲淹、赵霖，以及明朝那位以智断“十五贯”冤案著称的况钟，钦差大臣海瑞和在此当了五年清官的林则徐等都为我的故乡吴地做过治水方面的巨大贡献。新中国成立之后的前二十多年里，农民出身的毛泽东是治水最杰出的贡献者。我和我父亲都是他的“水利是农业的命脉”的拥护者和战斗员。我父亲能成为一名共产党干部，就是因为在水利工程大战中的突出表现，那时他22岁。至于我，17虚岁时就在长江大堤上跟着大人们苦战冬春。那一幕我永远忘不了：江风吹得刺骨疼痛，双脚踩在冰凉的烂泥中要不停地走动，因为肩膀上有一副一百多斤的担子压着……

人语潮喧晚吹凉，万窗灯火转河塘。

两行碧柳笼官渡，一簇红楼压女墙。

宋代诗人范成大的这首《晚入盘门》勾起我当年的一番在长江大堤参与治水战斗的悲喜交织之情。

回忆可以使经历中的许多断裂连接起来。而一个区域的发展史如果要像人一样将记忆中断裂的碎片连接起来就非常困难了。苏州人的本事是他们能够完美地将这种断裂的碎片连接起来。

比如众所周知的苏州经济在20世纪80年代的亮点是乡镇企业，90年代之后的亮点是开放型经济，两者之间似乎具有机制和体制上的巨大差异，甚至是断裂的、对立的。然而苏州人只经过了几年光景，就将这种“断裂”与“对立”很快统一起来。如同他们祖先传承下来的那种治水的本领一样，很快将两股完全不同的江与河之水融合在一起，形成巨大的蓄水，为整个地区的社会发展积蓄了冲浪般的力量。

苏州之水最盛的一块地方是太湖。太湖是苏州的母亲，没有太湖之水，便没有苏州的生命与成长的摇篮。

2000 年，国务院对苏州城市总体规划的批复明确指出，苏州是“长江三角洲的重要中心城市”。如何理解这一定位，学问很大。苏州人不盲目自大，他们为自己确定了两个位子：一是苏州在环太湖城市圈的位子；二是作为环太湖城市圈城市在整个长江三角洲区域中的位子。太湖以水为媒，使苏州大地成为中国最活跃和最具创造力与最具财富积蓄力的经济快速发展的板块。毫无疑问，上海是这一区域的龙头。那么苏州在这一区域里是什么呢？是龙身还是龙尾？是龙身？苏州似乎还达不到具备如此庞大的躯体；是龙尾？龙尾便应能左右天下风云，执掌巨龙前行后退的方向，这似乎也不是苏州所长、所能。那么苏州是什么？

“我们苏州要在太湖区域中发挥走在先、走在前、走得最好、走得最可持续的典范作用。”从无锡市市长、无锡市委书记的岗位上来到苏州当书记的王荣，对太湖和环太湖异常熟悉。无锡人一曲“太湖美”，跟苏州以外的人开了一个不大不小的玩笑：以为太湖就是无锡。其实太湖水域百分之八十的面积属苏州。现在王荣当了苏州“一把手”，从此也就成为真正的“太湖之王”。然而如何当好太湖之王可不是一件易事。苏州地位突出，但东有大上海，南是湖州，西有无锡、常州，北有南通等，东南西北皆是强盛而繁荣之市。这些城市在改革开放的年代里，各领风骚，你追我赶，谁也不言败。

上海不用多说，它自扬巨轮之帆，一路高歌猛进，昂首于东海之滨，在世界大舞台上尽展风流。而苏州左右前后的无锡、常州、南通、湖州等城市则如簇拥在苏州之四周的一只只猛虎，稍不留神，它们会一声长啸，或吃掉你，或将你远远地甩在后面……

于是苏州人经过反复酝酿和思考，最后将自己定位在与“龙头”的上海对接和错位发展之上。“苏州要永远做上海的‘乡下’，苏州才会有自己的发展空间，才永远不会落伍于环太湖各个城市的强势之中。”王荣说。

苏州人一直这样清醒着，一直仰头紧盯“龙头”大上海，一直埋头干好自己分内的活……然而，紧跟“龙头”并不意味着一定就是成功，成功之路需要自己的创造和实践。笔落此处，我想起了李源潮同志在参加“纪念改革开放30周年——苏州实践研讨会”上说的一段话。李源潮同志在任中央政治局委员、中央组织部部长之前在江苏工作了七年，是江苏省的前任省委书记，用他自己的话说，“我生在苏州，对苏州很有感情”。对苏州的发展，特别是21世纪以来的苏州现代化建设，李源潮不仅熟悉，而且也倾注了许多感情和心血。他在说到“苏州科学发展道路”时这样说：在一个历史阶段里，一种理论的创造是非常伟大的，但实践更伟大，所以我认为苏州在改革开放30年波澜壮阔的前进中，苏州人民的伟大实践发挥了重要作用。“我觉得如果总结苏州的发展意义，也还要跳出苏州来看苏州，这就和我们跳出苏州发展苏州是一个含义。”李源潮的这句话，画龙点睛地道出了苏州科学发展之路所具有的经验价值和精神价值的核心所在。

苏州发展的30年，其印痕非常清晰：第一个台阶是在邓小平同志构架的“翻两番”和“小康”思想的影响下，通过乡镇企业走上了工业化道路；第二个台阶是紧紧抓住上海浦东开发开放的历史机遇，大力发展开放型经济，极大地推进了本区域的经济国际化和城市现代化，率先实现了“内转外”

的历史性跨越；第三个台阶是21世纪以来，尤其是党的十六大以来，坚持以科学发展观为统领，率先按照江苏省委制定的建成小康社会的新目标而全面发展。30年，三个大台阶，使苏州的发展进入了中等发达国家的水平，这样的速度和进步，创造了世界发展史上罕见的奇迹。

“2002年时，我们全市的财政收入也还在300亿元左右，可到了2008年时，全市的财政总收入已经达到1500多亿元。5年时间，增加了4倍。这样的增幅在世界发展史上绝对是少有的！”一位苏州市领导告诉我。

衡量一个地区的发展水平和速度，财政收入是最硬的指标。苏州奇迹令人感到有些像神话，但它绝非神话，是苏州人民实实在在干出来的。靠什么？“靠合力。靠苏州各种经济形式、各个县市的城乡经济体的合力。靠苏州社会各界和各个层面的共同奋斗精神与提升素质的合力。”苏州干部们这样告诉我。

什么叫合力？合力是什么样？于是我又想起了故乡的江、湖、河、塘之水……

我故乡的长江是万里长江入海之前最为宽阔的江段，那大江之水一望无际，奔腾不息，惊天动地，它的力量可使万轮巨轮不力自行，轻舟一日百里。

我故乡的太湖、阳澄湖……平和时碧波荡漾，温情脉脉，然稍许风云，顿时千层叠浪，卷舟覆船，拍岸毁堤。

我故乡的小河弯曲缓流，动情轻歌，然潮去潮落时，同样它快如鞭抽，行速如飞，令你心惊肉跳。

塘水可能是最温存的，静寂的，但你万不可开堤决坝，倘若有所行动，那塘水必如脱缰烈马，呼啸长鸣……

这就是我的故乡之水。它充满着个性，充满着蕴力。我故乡的父老乡亲们在建设自己的家乡时，根据实际需要，将江、湖、河、塘之水的四种力量合为一力。其势其魄，何言可喻！

“有人将我们苏州的发展视为‘苏南模式’。那么‘苏南模式’是什么呢？其实‘苏南模式’从广义上讲是一种无固定规则的模式，它容纳着各种经验，吸收了各种先进技术，聚集了各种力量，并从自己的本地实际情况出发，将其汇成一种合力，推进着苏州整个区域的发展和向前。这样的力量可想而知其威力……”苏州干部自豪地对我说。

“党的十六大之后，我们在胡锦涛总书记的科学发展观引领下，按照省委要求，迅速作出了实现‘两个率先’的决定和四大具体行动计划，它们包括了‘提高自主创新能力行动计划’‘推进经济结构调整和转变增长方式行动计划’‘建设社会主义新农村行动计划’和‘塑造当代苏州人新形象行动计划’等，这四个行动计划，着重反映了苏州建设自主创新型城市、现代化制造业基地以及加强精神文明建设和统筹城乡等内涵，立足苏州现有发展阶段、城市定位、产业基础和人文特征，明确了苏州发展特色、工作特色的总体目标，同时在时间上既与苏州‘十一五’规划纲要配套、衔接，又在空间上按照‘大苏州’一体化发展的格局，涵盖了全市区域、各方面。在实施过程中又高举、发挥了‘张家港精神’‘昆山之路’和‘园区经验’等苏州发展的三宝，使之成为全市奔向新的奋斗目标的合动力，同时紧紧依靠各个区域经济体的自身特点，让国有企业、民营经济、外向型经济实体和私营企业一起发力！这才有了我们苏州在近五年中创造的超常的高速发展。”时任市委书记王荣和市长阎立都是具有博士学位的学者型领导，他们都很温文尔雅，在言及新时期的苏州发展形势和前景时，充满了底气和力量。

是啊，苏州现有包括昆山、张家港、常熟、吴江、太仓等全部进入

“全国百强县（市）”前十名的“五虎”，加上苏州工业园区和苏州高新区这“两头猛狮”；苏州现有上万个外资企业、15万所民营企业、30万户个体企业，以及600万勤劳和智慧的苏州人民、600万甘心情愿为吴地奉献的新苏州人，他们以其各自的优势和力量，汇聚成犹如滚滚东流的大江之水，将苏州经济和社会建设推向一个又一个惊天而光辉的高度，令世人无不刮目相看！

“你们是龙眼啊！闪闪发光的龙眼啊！”难怪有一天一位中央领导来到苏州，当他在环太湖走完一圈后，突然欣喜地对苏州人如此说。

“龙眼”——多么准确而形象的比喻！

是的，苏州是“龙眼”，苏州是环太湖高速经济发展区域的“龙眼”，是屹立于世界强林之中的中国巨龙身上的“龙眼”。

画龙点睛，是最精彩之笔。苏州的发展难道不就是集中国改革开放30年之经验与辉煌的画龙点睛之笔？

啊，滚滚长江，汹涌奔流，呈现的是一种勇往直前的力量；

啊，浩渺太湖，碧波万顷，呈现的是一种宽阔坦荡的胸襟；

啊，潺潺河流，川流不息，呈现的是一种通达四方的追求；

啊，粼粼溪塘，吸风纳雨，呈现的是一种平和融合的气度。

这就是苏州人。既有江河之势的力量与勇气，又有湖塘之水的包容与平和，还有春雨般滋润大地的涓涓修养……

江河湖塘，组成了苏州人独特而绚丽的性格。那性格既是豪放的，又是柔美的；既是开放的，又是含蓄的；既是粗犷的，又是细腻的。是豪放中的柔美，是柔美中的豪放；是开放中的含蓄，是含蓄中的开放；是粗犷中的细腻，是细腻中的粗犷。因而苏州人自古常胜不败，因而吴地常富不衰……

江河湖塘组合在一起，既可以是一种放扬，又可以是一种吸纳；既可以是一种选择，又可以是一种决断；既可以去冒险，又可以避险。是理性下的激情，是激情中的理性，是激情和理性融合后的理与智、亲与情。

这就是我的故乡苏州。

与苏州人打过交道的人都说苏州不是一个专横跋扈的地方。即使是那些名闻天下的园林与世界文化遗产，洋溢的也是含蓄之美。苏州人恪守中庸之道，凡事绝不会太过分。这，就是江河湖塘交融、混合的水性文化。

君不闻一句软绵绵的吴语顶过壮士的十声长啸？

君不知一曲孟姜女哭夫吴歌唱倒了万里长城？

君不见一幅绢上绣猫吓死一窝偷粮老鼠？

这就是我故乡的不败经，就是来自这个地方的独特文化、独特精神世界与独特修养和气节。

我故乡的水与其他地方的水有时很不一样。常言道“江河东去归大海”，流动的水总是往一个方向奔涌而去。其实在我故乡的江河之中会常常出现江河水逆向而流。这是为什么？原来，我故乡的江河离大海近，月亮和地球间发生的引力诱发了潮起潮落而形成江河之流复去复回的特殊景象，这就使得我故乡的江河之水非常活泛，因而更加富有灵性。

没有一个地方的水会有如此丰富多彩的形态。这样的水总是富有激情，善于创新，勤于思考，勇于运动，有激情，有创新。这水是世上最好的水，是我们一切生命之水。

现在你知道为什么我故乡的“小桥流水”是我永存的家园景象？

现在你知道为什么我故乡人的柔性软语总充满了那种说不出、道不明的美感与诱惑？

现在你应该知道什么是苏州了！

苏州是水的世界。苏州是由水组成的灵性之地。她因此可以永远游刃有余地面对复杂纷乱、景象万千的各种来自自然与人为的较量、搏杀，当然也有和善的沟通与敌意的诱惑。

水，是我的生命之根，是我故乡苏州大地的生命之根、之魂！清澈、奔涌而富有感情的水，依然在我故乡长流……

第24章　小桥、流水、人家……

有一天我站在故乡的一座小桥上写下了这样几句话：

小桥流水，是我的故乡风韵；
小桥流水，是我生命的本色。
那小桥是我父亲的脊梁，
架在我通向理想的道路上。
流水是我母亲的甘甜乳汁，
滋润着我生命的每一个成长旅程。
小桥流水是我拼搏的足迹，
承载着多少辛勤与欢乐。
小桥流水是我梦中的乐章，
回荡的是社安民乐的天籁之音……

这是作为游子的我对故乡小桥流水的一种感悟。其实苏州的“小桥流水”包含的内容很多、也很宽泛。

河多自然桥多。我故乡的河多如网状，我故乡的小桥因此也多如繁星。不用置身实地，只要一闭上眼睛，那蜿蜒交错的河流就像飘然舞动的白练，而一座座桥梁恰似那练带上闪光的珍珠……它们都会在我的脑海中闪现。如果把一条条河流比作五线谱，那么一座座古桥就该是一个个跳动着的音符。它们交相辉映，交响共鸣，将吴地的美丽图景变成可以留在人间与诗人华章里的佳作。

我故乡的小桥多得叫人吃惊，说它“一步两桥”并非夸张。“绿浪东西南北水，红栏三百九十桥。”白居易这样说。“君到姑苏见，人家尽枕河；古宫闲地少，水港小桥多。”杜荀鹤这样写。据《姑苏志》记载：明代中期的苏州城内有桥 301 座，城内外小桥总数有 573 座。这自然不包括苏州各县、乡、镇和村间的那些小桥。如果把乡村的小桥加起来，苏州全境旧时的小桥应该不会少于万座。我知道苏州城郊的一个小镇在仅一平方公里的镇区内，就保存了 35 座石桥。“桥乡”盛景，可见一斑！

苏州现存最早的桥要数“宝带桥”了。它建于城东南郊的古运河旁，跨越澹台湖口。现在所看到的宝带桥共 53 孔，均为青石砌拱券，桥全长 317 米。宝带桥在建桥上有两大特点：一是使用了柔性墩，代替了冗长的堤堍，从而减轻了桥身的重量，而在桥中建造了刚性墩，可以防止多孔桥的连续倒塌；二是该桥拱券砌法也很特殊，既不同于赵州桥的单拱拼合法，又不同于卢沟桥的条石弧砌法，而是采用了二者结合的多铰拱。宝带桥因其独特的建造特点而被列入中国 16 座古桥之一。“云开霄汉远，春入五湖深。天外虹飞彩，波心日泻金。”明朝苏州才子文徵明把“宝带桥”的仙境描绘得如此出奇，令人叹为观止。

我故乡最小的一座古桥，全长只有 2.5 米，宽 0.9 米，跨度 1.3 米，桥栏石高只有 0.2 米。其桥虽小，但形式和构造却一应俱全，是典型的宋代小型石拱桥，故而它也是一座非常有历史价值的吴地古桥，其名“引静桥”，位于苏州名园网师园水池东南小山丛桂轩之侧。“引静桥”在全国独一无二。

我故乡的万余座古桥中最有名气的当然要数寒山寺旁的枫桥了。这座横跨在古运河上的单孔石拱桥，因唐代诗人张继的那首《枫桥夜泊》而闻名于世。

而像《枫桥夜泊》这样的诗句你在游苏州城时，即使每天吟诵十次也不会乏味。

我故乡的桥多，最显著的原因无疑是河多而不得不建造。小桥大多是乡民们自发捐钱建造的。古桥基本都是石桥，也有少数木质桥，还有个别是竹桥。石桥以拱桥和梁式桥为主，既坚固又美观，尤其是倒映在水中十分好看。

小桥的作用很大，主要是方便行人车马，便利河两岸的交往。

石桥对附近的居住者更有诸多好处。记得小时候，每到夏天傍晚，我爷爷总是搬了小木凳、手持摇扇端坐在石桥上给我和小伙伴们海阔天空地讲他年轻时的风云岁月。小石桥给我留下了许多童年的美好回忆。可以说，我们的小时候是在小石桥的流水声中走过来的。

苏州的石桥，在历史上和人们的日常生活中，有过惊天动地的经历，也有琐碎的杂事。

水乡的小桥其实就是我故乡的一个个历史老人，它们负责记录着本土的每一个村庄、每一个城镇、每一个人所走过的脚印。因此人们对小桥有着十分严肃的敬畏感，不敢轻易损害它的皮骨。

小桥还是一块非常神圣的地方和界域。小时候，奶奶曾经对我说过：跟人吵架，不能过了桥再骂人；过桥再骂就是属于“恶心人”。她教导我任何时候都不能做“恶心人”。“恶心人”在我们吴语中就是心眼坏了的大坏蛋。可见小桥还是好恶的分水岭。

爷爷告诉我，他们当年做生意时多半是在桥上“碰面”。“碰面”就是会见、会面的意思。“生意谈得好不好，桥上碰面见分晓。”我现在还能记得爷爷说过的这句话。可见小桥还是与外人谈判、与外界对接的地方。

故乡的小桥很结实，再重的担子、再多的挑夫都压不垮它。小桥最可爱之处是它倒映在水中的影子，随波晃动起来更是美不胜收。“横截春流架断虹，凭栏犹思五噫风。”你如果是诗人，你一定会站在小桥上赋诗吟诵，因为小桥之景在诱发你的创作激情。

小桥的美，其实关键在于桥底下的流水。假如小桥之下的水流是活动的，奔流不息的，这小桥就会变得富有生命，其生命伴着激情，伴着生机勃勃，伴着潺潺，伴着委婉……但假如小桥下的水不动了，成死水一潭，那这小桥也将死矣，成为永固之物。

小桥与流水是相映的一对，是一动一静的双景：小桥在水的流动中显示力量与坚强，可靠与信誉；流水则在小桥的坚固的屹立中显示朝气与进取，创新与无畏。小桥像男人，流水好比女人。男人需要在女人面前表现力量，表现那种顶天立地的力量。女人要在男人的目光和爱抚中表达温情与婉约……这是我故乡的小桥流水间的秘密与亲情，只有长期生活在它们身边的人才会有这样的体会和理解。从这个意义上讲，我们苏州人都是小桥流水的儿女，我们的血液里因而也总是留存了坚强与柔软的两重基因。

如今我故乡的小桥已经被众多钢铁大桥和盘旋式的立交桥所淹没了。它们已经不再成为“交通要员”，只是存留在巷头街尾，或者酣睡在村前宅后的草丛之中。但我的父老乡亲始终没有抛弃它们，仍然将它们视为亲密挚友，因为大家非常清楚这一点：站在高速公路岔口处的立交桥上是不能久留的，哪怕抽一支烟的工夫你都会有一种眩晕感和惧怕感。然而在小桥上就不一样了，它永远让你感到安全和亲切。只要你愿意，就是光着身子躺在上面照样不会有一点事儿，且你会感到心平气和，闭目养神，有一种说不完的惬意。

这就是苏州的小桥，它平和，它通达，富有构架与支撑一个社会的本领。它因此也是苏州人的生命本质。假如你厌倦了尘世的喧嚣，你就到小桥上停留片刻；假如你想继续人生远航，你就从小桥的石级上走过：它会教你如何将步子迈得更坚定和稳当些。

苏州人永远离不开小桥，因为小桥是他们身体内的血管，架连着肢体的每个部位；那小桥下还有潺潺流动的河水，如人的血液，源源不断地保证着生命的延续……

我以为，苏州的小桥和流水似乎可以比作城与乡之间的关系，而"小桥""流水"加"人家"，就是这片美丽富饶的沃土上构架起的整个社会。

几千年的辉煌历史已经告诉和证明了，苏州这片土地自古以来曾经有过无数岁月是平和与通达的，这是这个地方的文化所决定的。在近30年里，苏州人民在市委、市政府的领导下，围绕着缩小和协调城乡之间的关系，就从来没有停止过伟大的实践和探索，如同珍惜先人和自然留下的"小桥""流水""人家"的那份天赐的和谐美景一样，他们不断地根据时代的发展和人民生活的需求，给予"小桥""流水""人家"以崭新的内容与形式，使其更加光芒四射，独领天下风骚。

可以这么说，苏州在过去的30年里，历届政府始终把建设一个优美而独特的现代化城市和城乡统筹发展、市民与农民同在一个"人间新天堂"作为不懈的奋斗目标，这也使得我故乡的"苏南模式"更具有金光闪烁的独特魅力。改革初期，伴随着乡镇企业的发展，苏州小城镇发展走在了全国小城镇建设的前列。20 世纪 90 年代之后，在外向型经济的持续推动下，在国家宏观政策和地方政府指引下，苏州的城市经济得到迅猛发展，乡镇企业在市场经济的洗礼中也得到了重生和新的发展空间。于是这里的中心城市的扩张和小城镇的再集聚，使得广大农村居民从“离土不离乡”向“离土离乡”转变。这一阶段的苏州城镇建设和内容上发生了质的变化，即原有的城市市民和“离土离乡”的农民新市民开始实现了大融合，旧城镇的改造与脱胎换骨和新城镇的迅速崛起形成了全新的格局。全球化经济和本土化经济相结合形成新的高速发展的 20 世纪末、21 世纪以来的十余年间，苏州全市的城乡统筹发展基本形成，以新的苏州中心城市加 5 个县级中等城市再加数十个重点集镇为主体的全区域城市化格局全面呈现风采。此时的苏州全境区域内，交通、卫生、教育、社会保障、工业基地、农耕土地、绿化水面等社会与人的生存与发展要素，得到了全方位的提升。用我父老乡亲们的话说，“城市更像城市”，“农村更像农村”。

何谓“城市更像城市”，“农村更像农村”？到昆山看一看，便有答案——

过去的昆山旧城，有人戏称它仅有“手掌大”。区区几平方公里，像样的街没几条。现今你上昆山走一圈，没有人会怀疑它不是一个具有了真正现代化水平的中等城市。那宽阔的道路、漂亮别致的楼宇、五彩缤纷的商店以及一个又一个花红树绿的市民公园……这是昆山中心城市区的景象。“大昆山”的城市化则以一个“中心城区”、七个片区的大格局组成。它们之间相互协调、联结统一，又各成体系。“中心城区”的功能定位为高新技术产业发达、第三产业繁荣、适合居住的生态园林区域；北部片则以周边市镇和陆杨镇片区整合形成，它是高新技术产业和劳动密集型产业并举发展的区域，并且依托邻近的太仓港，拓展外向型经济；东部片区，则以著名的花桥国际商务区为依托，着力发展商贸物流等第三产业，同时发展高新技术制造为主的现代化制造业；吴淞江工业园区片区，则定位以高新技术为主导，劳动密集型产业为辅的现代生态制造业基地；中部生态农业片区，则以高科技农业研发、试验、生产为主；阳澄湖休闲旅游片区，则以阳澄湖为核心，以休闲、旅游、度假为主要功能；南部水乡古镇旅游片区，则以水乡古镇旅游为主体，重点发展第三产业。在大力构架中心城区的现代化大都市建设的同时，精心打造和提升周庄、锦溪、淀山湖、千灯、巴城和花桥六个具有江南水乡特色的传统小镇。万不可小视了这些小镇，它们既使昆山尽善尽美地保留了“小桥”“流水”“人家”的江南水乡特色，又成为六条腾云驾雾、喧天闹宫的巨龙，支撑着新昆山的富足大厦……

常熟、张家港、吴江、太仓的城乡，无不是昆山式的“城市更像城市”、“农村更像农村”的新格局。新的姑苏中心城区自然更不用说。30 年来，面积大了数倍，现代化程度今非昔比。用苏州老乡自己的话说：“分不清现在到底是住在‘城中园’还是‘园中城’？那个美呀真是美煞人！”

苏州美，美苏州。苏州之美，美在“小桥”“流水”“人家”间……

第25章　苏绣、乱针绣、双面绣……

有一种地方特产是苏州人特别感到骄傲的，那就是苏绣。

苏绣作为中国四大传统名绣的瑰宝，早已被世人所瞩目和喜爱。而苏绣中最为耀眼和名贵的要数“双面绣”。所谓双面绣，就是正反两面都可以观赏，甚至一模一样。这样的工艺是苏绣独有的高超艺术和表现形式。

谈苏绣，必须要提到一位重要人物，她就是现代苏绣的奠基者和苏绣教育家沈寿。据说她的两部作品在世界万国博览会上引起轰动并获得“世界最高级卓越奖”。沈寿原名云芝，传说她精湛高超的绣艺受到慈禧太后的垂青而赐名寿。苏州绣娘沈寿后来与才气横溢的画家余觉结为夫妻，两人并肩合作，使得沈寿的绣品艺术达到高峰，开创了苏绣的“仿真绣”新风。后来沈寿还在南通办了中国刺绣女子学院，为国家培养了一大批优秀的绣花艺术家。

绣花艺术是中国传统工艺技术中受到世界非物质文化遗产保护的一种民族工艺，它的精美之处是靠手工刺绣。一般的刺绣都是单面绣，即针脚一面是不露给观赏者的。但苏州双面绣突破了这种传统刺绣的常规，使得刺花绣品实现了正反双面的观赏价值。

曾有人说过:“如果把刺绣比作工艺美术中的皇冠,那么双面绣就是皇冠上的明珠。”

何谓苏州“双面绣”?或许有人见过这样一幅著名的《猫》绣。那绣架上的猫,一面是一只灰狸猫,翘首凝视,神态逼真;从背面看则是黄狸猫,形态一样栩栩如生。这就是典型的双面绣,同时还称为“双面异色绣”,因为它两面的猫颜色不同。绣这样的作品,除了双面绣的基本技术外,还要照顾双面针脚、丝缕,做到两面色彩互不影响,针迹点滴不露,其内的藏针隐针要藏得妙、隐得巧。只有高超的艺人才能完成得了此类佳作。苏绣的专家告诉我,“双面绣”的针法非常独特,行针走线,其实很“乱”,全凭艺人的感觉和手技,因而苏绣中有一种叫“乱针绣”,它看起来似乎没有章法,非常随意,其实恰恰是针法之最高境界,因为这种“乱”既是技艺上的绝对驾驭和娴熟,又是形乱神不乱的佳品,在“双面绣”创作中,都融入了乱针技法,故而栩栩如生。

苏绣是一个美妙而神秘的世界,你想象不到,在同一块绣品上,正反面绣出同一个物体并变换颜色竟全靠绣女手中的一针一线。更神奇的是这种双面绣还能做到在同一绣品的正反面可以绣出完全不同的景物或动物!在苏绣之乡的镇湖镇上,我看到了这样一幅双面绣:同一幅插屏上,一面是蹲伏的小白猫,它文静可爱,绒毛柔顺,绣面细腻和顺,犹如工笔画般清秀。另一面则是向左蹲伏的棕黄色哈巴狗,它憨厚有趣,毛丝相叠,绣面粗犷浑厚,好似油画一样艳丽。若不是亲眼所见,你怎能相信这是苏州绣娘手下的杰作!

镇湖有一条绣品街,那里家家户户都有美丽的绣娘在不分日夜地挥针绣画,她们的作品既可以是百姓家的日用装饰,又可以是国家元首间的馈赠品。那些绣娘能将一根头发粗细的丝线劈成64股，这样的技艺，中国独一，世界无二。难怪南朝高士张率先生这样赞叹道："寻造物之巧妙，因饬化于百工，嗟莫先于黼绣。自帝虞而观风，杂藻火与粉米，郁山龙与华虫。若夫观其缔缀，与其依仿，龟龙为文，神仙成像。总五色而极思，藕罗纨而发想。具万物之有状，尽众化之为形……"

苏绣，尤其是双面绣，是苏州的一张名片，其实也是苏州人的一种性格形象。它双面玲珑光亮，表里如一，既体现了一种高超的艺术，又渗透了一种为人处世之道。这就使我想起了我的父老乡亲们常讲的一句俗话：面子与夹里。衣服有面子和夹里之分，人其实也有面子和内在之区别。苏州人特别讲究面子，他们认为自己干什么事不能让外人说三道四，如果连面子上的事都做不好、做得不够意思，那这种人、这种家庭、这种单位肯定是差劲的，因而为了面子上的事，他们可以倾家荡产，以命相抵。所以如果苏州的哪一条街、哪一幢建筑不像样，让前来旅游的外乡人指指点点、说三道四，那苏州人是最受不了的，他们一定会想方设法把它完善、完美到人人都说一个"好"字为止。苏州人不喜欢"差不多"这样的评语，苏州人喜欢"蛮开心"：心都开了，那便是心花怒放，那就是完美的结果。

讲究面子其实是为了一种做人的尊严和信誉。苏州人非常在乎这个面子。你到苏州地面走一走，不管是乡村还是城镇，如果你看到哪条路、哪个地方不讲究卫生、对外乡的游人出口伤人，你就可以当着众人的面指责和批评，一般情况下不会受到当地人的攻击。

而苏州人更有一个特别之处是：他们更讲究面子与夹里的统一，而且常常把夹里的实惠与真实看得更重要。因为"暖不暖，靠的是夹里"：我的父老乡亲最懂得这个朴素的真理。

比如像苏绣，本来已是举世闻名的艺术珍品了，可苏州人还要努力提升工艺。他们创造了“双面绣”，表里如一，正反面都经得起观赏，而这该算是精益求精了吧？可苏州人又继续思进，创造了“双面异色绣”——同一幅绣品上正反两面可以看到不同的景物，美不胜收，让人无任何挑剔的话可说！

苏州人对这种追求和境界称作是“味道”。

“双面绣”是苏州人认为的最有苏州风格、最具代表性的“味道”。

这“味道”里的学问太深了，所有想学苏州的人如果不懂得苏州人讲的“味道”之说，你就永远无法学到他们的真谛。

听说过苏州太湖之滨的西山盛产一种碧螺春茶叶吗？知道这种茶叶的味道为什么特别的清香吗？这是因为：一是用的“种”好，据说是仙鹤衔来的种子；二是因为采摘工艺特殊。西山碧螺春讲究的是采摘者全是当地少女和新媳妇，她们需要在采摘前沐浴更衣，采摘后又因为怕柔嫩的茶芽受损，往往都将茶芽放入怀中保存，叶芽一得少女和少妇的体温，顿时异香扑鼻，所以苏州西山碧螺春又名“吓煞人香”。苏州年轻美女将茶芽放在酥胸上焐暖是有传统的，有古诗“蛾眉十五采摘时，一抹酥胸蒸绿玉”可以为证。一位欧洲诗人观赏到苏州碧螺春茶叶的采摘过程后，醉倒在太湖边的长廊内，并写下这样一句诗：“在清香的碧螺春汤里，我看到中国江南明媚的春色，那春色让我流连忘返，醉死梦生……”

这就是苏州“味道”。它让你深切地感受什么是发自心底和生命源头的美……

苏州人特别讲究味道，吃什么东西，做什么事情，都讲究味道。味道在苏州人心中就是品质，就是境界，讲究味道，便是追求品质，追求境界。

到过苏州的人都见过这里的百姓喜爱住在一条条曲径通幽的小巷庭院内，而不太喜欢住在那些高楼林立的地方，这是因为他们认为小巷深处才有味道，这味道是静谧恬淡，祥和平安。这样的小巷深处，白天像一位安静读书的少女，傍晚像一位依灯绣花的闺秀，即使到了只有蛐蛐叫的深夜，她还会像是一位熟睡的美女，总有说不尽的美意。

这就是苏州人说的“味道”。

现在的社会里，一般的人都特别注重表面的整齐与光泽，对内容和实质则并不在乎，所以我们有了那么多“形象工程”和让百姓不满的事。苏州人讲究面子，但更注重“夹里”，因为在他们的意识和观念里，夹里是实惠和真实的，面子不能当饭吃，“夹里”是暖在自己身子骨上的东西，绝不能马虎。

苏州人讲究面子和夹里的例子，还可以从苏州人怎么欣赏美女来帮助你认识苏州。

苏州人看美女并不排除看脸蛋，甚至看胸部，但多数苏州人在评价和欣赏美女时则更多喜欢看美女的眼睛，于是你就会发现苏州女人的眼睛也变得多半是那种脉脉含情的美。苏州不乏双眼皮、大眼睛的美女，但苏州女人的眼睛并非像张飞眼一样滴溜溜的滚圆，而一般都是弯弯的，像一轮弯月似的，看人时总是忽闪忽闪的，带着温柔的情，目光如水，又如雨后梨花。《红楼梦》里的林黛玉是苏州姑娘，作者用了18个字形容她的眼睛：“两弯似蹙非蹙笼烟眉，一双似喜非喜含情目。”闭上眼睛想一想这样的“美目盼兮”，你难道不想入非非？苏州男人是幸福的，他们看到的女人即使与你吵架，也永远不会怒发冲冠，双目如牛，最多也就是闭上明眸，拂袖而去。这拂袖而去留下的是那美丽的背影，那不更有味道吗？有这样的美女终身伴随，所以苏州的男人性格里也多少渗透了“女人味”——不过苏州男人知道这种“女人味”不能太多，多了就会让人起腻。

不知外人是否注意到，苏州女人有一个特点：不管是开心还是不悦时，她们眨眼的时间都长一些，这或许是零点零零几秒的时间，却让人感觉她的那双充满柔情的明眸里装了更多的秘密；这秘密不管是什么，总会令她多了一份美。

苏州人欣赏女人的另一个特别之处是喜欢欣赏她的背影。苏州人认为女人的背影最有味道，婀娜多姿，包蕴含蓄，让人有无边的遐想与品味，并能永久地烙入脑海。

但苏州人还告诉我，他们欣赏女人还有一个特别之处，就是喜欢听“她”的声音——这一点外地人似乎也喜欢，因为苏州女人的声音是纯真的充满一种磁性的母声，柔美且温情，将所有关切和爱深藏其中。苏州男人们与我一样喜欢听“她”的声的原因，更多的是在关注她的“声”之后的“音”。女人的“声”像她的外表一样，更关键的是要注意听其“音”；“音”是她的心，是她的情。不是有句话叫“听话听音”嘛！苏州女人说话的“声”自然好听，但她的“音”里面味道更多。

然而这还不是苏州人欣赏女人的全部，苏州人欣赏美女的最根本的一个标准是看她的手美不美。

古人总用“纤指”来形容美女的手。在苏州人看来，女人美不美，关键要看她的手是否符合这样的标准，因为苏州人认为，手代表着女人的修养，女人的品位和女人的能力。那么什么样的苏州女人才是美女呢？结果十有八九的苏州人告诉我：是绣娘，即绣花的那些女人。她们的手纤细而灵巧，终日穿针引线，如在弹奏一曲曲旋律优美的音乐，犹如千军万马在古疆场上酣战，那低垂的弯眉和胸部前丝线飞扬的动作，以及留在绣架上的那些瞬间之美和永恒之美总是令人怦然心动，浮想联翩……

苏州美女的手是劳动之美，劳动之美是一切美之上的美，因而苏州人的审美观是高尚和精致的，所以味道也就会更浓。

有一个例子令人折服。近几年各地都在按照中央精神，在广大农村搞社会主义新农村建设。什么样子是我们农民兄弟想要的社会主义新农村呢？有的地方给农民大搞楼房别墅，比城里人住的“花园”和“富人区”还要豪华和奢侈，结果搬进新楼和别墅的农民们并不感谢，相反嫌“住得不好”。苏州人说，我们不搞那样的“新农村”。于是他们推出了一个叫“蒋巷”的示范村来推广。蒋巷村的支部书记常德盛是我的老熟人，早在十几年前我就写过这位带领村民致富的优秀共产党人。他的事迹很感人，村子里的集体经济也很强大。开始我很担心他的“新农村”是不是也让住在别墅和新楼里的村民们不念好。当年前再次参观蒋巷村后，我彻底地放心了：这里的新农村实在太美！言其美并非他们也有崭新的一幢幢别墅洋楼，并非他们也有四通八达、宽阔而绿化了的马路，这里的美主要在于每个百姓、每一户农民都能根据自己的需要和爱好及习惯，寻找到自己想过那种自由自在的生活方式与生活内容。比如老人可以与子女们一起住在新别墅新楼房里，也可以住进免费的老人公寓里，甚至还允许仅有的一家不想搬进新别墅的农民依然留在自己的老宅居住。村上所有的一切建设，都从农民生活习性出发考虑，既办企业，更把精力放在建设生态农业上。于是村上不仅保住了村民们自给自足的庄稼地，还有比过去大了几倍的养殖家禽与水产品的湖面和鱼塘，更有能让村民休闲和锻炼身体的“农民公园”。有趣的是村上还保留了一个完整的传统农家“博物馆”，在那里80岁的老人可以重新拾起童年时曾经用过的老家什，在那里刚刚学步的儿童也可以知道他们父辈的老家园是个什么样。蒋巷村的新农村建设既有现代化的设施，更多的是保留了民风民俗和民意。难怪温家宝等国家领导人看过蒋巷村后感叹道：这才是我们理想中的社会主义新农村。

蒋巷村的农民则笑眯眯地告诉我：他们喜欢这样有味道的新农村；这个

味道就是空气好、环境好、生活好、家庭和睦和自由自在。

瞧，苏州农民都知道啥是真正的好。“有味道”是他们的理想目标。“天堂”“天堂”，有味道就是好天堂。

如今在苏州，讲“味道”的老百姓多，官员也多，几乎所有的人都在讲味道。这，连我这样的“老苏州人”都有些吃惊。在我小时候的记忆中，“讲味道”的事是有的，但绝对没有像现今的父老乡亲们讲的那么多，那么在乎“味道”。这是为什么？父老乡亲们笑着回答我:你小时候日子过得穷呗，过穷日子是不讲究味道的。

原来如此！可不是，要想讲味道，就必须建立在物质文明和精神文明达到一定水平之时。

富有和富裕之后纵论“味道”之说，是今天的苏州人的生活映照，也是他们追求理想和力推社会不断发展的一种思维方式和行为方式，它包含了崇高的理想追求和永不满足的精神姿态。

王荣书记给我讲了一件事：2003 年初，一位叫龚坚的网民在对苏州和成都的生产总值（GDP）、人均产值、城乡居民人均收入、人均住房面积、社会消费品零售总额、私家车拥有量等统计数据进行对比分析后发现，除 GDP、进出口总额等数字苏州大大超过成都外，在许多有关居民生活水平的经济指标上，处于东部最发达地区的苏州，竟然还比不上地处西部内陆的成都，于是他得出结论：“苏州人不如成都人富裕”。这篇短文，在苏州上下引来一片哗然。不久之后，又有一篇叫《苏州模式的反思与肯定》，更直言不讳地指出“苏州市强民不富”的现状。

“一向在全国人民面前很得意的苏州干部那一阵觉得面子丢光了！”王荣说。

现在连小学生都知道，GDP 是一个地方干部的面子。苏州的 GDP 自从改革开放后一直在全国地区级城市中名列前茅，甚至超过十几个省区市的水平。苏州因此更加有了富地之称。然而现在公众的结论是苏州“市强民不富”。最要命的是苏州老百姓也站出来说话：“我们就是这种感觉。”

这回面子和夹里一起撕碎了！

怎么办？苏州市委、市政府面临又一场严峻的考验。让人欣慰的是他们在这场争论中又一次清醒，又一次获得了思想大解放，又一次勇敢地面对“市强民不富”的现实……于是苏州便有了后来的“天堂城市掀起富动”的波澜壮阔的新战斗、新举措。比如2004年苏州市委、市政府正式提出了“富民强市”的口号，之后又在“富民强市”的总原则下着重强调“富民优先”的工作方针。“全面建设小康社会的出发点和落脚点在于富民，我们要坚持发展为了人民、发展依靠人民、发展成果由人民共享，大力实施富民优先工程，让全体苏州人民感受、分享更多发展成果。”这是苏州市委在全体人民面前作出的庄严承诺。

2005年，市委专门成立了富民领导小组，王荣书记亲任组长，着重在就业、提高企业职工工资、城市最低生活保障、城乡人民的医疗保险和看病、住房和教育等关系到百姓生活质量的十几个方面一一做出了实实在在的有效工作。

“这几年我们苏州百姓的生活真正富裕了，真正幸福了！”这是我在采访苏州时众多父老乡亲们说的心里话。我对这块土地太熟悉，哪个政府、哪个干部想说谎、做假事肯定不太可能，而我的观察和调查也证明了父老乡亲们说的话没含水分——苏州人民现在真的富裕多了，比其他地区的百姓幸福得多。

“有骨头还要有肉。只长骨头不长肉的事以后我们不会做。”这是王荣对我说的话。用苏州土著语翻译这话的意思是：有面子还要有夹里，只顾面子光亮的事以后我们不会做。

这是苏州人的品质之一、精神之一。

“骨头硬，又长肉，才是味道。”这是市长阎立的话。瞧，他也在讲“味道”！

阎市长的“味道”更有趣了。他说他现在正在着急一件事：苏州开放后，说苏州话的人越来越少了。“许多领导和外地来的朋友常问我，你们苏州话那么好听，咋现在大街上听不到了？这让我感到问题的严重性。过去苏州比较封闭，不讲普通话，只讲软绵绵的本地话。后来开放了，与外面的世界畅通了，讲普通话的人越来越多，这是好现象。但苏州是个有自己文化的城市，如果苏州人连自己都不说很有味道的苏州话了，那这个城市就真没有味道了……”嘿嘿，阎市长的“味道”论又来了！

“侬讲苏州味道好不好？”阎市长起身结束采访时朝我说了一句地道的苏州话。

“好个啊！苏州味道肯定蛮好个来！”我用同样的苏州话回答他。

哈哈……我们忍不住一起开怀大笑。我俩一个是北京的“苏州人”，一个是南京的“苏州人”。

苏州味道真是“好个来”，它包含了无数物质与精神层面的内容，就像一部百读不烦的经典教科书。

这就是苏州人的生活哲学，这也是苏州人与生俱来的文化素养，如深巷子里飘出的浓浓酒香……

第 26 章　园林、园区、圆融……

说苏州，不说园林等于什么都没有说。可见园林在苏州的地位。据有关资料记载，苏州园林在明代时有 271 座，清代尚存 130 座。新中国成立初期，古城和近郊可稽可查的园林有 114 座，亭园 74 处。

几折烟萝暗，林塘一径迷。
红泉回翠壁，绿叶间丹梯。
扪石人行倦，分巢鸟乱啼。
遥知歌舞歇，可有归乌栖……

苏州园林之多、之美与苏州这块地方独特而富饶、人文荟萃和辉煌的历史有直接关系，同时与自然环境的秀美精致有关。从远古时代开始，姑苏城里修宫建亭就没有停止过，尤其是越国美女西施到了苏州后，吴王夫差为了讨这位绝代美人的欢心，修了不少用现代人的话说的“休闲度假村”。那些古式“休闲度假村”讲究的是有山有水有亭有桥，与院庭之外的苏州景物要一致，所以渐成苏州园林雏形。后来苏州文人墨客多了，且雅兴和修养不断提升，于是园林的审美情趣和美学思想被越来越多地渗入其中，因此现在我们看到的苏州园林无论大小，总是熔建筑、文学、书画、雕刻和工艺于一炉，结合着叠石、治水、花木、装饰等要素，为我们的中华民族留下弥足珍贵的瑰宝。

真正意义上的苏州园林建筑史是从公元前 6 世纪开始的，那时建有姑苏台、馆娃宫、长洲苑等。东晋以后，佛道寺观、私家园林更是陆续兴起，如辟疆园、云岩寺、普明禅寺、保圣寺、玄妙观、紫金庵、沧浪亭、狮子林等。明清时代，苏州的私家园林更是蔚然成风，约有 500 余处。有钱人和那些文人墨客皆以修造园林为骄傲，有点儿像今天的富人置地盖庄园一般。那个时代在朝廷里做大官的人也十分倾心到苏州城里捐钱修建园林，以标榜自己的显赫地位和德性。如明代王献臣的拙政园、徐泰时的留园、甫里许自昌的梅花墅，清代宋宗元的网师园、顾文彬的怡园，都是非常著名的园林。

苏州园林以小巧、自由、精致、淡雅、写意见长。由于它注意文化和艺术的和谐统一，因而到晚清时皇家园林在意境、创作思想、建筑技巧、人文内容上，也大量汲取了苏州园林的“写意”手法。苏州古典园林宅园合一又是它的一大特点，可赏、可游、可居。这样的建筑，是人口密集、企盼朝夕与大自然风光融为一体，又想独处一地、不被外界所扰的有钱人和文人雅士所寻求的那种城市生活方式而形成的。苏州地处江南水乡，又是吴越之后的几朝皇城，非常适合上面这些人在这样的地方居住，所以其兴建园林之风长盛不衰，一家比一家精巧美观，形成了诸多千古传世的杰作。苏州园林的重要特色之一，体现在它不仅是历史文化的产物，同时也是传统思想文化的载体。那园林厅堂的命名、匾额、楹联、书条石、雕刻、装饰，以及花木寓意、叠石寄情等，无不彰显其主人的审美情趣与处世之道。也许因为苏州园林的美太让人流连忘返，也许它的美妙不可尽言，所以才滋生了唐伯虎这样的才子。其实苏州园林的精致与淡雅，不仅能造就浪漫，也能铸就铁骨，清初著名文学批评家金圣叹便是其中一位。被称为“中华七十二伟人”之一的顾炎武，其故居在昆山千灯镇，也是一座具有明清代表性的中小型园林，占地 60 亩，分宅区、亭林祠和花木园林区。故居和园林融为一体，朝东坐西，有五进古香古色的明清建筑，自东而西依次为墙门、门厅、轿厅、正厅和住宅楼，北侧有背弄连接的膳房、读书楼、后花园。顾宅在千灯小镇独占天地，人称“顾半街”，也就是说他顾家在千灯镇占了半条街。就在这样的乡下小园林里，诞生了一位高声呐喊“天下兴亡，匹夫有责”的伟大启蒙思想家。

在苏州的诸多园林中，千灯小镇的“顾半街”实在排不上号，可见苏州古城内的那些气派豪华、雅致精美、人见人爱的大园林是何等的辉煌绚丽！

苏州的园林如画、似谜、胜仙境。

苏州园林里传出的声音，有读书声，有教诲声，有议天下大事声，有碎言细语的闺怨声，有棋盘桌牌声……那声声语语渗透了文与雅、恬与淡。

园林带给我们的视觉感观是精美与雅致的风物。

园林带给我们的思想意识是深邃与完美的文化。

在吴江名镇同里有两座园林让我久久回味：一座具有 200 年历史的“退思园”，另一座是当代建造的“静思园”。

先说“退思园”和它的深义。

吴江同里这个名字的来历也很有味道。身处苏州腹地的同里，自古就是“民丰物阜，商贩骈集，百工之事咸兴，园池亭榭，声伎歌舞，冠绝一时”的一方富土，故名曰“富土”。宋、元、明三朝，同里均为吴中巨镇。宋代有闲情逸致之官人，说富土太招人，干脆将其拆之：富字上去一点，中横断，故而“富土”成了现在的“同里”。

不管如何拆“富”，同里依然富甲吴中。由于独特的地理环境，想进同里一般还必须通过舟楫方可。四面环水的富甲之地，成了富绅避乱的好去处、各业劳动人民谋生发展的宝地，当然也有朝廷落职、退休之官到此安家隐居。同里便在这种情形下越发兴旺昌盛，出了一个状元，42 名进士和 90 多个举人。读书人和官人一多，小镇就更加繁荣富强。同里距苏州古城只三四十里路，落户此地的有钱人和文人墨客少不了学学苏州城里人的生活方式，于是造景修园便成了同里的一大特点。同里造园林，需要特别一提的是这里有个名叫计成的中国造园巨匠。计成生于明万历十年（1582）。他所著的《园冶》，是中国造园学的经典著作，不但影响中国，而且传播到日本及西方。同里有这么一位造园大师，那么苏州园林的兴盛之风和艺术风格就不一定是同里人学苏州城里人，而可能是苏州城里人学同里人了。

在众多大大小小的私人园林中，退思园无疑是同里镇上最大也是最完美的一座“集江南古建筑之大成”的经典之作。

这座占地仅九亩八分的园林，布局独特，亭、台、楼、阁、廊、坊、桥、榭、厅、堂、房、轩，一应齐全，并以池为中心。若站在全园主景退思草堂前环顾四周，各个景点犹如一幅舒展自如、恬澹静谧的山水长卷。如向池中击掌，一池锦鳞便会应声而来，真是奇妙无比。而且园子的整体构造也打破了一般园林那种前宅后园的常规，它左为宅，中为庭，右为园。园子的主人据说是清光绪年间安徽兵备道任兰生，此人为武将，在安徽凤阳当官时宦囊充盈，就开始在同里老家建花园，以备晚年享用。园子尚未完工，慈禧就让他镇压捻军。在战场上，任兰生不忍心杀尽捻军，结果慈禧知道后问他罪。罢官后的任兰生从此看破红尘。他的好友左宗棠送来一副对联：种竹养鱼安乐法，读书织布吉祥声。任兰生干脆将后来完工的花园叫作“退思园”。

退思园：退而思过。

退思园：退而思进。

退思园：由退思进，因忙得闲。

退思园：退而思进，进不言功；老骥伏枥，永不停步。

这便是同里退思园留给后人的财产，充满了不甘、不屈和以退为进的韬略。想想细声软语的苏州人在历史和现实里所创造的惊天动地伟业的过程中所凸显的精神，岂不是与这种貌似消极、形似无声无息、实则积极主动、轰轰烈烈的处世哲学一脉相通？

同里的退思园现已被列入联合国教科文组织的“世界文化遗产”而保护起来，每年都吸引着海内外无数游客驻足叹赏，成为苏州郊区一景。

走出退思园，让我感到特别震撼的是看到了同里的另一座伟大建筑——静思园。

静思园和退思园只差一字，但一个“退思”、一个“静思”却包含了两种近似却又差之千里的思想境界。

静思园的主人是当代人，他叫陈金根，属马，今年56岁，同里本土人。我们先来看看他的“静思园”。

先说面积。早已完工并对游人开放的静思园第一期工程有66亩地，其设计是由苏州园林设计院和上海同济大学的几位当代著名设计师完成的。其整体建筑呈东宅西园格局，园林为“二湖一带”，即北面的镜湖、南面的小庞山湖和中间一带的“枕河人家”。园中的水面占地约全园的三分之一以上。园中主要景观有鹤亭桥、小垂虹、静远堂、天香书屋、庞山草堂、苏门砖雕和盆景园、历代科学家碑廊、咏石诗廊等。

切不可以为当代人造的静思园就是古苏州园林的仿制品。你进园细看，所见之物，无不古朴，件件是真，且较古苏州园林，有更多的创新和提升，尤其是主人对造物置景的严谨而使其物景无不意味深长。

就说鹤亭桥，此桥是静思园的标志性建筑。它一改苏州园林“小桥流水”的风格，百米之长的桥体横架湖心，气势磅礴，其整体样式袭用沧浪亭的楼宇式飞檐作廊桥之顶，更显凛凛威风。鹤象征着人类最优良的品质，它寓意长寿、忠贞、幸福、吉祥。鹤亭桥采用一高两低形似展翅飞翔的仙鹤，凌空横跨在湖水两岸作为隔景。桥体用全石构筑起的一大两小半圆形拱孔，与平滑如镜的湖面贴在一起，形成三个动静相宜的圆孔，站在湖岸远望此景，寓意深长，美不胜收。

小垂虹据说是根据吴江建于宋代的一座著名的垂虹大桥克隆而来的，古桥现已残落。然笔者在吴江市区见过其风貌，虽不完整，但仍可窥当年的气势。静思园内的小垂虹是主人为了表达对故乡旧景的追忆之情而复建的一景，非常别致而优美。

走过小垂虹，经“弄碧”，一路修竹万竿，曲折环绕。来到“惜红轩”。此处西面畅豁，三面临水，轩宇高敞，视野开阔，很便观赏胜景。尤其是里面设有“美人靠”，游步多时后小憩片刻，十分惬意。依着“美人靠”，举目环视园内，可看到北面庞山水抱，景物清幽，云墙蜿蜒，古木苍郁，湖石叠山，小桥流水。西面步石曲桥，亭台参差，花树错综，倒影入画，一派江南水乡风味。南面曲廊萦纡，荷香四溢，有道是“隔岸垂杨笑语，池荷映水新妆”。据说仲夏时这里更是美不胜收，因为满池荷花盛开，大有“饵之红霞，惊之火流”的情趣。

静思园中有景无数，但其中最引人注目的是“灵璧石之最”的“庆云峰”。据主人介绍，为获此峰，他八赴安徽灵璧，与当地石农用古人堆土填石之法，“日升数寸”，历时三年之久，方使巨石得见天日。为把超过百吨重的“庆云峰”运至数百里外的吴江同里，园主出资修路5公里，造桥2座，并动用了苏联原来用于运载火箭的25米超长平板车以及建造上海杨浦大桥的吊车。白天车多难行，只能深夜行路，风雨兼程55个昼夜，方使巨石安然到达。高9.1米、宽2.95米、厚2.24米、重136吨的“庆云峰”矗立于静思园，使整个园庭有种稳如泰山之感。更有趣味的是巨石身上布满了孔窍，有1600多眼，洞洞相连，若顶端注水，千泉泻玉，在峰底举燧，百窍生烟，真乃叹为观止。

“庆云峰”落座静思园时，有一段精彩趣事。当日风和日丽，晴朗无云。30多名富有经验的石农在现场用钢丝绳将巨石扎好起吊，由于要使巨石保持垂直，几经周折，直到下午两点多钟才将其落驻。围观的万众一片欢呼雀跃，主人全家奉香膜拜上苍恩赐。此时突然天空狂风大作，乌云滚滚，随后倾盆大雨，将裹在泥尘中多时的“美石”冲刷一新。转眼间天空又晴朗万里，霞光四射，在场人无不惊诧不已。当场有文人作诗道：“天赐灵石落吴江，吉人金根园收藏。一帆风顺踏实地，庆云峰名千古扬。”诗虽一般，却记载的是当时的奇妙一刻。

静思园内除了这些标志性大型巨景外，还有“落霞亭”“如归舫”等精美的石木建筑景物。不过最精致的要算那些厅院，如“花篮厅”“楠木厅”“奇石馆”“盆景园”等。值得一提的是那些花木奇石都是稀世珍宝，比如有的奇石形态之奇之美实为空前绝后，价值连城。

“科学家碑廊”可能是静思园与所有苏州园林最显著的区别了。在这里可以看到吴地古时与现代的那些著名科学家的石像与石刻箴言。在这里，那座造型独特的“计成亭”毫无疑问最显眼……

粗略走一圈静思园，大约两个小时。“这是第一期工程，正在进行中的第二期工程大约比现在还要大一倍。你看，那边是我们与中青旅合资建的一家五星级宾馆……”漂亮的讲解员马莉小姐指着后院附近正在忙碌之中的那个处于装修阶段的一群楼宇说道。

“你们老板花了多少钱建这座园林呀？”这是我踏进静思园后一直想着的问题：静思园宏大的面积、精致超然的建筑和大批价值连城的宝石奇花和明清旧物……一个亿？十个亿？我想肯定值。

“全是他自己掏的钱？”这是我特别想知道的第二个问题。

“他哪来那么多钱呀？”这是我想知道的第三个问题。

“他建如此豪华精美的园林到底干什么用？”这是我最想知道的问题。

“你去问他自己吧。”马莉小姐抿嘴一笑，将我引至一个叫“嘉会堂”的院庭内。主人出来了——哈，实在令人想不到：竟然不是个手持檀木香扇、飘逸倜傥的风流之辈，而是个秃了头、胖墩墩的家伙！

陈金根——同里人，外形看上去是个标准的“老板”。如此外形的生意人，竟然能造人间极品。我百思不解，但这种闪念仅在几分钟后便消失殆尽……

“我应该说是个生意人，但最先应该说是同里的一介农夫。”这是陈金根的开场白。我开始知道这位仁兄的老家就在距同里镇不远的庞山湖一带，也知道了他是一个乡镇农民企业家出身，并且属于起步比较早的一个。开始搞毛纺产品，后来搞冶金产品，再后来连带搞空调什么的。由于企业的生意多数与上海大单位打交道，这使得他的事业越做越红火。苏州人会做生意，其特长之一是善与用户“轧朋友”。我卖给你产品，还请你到苏州、同里来“白相”（上海话，玩的意思）。上海人会“白相”，来时看苏州景色，回时带一车水乡土产，其乐无穷。“蛮好蛮好”声中，生意就“热络”了。于是小时候连饭都吃不饱的陈金根的口袋越来越鼓，肚子和身子也跟着肥胖起来……

富了干些什么呢？盖豪华楼房别墅？吃山珍海味？不停地吃、天天吃？或者享尽人间各种奢侈？否也。陈金根虽经艰辛创业后头秃体胖，可他的思想却敏锐而深刻……

人活一世，富，能富到何种地步？享受能保长命百岁？于是陈金根想到了一件事：他要为自己和自己的家乡人民建一座永远复活的“精神家园”——“这就是我儿时受父亲影响而想到的要建一座园林。”陈金根说，他小时候常随父亲到苏州城里去玩，因此儿时游那些园林所留下的美好记忆使他内心一直装着这样一个梦想。

而这仅仅是梦想而已。

20世纪80年代，陈金根的企业在上海旧城改造中做事，于是对古建筑、老古董非常感兴趣的陈金根吩咐手下：“看着有点意思的老货色、老古董都给我留着，拉回同里去。”这一留、一拉，日久天长后，陈金根的“家”成为“老古董”的大观园。“开始置了十亩、八亩地做个小园林，后来请上海朋友来白相，他们觉得有味道，于是我就慢慢把园子做大，一直做到现在这个样子……”陈金根说。

我所疑惑的一个问题解开了。

“过去建园林，都是做大官的，或者是文化人。没有听说老百姓能去建园林的。我是个梦想者，小时候就做着有个自己的园林的梦。但这个梦想的实现得感谢邓小平，感谢改革开放的时代，也感谢苏州地方的领导和我的父老乡亲们的大力支持。”陈金根说，苏州的园林过去都是为自家所用，不对外开放，因此精致小巧。这样的园林与苏州的社会文脉相关。“但我认为，园林最具价值的存在是它的文化性，尤其是体现着主人的文化意识和品位。一个园林就是一个人的心境、一个人的胸襟，或者说是一个家庭的心境与胸襟，再说透一点就是一个家庭或一个人的精神家园。其实在这一点上，富人与穷人应该是平等的，当官的与百姓也是平起平坐的。每个人、每个家族都有自己的精神世界和精神家园，都有资格接受园林艺术的文化熏陶。尤其是苏州今天进入了小康社会，我们苏州的老百姓靠党的政策富裕了起来，为什么就不能去享受封建社会那些帝王将相和财主们所能够享受的物质和精神文明呢？这就是我有了钱后想做的一件事。”

陈金根给我解开了第二个疑惑。

“同里有退思园，那是一代旧臣任兰生罢官后回故里建的一座园林。其取名‘退思’，意有‘进思尽忠，退思补过’之意，当然也含有教诲后代‘退而思进’的意思，但更多的还是明哲保身。有人建议我给园林取名为‘进思园’。进与退固然对称而具有鲜明的互照与对比，但似乎‘进’字少了些园林应有的雅和苏州人的文化内涵。‘静思’二字是费孝通老先生的主意。他建议用‘静思’，并说：‘富而思进，静以致远；这既是一个成功企业家必须具备的，而且也是全体富裕了的苏州人民所需要的精神境界。’于是‘静思园’就这样产生了。”

富而思进，静以致远。说得多好！这就是苏州人独有的文化“专利”。她可以升华为政通人和、经济繁荣、文化复兴的时代标志，彰显乐观向上、锐意创新、意气风发的精神风貌和开放、开拓、开明、不拘一格的现代意识。

“苏州人性格中的圆融、包容等看似静境、貌似保守的精神形态，其实在骨子里是一种强烈而炽热的追求、向上、发力和最终为了成功的彻底张扬与燃烧……”我将这总结和提炼式的话讲给一个苏州农民听，讲给一个将自己创业获得的十亿元财富全部花在建一座有形建筑与无形家园的当代苏州人听。“对对，我就是想这样表达的！”陈金根频频点头，笑着握住我的手，说，“到底是文化人。”

其实真正的哲学家和文化人属于陈金根这样的人。苏州人几乎个个都是哲学家，他们的为人处世便体现了这样一种哲学。

由同里的退思园和静思园，我忽而想起屹立在金鸡湖畔的那一尊异常独特的造型建筑，它的名字叫“圆融”。

它是苏州工业园区的象征——这尊钢铁巨型雕塑，是一个旋转般的圆扇形但中间又有一个正方形的窗孔的造型，充满了东方文化与西方文化的融合与交流的象形，同时又有强烈的优美动感，寓意苏州的开放和与世界对接的时代景象。霞光下的“圆融”，似一团火焰，似一瓣心叶：这火焰是苏州人民在复兴地区和中华民族伟大事业中所燃烧的激情与智慧，这心叶是对祖国和自己家园的那片真挚而赤诚的感情。

“圆融”，又像一颗鲜红的血滴，又如一粒晶莹的汗珠，但细细看去，它更似我父老乡亲那座崇文、融和、创新、致远的心灵家园与精神世界……

“圆融其实是一种心境，一种胸怀。有了它，才能致远，才能太平，才能永恒。”这是三年前我在探访苏州寒山寺时，方丈秋爽所说的话。当时这位高僧并不知道我要为苏州写书。我出于对父老乡亲们常挂在口头上的“圆融”二字的词义探究，顺手将它写在手心请教同桌邻坐的方丈，他如此道来。

方丈说得好。圆融其实就是一种心境，一种胸怀。

苏州人对圆融格外偏爱，是因为他们的传统文化和现实追求中深深渗透了这种心境与胸怀，而正是这种心境和胸怀，使得苏州这块富足之地蒸蒸日上，突飞猛进地向前发展着……

当你到苏州大地上走一走、看一看后，也许你还能找到某些不足，但你不能不承认你的心是那样的激动和欣喜，因为你能在这里看到一个国家和民族是如何在短短的时间里实现了我们期望中的那种现代化和人民的那种幸福生活，你也能在这里看到一个依靠自己智慧和能力的地区是如何把世界上最先进的科学技术和管理经验运用到本土建设之中，并转换为自己的特色与创新，你还能在这里看到人类最精致、最珍贵和看不见的精髓其实就在我们人类自己的无限创造之中——只要我们善于熔古铸今、融和通达、融新求进，我们理想中的人间天堂是一定会有的，而且一定是美丽无比！

2009年3月于北京完稿

后记 我的、你的、我们的……

关于故乡这块土地上的文章，是我最不敢动笔的，因为不仅这里有太多的文人雅士和高人令我生畏，更主要的原因是有我的父母和亲属及诸多朋友在，我怕写出的东西让他们感到“不是那么回事”，如果这样，我是彻底完了，报告文学遇到这种评价就没有比这更无光的了。

三年前父亲突然去世，令我悲痛不已，一夜之间突然感到自己被推到了生命的最前沿——这种恐惧过去从未有过，那是因为前面有父亲站着。现在不是了，我成了家族的男人里最需要承担责任的人，我因此一下感到肩上的和心里的沉重：我们还能活多久？活着应该干些什么？我似乎发现自己变得“成熟”——其实是心灵上的衰老……

就在这个时候，我的学长和兄长、时任苏州市委宣传部部长徐国强受苏州市委的委托要我完成一部“苏州改革开放发展史”的报告文学创作。对这样的要求和任务我无法拒绝：我是报告文学作家，我是苏州人。之后的时间里，是我断断续续的采访和写作、断断续续的写作和采访，一直拖到现在。可我感觉这个时间还是不够，远远不够。除了我自己单位的工作经常身不由己之外，故乡这块美丽的土地在我离家 30 多年里所发生的变化太大太多了！以我利用工作之余和节假日去接触和采访、匆匆忙忙地感受和创作，怎么可能把她的巨变、把她的经验和把她的伟大之处写到位呢？为这，我时常忐忑不安。好在我是苏州的儿子，在父老乡亲面前，做得不好和欠缺的地方他们都会谅解的。

如果不是因为时间和工作的关系，我知道我能把这部关于故乡的书写得更好些。这与尊重客观事实无关——可以保证的是在本作品中丝毫没有这方面的问题，我担忧的是我的父老乡亲们在改革开放的 30 年里创造的经验和伟大成果不要因为我的功夫和精力不足而受到影响，倘若真是这样，我岂不成为罪人？然而我想向世人和父老乡亲们要说的是，创作本书的整个过程，我是非常和极端认真的，投入的感情和严肃性也是少有的。因为我不希望自己的作品缺乏客观性、造成某些负面东西。可以用“完全公平”四个字来这样形容苏州走过的这 30 年和今天她所取得的成就：苏州真的是中国改革开放 30 年最具地区特色的发展模式和中国社会主义现代化的伟大典范。她今天的全面小康社会的形态正是我们中国人未来十年、二十年之后所要实现的目标！苏州是人间天堂，改革开放 30 年后的苏州，更是人间美丽的天堂。她是我的天堂，也是你的天堂，是我们所有中国人的天堂！

苏州人和苏州发展到今天所给我们提供的经验和发展模式及其所铸造的“苏州精神”，几乎可以成为我们当代中国的民族精神与国家发展模式和发展经验，难道不是吗？因此我感受到创作此书的动力和自豪感。我应该明白清楚地告诉世人：尽管我用了洋洋近 50 万文字来记录苏州的 30 年改革开放发展史，写了那么多正面的东西，但并不意味着苏州现在没有问题和缺点。然而我想对大家要说的是，有人看到和看出的苏州问题，其实苏州人也是看到和看出的，这些问题和不足是它在快速发展过程中难以逾越的转型时期必须面临和面对的客观问题，而苏州人正是能够在高高扬起“发展是硬道理”的旗帜同时，又紧紧把握住科学发展观理念，坚持实事求是和以人为本，善于在寻找自己的不足之中追求更高更完美的奋斗目标。也正是他们特别注重又好又快地发展经济、努力推进社会全面进步、在不断提高人民生活水平等方面下功夫，所以才有了今天超越一般地区和一般城市的发展速度及人民美好幸福的生活。

苏州是我的故乡，我的母亲。我相信她在党和政府的正确领导下，在全国人民的共同呵护与帮助下，会更加美丽和健康。我也相信，苏州的经验和创造精神会在中国大地上遍地开花结果。

在此，特别感谢江苏省委宣传部、苏州市委宣传部和江苏省作协及张家港、昆山、常熟、吴江、太仓等地领导及宣传部门领导同志的帮助和支持，感谢范小青、缪学为、杨守松、王茜、倪彦、丁晓原、老铁、袁文龙、李芳红、姚文蕾等文友和乡友的帮助和支持。也特别感谢江苏教育出版社同行们对本书出版所做的大量认真负责的工作，尤其是责任编辑章俊弟同志。

何建明

2009 年 4 月于北京